# PRZEZNACZENIE BŁAZNA

## CZĘŚĆ 2

Robin Hobb

# PRZEZNACZENIE BŁAZNA

## CZĘŚĆ 2

## Złotoskóry – tom 3

Tłumaczenie Agnieszka Sylwanowicz

Wydawnictwo MAG
Warszawa 2005

Tytuł oryginału:
*Fool's Fate*



Redakcja:
Urszula Okrzeja

Korekta:
Magdalena Górnicka

Ilustracja na okładce:
Stephen Youll

Opracowanie graficzne serii:
Piotr Chyliński

Projekt typograficzny, skład i łamanie:
Tomek Laisar Fruń

ISBN 83-89004-99-2

Wydanie I

Wydawca:
Wydawnictwo MAG
ul. Krypska 21 m. 63, 04-082 Warszawa
tel./fax (0-22) 813 47 43
e-mail: kurz@mag.com.pl
http://www.mag.com.pl

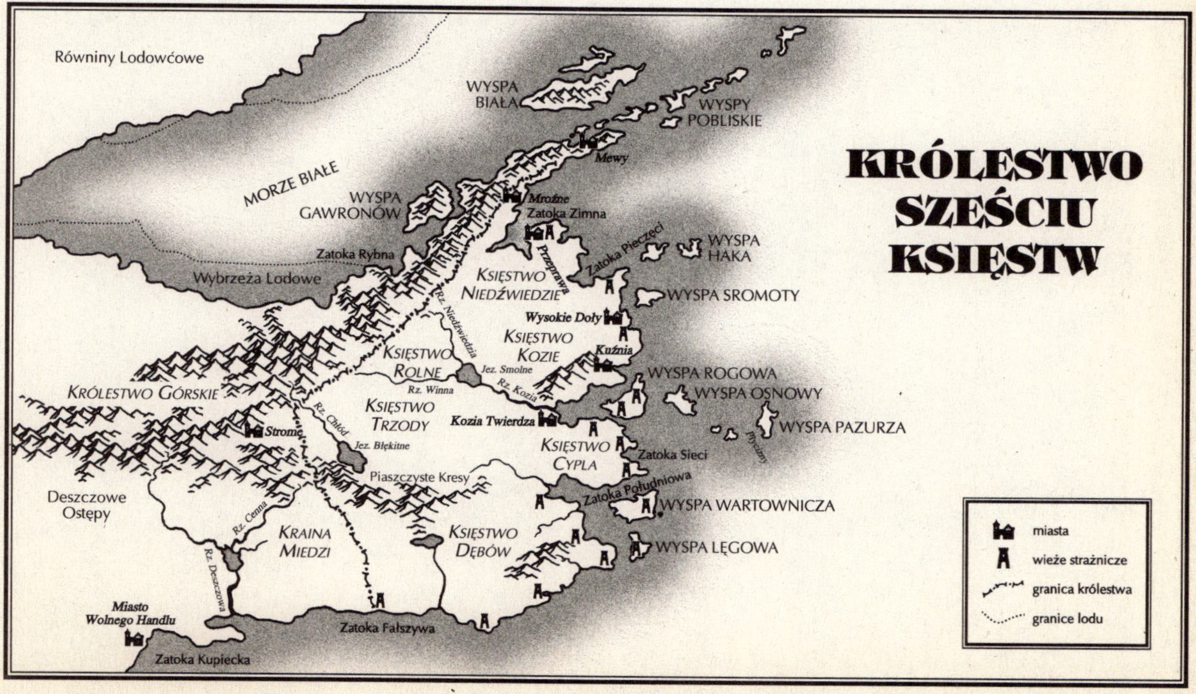
KRÓLESTWO
SZEŚCIU
KSIĘSTW
Równiny Lodowćowe
MORZE BIAŁE
WYSPA BIAŁA
WYSPY POBLISKIE
Mewy
WYSPA GAWRONÓW
Mroźne
Zatoka Zimna
Zatoka Rybna
Wybrzeża Lodowe
Przeprawa
Zatoka Pieczęci
WYSPA HAKA
KSIĘSTWO NIEDŹWIEDZIE
WYSPA SROMOTY
Rz. Niedźwiedzia
Wysokie Doły
KSIĘSTWO KOZIE
Kuźnia
KSIĘSTWO ROLNE
Jez. Smolne
WYSPA ROGOWA
Rz. Winna
Rz. Kozia
WYSPA OSNOWY
KRÓLESTWO GÓRSKIE
KSIĘSTWO TRZODY
Rz. Chłód
Kozia Twierdza
WYSPA PAZURZA
Strome
Jez. Błękitne
KSIĘSTWO CYPLA
Zatoka Sieci
Płycizny
Piaszczyste Kresy
Zatoka Południowa
WYSPA WARTOWNICZA
Deszczowe Ostępy
Rz. Cenna
KRAINA MIEDZI
KSIĘSTWO DĘBÓW
WYSPA LĘGOWA
Rz. Deszczowa
Miasto Wolnego Handlu
Zatoka Fałszywa
Zatoka Kupiecka
miasta
wieże strażnicze
granica królestwa
granice lodu

## ROZDZIAŁ 21

# W KRÓLESTWIE BLADEJ KOBIETY

*Religia białego proroka nigdy nie miała wielu zwolenników w krainach północy, lecz przez jakiś czas dostarczała niezwykle zabawnej rozrywki szlachcie na jamailliańskim dworze. Satrapa Esclepius rozmiłował się w księgach proroctw i płacił ogromne sumy kupcom, którzy przywozili mu kopie tych rzadkich rękopisów. Powierzał je kapłanom Sa, sporządzającym dla niego kolejne ich kopie. Powiadano, że często radził się ich w ten sposób. Składał ofiarę Sa, zadawał pytanie i na chybił trafił wybierał ustęp z jednego z rękopisów. Następnie tak długo rozważał wybrany fragment, aż uznawał, że rozwiązał problem.*

*Szlachta z jego dworu, zawsze chętnie naśladująca swego władcę, wkrótce wystarała się o własne egzemplarze białych proroctw i zaczęła się nimi posługiwać na podobną modłę. Przez jakiś czas ta rozrywka cieszyła się wielką popularnością, dopóki najwyższy kapłan Sa nie zaczął jej potępiać jako drogi do bałwochwalstwa i bluźnierstwa. Wskutek jego nalegań zebrano większość zwojów i albo je zniszczono, albo powierzono wyłącznej opiece kapłanów.*

*Krążą jednak pogłoski, że słabość satrapy do tych pism walnie przyczyniła się do zaoferowania przez niego pomocy młodemu chłopcu o dziwnie bladym obliczu, który wymógł na nim posłuchanie. Władca znalazł się pod ogromnym wrażeniem umiejętności chłopca cytującego święte pisma; dał się także przekonać, że jego pomoc dla chłopca została przepowiedziana w kilku linijkach, które ten dla niego zinterpretował. Dlatego też dał mu miejsce na jednym ze statków handlarzy niewolników, który wówczas udawał się do Krainy Miedzi.*

„Sekty krain południa", autor nieznany

Dwa razy odzyskiwałem przytomność, zanim udało mi się ją zatrzymać na dobre. Za pierwszym razem dwóch mężczyzn ciągnęło mnie za ręce lodowym korytarzem. Za drugim zdałem sobie sprawę, że leżę na brzuchu, a ktoś mocno mi wiąże ręce za plecami. Za trzecim razem znów mnie wlekli strażnicy. Tym razem uparcie trzymałem się odzyskanej świadomości, choć było to bolesne. Znaleźliśmy się we wspaniałej sali tronowej. Została wykuta we wnętrzu lodowca i grube, żłobkowane kolumny, które pozostawiono, by wspierały sklepienie, były błękitne. Płaskorzeźby na ścianach sławiły jakąś kobietę, ukazywaną w kolejnych wzniosłych scenach. Była przedstawiona z mieczem w dłoni, stojąca z rozwianymi włosami na dziobie statku; stała nad pokonanymi wrogami, trzymając stopę na szyi jednego z nich; usadowiona na tronie, celowała sędziowskim palcem w nieszczęśników, skulonych przed nią ze strachu. Wszystkie postacie były nadnaturalnej wielkości i górowały nad nami gniewne i nieprzejednane. Znaleźliśmy się w królestwie bladej kobiety.

Lecz nawet tu, w sercu swej krainy, miała rywala. W szklistym suficie komnaty, za błękitnym zamgleniem grubego lodu, w końcu dostrzegłem cały zarys tego, co z tak daleka przybyłem ujrzeć. Kręte korytarze przywiodły nas pod smoka. Wydawało mi się nawet, że widzę jaśniejszy prostokąt światła, który mógłby stanowić efekt naszego kopania na górze. Zastanawiałem się, czy nasi przyjaciele wciąż tam na górze pracują, by przebić się poprzez lód do uwięzionego smoka. Nie miało sensu do nich wołać; byłoby to jak wołanie nie przez jeden, lecz trzy czy cztery zamkowe mury.

Zebrały się tu dziesiątki zwolenników bladej kobiety, chcących zobaczyć, jak nas przyprowadzają przed jej tron. Salę oświetlały nienaturalnym błękitnobiałym blaskiem olbrzymie białe kule, wiszące na oszronionych łańcuchach. Zawyspiarscy wojownicy, odziani w grube futra i skóry, wyglądali wśród przytłaczającego ogromu tego lodowego pałacu jak karły. W milczeniu i ze stoickim spokojem patrzyli, jak wleczono nas przez salę. Ich klanowe tatuaże zostały zasłonięte czarnymi plamami. Kilku wojowników na znak szacunku dla swej nowej pani miało nowe tatuaże smoka albo węża. Patrzyli na nas bez litości ani nienawiści, czy choćby odrobiny ciekawości. W ogóle sprawiali wrażenie, że nie trawi ich nienawiść ani żadne inne gorące uczucie. Martwota, którą w nich widziałem, wyszła już poza rezygnację i zmieniła się w wytrzymałość na cierpienie, zwykle przypisywaną źle traktowanym zwierzętom. Nawet mój zmysł Rozumienia nie wyczuwał ich wyraźnie. Zastanawiałem się, czy blada kobieta odkryła jakąś niepełną formę zakażania kuźnicą, która pozbawiała ofiary związków z ludzkością, lecz zostawiała im dość strachu przed władczynią, by jej słuchali. Jedną z kobiet rozpoznałem. Henja, służąca narczeski w Koziej Twierdzy, wykazywała taki sam brak zainteresowania, jak reszta zebranych. Odwróciłem głowę, by się upewnić. Tak, to ona. Od kiedy opuściła zamek, widziałem ją raz, w mieście, kiedy niemal zabili mnie Srokaci, a potem jeszcze raz, kiedy śledziła księcia i narczeskę podczas przejażdżki na kucach na Wyspie Majowej. Jaką ona w tym wszystkim pełni rolę? Nie potrafiłem tego zrozumieć, ale poczułem z nagłą pewnością, że zawsze była narzędziem bladej kobiety. Niebezpieczeństwo groziło księciu tak samo, jak mnie.

Udało mi się podciągnąć nogi pod siebie, ale nie mogłem dotrzymać kroku moim szybko idącym strażnikom. Potykałem się między nimi, a kiedy w końcu zatrzymali się i rzucili mnie na kolana, nie stawiałem oporu. W głowie wciąż mi wirowało. Chciałem odpocząć w jakiejkolwiek pozycji i odnaleźć siłę w błogosławionym bezruchu. Usiłowałem obrócić się i spojrzeć na Błazna, lecz tylko mignęła mi jego chwiejąca się bezwładnie głowa, kiedy strażnicy przytrzymali go w zwiotczałym ukłonie przed ich władczynią. Piekący policzek wymierzony mi przez jednego z pilnujących mnie Zawyspiarzy kazał mi zwrócić wzrok na naszą porywaczkę.

Była biała, jak niegdyś biały był Błazen, a jej rozpuszczone włosy unosiły się wokół ramion. Jej oczy były pozbawione koloru, tak jak oczy Błazna w dzieciństwie. Jej twarz była jego twarzą, tyle że o złagodzonych, kobiecych rysach. Jej uroda była nieziemska, chłodna, jak otaczający ją lód. Siedziała na zachodzących na siebie futrach białych niedźwiedzi, lisów i gronostajów z wiszącymi czarnymi ogonkami, na tronie wyrzeźbionym z lodu. Jej szata z najczystszej białej wełny nie ukrywała kobiecych krągłości jej ciała. Na szyi miała naszyjnik z kwiatów wyrzeźbionych z kości. Pośrodku każdego z nich skrzył się brylant. Długopalce dłonie kobiety spoczywały spokojnie na przykrytych futrami poręczach tronu. Na palcach nosiła srebrne pierścienie, wysadzane białymi lśniącymi klejnotami. Patrzyła z góry na nas, rzuconych przed nią na kolana, i nie wyglądała ani na zadowoloną, ani zaskoczoną. Może, jak Błazen, zawsze wiedziała, że do tego dojdzie.

Jej tron został ustawiony w wygięciu śpiącego, rzeźbionego smoka. Czarno-srebrny kamień pamięci lśnił za tronem gigantycznym łukiem; grube, ciężkie skrzydła smoka ściśle przywierały do jego ciała. Nie była to jedna bryła kamienia, lecz jego bloki, zapewne z trudem przyciągnięte tu z kamieniołomu znajdującego się po drugiej stronie wyspy i starannie dopasowane, by stworzyć jedną rzeźbę. Delikatne spojenia krawędzi bloków były ledwie widoczne. Śpiący smok był olbrzymi, większy od smoka Szczerego, lecz nie tak duży, jak Lodogień. I był nieukończony – niewyraźny kształt, pozbawiony szczegółów, stanowiący raczej nie uformowaną sugestię smoka niż jego rzeczywistość. Klocowata głowa rzeźby na długiej, zakrzywionej szyi spoczywała przed podwyższonym tronem bladej kobiety niczym stopień. Oczy miał zamknięte. Mimo to zadrżałem na widok jego okrutnego pyska. Zmysłem Rozumienia wyczuwałem tumult sprzecznych uczuć – strachu, nienawiści, bólu, pożądania i zemsty. Wszystkie były uwięzione w ledwie obrobionym kamieniu.

Źródło rozwijającej się istoty smoka było wyraźnie widoczne. Do jego boku przykuto łańcuchami kilku ledwie żywych Zawyspiarzy. Ich ciała nosiły ślady tortur i wycieńczenia; to w ten sposób blada kobieta wydobywała z nich uczucia, które czyniły ich przydatnymi do jej celów. Właśnie uczucia i wspomnienia członkowie kręgu Mocy oddawali kamiennemu smokowi, tworzonemu po to, by przechowywał ich połączone świadomości. Nie rozumiałem, jak blada kobieta mogła sobie wyobrażać, że istota napełniona niezgodnymi wspomnieniami torturowanych nieszczęśników może stać się czującą istotą. Co mogłoby je zjednoczyć i nadać cel lotowi smoka? Kamienne smoki, które widziałem, były dziełem pełnego determinacji poświęcenia, koronnym dziełem kręgów Mocy, które je stworzyły. Przepełniało je piękno, bez względu na to, jak dziwaczne kształty wybierały kręgi Mocy do jego reprezentowania. Nawet skrzydlaty dzik nabierał wdzięku w locie. Ten stwór był mozaiką ukradzionego bólu. Jakie usposobienie będzie miała taka istota? Dla mojego Rozumienia było oczywiste, że człowieczeństwo więźniów już im zostało odebrane, wyrwane z ich dusz i wtłoczone w smoka. Teraz blada kobieta dawała mu tępą torturę istot stojących niżej od zwierząt. Co to będzie za smok, zbudowany na bólu, nienawiści i okrucieństwie?

Między przednimi łapami śpiącego smoka stał drugi tron, także z lodu i także przykryty futrami. Lód i futra tego tronu były jednak brudne i oblepione ludzkimi odchodami. Siedziała na nim karykatura człowieka, przykuta za kostki u nóg, nadgarstki i szyję do pierścieni zatopionych głęboko w lodzie królewskiego fotela. Czarna korona na głowie mężczyzny wyglądała na boleśnie ciasną, jakby zrośniętą z jego czołem, a pętające go łańcuchy były wysadzane klejnotami, czyniąc drwinę z jego niewoli. Brodę i włosy miał długie i zmierzwione, a paznokcie żółte i popękane. Czarne czubki nagich palców u nóg i rąk świadczyły o odmrożeniach. Podłogę u jego stóp zaśmiecały rozrzucone kości, do czysta obrane z mięsa. Jedna z nich była chyba ludzką kością ramieniową. Odwróciłem wzrok, nie chcąc wiedzieć, czym więzień jest karmiony. Był zakażony kuźnicą, ale nie całkowicie. Wciąż wyczuwałem jego płonącą nienawiść. Może było to jedyne uczucie, jakie mu zostawiono. Wtem, jakby odrętwiała kończyna wracała do życia, poczułem dziwne mrowienie Mocy. Odwróciłem głowę, chcąc je uchwycić, jak człowiek nasłuchujący jakiegoś dźwięku. Nie dotarło do mnie wyraźniej, lecz wykryłem jego źródło. Sięgał do mnie Mocą szalony król. Żółte zęby obnażył w głuchym warkocie, a spojrzenie zapadniętych oczu wbił we mnie. Przez moment poczułem pełną siłę jego wysyłanej Mocą nienawiści, która uderzyła we mnie jak pięścią. A potem zniknęła, nie dlatego że się osłoniłem, lecz dlatego że moja zdolność odczuwania jej znów zanikła. Zaczerpnąłem spazmatycznie tchu, wstrząśnięty siłą Mocy tego człowieka. Może mógł mu w niej dorównać Młotek; ja na pewno nie.

Udało mi się unieść głowę i spojrzeć na kobietę. Zaskoczył mnie jej uśmiech. Czekała na mnie, pozwalając się przyglądać do woli i dojść do własnych wniosków. Szczupłą i długą, pełną wdzięku dłonią pokazała na schwytanego króla.

– Kebal Żelaznoręki. Jestem jednak pewna, że domyśliłeś się, iż tylko mój nieudany katalizator może być wart takiej kary, Bastardzie Rycerski Przezorny. O, nie patrz z takim zdumieniem. Ja tylko kończę to, co zaczęły wasze smoki z Królestwa Sześciu Księstw. Niemądrze porwał się na nie z łukiem, strzelając do stada smoków na niebie. Lecz już sam ich przelot nad nim pozbawił go dużej części inteligencji. Akurat nie miał jej za wiele. Przez jakiś czas był użytecznym narzędziem, przebiegłym i ambitnym. No i znał się na wojnie.

Wstała i zeszła ze stopni tronu, depcząc po drodze smoczą głowę. Podeszła do zabrudzonego tronu i przyjrzała się siedzącemu na nim więźniowi.

– Niemniej jednak zawiódł mnie. – Wyciągnęła do niego szczupłą rękę. Król rozdął nozdrza i wyszczerzył zęby, jakby chciał ją ugryźć. Niemal czule pokręciła głową, jak można to zrobić nad ogierem zbyt ognistym, by mu zaufać. – Mam dać smokowi jeszcze trochę ciebie, mój drogi? – Zapytała słodkim głosem. – Chciałbyś tego?

Mięśnie wokół głęboko osadzonych oczu szalonego króla drgnęły, jakby rozpaczliwie usiłował coś sobie przypomnieć. Nagle skulił się i uniósł jedno ramię, jakby mógł się nim osłonić.

– Nieeeeeeee! – jęknął cicho.

– Może nie teraz. W końcu oczywiście dostanie cię całego. Kiedy już nie będzie można nic z ciebie wycisnąć, rzucę cię na jego grzbiet i będę patrzeć, jak się w niego wtapiasz. Bo tak się to dzieje, prawda? – Odwróciła się nagle do mnie. – Czy przy ostatecznym ożywieniu smoka przeznaczone dla niego ofiary nie zostają całkowicie wchłonięte? Czy kiedy wasze kręgi Mocy są oddawane smokowi, to nie znikają całkowicie w jego ciele?

Powstrzymałem język, nie tyle wstrząśnięty, co nie chcąc wyjawić tej informacji. Mówiła, jakby kręgi Mocy były zmuszane do oddania się smokowi, a nie wnikały w niego dobrowolnie. Nie chciałem odbierać jej tego przekonania. Jeden z moich strażników mruknął groźnie i uniósł pięść, ale blada kobieta pokręciła głową i strzepnęła palcami, uznając moje milczenie za rzecz bez znaczenia.

Spojrzała za to na Błazna, zwisającego bez czucia między strażnikami i po raz pierwszy jej rzeźbioną twarz skaził grymas niezadowolenia.

– Chyba go nie uszkodziliście? Ostrzegałam was, że ma być nietknięty. To największa ciekawostka świata, istota niezwykle rzadka, fałszywy biały prorok. Chociaż teraz niezbyt zasługuje na ten tytuł. Spójrzcie na niego, cały zbrązowiał jak zwiędnięty kwiat. Jest martwy?

– Nie, o pani. Tylko zemdlał – odezwał się nerwowo jeden ze strażników.

– Nie wierzę. Potrząśnijcie nim nieco. Ma żywotność kota i założę się, że równie trudno go zabić. Otwórz oczy, Ukochany. Przywitaj mnie znów uśmiechem i ukłonem, jak niegdyś, kiedy byłeś bladym chucherkiem. Och, jaki był wtedy słodki, jakby zrobiony z ubitego białka, mleka i kryształków cukru, taki mały cukiereczek. Z językiem żmii!

Pochyliła się nagle, a w jej głosie pojawił się jad. Jakby jej nienawiść ostrzegła go przed tą trucizną, Błazen westchnął i się poruszył. Uniósł chwiejnie głowę i rozejrzał się nieprzytomnie. Nagle wszystko zrozumiał. Myślałem, że zacznie krzyczeć, bo napięły się mięśnie jego twarzy, lecz on znieruchomiał. Patrząc na mnie powiedział:

– Tak bardzo mi przykro. Tak mi przykro.

Blada kobieta odwróciła się gwałtownie od nas i wspięła na swój tron. Usadowienie się na nim i otulenie futrami zajęło jej trochę czasu. Kiedy już siedziała wygodnie, wydała rozkazy.

– Długo czekałam na ten dzień. Nie widzę sensu ani w przyśpieszaniu, ani w odwlekaniu przyjemności, jaką mi obiecuje. Szczerze mówiąc, spodziewałam się, że wy dwaj staniecie przede mną już prawie rok temu. Srokaci mieli dostać wiele złota, ale tylko, jeśli dostarczą was obu, nietkniętych. A tego jakoś nie mogli wykonać. Głupi plan osobistej zemsty zniweczył wszelkie nasze układy. Okazali się nieodpowiedzialnymi sojusznikami, a na dodatek włóczyły się za nimi te wszystkie małe brudne zwierzaczki i zaśmiecały im umysły zwierzęcymi myślami, zupełnie jakby ludzie cudzołożyli z owcami! Nic dziwnego, że mnie zawiedli. Nie powinnam marnować na nich czasu. Cóż, teraz to nieważne. Mam was tu dzięki własnym działaniom, i to dodaje wszystkiemu słodyczy.

Odchyliła się i spojrzała na nas z zadowoleniem znad szczupłych dłoni, zetkniętych czubkami palców.

– Od dawna mam dla was przygotowane pomieszczenia. Straż, odprowadzić moich gości do ich kwater i dopilnować, by je w pełni wykorzystali. Odpocznij i odpręż się, Bastardzie Rycerski. Wkrótce cię odwiedzę. Czy chcesz mnie przedtem o coś zapytać? Nie? Szkoda. Nieczęsto proponuję odpowiedzi, ale dla ciebie uczyniłabym wyjątek. Sądzę bowiem, że im więcej będziesz wiedział, tym lepiej zrozumiesz, jak nasz mały uzurpator oszukiwał cię i zwodził. Odprowadzić ich, ale delikatnie, delikatnie. Niech im włos z głowy nie spadnie.

Przy wejściu do wielkiej sali rozdzielono nas. Strażnicy Błazna odprowadzili go w jedną stronę, a moi pchnęli mnie w przeciwną.

– Bastardzie! – Jego nagłe wołanie zaskoczyło mnie i sprawiło, że zacząłem się szamotać w uścisku wojowników. Jeden z nich łagodnie wykręcił mi rękę za plecami. Wbiłem pięty w lód, lecz oni i tak nieubłaganie wlekli mnie dalej. Do moich uszu dobiegł słaby krzyk Błazna. – Znałem swoje przeznaczenie! Postanowiłem je wypełnić! Nie zbaczaj ze swej drogi i nie wątp! Wszystko będzie tak... – Urwał ze stłumionym krzykiem, a ja zostałem zawleczony za zakręt i pociągnięty jeszcze jednym lodowym korytarzem.

– Gdzie oni go prowadzą? – zapytałem i zginając się wpół od ciosu pięści w rękawicy, zapoznałem się z kolejnym przykładem na to, jak strażnik bladej kobiety pojmuje delikatność. Kiedy zatrzymali się przed lodowymi drzwiami, mogłem już prawie swobodnie oddychać. Jeden ze strażników wyjął jakieś długie narzędzie, wepchnął je do niewielkiego otworu w lodzie i obracał nim, aż usłyszałem trzask zamka, a potem otworzył drzwi. Wrzucili mnie do środka; wylądowałem twarzą na jelenich skórach leżących na podłodze. Jeden ze strażników wszedł za mną, więc odtoczyłem się na bok, chcąc uniknąć pewnego bicia, lecz on tylko chwycił moje związane nadgarstki, podciągnął je boleśnie wysoko i nagle puścił. Nożem, którym przeciął więzy, skaleczył mnie w dłoń, ale nie obeszło go to.

– Nie hałasuj! – ostrzegł mnie. – Ona tego nie lubi, a ja nie lubię tu przychodzić i cię uspokajać.

Zanim zdążyłem wymyślić jakąś odpowiedź, lodowe drzwi zamknęły się. Wcześniejsze uderzenie w głowę lekko mnie zamroczyło.

Uniosłem ją na tyle, by się upewnić, że jestem sam. Kiedy tylko uspokoiłem się, sprawdziwszy czy w pokoju nie czają się żadni zakażeni kuźnicą, opuściłem głowę, zamknąłem oczy i spróbowałem myśleć.

Wreszcie je otworzyłem. Minęła minuta, dzień, tydzień. Światło w pomieszczeniu było takie samo. Nie przyszło mi do głowy nic pożytecznego; być może zasnąłem. Wstałem powoli, czując rozmaite rodzaje bólu. Wyparła je z mojej świadomości fala niepokoju o Błazna. Dokąd go zabrali i jaki jest jego los? Nagle wydało mi się niezrozumiałe, że nie walczyliśmy bardziej zdecydowanie o to, by nas nie rozdzielano.

Szybko zbadałem moją celę. Łóżko stanowiła drewniana skrzynia ze słomą i kilkoma kocami. W kącie stało wiadro na odchody. W innym wiadrze była woda z warstewką lodu. Leżąca przy nim szmata sugerowała, że woda może służyć do mycia. Na podłodze rozpostarto jelenie skóry. Poklepałem się po ubraniu. Strażnicy musieli zabrać mi smocze narzędzia, kiedy byłem nieprzytomny. Nie miałem żadnej broni, nawet noża Błazna. W celi nie było żadnych okien, tylko szpary w mocnych drzwiach. Do sufitu, daleko poza moim zasięgiem, przymocowano świetlną kulę. Żadnego jedzenia. Żadnego sposobu odmierzania czasu. Przeniosłem się z podłogi na łóżko, choć trudno było je tak nazwać. Wziąłem pod uwagę dawną radę Ślepuna: jeśli jedyną pociechą jest sen, przyjmij ją. Będziesz lepiej przygotowany na to, co może się zdarzyć później.

Zamknąłem oczy i spróbowałem zasnąć. Na próżno. Spróbowałem sięgnąć Mocą. Nic. Posłużyłem się Rozumieniem. W pobliżu słabo wyczuwałem inne istoty ludzkie, lecz dominującą była obecność smoka. A potem Lodogień zniknął. Usiadłem i oparłem stłuczony tył głowy o lodową ścianę mojego pokoju. Pomogło na zmniejszenie pulsowania. Chyba się zdrzemnąłem, bo obudziłem się z włosami przymarzniętymi do ściany. Powoli je oderwałem, ganiąc się gniewnie.

Kiedy wróciła straż, już kilka razy zbadałem szczelinę w drzwiach i pęknięcie stanowiące ich zarys. Siedziałem na podłodze, wyglądając z celi. Zastanawiałem się, czy powinno mi schlebiać, że przysłano po mnie trzech ludzi. To nie byli ci, którzy nas schwytali.

– Połóż się twarzą do podłogi! – rozkazał mi jeden z nich przez szparę.

Posłuchałem. Walka z trzema strażnikami nie wpłynęłaby korzystnie na mój stan fizyczny. Usłyszałem, jak wchodzą; jeden z nich rzeczowo wbił mi kolano w plecy, bym się nie ruszał, kiedy znowu wiązał mi ręce z tyłu. Postawili mnie na nogi za tę linę i za włosy. Był to zgrany zespół, który nie musiał nic mówić, wyprowadzając mnie z celi i wiodąc korytarzem.

– Gdzie jest mój towarzysz? Ten złotoskóry mężczyzna, który był ze mną?

Odpowiedzią był cios pięścią w lewy bok, tuż pod żebrami. Szli dalej, wlokąc mnie za sobą, dopóki nie mogłem stanąć na nogi. Nikogo nie mijaliśmy, a ja zdałem sobie sprawę, że straciłem orientację. Lodowe korytarze były zbyt do siebie podobne. Nawet gdybym w tej chwili został uwolniony, nie wiedziałbym, gdzie mam szukać Błazna czy wyjścia na zewnątrz. Na razie jedynym rozwiązaniem było pójście ze strażnikami.

Dotarliśmy do sklepionego lodowego portalu z drzwiami z wypolerowanego drewna. Jeden ze strażników zapukał. Kobiecy głos kazał wprowadzić mnie do środka. Drzwi się otworzyły i wkroczyliśmy do sypialni bladej kobiety.

Białe kule dające światło były dziwnie rozmieszczone, na podłodze i niskim stole, oświetlając tylko środek pomieszczenia. W żelaznym koszu płonął ogień, dając odrobinę ciepła. Reszta komnaty niknęła miękko w cieniu. Dostrzegłem duże łóżko, przyczajone na krawędzi światła, oraz szereg służących, czekających w milczeniu na wezwanie. Nie potrafiłem określić rozmiarów komnaty. Blada kobieta właśnie wyszła z balii pełnej parującej wody. Sama balia wyglądała, jakby ją zrobiono z bardzo grubego szkła. Woda była mętnobiała, a wraz z parą unosiła się z niej woń letnich kwiatów. Kobieta stała naga na grubej niedźwiedziej skórze, spokojnie patrząc na nas, podczas gdy dwie obojętne pokojówki wycierały ją do sucha. Najwyraźniej obnażenie się przed nami jej nie krępowało. Cała była biała – kobieta ze śniegu albo marmuru. Białe włosy przywarły do jej głowy. W sterczących sutkach kulistych piersi można się było dopatrzeć bardzo słabego odcienia różu. Kępka włosów na podbrzuszu była tak biała, jak włosy na jej głowie. Tak jak Błazen, miała długie kończyny i szczupłą talię, lecz pełne piersi i biodra. Żaden mężczyzna nie mógł patrzeć na nią i nie czuć budzącego się pożądania. Wiedziała o tym. Mimo to pokazywała się nam, zarówno więźniowi, jak i strażnikom, jakby to, że mogła popisywać się swoim ciałem i pozostawać bezpieczna od niechcianych awansów, podkreślało jej władzę nad nami. Jej strażnicy o kamiennych twarzach nie reagowali na widok swej nagiej pani. Stali za mną z obu stron i czekali.

Pokojówki przyniosły miękkie futrzane buty i odziały ją w koszulkę z cienkiego jedwabiu, a następnie w nieco cięższą szatę z wełny wykończoną białym futrem. Powoli usiadła na tronie z ciemnego drewna z niskim oparciem. Weszła trzecia Zawyspiarka, w której rozpoznałem Henję. Miała ze sobą świeży ręcznik, szczotki i szpilki do włosów. Stanęła za bladą kobietą i zaczęła układać jej wilgotne włosy. Przez cały ten czas jej pani nie odezwała się ani słowem. Odchyliła się do tyłu i poddała zabiegom Henji z wyraźną przyjemnością, niemal zamykając oczy, gdy kobieta powoli czesała jej białą grzywę kościaną szczotką. Kiedy włosy były już rozczesane, splecione w liczne warkoczyki i przypięte do głowy, blada kobieta otworzyła oczy i rozejrzała się po komnacie. Popatrzyła na mnie, jakby zauważyła mnie dopiero teraz, i lekko zmarszczyła brwi.

– Jest brudny! Nie kazałam dać mu wody do mycia, zanim go tu przyprowadzicie?

Strażnicy skulili się.

– Tak zrobiliśmy, moja pani – powiedział pośpiesznie jeden z nich. – Nie użył jej.

– Nie jestem zadowolona.

Te proste słowa skierowane do moich strażników sprawiły, że pobledli.

Zwróciła wzrok na mnie.

– Śmierdzisz jak Kebal Żelaznoręki. Sądziłam, że mężczyźni z Królestwa Sześciu Księstw są czystsi. – Zerknęła na balię. – Napraw to teraz. W balii jest woda. – Oparła się na tronie wyzywającym ruchem. – Umyj się, Bastardzie Rycerski. Zjesz ze mną kolację, a ja pragnę czuć zapach potraw, a nie twój.

Nie poruszyłem się ani nie zmieniłem wyrazu twarzy. Uśmiechnęła się leniwie.

– Boisz się, że jak się rozbierzesz i umyjesz, to stracisz godność? Zapewniam cię, że większość moich sług nie wie, co to znaczy

„ludzka godność", a już twoja na pewno ich nie obchodzi. Trzymasz się swego smrodu, jakby to była twoja duma. Obiecuję ci jedno: jeśli zostaniesz zmuszony do kąpieli, stracisz o wiele więcej niż swoją godność. Wybieraj szybko. Nie jestem cierpliwa, a nie chcę mieć przy stole takiego zapachu. Można by pomyśleć, że syn króla, nawet bękart, ma więcej dumy – dodała na użytek służących.

– Mam związane ręce – zauważyłem sztywno.

Mój umysł szukał jakiejś drogi ucieczki, jakiejś przewagi w tej sytuacji, i nic nie znalazł. Jej słowa uświadomiły mi, że istotnie śmierdzę. Poczułem ukłucie wstydu i wtedy dostrzegłem jej taktykę. Cierń dawno temu wyjaśnił mi pożytki płynące ze złamania dumy i zniweczenia poczucia własnej wartości człowieka jeszcze przed jego przesłuchaniem. W niektórych przypadkach odnosiło to lepszy skutek niż tortury. Należało zabrać człowiekowi jego godność, uwięzić go jak zwierzę, a kiedy zaproponowało mu się z powrotem drobne wygody cywilizacji, jego wdzięczność często stawała się niewspółmiernie duża. Czasami człowieka można zdobyć zwykłą uprzejmością. Więzień trzymany w zimnej celi bez światła i jedzenia świecę i miskę gorącej zupy uzna za propozycję amnestii. Złamanie człowieka w ten sposób wymaga o wiele mniej pracy niż tortury.

Uśmiechnęła się do mnie.

– Ach, tak. Związane ręce utrudniłyby ci zadanie. – Machnęła ręką na strażnika. – Podprowadźcie go do balii i rozetnijcie mu więzy.

Zostałem popchnięty w sposób nie pozostawiający żadnych wątpliwości, że zmuszą mnie do wszystkiego, czego blada kobieta sobie zażyczy. Stawianie oporu dałoby strażnikom kolejny pretekst do pobicia mnie. Uległość mogłaby mi dać jakąś przewagę, choćby uwolnienie rąk. Zacisnąłem zęby i zrezygnowałem z godności. Kiedy tylko rozwiązano mi ręce, odwróciłem się plecami do kobiety i rozebrałem. Udało mi się przy tym schować w dłoni broszkę z lisem, odpiętą z koszuli. Wszedłem do balii. Umyłem się szybko, nie pozwalając sobie na zbytni komfort odpoczynku w ciepłej wodzie. Jedna ze służących przyniosła mi w miseczce miękkie mydło. Podziękowałem jej z powagą. Nie odpowiedziała mi. Kiedy wstałem, woda była szara. Podeszły do mnie dwie kobiety z ręcznikami. Wziąłem je oba i odwróciłem się od nich, by się wytrzeć. Po chwili wróciły z miękkimi butami z wełnianego filcu i białą wełnianą szatą. Moje sfatygowane ubranie zniknęło. Włożyłem nowe rzeczy, ukrywając moją szpilkę po wewnętrznej stronie kołnierza, i odwróciłem się ku mojej widowni. Blada kobieta tak kazała odwrócić swoje krzesło, by mogła mi się przyglądać. Teraz uśmiechnęła się jak kot.

– Masz kilka interesujących blizn – zauważyła. – A także ciało wojownika. Ogól go, Henjo. Chciałabym zobaczyć całą twarz człowieka, który nieomal został królem.

Wstrząsnęły mną te słowa. Nigdy nie myślałem o sobie w taki sposób. Przez chwilę ten tytuł wydawał się niemal prawdziwy, odrzuciłem go jednak, widząc w nim kolejną taktykę bladej kobiety. Wróciły jej dwie służące z krzesłem, pojawiła się też Henja z miską, mydłem i ostrym nożem.

– Sam to zrobię – rzekłem pośpiesznie.

Myśl, że ta służąca będzie wymachiwać nożem w okolicy mojego gardła, była nie do zniesienia.

– Bynajmniej – poinformowała mnie blada kobieta z lekkim uśmiechem. – Nie lekceważę cię, Bastardzie Rycerski. Wiem, do czego zostałeś wyszkolony. Twoja rodzina uczyniła z ciebie zabójcę, nie księcia. Nie pozwoliła ci zobaczyć, co ci podstępnie zabrała. Ja to zrobię. Pokażę ci twoje prawowite dziedzictwo, z którego cię okradli. Jednak dopóki nie nabiorę pewności, że dostrzegasz wszystko, co ci proponuję, nie dostaniesz do ręki żadnej broni. A teraz siedź spokojnie. Henja jest doskonałą służącą, ale jeśli drgniesz, nie obarczę jej odpowiedzialnością.

Chyba jeszcze nigdy w życiu nie byłem tak skrępowany. Henja mnie goliła i czesała moje wilgotne włosy, a inne kobiety oglądały mi dłonie, a potem wyczyściły i obcięły paznokcie. Przez cały czas blada kobieta przyglądała mi się tak, jak kot przygląda się ptakowi. Nigdy jeszcze nikt się mną tak nie zajmował, a mimo to luksus ten bardziej mnie upokarzał, niż poprawiał nastrój. Raz otworzyłem usta, by zapytać:

– Gdzie jest Błazen?

Natychmiast skaleczyło mnie ostrze Henji. Poczułem, jak po szyi cieknie mi strumyczek krwi. Henja energicznie przyłożyła do nacięcia ręcznik, by ją zatamować, a blada kobieta odrzekła:

– Chyba na niego patrzymy, prawda?

W tej chwili trudno mi było polemizować z jej zdaniem. Strażnicy zachichotali, lecz jedno jej spojrzenie uciszyło ich. W czasie, gdy pokojówki zajmowały się mną pod zimnym wzrokiem strażników, inni służący wnieśli stół. Nakryli go białym obrusem oraz ciężką, srebrną zastawą. Ustawili na nim świecznik i zapalili sześć wysokich, białych świec. Następnie wnieśli przykryte półmiski i wazy. Unosiły się z nich drażniące mnie zapachy jedzenia. Pojawiło się także wino i kielichy, a w końcu po przeciwnych stronach stołu ustawiono dwa tapicerowane krzesła. Henja wytarła mi twarz, cofnęła się i skłoniła swej pani. Blada kobieta podeszła do mnie, lecz zatrzymała się dalej, niż sięgnęłaby wyciągnięta ręka. Przekrzywiła głowę i zmierzyła mnie zimnym wzrokiem od stóp do głów, jakbym był koniem, nad którego kupnem się zastanawia.

– Jesteś nieźle zbudowany – orzekła. – Zanim twoja rodzina pozwoliła cię źle traktować, mogłeś być przystojny. No tak. Siądziemy do kolacji?

Podeszła do swego krzesła, które odsunął dla niej jeden ze strażników. Wstałem i poszedłem za nią do stołu, świadom, że krok w krok za mną postępuje strażnik. Machnięciem ręki wskazała, że powinienem usiąść naprzeciwko niej. Kiedy to zrobiłem, machnęła drugi raz. Strażnik stojący za moimi plecami wycofał się w cienie, zalegające w głębi komnaty. Na rozkaz kobiety blade kule nagle zgasły. Pozostał tylko blask świec, izolując nas w kręgu żółtego światła.

Stół nie był duży. Blada kobieta nalała zupę do miseczki, postawiła ją przede mną, a potem nalała sobie z tej samej wazy.

– Żebyś nie myślał, że chcę cię otruć albo odurzyć – wyjaśniła, biorąc łyżkę. – Jedz, Bastardzie Rycerski. Będzie ci bardzo smakowała, a wiem, że jesteś głodny. Nie będę ci przeszkadzać rozmową.

Mimo to, zanim wziąłem łyżkę, zaczekałem, aż blada kobieta przełknie dwie porcje zupy.

Była bardzo smaczna; w gęstej, gładkiej białej zawiesinie unosiły się kawałki warzyw i miękkiego mięsa. Była to najlepsza rzecz, jaką jadłem od wyruszenia z Koziej Twierdzy i gdyby nie powstrzymywało mnie dobre wychowanie, pożarłbym zupę łapczywie. Wyglądało na to, że jako jedyna tarcza obronna pozostało mi już tylko panowanie nad sobą, zmusiłem się więc do powolnego jedzenia, do brania chleba z podawanego mi koszyka i masła z talerzyka. Blada kobieta nalała nam białego wina, a kiedy wyniesiono wazę, nałożyła mi na talerz kilka plastrów delikatnego białego mięsa z drobiu. Było znakomite, i chociaż chciałem zachować czujność wobec mojej gospodyni, kolacja przyniosła ulgę memu ciału. Na deser był biały pudding, pachnący wanilią i oprószony ciepłymi przyprawami. Jedliśmy go łyżkami, a kobieta cały czas mnie obserwowała, milcząca i zamyślona. Wino miło szumiało mi w żyłach. Walczyłem przeciwko temu poczuciu odprężenia, a potem uświadomiłem sobie, co czuję. Odetchnąłem głęboko i poddałem się. To nie była pora na walkę.

Uśmiechnęła się. Czyżby wyczuła moją kapitulację? Zwróciłem na kobietę większą uwagę. Użyła perfum o woni narcyza.

Kiedy skończyliśmy jeść, wstaliśmy oboje. Ruchem ręki przywołała niewidzialnych służących. Gdy wychynęli z cieni, by wynieść stół, jeden z mężczyzn podsycił ogień w koszu. Naprzeciwko niego została ustawiona tapicerowana, półkolista kanapa. Blada kobieta usiadła na niej i poklepała poduszki obok siebie. Posłusznie zanurzyłem się w wygodną miękkość. Uprzejmość kobiety niwelowała moją czujność. Jedzenie i wino nasyciły mnie i ułagodziły. Teraz kobieta będzie się starała wydobyć ode mnie informacje niewinnymi pytaniami. Stłumiłem myśli. Moim zadaniem będzie zachować czujność i wydobyć z bladej kobiety jak najwięcej informacji, dając ich jak najmniej od siebie. Uśmiechnęła się do mnie i przestraszyłem się, że wyczuła mój zamiar. Wtedy jednak podwinęła pod siebie nogi, tak jak to robił Błazen, i przechyliła się ku mnie. Jej krągłe kolana celowały we mnie.

– Przypominam ci go? – zapytała nagle.

Udawanie wydawało się bezcelowe.

– Tak. Gdzie on jest?

– W bezpiecznym miejscu. Bardzo go lubisz, prawda? Kochasz go? – Odpowiedziała za mnie, nim zdążyłem sam to zrobić. – Oczywiście, że tak. Ma taki wpływ na ludzi, jeśli postanowi go użyć. Jest taki intrygujący, taki czarujący. Nie pochlebia ci, że daje ci choćby okazję poznania siebie? Tańczy na granicy twego zrozumienia, dając ci drobne wskazówki na temat tego, kim naprawdę jest, jakby dawał kawałki cukru psu. Z każdym kawałkiem, który ci daje, czujesz się ceniony, że tak ci ufa. A cały czas wydobywa z ciebie wszystkie informacje, jakich potrzebuje, naraża cię na niebezpieczeństwo i ból dla własnych celów i zabiera ci wszystko, co możesz mu dać.

– Jest moim najdroższym przyjacielem. Chciałbym go zobaczyć i przekonać się, że jest dobrze traktowany.

Sztywno zabrzmiały te słowa. Zamarło mi serce. Jej opis Błazna był bezlitośnie dokładny. Zniechęcił mnie i ona to zauważyła.

– Nie wątpię. Może później. Jak skończymy rozmowę. Powiedz mi. Wierzysz, że naprawdę jest białym prorokiem, który przybył, by skierować świat w lepsze koleiny?

Uniosłem ramię. Nigdy nie nabrałem co do tego stuprocentowej pewności.

– Tak mi zawsze mówił – odparłem, czułem się jednak nielojalny wobec Błazna.

– Ach. Ale równie dobrze mógł ci powiedzieć, że jest zaginionym królem Wyspy Bajek. W to też byś uwierzył?

– Nigdy nie miałem powodu w niego wątpić.

Starałem się mówić stanowczo, ale czułem niepewność, którą wsączała mi w serce.

– Nie? Rozumiem. No cóż, będę ci zatem musiała otworzyć oczy. – Sięgnęła w dół i wyjęła coś z niewidocznego naczynia stojącego na podłodze. Kiedy rzuciła to w płomienie, okazało się garścią kadzidła, ponieważ w powietrzu rozszedł się słodki aromat. Odchyliłem się, a blada kobieta roześmiała się. – Boisz się, że spróbuję cię odurzyć? Nie muszę. Przekonają cię własna logika i zdrowy rozsądek. Do rzeczy. Nasz przyjaciel powiedział ci, że jest białym prorokiem. Mimo że niewątpliwie nie jest już biały. Chyba ci powiedział, że prawdziwi biali prorocy pozostają biali do końca ich długiego życia? Nie? No cóż, teraz ja ci to mówię. Pochodzimy, jak mógł ci powiedzieć lub nie, od prawdziwych białych ludzi z legend. Byli cudownym ludem, lecz dawno odeszli z tego i ze wszystkich innych światów. Biali jak mleko i mądrzy nad wszelkie wyobrażenie. Mieli bowiem zdolność przewidywania. Każdy, kto potrafi sklecić dwie myśli, rozumie, że żadna przyszłość nie jest ustalona raz na zawsze. Na końcu każdej chwili pączkuje nieograniczona liczba przyszłości, a każdą z nich może zmienić spadający płatek róży. Mimo to niektóre są bardziej prawdopodobne od innych, a kilka jest tak prawdopodobnych, że są jak proste tunele dla pędzącego czasu. W dawnych czasach, do których nie sięgają opowieści twojego ludu, my, biali, to spostrzegliśmy. Zaczęliśmy także dostrzegać, że dzięki naszym działaniom możemy mieć wpływ na to, która z tych przyszłości się ziści. Oczywiście nie mogliśmy ich gwarantować, ale mogliśmy posługiwać się naszą wiedzą, by sprowadzić innych, pomniejszych ludzi na ścieżki, które stopniowo skierują bieg czasu na spokojniejsze, bezpieczniejsze wody, gdzie wszyscy będą mogli pomyślnie się rozwijać. Rozumiesz, co do ciebie mówię, Bastardzie Rycerski?

Powoli skinąłem głową. Wbrew jej słowom wonny dym unoszący się z kosza nastrajał mnie przychylnie do niej. Zauważałem jej uperfumowaną skórę i delikatne, ciasno splecione białe włosy. Świadomość jej ciała wpełzała mi pod skórę jak wiosenne soki wznoszące się ku pączkom. Westchnąłem, a ona się uśmiechnęła. Wydawało mi się, że siedzi bliżej mnie, choć wcale się nie poruszyła.

– Tak. Dobrze. Zastanów się, jak tu przyszliście, jak weszliście do mojej fortecy i oddaliście się w moje ręce. Wiedziałam, że pewnego dnia będę miała was obu. Co prawda niejasne były sposoby, dzięki którym mieliście się znaleźć w mojej mocy. Zatem postanowiłam zmienić przyszłość poprzez wprawienie w ruch wszystkich możliwości sprowadzenia was do mnie lub pozbawienia was życia. Moi wysłannicy układali się z Władczym, o, tak, by usunąć spoza twojego zasięgu pewne narzędzia, które mogłyby ci się przydać. Wiele ofiar kuźnicy dostało zadanie odnalezienia ciebie albo Szczerego i zabicia was. Wszyscy zawiedli, lecz ja nie ustawałam w wysiłkach. Wysłałam do Koziej Twierdzy Henję, która przekupiła w moim imieniu Srokatych, by schwytali was i dostarczyli do mnie. Nie powiodło im się. Znów zarzuciłam sieci, posyłając ci ciasto z koźlim zielem, by zdusić twoją magię. Ty jednak zjadłeś go niewiele, co zniweczyło mój plan. Schwytałam ludzi wysłanych po zapasy przez Ciernia, doskonale wiedząc, że musicie po nich pójść. Zanim jednak mogłam was złapać, zniknęliście z mojej świadomości. Tylko po to, by wejść prosto w moje ręce. Taka jest potęga przepływu czasu, Bastardzie Rycerski. To, że przyjdziecie do mnie, było niemal nieuniknione. Mogłam zaufać losowi, że was tu przywiedzie. Lecz biali starają się doprowadzić do ziszczenia przyszłości, którą pragną ujrzeć. I nawet kiedy wiedzieliśmy, że nasza rasa znika ze świata, starliśmy się sięgnąć naprzód w czasie, by zapewnić sobie jakieś wpływy na przyszłość. Bo widzisz, dzięki zdolności przewidywania biali otrzymali ostrzeżenie, że pewnego dnia znikną i że świat będzie musiał toczyć się niezdarnie dalej bez nich. Lecz była wśród nich kobieta o większej dalekowzroczności niż pozostali, która wiedziała, że ich wpływy mogą przetrwać, jeśli dobrowolnie zmiesza swoją krew z krwią zwykłego śmiertelnika. Tak więc zrobiła. Wędrowała po świecie i gdziekolwiek spotkała godnego jej bohatera, rodziła mu dziecko. Urodziła sześciu synów i sześć córek, a każde wyglądało na człowieka. Kiedy kobieta ta odchodziła ze świata, była zadowolona. Wiedziała bowiem, że ilekroć spotkają się i połączą w miłości potomkowie jej dzieci, urodzi się białe dziecko. Ich mądrość i dar prorokowania nie zaginie. Czyż to nie urocza opowieść?

– Błazen mówił, że na raz rodzi się tylko jeden biały prorok.

– Błazen, jakie to czarujące imię dla niego. – Uśmiechnęła się, a jej blade usta wygięły się niczym kościany łuk. – I takie trafne, że dziwię się, iż pozwala ci się tak nazywać. – Westchnęła cicho. – Chyba powinnam się cieszyć, że był z tobą aż tak szczery. Tak. Może panować tylko jeden biały prorok. A dla tego wieku tym jednym prorokiem jestem oczywiście ja. On jest wybrykiem rozmnażania, reliktem urodzonym poza swoim czasem. Chyba dlatego jego skóra ciemnieje. Gdyby został zatrzymany w świątyni do czasu, aż ściemniał, nie wyrządziłby żadnych szkód. Lecz jego opiekunowie zawsze byli dla niego zbyt łagodni, zbyt ufni wobec takiego czarującego chłopczyka. Tak więc wyślizgnął się im i poszedł w świat, siejąc zniszczenie. Zobaczmy, czy uda się nam, tobie i mnie, naprawić trochę tych szkód. Powiedz mi, jaki jest ten straszliwy los, którego on tak bardzo się boi dla świata, że musi przeciwstawić swój błahy wpływ mojemu?

– Dokładnie nie wiem. Czas mroku i zła – przyznałem po chwili milczenia.

– Mrm. – Wydała pełen zadowolenia dźwięk, jak sadowiący się wygodnie kot. – Cóż, ja przemówię do ciebie jaśniej niż on. On się boi ery człowieka, w której będą rządzić najsilniejsi i sprowadzą na ziemię pod swoim panowaniem brak umiaru i nieporządek. Nigdy nie rozumiałam, dlaczego uznaje to za coś złego. To jest mój cel.

Niech zapanuje porządek i wydajność, niech silni ludzie płodzą silne dzieci, by przejęły ich dziedzictwo. Jeśli mi się uda, dopilnuję, by na świecie panowała równowaga sił. Moim biednym Zawyspiarzom brak dobrodziejstw tego świata. Mają kamienistą glebę, którą uprawiają przez krótkie i chłodne lato, i bezlitosne morze, z którego usiłują wyżyć. Mimo to stali się silnym ludem, zasługującym na coś lepszego. Przybyłam, by spróbować im pomóc. Nie możesz zaprzeczyć, że to byłoby wielkim dobrem dla świata. Lecz twój złotoskóry przyjaciel uważa, że ma lepsze pomysły. Myśli, że – oprócz innych niemądrych rzeczy – musi przywrócić światu smoki, że panowanie ludzkości musi być ograniczone przez współzawodnictwo. Mówił ci o tym?

– Wspominał.

– Doprawdy? Jestem zaskoczona. Jakie wielkie dobro miałoby według niego przynieść przywrócenie wielkiego drapieżcy, który za swój teren łowiecki uważa cały świat? Drapieżcy, który nie uznaje żadnych granic ani prawa własności i uważa ludzkość za – w najlepszym wypadku – użyteczną, a najczęściej za źródło pożywienia? Powiedz mi. Podoba ci się pomysł zamiany twego ludu w bydło dla wielkich łuskowatych stworów?

– Nieszczególnie.

Była to jedyna możliwa odpowiedź na takie pytanie, lecz znów poczułem się jak zdrajca. Starannie dobrane słowa bladej kobiety budziły we mnie poczucie niepewności.

Roześmiała się, zachwycona moją odpowiedzią, i przysunęła się bliżej.

– Oczywiście, że nie. Nikomu z nas się to nie podoba. Może i jestem biała, lecz moi rodzice byli ludźmi.

Jeszcze trochę się opierałem.

– Ale popchnęłaś Zawyspiarzy do ataku na mój lud. Uczynili to na szkarłatnych okrętach. Palili, grabili mój lud i zakażali go kuźnicą. To nie było dobre.

– A ty myślisz, że ja ich do tego podburzałam? Och, cóż za spaczony pogląd. Ja ich powstrzymywałam, drogi przyjacielu. Powstrzymywałam ich i nie pozwalałam zajmować zdobytych ziem. Widziałeś Kebala Żelaznorękiego. Czy wygląda na człowieka, który spełnił swoje marzenia o zdobywaniu i grabieży? Oczywiście, że nie.

Kto go umieścił tu, gdzie się teraz znajduje? Ja. Powiedz, jak możesz na to patrzeć i myśleć, że jestem wrogiem twego ludu?

Nie potrafiłem na to odpowiedzieć. Odwróciłem się od niej i zapatrzyłem na kosz z ogniem. Znów poczułem łaskotanie mojej magii Mocy i usłyszałem, albo pomyślałem, że słyszę odległą muzykę Młotka. Uznałem jednak, że to sobie wyobraziłem, ponieważ Moc była we mnie martwa. Poczułem na swoim policzku dotyk chłodnej dłoni i blada kobieta odwróciła mnie ku sobie, bym spojrzał jej w oczy. Przyjrzałem się białej kolumnie jej szyi. Jaka byłaby miękka pod moim dotykiem.

– Twój Błazen nie kłamał, mówiąc ci, że biali prorocy przybywają, by zawrócić bieg historii z ustalonego kursu – przemówiła, nie spuszczając ze mnie wzroku. – Zrobiłam, co w mojej mocy. Nie mogłam całkowicie zmienić biegu wydarzeń, ale starałam się. Szkarłatne okręty atakowały wasze wybrzeża, lecz nie zajmowały waszych ziem. – To, co mówiła, było rozsądne. Czułem, że jej słowa zamykają się wokół mnie niczym sieć. – Kiedy zdrajcy z waszej krainy sprzedali kupcom Kebala księgi o waszej magii, nie mogłam powstrzymać go przed studiowaniem jej i próbami zwrócenia przeciwko twojemu ludowi. Lecz część winy za to musi spaść na twoich pobratymców. Sprzedawali zwoje traktujące o magii, nieprawdaż? A dlaczego? Ponieważ młodszy syn, pochodzący niewątpliwie z królewskiego rodu, pragnął więcej władzy dla siebie. Wiem, że nie lubiłeś Władczego. On nie lubił ciebie. Jakąś częścią umysłu rozumiał, jak nieprawdopodobną jesteś istotą, jak rzadkim wydarzeniem w splecionych liniach czasu były twoje narodziny. Niemal instynktownie starał się ciebie pozbyć, by czas mógł popłynąć wyznaczonym kanałem. Pomyśl o tym. Władczy potajemnie handlował z Zawyspiarzami. Gdyby doszedł do władzy, handel ten stałby się bardziej otwarty. Zawyspiarze byliby chętnie witani u waszych wybrzeży jako handlarze, nie najeźdźcy, co doprowadziłoby do wzajemnego wzbogacenia wszystkich. Czy to byłoby takie straszne? Mogłoby do tego dojść, gdyby nie machinacje twojego Błazna. Będę z tobą szczera. Taki pokój i dobrobyt wymagałyby wczesnego zdmuchnięcia iskry twego życia. Czy możesz jednak uczciwie powiedzieć, że ta cena byłaby za wysoka? Raz po raz chciałeś oddawać życie za swoją rodzinę. Czy Władczy nie był twoją rodziną, czy nie był Przezornym w takim samym stopniu, jak ty? Gdybyś zginął raz, szybko i bezboleśnie, za niego, nie byłoby to honorowym poświęceniem?

Wzięła moje pojmowanie świata, mojej rodziny i Królestwa Sześciu Księstw i wykrzywiła je w coś nierozpoznawalnego. Jedwabista nić jej monologu owijała się nieubłaganie wokół mnie, stając się wiążącą mnie nową prawdą. Wróciłem pamięcią do wszystkiego, co wiedziałem jeszcze przed chwilą, i znalazłem skazę w jej rozumowaniu.

– Gdybym się nie urodził, mój ojciec zostałby królem.

Roześmiała się cicho, lecz tym razem łagodnie.

– Och, spierasz się o szczegóły, i dobrze o tym wiesz. Twój ojciec zginąłby w młodości, bezdzietnie, w wypadku podczas polowania. Widziałam to wiele razy w moich wizjach. Szczery by się nie ożenił i następnej zimy zmarłby w gorączce. Gdybyś umarł w odpowiedniej chwili, tron z czasem gładko przeszedłby na Władczego. Cieszyłby się przychylnością i radami ojca, i stałby się wielkim władcą. Owszem, ród skończyłby się na nim, ale skończyłby się wspaniale, w pokoju i dobrobycie panującym zarówno w Królestwie Sześciu Księstw, jak i na Wyspach Zewnętrznych. Nie mam żadnego powodu, by cię okłamywać. Jest już o wiele za późno na tę przyszłość, więc co mogłoby mnie pchać do kłamstwa?

Nie wiedziałem, a zarazem wiedziałem. Na skraju mojej świadomości znów zatrzepotała Moc. Była to niestała, niewiarygodna magia. Wiedziałem o tym; zawsze o tym wiedziałem. Poczułem, że blada kobieta utwierdza mnie w tym przekonaniu.

„Nie zwracaj na nią uwagi".

– Celowo mnie zwodzisz. Przeczysz sama sobie i wypaczasz moją znajomość prawdy. Szydzisz ze mnie.

Roześmiała się gardłowo, z zachwytem.

– Oczywiście. Tak jak robi to twój ukochany Błazen. A ty uwielbiasz, kiedy otacza cię roztańczonymi słowami, ukazując ci sto sposobów widzenia świata. I ja podobnie cię zachwycę, skoro należysz do mnie. Biorę cię bowiem sobie. Muszę to zrobić. Musimy razem umieścić świat z powrotem we właściwych koleinach. Tym razem nie poprzez twoją śmierć, lecz poprzez życie, które ci dam. Teraz ty będziesz moim katalizatorem, katalizatorem tysiąckroć potężniejszym od Kebala Żelaznorękiego. A ja zachwycę cię tysiąc razy bardziej niż twój żałosny Błazen. Pasujemy bowiem do siebie idealnie. Nie będziemy tylko prorokinią i katalizatorem, lecz mężczyzną i kobietą, tworzącymi całość, dzięki której toczy się świat. Będę dla ciebie wszystkim, czym on potajemnie pragnął być dla ciebie, lecz nie mógł. Tyle że ja będę doskonała, tak jak on był pełen wad. Zrozumiesz, że go nie zdradzasz, lecz jesteś wierny światu i wszystkiemu, co się miało ziścić. Posmakuj słodyczy świata takiego, jaki miał być. Posmakuj.

Cały czas jej twarz przybliżała się do mojej, aż wreszcie miękkie usta dotknęły moich warg. Rozchyliła je chłodnym, drażniącym językiem. I mówiła prawdę. Wraz z tym chłodnym dotykiem poczułem zawrotną słodycz, bardziej nieokiełznaną od wszystkiego, co dotąd znałem. Zadrżałem i położyłem dłonie na jej ramionach, nie pozwalając, by oderwała ode mnie usta.

Zalała mnie fala pożądania, a poczucie słuszności, nieuchronności tej chwili wyparło wszelkie inne myśli. Nie obchodziło mnie, że jej strażnicy i pokojówki obserwują nas spoza kręgu światła rzucanego przez świece; obchodziła mnie tylko lśniąca, biała doskonałość jej ciała. W przyszłości, którą mi ofiarowywała, wciąż brakowało tylko jeszcze jednej rzeczy. Pobiegłem do niej myślami.

– Nasze dziecko będzie piękne – oświadczyła, puszczając mnie i wstając. – Będziesz zachwycony naszym synem. Obiecuję ci to.

Czułem prawdę jej słów, które przebiegły mnie dreszczem, jak lód i srebro pędzące w żyłach. Dziecko, da mi dziecko, które będę mógł trzymać i hołubić. Dziecko, które nigdy nie zostanie mi odebrane. Wiedziała o wszystkim, czego najbardziej pragnę, i wszystko to mi ofiarowywała. Tworzyła w moich myślach przyszłość, za którą zawsze najbardziej tęskniłem, dopasowaną do moich wszystkich potrzeb. Jak i po co miałbym się jej opierać?

Wstała, zdjęła szatę przez głowę i upuściła ją na podłogę obok kanapy. To samo zrobiła z jedwabną koszulką. Stała przede mną, a żółte światło padające z kosza ślizgało się po jej ciele. Złocisty blask dotykał bieli, okrywając pozłotą krągłości ciała i twarz. Białe piersi kusicielki były krągłe i ciężkie. Uniosła je i zważyła w dłoniach, zapraszając, bym poznał ich smak. Powoli usiadła obok mnie, a potem odchyliła się, otwierając ku mnie ramiona i uda.

– Chodź do mnie. Wiem o wszystkim, czego kiedykolwiek pragnąłeś, i zamierzam ci to dać.

Oparła głowę o poręcz kanapy; jej bezbarwne oczy spojrzały przeze mnie i poza mnie.

Prawda jej słów pędziła z hukiem przez moje ciało wraz z pulsującą krwią. Wstałem i pośpiesznie zrzuciłem ubranie. Kobieta opuściła wzrok, by zobaczyć, co mogę jej zaoferować.

I w tej chwili zatrzasnąłem Mocą moje bariery ochronne szczelniej niż kiedykolwiek przedtem, odcinając podstępne macki wpływu bladej kobiety. Rzuciłem się na nią, jak tego oczekiwała, lecz moje dłonie zamknęły się na białej jak mleko szyi, a kolano wbiłem jej mocno w delikatnie zaokrąglony brzuch. Czułem, jak atakuje mnie zarówno pięściami, jak i Mocą. Dobrze wiedziałem, że mam jedną szansę na wzmocnienie chwytu, i w jednej lodowatej chwili zorientowałem się, kiedy ją zaprzepaściłem. Powinienem wiedzieć, że tak jak była odbiciem Błazna z wyglądu, ma także jego niesamowitą siłę. Nie potrzebowała straży; ruchem podbródka udaremniła moją próbę uduszenia jej, a potem umieściła zaciśnięte dłonie między moimi łokciami, wyrzuciła ramiona na boki i rozerwała mój chwyt. Zepchnęła mnie z siebie i kiedy upadłem na kosz, rozrzucając we wszystkich strony płonące węgle, uniosła ręce. Białe kule rozjarzyły się nagle, zalewając komnatę jasnością. Zewsząd runęli na mnie uzbrojeni strażnicy. Było do przewidzenia, że mnie powalą; mądrze bym zrobił, gdybym im na to pozwolił i nagle poddał się bez walki. Lecz widok Błazna, zakneblowanego i rozciągniętego na lodowej ścianie niczym myśliwskie trofeum, rozpalił we mnie gniew, jakiego nie czułem od czasów, kiedy walczyłem toporem z najeźdźcami ze szkarłatnych okrętów.

Chwyciłem przewrócony kosz, parząc sobie przy tym ręce, i cisnąłem nim w napastników. Walczyłem z nimi, spodziewając się, że mnie zabiją, więc dałem z siebie wszystko. Chyba dlatego poskromienie mnie zajęło im tyle czasu. Hamowali się bardziej niż ja i zrobili mi mniejszą krzywdę, niż ja kilku z nich. Wiem, że jednemu złamałem obojczyk, bo usłyszałem jego trzask, i pamiętam, że wyplułem kawałek ucha, ale jak to było ze wszystkimi walkami, kiedy nachodził mnie taki szał, moje wspomnienia pozostawały poszarpane i niejasne.

Pamiętam wyraźnie, że przegrałem tę walkę. Wiedziałem, że się skończyła, gdy trzech ludzi przyciskało mnie twarzą do ziemi, klęcząc mi na plecach. Miałem w ustach krew, nie tylko cudzą. Od czasu, kiedy związałem się z wilkiem, nigdy nie wahałem się używać zębów do walki. Moja lewa ręka przestała mnie słuchać. Gdy stawiali mnie na nogi, opadła i uderzyła mnie w bok. Wybita ze stawu, pomyślałem z uczuciem mdłości, i czekałem na nieunikniony ból.

Niemal udało mi się dotrzeć do stóp Błazna. Uniosłem wzrok, by na niego spojrzeć. Był przyszpilony do ściany jak motyl, z szeroko rozłożonymi rękoma, i nawet głowę unieruchamiała mu żelazna obręcz opasująca jego szyję. Knebel był tak ciasny, że rozciął mu usta. Z ich kącika sączyła się krew i kapała mu na koszulę. Musieli przeszukać pakunek Błazna, bo miał wciśniętą aż na uszy kogucią koronę. Oczy miał otwarte, więc widział wszystko, co blada kobieta zainscenizowała, by go udręczyć; zdałem sobie sprawę, że tylko po to usiłowała mnie uwieść. Ale kiedy nasze spojrzenia się zetknęły, zdałem też sobie sprawę, że Błazen rozumie, że nigdy go nie zdradziłem. Zobaczyłem słabe drgnienie powleczonych Mocą czubków jego palców. On też poczuł jej subtelny atak na mnie poprzez moją odradzającą się Moc.

– Próbowałem! – krzyknąłem do niego. Głowa mu opadła, zaczął zamykać oczy. Strażnicy się z nim zabawili. Na ubraniu Błazna było widać plamy krwi, którą powalane były też jego przepocone włosy. Teraz tkwił unieruchomiony i uciszony przy lodowej ścianie, dręczony chłodem, którego zawsze tak nienawidził. Czy przewidział dla siebie ten powolny, zimny koniec? Czy dlatego tak bardzo zawsze bał się zimna?

– Przyprowadźcie obu do sali tronowej!

Głos bladej kobiety był jak pękający lód. Spojrzałem na nią. Już się ubrała. Jej dolna warga zaczynała puchnąć, a przy twarzy chwiało się kilka uwolnionych warkoczyków. Takie były owoce mojego zabójczego ataku. Czułem jednak lekkie rozbawienie, gdy strażnicy schwycili mnie brutalnie, nie zważając, że moja ręka zwisa bezwładna i bezużyteczna. Ścigały mnie żałosne krzyki uwalnianego z okowów Błazna.

Korytarze wydawały mi się dłuższe i bielsze niż przedtem, jakby lampy czerpały blask z gniewu kobiety kroczącej przed nami.

Napotykaliśmy mało ludzi, lecz wszyscy kulili się na nasz widok lub przywierali do ściany korytarza. Usiłowałem zapamiętać, którędy idziemy i gdzie skręcamy, mówiąc sobie, że jeśli uciekniemy z Błaznem, to musimy wiedzieć, w którym kierunku uciekać. Było to bezużyteczne – i próba zapamiętania drogi, i próba rozpalenia w sobie nadziei. To był koniec wszystkiego, koniec nas i kropka. Błazen umrze, a ja umrę razem z nim i wszystko, na co pracował, skończy się krwawą i bezużyteczną śmiercią.

– Zupełnie jakbym umarł za pierwszym razem, kiedy Władczy spojrzał na mnie i zaproponował Szczeremu, by spotkała mnie dyskretna śmierć.

Nie wiedziałem, że odezwałem się na głos, dopóki jeden ze strażników nie szturchnął mnie ostro i nie kazał się zamknąć.

Szliśmy dalej. Trudno było się skupić, a jeszcze trudniej przezwyciężyć strach, ale opuściłem bariery wzniesione przeciwko Mocy. Zebrałem wątłe siły i spróbowałem sięgnąć do Sumiennego, by ich ostrzec i poprosić o pomoc. Byłem jak człowiek klepiący się po kieszeniach w poszukiwaniu sakiewki. Moja magia zniknęła, a ja nie potrafiłem jej przywołać. Nie miałem nawet tej ostatniej broni.

Kiedy weszliśmy do sali, blada kobieta już siedziała na tronie. Pod ścianami stało kilkoro jej sług, patrzących obojętnie, jak nas wleczono przed ich obliczami. Tak jak przedtem, rzucono nas na kolana. Przez długi czas patrzyła na nas z góry w milczeniu. A potem wskazała wąskim podbródkiem na Błazna.

– Dajcie go smokowi. Może zająć miejsce Thelda. Ten drugi ma patrzeć.

– Nie! – krzyknąłem, lecz cios w skroń powalił mnie na lód.

Błazen dawał się wlec bez skargi. Kiedy znaleźli się blisko jednego z więźniów, strażnik beznamiętnie dobył miecza i przeszył nim biedaka. Mężczyzna nie umarł szybko, ale i niezbyt też przy tym hałasował. Myślę, że większość z jego jestestwa przeszła już do smoka i że z jego ducha zostało zbyt mało, by opłakiwać koniec jego ciała. Umierając, padł na smoczy bok i osunął się po nim na ziemię. Przez kilka chwil jego krew widniała na kamieniu jaskrawoczerwoną smugą. A potem, tak jak piasek wchłania wodę, krew została wessana do wewnątrz, a łuski w tym miejscu stały się wyraźniejsze.

Dwaj strażnicy sprawnie rozkuli nieszczęśnika, uważając, by nie dotknąć smoczego kamienia. Jeden z nich zerknął na królową i na jej znak tak sprawnie oddzielił rękę od ramienia martwego człowieka, jakby oprawiał drób. Nie patrząc, rzucił ją Kebalowi Żelaznorękiemu. Żałowałem, że nie odwróciłem wzroku. Szalony król skoczył, naprężając swój łańcuch, chwycił podskakującą, zakrwawioną rękę i rzucił się na nią jak wygłodniały pies na świeże mięso. Jadł, mlaskając głośno. Odwróciłem się z odrazą.

Czekał mnie jednak gorszy widok. Strażnicy chwycili mnie mocniej; podszedł do nas jeszcze trzeci wojownik i złapał mnie za włosy, unieruchamiając głowę. Strażnicy Błazna ruszyli z nim do przodu. Nie opierał się. Jego twarz przypominała twarz człowieka niemal wykrwawionego na śmierć, jakby nie mógł już czuć przerażenia ani bólu, tylko zbliżanie się śmierci. Przykuli go za kostki u rąk i nóg do smoka. Stojąc na ugiętych nogach, z rozstawionymi kolanami i łokciami, Błazen mógł uniknąć kontaktu ze spragnionym kamieniem. Taka pozycja była torturą samą w sobie i nie można jej było długo utrzymać. Prędzej czy później Błazen będzie musiał się zmęczyć, a wtedy oprze się o smoka i odda mu coś z siebie.

Błazna czekała powolna śmierć przez zakażenie kuźnicą.

– Nie – szepnąłem, kiedy dotarła do mnie ta prawda. – Nie!!! – ryknąłem do bladej kobiety. Obróciłem głowę, by na nią spojrzeć, nie zważając na wyrwane włosy. – Cokolwiek! – obiecałem. – Zrobię cokolwiek zechcesz, jeśli go wypuścisz.

Oparła się wygodniej na swoich futrach.

– Jakież to nużące. Poddajesz się zbyt łatwo, Bastardzie Rycerski. Nawet nie czekałeś na pokaz. No tak. Ja sobie tej przyjemności nie odmówię. Dret! Przedstaw go mojemu smokowi.

Wyznaczony strażnik wystąpił do przodu i dobył miecza.

– Nie! – krzyknąłem, szarpiąc się bezradnie w uchwycie moich strażników, kiedy Dret przytknął czubek miecza Błaznowi do krzyża i pchnął go ku kamiennemu smokowi.

Przytrzymał go tam tylko przez chwilę. Błazen nie krzyknął. Może nie wywołało to bólu fizycznego. Kiedy jednak strażnik cofnął miecz, Błazen odskoczył od kamienia, jak dłoń odskakuje od gorącego węgla. Naprężył krótkie łańcuchy; drżał, lecz milczał.

Przez moment widziałem na skórze smoka kontur sylwetki mego przyjaciela, która jednak szybko wniknęła w kamień. Smok spił jego wspomnienia i uczucia.

Zadałem sobie pytanie, co Błazen stracił przez to muśnięcie kamienia. Letni dzień z dzieciństwa, chwilę, kiedy patrzył, jak król Roztropny i Cierń rozmawiają w blasku ognia płonącego na kominku w komnacie starego króla? Czy była to może jakaś chwila, którą dzieliliśmy we dwóch, a teraz została mu zabrana i zniknęła na zawsze? Będzie wiedział, że takie wydarzenia nastąpiły, lecz zakażenie kuźnicą wymaże ich znaczenie. Zanim umrze, z jego umysłu zostanie powoli wymazana nasza przyjaźń i wszystko, czym dla siebie byliśmy. A w chwili śmierci nie będzie miał nawet wspomnień tego, że był kochany, które mogłyby ulżyć mu w cierpieniu. Podniosłem wzrok na bladą kobietę. Myślę, że spijała moją boleść tak, jak smok wessał chwile ukradzione Błaznowi.

– Czego ode mnie chcesz? – zapytałem. – Czego?

– Tylko tego, byś poszedł najłatwiejszą ścieżką i odegrał w przyszłości najbardziej prawdopodobną rolę – odpowiedziała spokojnie. – To nie będzie dla ciebie trudne, Bastardzie Rycerski. Niemal w każdej przyszłości, jaką przewidziałam, przystajesz na moją prośbę. Zrób to, co ci każe twój książę, Cierń i narczeska. Zrób, co ci każę ja. Odetnij głowę Lodogniowi. To wszystko. Pomyśl, ile dobra uczynisz. Cierń będzie zadowolony, a twoja królowa zawrze sojusz z Wyspami Zewnętrznymi. Staniesz się w ich oczach bohaterem. Sumienny i narczeska będą mogli spełnić swoją miłość. Nie proszę cię o nic trudnego, tylko o to, byś uczynił to, na co ma nadzieję tak wielu twoich przyjaciół.

– Nie zabijaj Lodognia! – krzyknął Błazen niegłośno, błagalnie.

Blada kobieta westchnęła z irytacją, jakby przeszkodziło jej źle wychowane dziecko.

– Dret. On chce jeszcze raz pocałować smoka. Pomóż mu.

– Proszę cię! – krzyknąłem na widok powoli wyciąganego miecza. Wyrwałem głowę z uchwytu strażnika i skłoniłem ją z uległością. – Proszę, nie rób tego! Zabiję Lodognia. Zabiję go.

– Oczywiście – zgodziła się słodkim tonem, a czubek miecza zagłębił się w plecy Błazna, który opierał się, mimo że koszulę przemoczyła mu świeża krew.

– Bastardzie! Ona tu więzi matkę i siostrę narczeski. Widzieliśmy je, Bastardzie. One zostały zakażone kuźnicą! Elliania i Peottre spełniają jej wolę, by kupić ich śmierć!

I wtedy Błazen krzyknął bez słów, poddając się ostrzu miecza, i przylgnął do smoka. Drgał cały, a klinga strażnika zdawała się przytrzymywać go przez całą wieczność. Gdyby moje ręce były wolne, zakryłbym twarz. Zacisnąłem jednak oczy, nie mogąc znieść tego widoku. Kiedy krzyk ucichł, otworzyłem je i zobaczyłem na skórze smoka srebrny zarys ciała mego przyjaciela. Cenniejsze od krwi doświadczenia, które czyniły go tym, kim był, przesiąkały do bezdusznego kamienia. Błazen stał, napinając mięśnie i łańcuchy, by uniknąć kontaktu z kamieniem. Usłyszałem, jak zaczerpuje tchu, i gorąco zapragnąłem, by się nie odezwał ponownie, lecz on to zrobił.

– Pokazała mi je! Żeby mi uświadomić, co może zrobić ze mną. Nie uratujesz mnie, Bastardzie! Ale niech nasze działanie nie pójdzie na marne. Nie rób...

– Jeszcze raz – poleciła, a ton jej głosu wahał się między znużeniem i rozbawieniem uporem Błazna. Dret ponownie wystąpił do przodu. Ponownie miecz, ponownie powolny, nieustępliwy nacisk. Kiedy mój przyjaciel krzyknął, pochyliłem głowę. Gdybym mógł w tej chwili umrzeć, zrobiłbym to. Byłoby to łatwiejsze niż słuchanie torturowanego Błazna. O wiele łatwiejsze niż straszliwa, bezduszna ulga, że to nie ja tam stoję.

Kiedy umilkły echa jego krzyków, nie podniosłem wzroku. Nie potrafiłbym znieść tego widoku. Postanowiłem, że nic już nie powiem ani do bladej kobiety, ani do Błazna, nie powiem nic, co mogłoby sprowokować go do odezwania się i sprowadzenia na siebie następnych katuszy. Patrzyłem, jak kropelki potu spływające mi po twarzy spadają na lód i znikają. Tak jak Błazen znikał w smoku. „Ukochany". Próbowałem przekazać mu tę myśl Mocą, przekazać mu nieco własnej siły, lecz był to próżny wysiłek. Moja kapryśna magia, zatruta kozłkiem, znów zniknęła.

– Chyba cię przekonałam – zauważyła słodkim głosem blada kobieta. – Powiem to jednak bardzo wyraźnie. Wybieraj. Życie Lodognia albo twego Ukochanego: Wypuszczę cię, a ty wyruszysz, by zabić smoka. Jeśli wykonasz moją wolę, oddam ci twego przyjaciela. Albo to, co z niego zostanie. Im szybciej się sprawisz, tym więcej z niego zostanie dla ciebie. Zwlekaj, a może zostać całkowicie zakażony kuźnicą. Lecz nie będzie martwy. Obiecuję ci. Nie będzie martwy. Rozumiesz mnie, Bastardzie Rycerski Przezorny, mały królu-skrytobójco?

Kiwnąłem głową, nie podnosząc wzroku. Dostałem za to pięścią w żebra i udało mi się unieść głowę.

– Tak – odparłem cicho. – Rozumiem.

Bałem się spojrzeć na Błazna.

– Doskonale. – W jej głosie płonęło zadowolenie. Wzniosła oczy do sklepienia szklistej komnaty i uśmiechnęła się. – Proszę, Lodogniu – rzekła głośno. – Rozumie. Sprowadzi na ciebie śmierć.

Spojrzała na moich strażników.

– Wyrzućcie go z północnego komina. – A potem, jakby wyczuwała zamęt panujący w mojej głowie, spojrzała mi w oczy i uśmiechnęła się łagodnie. – Nie wiem, jak odnajdziesz swoich towarzyszy. Wiem tylko, że tak się stanie. I że zabijesz smoka. Teraz wszystko widzę tak jasno. Nie ma innej ścieżki. Idź, Bastardzie Rycerski. Wykonaj moją wolę i wykup swego Ukochanego. Idź.

Kiedy wyprowadzali mnie z sali, nie zawołałem nic na pożegnanie do Błazna. Bałem się, że jakoś skomentuje moje odejście i zasłuży na kolejny pocałunek kamiennego smoka. Prowadzili mnie przez lodowy labirynt kryjówki bladej kobiety szybkim krokiem. Potem szliśmy w górę niekończącymi się schodami, które w końcu doprowadziły nas do lodowej jaskini, a raczej przestrzeni między skałą i lodowcem. Dwóch strażników trzymało mnie, klęczącego, a trzeci usuwał śnieg i lód, który blokował wyjście. A potem postawili mnie na nogi i wyrzucili na zewnątrz.

# ROZDZIAŁ 22

# SPOTKANIE

*... że nasz następca tronu Rycerski wcale nie jest takim synem, za jakiego miał go król Roztropny. Jak możesz sobie wyobrazić, niepomiernie to zasmuciło mego dobrego męża, lecz jak zwykle książę Władczy zrobił wszystko, co w jego mocy, by pocieszyć swego ukochanego ojca. Moim smutnym obowiązkiem było poinformowanie i mojego pana, i naszego niesfornego księcia, że w świetle rozsiewania po naszym kraju bękartów (gdzie bowiem jest jeden, to czyż możemy wątpić, że są i inni?) moi książęta z księstw śródlądowych wyrazili wątpliwość, czy Rycerski jest godzien objąć tron po swoim ojcu. Biorąc powyższe pod uwagę, Rycerski zgodził się ustąpić.*

*Mniejszym powodzeniem zakończyło się przekonywanie mojego pana, że obecność tego pomiotu w Koziej Twierdzy stanowi afront wobec mnie i każdej wiernej mężatki. Utrzymuje on, że jeśli chłopiec nie wyjdzie poza stajnie i będzie się znajdował pod opieką koniuszego, reszta z nas nie powinna się martwić, że ten fizyczny dowód słabości pana Rycerskiego zostanie kiedykolwiek postawiony przed naszym wzrokiem. Na próżno błagałam o bardziej trwałe rozwiązanie...*

List od królowej Skwapliwej do pani Piwonii z Księstwa Rolnego

Wyłoniliśmy się ze szczeliny na stromym zboczu. Moi strażnicy roześmieli się. Zanim zorientowałem się, co ich rozśmieszyło, pofrunąłem poprzez zimną ciemność i uderzyłem w zamarznięty śnieg. Przebiłem twardą skorupę, odzyskałem równowagę i wstałem. Otaczała mnie ciemność i kiedy zrobiłem krok, potknąłem się, upadłem, ześliznąłem, wstałem, upadłem i jeszcze trochę zjechałem w dół. Miałem na sobie tylko wełnianą szatę i filcowe buty, które dostałem od bladej kobiety. Niewiele dawały ochrony. Do mojego ciała przywierał śnieg, topniejąc na mojej spoconej twarzy i zaraz się ochładzając. Lewa ręka obijała się bezwładnie o bok. W końcu udało mi się utrzymać równowagę; spojrzałem w górę w kierunku, z którego przybyłem. Nocne niebo przesłaniały chmury, jak zwykle wiał wiatr. Nie widziałem żadnego śladu wejścia do królestwa bladej kobiety. Wiedziałem, że pędzony wiatrem śnieg bardzo szybko zatrze moje ślady.

Jeśli teraz nie wrócę, nigdy nie znajdę tego wejścia.

Gdybym teraz tam wrócił, co mógłbym zdziałać? Lewa ręka zwisała bezużytecznie i nie miałem żadnej broni.

Ale kamienny smok powoli pożerał Błazna.

Wstałem i ruszyłem chwiejnie pod górę, usiłując znaleźć ślady mojego ześlizgu. Zbocze zrobiło się zbyt strome. Czułem, że drepczę w miejscu, w ogóle nie posuwając się w górę i cały czas coraz bardziej marznąc. Oddaliłem się od udeptanego przeze mnie szlaku i znów spróbowałem przebić się w górę przez śnieg. Wełniana szata zrobiła się ciężka od przylepionego do niej śniegu i wcale nie osłaniała moich nagich nóg. Straciłem równowagę, upadłem i potoczyłem się na dół, mocno przyciskając uszkodzoną rękę do piersi. Przez jakiś czas po prostu leżałem i dyszałem. A potem, kiedy udało mi się wstać, zobaczyłem w dolinie poniżej maleńkie żółte światełko.

Stałem i wpatrywałem się w nie, usiłując stwierdzić, co to może być. Podskakiwało w rytm ludzkich kroków. Była to latarnia i ktoś ją niósł. To mógł być któryś z ludzi bladej kobiety. Co gorszego mogliby mi zrobić ponad to, co już się stało? To mógł być ktoś z naszego obozu. Mógł to być ktoś zupełnie obcy.

Krzyknąłem głośno na wietrze. Latarnia zatrzymała się.

Krzyknąłem jeszcze raz, i jeszcze raz i nagle latarnia znów zaczęła się poruszać. W moją stronę. Wyszeptałem modlitwę do jakiegokolwiek boga, który zechciałby mi pomóc, i zacząłem schodzić chwiejnie po zboczu. Na każdy zwykły krok przypadały trzy w ześlizgu i wkrótce biegłem, usiłując sadzić susami przez śnieg, by uniknąć padnięcia weń twarzą. Latarnia zatrzymała się na dole zbocza. Kiedy jednak znalazłem się na tyle blisko, by dostrzec zarys trzymającego ją człowieka, podjęła swój podskakujący ruch. Ten człowiek odchodził, zostawiał mnie. Zawołałem, lecz się nie zatrzymał. Wezbrał we mnie straszliwy szloch. Nie mogłem iść dalej o własnych siłach, a musiałem. Szczękałem zębami, bolało mnie obite ciało, zimno tylko potęgowało ból, a ten człowiek mnie tu zostawiał. Potykając się, ruszyłem za nim. Zawołałem jeszcze dwa razy, lecz latarnia się nie zatrzymała. Spróbowałem przyśpieszyć kroku, ale wcale się do niej nie przybliżyłem. Dotarłem do miejsca, w którym przystanął właściciel latarni, i potem szedłem już po jego nieregularnych śladach, co było nieco łatwiejsze.

Nie wiem, jak długo szedłem. Ciemność, zimno i ból ramienia sprawiały, że był to niekończący się, mozolny marsz przez noc i wiatr. Stopy mnie bolały, a potem zdrętwiały. Łydki parzyły mnie z zimna. Szedłem za moim przewodnikiem w poprzek wzgórza, wzdłuż grzbietu, w dół do zagłębienia, gdzie brnąłem przez głębszy śnieg, a potem zacząłem długą, powolną wspinaczkę w poprzek kolejnego zbocza. Nie czułem stóp i nie wiedziałem, czy wciąż mam na sobie te cienkie buty. Szata trzepotała na wietrze, chłoszcząc mi łydki lodowatym ładunkiem przywarłego do niej śniegu. Cały czas myślałem o tym, że Błazen wciąż jest przykuty do smoka i odsuwa się ze znużeniem od kamienia, który po jednym dotyku mógłby go ograbić z człowieczeństwa.

Wtem, w cudowny sposób, latarnia przestała się huśtać. Kimkolwiek był mój przewodnik, czekał teraz na mnie na szczycie grzbietu, który stopniowo pokonaliśmy. Jeszcze raz zmusiłem nadwerężone gardło do krzyku i zdwoiłem wysiłki. Przybliżałem się coraz bardziej, pochylając głowę przed wiatrem, który wzdłuż grzbietu smagał mocniej. A potem, kiedy znów podniosłem wzrok, by zobaczyć, czy dobrze idę, wyraźnie zobaczyłem, kto trzyma latarnię i czeka na mnie.

To był Czarny Człek.

Przepełnił mnie bezimienny strach, ale skoro poszedłem za nim tak daleko, cóż innego mogłem zrobić niż iść dalej? Podszedłem bliżej, na tyle blisko, że kiedy uniósł latarnię, mogłem przelotnie dojrzeć wyraziste rysy twarzy ukrytej pod czarnym kapturem.

Mężczyzna postawił latarnię u swoich stóp i czekał. Przycisnąłem ramię do piersi i zawzięcie brnąłem pod górę. Światło pojaśniało, ale już nie widziałem obok niego Czarnego Człeka. Kiedy dotarłem do latarni, stwierdziłem, że stoi na głazie, który wystaje z płytszego śniegu na omiatanym wiatrem grzbiecie.

Czarny Człek zniknął.

Prawą ręką jak najdelikatniej opuściłem lewą do boku. Kiedy zwisła całym ciężarem, ramię rozbłysło bólem, ale zacisnąłem zęby. Podniosłem latarnię i krzyknąłem. Nie zobaczyłem Czarnego Człeka, tylko pędzony wiatrem śnieg. Ruszyłem mozolnie dalej po widocznych w nim śladach. Kończyły się na nagim grzbiecie, omiecionym do czysta przez wiatr. Ale w następnej dolinie, tuż poniżej mnie, zobaczyłem słabo oświetlone namioty naszego obozu i natychmiast przestałem myśleć o Czarnym Człeku. Tam są przyjaciele, ciepło i możliwy ratunek dla Błazna. Potykając się, ruszyłem przez śnieg do namiotów, wykrzykując imię Ciernia. Przy drugim okrzyku ryknął na mnie ostrzegawczo Lotny.

– To ja, Bastard. Nie, to znaczy Tom, to ja! – Wątpię, czy cokolwiek z tego zrozumiał. Zachrypłem od krzyku i współzawodnictwa z wiatrem. Doskonale pamiętam wielką ulgę na widok ludzi wysypujących się z namiotów, zapalanych i unoszonych wysoko latarni. Potykałem się i ślizgałem, schodząc do nich ze wzgórza. Rozpoznałem sylwetkę Ciernia, a potem księcia. Nie było wśród nich krępej postaci Młotka. Poczułem wzbierający w piersi szloch. A potem znalazłem się wreszcie w zasięgu słuchu tej tyraliery mężczyzn i zacząłem wołać bez tchu: – To ja, Tom, przepuśćcie mnie, wpuśćcie mnie do namiotu, tak mi zimno! Gdzie jest Młotek, znaleźliście Młotka?!

Ze środka tyraliery wystąpił do przodu mężczyzna o szerokich ramionach i minął Lotnego, który na próżno usiłował zawrócić go machnięciem ręki. Przebiegł trzy kroki dzielące go ode mnie i zanim zamknął mnie w niedźwiedzim uścisku, z niedowierzaniem wciągnąłem głęboko w płuca jego zapach. Mimo bólu ręki nie szamotałem się. Oparłem mu głowę na ramieniu i pozwoliłem się podtrzymywać. Tak bezpiecznie nie czułem się od lat. Nagle wydało mi się, że wszystko będzie dobrze, że wszystko da się naprawić. Był tu Serce Stada, a on nigdy nie pozwolił nas skrzywdzić.

– Tylko spójrz na niego! – odezwał się Brus gniewnie do Ciernia nad moją pochyloną głową. – Zawsze wiedziałem, że nigdy nie powinienem ci go powierzyć. Nigdy!

W chaosie, który rozpętał się dokoła, wciąż stałem na zlodowaciałych nogach, nie zwracając uwagi na wykrzykiwane zewsząd pytania.

– Spokojnie, chłopcze – odezwał się Brus przy moim uchu. – Jestem tu po to, by zabrać was obu do domu, ciebie i mojego Szybkiego. Powinieneś wrócić do domu wiele lat temu. Co ty sobie myślałeś? Co takiego sobie myślałeś?

– Muszę zabić smoka – powiedziałem. – Jak najszybciej. Jeśli zabiję smoka, ona pozwoli żyć Błaznowi. Muszę uciąć Lodogniowi głowę, Brus. Muszę.

– Skoro musisz, to utniesz – rzekł uspokajająco. – Ale nie w tej chwili. Przestań się gapić, chłopcze – zwrócił się do Szybkiego. – Przynieś suche ubranie, zrób mu coś do jedzenia i zaparz gorącą herbatę. Szybko.

Z ulgą poddałem się mocnym dłoniom, którym zawsze ufałem. Brus przeprowadził mnie przez grupkę gapiących się mężczyzn do namiotu księcia, gdzie serce niemal pękło mi z ulgi na widok Młotka, który, zaspany, właśnie podnosił się na swoim posłaniu. Nic mu się nie stało i wydawał się nawet zadowolony, że mnie widzi, dopóki nie usłyszał, że będzie musiał zrobić mi miejsce na noc. Wyszedł pod opieką Lotnego, ale było widać, że jest zły. Kiedy tylko zniknęliśmy w szczelinie, Młotek sięgnął Mocą do Ciernia i księcia. Cierń natychmiast wysłał po niego Lotnego i Małża. Spędził nieprzyjemną noc na saniach w zimnie, podtrzymywany na duchu wyłącznie przez kontakt nawiązany Mocą. Kiedy następnego dnia dotarli do niego ratownicy, nie znaleźli ani śladu po panu Złocistym i mnie oprócz sypkiego śniegu, który wypełnił szczelinę.

Usiadłem na posłaniu Ciernia, oszołomiony z zimna i wyczerpania. Brus mówił coś do mnie, rozpalając ogienek w kociołku. Głęboki głos i rytm jego słów przynosiły znajome z dzieciństwa pocieszenie. Przez jakiś czas słuchałem jego głosu, nie zważając na słowa, a potem uświadomiłem sobie, że zdaje mi raport, tak jak ja niegdyś zdawałem raporty jemu. Kiedy postanowił, że musi sprowadzić do domu Szybkiego i mnie, przybył jak najszybciej i było mu przykro, tak przykro, że odszukanie nas zajęło mu tyle czasu. Sama królowa pomogła mu wynająć statek płynący na Aslevjal, lecz żaden członek jego załogi nie chciał dobrowolnie zejść tu na ląd. Kiedy znalazł się na brzegu, usiłował namówić strażników Ciernia, by go do nas zaprowadzili, ale ci z oburzeniem odmówili zostawienia na plaży namiotu oraz zapasów, których strzegli. Tak więc przyszedł sam, kierując się tyczkami Peottrego. Do sań Młotka dotarł prawie równo z Małżem i Lotnym. Tylko ich ostrzegawcze okrzyki uchroniły go przed runięciem w tę samą otchłań, która pochłonęła Błazna i mnie. Znalazłszy bezpieczne przejście na drugą stronę, wrócił do obozu z Małżem i Lotnym, niosącymi wieści o utracie Toma Borsuczowłosego i pana Złocistego. Cierń zaprowadził Brusa do namiotu księcia i powiedział mu na osobności, że te imiona należą do Błazna i do mnie. Brus przybył aż na Aslevjal, by jeszcze raz usłyszeć o mojej śmierci. Relacjonował mi to beznamiętnym głosem, jakby jego własny ból wywołany tą wiadomością nie miał znaczenia.

– Dobrze, że się mylili. Po raz kolejny.

Dłonie miał zajęte rozcieraniem moich dłoni i stóp i bolesnym przywracaniem ich do życia.

– Dziękuję – powiedziałem cicho, kiedy znów mogłem nimi ruszać. Miałem Brusowi zbyt wiele do powiedzenia i żadnych warunków do zrobienia tego w cztery oczy. Spojrzałem więc na Ciernia i zadałem najbardziej palące mnie pytanie: – Jak blisko jesteśmy zabicia smoka?

Cierń usiadł obok mnie.

– Bliżej niż kiedy zniknąłeś, lecz nie dość blisko – rzekł z goryczą. – Kiedy odchodziliście, byliśmy podzieleni. Teraz jest gorzej. Zostaliśmy zdradzeni, Bastardzie. Przez człowieka, któremu wszyscy zaufaliśmy. Sięciarz wysłał swoją mewę do Miasta Wolnego Handlu z wiadomością wyjawiającą wszystko kupcom i z prośbą o przysłanie Tintaglii, by powstrzymała nas przed zabiciem Lodognia.

Przeniosłem wzrok na Sumiennego i popatrzyłem na niego z niedowierzaniem.

– Pozwoliłeś mu na to?

Sumienny siedział na końcu swego posłania, patrząc na nas wielkimi, ciemnymi oczyma. Na twarzy mojego księcia pojawiły się nowe zmarszczki, a jego oczy były opuchnięte, jakby ostatnio wiele płakał. Ledwie mogłem na niego patrzeć.

– Nie pytał mnie o pozwolenie – rzekł z wysiłkiem. – Powiedział, że nikt nie potrzebuje pozwolenia, by zrobić to, co jest słuszne. – Westchnął. – Istotnie, wiele zaszło w ciągu tych dni, kiedy cię nie było. Pod twoją nieobecność nadal kopaliśmy w lodzie. Dotarliśmy do miejsca, skąd było widać pod nami ogromne, niewyraźne ciało. Uświadomiwszy sobie, że dokopaliśmy się do torsu stwora, zaczęliśmy kopać tunel z boku naszego dołu, prowadzący wzdłuż grzbietu ku głowie smoka. Ciasno się w nim pracowało, ale było to łatwiejsze od odkrywania całego terenu. Sądzimy, że teraz widzimy pod sobą szyję smoka i część jego głowy. Im bardziej się jednak do niego zbliżaliśmy, tym krąg Rozumiejących nabierał większego poczucia, że nie możemy zabić tej istoty; że kryje ona w sobie i życie, i intelekt, chociaż żaden z nas nie potrafi jej dobrze wyczuć. Moi przyjaciele pradawnej krwi wciąż codziennie kopią razem z nami, ale obawiam się, że jeśli spróbuję zabić Lodognia, staną po stronie hetgurdu. – Odwrócił ode mnie wzrok, jakby zawstydzony, że jego zaufanie zostało zdradzone. – Dziś wieczorem, tuż przed twoim powrotem, Sieciarz przyznał mi się, że wysłał Ryzykantkę. Spór był gorący – dodał cicho.

Moja nadzieja na szybkie uśmiercenie smoka osłabła. Opowiedzenie mojego nieszczęśliwego wypadku ze szczegółami i po kolei wymagało ode mnie całej dyscypliny, jaką mi wpojono. Kiedy mówiłem, jak odszedłem od Herolda i Rebusa, palił mnie irracjonalny wstyd. Kiedy opowiedziałem im o losie Błazna i o tym, co mówił o matce i siostrze narczeski, Sumienny się zachwiał.

– Wreszcie wszystko się wyjaśnia. Za późno.

Wiedziałem, że ma rację, i na nowo ogarnęła mnie rozpacz. Nawet gdybym znał drogę powrotną, nawet gdyby udało mi się przekonać ich do zebrania wszystkich naszych sił i wyruszenia do fortecy bladej kobiety, było nas za mało. Mogła zabić Błazna albo zakazić go kuźnicą w kilka chwil i niewątpliwie by to zrobiła. Nie mogłem też mieć nadziei, że szybko zabiję smoka i doprowadzę do uwolnienia Błazna. Jeśli usuniemy lód, to i tak będziemy musieli pokonać hetgurd, naszych własnych ludzi pradawnej krwi i być może Tintaglię.

Obietnica bladej kobiety, że Błazen nie umrze, była zawoalowaną groźbą. Błazen zostanie zakażony kuźnicą. Mnie przypadnie zadanie odebrania mu resztki życia. Nie mogłem nawet o tym myśleć.

– Gdybyśmy poszli potajemnie do wykopaliska, moglibyśmy zabić Lodognia? W tajemnicy? Tej nocy?

To był jedyny plan, jaki potrafiłem wymyślić.

– Niemożliwe – odparł książę. Twarz miał szarą, głos bezbarwny. – Dzielący go od nas lód jest zbyt gruby. Minie wiele dni pracy kilofami i łopatami, zanim dotrzemy do jego ciała. I obawiam się, że przedtem pojawi się tu Tintaglia. – Zamknął na chwilę oczy. – Nie wypełniłem misji. Obdarzyłem zaufaniem niewłaściwą osobę.

Spojrzałem na Ciernia.

– Ile mamy czasu?

Ile czasu ma Błazen?

Pokręcił głową.

– Jak szybko potrafi lecieć mewa? Jak szybko kupcy z Miasta Wolnego Handlu zareagują na wiadomość Sieciarza? Jak szybko może lecieć smok? Nikt nie zna odpowiedzi na te pytania. Myślę jednak, że książę ma rację. Przegraliśmy.

Zacisnąłem zęby.

– Istnieje wiele sposobów przemieszczania lodu – stwierdziłem i popatrzyłem znacząco na Ciernia. Oczy starca pojaśniały. Zanim jednak zdążył odpowiedzieć, na zewnątrz namiotu rozległ się głos Szybkiego.

– Panie! Mam pakunek Toma Borsuczowłosego i zaraz przyniosę jedzenie. Mogę wejść?

Sumienny skinął głową Brusowi, który następnie wyjrzał na zewnątrz, by przywołać chłopca.

Szybki wszedł do namiotu. Księciu złożył sztywny, oficjalny ukłon, a na swego ojca i na mnie nawet nie spojrzał. Z bólem patrzyłem, jak podział między księciem i jego kręgiem Rozumiejących wywołuje wewnętrzne rozdarcie chłopca. Na polecenie Brusa przeszukał mój pakunek i wyjął z niego suche ubranie. Nie sprawiał wrażenia, że jest dobrze usposobiony wobec ojca, lecz go słuchał. Brus zauważył, że się im przyglądam.

– Niezbyt się ucieszył na mój widok – wyjaśnił cicho, kiedy Szybki wyszedł. – Nie sprawiłem mu lania, na jakie zasłużył, ale kilka razy wysłuchał, co o nim myślę. Nie odgryzał się, bo wiedział, że na to zasłużył. Proszę. Zdejmij tę mokrą szatę.

Kiedy z trudem wciągałem wąskie spodnie, Brus pochylił się nagle do światła, przyglądając mi się pilnie zamglonymi oczyma.

– Co z tobą? Co ci się stało w rękę?

– Wywichnęli mi ją – wyszeptałem.

Na widok jego oczu ścisnęło mi się gardło. Zadałem sobie pytanie, ile jeszcze widzi. Jak tu nas znalazł, brnąc po śniegu z zamglonymi oczyma?

Zamknął je i pokręcił głową.

– Chodź tutaj – powiedział krótko.

Odwrócił mnie i posadził na podłodze u swoich nóg. Przebiegł palcami po moim ramieniu, lecz ból, jaki obudził, był dziwnie uspokajający. Wiedział, co robi. Ja wiedziałem, że będzie bolało, ale i że mnie uleczy. Wyczuwałem to w jego palcach, jak wyczuwałem to w dzieciństwie, jak wyczuwałem wtedy, kiedy przywrócił mnie do zdrowia po tym, gdy Konsyliarz niemal mnie zabił.

– Przynieśliśmy jedzenie. Możemy wejść?

To był głos Sieciarza. Książę zacisnął usta w prostą linię i skinął szorstko głową, i Brus znów uniósł klapę namiotu.

– Dobrze cię widzieć żywego, Tomie Borsuczowłosy – przywitał mnie Sieciarz, wchodząc.

Kiwnąłem poważnie głową, nie będąc pewien, czy uda mi się coś powiedzieć. Spojrzał mi w oczy i zaakceptował moją wrogość. Książę odwrócił od niego wzrok; uraza wyzierała z całej jego postawy. Cierń patrzył na Sieciarza spode łba. Wyraz twarzy Rozumiejącego pozostawał przyjemny i spokojny jak zawsze.

Z kociołka, który trzymał w ręku, unosił się zapach wołowiny, a nie ryby, której się spodziewałem. Za nim stał Szybki z czajniczkiem herbaty. Wcisnęli się do namiotu i ustawili naczynia blisko mnie.

Brus oglądał moje ramię. Nie zwracał uwagi na Sieciarza, lecz mistrz Rozumienia przyglądał mu się uważnie.

– Książę Sumienny, panie mój – odezwał się Brus. – Gdybyś zechciał, bardzo mógłbyś mi teraz pomóc. Będę potrzebował kogoś, kto go mocno obejmie i przytrzyma, póki będę robił to, co trzeba zrobić. Gdybyś zechciał usiąść tu i objąć go... wyżej. O, tak.

Książę posłuchał prośby Brusa i usiadł za mną. Kiedy Brus odpowiednio ułożył ręce księcia na mojej piersi, przemówił do mnie.

– Będę musiał mocno szarpnąć. Nie patrz wtedy na mnie. Patrz prosto przed siebie i jak najbardziej się rozluźnij. Nie napinaj mięśni ze strachu przed zbliżającym się bólem, bo za drugim razem będę musiał szarpnąć mocniej. Spokojnie. Przytrzymaj go, mój panie. Zaufaj mi, chłopcze. Zaufaj mi. – Przemawiał do mnie uspokajająco i jednocześnie powoli unosił moją rękę. Słuchałem jego słów, pozwalałem im zagłuszyć ból; dotyk Brusa napełniał mnie spokojem i zaufaniem. – Spokojnie, spokojnie i... Już!

Ryknąłem, zaskoczony, a w następnej chwili Brus klęczał na jednym kolanie obok mnie i wielkimi, stwardniałymi dłońmi przyciskał mi moją rękę mocno do ramienia. Mrowiło i bolało, ale tak jak powinno, więc oparłem się o niego, osłabły z ulgi. Oddychałem ciężko, ale zauważyłem, jak trzyma chromą nogę pod kątem, bo kolano prawie mu się nie zginało. Pomyślałem, ile jego, kulawego niemal ślepca, kosztowało przybycie aż tutaj, i poczułem wielką pokorę.

Objął mnie i powiedział cicho do ucha:

– Po tych wszystkich latach jesteś dorosłym mężczyzną, ale kiedy widzę, że coś ci się stało, przysięgam, że znów masz osiem lat, a ja myślę: „Obiecałem jego ojcu, że się zajmę jego synem. Obiecałem".

– Spełniłeś obietnicę – zapewniłem go.

– Jestem zdumiony – odezwał się cicho Sieciarz głębokim głosem. – To jest część magii pradawnej krwi, którą uważałem za straconą. Widziałem takie uzdrawianie zwierząt kilka razy w młodości, zanim stary Kręt zginął podczas wojny ze szkarłatnymi okrętami. Nigdy jednak nie widziałem, żeby ktoś tak uzdrawiał człowieka ani żeby to robił tak gładko. Kto cię uczył? Gdzie się podziewałeś przez ten cały czas?

– Nie posługuję się zwierzęcą magią – rzekł z naciskiem Brus.

– Wiem, co właśnie zobaczyłem – odparł nieustępliwie Sieciarz. – Nazywaj to jakim chcesz brudnym imieniem. Jesteś mistrzem uzdrawiania, o którym wiedzę niemal straciliśmy. Kto cię uczył i dlaczego nie przekazałeś tej wiedzy?

– Nikt mnie niczego nie uczył. Wyjdź. I trzymaj się z dala od Szybkiego.

W głosie Brusa pobrzmiewała groźba i niemal strach.

Sieciarz zachował spokój.

– Wyjdę, bo myślę, że Bastard potrzebuje spokoju i czasu na prywatną rozmowę z tobą. Ale nie pozwolę, by twój syn pozostawał w nieświadomości. Ma swoją magię po tobie. Powinieneś go nauczyć swoich umiejętności.

– Mój ojciec ma Rozumienie?

Szybki wyglądał na wstrząśniętego do głębi.

– Teraz wszystko nabiera sensu – stwierdził spokojnie Sieciarz. Pochylił się do Brusa, patrząc na niego w sposób, który wykraczał poza kontakt wzrokowy. – Królewski koniuszy. A także mistrz Rozumienia. Ile istot potrafi do ciebie mówić? Psy? Konie? Co jeszcze? Skąd pochodzisz, dlaczego się ukrywasz?

– Wyjdź! – wybuchnął Brus.

– Jak mogłeś? – zapytał Szybki, zalewając się łzami. – Jak mogłeś sprawiać, że czułem się taki brudny i podły, skoro to pochodziło od ciebie, skoro sam to masz? Nigdy ci nie wybaczę. Nigdy!

– Nie trzeba mi twego wybaczenia – rzekł beznamiętnie Brus. – Tylko twego posłuszeństwa, a to uzyskam, jeśli będę musiał. A teraz obaj się wynoście. Mam pracę, a wy mi przeszkadzacie.

Chłopiec odstawił gwałtownie czajniczek i chwiejnym korkiem wyszedł z namiotu. Słyszałem jego szloch, gdy odbiegał w noc.

Sieciarz wstał wolniej i ostrożnie postawił kociołek z zupą.

– Pójdę. W bardziej dogodnym momencie przyjdzie pora na naszą rozmowę i wysłuchasz mnie, nawet jeśli pierwej będziemy musieli się bić. – Odwrócił się do mnie. – Dobranoc, Bastardzie. Cieszę się, że żyjesz. Żałuję, że pan Złocisty nie wrócił z tobą.

– Wiesz, kim on jest? – zapytał z trudem Brus.

– Wiem. A dzięki temu wiem, kim ty jesteś. I wiem, kto posłużył się Rozumieniem, by wyrwać go śmierci i zabrać z grobu. Podobnie jak wiesz to ty.

I z tymi słowami Sieciarz wyszedł.

Brus patrzył za nim, a potem zamrugał zamglonymi oczyma.

– Ten człowiek stanowi zagrożenie dla mojego syna – zauważył zduszonym głosem. – Być może rzeczywiście dojdzie między nami do bójki. – Przestał się chyba jednak tym przejmować, bo odwrócił głowę do Ciernia i Sumiennego, mówiąc: – Potrzebuję pasa materiału albo rzemienia, albo czegoś innego, czym mógłbym owiązać mu na noc rękę i ramię, dopóki nie zejdzie opuchlizna i ramię się nie wygoi. Co mamy?

Sumienny uniósł szatę, którą dała mi blada kobieta. Brus kiwnął z zadowoleniem głową i Sumienny zaczął odcinać pas materiału z dołu.

– Dziękuję. Póki będę to robił, możesz jeść prawą ręką – zwrócił się do mnie. – Gorąca strawa cię rozgrzeje. Postaraj się tylko nie wykonywać gwałtownych ruchów.

Sumienny podał Brusowi odcięty materiał i zaczął nalewać zupę z kociołka do miski, jakby był moim paziem. Nalał mi też herbaty. Mówił przy tym cały czas, ale nie sądzę, by zwracał się do kogoś w szczególności.

– Nie mogę tu już zrobić nic więcej. Usiłuję wymyślić, co mam robić, ale nic nie przychodzi mi do głowy.

Zapadła cisza. Ja jadłem, a Brus bandażował mi ramię. Kiedy skończył, usiadł na posłaniu, wyciągnąwszy przed siebie niezręcznie chromą nogę. Cierń wyglądał, jakby postarzał się o dziesięć lat. Musiał się zastanawiać nad słowami księcia, bo powiedział powoli:

– Jest kilka ścieżek, którymi możesz podążyć, mój książę. Moglibyśmy po prostu jutro stąd odejść. Przyznam, że kusi mnie to, choćby tylko ze względu na porzucenie wszystkich, którzy nas oszukiwali i zdradzili. Byłaby to jednak małostkowa zemsta i w końcu nic byśmy dzięki niej nie zyskali. Moglibyśmy też przystać na plan Sieciarza i zrobić wszystko, by uwolnić smoka, porzucając nadzieję na sojusz z Wyspami Zewnętrznymi, licząc w zamian za to na zdobycie życzliwości Tintaglii i kupców z Miasta Wolnego Handlu.

– I opuszczając Błazna – dodałem cicho.

– Oraz Rebusa i Herolda. Opuszczając matkę i siostrę Ellianii i łamiąc moje słowo – uzupełnił książę. – Łamiąc moje słowo nie tylko wobec moich własnych książąt, lecz także wobec Zawyspiarzy. – Skrzyżował ręce na piersiach i wyglądał, jakby mu było niedobrze. – Dobry będzie ze mnie król.

– Opuszczenia Błazna nie unikniemy – stwierdził Cierń. Wypowiedział te słowa najłagodniej, jak potrafił, lecz mimo to przeszyły moje serce. – Zostawienie krewnych Ellianii i złamanie słowa można wybaczyć, bo złożenie obietnicy Zawyspiarze wymogli na tobie oszustwem. Tak jak w wielu przypadkach, wiele będzie zależało od sposobu przedstawienia sytuacji.

– Oszustwo – rzekł książę, przygaszony. – Co mielibyśmy zrobić? Matka Ellianii i jej mała siostra. Nic dziwnego, że w jej oczach jest tyle smutku. I dlatego uroczystość zaręczyn w domu jej matek była taka dziwna, dlatego jej matka nie uczestniczyła w naszych negocjacjach. Myślałem, że zakażanie kuźnicą to zło z przeszłości. Nigdy nie sądziłem, że sięgnie mojego życia.

– Ale sięgnęło. I wyjaśnia wiele z zachowania Peottrego i narczeski – dodał Cierń.

Porzuciłem wszelką ostrożność. Stawka była dla mnie zbyt wielka, żebym siedział i spokojnie wysłuchiwał mozolnego układania możliwych planów przez Ciernia.

– Pójdziemy zaraz, tej nocy, tylko Sumienny i ja, w tajemnicy. Cierń stworzył wybuchowy proszek, który ma siłę błyskawicy. Użyjemy go do zabicia smoka. Tak czy inaczej, odbierzemy bladej kobiecie naszych ludzi. A kiedy będą już bezpieczni – martwi, pomyślałem zimno – znajdę jakiś sposób, by do niej dotrzeć i ją zabić.

Cierń i książę wpatrywali się we mnie i po chwili starzec skinął powoli głową. Książę sprawiał wrażenie, jakby się zastanawiał, kim jestem.

– Myśl! – warknął nagle na mnie Brus. – Przemyśl to sobie, nie robiąc żadnych założeń. Wiele z tego wszystkiego nie ma dla mnie sensu, ale są pytania, na które powinieneś sobie odpowiedzieć, zanim ślepo spełnisz jej życzenia, bez względu na to, czym ci grozi ta kobieta. Dlaczego po prostu sama nie zabiła smoka? Dlaczego każe to zrobić tobie, a potem wyrzuca cię ze swojej fortecy, kiedy łatwiej by jej było pomóc ci do niego dotrzeć? Nie znoszę tego – mruknął pod nosem. – Nie znoszę myśleć w ten sposób, nie znoszę intryg i knucia. Nigdy tego nie znosiłem. – Zapatrzył się niewidzącym wzrokiem w zakamarki słabo oświetlonego namiotu. – Cała ta skomplikowana równowaga sił, ambicja i dążenie Przezornych do nadania biegu wypadkom, a potem do unoszenia się na ich fali. Wszystkie te sekrety. To właśnie zabiło twego ojca, najlepszego człowieka, jakiego znałem. Zabiło to jego ojca i zabiło Szczerego, któremu służyłem z dumą. Czy musi zabić kolejne pokolenie, musi unicestwić cały twój ród, zanim to przerwiesz? – Odwrócił spojrzenie i nagle jakby zauważył księcia. – Połóż temu kres, mój panie. Błagam cię. Nawet za cenę życia Błazna, nawet za cenę twoich zaręczyn. Połóż temu kres teraz. Wycofaj się i zmniejsz straty, które i tak są już o wiele za wysokie. Dla rodziny narczeski możesz kupić tylko śmierć. Odwróć się od tego wszystkiego. Odpłyń stąd, wróć do domu, ożeń się z rozsądną kobietą i miej zdrowe dzieci. Zostaw ten smutny kielich Zawyspiarzom, którzy go przygotowali. Proszę cię, mój książę, krwi mego najdroższego przyjaciela. Zostaw to wszystko. Wracajmy do domu.

Jego słowa wstrząsnęły nami wszystkimi, a zwłaszcza księciem. Widziałem, jak myśli Sumiennego pędzą, gdy wpatrywał się w Brusa. Czy młodzieńcowi kiedyś przyszło do głowy, że może zrobić taki krok? Popatrzył po kolei na każdego z nas, a potem wstał. Coś się zmieniło w jego twarzy. Nigdy tego nie widziałem, nigdy nie podejrzewałem, że w jednej chwili chłopiec może zmienić się w mężczyznę. Wtedy to ujrzałem. Podszedł do wejścia do namiotu.

– Lotny!

Lotny wsadził głowę do środka.

– Mój książę?

– Sprowadź tu pana Czarnowodego i narczeskę. Chcę, by natychmiast tu przyszli.

– Co robisz? – zapytał cicho Cierń, kiedy Lotny się wycofał.

Książę Sumienny nie odpowiedział bezpośrednio.

– Ile masz tego magicznego proszku? Może zrobić to, o czym mówił Bastard?

W oczach starca zapłonęło światło, to samo światło, które mnie przerażało w czasach, gdy byłem jego uczniem. Wiedziałem, że nie ma całkowitej pewności, co może zdziałać jego proszek, ale że chce zaryzykować jego użycie.

– Dwie baryłki, mój książę. I tak, myślę, że go wystarczy.

Usłyszałem skrzypienie śniegu przed namiotem. Wszyscy zamilkliśmy. Lotny uniósł klapę.

– Mój książę, pan Czarnowody i narczeska Elliania.

– Wpuść ich – rzekł Sumienny. Nadal stał. Skrzyżował ręce na piersiach. Wyglądał groźnie, lecz podejrzewam, że zrobił to, by nie drżały mu dłonie. Twarz miał jak wyrzeźbioną z kamienia. Kiedy weszli, nie przywitał ich ani nie poprosił, by usiedli, lecz powiedział tylko:

– Wiem, czym wam grozi blada kobieta.

Elliania wstrzymała oddech, lecz Peottre tylko skłonił głowę.

– Kiedy wrócił twój człowiek, obawiałem się, że tak jest. Przysłała mi wiadomość, że nie zamierzała wyjawiać tego sekretu, ale że skoro jest już znany, to mogę cię otwarcie błagać o pomoc. – Zaczerpnął głęboko tchu i myślę, że wiem, ile kosztowało tego dumnego człowieka powolne ugięcie kolan. – Robię to teraz. – Pochylił głowę i czekał. Zastanawiałem się, czy kiedykolwiek ukląkł przed jakimś człowiekiem. Blada twarz Ellianii zapłonęła nagle szkarłatem. Postąpiła krok do przodu i położyła rękę na ramieniu wuja. Powoli uklękła obok niego. Jej dumna główka opadła, aż czarne włosy przesłoniły twarz.

Patrzyłem na nich, pragnąc oboje nienawidzić za intrygi i zdradę. Nie potrafiłem. Zbyt dobrze wiedziałem, do czego bylibyśmy zdolni z Cierniem, gdyby Ketriken była przetrzymywana jako zakładniczka. Pomyślałem, że książę poprosi, by wstała, lecz on tylko na nich patrzył.

– Przysłała ci wiadomość? – zapytał Cierń. – Jak?

– Ma swoje sposoby – odparł Peottre zduszonym głosem. Nie podnosił się z klęczek. – Nie wolno mi o nich mówić. Przykro mi.

– Przykro ci? Dlaczego nie mogłeś być z nami szczery od początku? Dlaczego nie mogłeś nam powiedzieć, że działasz pod przymusem, bez najmniejszego zainteresowania sojuszem czy małżeństwem? Dlaczego wciąż strzeżesz jej sekretów? Nie wolno ci mówić! Co mogła ci zrobić gorszego od tego, co już ci zrobiła?

Uraza i oburzenie w głosie księcia wykraczały poza wszystko, co mogły przekazać słowa. Wiedział teraz, jak my wszyscy, że był dla narczeski jedynie narzędziem, że nigdy nie będzie kimś, na kim mogłoby jej zależeć. Upokarzało go to i bolało. Wtedy poznałem, że mimo dzielących ich różnic pozwolił sobie się w niej zakochać.

Peottre zacisnął zęby.

– Właśnie to pytanie nie pozwala mi zasnąć w nocy – odparł chrapliwie. – Wiecie tylko o ostatnim i najbardziej brutalnym ataku, jaki przypuściła na klan Narwala. Długo nie uginaliśmy się pod ciosami, które nam zadawała, myśląc: „Zrobiła, co chciała, a my to wytrzymaliśmy. Nie ugniemy się przed nią". I za każdym razem udowadniała nam, że nie mamy racji. Co gorszego może nam zrobić? Nie wiemy. I ta niewiedza, gdzie spadnie jej następny cios, jest jej najstraszniejszą bronią.

– Nie przyszło ci nigdy do głowy, że mógłbyś mi powiedzieć o zakładnikach? Sądziłeś, że nie poruszy to mną na tyle, bym wam pomógł? – zapytał surowo Sumienny.

Peottre pokręcił głową.

– Nigdy byś nie przyjął umowy, jaką nam narzuciła. Masz za dużo honoru.

Książę pominął ów dziwny komplement.

– Co stanowił ten pakt? – zapytał Cierń.

– Jeśli zmusimy księcia do zabicia smoka, ona zabije Oerttre i Kossi – odparł Peottre beznamiętnie. – Skończą się ich katusze i wstyd. – Uniósł głowę i spojrzał na mnie niepewnie. – A jeśli dostarczymy jej żywcem ciebie i złotoskórego, to obiecała oddać nam ich ciała. Żebyśmy mogli je zwrócić ziemi naszych matek.

Poszukałem w sobie gniewu, lecz znalazłem tylko mdłości. Nic dziwnego, że tak się ucieszyli na widok Błazna czekającego na nas na Aslevjalu. Zostaliśmy sprzedani jak bydło.

– Mogę coś powiedzieć? – Elliania uniosła głowę. Może zawsze nosiła w sobie ten pełen powagi smutek, lecz nigdy nie widziałem wstydu, który teraz wyraźnie dźwigała. Wyglądała młodziej, niż ją zapamiętałem, lecz miała oczy umierającej kobiety. Spojrzała na Sumiennego, po czym opuściła wzrok przed wyzierającą z jego oczu urazą. – Chyba mogę ci wiele wyjaśnić. Od dawna straciłam już serce do tego nikczemnego oszustwa. Lecz obowiązek, jaki mam wobec rodziny, oznacza, że najpierw muszę o tym porozmawiać z tobą. Moja matka i moja siostra... koniecznie... koniecznie musimy... – Przez chwilę nie mogła mówić. A potem uniosła głowę i przemówiła sztywno: – Chyba nie potrafisz zrozumieć, jakie to jest ważne. Żeby umarły i żeby ich ciała wróciły do domu moich matek. Dla Zawyspiarki, dla córki klanu Narwala nigdy nie było innego wyjścia. – Splotła przed sobą drżące ręce. – Nigdy nie było honorowego wyjścia – udało jej się dokończyć, zanim głos odmówił jej posłuszeństwa.

– Usiądźcie, jeśli się zmieścicie – rzekł cicho Sumienny. – Myślę, że wszyscy znaleźliśmy się w tym samym miejscu.

Nie miał na myśli namiotu.

Wszyscy się przesunęliśmy, robiąc miejsce w ciasnej przestrzeni. Brus stęknął, usiłując usunąć z drogi swoją sztywną nogę. Kiedy Peottre i Elliania usiedli, strzepnął moją koszulę i owinął mnie nią. Niemal się uśmiechnąłem. Bez względu na to, co się działo, nie pozwoliłby mi na urażenie kobiety przez siedzenie w jej obecności z obnażonym torsem. Był wnukiem niewolnicy, a zawsze miał większe ode mnie wyczucie towarzyskich niuansów.

W głosie Ellianii brzmiał wstyd i znużenie; siedziała z mocno zgarbionymi ramionami.

– Pytasz, co jeszcze mogłaby nam zrobić? Wiele. Nie wiemy z całą pewnością, kto do niej należy. Od lat poluje na naszych mężczyzn i chłopców. Wojownicy wyruszają z domu i już do niego nie wracają. Mali chłopcy znikali, kiedy paśli owce, na ziemiach naszego klanu! Zmniejszyła naszą rodzinę dziecko po dziecku. Niektóre zabiła. Inne poszły się bawić i wróciły do domu jako pozbawione duszy potwory. – Zerknęła spod oka na Peottrego, który wpatrywał się w nicość. – Naszymi własnymi rękoma zabiliśmy dzieci naszego klanu – szepnęła. Książę mruknął coś cicho. Przerwała, a potem zaczerpnęła chrapliwie powietrza i mówiła dalej. – Zanim Henja nas zdradziła, była u nas przez wiele lat. Wciąż nie wiemy, w jaki sposób moja matka i mała siostra zostały tak łatwo porwane spomiędzy nas. To samo może grozić innym. Moja Wielka Matka jest w podeszłym wieku i jej umysł migoce jak dogasająca świeca, co widzieliście. Cała jej wiedza powinna już była zostać przekazana mojej matce. Mojej matki jednak nie ma. Babka więc trwa przy życiu i ze wszystkich sił stara się matkować naszemu domowi mimo ciężaru lat, jaki ją przygniata. Może uważacie, że jest żałosna. Gdyby jednak została nam odebrana, istota domu naszych matek zostałaby całkowicie zniszczona. Moja rodzina przestałaby istnieć. I tak już wiele wycierpieliśmy z powodu nieobecności mojej matki i niezgody, jaką to wywołało. Czym jest dom matek bez matki?

Zadała to pytanie, jakby było retoryczne, lecz książę nagle się wyprostował.

– A gdybyś przybyła do Koziej Twierdy, by zostać moją żoną – zaczął sztywno – to nie opuściłabyś domu matek? To znaczy kto zostałby Wielką Matką, kiedy na ciebie przyszłaby kolej objąć tę rolę?

W oczach Ellianii zapłonęła iskierka gniewu.

– Jak widziałeś, w tej roli już wyobraża sobie siebie moja kuzynka – rzekła z pogardą. – Chce przekonać innych, że należy jej się to z mocy prawa, a nie z braku innych kandydatek. – Przez chwilę mignęła mi złośnica, którą widziałem na jej rodzinnej wyspie. A potem narczeska westchnęła cicho i bezradnie machnęła rękami. – Ale masz rację. Kiedy zgodziłam się na ślub z tobą, porzuciłam wszelką nadzieję na objęcie dziedzictwa należnego mi z urodzenia. Jest to cena, którą płacę za śmierć mojej siostry i matki oraz za zakończenie ich katuszy i upokorzenia.

Znów schowała się w siebie, zgarbiła ramiona. Zacisnęła dłonie, a ja zobaczyłem, że na jej czole pojawiają się kropelki potu.

– Dlaczego nie poprosiła was, żebyście zabili smoka? Albo dlaczego sama tego nie zrobi? – zapytał Cierń.

Odpowiedział mu Peottre:

– Jest przekonana, że jest wielką prorokinią, która nie tylko widzi przyszłość, ale i ją określa. Podczas wojny powiedziała, że ród Przezornych musi zginąć, bo inaczej jego członkowie sprowadzą na nas smoki, tak jak robili to dawniej. Niektórzy w to wierzyli i usiłowali wykonać jej wolę. Nie udało im się jednak i jej słowa się ziściły. Wy, Przezorni, sprowadziliście na nas gniew smoków, rozbiliście nasze statki i zniszczyliście nasze wioski.

– Ale gdybyście nie atakowali nas swoimi szkarłatnymi okrętami... – zaczął z oburzeniem Sumienny.

Peottre nie dał sobie przerwać.

– Otóż blada kobieta mówi, że wciąż mamy okazję się zrehabilitować. Mówi, że nasz smok zasługuje na śmierć, bo nie wzbił się w powietrze i nie obronił nas. Co więcej, powiada, że zasługuje on na śmierć z rąk Przezornego, ponieważ to ty jesteś wrogiem, przed którym nas nie obronił. Ale Przezorny musi zabić Lodognia przede wszystkim dlatego, że to właśnie widziała w swoich wizjach przyszłości. Żeby przyszłość potoczyła się zgodnie z jej wolą, czynu tego musi dokonać ktoś z rodu Przezornych.

– Co wydaje mi się bardzo dobrym powodem, by zastanowić się, czyby tego nie zrobić – mruknął do mnie Brus.

Książę miał dobry słuch.

– Ale najlepszym powodem, by zastanowić się, czyby nie zabijać smoka, jest to, że może się to okazać niemożliwe. Macie świadomość, że niektóre osoby z mojej grupy zaczęły wątpić w moją misję. Im bardziej zbliżaliśmy się do Lodognia, tym wyraźniej go wyczuwaliśmy, nie tylko jego życie, które wciąż się w nim tli, ale jego potęgę. Jego intelekt. A teraz odkrywam, że moi przyjaciele podjęli działania przeciwko mnie. Panie Czarnowody, narczesko Ellianio, zawiodłem was. Moi zaufani przyjaciele wysłali wiadomość do kupców z Miasta Wolnego Handlu. Przyślą swoją smoczycę, by się nam przeciwstawiła. Być może już tu śpieszy.

– Nie rozumiem – przerwał mu Peottre. – Wiedziałem, że w twojej grupie istnieje opór przeciwko zabiciu smoka. Ale o co chodzi z tym „wyczuwaniem" go?

– Nie ty jeden masz tajemnice i tę na razie zatrzymam dla siebie. Tak jak ty zatrzymujesz dla siebie tajemnicę tego, jak kontaktuje się z tobą blada kobieta. Poleciła ci otruć Bas... Toma ciastem, które nam przyniosłeś, prawda?

Peottre siedział sztywno, z zaciśniętymi ustami. Sumienny kiwnął głową.

– Tak. Sekrety. Gdybyście nie uznali za stosowne trzymać się swoich tak mocno, moglibyśmy od początku działać wspólnie, nie przeciwko smokowi, lecz bladej kobiecie. Gdybyście tylko ze mną porozmawiali...

Narczeska nagle zemdlała. Przewróciła się na bok z jękiem i przestała się ruszać.

Czarnowody ukląkł przy niej.

– Nie mogliśmy! – zawołał z goryczą. – Nawet się nie domyślasz, jaką cenę zapłaciła teraz ta mała, by rozmawiać z tobą tak otwarcie. Jej język został zapieczętowany, podobnie jak mój. – Spojrzał ponuro na Brusa. – Stary żołnierzu, jeśli została w tobie choć odrobina litości, przyniesiesz mi trochę śniegu?

– Ja przyniosę – powiedziałem cicho, nie wiedząc, jak dużo albo jak mało widzi Brus. On już jednak się podniósł, wziął pusty garnek i wyszedł z namiotu. Czarnowody przetoczył Ellianię na brzuch i bez ceregieli podciągnął jej tunikę. Książę wstrzymał oddech na widok pleców dziewczyny, a ja się odwróciłem, czując mdłości. Wytatuowane smoki i węże były podrażnione, z niektórych wyciekały kropelki krwi, inne były spuchnięte i wilgotne jak świeżo pęknięte pęcherze od oparzenia.

– Pewnego dnia poszła na spacer z Henją, swoją zaufaną pokojówką – odezwał się Peottre przez zaciśnięte zęby. – Po dwóch dniach Henja przyprowadziła ją potykającą się do domu. Miała na plecach te znaki, a dla nas okrutny układ z bladą kobietą. Wypowiedziała go Henja, bo jeśli Elliania mówi o tym, co jej się przydarzyło, smoki wymierzają jej karę. Tak się kończy nawet wspomnienie imienia bladej kobiety.

Wrócił Brus z garnkiem śniegu. Postawił go obok dziewczyny i popatrzył na nią z przerażeniem, usiłując rozpoznać, co ma na plecach.

– Infekcja skóry? – zapytał z wahaniem.

– Zatrucie duszy – odrzekł Peottre z goryczą.

Wziął garść czystego śniegu przyniesionego przez Brusa i rozprowadził go na plecach Ellianii. Poruszyła się lekko, drgnęły jej powieki. Pomyślałem, że zawisła nad granicą świadomości, lecz się nie odezwała.

– Zwalniam was ze wszystkich umów między nami – rzekł cicho Sumienny.

Peottre podniósł na niego zdumione spojrzenie. Książę jednak mówił dalej.

– Nie będę wymagał od niej spełnienia żadnych obietnic danych pod przymusem. Ale i tak zabiję waszego smoka. Dzisiaj w nocy. A kiedy zapewnimy waszym krewnym czystą śmierć, kiedy tylko ja będę ponosił ryzyko, zrobię wszystko, co w mojej mocy, by na zawsze położyć kres złu bladej kobiety. – Odetchnął głęboko i, jakby się bał szyderstwa, dodał: – A jeśli ktokolwiek z nas przeżyje, to stanę przed Ellianią i zapytam, czy mnie zechce.

– Zechcę. Dobrowolnie – odezwała się Elliania słabym głosem, nie unosząc głowy. Ostatnie słowo wypowiedziała nieco głośniej. Nie sądzę, by Peottremu czy Cierniowi to się podobało, ale zmilczeli. Odsunęła pełną śniegu dłoń wuja, a po chwili przytrzymała się jej i z trudem usiadła. Wciąż cierpiała ból. Wyglądała, jakby otrzymała śmiertelną ranę.

Cierń zwrócił spojrzenie na mnie.

– A zatem działamy. Dziś w nocy. – Powiódł po nas wzrokiem, a potem niemal było widać, jak wyzbywa się wszelkiej ostrożności. – Nie możemy czekać, no bo kto spośród nas wie, jak szybko potrafi lecieć smok? Jeśli przystąpimy do dzieła wszyscy razem i szybko, to może dokonamy tego czynu i odejdziemy stąd, zanim przybędzie tu ta Tintaglia. – Na twarz starca wystąpił nagle rumieniec. Nie mógł powstrzymać lekkiego uśmiechu, gdy wypowiadał następne słowa. – To prawda. Stworzyłem proszek, który ma siłę błyskawicy. Wziąłem go trochę ze sobą w tę podróż. Nie mam go tyle, ile miałem nadzieję użyć do tego celu. Większość moich zapasów została na plaży. Może jednak wystarczy to co mam. Wrzucony do ognia w szczelnie zamkniętym pojemniku, wybucha gwałtownie, jak błyskawica. Gdybyśmy go umieścili w naszym tunelu i podpalili, z całą pewnością wysadziłby w powietrze sporą połać lodu. On sam może zabić smoka. Nawet jeśli tak się nie stanie, otworzy nam do niego drogę.

Wstałem.

– Masz jakiś płaszcz, który mógłbym włożyć? – zapytałem Brusa.

Nie zwrócił na mnie uwagi, wpatrzony w Ciernia.

– Czy to właśnie zrobiłeś tej nocy, kiedy umarł Roztropny? Czymkolwiek posmarowałeś świece, nie zachowywało się tak, jak przewidziałeś. Co my tu ryzykujemy?

Lecz entuzjazm Ciernia dla natychmiastowego wypróbowania jego cudownego proszku przerósł już wszelką ostrożność. Był jak chłopiec palący się do wypróbowania nowego latawca albo łódki.

– To nie tak. Tamto wymagało precyzyjnych pomiarów, a musiałem działać z większym pośpiechem, niż mi się to podobało. Masz pojęcie, co trzeba było zrobić, by przygotować te wszystkie świece i zapas drewna opałowego na tamten wieczór tak, żeby nikt się nie zorientował? Nikt nigdy nie docenił tego ani żadnego z innych cudów, jakie robiłem dla korony Przezornych. Ale i tak to jest coś innego. Zadziała na o wiele większą skalę, a ja mogę użyć tyle proszku, ile wyda się nam konieczne. Tym razem nie będzie żadnych półśrodków.

Brus kręcił głową, patrząc, jak oswobadzam rękę z bandaża i ostrożnie wsuwam lewą dłoń w rękaw koszuli. Bolała, ale mogłem jej używać. Rozpaliła mnie nadzieja, że smok może zostać zabity już dziś w nocy. Spokojna część mojego umysłu wiedziała, że mam tylko słowo bladej kobiety, iż wypuści Błazna z chwilą śmierci Lodognia. Trudno było na tym słowie polegać, ale stanowiło moją jedyną szansę. A jeśli proszek Ciernia zabiłby smoka, lecz nie spowodował wypuszczenia Błazna, to druga dawka użyta przy ciele smoka mogłaby otworzyć przejście do jej podlodowego królestwa. Na razie zachowywałem tę myśl dla siebie.

– Jakie są niebezpieczeństwa? – zapytał Sumienny, ale Cierń machnął lekceważąco ręką.

– Robiłem rozliczne próby. Wykopywałem na plaży dołki, rozpalałem na ich dnie ogień, a kiedy już dobrze się palił, wkładałem pudełko z proszkiem i wycofywałem się. Przy wybuchu proszek tworzył dziury wielkości proporcjonalnej do ilości proszku w zamkniętym pojemniku. Dlaczego lód i śnieg miałyby się zachowywać inaczej? Owszem, przyznaję, że są cięższe i bardziej zbite, ale dlatego użyjemy większego pojemnika na proszek. Jeśli zaś chodzi o ogień...

– To łatwe – stwierdziłem. Moje myśli już pędziły. Znalazłem płaszcz Ciernia i narzuciłem go na ramiona. – Jakiś pojemnik, duży garnek. Ten kociołek, którego używamy do potrawki i topienia śniegu na wodę. Będzie dobry. Podpałka, żeby rozpalić na jego dnie małe ognisko, a potem oliwa Błazna. Przechowywał ją z namiotem, więc wciąż tam pewnie jest. Podczołgam się tunelem, rozpalę ogień, a potem włożę pojemnik z proszkiem i wyczołgam się z powrotem. Szybko.

Wymieniliśmy z Cierniem uśmiechy. Już się zaraziłem jego entuzjazmem.

Cierń skinął głową, a potem zmarszczył brwi.

– Ale kociołek nie jest dość duży, by włożyć do niego całą baryłkę. Niech pomyślę, niech pomyślę. Mam. Kilka warstw wygarbowanej skóry pod kociołkiem. Kiedy ogień dobrze się rozpali w kociołku, wysyp płonące węgle na skórę. Utrzyma je przez ten krótki czas. Potem wrzuć baryłkę do ognia. I wyjdź z tunelu. Szybko.

Wyszczerzył do mnie zęby w uśmiechu, jakby to wszystko było wyśmienitym żartem. Peottre był zaniepokojony, a narczeska zdezorientowana. Brus zmarszczył brwi; twarz miał ponurą jak chmura gradowa. Książę Sumienny wyglądał na rozdartego między chłopięcym pragnieniem kreowania wydarzeń i monarszą potrzebą starannego rozważania wszystkich decyzji. Kiedy się odezwał, wiedziałem, co wygrało.

– Ja powinienem to zrobić, nie Bas... Tom Borsuczowłosy. Jego ręka jest prawie bezużyteczna. I powiedziałem, że ja to zrobię. To moje zdanie.

– Nie. Jesteś dziedzicem tronu Przezornych. Nie możemy cię narażać na ryzyko! – sprzeciwił się Cierń.

– Ach! Zatem przyznajesz, że istnieje zagrożenie! – mruknął Brus.

Wciągnąłem buty Ciernia. Były na mnie za duże. Nie zdawałem sobie sprawy, że chudy starzec ma takie długie stopy.

W głowie wirowały mi rozmaite plany.

– Potrzebuję kociołka, oliwy z zapasów Błazna, podpałki i hubki, dwóch wygarbowanych skór. I tej baryłki proszku.

– Oraz latarni. Będziesz potrzebował światła, żeby widzieć, co tam robisz na dole. Przyniosę ją.

Sumienny nie zwrócił uwagi na ostrzeżenie Ciernia.

– Nie. Żadnej latarni. Albo dobrze, może jakąś małą. Pójdziemy od razu i po cichu. Jeśli reszta twojego kręgu Rozumiejących zorientuje się, co zamierzamy... cóż. Po prostu lepiej, żeby do tego nie doszło.

Zmagając się z butami, uświadomiłem sobie, że będę potrzebował kogoś do pomocy. Ramię wciąż się odzywało nawet przy najmniejszym obciążeniu ręki. Tym pomocnikiem będzie książę. Wyślę Sumiennego z tunelu, jak tylko rozpalę ogień. Kiedy będziemy czekali na wybuch proszku, będzie mógł stać obok mnie na krawędzi wykopu. Z pewnością to wystarczy do wypełnienia jego obietnicy, którą złożył jako Przezorny, że odetnie smokowi głowę.

– Krąg Rozumiejących! – wybuchnął Brus.

Byłem zniecierpliwiony; mówiłem, przeszukując ubrania Ciernia i Sumiennego. Wziąłem sobie futrzaną czapkę Ciernia.

– Tak. Krąg Rozumiejących, którzy służą królowi z rodu Przezornych. Myślałeś, że Moc jest jedyną magią, którą można wykorzystać w ten sposób? Zapytaj Szybkiego. Jest prawie członkiem tego kręgu. I mimo że Sieciarz zdradził nasz plan, nie uważam tego za zły pomysł. – Brus zapatrzył się na mnie, osłupiały i urażony, a ja zwróciłem się do Ciernia: – Wyślij po te rzeczy samego Lotnego. Jest małomówny i lojalny; nie dopuści do powstania plotek.

– Ja z nim pójdę – rzekł Sumienny. Nie czekał na czyjąkolwiek zgodę, tylko chwycił swój płaszcz. Zatrzymał się na chwilę przy Ellianii.

– Daję ci moje słowo. Jeśli uda mi się znaleźć czystą śmierć dla twojej matki i siostry, będzie należeć do nich – powiedział, nie patrząc jej w oczy, i wyszedł.

– Książę posługuje się magią? – zapytał Peottre, patrząc za nim.

Cierń pośpiesznie wymyślił kłamstwo.

– Tom tego nie powiedział. Książę ma krąg przyjaciół, którzy potrafią posługiwać się Rozumieniem, które czasami w Królestwie Sześciu Księstw jest nazywane magią pradawnej krwi. Przybyli tu z nim, by mu pomóc.

– Magia to brudna sprawa – zawyrokował Peottre. – Miecz jest przynajmniej uczciwy, a człowiek widzi nadchodzącą śmierć. Dzięki magii blada kobieta zakuła naszych krewnych w łańcuchy i sprowadziła na nas wstyd. Dzięki magii wciąż każe nam wykonywać jej haniebne zadania.

Brus powoli kiwał głową do wtóru jego słów.

– Gdybyż można było użyć wobec niej magii miecza. Nie uchodzi, by silny mężczyzna padał ofiarą przebiegłości, a zwłaszcza przebiegłości złej i ambitnej kobiety.

Wiem, że myślał wtedy o moim ojcu i o tym, jak królowa Skwapliwa uknuła jego śmierć. Nie wiem, jak jego słowa zrozumiał Peottre.

Kaempra klanu Narwala wstał powoli, jakby rozwijała mu się w głowie jakaś nieprzyjemna myśl. Skinął głową. Narczeska również wstała.

– Przekażcie, proszę, księciu Sumiennemu moje pożegnanie – odezwała się cicho.

– I moje – rzekł Peottre z powagą. – Boleję, że do tego doszło. Żałuję, że nie ma dla nas wszystkich lepszej ścieżki.

Wyszli powoli; Peottre poruszał się jak przygnieciony wielkim ciężarem. Sumienny wrócił szybko z częścią wyposażenia potrzebnego w naszej misji. W kilka chwil później Lotny przyniósł resztę. Kiedy złożył wszystko na podłodze, stanął, wyraźnie chcąc o coś zapytać, ale Cierń podziękował mu i odprawił go bez żadnych wyjaśnień. Gwardzista wyglądał na zmartwionego. Najwyraźniej Sumienny i ja przygotowywaliśmy jakiś wypad. Nikt nie otrzymał żadnych wyjaśnień co do mojego powrotu. Mimo to Lotny, jak każdy dobry żołnierz, przyjął brak wyjaśnień jako rzecz rozsądną i wrócił na swój posterunek przed namiotem.

Nastąpiło drobne opóźnienie, ponieważ Cierń uznał, że ogień rozpalony na skórach leżących na lodzie może nie palić się płomieniem dość gorącym, by spowodować wybuch proszku. Zaczął więc sprawdzać, jak duży pojemnik z proszkiem zmieści się do kociołka. Wymagało to pośpiesznego porównania spakowanych przedmiotów i znalezienia pojemnika, który wejdzie do kociołka i da się szczelnie zamknąć. W końcu Cierń wybrał niewielki gliniany garnuszek z ceramiczną przykrywką, pełen ziół na herbatę. Po tym, jak narzekał, że trzeba je wyrzucić, domyśliłem się, że była to jedna z jego specjalnych mieszanek. Kiedy się z tym uporał, otworzył baryłkę, którą przyniosłem z plaży, i ostrożnie przesypał z niej do garnuszka gruboziarnisty proszek. Robił to z dala od maleńkiego płomyka świecy, ubijając proszek palcami i mrucząc coś pod nosem.

– Jest nieco wilgotny – stwierdził gderliwie, odwracając się do mnie z zamkniętym garnuszkiem w dłoniach. – No, ale ta flaszeczka, którą umieściliśmy w twoim kominku, też była trochę wilgotna w środku, a mimo to zadziałała. I nie chodzi o to, że się spodziewam, że wybuchnie aż tak, no ale chyba tak się tego wszystkiego uczymy. Dobrze. Trzymaj to z dala od ognia w kociołku, aż się dobrze rozpali i będzie możliwie najgorętszy. Wtedy włóż to do kociołka, na środek, żeby nie zagasiło ognia. A potem jak najszybciej wyjdź z tunelu.

To były wskazówki dla mnie. Do księcia powiedział:

– Masz się wycofać, jak tylko w kociołku rozpali się ogień. Nie czekaj, aż Bastard włoży proszek do środka, tylko wyjdź i czekaj na niego z dala od krawędzi wykopu. Rozumiesz mnie?

– Tak, tak – odparł ze zniecierpliwieniem Sumienny. Pakował do worka rzeczy potrzebne do rozpalenia ognia.

– A więc obiecaj mi to. Obiecaj, że wyjdziesz stamtąd, gdy tylko Bastard rozpali w kociołku ogień.

– Powiedziałem, że zabiję smoka. Powinienem przynajmniej zobaczyć, jak Bastard wkłada proszek do kociołka.

– Wycofa się, zanim proszek znajdzie się w kociołku – powiedziałem do Ciernia, biorąc zamknięty garnuszek. – Obiecuję ci to. Chodźmy, Sumienny. Niewiele już nocy nam zostało.

Kiedy ruszyliśmy do klapy wejściowej, wstał Brus.

– Mam coś nieść? – zapytał mnie.

Przez chwilę patrzyłem na niego tępo. A potem zrozumiałem, o co mu chodzi.

– Nie idziesz z nami, Brus. Zaczekaj tutaj. To nie potrwa długo.

Nie usiadł.

– Musimy porozmawiać. Ty i ja. O wielu sprawach.

– I porozmawiamy. Długo. Ja też mam ci wiele do powiedzenia. Ale skoro to czekało tyle lat, zaczeka, aż wykonamy nasze zadanie. Wtedy będziemy mieli czas, by razem gdzieś usiąść. Na osobności.

Ostatnie słowo wypowiedziałem z naciskiem.

– Młodzi ludzie są tak pewni, że mają na wszystko dużo czasu. – Uwagę tę skierował do Ciernia. Sięgnął swobodnie po część naręcza Sumiennego. – Starzy ludzie wiedzą lepiej. Pamiętamy te wszystkie okazje, kiedy myśleliśmy, że jeszcze będzie czas, a go nie było. W moim sercu spoczywają nie wypowiedziane te wszystkie rzeczy, o których myślałem, że kiedyś powiem twojemu ojcu. Chodźmy.

Westchnąłem. Sumienny wciąż stał w miejscu z lekko otwartymi ustami. Wzruszyłem ramionami.

– Nie ma co dyskutować z Brusem. To jak dyskutować z twoją matką. Chodźmy.

Wyszliśmy z namiotu i ruszyliśmy w ciemność. Poruszaliśmy się tak cicho, jak potrafią to Rozumiejący, nawet jeśli jeden z nich nie chce przyznać, że ma Rozumienie. Brus położył delikatnie rękę na moim zdrowym ramieniu. Było to jedyne ustępstwo z jego strony wobec słabnącego wzroku. Nic nie powiedziałem. Raz zerknąłem do tyłu i zobaczyłem Ciernia stojącego w nocnej koszuli w wejściu do namiotu i patrzącego za nami. Wyglądał na zawstydzonego, że go na tym przyłapałem, i zaraz opuścił klapę. Teraz jednak wiedziałem, że się martwi, i starałem się nie zastanawiać, jak dobrze wypróbował swój wybuchający proszek. Lotny też odprowadzał nas wzrokiem.

Ścieżka do wykopu wiodła pod górę. Nie wyglądała na trudną, lecz wydarzenia kilku ostatnich dni dawały mi się we znaki. Teraz ścieżka wydawała się trudna i kiedy dotarliśmy do rampy prowadzącej do wykopu, sapałem z wysiłku. Zatrzymaliśmy się tam. Wziąłem od Brusa oliwę i skrzywiłem się, poczuwszy jej ciężar.

– Zaczekaj tu na nas.

– Nie musisz się martwić, że pójdę za wami. Wiem, że nic nie widzę, i nie narażę was na niebezpieczeństwo, swoim towarzystwem.

Ale zanim odejdziesz, chciałbym z tobą zamienić przynajmniej kilka słów. Na osobności, jeśli nie masz nic przeciwko temu.

– Brus. Z każdą chwilą Błazen może stracić więcej z siebie na rzecz smoka.

– Synu, dobrze wiesz, że jest już za późno, by go uratować. Ale ja też wiem, że musisz to zrobić. – Odwrócił głowę, nie patrząc na księcia, lecz i tak „widząc" go. Ujrzawszy moje błagalne spojrzenie, Sumienny cofnął się o kilka kroków, by umożliwić nam rozmowę na osobności. Mimo to mój były opiekun ściszył głos. – Przybyłem tu, by sprowadzić ciebie i Szybkiego do domu. Obiecałem Pokrzywie, że sprowadzę jej brata do domu, całego i zdrowego, że jeśli będę musiał w tym celu zabić smoka, to go zabiję, i że wszystko będzie jak dawniej. Pod pewnymi względami ona wciąż jest dzieckiem, wierzącym, że tata zawsze będzie zapewniał jej bezpieczeństwo. Chciałbym, żeby nadal w to wierzyła, przynajmniej przez jakiś czas.

Nie byłem pewien, o co mnie prosi, ale za bardzo się śpieszyłem, by się spierać o szczegóły.

– Zrobię, co w mojej mocy, by w to wierzyła – zapewniłem go. – Muszę iść, Brus.

– Wiem. Ale... wiesz, że oboje byliśmy przekonani, że nie żyjesz. Sikorka i ja. I że zrobiliśmy to, co zrobiliśmy, w tym przekonaniu. Wiesz o tym?

– Oczywiście. Może porozmawiamy o tym później. – Nagle wiedziałem, dzięki złości i bólowi, które obudziły we mnie jego słowa, że nigdy nie będę chciał o tym rozmawiać. Że nawet nie chcę myśleć o rozmowie o tym. Mimo to zaczerpnąłem tchu i wypowiedziałem słowa, które tak często sobie powtarzałem: – Byłeś dla niej lepszym mężczyzną. Dobrze spałem w nocy, wiedząc, że jesteś z nią i z Pokrzywą. A potem... nie wróciłem. Bo nie chciałem, byś kiedykolwiek czuł, że... że...

– Że cię zdradziłem – skończył cicho za mnie.

– Brus, niedługo wzejdzie słońce. Muszę iść.

– Posłuchaj mnie! – rzekł z nagłą złością. – Posłuchaj mnie i daj mi to powiedzieć. Te słowa duszą mnie od czasu, kiedy po raz pierwszy dowiedziałem się, co zrobiłem. Przepraszam cię, Bastardzie. Przepraszam cię za wszystko, co ci odebrałem, nie wiedząc, że ci to odbieram. Przepraszam cię za lata, których nie mogę ci oddać. Ale... ale nie mogę żałować, że uczyniłem z Sikorki moją żonę, ani dzieci, ani naszego wspólnego życia. Nie mogę. Bo ja byłem dla niej lepszym mężczyzną. Tak jak Rycerski był lepszy dla Cierpliwej, kiedy nieświadomie mi ją odebrał. – Westchnął ciężko. – Edo i Elu. Po jakiej dziwnej, okrutnej spirali tańczyliśmy.

W ustach miałem pełno popiołu. Nie było nic do powiedzenia.

– Zamierzasz wrócić i mi ją odebrać? – zapytał bardzo, bardzo cicho. – Zabierzesz ją z naszego domu, od naszych dzieci? Bo wiem, że możesz to zrobić. Zawsze zachowywała w sercu miejsce dla nieokiełznanego chłopca, którego kochała. Nigdy... nigdy nie usiłowałem tego zmienić. Jak mógłbym? Ja go też kochałem.

Całe życie zawirowało obok mnie, niesione wiatrem. Szeptał mi o tym, co mogłoby być, co powinno być. Co jeszcze mogło się zdarzyć. Mogło, lecz było niemożliwe. Co się nie zdarzy.

– Nie wrócę i nie odbiorę ci jej – odezwałem się w końcu. – W ogóle nie wrócę. Nie mogę.

– Ale...

– Nie mogę, Brus. Nie możesz mnie o to prosić. Czy wyobrażasz sobie, że mógłbym przyjechać do was z wizytą, mógłbym usiąść przy twoim stole i napić się herbaty, siłować się z twoim najmłodszym synem, patrzeć na twoje konie i nie myśleć, nie myśleć...?

– To byłoby trudne – przerwał mi gwałtownie. – Ale mógłbyś się tego nauczyć. Tak jak ja nauczyłem się to znosić. Za każdym razem, gdy jechałem za Cierpliwą i Rycerskim, kiedy razem wybierali się na przejażdżkę, kiedy widziałem ich i...

Nie mogłem tego słuchać. Wiedziałem, że nigdy nie będę tak odważny.

– Brus. Muszę iść. Błazen liczy, że to zrobię.

– A więc idź! – W jego głosie nie było gniewu, tylko rozpacz. – Idź, Bastardzie. Ale porozmawiamy o tym, ty i ja. Jakoś to rozplączemy. Przyrzekam. Nie stracę cię po raz drugi.

– Muszę iść – powiedziałem ostatni raz, odwróciłem się i uciekłem od niego. Zostawiłem go, ślepego, stojącego na zimnym wietrze, a on został tam sam, wierząc, że wrócę.

## ROZDZIAŁ 23

# UMYSŁ SMOKA

*Najstarsi mieszkali na bardzo rozległych terenach. Chociaż z ich czasów przetrwały nieliczne zapiski, a my nie umiemy w pełni odczytać ich run, kilka naszych znaków wydaje się pochodzić od hieroglifów, które Najstarsi nanieśli na swoje mapy i monolity. Ta niewielka wiedza, jaką posiadamy o tym my, ludzie, może wskazywać, iż przebywali ze zwykłymi ludźmi, czasami mieszkając w tych samych miastach, i że duża część naszej wiedzy może pochodzić z tego sąsiedztwa. Mieszkańcy Królestwa Górskiego mają starodawne mapy, które są niemal na pewno kopiami jeszcze starszych zwojów i najwyraźniej odzwierciedlają znajomość o wiele rozleglejszego terytorium niż to, jakie obecnie zajmują ci ludzie. Drogi i miasta zaznaczone na tych mapach albo już nie istnieją, albo są tak odległe, że nabrały cech mitycznych. Najdziwniejsze zaś ze wszystkiego jest może to, że przynajmniej jedna z owych map pokazuje miasta, które obecnie leżałyby tak daleko na północ, jak Księstwo Niedźwiedzie, i tak daleko na południe, jak Przeklęte Brzegi.*

Strzyżyka „Traktat o zaginionym ludzie"

Kiedy dołączyłem do Sumiennego, nie powiedziałem ani słowa, a on mnie o nic nie pytał. Schodził pierwszy po rampie, kołysząc małą latarnią. Od czasu, gdy ostatnio tu pracowałem, wykop znacznie się pogłębił i zwęził. Widziałem, gdzie koncentrowali wysiłki po zauważeniu cienia zwierzęcia, uwięzionego w lodzie poniżej. I znów zalała mnie nieoczekiwana fala świadomości istnienia Lodognia, wyczuwanego przez mój zmysł Rozumienia, a potem nagle opadła i zniknęła. Takie poczucie obecności istoty, którą przybyłem zabić, wytrącało mnie z równowagi.

Poszedłem za Sumiennym do narożnika wykopu, który zmienił się w tunel wyrąbany w lodzie. Na początku był wysoki na człowieka i na dwóch ludzi szeroki, lecz szybko się zwęził i wkrótce musiałem się zgarbić, od czego ramię bolało mnie jeszcze bardziej.

Kiedy tak szedłem za Sumiennym, w mojej głowie nagle przestawiło się coś, co powiedział Brus. Powiedział, że przybył tu, by zabić smoka, jeśli to będzie konieczne, bo zrobi wszystko, żeby sprowadzić Szybkiego do domu. Pokrzywa powiedziała Młotkowi, że jej ojciec wyjechał, by zabić smoka. Te dwie rzeczy oznaczały, że Pokrzywa nie wie o mnie. Nic o mnie nie wie. Byłem rozdarty między ulgą, że nie powiedziałem nic, co by jej wyjaśniło sytuację, i przyprawiającym o mdłości przeczuciem, że nigdy naprawdę nie zaistnieję w jej życiu. Nagle wydało mi się, że zamykają się nade mną ciemność, lód i zimno, i przez jedną oszałamiającą chwilę poczułem, że jestem uwięziony w lodowcu i że chcę umrzeć, ale nie potrafię zrobić dla siebie nawet tyle. Usiłowałem sprowadzić na siebie śmierć siłą woli, lecz tylko dławiłem się wstydem.

Wtedy dusząca ciemność minęła, a ja ruszyłem chwiejnie dalej. Przestałem myśleć o Pokrzywie, Brusie i Sikorce, odwróciłem się od przeszłości i zająłem myśli tylko tym, co miałem zaraz zrobić: zabiciem smoka. Szedłem za Sumiennym coraz głębiej w lód, mówiąc sobie, że może wciąż jeszcze mogę uratować Błazna. Okłamywałem się.

Latarenka Sumiennego ukazywała mi tylko nieprzyjemne lśnienie lodowych ścian i sylwetkę idącego przede mną księcia. Tunel skończył się raptownie. Sumienny odwrócił się do mnie i przykucnął.

– Tu na dole jest jego głowa. Tak się nam wydaje – powiedział, wskazując na porysowany lód.

Spojrzałem na lód pod jego nogami.

– Nic nie widzę.

– Zobaczyłbyś, gdybyś miał większą latarnię, a za sobą światło dnia. Uwierz mi na słowo. Pod nami jest jego głowa.

Zdjął niezdarnie pakunek z pleców i położył go przed sobą. Kucnąłem naprzeciwko księcia. Było akurat tyle miejsca, żeby mógł przestąpić nad kociołkiem i przecisnąć się obok mnie, kiedy już rozpalimy ogień.

Zimno wpełzło mi do ramienia, usztywniając je, a moja obita twarz stanowiła zimną, obolałą maskę. Nie miało to znaczenia. Wciąż miałem prawą rękę. Jak trudne może być rozpalenie ognia i włożenie do niego glinianego garnczka? Coś takiego mogłem zrobić nawet ja.

Najpierw zająłem się skórami. Sumienny ułożył je między nami, jakbyśmy byli żołnierzami szykującymi się do gry w kości. Skóry były grube, jedna z białego niedźwiedzia, a druga z krowy morskiej. Obie śmierdziały. Umieściłem pośrodku nich kociołek, a flaszeczkę z olejem ostrożnie postawiłem z dala od niego. Obok flaszeczki postawiłem garnczek z proszkiem. Na podpałkę mieliśmy strużyny drewna i trochę nadpalonego płótna. Zrobiłem gniazdko na dnie kociołka i skrzesałem do niego z ogniokamienia trzy nieskuteczne porcje iskier, po czym Sumienny zapytał z ciekawością:

– Nie moglibyśmy po prostu zapalić tego od latarni?

Podniosłem wzrok i spojrzałem na niego złowrogo. Książę odpowiedział mi uśmiechem; światło podkreślało jego zaczerwienione policzki i popękane usta. Nie czułem wesołości, ale jakoś udało mi się ułożyć odpowiednio wargi. Przypomniałem sobie na chwilę, że na jego młodych ramionach też spoczywają ciężary, z których nie najmniejszym było to, że zabicie tego smoka jest poniekąd zdradą pradawnej krwi i jego kręgu Rozumiejących. I nie przyniesie mu spełnienia marzeń. Dziewczyna, którą pokochał, była tylko przynętą, mającą doprowadzić do tego, by wykonał polecenie bladej kobiety. Elliania ofiarowała mu siebie nie z miłości, nie dla przypieczętowania sojuszu, tylko po to, by kupić śmierć matki i siostry. Nie wydawało się to obiecującą podstawą małżeństwa, a jednak znaleźliśmy się w tym tunelu. Przysiadłem na piętach.

– Ty to zrób – rzekłem. – A potem stąd zmiataj. Aha. Odprowadź Brusa od krawędzi wykopu. On źle widzi.

– Coś ty, naprawdę? Myślałem, że jest ślepy.

Było to poczucie humoru młodego człowieka, czarny sarkazm młodzieńca nie bojącego się, że kiedyś spotka go los, z którego szydzi. Ja już nie potrafiłem się na jego słowa uśmiechnąć, ale może Sumienny nie zauważył. Wyjął z kociołka kawałek nadpalonego płótna i przytknął go do płomyka latarni; ogień łapczywie liznął płótno, które natychmiast się zajęło. Sumienny pośpiesznie wrzucił je do kociołka na resztę podpałki. Ogień zgasł.

– Nic nam nie idzie łatwo – zauważyłem po trzeciej nieudanej próbie.

Musiałem przewrócić kociołek na bok, a potem Sumienny sparzył sobie palce, wsuwając ostatni kawałek płonącego płótna pod zestrugane kawałki drewna. Wstrzymaliśmy oddech, a mały płomyczek chwycił i zaczął się wspinać po drewienkach. Zasiliłem go strużynami i zdecydowałem, że nie postawię kociołka prosto, ryzykując zagaszenie ognia, tylko wsunę do niego proszek, jakbym wkładał chleb do pieca. Gromadzący się dym z naszego małego ogniska zmusił mnie do kaszlu.

– Czas na ciebie – rzekłem do księcia.

– Zrób to i wtedy pójdziemy razem.

– Nie. – Nie chciałem mu powiedzieć, że zanim załaduję proszek, chcę mieć pewność, że on sam znajduje się w bezpiecznej odległości. – Brus jest dla mnie bardzo ważny. Jest też bardzo dumny. Zanim ucieknie, będzie chciał zaczekać na mnie. Weź go za rękę i powiedz mu, że już idę, że mnie widzisz. I odprowadź go daleko od wykopu. Obaj wiemy, że mieszanki Ciernia czasami działają o wiele lepiej, niż on sam się spodziewa.

– Mam go okłamać? – zapytał Sumienny ze zgorszeniem.

– Masz go odprowadzić w bezpieczne miejsce. Ma chore kolano i nie może się poruszać tak szybko, jak ty albo ja. Więc odprowadź go wcześniej. Dam ci na to kilka chwil, a potem załaduję proszek i sam wyjdę.

Udało się. Książe by mnie nie zostawił, gdyby ryzyko dotyczyło tylko jego własnego bezpieczeństwa. Zrobił to ze względu na bezpieczeństwo Brusa. Książę przestąpił ostrożnie nad kociołkiem i przecisnął się obok mnie, a ja podziękowałem Ketriken za ducha, jakiego wpoiła swemu synowi. Nasłuchiwałem jego kroków w tunelu, usiłując ocenić, kiedy wyjdzie z wykopu, dotrze do Brusa i odprowadzi go dalej. Nie ma pośpiechu, powiedziałem sobie. Jeszcze nie ma potrzeby ryzyka. Za kilka minut smok będzie martwy. I może Błazen zostanie uratowany.

Leżałem rozciągnięty na dnie tunelu, by uniknąć wiszącego nade mną dymu i dokładać do rozpalającego się ognia. Chciałem uzyskać dobrą warstwę żaru. Wtedy umieszczę w nim proszek. Z niechęcią uznałem, że powinienem też nalać oliwy, i to tyle, by płomienie objęły pojemnik. Otworzyłem flaszeczkę i umieściłem ją pod ręką. Będzie bezpieczna. Zanim w moim kominku wybuchł flakonik z proszkiem, upłynęło sporo czasu. Oczywiście to było, zanim Cierń udoskonalił swój wynalazek.

Nie myśl o tym. Nie myśl o śmierci w tunelu, o poparzonym i zgniecionym ciele, powiedziałem sobie w duchu. Nie. Mógłbym zostać uwięziony w lodzie, a zimno wciągałoby mnie coraz głębiej w czerń, aż wreszcie bym zniknął. Pomyślałem o takim osunięciu się w śmierć. Wydało mi się to niemal tchórzostwem. A jednak jak inaczej można odejść? Jeśli jest się samotnym, bez partnerki, to czy śmierć w lodzie jest takim okrutnym losem?

Na kark spadła mi zimna kropla ze sklepienia i zawróciła moje myśli do tego, co miałem robić. Zastanawiałem się, jakim sposobem mój umysł zawędrował tak daleko. Skóry wokół rozpalonego kociołka już się przypalały i śmierdziały coraz bardziej. Unosząc krawędź naczynia nieco wyżej, by później nie wylał się z niego olej, oparzyłem sobie palce. Zakląłem i przyłożyłem je do lodu, by stłumić ból. I wtedy, niczym fala powodzi, wdarł się we mnie smok.

Chyba nie zamierzał tego robić. Myślę, że zachowywał się jak człowiek, który wstrzymuje oddech, myśląc, że uda mu się w ten sposób zgasić w sobie życie. W ostatniej jednak chwili ciało pokonuje siłę umysłu i chwyta wielki haust powietrza, który zmusza umysł do dalszego życia. W momencie, w którym smok utracił to panowanie, dotknęliśmy się. Nie poprzez Rozumienie ani Moc, lecz przez coś innego; zrozumiałem, że jest to coś właściwego tylko smokom. Czułem to już wcześniej, kiedy do moich snów wdzierała się za pośrednictwem Pokrzywy Tintaglia. Myślałem, że to szczególny przekaz smoczycy, ale nie, Lodogień robił to samo. Tintaglia była w tym lepsza albo może przez to, że miała kontakty głównie z ludźmi, nauczyła się dopasowywać swoje myśli do naszych umysłów. Smok przeniknął przez mój i zatopił mnie w swoim jestestwie. Nie było wyrażone ludzkimi słowami czy pojęciami; nie była to próba kontaktu ze mną. Dowiedziałem się o nim z tego wybuchu myśli, uczuć i wiedzy o wiele więcej, niż chciałem. Kiedy smok wycofał się z mego umysłu, osadzając mnie w mojej własnej indywidualności, mój łokieć nie wytrzymał; opadłem brzuchem na lód z twarzą nieprzyjemnie blisko rozgrzanego kociołka.

Krótki czas dzielenia wspomnień Lodognia wydawał się bardziej rzeczywisty niż całe moje życie. Lodogień zdecydowanie żył. I był przytomny, lecz jego świadomość skupiała się w głębi jego istoty. Pragnął śmierci. Przybył tu, by ją znaleźć. Smoki nie umierają łatwo. Mogą umrzeć z choroby albo ran albo w walce ze swoimi pobratymcami, ale poza tym nikt nie wie, ile lat może żyć smok. Lodogień był niegdyś silnym i krzepkim stworzeniem, mającym przed sobą wiele lat życia. Niebo jednak opustoszało, pozbawione jego braci, zniknęły także węże, które powinny były powrócić, żeby odnowić zastępy smoków. Smoki i większość służącym im Najstarszych zginęły, kiedy zatrzęsła się i rozwarła ziemia, a góry buchnęły dymem, ogniem i trującymi wiatrami. Wybuch powalił drzewa i wypalił z powierzchni ziemi wszelką zieleń.

Wiele smoków i ich opiekunów zginęło w pierwszych kilku dniach kataklizmu; spłonęły, udusiły się albo zostały przysypane spadającym z nieba popiołem. Inne zginęły w trudnych dniach, które potem nastały, wiosna bowiem nie nadeszła tego roku, a szeroka i rwąca dotychczas rzeka zmieniła się w niepewny strumyczek, usiłujący dostać się do morza przez zwały sypkiego popiołu. Zwierzyna wyginęła, ponieważ łąki zostały zasypane popiołem i żużlem, a ocalałe liście były cienkie i pokryte pyłem.

W tych ciężkich czasach, niektóre z ocalałych smoków orzekły, że trzeba opuścić ziemie przodków. Kilka tak zrobiło, lecz nikt nie wie, co się z nimi stało, nigdy bowiem nie wróciły. Rywalizacja o żywność osłabiła wiele smoków i przyniosła śmierć innym w walce o chude resztki zwierzyny. Zieloną niegdyś krainę pokryła gruba warstwa kwaśnego popiołu; nie kiełkowały w niej żadne nasiona, a przebiły się przez nią tylko nieliczne rośliny. Ludzie wyginęli i nawet ich krewniacy, Najstarsi, ulegli powolnej śmierci. Stada bydła i drobiu należące do ludzi wymarły wraz z ich dwunożnymi opiekunami. Nieliczne nie pogrzebane miasta stały puste i popękane, zniszczone i wylizane do sucha jak ptasie gniazda po ataku drapieżnika.

Lecz nawet wówczas żaden z nich się nie bał, że to koniec smoków. Mogą zginąć ludzie i Najstarsi, mogą umrzeć drzewa i wyginąć zwierzęta, lecz nie smoki. W morzu pozostało pięć pokoleń węży.

Będzie pięć sezonów migracji i pięć cykli budowania kokonów. Węże wyjdą z nich jako smoki i w końcu ziemia musi ozdrowieć. W to wierzył Lodogień. Nawet kiedy mijał sezon za sezonem i tylko on rozpościerał skrzydła na niebie, to wciąż czekał i wyglądał powrotu węży. Jednakże na terenach budowy kokonów nie pojawił się ani jeden wąż. Lodogień czekał na nie, często obywając się bez jedzenia, ze strachu, że przybędą węże i nie zastaną żadnego smoka, który pomógłby im uwić kokony z czarnego piasku plaży i ich własnej śliny. Powinna się z nią zmieszać ślina i jad Lodognia, by przekazać im jego wspomnienia, wspomnienia sięgające daleko poza okres jego życia. Młode smoki będą bez nich zagubione. Kiedy wyklują się z kokonów w letnim upale, tylko z pomocą Lodognia mogą zyskać pełną pamięć całego smoczego rodu.

Ale węże się nie pojawiły.

A kiedy zrozumiał, że już się nie pojawią, że nigdy nie wrócą, kiedy zrozumiał, że jest ostatnim przedstawicielem swojej rasy, Lodogień zaczął myśleć o własnym końcu. Nie chciał umrzeć w poniżeniu, z głodu, ranny podczas polowania, nie chciał, by jego ciało stało się padliną dla nikczemnych zwierząt. Nie. Sam wybierze godzinę i miejsce swojej śmierci i umrze tak, by jego ciało zachowało się nietknięte.

Takie miał plany, gdy przybył na lodowatą Aslevjal. Ujrzałem wyspę tak jak on, niemal całkowicie pokrytą lodem. Przypomniałem sobie rozczarowanie Lodognia takim stanem rzeczy, ale nie pojmowałem przyczyny tego rozczarowania. Może morskie wody dochodziły wtedy niżej albo zimy były mroźniejsze, bo morze wokół wyspy zamarzło i smok bardziej wyczuwał niż widział wodę pod skorupą lodu. Przeleciał nad wyspą, lśniąc czernią tak, jak ona skrzyła się bielą, lecz nie znalazł wejścia, którego szukał. Zadowolił się w końcu szczeliną w lodzie, wpełzł do niej i zapadł w sen, wiedząc, że u jego rasy zimny sen dzieli od śmierci mały krok.

Ciało jednak zawsze wybiera życie. Nie działa na nie logika ani uczucia. Lodogień przeszedł z życia w zawieszenie istnienia, lecz nie mógł odejść z ciała. Choć bardzo się starał, chwilami znów zalewała go świadomość i podnosiła alarm, że jest zmarznięty, zesztywniały i umiera z głodu. Zamykający się lód ścisnął go i wygiął mu ciało, lecz nie mógł go złamać. On sam nie mógł się złamać.

Pragnął umrzeć. Marzył o śmierci. Raz po raz zanurzał się w nią, lecz jego zdradzieckie ciało robiło jeszcze jeden wolny wdech, a niemądre serca wykonywały jeszcze jeden skurcz. Przychodzili ludzie i krążyli wokół niego jak muchy przyciągane do zdychającego jelenia. Niektórzy usiłowali odnaleźć jego umysł, inni starali się przebić jego ciało. Wszyscy byli bezużyteczni. Nie potrafili nawet pomóc mu umrzeć.

Poczułem, że zaczerpuję tchu i zadałem sobie pytanie, kiedy robiłem to po raz ostatni. Zupełnie jakby ktoś otworzył okiennice tawerny i pokazał mi, co się dzieje w środku, a potem równie gwałtownie je zamknął. Byłem oszołomiony całą tą nagle zyskaną wiedzą o smokach. Lodogień ogarnął mnie tak całkowicie, że czułem się, jakbym stał się nim. Leżałem rozciągnięty na lodzie, przesiąknięty nieproszoną świadomością intelektu zamarzniętej istoty uwięzionej pode mną.

Z ulgą uchwyciłem się jego pragnienia śmierci. Dokonywałem aktu miłosierdzia. Dźwignąłem się z jękiem na kolana, bo moje uszkodzone ramię wzięło na siebie większy ciężar, niż mogło. Zajrzałem do kociołka, przykucnąłem i dmuchnąłem. Węgielki się rozżarzyły. Dodałem jeszcze kilka gałązek i starannie ułożyłem paliwo, które miałem umieścić wokół pojemnika z proszkiem.

Wiedziałem, co to znaczy pragnąć śmierci. Usiłowałem umrzeć, kiedy miał mnie w swej mocy Władczy. Skatowany, zmarznięty, samotny i głodny, z radością powitałbym wtedy każdą szybką śmierć. Przybyłem tutaj z postanowieniem zabicia Lodognia i teraz wiedziałem, że smok z radością przyjmie tę uprzejmość. Nie ma powodów, by się wahać. Ująłem garnczek z proszkiem i patykiem zrobiłem dla niego zagłębienie w żarze. Jakie znaczenie ma dla świata jeden smok? Nawet gdybyśmy go oswobodzili, zapewne jest już za słaby, by przeżyć.

Oczywiście, gdybym umarł w lochach Władczego, tak jak miałem na to nadzieję, Ketriken zapewne nie odnalazłaby Szczerego ani nie poderwała kamiennych smoków do obrony Królestwa Sześciu Księstw. Nie. Przypisywałem sobie zbyt wielkie znaczenie. Udałaby się sama na poszukiwanie swego króla. Ale czy potrafiłaby obudzić smoki, gdyby nie było tam mnie i Ślepuna? Czy udałoby się jej, gdybyśmy nie udali się razem z nią, gdyby Ślepun nie zabijał dla niej zwierzyny? Czy Pustułka by przeżyła i pomogła Szczeremu wyrzeźbić smoka? Czy, jak od tak dawna upiera się Błazen, przeznaczenie całego świata zależy od codziennych działań każdego człowieka?

Żar w kociołku czekał, a w rękach trzymałem proszek. W leżącej gdzieś pode mną sali Błazen z trudem odsuwał się od kamienia pamięci, który przy każdym dotyku wysysał z niego człowieczeństwo. Powinienem się śpieszyć.

Nie mogłem.

Jęknąłem i jeszcze raz zważyłem możliwości. Jeśli uwolnimy smoka, to co zyskamy? Nic. Może Lodogień wzleci w powietrze i odbędzie gody z Tintaglią; może na świecie znów pojawią się smoki. Błazen nigdy nie obiecywał, że zrodzi się z tego jakieś wielkie dobro, twierdził tylko, że smoki i Najstarsi są jakoś ze sobą związani. Uwolnienie smoka nie gwarantowało mi nic poza powolnym zakażeniem Błazna kuźnicą oraz dalszym upokorzeniem matki i siostry narczeski. Gdybym jednak zabił smoka, Sumienny zdobyłby miłość i wdzięczność Ellianii. Zawarliby swoje małżeństwo, długo by panowali z mnóstwem dzieci, a my zawarlibyśmy pokój z Wyspami Zewnętrznymi...

„Przemyśl to sobie, nie robiąc żadnych założeń", powiedział mi Brus. Choć ślepy, wciąż widział wyraźniej ode mnie i Ciernia. Tak bardzo nam zależało na przeprowadzeniu tych zaręczyn, na zabiciu smoka. Teraz jednak, niemal zbyt późno, zrobiłem to, czego przed laty nauczył mnie Cierń. „Zadaj sobie pytanie: co się wydarzy potem? Kto na tym skorzysta?". Wypchnąłem myśli z ich kolein, jakbym unosił dźwignią utknięty wóz. Zabić smoka. Blada kobieta zadaje śmierć matce i siostrze narczeski i oddaje mi Błazna. I co potem? Kto na tym skorzysta?

Przezorny zabija zawyspiarskiego smoka. Co się wydarzy potem? Ujrzałem to tak wyraźnie, jakbym otrzymał dar przewidywania. Ta obraza Zawyspiarzy nie tylko zaprzepaszcza wszelkie szanse na powrót smoków, lecz staje się incydentem jednoczącym Wyspy Zewnętrzne przeciwko Królestwu Sześciu Księstw. Nie dość, że nie prowadzi do małżeństwa, gwarantującego trwały pokój, to staje się zarzewiem wojny. Cierń, Sumienny i ja byliśmy ostatnimi męskimi potomkami rodu Przezornych; wątpię, czy którykolwiek z nas opuściłby tę wyspę żywy. A Pokrzywa? Gdyby Ketriken ujawniła pochodzenie mojej córki i ogłosiła ją spadkobierczynią tronu Przezornych, to czy Zawyspiarze pozwoliliby jej panować w pokoju? Wątpiłem. Niepewny pokój, który osiągnęliśmy w ciągu ostatnich piętnastu lat, zostałby zniweczony. Rzeź rozpoczęłaby się tu, na Aslevjalu, i rozprzestrzeniłaby się dalej. Tym razem nikt nie obudziłby kamiennych smoków, żaden Najstarszy nie przybyłby nam z pomocą. Do naszych brzegów wróciłoby zniszczenie i kuźnica. Blada kobieta sprawowałaby niekwestionowane rządy w przyszłości, którą stworzyła.

Na myśl o tym, co niemal uczyniłem, serce waliło mi w piersi. Zgodnie z przewidywaniami Błazna wybór spadł na mnie. Znalazłem się tak blisko spełnienia marzeń bladej kobiety. Przyłożyłem czubki palców do śladów, które Błazen zostawił na moim nadgarstku.

– Wybacz mi – rzekłem błagalnie. – Wybacz nie zrobienie tego, na co miałeś nadzieję.

A potem rzuciłem się na płask na lód i ze wszystkich sił cisnąłem moją świadomość, Rozumienie i Moc w smoka.

Moja Moc była jak polatująca, trzepocząca się ćma, lecz Rozumienie miałem silne. Poczułem, jak Lodogień staje się mnie świadom. Poczułem zagrożenie związane z jego uwagą, tak jak ścigana zwierzyna nagle unosi głowę, kiedy wie, że zauważył ją drapieżnik. Nie struchlałem jednak przed nim, lecz zahuczałem siłą mego ciała, tak jak jeden drapieżnik stawia czoło drugiemu w walce o terytorium. Nie mogłem przekazać mu Rozumieniem moich myśli, ale miałem nadzieję, że może Lodogień sięgnie do mnie. Może jeśli dotknie swoim umysłem mojego, będzie wiedział to, co ja. Że jest jeszcze jeden smok, samica, która w tej chwili leci ku nam, prowadzona przez mewę.

Wiedziałem, że mnie wyczuł, lecz dla niego byłem wroną – ani zwierzyną łowną, ani członkiem stada – kimś niegodnym jego uwagi. Jego myśli przetoczyły się nade mną, a on sam ponownie rzucił się w śmierć i zapomnienie.

Zaszamotałem się w panice. Właśnie gdy najbardziej potrzebowałem Mocy, przygasła we mnie do migocącego żaru. Nie byłem dość silny, by samodzielnie sięgnąć do umysłu smoka. Zbyt zdecydowanie dążył do odejścia w niepamięć. Spróbowałem jeszcze raz, wyostrzywszy moją Moc w grot strzały, i pchnąłem ją w smoka.

„Jesteś. Myślałam, że nie żyjesz! Od dawna szukam cię co noc. Co się stało, dlaczego zniknąłeś?".

Potężny przekaz Pokrzywy chwycił słabą nitkę mojej Mocy niczym silne ręce chwytające tonącego. Przytrzymała moje myśli przy swoich. Odepchnąłem ją.

„Nie teraz, Pokrzywo. Odejdź. Nie mam w tej chwili dla ciebie czasu".

I wtedy, kiedy uciekała urażona i zraniona, uświadomiłem sobie własną głupotę i zawołałem: „Nie, wróć, zaczekaj, jesteś mi potrzebna!".

Zatrzymała się na granicy mojej świadomości. Zobaczyłem trzepoczące strzępy jej snu. Była łowczynią, miała związane włosy i trzymała w pogotowiu sieć do chwytania zwierzyny. Rzuciłem się ku niej, błagając: „Wróć! Proszę cię! Potrzebuję twojej pomocy!".

„Do czego?" – zapytała zimno.

Zraniłem ją szorstką odprawą po tak długiej nieobecności. Wątpię, czy pamiętała, że to ona pierwsza odgrodziła się ode mnie. Żałowałem, że nie mam czasu na wyjaśnienia, ale naprawdę go nie miałem. Już przestawałem wyczuwać smoka zmysłem Rozumienia. Za chwilę znajdzie się poza moim zasięgiem.

„Pomóż mi obudzić smoka!" – zawołałem błagalnie. „Pogrąża się w głębokim śnie, szukając śmierci. Gdybyś jednak mogła sięgnąć w ten sen, może mogłabyś dotrzeć do jego snu o śmierci i wyrwać go stamtąd".

„Ale... Widmowy Wilku? Odmieńcu? Czy to naprawdę ty każesz mi to zrobić? Do tej pory zawsze przestrzegałeś mnie przed smokami, ostrzegałeś, żebym nawet nie wymawiała imienia tej smoczycy. A teraz chcesz, bym ją dla ciebie obudziła?".

„To jest inny smok". A potem, wiedząc, jak mało mam czasu, wtargnąłem na teren, na który do tej pory nie odważyłem się wejść. „Proszę cię. Zechciej zrobić to dla mnie, zaufaj mi i nie pytaj dlaczego. Jest tak mało czasu. Gdybyśmy go mieli, opowiedziałbym ci o wszystkim. Zrobię to, kiedy to się skończy. Tylko na razie proszę cię, byś mi zaufała. Obudź dla mnie tego smoka. Pomóż mi do niego przemówić".

„Jakiego smoka?".

„Tego!" – pokazałem jej gorączkowo, posługując się Rozumieniem i Mocą, ale Lodogień znów zniknął. „Zaczekaj, zaczekaj!" –

poprosiłem Pokrzywę. „W tej chwili zanurzył się głęboko, ale on tu jest, przyrzekam. Zaczekaj i patrz razem ze mną. Za chwilę wróci".

„Nic ci nie jest? Dlaczego jeszcze nie wyszedłeś? Umieściłeś proszek?" – przesłał mi w panice Sumienny, wpadając w rozpaczliwe myśli, które wysyłałem do Pokrzywy.

„Jeszcze kilka chwil, mój książę. Muszę tu coś zrobić". I kiedy znajdujący się pode mną smok wrócił nagle do istnienia, wezwałem gorączkowo Pokrzywę: „Jest! Jest! Obudź go, sięgnij do niego! Powiedz mu, że nie jest ostatnim przedstawicielem swojej rasy, powiedz mu o Tintaglii. Powiedz mu, że ona przybywa po niego, że chce go obudzić i przywrócić smoki powietrzu i ziemi".

Wtedy, niczym grzmot zagłady, wtrącił się Cierń.

„Co ty robisz, Bastardzie? Chcesz nas zdradzić? Chcesz po tych wszystkich latach zdradzić mnie? Chcesz zdradzić tron Przezornych i swój własny ród?".

„Robię, co muszę!" – przesłałem mu gorączkowo, czując, że siła mojej magii chwieje się i zanika. Nie wiedziałem, czy ktokolwiek mnie usłyszał. Leżałem rozciągnięty na dnie tunelu. Smok znów się oddalił. Przy mojej głowie stał rozżarzony do czerwoności kociołek. Pojemnik z proszkiem spoczywał obok mej dłoni. Przyzwałem magię, uformowałem ją, jak kowal kuje młotem żelazo, i wysłałem w świat. Miałem nadzieję, że Pokrzywa usłyszy moją błagalną myśl.

„Powiedz mu, by odwrócił się od śmierci i wybrał życie. Walkę, trud i ból, i piękne, piękne życie. Przemów do niego i powiedz mu, że Tintaglia wciąż żyje. Przemów do niego za mnie".

„Spróbuję" – zgodziła się z powątpiewaniem w głosie. Podtrzymała nasze połączenie. Czułem jej myśl, lecz już jej nie widziałem.

„Nie dostrzegam tego smoka, o którym mówisz. Jeśli jednak mógłbyś mi go pokazać, jeśli mógłbyś mi pokazać jego sen, może mogłabym do niego wejść i tam go znaleźć".

Utrzymując słabe bariery, chroniące mnie przed groźbami, przekleństwami i prośbami Ciernia oraz konsternacją Sumiennego, przycisnąłem się do lodowego podłoża i sięgnąłem ku smokowi, który nie wiedział o moim istnieniu. Nie znalazłem go. Czas pędził i wlókł się zarazem. Musiałem dosięgnąć go szybko, zanim Cierń podejmie przeciwko mnie jakieś działanie, czy to fizyczne, czy za pośrednictwem Mocy. Nie wątpiłem, że jeśli zdoła, to mnie powstrzyma.

Przypomniałem sobie, że było kiedyś takie miejsce, w którym nasze duchy, smoka i mój, dotknęły się, i że wtedy wszedłem do jego snu. Nie chciałem wracać do tamtego czasu i tamtego wspomnienia. Nagle zdałem sobie sprawę, że to był punkt zwrotny w czasie, podobny do tej chwili. To był jeden z rozstajów Błazna; miejsce, w którym decyzja podjęta przez jedną osobę zmienia wszystko, co następuje potem. Z miłości do mnie Brus postanowił posłużyć się nienawistną magią. Ja postanowiłem zaufać wilkowi i przyjąć śmierć, która nie była śmiercią. Robiąc to, nieświadomie wybrałem życie.

Znalazłem miejsce, gdzie moje doświadczenie odpowiadało doświadczeniu Lodognia. Znalazłem to zimno, ciemność i rozpacz, znalazłem pragnienie śmierci, której nie mogłem osiągnąć samodzielnie. Moja dusza wróciła do lochów Władczego, do bicia i osamotnienia.

Jedną rzeczą była wiedza, że kiedyś byłem w takim miejscu. Czymś innym było sięgnięcie do niego, poczucie smaku krwi wokół obluzowanych zębów, smrodu moich własnych zaognionych ran i odrętwiającego zimna kamiennych ścian, które jednak nie potrafiło zagłuszyć bólu obitego ciała. Umieściłem moją duszę z powrotem w tym uwięzionym ciele i znów zakosztowałem rozpaczy sięgania po śmierć, która nie chciała do mnie przyjść. Wypchnąłem życie z mojego ciała i nie pozwalałem mu doń wrócić, lecz gdy tylko osłabiłem czujność, natychmiast wpłynęło z powrotem.

„Słodka Edo, to naprawdę byłeś ty, tak uwięziony? Myślałam, że to tylko jeden z twoich koszmarów!".

Przerażenie Pokrzywy niemal oderwało mnie od mojej rozpaczy, lecz naraz poczułem, że smok raz jeszcze wraca na granicę życia. W tym jednym momencie dotknęliśmy się i powielili nawzajem. Mój koszmar stał się jego koszmarem i poczułem, że świadomość Pokrzywy przepływa z mojego snu w czarny sen smoka.

W następnej chwili pojąłem pełnię własnego błędu. Smoczy sen zamknął się wokół Pokrzywy i zabrał ją ze sobą, w dół, bo smok znów oddalał się od życia. Usłyszałem tylko zanikające zawodzenie Pokrzywy, postawionej wobec całkowitej obcości jestestwa, które teraz ją ogarnęło.

Zdążyłem tylko wstrzymać oddech. A potem Pokrzywa zniknęła, wpadła w smolistą ciemność.

Bezużytecznie podążyłem za nią Mocą. Jakbym szukał po omacku w zimnej, czarnej wodzie. A potem utraciłem nawet świadomość istnienia smoka; moja córka runęła w dół razem z nim, w śmierć, której tak żarliwie szukał.

Kiedyś widziałem, jak z wody wyskoczyła drapieżna ryba, chwyciła morskiego ptaka i porwała go. Tak było i teraz. W jednej chwili Pokrzywa była ze mną, gotowa skoczyć na moją prośbę we wskazane miejsce. Skoczyła i zniknęła, porwana do miejsca, którego nawet nie potrafiłem sobie wyobrazić. Naraziłem ją, bezbronną i nie wyszkoloną w posługiwaniu się Mocą, na niebezpieczeństwo. Rzuciła się tam na moją prośbę. Poraził mnie ogrom mojej głupoty. Nie mogłem ani mrugać, ani oddychać.

Nakarmiłem smoka własną córką.

Próbowałem nie wierzyć, że to się zdarzyło, próbowałem zawrócić czas samym wysiłkiem woli. To niemożliwe, by tak straszna rzecz wydarzyła się tak gwałtownie, niemożliwe, by tak straszliwy błąd był nieodwracalny. Mogłoby się wydawać, że już sama tego niesprawiedliwość czyniła coś takiego niemożliwym. Pokrzywa nie zrobiła nic, czym zasłużyłaby sobie na taki koniec. To była moja wina; to powinno spaść na mnie. Szarpałem pazurami rzeczywistość twardą jak żelazo, a groza odejmowała mi zmysły. Nie potrafiłem cofnąć tej chwili głupoty. Co mnie opętało, dlaczego się nie zastanowiłem przed wrzuceniem Pokrzywy w sen smoka?

Niejasno uświadomiłem sobie obecność innych.

„Gdzie ona jest? Co się stało?" – pytał Sumieny.

„Weszła w smoka. Byłem tam. Muzyka jest duża, ale on nie puszcza. Nie widzi człowieka i nic go nie obchodzi. Tam na dole trzeba być jego muzyką. Nie ma miejsca dla własnej muzyki".

Przekaz Młotka był pełen podziwu i strachu.

Ale najgorsza była zgnębiona myśl Ciernia:

„Och, Bastardzie, coś ty zrobił? Coś ty zrobił?".

Chciałem umrzeć, jeśli śmierć mogła zmazać mój wstyd i wyrzuty sumienia. Musiałem umrzeć, ponieważ nie mogłem żyć z tymi uczuciami.

I w tym strasznym miejscu znów dotknąłem smoka. Dotknąłem go i zrozumiałem, że przyjął od Pokrzywy moją wiadomość. Przyjął ją i zażądał wyjaśnień w sprawach, o których nie miała pojęcia.

Rozerwał ją i wypatroszył – cóż za bezużyteczna samica człowieka, pełna jakichś trywialnych fantazji. Odrzucił ją więc, wyrzucił w Moc, jak niestrawny śmieć. Pozbył się jej jak bezmyślne dziecko, które ściera z brudnych rąk łuski ze skrzydeł martwego motyla. Nieprzygotowana, rozproszyła się jak kropla bladego inkaustu w strumieniu wody.

A teraz smok odnalazł mnie i bez słowa, z rykiem wdzierał się do mego jestestwa, rozdzierając mnie i wystawiając na Moc, jakby zdzierał bliznę ze starej rany. Naszych umysłów nie łączyła Moc, lecz coś do niej w jakiś dziwny sposób podobnego. I w tej chwili nie panowałem już nad niczym. Miałem bowiem wiedzę, której smok pożądał, więc ją sobie wziął. Rozerwał mój umysł jak starą sakiewkę, przewrócił moją pamięć do góry nogami, jakby to było pudełko z jakimiś drobiazgami, i niecierpliwie przejrzał moje życie w poszukiwaniu wszystkiego, co chciał wiedzieć. I zanim jeszcze skończył, nasze przeznaczenie, przeznaczenie wszystkich ludzi, zostało przypieczętowane. Runęła bowiem nagle przeze mnie z rykiem burzy Tintaglia, posługując się do znalezienia Lodognia moją świadomością. Zupełnie jakby się spotkali w moim ciele; na krótko, zanim się wzajemnie rozpoznali, byłem dla nich kanałem. Potem połączyli się umysłami i odrzucili mnie, niepotrzebnego, niezauważonego i nieważnego. Lecz po kontakcie z nimi byłem rozdarty i wywrócony na nice, wrzucony w rozszalały nurt Mocy. Nie potrafiłem się już odnaleźć i nie bardzo chciało mi się to robić.

Leżałem niczym obdarta ze skóry ryba, a Moc przepływała obok mnie, unosząc ze sobą fragmenty mojego jestestwa. Nagle wydało mi się, że ochronę stanowią nie moje bariery, lecz mury odgradzające mnie od wszystkiego, co jest najlepsze. Nie chodziło już nawet o to, że nurt Mocy uderza do głowy i upaja; po prostu wydawało się to nieuniknionym, zawsze mi pisanym końcem. Moc mnie unicestwi i pozwoli zapomnieć, kim byłem i co zrobiłem. Wydawało się to bezosobową uprzejmością, lecz pragnąłem jej.

Gdzieś tu był Szczery. Wyczuwałem go – jak zapach, który jest niemal zapomniany, aż tu nagle przynosi go nosowi delikatny powiew wiatru. Szczery, tak, i inni, starsi, mądrzejsi i pełni spokoju. Jacy spokojni są ci Najstarsi w nurcie Mocy. Wszystko było przepełnione spokojem. Nagle powstało gorączkowe poruszenie, ktoś coś mówił szybko do kogoś innego, tak szybko, że ledwie nadążałem za ich myślami. Szukali kogoś, kto zaginął, jakiejś dziewczyny, nie, mężczyzny, nie, dziewczyny i mężczyzny, porwanych prądem. Szkoda, ale to nie ma nic wspólnego ze mną. Nic wspólnego ze mną. Chciałem, żeby przestali się szarpać, odprężyli się i przyłączyli do nas. Dlaczego walczą ze spokojem i jednością, których mogliby tu zaznać?

„Wstydziłbyś się". Wbił we mnie zęby i szarpał mną dziko. „Wstydziłbyś się, że pozwoliłeś utonąć szczenięciu. Rzuciłbyś się za mną i ja rzuciłbym się za tobą. Wstydziłbyś się, że ją puściłeś. Czy nie jesteśmy stadem? Jeśli to zrobisz, opuścisz mnie. Wiesz o tym? Obchodzi cię to? Czy ty w ogóle byłeś kiedyś wilkiem?".

I to pytanie ugodziło mnie mocniej niż kły i obudziło do walki. Byli tam Cierń, Sumienny i Młotek, połączeni w krąg Mocy. Szukali nas. Robili to zupełnie źle, jak człowiek wybierający sitem wodę z morza, w nadziei że złapie rybę. Cierń szukał po omacku Pokrzywy, ale tylko Młotek dobrze znał jej postać w nurcie Mocy, a ani Cierniowi, ani Sumiennemu nie przyszło do głowy poprosić małego człowieczka o odszukanie dziewczyny. Usiłowałem odnaleźć wystarczająco dużo z siebie, by sięgnąć do nich. To było jak praca we śnie, gdzie kolejność wydarzeń nie ma sensu, a rzeczywistość co chwila się zmienia. W końcu dotknąłem Młotka, co przypominało opadnięcie nitki na jego rękaw.

„Znajdź kobietę, która pomogła kocięciu. Ona tu tak właśnie wygląda. Znajdź ją!" – szepnąłem.

I on ją znalazł. Wiedzieliśmy, że jest silny, lecz nigdy nie oceniliśmy go tutaj, gdzie liczyła się tylko jego orientacja w Mocy. Zaśpiewał pieśń, która była Pokrzywą, i Pokrzywa skupiła się wokół nut. Nie szukał jej, lecz raczej wezwał do wypełnienia kształtu, jaki dla niej stworzył. A potem, jakby przywracał szklaną figurkę na jej miejsce na półce, ostrożnie przywrócił Pokrzywę do jego snu o niej. Czy jakaś kobieta była kiedykolwiek uważana za tak cenną? Przez chwilę mignęło mi wnętrze wozu, a potem kociątko leżące na łóżku powiedziało do kobiety rozciągniętej bezwładnie obok niego:

„Już dobrze. Odpoczywaj. Znasz stąd drogę do domu. Odpocznij jakiś czas, a potem idź do domu. Nic ci już nie grozi. Wiesz, że cię kocham".

Miałem tylko chwilę na podziwianie tego, co zrobił, i to z taką łatwością. Młotek chyba mnie wyczuł i wyrzucił ze swego snu. Nie było tam dla mnie miejsca. Lecz nawet ten jego czyn świadczył o rozpoznaniu mojego kształtu. Umieścił mnie na powrót we mnie, by wyrzucić mnie z ich świata, i nagle znalazłem się w uścisku Sumiennego.

„Bastardzie! Tu jesteś! Myśleliśmy, że zaginąłeś".

„Dlaczego nas zdradziłeś? Coś ty zrobił? Gdzie jest dziewczyna?" – dopytywał się Cierń.

„Pokrzywie nic nie jest. Naprawiłem ją. Teraz jego też naprawię" – oznajmił logicznie Młotek.

I bezceremonialnie wcisnął mnie z powrotem do mojego ciała.

Leżałem, dysząc, w lodowym tunelu. Kiedy odnalazłem oczy i je otworzyłem, świat był czerwono-czarny. Wtedy zdałem sobie sprawę, że patrzę w rozżarzoną zawartość kociołka. Pod palcami wyczułem pojemnik z proszkiem. Wtoczył mi się pod dłoń, kiedy cofałem się przed gorącem. Myślenie o czymkolwiek wydawało się zbyt trudne. Gdzieś, wokół mnie, we mnie i pode mną, rozmawiały ze sobą smoki. Odczuwałem to tak, jakby przez płuca przetaczała mi się burza. Nie chciałem brać udziału w tej duchowej jedności. Już prawie od niej umarłem. Zebrałem wszystkie siły i udało mi się podciągnąć pod siebie kolana. Powiedziałem sobie, że wystarczy się czołgać. Mogłem się wyczołgać na zewnątrz.

Wydarzyły się jednocześnie trzy rzeczy. Usłyszałem, jak od wejścia do tunelu krzyczy coś do mnie Sumienny. Poczułem, jak w lodzie pod moją dłonią zaczyna się nagle otwierać szczelina. Pobiegła zygzakowatą linią w stronę światła brzasku, które wnikało we mnie. Do umysłu wdarła mi się blada kobieta.

Miała Moc. Powinienem o tym wiedzieć i bardziej uważać. Teraz patrzyła poprzez moją duszę bezbarwnymi oczyma i przeszywała mnie swoją nienawiścią. Jej słowa spadały na mnie jak ciosy.

„Wybrałeś, bękarci królu. Wybrałeś między smokiem i swoim Ukochanym. I będziesz żył z tym wyborem. Podobnie jak on. Przynajmniej przez krótki czas. Aż pozwolę ci zobaczyć, co wybrałeś!".

Z tymi słowy zniknęła, zostawiając mnie nieszczęśliwego i zbrukanego przez ten kontakt z jej umysłem. Taka nienawiść i zajadłość nie znają granic; wiedziałem, że przeze mnie wydobędzie z Błazna wszystkie odcienie bólu, jakie się da, zanim rozpadnie się jego umysł. Kręgosłup zmienił mi się w galaretę; rozciągnąłem się na ziemi i nie miałem ani chęci, ani siły, by przesunąć się choćby kawałek dalej. Znów poczułem te niejasne drgania pode mną i usłyszałem dziwnie przenikliwe trzaski lodu. Po chwili wszystko się uspokoiło. Pragnąłem zanurzyć się w lód, jak zrobił to Lodogień, i znaleźć w nim śmierć, ale nagle okazało się, że obok mnie klęczy Sumienny i gorączkowo mną szarpie.

– Wstawaj, Bastardzie. Wstawaj! Musimy stąd wyjść. Smok się porusza i pęka lód. Może zawalić nam to wszystko na głowy. Wstawaj.

A kiedy się nie poruszyłem, chwycił mnie za kołnierz i wyciągnął z tunelu do wykopu, a potem po rampie do świata światła i ludzi.

# ROZDZIAŁ 24

# ROZKAZ TINTAGLII

*A kiedy pasterz, co się stał wojownikiem, znużył się ostrzeniem klingi o nieczułą skórę smoka, odstąpił od niego, spocony i zadyszany. Lecz w chwili, gdy odzyskał oddech i mógł go przeklinać, uczynił to znowu, mówiąc, że weźmie trzykrotną zemstę na stworze, który pożarł całe jego stado.*

*Po tych słowach smok obudził się z sytego snu. Wolniej od wschodzącego słońca uniósł łeb i otworzył oczy. Spojrzał z góry na człowieka i klingę, a jego wielkie zielone oczy kręciły się i wirowały. Niektórzy powiadają, że były jak wiry w głębi i że wessały w siebie duszę Pasterzyka, oddając ją na usługi smoka. Inni twierdzą, że Pasterzyk odważnie wytrzymał smoczy wzrok i stał się sługą stwora dopiero wtedy, gdy odetchnął powietrzem wytchniętym przez smoka. Trudno być wiarogodnym świadkiem takiego wydarzenia, ci bowiem, którzy zebrali się, by popatrzeć, jak Pasterzyk usiłuje zabić smoka, zatrzymali się na skraju jego pastwiska.*

*Czy sprawił to wzrok, czy oddech smoka, zawładnął on sercem człowieka. Pasterzyk odrzucił nagle tarczę i miecz i zawołał: „Wybacz mi, o szmaragdowy, istoto z klejnotów, płomienia i prawdy. Kiedy zbliżyłem się do ciebie, nie pojmowałem twej chwały i potęgi. Wybacz mi i pozwól zawsze już ci służyć i sławić cię pieśnią".*

„Opowieść o niewolniku smoka"

Świat był jasny, biały i zimny. Znalazłem swoje stopy, ustawiłem je mocno na podłożu i przypomniałem sobie, jak się ich używa. Skądś nadszedł Brus i chwycił mnie za drugą rękę. A potem razem z Sumiennym ruszyliśmy, potykając się i ślizgając w świetle brzasku, ku ciasno ustawionym namiotom. Zobaczyłem Ciernia – prawie biegł pod górę w naszą stronę. Daleko za nim wspinał się mozolnie Młotek. A na końcu szedł Lotny i pozostali gwardziści. Członkowie kręgu Rozumiejących wybiegli na wpół ubrani ze swego namiotu i już na śniegu wkładali płaszcze i buty, pokazując na wzgórze i krzycząc do siebie. Wojownicy hetgurdu stali osobno; kiwali do siebie głowami, jakby cały czas spodziewali się takiego obrotu sprawy. Pierwsza próba oswobodzenia się Lodognia przypominała niewielkie trzęsienie ziemi; wciąż je ponawiał, a my czym prędzej oddalaliśmy się od wykopu. Za sobą nie tylko słyszeliśmy, ale i czuliśmy drgnienia smoka, który usiłował wyrwać się z lodowego więzienia. Pękający lód trzeszczał, trzaskał i dudnił. Mimo to wydawało mi się, że każda próba jest słabsza od tej pierwszej. A potem, kiedy znajdowaliśmy się w połowie drogi ze wzgórza, trzeszczenie lodu ustało. Wyczuwałem Lodognia zmysłem Rozumienia równie mocno, lecz mówiło mi ono, że stwór zrobił olbrzymi wysiłek i znajduje się teraz na granicy zapaści.

– Zakrawałoby na ironię – wydyszałem do Brusa i Sumiennego – gdyby po tych wszystkich latach pragnienia śmierci w końcu zginął, usiłując wrócić do życia.

Brus prychnął.

– Wszyscy giniemy w ostatniej próbie powrotu do życia.

– Co się stało? – zapytał Sumienny. – Dlaczego obudziłeś go, zamiast po prostu zabić? Czy proszek zawiódł? Dlaczego zmieniłeś decyzję?

Zanim zdążyłem odpowiedzieć, dopadł nas Cierń. Mój dawny mentor kroczył ku mnie, trzęsąc się z oburzenia. Jego pytania były ostrzejsze.

– Jak mogłeś? – zażądał odpowiedzi drżącym ze złości głosem, kiedy tylko znalazł się w zasięgu słuchu. – Jak mogłeś zdradzić własny ród? Zostałeś wysłany, by zabić smoka. Jakie masz prawo do zmiany tej decyzji? Jak mogłeś się zwrócić przeciwko własnej rodzinie?

– Nie zwróciłem się przeciwko mojej rodzinie. Dla Przezornych pozwoliłem na zakażenie Błazna kuźnicą – odparłem. Wypowiedzenie tej okrutnej prawdy na głos, w jasnym świetle poranka, nagle ją urzeczywistniło. Musiałem zaczerpnąć tchu. – Pokazywała nam marionetki, Cierniu – ciągnąłem już ciszej – aż zapomnieliśmy, że to ona pociąga za sznurki. Blada kobieta chce śmierci smoka. Może gdybyśmy go zabili, nawet oddałaby nam Błazna, ale tylko po to, żeby mógł być świadkiem zniszczenia wszystkiego, na co miał nadzieję. Tylko po to, by mógł być świadkiem końca rodu Przezornych.

Nie zważając na innych, którzy zbliżyli się na tyle, że mogli już nas słyszeć, przedstawiłem Sumiennemu i Cierniowi mój wywód. Ich przedłużające się milczenie powiedziało mi, że analizują moje rozumowanie i uznają je za logiczne.

– Złamałem twoją obietnicę i odebrałem ci narzeczoną – zwróciłem się do Sumiennego. – Nie mogę jednak powiedzieć, że tego żałuję. Obawiam się, że byłoby to małżeństwo oparte na śmierci i jedynym jego owocem też byłaby śmierć. Teraz bowiem wybraliśmy życie. Życie dla smoka. I być może trwalszy pokój między Królestwem Sześciu Księstw i Wyspami Zewnętrznymi niż ten, który mogliśmy zbudować na smoczej śmierci.

– Piękne słowa! – rzekł ze złością Cierń. – Wielkie słowa, ale nie masz pojęcia, co wybrałeś. Ja też go nie mam! Jeśli to coś wyrwie się z lodu i będzie głodne, to czy „wybierze życie" dla nas? Czy może suty posiłek? Przyznaję, że byliśmy krótkowzroczni. Może postąpiłeś mądrze, że go nie zabiłeś. Nie znaczy to jednak, że postąpiłeś mądrze, budząc go. Kto ci za to podziękuje, Bastardzie Rycerski, na koniec tego długiego dnia?

– Bastardzie Rycerski? – usłyszałem głos Uprzejmego, który podszedł do Ciernia. – Bastard Rycerski? O nim mówisz? Tom Borsuczowłosy jest Bastardem Rycerskim, Bastardem skażonym Rozumieniem?

Odwrócił się do Sieciarza i schwycił go z niedowierzaniem za ramię, domagając się odpowiedzi. Oczy miał szeroko otwarte i zabrakło mu tchu. Przyjaciel Sumiennego wpatrywał się we mnie, jakby widział mnie pierwszy raz w życiu, lecz w jego oczach nie było podziwu. Został ograbiony z legendy, pokazano mu zwykłą ziemię tam, gdzie spodziewał się blasku złota.

– Cicho – odezwał się Sieciarz, chcąc z powrotem zasłonić tajemnicę, która przerosła okrywający ją welon. – Nie teraz. Później ci wyjaśnię. Teraz nie ma na to czasu. On obudził Lodognia. My musimy go oswobodzić.

Sieciarz zmierzył mnie wzrokiem i wydawał się zadowolony z tego, co zobaczył. Skinął mi głową niemal w ukłonie i poszedł dalej w górę.

Dopiero teraz zauważyłem, że członkowie kręgu Rozumiejących mają ze sobą łopaty i łomy. Ożywiał ich wszystkich nowy cel. Szybki i Małż ciągnęli sanie do wywożenia lodu. Mijając nas, chłopiec nie spojrzał ani na Brusa, ani na mnie. Brus jednak go zauważył i nie zrażał się jego zimną obojętnością.

– Uważaj, synu – napomniał Szybkiego, kiedy chłopiec nas mijał. – Nikt nie wie, co Bastard tam obudził ani jakie smok będzie miał wobec nas uczucia. – Skierował wzrok na mnie; do tej pory nie wiedziałem, że spojrzenie zamglonych oczu wciąż może przeszyć człowieka. – Co ty tam zrobiłeś? I dlaczego?

Może nadszedł czas i na tę prawdę.

– To nie ja. Nie do końca. Wiedziałem, że smok żyje, ale nie mogłem do niego sięgnąć Mocą, tylko Rozumieniem. Moja Moc nie była dość silna. Wtedy jednak znalazła mnie Pokrzywa. I...

– I Pokrzywa go obudziła! – oznajmił radośnie Młotek, który w końcu dotarł do nas. – A ja ją uratowałem i umieściłem w bezpiecznym miejscu. Ona mnie kocha.

– Co? – Brusowi wyrwał się okrzyk oburzenia i bólu. – Pokrzywa, moja Pokrzywa? Ma Rozumienie? To niemożliwe, nie może to być!

– Nie. Nie ma Rozumienia. Ma Moc – wyjaśnił ze zniecierpliwieniem Cierń. – Jest jednak nie wyszkolona. Niebezpiecznie nie wyszkolona. Jeszcze jedna rzecz, za którą musimy podziękować Bastardowi i jego kaprysom. Niemal ją straciliśmy w nurcie Mocy, ale Młotek znał ją na tyle dobrze, że ją znalazł i wyrwał z nurtu. Teraz nic już jej nie grozi. Zapewne jest po tym wszystkim zdezorientowana, ale nic jej nie grozi.

– Za dużo tego. Nie dam sobie z tym rady. – Brus trzymał mnie za ramię, ale teraz to ja nagle go podtrzymywałem. Odetchnął spazmatycznie. – Podejrzewałem, że ma odrobinę magii Rycerskiego. Podejrzewałem to od dawna, a kiedy powiedziała mi o swoim śnie z wilkiem... wtedy uznałem, że muszę się udać do Ketriken, żeby się dowiedzieć, co to znaczy i znaleźć dla Pokrzywy nauczycieli. – Uśmiechnął się do mnie dziwnie, rozdarty między dumą z córki i strachem o jej przyszłość. – Była dość silna, by obudzić smoka?

Wtem wszyscy się zachwialiśmy pod uderzeniem myśli, od którego Cierń się zatoczył, a potem opadł na kolana. To była smocza mowa, sięgająca do naszych umysłów. Znalazła nas Tintaglia.

„Idźcie mu pomóc! Wydobądźcie Lodognia spod lodu, ale nie uszkodźcie mu jednej łuski. Przybywam szybka jak płomień, bo dotknąwszy jego umysłu, wiem, gdzie jest, i nie potrzebuję wskazówek ptaka! Ostrzegam was, jestem niedaleko, a kiedy przybędę, oczekuję, że mnie przywita. Jeśli nie, biada wam wszystkim!".

Choć nie posługiwała się ani Mocą, ani Rozumieniem, jej myśl uderzała w mój umysł z siłą potężnego przekazu, niesionego królewską magią. Niedawna obecność Lodognia w moim umyśle uwrażliwiła go na Moc, a siła myśli Tintaglii sprawiła, że się zachwiałem. Sądzę, że ci z nas, którzy byli obznajomieni z Mocą, bardziej od innych okazali się podatni na myśli smoczycy. Zachwiali się wszyscy członkowie kręgu Mocy. Członkowie kręgu Rozumiejących zareagowali rozmaicie; niektórzy sprawiali wrażenie, że pojęli pełne znaczenie słów Tintaglii, inni rozglądali się w zdumieniu, a Małż wyglądał, jakby niczego nie był świadom.

– Słyszeliście ją! – krzyknął Uprzejmy. – Tintaglia rozkazuje nam wydobyć Lodognia spod lodu! Zróbmy to!

I popędził pod górę, jakby prowadził atak na wroga.

Co najmniej jeden z Zawyspiarzy runął na ziemię w przekonaniu, że przemówił do niego bóg albo demon. Dwaj pozostali wpatrywali się w przestrzeń, jakby nasłuchiwali jakiegoś słabego dźwięku. Inni nie zareagowali w ogóle. Brus, którego mój ojciec dawno temu uczynił niewrażliwym na Moc, by go chronić, miał przez chwilę zdumioną minę, jakby coś sobie przypomniał. Podejrzewam, że dzięki Rozumieniu miał niejasną świadomość przekazu, lecz nie pojmował towarzyszącej mu myśli.

Na zauważenie tego wszystkiego miałem tylko chwilę. W następnej Młotek rzucił się pędem pod górę z szerokim, radosnym uśmiechem i tupotem krótkich nóg.

– Idę! – wołał. – Idę cię wykopać, Lodogniu!

Przypisałem ten entuzjazm wcześniejszemu wpływowi Lodognia na jego prosty umysł i niedawnemu sukcesowi w uratowaniu Pokrzywy, co musiało być dla niego podniecającym doświadczeniem. Ruszyłem za nim z Sumiennym u boku i Cierniem depczącym nam po piętach.

– Usunęliśmy sporo lodu znad jego grzbietu – mruknął książę. – Na pewno tam najpierw przerwie lodową skorupę. Nie czeka nas już zbyt wiele pracy!

Dopiero wtedy zastanowił mnie jego nagły zapał do wykonania polecenia smoczycy.

– A zatem nie dzielisz nadziei Ciernia, że moglibyśmy po prostu zostawić smoka tak, jak jest?

– Owszem. Dzielę. Dzieliłem. Ale to było... przedtem. Zanim obudziła go Pokrzywa. Nie. Przedtem... ale żąda tego Tintaglia. Tintaglia... – Zwolnił i spojrzał na mnie skonsternowany. – To jest, to było prawie jak wtedy, kiedy wydałeś mi rozkaz Mocą. Ale tak nie jest. Mogę jej nie posłuchać. Chyba. – Chwycił moją rękę i zatrzymał się, patrząc na mnie z dziwnym wyrazem twarzy. – Ona rozkazała i przez chwilę mogłem myśleć tylko o usłuchaniu jej. Dziwne. Czy to jest właśnie ten urok smoka?

Ku mojemu zaskoczeniu odezwał się Brus. Niemal o nim zapomniałem, a on jakoś dotrzymał nam kroku.

– Dawne opowieści mówią o uroku smoka, który spoczywa w jego oddechu. Co mnie ominęło? Coś w rodzaju przekazu Mocą?

– Coś w tym rodzaju – odparł z namysłem Sumienny. – To był prawie rozkaz wydany Mocą, ale nie wiem. Sądzę, że chciałem pomóc Lodogniowi, zanim Tintaglia to nakazała. Wydaje mi się, że to był mój własny pomysł. A jednak...

Wtedy minął nas Cierń, mrucząc pod nosem:

– Proszek. Dokona tego proszek; otworzy mu drogę do wolności. Musimy tylko umieścić go w innym miejscu. Albo może rozłożyć do mniejszych naczyń...

Spojrzeliśmy z Sumiennym po sobie i dogoniliśmy go. Chwyciłem starca za rękaw, lecz on wyrwał rękę. Chwyciłem go za ramię.

– Cierniu, nie możesz go już zabić. Za późno. Tintaglia już tu prawie jest i zbyt wielu naszych ludzi chce go odkopać. Nie uda ci się.

– Ja... zabić go? – wydawał się wstrząśnięty tym pomysłem. – Nie, nie zabić. Wysadzić więżący go lód, ty głupcze.

Wymieniliśmy z księciem zatroskane spojrzenia.

– Dlaczego? – zapytałem Ciernia miękko.

Spojrzał, jakby nie mógł pojąć mojej ignorancji. A potem przez chwilę zagościł na jego twarzy wyraz, który mnie przestraszył. Cierń szukał po omacku. Bez względu jednak na to, jak bardzo Tintaglia zamroczyła mu umysł, Cierń od dawna był specjalistą w wymyślaniu powodów, które miały mnie skłonić do zrobienia tego, co sobie zamyślił.

– Czyżby ci umknęło, że zmierza tu rozzłoszczona smoczyca, która dowiedziała się o naszej obecności dzięki tobie? Jaki nam zostawiłeś wybór? Jeśli go teraz zabijemy, to ona zabije nas wszystkich. Przecież to zapowiedziała. Niestety, oznacza to, że musimy stać się użyteczni dla smoka. Jeśli wyswobodzimy Lodognia przed przybyciem Tintaglii, może to potraktować jako oznakę dobrych zamiarów z naszej strony. Sam powiedziałeś, że moglibyśmy wykorzystać jej przychylność do zbudowania sojuszu z Miastem Wolnego Handlu. Uważam, że dopóki nie poznamy jej siły, najlepiej będzie ją udobruchać w każdy możliwy sposób. Nie sądzisz?

– I uważasz, że najlepszym sposobem na uwolnienie smoka jest użycie twojego proszku?

– Jeden wybuch może wykonać pracę dziesięciu ludzi z łopatami. Zaufaj mi w tym względzie, Bastardzie. Wiem, co robię.

Wydawał się tak zachwycony pomysłem oswobodzenia Lodognia za pomocą proszku, jak poprzednio pomysłem wysadzenia go w powietrze. Z jaką siłą uderzył w niego rozkaz Tintaglii? Z siłą rozkazu wydanego Mocą, który trzeba wykonać bez zastrzeżeń, bez względu na własną jego ocenę?

Czy Błazen został już zakażony kuźnicą? Ta nagła myśl naszła mnie gwałtownie niczym fala zimnej wody, która zarazem zmyła moje obecne zmartwienia. Zachwiałem się pod jej uderzeniem. Zrobiłem to, na co Błazen miał nadzieję. Obudziłem smoka i wszystkie nasze wysiłki zmierzały teraz do uwolnienia go i połączenia z Tintaglią. W tamtej chwili miałem nawet wrażenie, że robię słusznie. Teraz jednak moja dusza buntowała się przeciwko okrucieństwu czasu. Nie mogłem się cofnąć i zmienić decyzji, lecz nagle wydało mi się, że jest to zbyt wielki ciężar, by go nieść przez resztę życia. Odciski jego palców na moim nadgarstku zapłonęły przelotnie zimnem.

Stopy niosły mnie ze wszystkimi. Kiedy dotarliśmy do wykopu, okazało się, że wysiłki smoka nie na wiele się zdały. Lód nad jego grzbietem był porysowany i poznaczony siateczką pęknięć od spodu, zapadł się też fragment tunelu wykopany nad smoczą głową i szyją. Krąg Rozumiejących zaatakował już szczeliny w lodzie z wielkim zapałem i niewielkimi siłami. Kiedy dotarłem na miejsce, do pracujących dołączyli wojownicy hetgurdu. Po raz pierwszy wszyscy uczestnicy wyprawy zjednoczyli się w celu wydobycia spod lodu żywego smoka. Największe jednak podniecenie nie mogło sprawić, by praca stała się mniej żmudna.

Cierń zgromił mnie za głupotę, kiedy wszyscy odkryliśmy, że zostawiłem kociołek na ogień w tunelu, kiedy z niego uciekałem. Kazał dwóm ludziom go odkopać, a potem całkowicie zdezorientował podejrzliwych członków kręgu Rozumiejących, każąc im kopać głębokie, wąskie otwory wzdłuż ciała smoka.

– Umieścimy mniejsze ładunki proszku wzdłuż krawędzi szczeliny, którą zrobił. Proszku nie będzie tyle, by mu zrobił krzywdę, ale wystarczy go do rozdrobnienia lodu, żeby można go było wyciągnąć w większych bryłach. Bastardzie, będziesz mi potrzebny do pomocy w odmierzaniu i pakowaniu proszku. Sumienny, ty też, i sprowadź Lotnego. Potrzebujemy więcej naczyń do rozpalenia w nich ognia. Wysadzanie może być trudne, ale jestem przekonany, że najlepiej nam się przysłużą niemal równoczesne wybuchy.

Cierń był w swoim żywiole, organizował i improwizował. Płonął z wielkiej radości, że swoje zamysły może sprawdzić w działaniu. Uświadomiłem sobie wtedy, że na swój własny sposób byłby doskonałym żołnierzem i strategiem, bardzo podobnym do Szczerego. Jak pamiętałem, wydawał się najbardziej ożywiony, kiedy w końcu odrzucał wszelkie ograniczenia i zamieniał swoje myśli w czyny.

Kiedy wróciliśmy do namiotu Ciernia, towarzyszył nam Brus, bo nie na wiele mógł się przydać w wykopie. Smutna była świadomość, że zdaje sobie z tego sprawę. Przypominał mi nieco starego psa, który wie, że nie potrafi już dotrzymać kroku tropiącej sforze, więc trzyma się przy strzemieniu pana, wierząc, że będzie świadkiem zabicia zwierzyny. Zerknąłem na niego; siedział ze skupioną miną na posłaniu Ciernia. Starzec otwierał kolejną baryłkę ze swoim proszkiem. Ja klęczałem na podłodze przed rozłożoną czystą skórą i odmierzałem kupki proszku, starając się, by były mniej więcej tej samej wielkości jak ta, którą usypał mi na wzór Cierń. Niepokoiła mnie konsystencja proszku; nie miał jednolitego koloru i wydawało mi się, że niektóre jego partie są zmielone drobniej niż reszta, ale Cierń zbył moje pytania wzruszeniem ramion.

– Z czasem go udoskonalę. Na razie zadziała i tylko to się liczy, chłopcze. Gdzie jest książę? Wysłałem go, by poszukał w namiotach jakichś szczelnych pojemników. Powinien już wrócić. I Lotny też, z kociołkami. Będziemy musieli to wszystko dopasować i im wcześniej zaczniemy, tym lepiej.

– Na pewno zaraz tu będzie – stwierdziłem i zwróciłem się do Brusa: – Nic nie mówisz. Czy to dlatego, że przybyłeś tu, by zabić smoka, a teraz wszyscy usiłujemy go uratować?

Spojrzał na mnie, marszcząc ciemne brwi.

– Myślałeś, że przybyłem tu, by zabić smoka? – Prychnął, zdumiony, a potem pokręcił głową. – Ja nie wierzyłem w jego istnienie. Myślałem, że to zły sen dziewczyny, więc łatwo mi było zapewnić Pokrzywę, że ją przed nim bronię. Zawiozłem ją do Koziej Twierdzy i dowiedziałem się tam, że na Aslevjalu może znajdować się jakaś pozostałość smoka. Kiedy jednak tu przybyłem, zrobiłem to po to, by sprowadzić was do domu, ciebie i Szybkiego. Ponieważ, bez względu na to, ile może to kosztować ciebie albo mnie, tam jest twoje miejsce. – Westchnął nagle. – Zawsze byłem prostym człowiekiem, Bastardzie, i szukałem na moje problemy prostych odpowiedzi. I oto tu jestem, usiłując znaleźć jakiś sposób na uporządkowanie tego chaosu, który obaj wywołaliśmy, i na obronę Pokrzywy przed smokiem, który zna jej imię, i na przemówienie Szybkiemu do rozsądku w kwestii zwierzęcej magii. Bo wiesz, ja myślałem, że zginąłeś przez Rozumienie. Królowa próbowała opowiedzieć mi, co wiedziała o tej historii, skąd zakażony kuźnicą miał na sobie koszulę, którą uszyłem dla ciebie, z broszą króla Roztropnego wpiętą w kołnierz... Gdy pomyślę o katuszach, które cierpiałem, chowając tego nieszczęśnika...

Przerwał mu gwałtownie Sumienny, wpadając do namiotu.

– Nie ma ich! Nie mogę ich nigdzie znaleźć!

– Pojemniki na proszek? – zapytał Cierń, który nie potrafił teraz myśleć o niczym innym. – Co, wszystkie zniknęły?

– Nie! Narczeska i Peottre! Zniknęli, ich posłania są puste. Chyba się nie kładli po naszej wczorajszej rozmowie. Chyba wtedy odeszli, a jeśli tak...

– ...to jest tylko jedno miejsce, do którego mogli się udać. – Mimo wcześniejszych zapewnień, że to nie ma znaczenia, Cierń szturchał teraz palcem kupki drobniej zmielonego proszku. – Poszli do bladej kobiety. I powiedzieli jej, że Bastard do nas wrócił i że teraz znamy prawdziwą stawkę w grze. – Zmarszczył brwi. – A my rozmawialiśmy przy nich o mewie Sieciarza i o przybyciu Tintaglii. Na pewno jej o tym powiedzieli. Blada kobieta będzie teraz wiedziała, co o niej myślimy i jakie są nasze słabe punkty. Będzie wiedziała, że jeśli chce nas zaatakować, to musi działać szybko. Naszą jedyną ucieczką jest ruch jeszcze szybszy. Musimy wydostać tego smoka spod lodu.

– Ale dlaczego Elliania i Peottre mieliby zrobić coś takiego? Dlaczego mieliby się zwrócić przeciwko nam, skoro wiedzieli, że chcę dla nich zabić tego smoka?

W głosie księcia było słychać udrękę.

– Nie wiem. – Cierń był nieprzejednany. – Ale najbezpieczniej dla nas jest założyć zdradę, założyć, że wszystko, o czym mówiliśmy zeszłego wieczoru, zostało zrelacjonowane bladej kobiecie. I musimy się zastanowić, w jaki sposób nas to osłabia.

– Ale od zeszłego wieczoru wszystko się zmieniło! Wczoraj Bastard i ja chcieliśmy wykonać jej polecenie, ustąpić przed jej wolą. Po co iść do bladej kobiety i jej o tym mówić, dlaczego nie zaczekać, aż czyn zostanie dokonany? – Książę zmarszczył brwi. – Kiedy wychodzili stąd zeszłej nocy, Peottre nie wyglądał na człowieka mającego ukorzyć się przed wrogiem.

– Nie wiem. – Cierń nadal był skupiony. – Jeśli proszek jest tak miałki, to rób kupki tylko takiej wielkości, Bastardzie. Nie wiem – zwrócił się do Sumiennego. – Ale moim obowiązkiem jest zakładać, że pragną twojej zguby, i usiłować wymyślić jakieś posunięcie, którym byśmy ich ubiegli. – Poprawił skrobakiem jedną z moich kupek. – Po uwolnieniu smoka – dodał. Podniósł wzrok na Sumiennego. – Nadal potrzebujemy tych pojemników.

– Przyniosę je – obiecał słabym głosem.

– Świetnie. Na razie przestań myśleć o dziewczynie i Peottrem. Jeśli wymknęli się zeszłej nocy, to są już za daleko, żebyśmy mogli coś na to poradzić. Zajmijmy się sprawą, która wisi nam nad głową, a potem pomyślimy o następnej.

Sumienny skinął z roztargnieniem głową i wyszedł. Serce mi się ściskało.

– Naprawdę wierzysz, że poszli przedstawić jej raport?

– Może. Ale nie sądzę. Jak powiedziałem Sumiennemu, musimy zakładać najgorsze i tam ustawić linię obrony. A naszą najlepszą obroną może się okazać uwolnienie smoka, którego obudziłeś. – Ściągnął brwi, zastanawiając się nad tym, ale po chwili najwyraźniej uznał, że kopczyki proszku są bardziej interesujące. – Pomyślimy o tym, kiedy Lodogień będzie wolny.

Bałem się, że rozkaz Tintaglii zapadł mu głęboko w umysł. Chciałem wierzyć, że Cierń ma jasne myśli, ale nie byłem tego pewien.

Najpierw przyszedł Lotny z kociołkami, a potem Sumienny z pojemnikami rozmaitej wielkości. Kiedy tylko Cierń dostał, czego chciał, wysłał ich z powrotem do wykopu z poleceniem dopilnowania drążenia sześciu otworów rozmieszczonych według jego polecenia wzdłuż ciała smoka. Zastanawiałem się, czy chce po prostu dać jakieś zajęcie Sumiennemu. Wydał mi się bardzo wybredny przy doborze pojemników; najpierw wybrał naczynia na proszek, sprawdzając szczelność ich zatyczek i pokrywek, a potem dopasowując je do kociołków. Zaproponowałem mu pomoc, ale nie chciał jej przyjąć.

– W końcu zaprojektuję idealny pojemnik na mój proszek. Będzie musiał ulec ogniowi, ale niezbyt szybko, bo ten, kto rozpali ogień, będzie musiał mieć czas na wycofanie się. Jeśli proszek ma być bezpiecznie w nim przechowywany, to pojemnik powinien być na tyle szczelny, by chronił przed wilgocią. I będzie musiał dawać się napełniać czysto, bez drobinek proszku przylegających do niego od zewnątrz. W końcu wymyślę lepszy sposób zapalania...

Był całkowicie pochłonięty tym, co robił – był mistrzem wciąż zastanawiającym się nad swoim nowym wynalazkiem i wzdragającym się przed powierzeniem go rękom swego czeladnika. Odsunąłem się trochę i usiadłem na posłaniu księcia obok milczącego Brusa. Wydawał się pogrążony w myślach. Wciąż miałem straszliwe poczucie niepokoju, pragnienie, by to wszystko się skończyło. Nie umiałem określić, czy sprawiał to rozkaz Tintaglii, czy męka spowodowana niepewnością co do losu Błazna. Nie potrafiłem przestać o nim myśleć. Starałem się nie zastanawiać, co może wytrzymywać albo czy przekroczył już granicę wytrzymałości. Dotyk smoczycy najwyraźniej przywrócił mi Moc, kiedy jednak szukałem mojej cienkiej jak jedwabna nić więzi z Błaznem, nie wyczuwałem go. Przerażało mnie to.

– Robię to, co chciałeś, żebym robił – zapewniłem go cicho. – Spróbuję uwolnić smoka.

Cierń, pochłonięty wybieraniem i napełnianiem pojemników, chyba mnie nie usłyszał – w przeciwieństwie do Brusa. Może jest tak, jak powiadają, że osłabienie wzroku powoduje wyostrzenie pozostałych zmysłów. Położył mi rękę na ramieniu. Może gdyby Sieciarz o tym nie mówił, nigdy bym tego nie zauważył. Miał jednak rację. Czułem, jak wpływa we mnie spokój Brusa. Nie dotarły do mnie jego myśli, lecz poczucie więzi z jego jestestwem. Nie dorównywało to sile związku między Rozumiejącym człowiekiem i zwierzęciem, ale istniało.

– Robisz to od dawna, chłopcze – odezwał się cicho. – Robisz to, czego chcą inni. Podejmujesz się zadań, których nie chciał wziąć na siebie nikt inny.

To było stwierdzenie, nie ocena.

– Ty też.

Przez chwilę milczał.

– Tak. To prawda. Jak pies, który potrzebuje pana, jak ktoś mi kiedyś powiedział.

Uszczypliwe słowa, które kiedyś rzuciłem mu w twarz, wywołały teraz na naszych twarzach gorzkie uśmiechy.

– Może to też odnosi się do mnie – przyznałem.

Siedzieliśmy jakiś czas w milczeniu, odnajdując chwilę wytchnienia w oku cyklonu szalejącego wokół nas. Z zewnątrz dochodziły stłumione głosy pracujących mężczyzn. Słyszałem głuche uderzenia metalowych narzędzi w lód i dudnienie brył wrzucanych na drewniane sanie. W samym namiocie Cierń mamrotał coś do siebie i rozdzielał proszek na równe porcje. Poszukałem smoka, lecz wyczuwałem go słabo, jakby oszczędzał siły, a na razie tylko pozostawał przy życiu i czekał na ratunek. Dłoń Brusa wciąż spoczywała na moim ramieniu. Nabrałem nagle podejrzeń, że, podobnie jak ja, sięga ku smokowi.

– Co zrobisz z Szybkim? – zapytałem go, niespodziewanie dla samego siebie.

– Zabiorę mojego syna do domu – odpowiedział Brus niemal beztrosko. – Spróbuję go wychować na prawego człowieka.

– To znaczy takiego, który nie posługuje się Rozumieniem.

Brus wydał dźwięk, który mógł oznaczać zgodę lub prośbę o porzucenie tego tematu. Nie mogłem tego zrobić.

– Brus, przez te wszystkie lata w stajniach, cały ten twój dar uzdrawiania, uspokajania i układania zwierząt. Czy to było Rozumienie? Byłeś związany z Wiedźmą?

Tym razem długo nie odpowiadał. A potem sam zadał mi pytanie.

– Tak naprawdę pytasz mnie o to, czy robiłem jedno, a od ciebie wymagałem drugiego?

– Tak.

Westchnął.

– Bastardzie. Byłem pijakiem. Nigdy nie chciałem, żebyś ty albo moi synowie stali się tacy sami. Ulegałem innym pragnieniom, dobrze wiedząc, że nie wyniknie z tego nic dobrego. Jestem mężczyzną i człowiekiem. Nie znaczy to jednak, że akceptuję takie rzeczy u moich chłopców albo że ich do nich zachęcam. Ty byś to robił? Ketriken powiedziała mi, że masz przybranego syna. Ucieszyłem się, że nie jesteś zupełnie sam. Ale czy wychowanie go nie nauczyło cię czegoś o sobie? Że wady, które uważasz za wstrętne u siebie, są jeszcze bardziej przerażające, kiedy uwidoczniają się u twego syna?

Podsumował to bardzo zręcznie. Ale ja znów podprowadziłem go pod przeszkodę, pytając jeszcze raz:

– Posługiwałeś się Rozumieniem, kiedy byłeś królewskim koniuszym?

Zaczerpnął tchu.

– Postanowiłem tego nie robić – odpowiedział krótko. Pomyślałem, że nic już więcej nie powie, ale po chwili odchrząknął i mówił dalej: – Ale to jest tak, jak dawno temu powiedział Ślepun. Mogłem postanowić nie odpowiadać, ale nie mogłem postanowić być głuchy. Wiem, jak nazywały mnie psy. Usłyszałem to nawet z twoich ust. Serce Stada. Wiedziałem, jak mnie nazywają, i byłem świadom ich... szacunku dla mnie. Nie mogłem przed nimi ukryć, że jestem ich świadom, kiedy wołały do mnie z radości na polowaniu, ścigając ze szczekaniem zwierzynę. Dzieliłem z nimi tę radość, a one o tym wiedziały. Dawno temu powiedziałeś mi, że nie wybrałeś Ślepuna. Że to on wybrał ciebie, związał się z tobą i nie dał ci w tej kwestii wielkiego wyboru. Tak samo było z Wiedźmą i ze mną. Była chorowitym szczenięciem, najsłabszą w poza tym zdrowym miocie. Ale... miała coś w sobie. Nieustępliwość. I chęć obchodzenia każdej przeszkody. To nie do swojej matki skomliła, kiedy bracia odpychali ją od sutka, tylko do mnie. Co miałem robić? Udawać, że nie słyszę jej prośby o uczciwy podział, o szansę na życie? Więc pilnowałem, by ssała mleko. Kiedy jednak była już tak duża, że mogła radzić sobie sama, przywiązała się do mnie. I z czasem, przyznaję, zacząłem na niej polegać.

Na jakimś poziomie wiedziałem o tym. Nie wiem, dlaczego chciałem, by się do tego przyznał.

– A zatem zakazywałeś mi tego, co sam robiłeś.

– Chyba tak.

– Masz pojęcie, jak bardzo mnie unieszczęśliwiłeś?

Przyjął to z kamienną twarzą.

– Mniej więcej tak samo, jak ty mnie, kiedy byłeś nieposłuszny. Ale zapewne nie masz pojęcia, o czym mówię. Na pewno nigdy nie zakazywałeś swojemu Trafowi robić tego, czym sam zawiniłeś. I jestem pewien, że on zawsze słucha twoich mądrości.

Był bardzo dobry. Sarkazm słyszał tylko ten, kto go szukał.

To mnie na jakiś czas uciszyło. Wciąż jednak miałem do zadania jedno pytanie.

– Ale dlaczego, Brus? Dlaczego tak bardzo pogardzałeś i nadal pogardzasz Rozumieniem? Sieciarz, człowiek, którego darzę wielkim podziwem, nie widzi w swojej magii nic złego ani żadnego niebezpieczeństwa. Jak twoja własna magia może napawać cię odrazą?

Odgarnął włosy z twarzy i potarł oczy.

– Ach, Bastardzie, to długa, stara historia – zaczął z niechęcią. – Moja babka była przerażona, kiedy odkryła u mnie tę skazę. Miał ją jej ojciec. I kiedy stanął przed wyborem: ocalić swoją żonę i małe dzieci przed handlarzami niewolników albo wyprowadzić swego zwierzęcego partnera z płonącej stajni, wybrał partnera w Rozumieniu. I dlatego schwytali ich handlarze. Moja prababka miała potem krótkie, nieszczęśliwe życie. Babka mówiła, że była przepiękną kobietą. Mało jest gorszych cech dla niewolnicy. Jej panowie ją wykorzystywali, a panie znęcały się nad nią z zazdrości. Widziały to wszystko moja babka i jej dwie siostry. I wyrastały jako niewolnice, wykorzystywane i gnębione. Bo mężczyzna, który powinien przede wszystkim być związany z żoną, przedłożył nad nią i jej dzieci konia.

– Jeden mężczyzna, Brus. Jeden mężczyzna podjął złą decyzję. Kto zresztą wie, co się działo w jego głowie. Może myślał, że jeśli dotrze do konia, to ten zaniesie jego żonę i dzieci w bezpieczne miejsce? Albo pomoże mu walczyć z handlarzami? Tego nie wiemy. Ale to był tylko jeden człowiek. Wydaje się to błahą podstawą do potępienia całego Rozumienia.

Wydmuchnął powietrze nosem.

– Bastardzie. Ta decyzja pogrążyła trzy pokolenia jego rodziny. Nie wydawała się błaha nikomu, kto dźwigał ten ciężar. A moja babka bała się, że jeśli pozwoli mi się bez przeszkód rozwijać tę magię, to zrobię to samo. Znajdę zwierzę, zwiążę się z nim i przedłożę je nad wszystko inne. Po jej śmierci przez jakiś czas te obawy się potwierdzały. Zrobiłem właśnie coś takiego. Tak jak ty. Nigdy nie patrzyłeś na swoje życie, mówiąc sobie: „Co się zmieni, jeśli zabierze się Rozumienie?". Zastanów się nad tym. Gdyby nie wszedł między nas Gagatek, to nie bylibyśmy sobie bliżsi, kiedy byłeś chłopcem? Gdybyś nie związał się z Kowalem, czy nie szłoby ci lepiej na lekcjach posługiwania się Mocą? Gdyby w twoim życiu zabrakło Ślepuna, to czy Władczy znalazłby pretekst, by cię potępić?

Na chwilę straciłem rezon.

– Ale jeśli Rozumienie nie byłoby uważane za coś haniebnego, to nic z tego nie byłoby prawdą – odrzekłem wreszcie. – Gdybyś mówił o nim jako o pradawnej krwi i nauczył mnie, dlaczego nie wolno mi się związać, gdyby Rozumienie ceniono tak samo, jak Moc, to wszystko byłoby dobrze.

Krew napłynęła mu do twarzy i przez moment widziałem dawnego, porywczego Brusa. A potem rzekł cicho z cierpliwością, jakiej mógł go nauczyć tylko upływ czasu:

– Bastardzie. Tego uczono mnie od chwili, kiedy babka odkryła u mnie tę skazę. Rozumienie to haniebna magia i człowiek ją uprawiający okrywa się hańbą. Mówisz o ludziach, którzy uprawiają ją otwarcie i nie znajdują w niej nic wstydliwego. Cóż, słyszałem o miejscach, gdzie mężczyźni poślubiają swoje siostry i mają z nimi dzieci, gdzie kobiety chodzą z obnażonymi piersiami, gdzie porzucenie towarzyszki życia tylko dlatego, że minęła jej młodość, nie jest niczym hańbiącym. Czy uczyłbyś swoje dzieci, że takie zachowanie jest słuszne? Czy jednak uczyłbyś je żyć tak, jak nauczono ciebie?

– W każdym społeczeństwie są nieopisane prawa – odezwał się Cierń, czym ogromnie mnie zaskoczył. – Większość z nas ich nie kwestionuje. Ale na pewno musiałeś się kiedyś zastanawiać nad tym, czego cię nauczono, Brus. Nigdy nie chciałeś sam zadecydować, czy warto mieć tę magię?

Brus odwrócił się, by spojrzeć na Ciernia zamglonymi oczyma. Co zobaczył? Kształt, cień czy tylko jego odzwierciedlenie w Rozumieniu?

– Zawsze wiedziałem, że warto ją mieć, panie Cierniu. Byłem jednak dorosły i znałem jej cenę. Ten twój książę – jaką cenę musiałby zapłacić za swoją użyteczną, wartościową magię, gdyby się rozniosło, że jest Rozumiejący? Zaprzeczasz, że ją ma, by ochronić go przed nienawiścią i uprzedzeniami. Winisz mnie za to, że starałem się chronić syna Rycerskiego?

Cierń spojrzał na dzieło swoich rąk i nic nie powiedział. Skończył. Sześć pojemników, od flakoników do pudełek na sól, było napełnionych wybuchowym proszkiem i spoczywało w kociołkach albo garnkach.

– Jestem gotów – oznajmił. Podniósł na mnie wzrok i uśmiechnął się dziwnie. – Chodźmy uwolnić smoka.

Nie potrafiłem zgłębić jego zielonego spojrzenia. Nie mogłem stwierdzić, czy naprawdę zamierza uwolnić smoka spod lodu, czy chce go wysadzić w powietrze. Może sam tego nie wiedział. Ale jakby jego determinacja była zaraźliwa, nagle poczułem wielką potrzebę zakończenia tego wszystkiego.

– Jak bardzo jest to niebezpieczne? – zapytał Brus.

– Tak samo, jak zeszłej nocy – odparł cierpko Cierń.

Brus przesunął delikatnie palcami po pojemnikach.

– A nie sześć razy bardziej? – zapytał. – Jak to zrobicie? Rozmieści je wszystkie jeden człowiek czy sześciu ludzi?

Cierń zastanawiał się chwilę.

– Sześciu ludzi, żeby każdy rozpalił ogień w kociołku. A potem Bastard włoży do każdego z nich pojemnik z proszkiem.

Skinąłem głową. To było mądre. Sześciu ludzi osobno decydujących, kiedy to zrobić i uciec, mogłoby na siebie powpadać.

– Zrobię to.

Wziąłem trzy garnki, a Cierń pozostałe trzy. Brus zajął się workiem opału i mniejszym kociołkiem z żarem z pilnie strzeżonego przez noc ogniska gwardzistów. Kiedy tak szliśmy pod górę, dzień wydawał mi się bardzo jasny. Było ciepło jak na tę wyspę, a słońce odbijało się od lśniącego lodu.

– Jesteś pewien, że Pokrzywie nic nie grozi? – zapytał mnie w pewnej chwili Brus. – Nie rozumiem, jakie podjęła ryzyko, ale wydaje się, że przestraszyło was wszystkich.

Przełknąłem ślinę i przyznałem się do winy.

– Poprosiłem ją, by weszła do snu smoka i go obudziła. Jej największym talentem w posługiwaniu się Mocą jest umiejętność manipulowania snami. Nigdy nie zastanawiałem się, czy to może być niebezpieczne, nie przyszło mi do głowy, że smocze sny mogą stanowić zupełnie odmienne wyzwanie od snów ludzi.

– I mimo to udała się tam?

W głosie Brusa pobrzmiewała duma.

– Tak. Bo ją poprosiłem. Wstyd mi, że naraziłem ją na ryzyko.

Przez kilka kroków milczał.

– Tak. A więc zna cię, i to na tyle dobrze, by ci ufać. Jak długo to będzie trwało?

– Nie jestem pewien. To trudno wyjaśnić, Brus. – Poczułem, że się rumienię, ale zmusiłem się, by mówić dalej. – Zaglądałem do was. Nie często. Tylko wtedy, kiedy było mi... Źle robiłem.

Długo milczał.

– To musiała być dla ciebie szczególna tortura – odezwał się wreszcie. – Właściwie to byliśmy szczęśliwi.

Odetchnąłem głęboko.

– Tak. Była. Nigdy jednak nie zdawałem sobie sprawy, że potrzebowałem do tego Pokrzywy. Była moim... nie wiem, chyba punktem orientacyjnym. Po jakimś czasie zaczęła sobie uświadamiać moją obecność. Znała mnie poprzez swoje sny jako... jako człeko-wilka.

Zamilkłem, wytrącony z równowagi.

– No tak. To wyjaśnia niektóre bardzo dziwne koszmary, jakie miewała we wczesnym dzieciństwie – stwierdził i niemal udało mu się ukryć rozbawienie.

– Nie wiedziałem, że to robię. A potem, po jakimś czasie uświadomiłem sobie jej obecność w moich snach. Rozmawialiśmy tam, w stwarzanych przez nią światach snów. Długo trwało, zanim zdałem sobie sprawę, że przejawia talent Mocy, i to w sposób, jakiego nigdy przedtem nie widziałem. Ale nigdy... Ona nie, to znaczy ona nie wie...

Nagle nie mogłem mówić dalej. Gardło zacisnęło mi się na nie wypowiedzianych słowach.

– Wiem. Gdybyś jej powiedział, że nie jestem jej ojcem, wiedziałbym o tym.

Skinąłem głową. Dziwne było widzieć, jak postrzegałby taką wiadomość. Ja myślałem tylko o powiedzeniu jej, kim jest jej ojciec; Brus widział to jako powiedzenie jej, kto nie jest jej ojcem.

Odchrząknął i zmienił temat.

– Trzeba będzie ją nauczyć, jak panować nad tą magią, bo inaczej Moc może odebrać jej umysł. Wiem o tym z tego, co mówił mi o Mocy Rycerski.

– Pokrzywę powinno się uczyć – przyznałem mu rację. – Używanie Mocy bez instruktażu stało się dla niej niebezpieczne. Jeśli jednak nie podejmiemy jakichś kroków, będzie robiła to nadal. Koniecznie trzeba ją uczyć.

– Ty to zrobisz? – zapytał szybko.

– Ktoś będzie musiał to zrobić – rzekłem wymijająco.

I na tym skończyliśmy tę rozmowę. Wsłuchałem się w chrzęst, jaki wydawały narzędzia przy zagłębianiu się w śnieg i lód, i w nieustający świst wiatru wiejącego nad lodowcem. Dziwna to była muzyka, przeplatająca się z podniesionymi głosami ludzi, zachęcającymi się nawzajem do wysiłku. Kiedy jednak przybyliśmy nad krawędź wykopu, praca ustała niemal natychmiast.

Cierń stanął na brzegu dołu i przemówił do wszystkich. Wyjaśnił, co to jest wybuchowy proszek i co zamierza z nim zrobić. Czułem się dziwnie odległy od tego wszystkiego. Przenosiłem wzrok z jednej uniesionej twarzy na drugą, widziałem zaniepokojenie Sieciarza i zainteresowanie Małża. Niektórzy mężczyźni natychmiast zamienili się w chłopców, pragnących czym prędzej wypróbować to, co nieznane. Cierń zszedł po rampie ze swoimi kociołkami. Poszedłem za nim. Obejrzał dziury wykopane pod nadzorem Sumiennego i Lotnego. Jedną kazał pogłębić, a inną odrzucił i poprosił o wykopanie jeszcze jednej, blisko wejścia do zawalonego tunelu. Wszystkie miały leżeć w jednym szeregu, wzdłuż najgłębszych szczelin zrobionych w lodzie przez smoka. Cierń oceniał, że w tych miejscach lód jest najsłabszy i że proszek będzie najskuteczniejszy. Wybrał sześciu ludzi do rozpalenia ognia w kociołkach, a Brus przeszedł powoli wzdłuż nich, dając każdemu opał i węgielki ze swojego naczynia. Potem Cierń odesłał go na górę. Sam został w wykopie; chodził powoli od kociołka do kociołka, sprawdzając, czy wszystkie dobrze tkwią w lodowej dziurze i czy ogień wytworzy odpowiednio grube warstwy żaru dla pojemników z proszkiem. Kiedy wybrańcy pilnowali ognia, kilka razy powtórzył, że są to dość niewielkie dawki proszku, które nie zdołają wyrządzić krzywdy smokowi, a jedynie jeszcze bardziej naruszą otaczający go lód, by Lodogień mógł szybciej go skruszyć.

Kiedy któryś z mężczyzn ocenił, że jego ogień pali się wystarczająco dobrze, wstawał znad kociołka. Za każdym razem Cierń podchodził do niego, dorzucał opał i odsyłał mężczyznę do pozostałych, stojących na krawędzi wykopu. Wszystkie pojemniki z proszkiem stały na lodzie, o dwie piędzi od ognia. Kiedy na dole został tylko Cierń i ja, starzec podszedł do mnie.

– Dołączę do pozostałych – powiedział cicho. – Kiedy skinę ci głową, przejdź szybko wzdłuż kociołków. Wrzuć każdy pojemnik z proszkiem do odpowiedniego kociołka, a potem szybko przyjdź do mnie. Ogień nie od razu dotrze do proszku, ale moim zdaniem nie powinieneś się ociągać.

– Moim też.

Nabrał tchu, jakby chciał powiedzieć coś jeszcze, ale w końcu tylko pokręcił nade mną głową. Znów zadałem sobie pytanie, czy jego wola jest niezgodna z jego działaniem. A potem patrzyłem, jak wspina się po rampie i dołącza do wszystkich innych, którzy stali na krawędzi wykopu i patrzyli w dół na mnie. Uderzyło mnie, że zniknęły mury, które początkowo nas dzieliły. Przedstawiciele hetgurdu przemieszali się z gwardzistami i członkami kręgu Rozumiejących. Brus stał obok Ciernia, a Szybki blisko Sieciarza. Kot Uprzejmego przywarł brzuchem do śniegu i patrzył na mnie z zaciekawieniem.

Odetchnąłem głęboko, podszedłem do pierwszego kociołka i wziąłem pojemnik z proszkiem. Upuściłem go do buzującego kociołka, z którego wzbiły się skry. Podobnie było z drugim; trzeci upadł niewłaściwie i musiałem go popchnąć głębiej w płomienie. Usłyszałem pomruk obserwujących mnie osób. Z czwartym poszło mi łatwo. Piąty przywarł do lodu i zanim go oderwałem, minął chyba rok. Na skutek szarpnięcia odskoczyła pokrywka i wysypało się trochę proszku. Zamocowałem ją i starłem proszek z pojemnika. Kiedy włożyłem go do kociołka, płomienie chciwie skoczyły na pobrudzoną proszkiem ściankę naczynia, tryskając iskrami i paląc się na biało. Przypomniałem sobie, że zanim pierwszy flakonik Ciernia wybuchł w moim kominku, upłynęło sporo czasu. Szósty pojemnik nie sprawił żadnych kłopotów; uległem impulsowi i puściłem się biegiem. Uciekłem po rampie i stanąłem ze wszystkimi na skraju dołu. Piąty kociołek wybuchł nagle fontanną ognia, iskier i oparów siarki. Usłyszałem wokół jęki zdumienia i strachu; kiedy jednak dotarłem nad samą krawędź, wysokie białe płomienie już opadały. Kociołek pękł z głośnym trzaskiem; usłyszeliśmy syk, jaki wydała woda wytopiona z lodu przy zetknięciu z ogniem.

Kiedy stanąłem u boku Ciernia, starzec pokręcił głową.

– Jeden zmarnowany – stwierdził cierpko. – Na jaja Ela! Szkoda, że nie miałem więcej czasu na wypróbowanie proszku i zaprojektowanie odpowiedniego pojemnika. Zważ jednak, jak płomień wędrował w górę proszku, by dosięgnąć głównej dawki. Moglibyśmy to wykorzystać? Sądziłem, że proszek musi się znajdować w naczyniu, by...

I wtedy nastąpił pierwszy wybuch. Nie był to pierwszy kociołek. Myślę, że drugi, że może tkwiący w nim pojemnik przepalił się szybciej. Trudno było powiedzieć, bo kiedy z dna wykopu wystrzeliły w powietrze i spadły na nas odłamki i bryły lodu, wybuchł jeden z pozostałych kociołków, a może dwa naraz.

Ten drugi wybuch był o wiele głośniejszy od pierwszego i mnie ogłuszył. Nigdy nie doświadczyłem czegoś takiego. Wydawało mi się, że samo powietrze trzepnęło mnie w twarz, a uszy piekły mnie jak natarte. Drobinki lodu kłuły mą odsłoniętą skórę. Zamrugałem, sądząc, że zostałem oślepiony, ale to była mgiełka wręcz niemożliwie drobnego śniegu, wiszącego w powietrzu.

Ludzie cofali się od krawędzi wykopu, krzycząc z gniewu i strachu. Obok mnie przemknął przerażony kot Uprzejmego, ścigany gorączkowo przez swego pana. Od pogrzebanego smoka dobiegła fala oburzenia. „Próbujemy cię uwolnić!" – przesłałem mu Mocą, ale nie wyczułem żadnej odpowiedzi. Brus chwycił mnie za ramię i rozglądał się z twarzą wykrzywioną przez panikę.

Złapałem go za rękę, by go odprowadzić od wykopu, lecz wyrwał mi się, krzycząc:

– Szybki! Gdzie jest mój syn?

Wtedy w nasze stopy uderzył od dołu drugi wybuch. Padłem na kolana, Brus leżał rozciągnięty obok mnie. Powietrze było gęste od unoszących się w nim kryształków lodu, lecz Brus zakaszlał, splunął i zawołał:

– Szybki! Szybki, gdzie jesteś, chłopcze?

– Tutaj, tato! – krzyknął chłopiec i rzucił się ku nam przez mgiełkę prosto w ojcowskie ramiona.

– Dzięki Edzie, nic ci nie jest! Trzymaj się teraz blisko mnie. Przekleństwo na moje oczy. Bastardzie, co się dzieje? Spodziewałem się płomieni, iskier i dymu, nie tego! Co ten szaleniec zrobił?

– To jest jak kłoda pękająca w ogniu, nic więcej, Brus. Proszek wybuchł i rozbił otaczający go lód. Nie myślałem, że tak to będzie wyglądało, ale już po wszystkim. Uspokój się.

Lecz kiedy jeszcze wypowiadałem te słowa, chcąc uspokoić nie tylko jego, ale i siebie, ziemia po raz drugi zakołysała się pod naszymi stopami. W tej samej chwili odebrałem w myślach wściekły atak.

„Zapłacicie, wy mizerne, zdradzieckie robaki! Rozleję waszą krew, wiadro za każdą obluzowaną łuskę na jego ciele. Przybywam! Ściga was gniew Tintaglii! Wszyscy zginiecie!".

„Usiłujemy mu pomóc, a nie zrobić krzywdę!".

Rzuciłem te słowa na wszystkie strony, głosem, Rozumieniem i Mocą. Nie odpowiedziała.

Kiedy jednak strzepnąłem mruganiem mgiełkę lodu z rzęs i zajrzałem do wykopu, coś się tam poruszyło. Wszystko przesłaniał osiadający tuman lodowych kryształków, ale falowało tam i szarpało się coś ciemnego, przywołując na myśl wieloryba wynurzającego się z wody. Usłyszałem trzeszczenie pękającego lodu i dobiegł mnie smród uwięzionego, chorego ciała, odór gada. Zerwałem się na nogi i ostrożnie podszedłem do krawędzi wykopu.

W dole toczyły się powolne, gigantyczne zmagania. Częściowo został odsłonięty wychudzony grzbiet smoka. Jego ogon walił i wił się niemal jak oddzielne stworzenie, usiłując całkowicie wyrwać się spod lodu. Lodogień uwolnił jedną ogromną nogę i starał się teraz oswobodzić resztę ciała, orząc głęboko lód długimi szponami. Po chwili rozwinął jedno skrzydło i uniósł je niczym poszarpane żagle na morskim wraku, siejąc wokół bryłkami lodu. Trzepotało się rozpaczliwie; odór choroby niemal pozbawił mnie tchu. Lodogień szamotał się, z głową i szyją wciąż uwięzionymi w lodzie. Kiedy osiadła mgiełka lodowych kryształków, ludzie znów zgromadzili się powoli na krawędzi wykopu i spojrzeli w dół, jedni z ciekawością, inni sparaliżowani przerażeniem. Twarz Ciernia przedstawiała niezapomniany widok. Nie potrafiłem ocenić, czy grozę na niej wywołało zniszczenie spowodowane przez jego proszek, czy rozmiary stworzenia, które częściowo odsłonił.

Pierwszy odezwał się Brus.

– Biedak. – Uniósł dłonie z rozstawionymi palcami i delikatnie pchnął powietrze przed sobą. Jakże często widziałem ten obrazek, kiedy zbliżał się do nerwowego konia. Teraz zastanawiałem się, czy spokój emanował z jego rąk. – On potrzebuje naszej pomocy – rzekł nagle podniesionym głosem. – Weźcie łopaty i kilofy, ale bądźcie ostrożni. Teraz byłoby mu równie łatwo pomóc, jak wyrządzić krzywdę. Nie prowokujcie go do szamotania się. – Jedną rękę zacisnął na ramieniu Szybkiego, a drugą wyciągnął nieco przed siebie i podszedł chwiejnie do brzegu wykopu. – Spokojnie, spokojnie! – zawołał do smoka, wspierając słowa uspokajającym działaniem Rozumienia. – Już idziemy. Zaprzestań szamotania, bo tylko zrobisz sobie krzywdę. Albo nam. Uspokój się. Pomożemy ci.

Wyczułem płynący wraz z tymi zapewnieniami strumień pociechy. Smok sprawiał wrażenie, że uległ jego wpływowi. A może przestał się miotać po prostu z wyczerpania.

– Uważaj na krawędź, człowieku. Rampa jest z tamtej strony. Szybki, podprowadź tam ojca. Będziemy go potrzebować.

Skroń Sieciarza krwawiła od przelotnego zderzenia z kawałkiem lecącego lodu. Minął nas szybkim krokiem z łopatą w ręce, nie zważając na skaleczenie. Po raz pierwszy zdałem sobie sprawę, że wybuch zranił kilku z nas. Jeden z wojowników hetgurdu leżał nieprzytomny na śniegu, a z nosa i uszu ciekła mu krew. Któryś z jego towarzyszy klęczał przy nim oszołomiony. Uprzejmy schwytał swego syczącego kota i trzymał go w niezdarnym uścisku, usiłując uspokoić szarpiące się zwierzę. Rozejrzałem się za Sumiennym i zobaczyłem, że już zbiega po rampie ku uwięzionemu smokowi, podpierając się łomem. Dno wykopu zostało naruszone i przypominało mi krę na wzburzonym morzu.

– Mój książę! Uważaj! On może być niebezpieczny! – ryknął za nim Cierń, a potem sam pośpieszył rampą na dół. Mający Rozumienie i pozbawieni go zebrali się przy uwięzionym stworze i zaczęli usuwać obluzowane bryły lodu. Było to niebezpieczne, ponieważ smok nadal się szamotał.

Smród był straszliwy. Powietrze psuł zapach wygłodzonego, śpiącego węża. Brus sprawiał wrażenie, że się tym nie przejmuje; postąpił krok do przodu i położył dłonie na czarnej, łuskowatej skórze stwora.

– Uspokój się. Nim znów zaczniesz się szamotać, pozwól nam uprzątnąć obluzowane bryły lodu. Złamane skrzydło w niczym ci nie pomoże.

Smok znieruchomiał. Nie Mocą, lecz Rozumieniem wyczułem, że dusi się i wpada w panikę. Jego uwaga skupiła się teraz gdzie indziej; podejrzewałem, że komunikuje się z Tintaglią. Miałem nadzieję, że powie jej, iż staramy się mu pomóc.

– Musimy oswobodzić jego głowę. Ma za mało powietrza – powiedział do mnie Brus, kiedy podszedłem bliżej.

– Wiem. Ja też to czuję. Mam Rozumienie, wiesz? – Dodałem, starając się nie uśmiechnąć znacząco.

Nie wiedziałem, że usłyszy mnie Szybki. Ponieważ wciąż dzwoniło mi w uszach, może odezwałem się głośniej, niż sądziłem. Chłopiec wytrzeszczył na mnie rozpalone ciekawością oczy.

– A więc naprawdę jesteś Bastardem Rycerskim, Bastardem skażonym Rozumieniem. I to prawda, że mój ojciec wychował cię w stajni?

Mówił z dziwną intonacją, jakby nagle we własnej rodzinie odkrył powiązanie ze sławą i legendą. Zapewne tak było, lecz nie uważałem, że to jest zdrowe.

– Porozmawiamy o tym później – powiedzieliśmy z Brusem niemal w tej samej chwili. Szybki wytrzeszczył na nas oczy i roześmiał się zdławionym głosem.

– Usuńcie ten lód zza jego lewej łopatki! – zawołał Sieciarz, schodząc na dół, i ludzie pośpieszyli, by go posłuchać, łącznie z Szybkim. Sieciarz zatrzymał się jednak przy nas z kilofem w ręce. Gwałtownym gestem zatrzymał obok siebie Szybkiego.

– „Później" nie będzie wiecznie czekało na żadnego z was – zwrócił się cicho do Brusa. – Nadejdzie czas, kiedy obaj będziecie musieli się wytłumaczyć przed tym chłopcem. – Mimo wszystko w jego słowach nie było nagany, a ja niemal pomyślałem, że na twarzy zagościł mu przelotny uśmiech. Skłonił się Brusowi i mówił dalej: – Wybacz, jeśli cię urażę. Wiem, że wzrok cię zawodzi, ale twoje ramiona i plecy wciąż wyglądają na silne. Gdyby twój syn cię prowadził, mógłbyś ogromnie nam pomóc, odciągając od wykopu sanie z bryłami lodu. Zechcesz nam pomóc, Brus?

Pomyślałem, że odmówi. Wiedziałem, że wciąż unika Sieciarza i wszystkiego, co reprezentuje. Prośba została jednak wyrażona uprzejmie, a Brus rzeczywiście mógłby się przydać. Domyślałem się, jak go irytowało stanie przy uwięzionym zwierzęciu, podczas gdy inni trudzili się, by je uwolnić. Prośba Sieciarza stawiała także Szybkiego u boku Brusa, oddając go pod jego ojcowską władzę. Spostrzegłem, że Brus dokonuje trudnego kompromisu. Odezwał się nie do Sieciarza, lecz do Szybkiego:

– Zaprowadź mnie do sań, chłopcze, i przyłóżmy się do pracy.

Ojciec i syn odeszli, by spełnić prośbę Sieciarza, a ja zostałem sam. Patrzyłem, jak razem z Uprzejmym i Małżem biorą do rąk liny. Wzięli się do pracy i mimo chromej nogi Brusa, on był z całej czwórki najsilniejszy. Obładowane sanie pokonały rampę w równym tempie. To zetknięcie ojca z synem zostało zręcznie przeprowadzone i myślę, że Brus był z tego zadowolony w takim samym stopniu, w jakim Szybki z tego zadowolony nie był. Czyżby Sieciarz próbował naprawić stosunki między nimi, chcąc zarazem złagodzić postawę Brusa wobec Rozumienia?

Kiedy nastąpił ostatni wybuch, wciąż się zastanawiałem nad różnymi konfiguracjami tego zagadnienia.

Teraz uważam, że w małym kociołku, który nierozważnie zostawiłem przy głowie smoka, kiedy się wycofywałem z tunelu, nadal płonął ogień. Czy w końcu zapaliły się od niego skóry, na których stał, przenosząc ogień na flaszeczkę z olejem i pojemnik z proszkiem? A może olej wylał się z flaszeczki, która przewróciła się na skóry blisko proszku i kociołka od wcześniejszych, mniejszych wybuchów? Spędzałem zbyt wiele czasu na zastanawianiu się nad takimi bezużytecznymi sprawami.

Ten ładunek proszku był większy, miał zabić. Wybuch cisnął lodowym sklepieniem tunelu wysoko w powietrze i jednocześnie wydmuchnął z jego wejścia luźne bryły lodu do dołu, gdzie wszyscy pracowaliśmy. Ludzie i lód zostali rzuceni we wszystkie strony. Ja wylądowałem po drugiej stronie wykopu. W ślad za wybuchem spadł deszcz odłamków lodu ostrzejszych od strzał, które zraniły niektórych z nas. Czułem spadające kawałki, ale wszystko przede mną było białe. Myślałem, że nie tylko ogłuchłem, ale i oślepłem. A potem lodowa mgiełka zaczęła osiadać, odsłaniając bezgłośny chaos. Obok mnie przeszedł chwiejnym krokiem Sieciarz z rękoma przyciśniętymi do uszu. Zobaczyłem Orła zgniecionego olbrzymimi bryłami lodu. Widziałem, że ludzie krzyczą, ale ich nie słyszałem. Zadawałem sobie pytanie, czy kiedykolwiek będę coś słyszał.

Uniosłem wzrok i ujrzałem Ciernia i Sumiennego, patrzących z przerażeniem w dół. Nie znajdowali się w wykopie i w chwilę później uświadomiłem sobie, że ludzie ciągnący sanie też uniknęli najgorszych skutków wybuchu. Lecz właśnie wtedy, gdy wstałem i uznałem, że niczego sobie nie złamałem, poczułem drugi wstrząs. Grunt pod moimi nogami przesunął się i zakołysał, w lodzie rozwarły się szeroko nowe szczeliny, a potem nagle wszystko się rozpadło. Poprzez rozbite bryły lodu wychynęło czarne ciało.

„Wolny!".

Ta najbardziej spójna myśl, jaką otrzymałem od Lodognia, była raczej wyrażeniem tryumfu niż przekazem.

Jego ogromna czarna głowa uniosła się na wężowej szyi. Na wpół rozłożone skrzydła służyły mu jako dodatkowe kończyny, kiedy dźwigał się z pokruszonego lodu. Widok długo uwięzionego ciała smoka wzbudził we mnie litość, mimo że byłem przerażony tym, co się przytrafiło moim towarzyszom. Mięśnie ledwie okrywały mu kości, a pokryta łuskami skóra była postrzępiona i obwisła niczym źle uszyte ubranie. Kiedy rozłożył skrzydła, okazało się, że są porozdzierane jak piękny płaszcz przeciągnięty po jeżynach.

Wyszarpywał się z lodu, robiąc kilka przerw, by zaryczeć i oswobodzić nogę, a potem czubek skrzydła. Nie zwracał uwagi na leżących wokół niego ludzi, lecz to mnie nie uspokajało, bo nagły wielki głód emanował z niego jak żar. Po raz pierwszy poczułem instynktownie, że jestem dla tego o wiele większego drapieżnika zwierzyną łowną. Moje słowa nie wywarłyby na jego myślach większego efektu niż dzikie rozgorączkowanie królika na myśli wilka. Ślepun i ja nigdy nie próbowaliśmy przemawiać do naszych posiłków, póki były żywe; podobnie uczyni ten stwór.

– Błaźnie, coś ty wypuścił na świat? – jęknąłem.

Smok zrobił kolejny wysiłek i wysunął się odrobinę z lodowego rumowiska. Jego rozmiary stały się jeszcze bardziej imponujące. Lodogień stanął na ruchomych ruinach swego grobowca i wyciągnął z lodu ogon. Trwało to długo, bo ogon był niemożliwie długi, aż spoczął na popękanej powierzchni lodu niczym zwinięty bicz. Smok nagle odrzucił głowę do tyłu i wydał dzikie wołanie, które rozpoczęło się jako niski ryk, a potem wznosiło się coraz wyżej, aż przestałem je słyszeć. To był pierwszy dźwięk, jaki dotarł do moich uszu po wybuchu; wydało mi się, że mam nowy zmysł, bo od trąbienia stwora drgały mi płuca.

A potem zobaczyłem, jak rozdymają mu się nozdrza, a jego klinowata głowa nurkuje w stronę ciała Orła. Mimo że mężczyzna był martwy, to, co miało się z nim stać, napawało mnie grozą. Lodogień trącił ciało nosem, wydobywając je spomiędzy brył lodu, które je zgniotły. Ostrożnie chwycił Orła wargami, podniósł go i potrząsnął nim, by pozbyć się resztek lodu, przywarłych do ciała – tak jak Ślepun otrzepywał rybę z liści. Smok jadł jak mewa: podrzucił mięso, które niegdyś było człowiekiem, wysoko do góry, otworzył szeroko paszczę i przełknął, gdy ciało znalazło się w połowie przełyku. Potem Orzeł był już tylko grudką przesuwającą się w dół długiej szyi.

Tkwiący we mnie wilk zachowywał obiektywność: martwy człowiek równie dobrze może być mięsem, a smok tylko zjadł padlinę.

Ja sam robiłem to w okresach wielkiego głodu i chętnie podkradałem niedźwiedziowi odsypiającemu obżarstwo kawałek upolowanego przezeń mięsa. Orzeł był jednak człowiekiem i przywódcą, kimś, kto siedział i jadł obok mnie, patrząc mi w oczy nad płomieniem ogniska. To, że nagle stał się tylko strawą dla obudzonego przez nas stwora, burzyło mój porządek świata.

W tej chwili niejasno zrozumiałem ogromną skalę, na jaką nasze działania zmieniły świat. To nie był smok z kamienia, przepojony duszami bohaterów, obudzony ku naszej obronie. To była ogromna istota z ciała i krwi, mająca swoje apetyty i pragnienia oraz wolę zaspokojenia ich, by przeżyć bez względu na to, ile może to kosztować nas, ludzi.

Podniosłem wzrok, by poszukać jakiejś drogi ucieczki. Nie znajdowałem się przed Lodogniem, lecz stałem wśród potencjalnych ofiar znajdujących się najbliżej niego. Byłem wstrząśnięty widokiem krwawiących ludzi, którzy podeszli chwiejnie do krawędzi wykopu i patrzyli teraz w dół na to, co uwolniliśmy. Był tam Brus, mocno trzymający Szybkiego za ramię, Małż z głodnymi oczyma minstrela i Uprzejmy. Chłopak miał u nogi swego kota, dwakroć większego niż zwykle, jako że zjeżyła mu się cała sierść. Nadaremnie wypatrywałem Ciernia i Sumiennego; bałem się, że zginęli. Niedaleko od siebie zobaczyłem jedną obutą stopę i miałem nadzieję, że pod śniegiem wciąż jest z nią złączone ciało. Kto to jest? Zobaczyłem uniesioną rękę Szybkiego, który pokazywał mnie gorączkowo palcem i mówił coś do Brusa; potem ten wielki głupiec poruszył ustami, a ja rozpoznałem słowa, które wykrzyczał:

– Bastardzie! Bastardzie, wyjdź stamtąd, uciekaj!

Smocza głowa odwróciła się, szukając źródła krzyku. Zobaczyłem, jak wirujące srebrno-czarne ślepia skupiają się na człowieku, który mnie wychował, jak wznosi się głowa na długiej szyi...

– Nie! – ryknąłem. Mój głos zabrzmiał w moich własnych uszach niewiele głośniej od szeptu.

Chyba zrozumiał, że zwrócił na siebie uwagę smoka, bo brutalnie pchnął Szybkiego, który runął twarzą w śnieg. Następnie bezbronny Brus odwrócił się do smoka.

Wtedy kolejny wstrząs rzucił mnie na lód. Ziemia nagle zaczęła ustępować pode mną. Lodogień też walczył o utrzymanie równowagi.

Rozpostarł postrzępione skrzydła i zaczął drzeć szponami krawędź wykopu. Kiedy wygramolił się na górę, ludzie uciekli, a lód, na którym jeszcze niedawno stał, runął w ziejącą dziurę. Przywarłem do ściany wykopu i jakąś częścią umysłu zrozumiałem, co się stało. Szamotanina smoka i, być może, wybuchający proszek Ciernia naruszyły sklepienie wielkiej sali tronowej bladej kobiety.

Zawzięcie wierzyłem, że zmiażdży ją zapadający się sufit. Popatrzyłem w dół na spadające bryły lodu, znikające majestatycznie w znajdującym się pode mną pałacu. Zastanawiałem się, czy może nagle odsłoni się jakieś wejście do sali i czy będę mógł się do niej tamtędy dostać, przeżyć upadek wśród lodowej lawiny i jakoś uwolnić Błazna, póki jeszcze żył. Bardziej prawdopodobne było to, że zapadający się lodowy sufit wypełni komnatę i ją całkowicie zniszczy. Szybki koniec, zauważyła jakaś część mojego umysłu, ale mimo tego ryknąłem z całej siły:

– Nie! Nie, nie, nie! Ukochany Błaźnie! Nie!

Jakby w odpowiedzi na mój krzyk coś się poruszyło w lodzie poniżej mnie. Wpatrzyłem się w to miejsce, niezdolny pojąć siły tego czegoś, co szamotało się pod tą lawiną. Ruch po chwili ustał.

Przywarłem do lodowej półki i kiedy nagle Sumienny chwycił mnie za nadgarstek, wrzasnąłem, zaskoczony.

– Wyjdź na górę! – krzyknął i nagle zdałem sobie sprawę, że krzyczał już do mnie wcześniej, usiłując odciągnąć moją uwagę od spadającego lodu i gramolącego się smoka. Lodogień już się prawie wydostał z wykopu. Wszyscy najwyraźniej uciekli, zostawiwszy dwa bezwładne ciała, których nie potrafiłem zidentyfikować.

Powierzyłem Sumiennemu swój ciężar, który przyjął ze stęknięciem, a następnie zaparł się, bym mógł wdrapać się na krawędź wykopu.

– Gdzie jest Cierń? Musimy uciekać! – ryknąłem do niego.

Książę wykonał szeroki gest ręką, który miał chyba oznaczać, że wszyscy uciekli na dół, w stronę obozu. Wtem szeroko otworzył usta, a potem rozwarł je jeszcze szerzej i wybałuszył z przerażenia oczy. Obejrzałem się przez ramię, bo wpatrywał się w wykop. Na jego dnie niczym ropucha budząca się z hibernacji, wyłaniał się z lodowego rumowiska smok bladej kobiety. Życie nie nadało mu wdzięku. Wciąż był grubo ciosaną istotą, złożoną z wielu niezgodnych elementów, mętnoszarego koloru jak nie wypalona glina. Wyczuwałem Rozumieniem jego niepohamowany głód. Słaniał się i wiedziałem, że pożre wszystko, co znajdzie się w jego zasięgu. Wtedy uderzyła mnie fala jego Mocy; struchlałem przed nią. To nie tylko był głód wygłodniałego zwierzęcia. Kołyszącego się i ryczącego pod nami smoka opanowała jedna osobowość. Wiedziałem, że musiała go rzucić swemu kamiennemu smokowi w ostatniej szaleńczej próbie obudzenia go. I bladej kobiecie się to udało.

„Nadchodzi Żelaznoręki! Przybywam, by zdobywać, zabijać i pożerać. Łaknę ciał rolników. Dzisiaj dokonam zemsty!". – Jego wzrok zatrzymał się na Lodogniu. – „Smoku z Królestwa Sześciu Księstw, dzisiaj zginiesz!".

Kamienny smok rzucił się do przodu. Jego wielkie szczęki zacisnęły się na podstawie ogona Lodognia. Zaparł się krótkimi nogami i zaczął wciągać czarnego smoka z powrotem do wykopu.

# ROZDZIAŁ 25

# SMOKI

*Podczas wojny ze szkarłatnymi okrętami wiele domów matek płaciło haracz Kebalowi Żelaznorękiemu i bladej kobiecie w formie ofiary z mężczyzn klanu. Klany, które sprzeciwiały się przymusowemu poborowi ich wojowników, były karane tym, co tu, w Królestwie Sześciu Księstw, jest zwane „zakażaniem kuźnicą". Kuźnicą były zakażane głównie kobiety i dzieci płci żeńskiej krnąbrnego klanu. To stawiało mężczyzn na pozycji nie do obrony. Kobiety zakażone kuźnicą okrywały klan wstydem i hańbą, jednak żaden dom matek nie mógł swojemu mężczyźnie zezwolić na zabicie kobiety, nie odpłacając mu tym samym. Dla mężczyzn lepszym wyjściem od narażania klanu na ryzyko całkowitego zniszczenia było zostanie morskimi wojownikami Żelaznorękiego. Ci, którzy w końcu wracali do domów swoich matek, byli zmienieni nie do poznania. Wielu z nich najwyraźniej zmarło po wojnie we śnie. Niektórzy powiadają, że zostali otruci przez kobiety z ich własnego klanu, nie mieli już bowiem ducha prawych synów.*

Małża „Krótka historia czerwonych okrętów
z Wysp Zewnętrznych"

Z bezchmurnego nieba spadła błękitno-srebrzysta błyskawica. Runęła wprost do wykopu plątaniną młócącego wściekle ogona i śmigającej głowy, w której szeroko otwarta paszcza straszyła kilkoma rzędami zębów jak sztylety. Wylądowała na smoku Kebala Żelaznorękiego niczym rozwścieczona kocica i zacisnęła szczęki na jego szyi tuż pod klocowatą głową stwora. Starała się utrzymać na jego grzbiecie, ze zgrzytem ślizgając się i drąc szponami łuskowatą skórę. Zaskoczony atakiem smok Kebala odwrócił uwagę od Lodognia; otworzył pysk do ryku i Lodogień mu się wyrwał.

„Odsuń się od niego. Wyjdź na górę, wzbij się w powietrze. Nie staraj się z nim walczyć na ziemi!".

Ten głos pochodził od Tintaglii. Nie był to język, lecz dźwięki niosły ze sobą znaczenie i postrzegałem je jako mowę. Nie sądzę, by wszyscy obecni przy tym ludzie pojęli, że smoczyca przemówiła. Na pewno Lodogień wiedział, że mówi do niego, i zatrąbił w odpowiedzi, lecz nie w pełni zrozumiałem jego przekaz. Może rozumiałem Tintaglię dzięki naszym wcześniejszym kontaktom? Zobaczyłem, jak wymizerowany smok oddala się niemrawo od wściekłego kłębowiska złożonego z prawdziwej smoczycy i kamiennego smoka. Wiedziałem, że Tintaglia długo nie utrzyma Żelaznorękiego. Była samicą i chyba różnica płci sprawiała, że była dużo mniejsza od Lodognia.

Kamienny smok był potężny i klocowaty; smukłości, gibkości i lekkości Tintaglii przeciwstawiał masywność i ciężar. W porównaniu z Żelaznorękim smoczyca wyglądała jak sokół atakujący byka. Była wcieleniem szybkości, lecz nie wyrządzała mu żadnej krzywdy. Zatopiła zęby w jego szyi, ale ja nie dostrzegłem krwi. Jej potężne, szponiaste tylne łapy zostawiały na bokach przeciwnika jedynie białe zadrapania, jakby chłopiec pocierał kamieniem o kamień. Wydawało się, że smok nic nie czuje. Otrząsnął się, usiłując ją zrzucić, lecz ona mocno się go trzymała, wciąż na próżno atakując. Jej szpony były jak paznokcie drapiące skórzaną zbroję wojownika. Zacząłem się zastanawiać, czy on w ogóle ma krew? Czy może jest cały z ożywionego wolą kamienia?

Co mogłoby zabić takiego smoka? Jeśli jego skóra jest nieczuła na ataki tak potężnego stworzenia, jak Tintaglia, to co mogłoby go powstrzymać?

Żelaznoręki wysyłał Mocą falę za falą nienawiści. Wyczuwałem jego niepewność i frustrację, że nie w pełni panuje nad swym niezdarnym, choć potężnym ciałem. Może i został ożywiony, lecz wciąż był w jakimś sensie niedokończony. Przebierał nogami w lodowym rumowisku, lecz nie wydostawał się z wykopu. Rozwinął niezręcznie jedno skrzydło, ale nie potrafił nim machnąć ani nawet z powrotem go złożyć. Było bezużyteczne. Machał ociężale wielką głową na boki, bezskutecznie usiłując zrzucić zajadłą smoczycę.

Srebrzyste oczy Tintaglii śledziły ruchy Lodognia, które były żałośnie powolne. Dźwignął się z wykopu. Kiedy przysiadł na tylnych łapach, spustoszenia poczynione długim uwięzieniem w lodzie stały się jeszcze wyraźniejsze. Pod obwisłą łuskowatą skórą widziałem jego wydatny mostek. Przypominał mi martwego ptaka objedzonego przez mrówki. Rozpostarł postrzępione skrzydła. Gdy potrząsnął nimi na próbę, owionął mnie smród chorego zwierzęcia. Poruszył kilka razy długą szyją i machnął ogonem jak człowiek, który przymierza dawno nie noszone ubranie. Nie śpieszył się przy tym, jakby walka w wykopie wcale go nie dotyczyła. Przeciągnął nosem po skrzydłach, zupełnie jak ptak czyszczący pióra, a następnie rozpostarł je i strzepnął niczym gawron po kąpieli. Machnął nimi raz, powoli, potem drugi, a za trzecim razem pchnął je do dołu z siłą, która poderwała spod niego tumany śniegu i od której zaświstało powietrze w rozdarciach. Nagle naparł na skrzydła, a jego muskularne tylne nogi pchnęły go naprzód i w górę. Wzbił się w powietrze ciężko jak niezdarny morski ptak, lecz miałem wrażenie, że gdy tylko oderwał szpony od lodu, zniknęły wszystkie jego ograniczenia. Wznosił się równym tempem.

Dostrzegłem krążącą wysoko nad nami Ryzykantkę i zadałem sobie pytanie, jak musi się czuć na widok tak ogromnego stworzenia, wznoszącego się ku niej. Tintaglia najwyraźniej uznała, że Lodogień jest już w bezpiecznej odległości od kamiennego smoka i gwałtownie rozluźniła chwyt szponów. Skoczyła w powietrze zwinnie jak jaszczurka; rozpostarła z wdziękiem srebrzystobłękitne skrzydła i zaczęła się wznosić w niebo.

Żelaznoręki poniewczasie zdał sobie sprawę, że ataki ustały. Odrzucił głowę do tyłu, zaryczał z nienawiścią, a potem wygiął szyję, by spojrzeć jednym mętnym okiem na niebo. Szyję miał krótszą i grubszą niż prawdziwe smoki. Z jego gardła dobył się głuchy, charkotliwy pomruk.

Myśli bladej kobiety, które wysłała mu Mocą, niosły ze sobą siłę wściekłości. Nie ja byłem ich celem i poczułem ledwie ich muśnięcie, lecz z łatwością je odczytałem. Wydawało mi się, że jej Moc osłabła, jakby uwolnienie smoka wyczerpało bladą kobietę. Jej myśli przedzierały się przez opary bólu.

„Zabij smoki, jednego albo oba, ale zabij przynajmniej jednego! Ludzie są nieważni. Nie mogą zrobić ci krzywdy. Później możesz ich pożreć, jeśli zechcesz. Teraz jednak zemścij się na Królestwie Sześciu Księstw. Zabij ich smoki, Żelaznoręki!".

W tym momencie smok odwrócił ciężką głowę i chwycił kamiennymi szczękami śmigający czubek ogona Tintaglii; szarpnął i zmienił jej pełen gracji lot w szaleńczy upadek. Smoczyca wrzasnęła. Zobaczyłem, jak Lodogień zakrzywia lot, i poczułem, że omiata wzrokiem walkę toczącą się na ziemi. Przechylił się, a potem ostro zanurkował. Kamienny smok opanował w końcu sztukę rozpościerania skrzydeł i początkowo chciał zatrzymać Tintaglię w locie, lecz podczas niezdarnych prób najwyraźniej zaświtało mu niejasno, jak używać skrzydeł. Nie wypuszczając z paszczy ogona Tintaglii, zaczął bić skrzydłami, bezskutecznie usiłując wzbić się w powietrze i szarpiąc przy tym królową smoków, jakby była latawcem na sznurku. Smoczyca wydała ostry świst, podobny do tego, jaki słychać przy gwałtownym dobywaniu miecza, i nagle obróciła się w miejscu, by zaatakować napastnika. Popełniła błąd. Przy całej swej masie była jak motyl szarżujący na jaszczurkę. Jej dziko trzepoczące skrzydła posłały mi w twarz lodowaty śnieg i powaliły na ziemię, lecz nie zrobiły żadnego wrażenia na Żelaznorękim. Bił w nią ciężkimi skrzydłami, a jego ciosy przypominały uderzenia rzeźniczego młota.

Zrozumiałem, że ją zabije.

W chwilę później pojąłem konsekwencje takiego obrotu rzeczy. Blada kobieta i tak odniesie zwycięstwo. Mimo wszystko położyła kres istnieniu smoków. I żaden człowiek nie mógł już teraz temu przeszkodzić. Jeśli szpony Tintaglii nawet nie zadrasnęły ciała kamiennego smoka, to co mogłaby zdziałać przeciwko niemu jakakolwiek nasza broń?

Jedno uderzenie serca trwało wieczność. Uświadomiłem sobie, że obok mnie stoi książę i przekląłem własną głupotę.

– Uciekaj stąd! Nic nie możemy zrobić. Biegnij! – ryknąłem, potrząsając nim.

A on nadal stał z wytrzeszczonymi oczyma, sparaliżowany toczącą się przed nami walką.

Wtedy zaatakował Lodogień, czarna błyskawica. Od siły uderzenia jego ogromnego ciała w kamiennego smoka zatrzęsła się ziemia, jak po jednym z wybuchów Ciernia. Wstrząs rzucił Sumiennego i mnie na lód, a kiedy udało mi się uklęknąć i przetrzeć oczy, Tintaglia już nie brała udziału w walce. Odpełzała na bok, podciągając się na skrzydłach i nogach. Tam, gdzie jej gęsta krew kapała na śnieg, unosił się dym. Wyczuwałem Rozumieniem wypływające z niej fale bólu. Chyba nigdy jeszcze nie cierpiała takich katuszy, oszołomiona dodatkowo oburzeniem i grozą.

Ku mojemu bezgranicznemu zdumieniu dwa walczące ze sobą samce uniosły się z zasypanego bryłami wykopu, trzepocząc skrzydłami i usiłując dosięgnąć się szponami. Chcieliśmy z księciem uciec od miejsca walki, ale potężna siła wzbudzanego przez nie wiatru wciąż rzucała nas na kolana.

– Jeśli będziesz długo przebywał w pobliżu kamiennego smoka, może cię zakazić kuźnicą! Musimy uciekać! – zawołałem, ciągnąc Sumiennego za sobą.

Wtem siła wiatru zmalała. Książę zatoczył się, odepchnięty przeze mnie, a ja zatrzymałem się i spojrzałem za siebie, następnie w górę. Splecione w walce, smoki wciąż się wznosiły, prawie jednocześnie machając skrzydłami. Wydawało się, że wykonują dziwny, powykręcany taniec, w którym usiłowały chwycić się szponami i po wielokroć uderzały głowami niczym atakujące węże. Wznosiły się jednak bardziej dzięki sile skrzydeł Lodognia niż wysiłkom kamiennego smoka. Splecione, wzbijały się coraz wyżej, aż zmieniły się w czarne sylwetki na niebieskim niebie.

– Bastardzie! Patrz!

Krzyk Sumiennego zabrzmiał w moich zmaltretowanych uszach jak szept, ale nie mogłem zignorować siły, z jaką potrząsał mną książę. Ten idiota wrócił. Pokazywał na dno wykopu zawalonego bryłami lodu. W narożniku, gdzie ześlizgujący się lód nie wypełnił do końca znajdującej się poniżej pałacowej komnaty, był niewielki otwór. Po tym ruchomym rumowisku wspinała się Elliania. Z determinacją parła do góry, ciągnąc za sobą na łańcuchu krzyczącą i wyrywającą się dziewczynkę. Była przykuta do łańcucha za nadgarstek; włosy miała splątane i lepkie od brudu, a podarta koszulka ledwie ją okrywała, lecz rodzinne podobieństwo było uderzające.

Elliania prowadziła swoją siostrę. Za nią wypełzł z dziury Peottre. W jednej ręce trzymał zakrwawiony miecz, a drugą wlókł za sobą bezwładną, wymizerowaną kobietę. Jedną stronę twarzy miał zalaną krwią z rany na głowie. Kiedy tylko mógł wstać, chwycił kobietę i spróbował biec po zboczu, ale zdradzieckie kawałki lodu obsuwały mu się pod nogami. Zyskał kilka piędzi, a potem opadł na jedno kolano. Ciężko dyszał i znajdował się niemal u kresu sił. Na naszych oczach rzucił nagle siostrę na ziemię i odwrócił się do ścigających, którzy wychodzili na czworakach z otworu. Oerttre Czarnowoda osunęła się bezwładnie na śnieg, nieprzytomna lub martwa, i zaczęła się zsuwać z powrotem ku otworowi w dnie wykopu.

Elliania dotarła do nas. Zerknęła do tyłu i krzyknęła przenikliwie na widok osaczonego wuja.

– Trzymaj to! – rozkazała Sumiennemu i rzuciła mu łańcuch. Chwycił go odruchowo, wytrzeszczając oczy na swoją potarganą wybrankę. Z jej nozdrza wypłynęła krew i obwiodła zaschniętą linią jedną stronę ust, a rozpuszczone włosy otaczały w nieładzie twarz Ellianii. Odwróciła się na pięcie i rzuciła do Peottrego, trzymając krótki miecz. Sumienny ściskał łańcuch dziewczynki zakażonej kuźnicą.

– Trzymaj to! – powtórzył nagle jej rozkaz i rzucił mi łańcuch. Zanim zdążyłem go chwycić, spadł na ziemię, ale przydeptałem go nogą. Dziewczynka jednak nie chciała uciekać. Rzuciła się na mnie z szeroko otwartymi ustami. Dla mojego zmysłu Rozumienia nie istniała, ale kiedy ją chwyciłem i spróbowałem odeprzeć jej atak, moje ciało poczuło zadawane przez nią ciosy. Walczyłem z wieloma mężczyznami, lecz nigdy nie spodziewałem się mieć do czynienia z wymizerowaną dziesięciolatką, która niczego się nie boi i w ogóle nie myśli o zachowaniu życia. Zębami, paznokciami i kolanami rozpaczliwie usiłowała oderwać albo odbić mi ciało od kości i poczyniła w tym kierunku spore postępy; zanim udało mi się rzucić ją na śnieg, przeorała mi twarz paznokciami i zatopiła zęby w nadgarstku. Przygniotłem ją własnym ciałem do lodu, i przetoczyłem na brzuch. Sięgnąłem pod nią, chwyciłem za łokcie i szarpnąłem do góry, przyciskając do siebie, tak że ręce miała skrzyżowane na piersi. Ciągle mnie kopała, ale gruba skóra moich spodni łagodziła uderzenia bosych stóp. Wtedy pochyliła głowę i chwyciła w zęby mój rękaw, szarpiąc go, jakby to było upolowane zwierzę, ale ponieważ znęcała się tylko nad porządną wełną, pozwoliłem na to. Kiedy gryzienie nie przyniosło jej wolności, odrzuciła głowę do tyłu, aż zadudniło mi w piersiach. Nie było to przyjemne, ale jak długo unosiłem podbródek, dawało się wytrzymać.

Unieruchomiwszy dzielnie w ten sposób moją chudą przeciwniczkę, wyciągnąłem szyję, by zobaczyć, co się dzieje poniżej. Elliania dotarła do matki, zsuwając się w dół razem ze śniegiem. Skuliła się nad Oerttre, trzymając w pogotowiu miecz jako ostatnią linię obrony przed dwoma martwookimi gwardzistami bladej kobiety, z którymi walczył Peottre. Nie wiedziałem, czy Elliania gotuje się do odparcia napastników, czy zadania matce śmiertelnego ciosu, by nie dostała się z powrotem do niewoli. Przez przerażającą chwilę nigdzie nie widziałem Sumiennego, ale zaraz dostrzegłem go za Peottrem. Stał w wejściu do otworu, z którego wyszli narczeska i jej wuj. Nóż księcia był czerwony od krwi i wiedziałem, że ktokolwiek znajdował się na dole, na pewno nie pojawi się w wykopie.

„Zostaliśmy zaatakowani!".

Przesłane Mocą ostrzeżenie Ciernia dotarło do mnie jednocześnie z krzykami, które kazały mi odwrócić głowę. Spojrzałem na dół, w stronę obozu. Pojawili się tam sługusi bladej kobiety i napadli na naszą zmniejszoną i zaskoczoną grupę. Wyglądało na to, że usiłują nie dopuścić, by ktokolwiek ruszył na pomoc Tintaglii, choć żaden z nich nie był jeszcze na tyle odważny, by zaatakować powaloną smoczycę. Ujrzałem mojego dawnego mentora takiego, jakim go nigdy nie widziałem. Z rozstawionymi nogami i mieczem w ręce Cierń stał obok Lotnego. Za nimi przykucnął Młotek, jęcząc i osłaniając głowę rękoma.

„Młotku! Odepchnij ich, tak jak odpychasz mnie! Nie wszyscy ustąpią, ale niektórzy na pewno to zrobią. Walcz z nimi! Powiedz, żeby odeszli i nas nie widzieli! Proszę cię, Młotku!".

Zalała mnie fala rozpaczy, ale wciąż przyciskałem do siebie szamoczącą się dziewczynkę. Nie śmiałem jej puścić, ale póki ją trzymałem, nie nadawałem się do walki.

Pomyślałem, że Młotek nie zareagował na moją prośbę. Wtedy jednak zobaczyłem, jak mały człowieczek unosi rękę i rozgląda się jak przestraszone dziecko. A potem poczułem muśnięcie Mocy, którą skierował na atakujących.

„Odejdźcie, odejdźcie, odejdźcie, odejdźcie!".

Zobaczyłem, że przynajmniej dwóch wojowników bladej kobiety wykonuje to polecenie – odwraca się plecami do toczącej się walki i odchodzi, jakby nagle sobie przypomnieli, że mają gdzie indziej coś ważnego do zrobienia. Kilku innych straciło impet ataku i zaczęło się bronić, zastanawiając się nagle, dlaczego tutaj są i nas atakują.

„Jeszcze raz, Młotku! Pomóż mi!".

Czułem w tym wołaniu przekazywanym Mocą wysilony oddech Ciernia. Jego miecz był ciężki, a on nigdy nie lubił widzieć oczu człowieka, którego zabijał. Zaraz poczułem też czerwoną falę bólu – przedramię rozcięła mu ostra klinga. Zobaczyłem, jak Młotek odskakuje do tyłu, trzymając się za rękę.

„Cierniu! Zablokuj swój ból! Młotek go czuje. Młotku! Powiedz bólowi, żeby odszedł. Daj go tym złym ludziom. Potrafisz to zrobić!".

Wtem podmuch wiatru z góry sprawił, że skuliłem się jak polna mysz, muśnięta podmuchem sowich skrzydeł. Smoki wróciły i walczyły w straszliwej ciszy, zakłócanej jedynie poszumem skrzydeł i głuchymi uderzeniami, które sobie zadawały. Wzbiły się wysoko w szaleńczym uścisku. Uniosłem ostrożnie głowę i pomyślałem, że odkryłem strategię Żelaznorękiego. Przywarł do Lodognia, zacisnąwszy szczęki na jego karku. Lodogień większość energii zużywał na utrzymanie się w powietrzu. Doskonale wiedział, że na ziemi nie ma szans na pokonanie kamiennego smoka. Wykręcał się i wił, usiłując wyrwać się z zabójczego uchwytu przeciwnika.

Mogły spaść na nas.

– Uciekajcie stamtąd! – ryknąłem w dół do Sumiennego. – Smoki spadają!

Książę spojrzał w górę, zaskoczony, a potem uskoczył przed mieczem napastnika. Krzyknął coś do Peottrego i narczeski. Zawyspiarz zabił jednego ze swoich przeciwników, a drugi się przed nim cofał. Narczeska chwyciła matkę za kostkę u nogi i zaczęła wyciągać ją z wykopu, cały czas trzymając miecz w pogotowiu. Kiedy się do mnie zbliżyła, chwyciłem ją za nadgarstek i wyciągnąłem nad krawędzią dołu. Pociągnęła za sobą matkę. W chwilę później musiałem poprawić chwyt, unieruchamiający jej małą siostrzyczkę, która pluła i się wyrywała. Ellianía odciągnęła matkę dalej, a potem wrzasnęła:

– Wychodźcie stamtąd! One spadają!

Miała rację. Smoki tworzyły szamoczący się, rosnący w oczach węzeł. Sumienny i Peottre uciekli od swoich przeciwników i rzucili się pod górę z zapadniętego wykopu. Zdradliwy lód usuwał im się spod nóg. Elliania wlokła matkę za nogi i rozpaczliwie krzyczała do Sumiennego i Peottrego, by się śpieszyli. Pochyliłem się, chwyciłem dziewczynkę, i pobiegłem za narczeską. Wiedziałem, że nie mogę zrobić nic innego, ale czułem się jak tchórz. Wtedy wyprzedził mnie książę, waląc stopami o lód. Dobiegł do Ellianii, porwał jej matkę na ręce i zarzucił sobie na ramię. Po chwili na moje ramię spadła ciężka dłoń Peottrego, który popychał mnie do szybszego biegu. Cień spadających smoków rozlewał się wokół nas coraz szerzej. Przez chwilę poczułem się ogłupiały i oszołomiony, a potem biegłem dalej, zataczając się. Dogoniliśmy Sumiennego i kobiety. Elliania bez słowa pokazała ręką w górę.

Lodogień strząsnął Żelaznorękiego. Jego bijące gorączkowo skrzydła unosiły go coraz wyżej, podczas gdy smok bladej kobiety spadał jak kamień, z rozpostartymi skrzydłami, co mogło jedynie opóźnić moment zderzenia kamiennego cielska z ziemią.

Uderzenie wstrząsnęło lodem. Smok wylądował w połowie w wykopie, a w połowie na jego krawędzi, gdzie stałem jeszcze przed kilkoma sekundami. Miałem nadzieję, że jest martwy, ale on powoli przetoczył się na nogi i strzepnął skrzydłami. Jego tępo zakończona głowa obracała się w różne strony, jakby czegoś szukał. A potem poruszyły się jego potężne kończyny i smok wypełzł z wykopu na brzuchu jak krępa jaszczurka, wygrzebująca się z błota. Młócił wściekle ogonem śnieg za nim. Wydało mi się, że smok patrzy prosto na mnie, i pod tym straszliwym spojrzeniem ścięły mi się wnętrzności. Wtedy odrzucił do tyłu głowę jak mocno ściągnięty koń i potrząsnął nią z niezadowoleniem. Jego oczy, przygasłe w porównaniu z wirującym srebrem oczu Tintaglii, powędrowały obok mnie do powalonej smoczycy. Skręcił i ruszył ku niej, parskając gniewnie. Dotarły do mnie wysyłane Mocą wezwania bladej kobiety, by zabił Tintaglię; wtedy wszystko będzie dobrze, a on będzie mógł zaspokoić gniew i głód wedle swojej woli. Najpierw jednak musi zabić smoczycę. Teraz nic już nie stoi między nim i zwycięstwem. Smoczyca nie może stawić mu czoła.

Lecz blada kobieta się myliła. Serce mi zamarło na widok dwóch obrońców Tintaglii. Obok niej stał ślepy Brus i mocno przyciskał do szyi smoczycy złożony płaszcz, starając się zatamować krwawienie. Z tkaniny unosił się dym, co kazało mi się zastanowić nad składem smoczej krwi. Brus był pochłonięty swoim zadaniem, a Tintaglia zwróciła głowę na długiej szyi ku człowiekowi, uważnie go obserwując. Oboje najwyraźniej nie zdawali sobie sprawy, że z góry kroczy ku nim ociężale śmierć.

Szybki jednak zdawał sobie z tego sprawę. Stanął przed Tintaglią, niczym mrówka broniąca zamku. Z jego łuku wyfrunęła jaskrawo pomalowana strzała Błazna, uderzyła w kamiennego smoka i rozszczepiła się bezużytecznie. Niezrażony chłopiec wyciągnął z kołczana następną strzałę, nałożył ją na cięciwę i naciągnął. Czerpiąc z jakichś zasobów odwagi, które wydawały się zbyt wielkie, by zmieściły się w tak niedużym chłopcu, postąpił dwa kroki do przodu, ku smokowi. Strzelił po raz drugi, z równym skutkiem. Mimo to nie cofnął się i wyjął kolejną strzałę. Żeby dotrzeć do Tintaglii, Żelaznoręki musiałby go stratować. Zobaczyłem, jak Szybki przez ramię rzuca ojcu ostrzeżenie. Strzałę miał nałożoną na cięciwę, a ja mogłem tylko bezradnie patrzeć, jak kamienny smok utkwił nieustępliwe spojrzenie w chłopcu. Raptem Żelaznoręki zerwał się do niezdarnego galopu. Szybki spojrzał śmierci w oczy i rozciągnął usta w krzyku przerażenia i wyzwania zarazem. Łuk trząsł mu się w rękach, a grot szarej strzały zataczał dzikie kręgi, lecz chłopiec się nie cofnął.

Brus uniósł głowę. Odwrócił się. Jeszcze teraz pamiętam każdą chwilę tamtych wydarzeń. Zobaczyłem, jak zaczerpuje tchu i mimo dzwonienia w uszach usłyszałem ryk oburzenia Brusa, że coś ma czelność zagrażać jego synowi.

Nigdy nie widziałem, by się poruszał tak szybko. Rzucił się biegiem ku Szybkiemu i smokowi, wyrzucając spod nóg grudki śniegu. Tintaglia, osłabiony świadek jego ataku, uniosła nieco głowę. Brus znalazł się już między swoim synem i smokiem, wyciągając w biegu nóż zza pasa. Był to najbardziej śmieszny i odważny atak, jaki widziałem w życiu. Rzucając się na spotkanie zdumionego smoka, Brus zamachnął się nożem. Zobaczyłem, jak ostrze pęka w zetknięciu z kamiennym ciałem. W tej samej chwili poczułem, jak Brus odpycha stwora potężnym uderzeniem Rozumienia. Przypominało jeden z wybuchów Ciernia. Miało dzikość ogiera broniącego stada, zajadłość wilczycy albo niedźwiedzicy broniącej małych, a składało się bardziej z umiłowania tego, co Brus bronił, niż z nienawiści do tego, z czym walczył. Było skierowane na smoka i potężna siła tego uderzenia rzuciła kamienną bestię na kolana.

Upadając, Żelaznoręki trzepnął Brusa na oślep ciężkim skrzydłem; mężczyzna poleciał w bok, obracając się w powietrzu, jakby nic nie ważył.

– Nie! – wrzasnąłem, ale już było po wszystkim.

Brus spadł na zamarznięty śnieg w bardzo złej pozycji, zgięty jak szmaciana lalka, a potem jeszcze sunął po lodzie, wirując bezwładnie. Żelaznoręki dźwignął się ciężko na nogi. Pokręcił głową i z trudem chwytał oddech. A potem ruszył z otwartą paszczą na Szybkiego i Tintaglię.

Chłopiec patrzył na pogruchotane ciało ojca. Teraz odwrócił się z powrotem do smoka i ryk, który wydarł mu się z piersi, był rykiem czystej i prostej nienawiści. Powodowany jej siłą, naciągnął cięciwę, aż myślałem, że pręt pęknie. Widziałem, jak wpatrzony w ślepia zbliżającego się powoli smoka, sam staje się strzałą.

Zwolnił cięciwę.

Lśniący szary pocisk pofrunął lotem ojcowskiej miłości. Trafił w smocze oko i niemal w nim zniknął. Żelaznoręki zaczął podnosić przednią nogę, by się podrapać, ale nagle znieruchomiał, jakby kogoś słuchał. Czułem strumień Mocy, który skierowała ku niemu blada kobieta, rozkazując mu histerycznie, by skończył dzieło, zabił łucznika, zabił smoczycę, a potem może robić wszystko co zechce. Pomyślałem, że Żelaznoręki znieruchomiał tylko po to, by jej posłuchać. Nie poruszył się już jednak. Bury kolor życia zniknął z jego skóry, która zmieniła się w matową powierzchnię kamienia. Został już w tej pozycji, z zastygłymi w ruchu skrzydłami, przednią nogą uniesioną do oka i z rozwartymi szczękami. Nad polem bitwy zapanowała cisza. Kamienny smok był martwy.

W chwilę później dziewczynka, którą przyciskałem do lodowego podłoża, wróciła do życia. Doskonale wyczuwałem ją zmysłem Rozumienia. Przestała się wyrywać w momencie śmierci smoka, a teraz nagle skuliła się w moich ramionach.

– Jest mi tak zimno. Jestem taka głodna – jęknęła, a kiedy spojrzałem na nią ze zdumieniem, wybuchnęła płaczem.

– Już, już – powiedziałem i z wielką niechęcią postawiłem ją na śniegu. Zdarłem z siebie płaszcz Ciernia i owinąłem nim dziewczynkę. Sięgał jej do samych palców u nóg i kiedy ją podniosłem, z wdzięcznością wtuliła w niego bose stopy, zwijając się w drżącą kulkę.

– Daj mi ją, daj mi ją! – zawołał Peottre.

Po twarzy ciekły mu łzy, żłobiąc rowki we krwi.

– Och rybko, och, moja Kossi! Ellianio, zobacz, zobacz, nasza Kossi wróciła do nas. Jest sobą!

Stary wojownik odwrócił się do siostrzenicy i padł na kolana, jakby radość pozbawiła go sił. Zaczął coś mruczeć do dziecka trzymanego w ramionach.

Elliania spojrzała najpierw na nas, a potem na kobietę, która leżała na śniegu u jej nóg.

– Uratowaliśmy jedną z nich – rzekła przez łzy, padając na kolana obok matki. – Uratowaliśmy przynajmniej jedną z nich. Zrobiłam, co w mojej mocy, matko. Tak bardzo się staraliśmy.

Sumienny klęczał z drugiej strony; teraz podniósł wzrok na narczeskę i delikatnie jak niańka odgarnął brudne włosy z wychudzonej twarzy jej matki.

– Nie. Uratowaliście je obie. Jest nieprzytomna, Ellianio, ale ona też wróciła. Czuję ją moim Rozumieniem. Twoja matka też do ciebie wróciła.

– Ale... skąd możesz to wiedzieć?

Popatrzyła na twarz kobiety, jeszcze nie śmiąc mieć nadziei.

Sumienny uśmiechnął się do niej.

– Przysięgam, że wiem. To dawna magia Przezornych, dar rodu mego ojca. – Podniósł bezwładną kobietę. – Zanieśmy ją do ciepłego schronienia. I dajmy jej coś do jedzenia. Na razie walka chyba się skończyła.

„Kiedy smok umarł, oni wszyscy po prostu przestali walczyć" – potwierdził Cierń, gdy wstałem i spojrzałem na pole bitwy poniżej. „Zupełnie jakby nagle stracili serce do walki".

„Nie. Oni je odzyskali. To trudno wyjaśnić, Cierniu, ale ja to wyczuwam Rozumieniem. Jej służący zostali zakażeni kuźnicą, lecz ze śmiercią smoka wszystko to, co zostało mu przekazane, wróciło do nich. To samo stało się z matką i siostrą narczeski. Nie są już zakażone kuźnicą. Niech Zawyspiarze porozmawiają z ludźmi, z którymi walczyliśmy. Dajcie im jedzenie i traktujcie serdecznie. I uspokójcie ich. Mogą być bardzo zdezorientowani".

Powiodłem wzrokiem po polu walki i zobaczyłem, że mam rację. Wszyscy żołnierze bladej kobiety rzucili broń. Jeden z nich zakrywał rękoma uszy i płakał. Inny chwycił swojego towarzysza za ramię i coś do niego mówił, śmiejąc się dziko. Grupka mężczyzn zebrała się wokół kamiennego smoka. Pozbawiony życia, osiadł krzywo na lodowcu jak niestarannie ustawiona brzydka rzeźba.

Najdziwniejsze jednak było to, że Tintaglia podniosła się na nogi. Podeszła do kamiennego smoka sztywno jak podkradający się kot. Ostrożnie wyciągnęła głowę na smukłej szyi. Powąchała potwora, szturchnęła go nosem, a potem bez ostrzeżenia uderzyła z rozmachem przednią łapą. Kamienny smok zachwiał się sztywno, lecz się nie przewrócił. Niemniej Tintaglia uniosła wysoko głowę i odtrąbiła zwycięstwo nad wrogiem. Z ukąszeń i zadrapań, jakie jej zadał, wciąż mogła sączyć się krew, lecz Tintaglia uznała, że to ona pokonała wroga. Otaczający ją ludzie zawtórowali jej okrzykami zwycięstwa. Jeśli istniał kiedykolwiek widok dziwniejszy od smoczycy tryumfującej wśród rozradowanych ludzi, to żaden minstrel nigdy o nim nie opowiadał.

Z góry odpowiedziało jej inne trąbienie. Poturbowany i zmęczony, krążył nad nami szeroką spiralą Lodogień. Przechylił się, ześliznął w dół i krążył na niższym pułapie. Tintaglia odrzuciła głowę do tyłu i znów zatrąbiła. Łuski wokół jej gardła nastroszyły się nagle jak grzywa, a grzebień na głowie, ledwie dotąd widoczny, podniósł się tworząc srebrną koronę. Przez jej ciało przebiegła fala koloru, od najgłębszego błękitu po najjaśniejsze srebro. Zebrani wokół mężczyźni cofnęli się. Kiedy wyskoczyła w powietrze, zrobiła to bez wysiłku, jak kot wzlatujący z podłogi na stół. Rozłożyła skrzydła i po trzech uderzeniach zaczęła się wznosić.

Lodogień natychmiast zatrzepotał gorączkowo skrzydłami, lecz samica z łatwością go wyprzedzała. Zatrąbił za nią donośnie, ale nie raczyła mu odpowiedzieć. Skrzydła niosły ją coraz wyżej, aż zaczęła przypominać srebrzystą mewę. Lodogień, prawie dwukrotnie większy od niej, wygłodzony i zmaltretowany, z trudem ścigał ją po niebie. Zamrugałem, kiedy przelecieli przed tarczą słońca.

A potem zaczęli opadać spiralą. Niskie wołanie Lodognia stanowiło wyzwanie rzucone całemu światu, lecz jej wyższe krzyki, pełne lekceważenia i szyderstwa, były skierowane tylko do smoka. Przez chwilę znalazł się nad nią, ale Tintaglia przechyliła się i odpłynęła od niego. Tak myślałem. Lodogień przycisnął skrzydła do siebie i spadł na nią, a szeroko otwartą paszczę miał tak czerwoną, że zauważyłem to nawet z tej odległości, zanim zacisnął zęby na wyciągniętej szyi smoczycy. Wtedy przykrył jej skrzydła swoimi, większymi i nagle oboje zaczęli nimi machać w jednym rytmie. Przyciągnął ją mocno do siebie, owinął jej ogon swoim i wygiął się w łuk.

Wiedziałem, czego jestem świadkiem. Po tym locie godowym na naszym niebie znów zagoszczą smoki. Patrzyłem na ten cud, na ich niedbałe popisywanie się powrotem do życia, i zastanawiałem się, co też takiego przywróciliśmy światu.

– Nie rozumiem! – zawołała narczeska z przerażeniem. – Przybyła z tak daleka, by go uratować, a teraz on ją atakuje. Popatrzcie, jak oni walczą!

Sumienny odchrząknął.

– Oni chyba nie walczą.

– No to... Owszem, walczą! Popatrz, jak on ją gryzie! Dlaczego on ją tak chwyta, jeśli nie po to, by jej zrobić krzywdę?

Elliania patrzyła zadziwiona na smoki, osłaniając oczy ręką. Ciemne, potargane włosy opadały jej na ramiona i plecy, uniesiony podbródek odsłaniał długą, białą szyję. Tunika narczeski opinała się na jej piersiach. Sumienny ni to zakrztusił się, ni to prychnął. Przeniósł wzrok z narczeski najpierw na mnie, a potem na Peottrego, który jedną ręką obejmował siostrę, a na drugiej trzymał Kossi. Książę chyba uznał, że nasze zdanie w tej sprawie już go nie obchodzi. Podszedł do Ellianii i wziął ją w ramiona.

– Pokażę ci – wyjaśnił zdumionej narczesce.

Przytulił ją mocno i pocałował w usta.

Mimo wszystkiego, co mi się przytrafiło tego dnia, mimo wszystkich poniesionych strat, nie mogłem stłumić uśmiechu. To, co wzbierało między smokami na niebie, musiało zadziałać na każdego, kto jest wrażliwy na Moc. Narczeska przerwała w końcu pocałunek. Oparła głowę na ramieniu księcia i zaśmiała się łagodnie.

– O – powiedziała i znów uniosła twarz do pocałunku. Spojrzałem w bok.

Oerttre tego nie zrobiła. Była oburzona. Mimo łachmanów i brudu zareagowała jak królowa.

– Peottre! Pozwalasz, żeby rolnik całował naszą narczeskę?

Czarnowody roześmiał się w głos. Z zaskoczeniem uświadomiłem sobie, że nigdy przedtem nie słyszałem, żeby ten człowiek się śmiał.

– Nie, siostro. Ale ona na to pozwala i daje mu to, na co zasłużył. Jest wiele spraw do wyjaśnienia. Zapewniam cię jednak, że to, co się dzieje, nie jest sprzeczne z jej wolą. – Uśmiechnął się. – A kimże jest mężczyzna, by przeciwstawiać się woli kobiety?

– To niestosowne – odparła sztywno Oerttre i choć miała poplamioną suknię i zlepione włosy, jej słowa były słowami narczeski Wysp Zewnętrznych. Uderzyło mnie, jak całkowicie wróciła do siebie.

Nagle przyszło mi do głowy, że jeśli Błazen jeszcze żyje, to wraz ze śmiercią smoka cofnęły się wszelkie skutki zakażenia kuźnicą, jakiemu na pewno został poddany. Zapłonęła we mnie szaleńcza nadzieja i świat wokół zawirował.

– Błazen! – zawołałem, a kiedy Peottre spojrzał na mnie z niezadowoleniem, myśląc, że drwię z księcia, wyjaśniłem: – Złotoskóry. Pan Złocisty. On może jeszcze żyć!

Odwróciłem się i pobiegłem po zaskorupiałym śniegu. Dotarłem na brzeg tego, co niegdyś było naszym wykopem i spróbowałem znaleźć bezpieczne zejście. Wydobycie się smoków spod lodu uczyniło to miejsce bardzo zdradliwym. Otwór, z którego wyszli Peottre i narczeska, zniknął. To wejście do pałacu bladej kobiety zasypał Żelaznoręki, kiedy wylądował w naszym dole, a potem usiłował się z niego wydostać. Wiedziałem jednak, gdzie było, i na pewno – na pewno – nie mogło się znajdować aż tak głęboko pod śniegiem. Ruszyłem w dół po luźnym śniegu i lodzie, usiłując się śpieszyć, a jednocześnie utrzymać równowagę. Popękany lód trzeszczał mi pod nogami, a potem runął kaskadą obok mnie. Zatrzymałem się i zmusiłem do większej ostrożności. Starannie wybierałem drogę na osuwającym się zboczu, złoszcząc się na zwłokę. Każdy kawałek lodu, który teraz strącałem w dół, potem będę musiał przesunąć. Otwór znajdował się w najgłębszej części wykopu. Niemal do niego dotarłem, kiedy ktoś zawołał mnie po imieniu. Zatrzymałem się i obejrzałem przez ramię. Na krawędzi wykopu stał Peottre i patrzył w dół na mnie. Pokręcił głową i choć w jego oczach malowała się litość, rzekł bez ogródek:

– Nie idź tam, Borsuczowłosy. On nie żyje. Twój towarzysz nie żyje. Przykro mi. Widzieliśmy go, kiedy szukaliśmy w celach naszych krewnych. Obiecałem sobie, że jeśli będzie jeszcze żył, jego też spróbujemy wykraść. Ale był martwy. Przybyliśmy za późno. Przykro mi.

Stałem wpatrzony w niego. Nagle przestałem go widzieć. Kontrast między blaskiem dnia i ciemną sylwetką Peottrego jakby mnie oślepiał. Stopniowo zrobiło mi się zimno, a potem ogarnęła mnie fala odrętwienia. Pomyślałem, że zemdleję. Bardzo powoli usiadłem na lodzie. Musiałem wypowiedzieć te głupie słowa:

– Jesteś pewien?

Peottre kiwnął głową.

– Bardzo pewien. Oni... – Nagle przerwał. Kiedy znów się odezwał, mówił bezbarwnym tonem. – Był martwy. Nie mógł tego przeżyć. Był martwy. – Odetchnął głęboko. – Tam w obozie wołają ciebie. Chłopiec, Szybki, on jest z umierającym człowiekiem. Potrzebują cię.

Umierający człowiek. Brus. Wrócił do moich myśli z gwałtownością wybuchu Ciernia. Tak. Jego też stracę. To za wiele, za wiele. Ukryłem twarz w dłoniach, skuliłem się i zakołysałem w przód i w tył. Za wiele. Za wiele.

– Chyba powinieneś się pośpieszyć.

Głos Czarnowodego dobiegł mnie z jakiegoś odległego miejsca.

– Idź i zajmij się swoimi ludźmi. Ja zajmę się moimi – odezwał się cicho ktoś inny.

Usłyszałem, jak ktoś schodzi do mnie po lodowym zboczu, ale nie obchodziło mnie to. Siedziałem tak i usiłowałem umrzeć, usiłowałem odejść z życia, w którym zawiodłem wszystkich, na których mi zależało. Poczułem na ramieniu czyjąś ciężką dłoń.

– Wstań, Bastardzie Rycerski – powiedział Sieciarz. – Szybki cię potrzebuje.

Pokręciłem głową. Nigdy, przenigdy już nie pozwolę, by ktoś na mnie polegał.

– Wstawaj – powtórzył surowiej. – Straciliśmy dziś już dość ludzi. Nie zamierzamy stracić i ciebie.

Uniosłem głowę i spojrzałem na niego. Czułem się, jakbym był zakażony kuźnicą.

– Ja się straciłem już dawno temu – odparłem.

A potem odetchnąłem głęboko, wstałem i poszedłem za nim.

## ROZDZIAŁ 26

# UZDROWIENIA

*Praktykowane w Krainie Miedzi tatuowanie niewolnikom specjalnych znaków własności rozpoczęło się jako moda wśród szlachty. Początkowo oznaczano tak tylko najcenniejszych niewolników, takich których spodziewano się trzymać przez całe życie. Zwyczaj ten się nasilił, kiedy pan Gratulant i pan Zwiastun, możni bywalcy dworu Krainy Miedzi, zaczęli współzawodniczyć w obnoszeniu się ze swoim bogactwem. W owych czasach jego miarą była biżuteria, konie oraz niewolnicy i pan Gratulant postanowił wszystkim swoim koniom wypalić wyraźne piętna, a niewolników wytatuować. Bez nich nigdzie się nie ruszał. Powiadają, że, naśladując swego rywala, pan Zwiastun kupił setki tanich niewolników – będąc rzemieślnikami lub akademikami, nie mieli wysokiej pozycji społecznej – po to tylko, by wytatuować im swoje znaki i popisywać się nimi.*

*W owym czasie niektórzy właściciele niewolników pozwalali niektórym swoim rzemieślnikom, artystom i kurtyzanom przyjmować zlecenia od innych klientów. Zdarzało się, że któryś z tych uprzywilejowanych niewolników zarobił dość pieniędzy, by kupić sobie wolność. Naturalnie wielu panów niechętnie pozbywało się takich cennych niewolników. Ponieważ wytatuowanych znaków własności nie można było usunąć z twarzy, nie zostawiając znacznych blizn, a dokumenty wyzwoleńcze powszechnie fałszowano, byłym niewolnikom trudno było udowodnić, że zarobili na swoją wolność. Wykorzystywali to ich właściciele, tworząc kosztowne „pierścienie wolności", czyli złote lub srebrne kolczyki o kształcie charakterystycznym dla danej szlacheckiej rodziny, często wysadzane drogimi kamieniami, które świadczyły, że dany niewolnik zarobił na swoją wolność. Często mijały całe lata służby, zanim po kupieniu wolności taki człowiek mógł nabyć kosztowny kolczyk, który pozwalał mu swobodnie i samodzielnie poruszać się po Krainie Miedzi.*

Strzyżyka „Historia niewolniczych obyczajów w Krainie Miedzi"

Nieobce mi jest pokłosie bitwy. Chodziłem po skrwawionej ziemi i przestępowałem nad porąbanymi ciałami. Jednakże jeszcze nigdy nie byłem w miejscu, gdzie tak wyraźnie dawała o sobie znać daremność wojny. Niedawni przeciwnicy opatrywali sobie nawzajem rany, a Zawyspiarze, którzy z nami walczyli, wypytywali z niepokojem przedstawicieli hetgurdu o opuszczonych przed laty krewnych i klanowe ziemie. Byli jak ludzie obudzeni z bajkowego snu, szukający po omacku straconego życia, usiłujący przekroczyć przepaść lat. Najwyraźniej dobrze pamiętali wszystko, co robili w służbie bladej kobiety. Rozpoznałem jednego ze strażników, którzy mnie przed nią zawlekli. Pośpiesznie odwrócił od mnie wzrok, a ja do niego nie podszedłem. Peottre już mi powiedział jedyną rzecz, jaką chciałem wiedzieć.

Szedłem przez obóz. Zwijano go w niemal nieprzyzwoitym pośpiechu. Dwaj poważnie ranni ludzie, obaj z oddziału bladej kobiety, już zostali umieszczeni na saniach, składano namioty. Nad trzema poległymi szybko usypywano kopiec z brył lodu. Orła, przedstawiciela hetgurdu, pożarł Lodogień. Ten Zawyspiarz nie będzie miał grobowca. Dwaj inni, których straciliśmy, Lis i Zręczny, zostali pogrzebani w zawalonym wykopie. Chyba nie było sensu wykopywać ich tylko po to, by znów ich pogrzebać. Takie potraktowanie naszych poległych wydawało mi się pozbawione szacunku, lecz wyczuwałem kryjące się za tym emocje. Towarzyszyła temu atmosfera pośpiechu, jakby wszyscy byli przekonani, że im szybciej opuścimy to miejsce, tym prędzej blada kobieta stanie się częścią przeszłości. Miałem nadzieję, że ją też pogrzebała ogromna lawina lodu.

***

Obok mnie szedł Sieciarz, a na spotkanie wybiegł mi Cierń. Ktoś zabandażował mu rękę.

– Tędy – powiedział i zaprowadził mnie do miejsca, gdzie w śniegu leżał Brus.

Klęczał przy nim Szybki. Nie próbowali ruszyć rannego. Jego ciało było skręcone w rozdzierający serce sposób. Kręgosłup nie może się tak wyginać. Padłem przy nim na kolana, zaskoczony, że Brus ma otwarte oczy. Jego leżąca na śniegu dłoń zadrgała. Wsunąłem pod nią swoją. Oddychał płytko, jakby ukrywał się przed bólem, czającym się w dolnej połowie jego ciała. Udało mu się wypowiedzieć jedno słowo.

– Sami.

Spojrzałem na Sieciarza i Ciernia. Odsunęli się bez słowa. Oczy Brusa napotkały wzrok Szybkiego. Chłopiec miał wypisany na twarzy upór. Brus odetchnął nieco głębiej. Wokół ust i oczu skóra dziwnie mu pociemniała.

– Chwileczkę – powiedział chrapliwie do syna. Szybki skłonił lekko głowę i oddalił się od nas.

– Brus – odezwałem się, lecz niemal gwałtowny ruch jego ręki, spoczywającej na mojej dłoni, kazał mi przerwać.

Zobaczyłem, jak zbiera resztki sił. Wyznaczył sobie rytm, biorąc oddech przy każdym zdaniu.

– Jedź do domu – powiedział. A potem rozkazał: – Zaopiekuj się nimi. Sikorką. Chłopcami. – Zacząłem kręcić głową, ponieważ prosił mnie o rzecz niemożliwą, i na chwilę jego dłoń zacisnęła się na mojej cieniem jego dawnego uchwytu. – Tak. Zrobisz to. Musisz. Dla mnie. – Kolejny oddech. Zmarszczył brwi, jakby dokonywał ważnego wyboru. – Słodka i Fircyk. Kiedy będzie w rui. Nie Sztylet. Fircyk. – Pokiwał mi palcem, jakbym miał zamiar sprzeciwić się tej decyzji. Odetchnął głębiej. – Chciałbym zobaczyć to źrebię. – Zamrugał powoli. – Szybki – rzekł z bólem.

– Szybki! – zawołałem; kręcący się w pobliżu chłopiec uniósł głowę i ruszył do nas biegiem.

Chwilę przed jego pojawieniem się przy nas Brus przemówił jeszcze raz.

– Byłem dla niej lepszym mężczyzną. – Oddech. Szept. – Ona i tak wybrałaby ciebie. Gdybyś wrócił.

Wtedy Szybki rzucił się na kolana w śnieg obok Brusa, więc ustąpiłem mu miejsca. Wrócili Cierń i Sieciarz z grubym kocem.

– Spróbujemy wybrać spod ciebie śnieg, ułożyć cię na kocu i przenieść na sanie – rzekł mistrz Rozumienia. – Książę już wypuścił ptaka, by wezwać statki, które przewiozą nas do Zyligu.

– Nieważne – powiedział Brus. Zacisnął palce na dłoni Szybkiego i zamknął oczy. Po kilku chwilach jego ręka zwiotczała.

– Przenieście go teraz – zaproponowałem. – Póki jest nieprzytomny.

Pomogłem im w wygarnianiu śniegu spod ciała Brusa i wsuwaniu pod niego koca. Chociaż staraliśmy się bardzo uważać, jęknął, gdy go ruszaliśmy, a jego obecność, którą wyczuwałem zmysłem Rozumienia, zblakła o stopień. Nic o tym nie powiedziałem, ale jestem pewien, że Szybki zdawał sobie z tego sprawę tak samo jak ja. Sytuacja nie wymagała słów. Umieściliśmy Brusa na saniach razem z dwoma innymi rannymi. Zanim opuściliśmy to miejsce, spojrzałem badawczo na niebo. Nie było jednak na nim śladu smoków.

– Żadnego podziękowania – zauważyłem, zwracając się do Sieciarza.

Wzruszył ramionami. Ruszyliśmy.

Przez resztę dnia albo szedłem obok Brusa, albo zmieniałem któregoś z ciągnących sanie. Szybki szedł zawsze tam, skąd mógł widzieć ojca, ale tego dnia Brus już chyba nie otworzył oczu. Młotek siedział na końcu sań, owinięty kocem i zapatrzony w dal. Kossi i Oerttre jechały na drugich saniach, porządnie opatulone. Ciągnął je Peottre, nucąc jakąś melodię, a narczeska i Sumienny szli obok nich, przed nami. Nie słyszałem, co narczeska mówi matce, ale mogłem się domyślać. Kiedy jej wzrok padał na księcia, był nieco mniej nieprzychylny, lecz spoczywał głównie na córce – z dumą. Prowadzili nas ocaleli członkowie hetgurdu, badając śnieg przed sobą. Przez jakiś czas szedł obok mnie Sieciarz, a potem Cierń. Nie było nic do powiedzenia, nic więc nie mówiliśmy.

Przeprowadziłem w myślach obliczenia, głównie dlatego, że nie mogłem się od tego powstrzymać. Mój książę przyprowadził tu dwunastu ludzi oraz Szybkiego i Młotka. Nadzorowało nas sześciu przedstawicieli hetgurdu. Razem dwudziestu. Do tego Błazen i Brus. Dwudziestu dwóch. Blada kobieta zabiła Herolda, Rebusa i Błazna. Brus umierał od obrażeń, jakie zadał mu jej smok. W deszczu lodu po wybuchu Ciernia zginął Orzeł. Zginęli też Lis i Zręczny. Do Zyligu wróci nas szesnastu. Zakładając, że Ostrożny i Wycisk przeżyli sami na plaży. Odetchnąłem głęboko. Przywoziliśmy do domu matkę i siostrę narczeski. To chyba coś znaczy? Poza tym do swoich domu wróci ośmiu Zawyspiarzy, ludzi, których rodziny dawno temu uznały za zmarłych. Starałem się poczuć choć trochę zadowolenia, lecz nie mogłem go w sobie znaleźć. Ta ostatnia i najkrótsza bitwa wojny ze szkarłatnymi okrętami kosztowała mnie najwięcej.

Kiedy nastała wieczorna szarówka, Peottre zarządził postój i rozbiliśmy obóz. Z dwóch namiotów wznieśliśmy prowizoryczną osłonę wokół sań z rannymi, żebyśmy ich nie musieli nigdzie przenosić. Brus leżał nieruchomy i milczący, a dwaj pozostali mężczyźni mogli mówić i jeść. Przyniosłem Szybkiemu jedzenie i picie i siedziałem przy nim jakiś czas, ale kiedy wyczułem, że chce być sam z ojcem, poszedłem na spacer pod gwiazdami.

Noc w tej krainie nie jest prawdziwie ciemna. Widziałem tylko najjaśniejsze z gwiazd. Było zimno i wiał równy wiatr, usypując pod namiotami sterty śniegu. Nie wiedziałem, gdzie chcę być ani co chcę robić. Cierń i książę tłoczyli się w namiocie narczeski z rodziną Peottrego. Panowały tam obce mi uczucia tryumfu i radości. Przedstawiciele hetgurdu i ozdrowiali Zawyspiarze urządzili sobie coś w rodzaju zlotu. Minąłem maleńkie ognisko, przy którym Puchacz beznamiętnie wypalał z przedramienia jednemu z wyratowanych tatuaż, przedstawiający smoka i węża. Wiatr roznosił woń pieczonego mięsa; mężczyzna najpierw stęknął, a potem ryknął z bólu. Krąg Rozumiejących – oprócz Szybkiego – wcisnął się do niewielkiego namiotu. Przechodząc obok niego, usłyszałem głęboki głos Sieciarza i kątem oka uchwyciłem błysk kociego ślepia. Niewątpliwie dzielili poczucie tryumfu księcia. Uwolnili smoka, a on sam zdobył szacunek narczeski.

Lotny siedział samotnie przy małym ognisku przed ciemnym namiotem. Zaciekawiło mnie, skąd ma okowitę, której zapach wyczułem. Prawie go minąłem, kiwnąwszy mu w milczeniu głową, lecz coś w jego twarzy podpowiedziało mi, że tej nocy tu jest moje miejsce. Przykucnąłem i wyciągnąłem ręce do ognia.

– Dowódco – pozdrowiłem go.

– Czego? – zapytał. Odchylił z trzaskiem kręgów głowę i westchnął. – Herold. Rebus. Zręczny. Nie najlepiej o mnie świadczy, że wszyscy, którzy mi towarzyszyli, są martwi, a ja żyję.

– Ja też żyję – zauważyłem.

Skinął głową. Po chwili pokazał podbródkiem na namiot.

– W środku jest twój półgłówek. Śpi. Wyglądał dziś na nieco zagubionego, więc wziąłem go do siebie.

– Dzięki.

Poczułem ukłucie poczucia winy, a potem zadałem sobie pytanie, czy powinienem był zostawić Brusa, żeby zająć się Młotkiem. Doszedłem do wniosku, że to dobrze, że Lotny musiał się kimś zająć. Poruszył się i podał mi piersiówkę z okowitą. Była to żołnierska piersiówka, powgniatana i porysowana, alkoholowy skarbiec Lotnego, i dar ten zasługiwał na szacunek. Napiłem się oszczędnie i oddałem piersiówkę.

– Przykro mi z powodu twojego przyjaciela. Tego Złocistego.

– Tak.

– Znaliście się od dawna.

– Jeszcze jako chłopcy.

– Naprawdę? Przykro mi.

– Tak.

– Mam nadzieję, że ta suka umierała powoli. Rebus i Herold to byli dobrzy żołnierze.

– Tak.

Zastanawiałem się, czy rzeczywiście umarła. Jeśli wciąż żyła, to czy mogła stanowić dla nas jakiekolwiek zagrożenie? Został jej odebrany smok, Żelaznoręki, i zakażeni kuźnicą służący. Miała Moc, ale nie potrafiłem wymyślić żadnego sposobu, w jaki mogłaby ją wykorzystać przeciwko nam wszystkim. Jeśli żyła, była tak samotna, jak ja. Potem przez chwilę siedziałem, zastanawiając się, na co mam nadzieję: czy na to, że umarła, czy na to, że żyje i cierpi? W końcu uświadomiłem to sobie. Byłem zbyt zmęczony, żeby mnie to obchodziło.

– Naprawdę nim jesteś? – zapytał mnie w jakiś czas później Lotny. – Bękartem Rycerskiego?

– Tak.

Pokiwał powoli głową, jakby to coś wyjaśniało.

– Kijem nie dobijesz – stwierdził cicho.

– Idę spać.

– Śpij dobrze – powiedział Lotny i obaj roześmieliśmy się z goryczą.

Znalazłem mój pakunek i posłanie i zaniosłem je do namiotu dowódcy. Kiedy przygotowywałem sobie legowisko, Młotek poruszył się lekko.

– Zimno mi – wymamrotał.

– Mnie też. Położę się plecami do ciebie. To pomoże.

Ułożyłem się pod kocami, ale nie spałem. Zadawałem sobie pytania, na które nie było odpowiedzi. Co zrobiła Błaznowi? Jak go zabiła? Czy zanim to zrobiła, całkowicie zakaziła go kuźnicą? Jeśli posłała go w smoka, to czy kiedy kamienna bestia zginęła, Błazen odczuł jakiś ból? Głupie, głupie pytania.

Młotek poruszył się ciężko, napierając mi na plecy.

– Nie mogę jej znaleźć – odezwał się cicho.

– Kogo? – zapytałem ostro. W moich myślach królowała blada kobieta.

– Pokrzywy. Nie mogę jej znaleźć.

Zakłuło mnie sumienie. Człowiek, który wychował moją córkę, umiera, a ja nawet nie pomyślałem, by do niej sięgnąć.

– Myślę, że boi się zasnąć.

– No cóż. Trudno ją za to winić.

Należy winić mnie.

– Wracamy już do domu?

– Tak.

– Nie zabiliśmy smoka.

– Nie. Nie zabiliśmy.

Nastała długa cisza i miałem nadzieję, że Młotek zasnął, ale po chwili zapytał mnie cicho:

– Wracamy do domu statkiem?

Westchnąłem. Jego dziecinny niepokój był jedyną rzeczą, która mogła przygnębić mnie jeszcze bardziej. Usiłowałem wykrzesać z siebie współczucie dla niego. To było trudne.

– Tylko tak możemy dotrzeć do domu, Młotku. Wiesz o tym.

– Nie chcę.

– Nie mam ci tego za złe.

– Ja też. – Westchnął ciężko i po chwili dorzucił: – Więc to była ta nasza przygoda. A książę i księżniczka pobiorą się i będą żyli długo i szczęśliwie, a ich liczne dzieci obdarzą ich na starość ciepłem.

Zapewne słyszał to sformułowanie tysiące razy w życiu. Zwykle w taki sposób minstrele kończyli opowieść o bohaterze.

– Może – odparłem ostrożnie. – Może.

– Co się stanie z nami?

Do namiotu wszedł Lotny i zaczął cicho przygotowywać sobie posłanie. Z jego ruchów wywnioskowałem, że skończył swoją okowitę.

– Będziemy dalej żyć po swojemu, Młotku. Ty wrócisz do Koziej Twierdzy i będziesz służył księciu. Kiedy zostanie królem, znajdziesz się u jego boku. – Poszukałem szczęśliwego zakończenia. – Będziesz miał dobre życie i będziesz dostawał ciasteczka z różowym lukrem oraz nowe ubrania, kiedy tylko przyjdzie potrzeba.

– I Pokrzywa – dorzucił z zadowoleniem. – Teraz Pokrzywa jest w Koziej Twierdzy. Nauczy mnie, jak robić dobre sny. Przynajmniej tak powiedziała. Przed smokiem i tym wszystkim.

– Tak? To dobrze.

I po tych słowach chyba ułożył się do snu. Wkrótce jego oddech przybrał wolniejszy rytm. Zamknąłem oczy, zastanawiając się, czy Pokrzywa mogłaby nauczyć mnie, jak robić dobre sny, i czy stanie mi kiedykolwiek odwagi, by ją poznać. Nie chciałem teraz o niej myśleć. Inaczej musiałbym też myśleć o powiedzeniu jej o Brusie.

– Co zrobisz, panie Bastardzie Rycerski?

Pytanie Lotnego zabrzmiało w ciemności jak głos z nieba.

– To nie ja – odparłem cicho. – Wrócę do Królestwa Sześciu Księstw i będę Tomem Borsuczowłosym.

– Zdaje się, że sporo ludzi zna już twój sekret.

– Sądzę, że wszyscy z nich wiedzą, jak trzymać język za zębami. I zrobią to na prośbę księcia Sumiennego.

Poruszył się pod swoimi kocami.

– Niektórym mogłaby wystarczyć prośba pana Bastarda Rycerskiego.

Roześmiałem się mimowolnie, a potem udało mi się powiedzieć:

– Pan Bastard Rycerski byłby za to wielce wdzięczny.

– Doskonale. Ale moim zdaniem tak się nie godzi. Zasługujesz na coś lepszego. Co z chwałą? Co z ludźmi, którzy wiedzą, co zrobiłeś i kim jesteś, i którzy darzą cię zasłużonym uznaniem za twoje sukcesy? Nie chcesz, by cię pamiętano za to, co zrobiłeś?

Nie musiałem namyślać się długo. Któż nie grał w tę grę, wpatrując się w żar ognia późną nocą? Tak często przemierzałem drogę możliwości, że znałem wszystkie jej rozstaje i pułapki.

– Wolałbym raczej zostać zapomniany za rzeczy, które ludzie mi przypisują. A oddałbym wszystko za możność zapomnienia o tym, czego nie udało mi się zrobić.

I na tym zakończyliśmy tę rozmowę.

Musiałem w pewnej chwili zasnąć, bo obudziłem się w szarości przedświtu. Wypełzłem spomiędzy koców, by nie potrącić Młotka, i natychmiast poszedłem do Brusa. Obok niego spał zwinięty w kłębek Szybki, trzymając rękę ojca. Mój zmysł Rozumienia mówił mi, że były królewski koniuszy oddala się od nas. Umierał.

Poszedłem obudzić Ciernia i Sumiennego.

– Chcę was o coś prosić – oznajmiłem.

Sumienny wyjrzał na mnie zapuchniętymi oczyma. Cierń usiadł powoli na posłaniu, wyczuwając po moim głosie, że to poważna sprawa.

– O co?

– Chcę, by krąg Mocy spróbował uzdrowić Brusa. – Kiedy żaden z nich się nie odezwał, dodałem: – Teraz. Zanim oddali się jeszcze bardziej.

– Inni się zorientują, że ty i Młotek jesteście kimś więcej, niż się wydajecie – zauważył Cierń. – Dlatego zostawiłem moją ranę własnemu losowi. I to nie dlatego, że nie da się jej porównać ze stanem Brusa.

– Na tej wyspie i tak wydały się chyba wszystkie moje sekrety. Jeśli muszę żyć z konsekwencjami tego faktu, to chciałbym coś z tego mieć. Za wszystko, co tu utraciłem. Chciałbym odesłać Szybkiego do Sikorki razem z jego ojcem.

– Jej mężem – przypomniał mi cicho Cierń.

– Myślisz, że tego nie wiem, myślisz, że nie dostrzegam wszystkich możliwych konsekwencji?

– Idź obudzić Młotka – zaproponował książę, odrzucając koc. – Wiem, że zależy ci na pośpiechu, ale zanim spróbujemy coś zrobić, daj mu porządne śniadanie. Kiedy jest głodny, nie potrafi się na niczym skupić. Poza tym poranki nie są jego ulubioną porą dnia. Przynajmniej więc go nakarmimy.

– Nie powinniśmy tego najpierw trochę przemyśleć...? – zaczął Cierń, ale Sumienny mu przerwał.

– To jest jedyna rzecz, o jaką kiedykolwiek poprosił mnie Bastard. Spełnię jego prośbę, panie Cierniu. I to zaraz. To znaczy najszybciej, jak potrafię. I kiedy tylko Młotek coś zje.

Zaczął się ubierać, a Cierń z jękiem odrzucił koce.

– Postępujesz tak, jakbym sam o tym nie pomyślał. Otóż pomyślałem. Rycerski zamknął umysł Brusa przed Mocą. Czy nie pamięta tego nikt oprócz mnie? – zapytał ze znużeniem Cierń.

– Możemy spróbować – odparł z uporem Sumienny.

Spróbowaliśmy. Wydawało się, że przygotowanie śniadania dla Młotka trwa wieczność; kiedy spożywał je po swojemu ostrożnie i metodycznie, usiłowałem wyjaśnić Szybkiemu, co chcę zrobić. Bałem się dawać mu zbyt wiele nadziei, a jednocześnie chciałem, by zrozumiał ryzyko związane z tym, co zrobimy. Jeśli nasza próba naprawienia pogruchotanego ciała Brusa okazałaby się zbyt wyczerpująca dla jego rezerw fizycznych i Brus by umarł, nie chciałem, by chłopak sądził, że zabiliśmy go lekkomyślnie.

Sądziłem, że trudno będzie mi to wyjaśnić. Trudniejsze okazało się nakłonienie Szybkiego, by się zastanowił nad tym, co mu mówię. Próbowałem odwołać go na bok, by z nim porozmawiać, bo nieopodal Niedźwiedź pielęgnował rannych Zawyspiarzy. Szybki nie chciał jednak odejść od ojca, choćby na chwilę, więc w końcu porozmawiałem z nim tam, gdzie siedział. Na pierwszą wzmiankę o tym, że książę Sumienny być może będzie mógł użyć magii Przezornych do uzdrowienia jego ojca, Szybki tak się zapalił do tego pomysłu, że moje ostrzeżenia o ewentualnym niepowodzeniu na pewno puścił mimo uszu. Chłopiec miał zapadnięte z żałości oczy. Jeśli spał tej nocy, to sen nie dał mu odpoczynku. Na moje pytanie, czy jadł, pokręcił tylko głową, jakby sama myśl o jedzeniu była ponad jego siły.

– Kiedy zaczniecie? – zapytał mnie po raz trzeci. Poddałem się.

– Kiedy tylko przyjdą tu pozostali – odparłem i niemal w tym momencie Cierń uniósł klapę prowizorycznego namiotu, który rozbiliśmy nad saniami, i wszedł do środka. Za nim wtłoczyli się Sumienny i Młotek. Liczba osób, która nagle znalazła się w namiocie, groziła jego zawaleniem; książę machnął niecierpliwie ręką i zaproponował:

– Zwińmy go i usuńmy. Podczas pracy będzie nam bardziej przeszkadzał, niż osłaniał.

Szybki przygryzł wargę, a ja z Lotnym zdjęliśmy płótno i je zwinęliśmy. Kiedy skończyliśmy, po obozie już zaczęła krążyć pogłoska o tym, co robimy, i wszyscy zgromadzili się, by popatrzeć. Nie byłem zachwycony perspektywą pracy na oczach wszystkich, nie mówiąc już o ujawnieniu, jak intymna jest moja więź z księciem. Nie było jednak na to rady.

Zgromadziliśmy się wokół Brusa. Trudno było nakłonić Szybkiego, by się odsunął i pozwolił mi położyć ręce na ciele ojca; w końcu odciągnął go Sieciarz. Stanął za chłopcem i go przytrzymywał. Objął go pocieszająco ramionami i spowił Rozumieniem, za co podziękowałem mu pełnym wdzięczności spojrzeniem. Skinął mi głową, jednocześnie prosząc tym ruchem, bym zaczynał.

Cierń, Sumienny i Młotek ujęli się za ręce; wyglądali przy tym jak mężczyźni, którzy zaraz zaczną się bawić w jakąś dziecięcą zabawę. Zadrżałem ze strachu przed tym, co zamierzaliśmy uczynić, i postarałem się nie zwracać uwagi na wbite w nas spojrzenia pozostałych. Minstrel Małż miał szeroko otwarte oczy i skupił na nas całą swoją uwagę. Zawyspiarze, i ci z hetgurdu, i ci uratowani, patrzyli na nas podejrzliwie. Peottre stał nieco z dala z poważną i pełną napięcia twarzą, otoczony kobietami.

Kiedy miałem o kilka lat więcej od Szybkiego, spróbowałem, na prośbę Brusa, zaczerpnąć od niego Moc tak, jak robił to mój ojciec. Nie udało mi się to, i to nie tylko dlatego, że nie wiedziałem, co robię. Mój ojciec posługiwał się Brusem jako człowiekiem króla, jako źródłem siły fizycznej potrzebnej mu do używania Mocy. Lecz każda tak wykorzystywana osoba staje się zarazem kanałem prowadzącym do posługującego się Mocą, i dlatego Rycerski zamknął umysł Brusa przed innymi utalentowanymi, by nikt nie mógł go wykorzystać jako pośrednika do ataku na Rycerskiego albo do szpiegowania go. Tego dnia miałem przeciwstawić siłę moją oraz członków kręgu Mocy dawnej zaporze mego ojca i przekonać się, czy potrafię przebić się przez nią do duszy Brusa.

Wyciągnąłem rękę. Ujął ją Młotek. Drugą położyłem na piersi Brusa. Zmysł Rozumienia podpowiadał mi, że pozostaje w swoim ciele niechętnie. Zwierzę, w którym mieszkał Brus, zostało beznadziejnie zranione. Gdyby jego ciało było koniem, Brus już by je uśmiercił. Była to niepokojąca myśl i odsunąłem ją od siebie. Podobnie postarałem się wyciszyć Rozumienie i wyostrzyć moją Moc jak klingę. Stłumiłem wszystkie inne myśli i poszukałem miejsca, w którym mógłbym przebić Brusa tą świadomością.

Nie znalazłem go. Wyczuwałem pozostałych członków kręgu, wyczuwałem ich niepokój i gotowość, lecz nie umiałem znaleźć miejsca do zastosowania tej gotowości. Wyczuwałem Brusa, lecz moja świadomość ślizgała się po powierzchni jego, niezdolna przebić się w głąb. Nie wiedziałem, jak mój ojciec zdusił jego talent, nie miałem zatem pojęcia, jak to odwrócić. Nie wiem, jak długo usiłowałem przedrzeć się przez bariery Brusa. Wiem tylko, że w końcu Młotek wypuścił z uścisku moją rękę, by wytrzeć spoconą dłoń o przód swojej kamizeli.

– On jest za trudny – oznajmił. – Weźmy tego łatwiejszego.

Nie zapytał nikogo o pozwolenie, tylko przechylił się przez Brusa i położył dłoń na ramieniu jednego z rannych Zawyspiarzy. Nawet nie trzymając Młotka za rękę, w tej jednej chwili dogłębnie poznałem tego mężczyznę. Sam już nie wiedział, od ilu lat był niewolnikiem bladej kobiety. Zastanawiał się, czy jego synowi dobrze się wiedzie w domu jego matki, myślał też o trzech synach swojej siostry. Wiele lat temu obiecał, że nauczy ich szermierki. Czy ktoś go w tym zastąpił?

Myśli te dręczyły go tak samo jak rana, zadana zamaszystym cięciem miecza przez Niedźwiedzia. Klinga rozcięła mu pierś i ugodziła go głęboko w ramię. Mężczyzna stracił dużo krwi i to go osłabiło. Jeśli znajdzie siłę do życia, wyzdrowieje. Wtedy jego ciało zaczęło się wiązać. Ranny zaryczał i uniósł rękę do zamykającej się rany. Ciało sięgało po swoje rozcięte włókna tak, jakby zszywała się rozdarta tkanina. Martwe lub nie nadające się do reperacji kawałki zostały oddzielone od reszty i odrzucone. Z przerażeniem patrzyłem, jak nikną mięsiste fragmenty jego twarzy. Na szczęście dla nas był krzepkim człowiekiem i jego ciało miało co spalać.

Usiadł nagle na swoim posłaniu i zerwał zaskorupiałe bandaże. Wszyscy patrzący wstrzymali oddech. Nowo uzdrowione miejsce lśniło, ale nie porcelanowym blaskiem blizny, lecz zdrowiem dziecięcego ciała. Był to blady, pozbawiony owłosienia pas, biegnący wzdłuż śniadej klatki piersiowej Zawyspiarza. Mężczyzna popatrzył na to miejsce, a potem z chrapliwym śmiechem zdumienia huknął się w pierś, jakby chciał przekonać samego siebie o jej doskonałym stanie. W chwilę później zwiesił nogi z boku sań, zeskoczył na ziemię i zaczął hasać na bosaka po śniegu. Zaraz jednak wrócił, porwał Młotka w ramiona, zakręcił nim w szerokim piruecie i postawił zdumionego człowieczka z powrotem na ziemi. Podziękował mu we własnym języku, nazywając uzdrowiciela Dłońmi Edy. Tego zawyspiarskiego wyrażenia nie rozumiałem. Zrozumiał je natomiast Niedźwiedź, bo od razu podszedł do drugiego rannego, leżącego na saniach, odkrył go i pokazał go Młotkowi, by ten do niego podszedł.

Młotek nawet nie spojrzał na nas. Nie myślałem o nim ani o tym, co robi. Utkwiłem wzrok w Szybkim, który patrzył na mnie bezradnie. Wyciągnąłem do niego bezużyteczną dłoń. Przełknął ślinę i odwrócił wzrok. A potem podszedł, ale nie do mnie, tylko do Brusa. Uniósł ciemniejącą dłoń ojca i spojrzał na mnie pytająco.

– Przykro mi – powiedziałem, słysząc jednocześnie okrzyki zdumienia; to wstał drugi Zawyspiarz, uleczony z ran. – Jego umysł jest zamknięty. Mój ojciec zdusił w nim talent. Nie mogę przedrzeć się przez tę blokadę, by mu pomóc.

Odwrócił ode mnie wzrok, przepełniony tak głębokim rozczarowaniem, że graniczyło ono z nienawiścią; niekoniecznie nienawiścią do mnie, lecz do tej chwili, do wstających uzdrowionych ludzi i do tych, którzy się z tego cieszą. Sieciarz odsunął się od Szybkiego, pozwalając mu na gniew. Uznałem, że w tej chwili nie ma co starać się powiedzieć chłopcu coś więcej.

Młotek najwyraźniej opanował sztukę uzdrawiania Mocą i poszedł uzdrowić – pod umiarkowanym nadzorem Sumiennego – dwóch mężczyzn, którzy zeszłej nocy wypalili sobie tatuaże bladej kobiety. Sączące się, pokryte pęcherzami ciało pokryła jasna, gładka skóra. Z obiektu drwin Młotek zmienił się nagle w księcia darzonego szacunkiem i wcieleniem Dłoni Edy. Usłyszałem, jak Niedźwiedź błaga księcia Sumiennego o wybaczenie za wcześniejszy brak szacunku, okazywany jego służącemu. Nie zdawali sobie sprawy, że ma on dar Edy i teraz rozumieją, dlaczego jest on dla księcia tak cenny i dlaczego wziął go na tę wyprawę. Z bólem patrzyłem, jak Młotek nagle pławi się w blasku uznania Zawyspiarzy, tak jak przedtem kulił się przed ich pogardą. Czułem się poniekąd zdradzony, że tak szybko potrafił to zapomnieć. Zarazem jednak cieszyłem się, że tak jest, choć wyczuwałem tkwiącą w tym sprzeczność. Niemal żałowałem, że nie jestem tak prosty jak on i nie potrafię przyjąć, że wyraz twarzy człowieka szczerze odzwierciedla jego uczucia.

Z tyłu podszedł do mnie Cierń i położył mi delikatnie rękę na ramieniu. Odwróciłem się do niego z westchnieniem, oczekując jakiegoś zadania. Starzec jednak objął mnie ramieniem i uścisnął.

– Przykro mi, chłopcze – szepnął. – Staraliśmy się. Przykro mi też z powodu śmierci Błazna. Nie zawsze się z nim zgadzałem. Zrobił jednak dla Roztropnego to, czego nie potrafiłby nikt inny, i to samo dla Ketriken. Jeśli tym ostatnim razem przeciwstawiliśmy się sobie nawzajem, to bądź pewien, że nie zapomniałem o tamtych dawniejszych razach. On i tak wygrał. – Zerknął na niebo, jakby spodziewał się zobaczyć w górze smoki. – Wygrał i zostawił nas, byśmy sobie radzili z tym, cokolwiek dla nas wygrał. I nie mam wątpliwości, że będzie to równie nieprzewidywalne, jak on. A to, jestem pewien, by go ucieszyło.

– Powiedział mi, że tu zginie. Nigdy do końca mu nie wierzyłem. Gdybym w to uwierzył, powiedziałbym mu o paru rzeczach.

Westchnąłem, ogarnięty nagle daremnością takich myśli oraz wszystkiego, co zamierzałem zrobić, lecz nigdy nie zrobiłem. Usiłowałem znaleźć w sobie jakąś znaczącą myśl albo uczucie. Nie było jednak już nic do pomyślenia czy powiedzenia. Wypełniała mnie nieobecność Błazna, nie zostawiając miejsca na nic innego.

Ruszyliśmy tego dnia dalej; większość z nas była w doskonałym nastroju. Brus jechał teraz na saniach sam, milczący i nieruchomy, coraz bardziej niknąc z upływem dnia. Szybki szedł po jednej jego stronie, a ja po drugiej. Nie rozmawialiśmy. Kiedy zatrzymywaliśmy się na odpoczynek, wlewałem Brusowi do ust trochę wody. Za każdym razem przełykał, ale i tak wiedziałem, że umiera. Nie okłamywałem Szybkiego.

Nadeszła noc. Zatrzymaliśmy się i przygotowaliśmy strawę. Młotkowi nie brakło teraz przyjaciół gotowych się nim zająć, a jemu bardzo się to podobało. Starałem się nie czuć porzucony przez niego. Przez wszystkie te dni chciałem się uwolnić od opieki nad Młotkiem, a kiedy tak się stało, żałowałem, że nie zajmuje ona moich myśli. Przyszedł do nas Sieciarz z jedzeniem dla chłopca; zaproponował mi skinieniem głowy, bym odpoczął od nieustannego czuwania przy Brusie. Kiedy jednak odszedłem od Szybkiego i jego ojca, noc wydała mi się jeszcze zimniejsza.

Znalazłem się przy ognisku Lotnego, który podzielił się ze mną swoim żniwem plotek. Niektórzy z uwolnionych Zawyspiarzy przebywali u bladej kobiety od wojny ze szkarłatnymi okrętami. Niegdyś były ich dziesiątki, lecz ona niepowstrzymanie karmiła nimi smoki. Początkowo główna osada znajdowała się na brzegu w pobliżu kamieniołomu, ale po wojnie blada kobieta zaczęła się bać, że Zawyspiarze zwrócą się przeciwko niej. Od początku była też zdecydowana skończyć z Lodogniem. Według legend sale i tunele pod lodowcem istniały od pokoleń. Zaczekała na największy odpływ w roku, by odkryć bajeczne wejście pod lodem. Kiedy już znalazła się w labiryncie, rozkazała swoim ludziom wykuć w zdradliwym przejściu wyższy sufit, by powstało ukryte wejście, którego można by używać prawie przy każdym odpływie. Kiedy zniszczyła osadę na plaży, rozkazała sługom przetransportować większego z dwóch kamiennych smoków i złożyć go ponownie w wielkiej lodowej sali. Było to kolosalne zadanie, lecz blada kobieta nie zważała na to, ile pochłonie ono ludzi i czasu.

Po wojnie zamieszkała pod lodowcem i wyłudzała daninę od klanów, które wciąż jej się bały albo miały nadzieję na wykupienie zakładników. Zawierała umowy na okrutnych warunkach. Za dostawę żywności mogła zwrócić jedno ciało. Lub obiecać, że zakładnik nie zostanie uwolniony i nie przyniesie wstydu swojej rodzinie. Kiedy zapytałem Lotnego, czy jego zdaniem wiedza o miejscu jej pobytu jest szeroko rozpowszechniona na Wyspach Zewnętrznych, pokręcił głową.

– Odniosłem wrażenie, że to wstydliwa kwestia. Nikt, kto płacił łapówki, o tym nie mówił.

Skwitowałem te słowa kiwnięciem głowy. Wątpiłem, by wiele osób z klanu Narwala dokładnie wiedziało, co się przydarzyło Oerttre i Kossi poza tym, że zniknęły. Doskonale wiedziałem, że bardzo wielkie sekrety długo mogą pozostawać sekretami.

Zatem królestwo bladej kobiety powstało z pracy wojowników zakażonych kuźnicą. Kiedy któryś z nich odnosił jakieś obrażenia, robił się stary albo krnąbrny, był oddawany smokowi. Wiele istnień weszło w kamień w daremnych wysiłkach ożywienia go. My przybyliśmy u schyłku mocy bladej kobiety. Służyły jej dziesiątki ludzi, podczas gdy niegdyś były to setki. Zniszczył ich jej smok i ciężka praca.

Blada kobieta sama usiłowała zabić Lodognia, lecz udało jej się tylko sprawić mu ból. Bała się usunąć więżący go lód, a nie odkryła broni, która by skutecznie przebiła zachodzące na siebie łuski i grubą skórę. Jej nienawiść i strach przed smokiem były wśród niewolników legendarne.

– Nadal nie rozumiem – powiedziałem cicho do Lotnego. Wpatrywaliśmy się w zanikające płomyki jego ogniska. – Dlaczego jej służyli? Jak zmuszała do tego zakażonych kuźnicą? Ci, których widziałem w Księstwie Kozim, byli pozbawieni jakiejkolwiek lojalności.

– Nie mam pojęcia. Walczyłem w wojnie ze szkarłatnymi okrętami i wiem, o czym mówisz. Ludzie, z którymi rozmawiałem, powiedzieli, że ich wspomnienia o okresie służby u bladej kobiety są zmętniałe. Przypominają sobie tylko ból, żadnej przyjemności, żadnego zapachu, smaku jedzenia. Tylko to, że wykonywali jej polecenia, bo to było łatwiejsze niż nieposłuszeństwo. Nieposłusznymi karmiła smoka. Myślę, że chodzi tu o bardziej wyrafinowane zakażanie kuźnicą, niż to, z którym mieliśmy do czynienia w Królestwie Sześciu Księstw. Jeden człowiek powiedział mi, że kiedy odebrała mu całą lojalność i miłość wobec jego domu i rodziny, wydawało mu się, że może służyć tylko jej. I służył, chociaż nawet stępione wspomnienia tego, co dla niej robił, okrywają go teraz wstydem.

Kiedy wróciłem do spoczywającego na saniach Brusa, mignęli mi między namiotami książę Sumienny i narczeska. Stali ze splecionymi dłońmi i pochylonymi ku sobie głowami. Zastanawiałem się, jak jej matka traktuje ich przyszłe małżeństwo. Taki sojusz z dawnym wrogiem musiał się jej wydawać dziwny i nagły. Czy udzieli mu swego wsparcia, skoro jej córka musi porzucić dom jej matek, by rządzić w odległej krainie? Zastanawiałem się, co sama Elliania czuje w tej sytuacji; dopiero niedawno odzyskała matkę i siostrę. Czy zechce je teraz opuścić i odbyć podróż do Królestwa Sześciu Księstw?

Kiedy wróciłem do sań, z Szybkim i Brusem siedział Sieciarz. Żal pchnął chłopca na krawędź dorosłości. Usiadłem obok nich. Od nocnych wiatrów osłaniał sanie prowizoryczny namiot, oświetlony jedną świecą. Kiedy ująłem dłoń Brusa, była zimna mimo spowijających go koców.

Szybki sprawiał już wrażenie pokonanego.

– Nie moglibyście spróbować jeszcze raz? – zapytał mnie cicho. – Ci inni... oni ozdrowieli tak szybko. A teraz siedzą, rozmawiają i śmieją się z towarzyszami przy ognisku. Dlaczego nie możecie uzdrowić mojego ojca?

Mówiłem mu to już, ale powtórzyłem jeszcze raz.

– Bo dawno temu Rycerski zamknął jego umysł przed Mocą. Wiedziałeś, że twój ojciec służył księciu Rycerskiemu? Że służył mu jako człowiek króla, źródło siły, kiedy król decydował się używać swojej magii?

Pokręcił głową.

– Niewiele wiem o moim ojcu poza tym, że jest moim ojcem. Jest skryty. Nigdy nam nie opowiadał o swoim dzieciństwie, jak matka opowiada nam o mieście leżącym pod Kozią Twierdzą i o swoim ojcu. Nauczył mnie o koniach i tego, jak o nie dbać, ale to było, zanim... – Przerwał, ale zmusił się do kontynuowania. – Zanim się dowiedział, że mam Rozumienie. Tak jak on. Potem starał się utrzymać mnie jak najdalej od stajni i zwierząt. To oznaczało, że spędzałem z nim mało czasu. Ale o Rozumieniu też mówił mało poza tym, że zakazał mi stykać się umysłem z jakimkolwiek zwierzęciem.

– Bardzo podobnie postępował ze mną, kiedy byłem chłopcem – zgodziłem się z nim. Podrapałem się w kark, nagle znużony i niepewny. Co należy do mnie? A co do Brusa?

– Kiedy podrosłem, rozmawiał ze mną więcej i wyjaśniał mi więcej rzeczy. Myślę, że w miarę, jak byś dorastał, też powiedziałby ci więcej o sobie.

Wziąłem głęboki oddech. Trzymałem w ręce dłoń Brusa. Zadałem sobie pytanie, czy wybaczyłby mi to, co właśnie zamierzałem zrobić, czy też by mi za to podziękował.

– Pamiętam, kiedy pierwszy raz zobaczyłem twego ojca. Miałem wtedy chyba pięć lat. Jeden z żołnierzy księcia Szczerego zaprowadził mnie przez salę do stołu, przy którym jedli gwardziści, w starej kwaterze w Księżycowym Oku. Księcia Rycerskiego i większości jego gwardii nie było, ale twój ojciec został, wciąż odzyskując siły po uszkodzeniu kolana. Tego, przez które kuleje. Po raz pierwszy zostało zranione, kiedy skoczył między dzika i mojego ojca, by ocalić go przed wypatroszeniem. No tak. Był więc Brus, w kuchni pełnej gwardzistów, młody wojownik w kwiecie sił, ciemny, nieokiełznany i surowy. I byłem ja, oddany mu nagle pod opiekę, bez żadnego uprzedzenia dla żadnego z nas. Potrafisz to sobie wyobrazić? Jeszcze teraz się zastanawiam, co sobie musiał pomyśleć, kiedy ten gwardzista posadził mnie przed nim na stole i oznajmił wszystkim, że jestem małym bękartem Rycerskiego i że od tej chwili ma się mną zajmować Brus.

Mimowolnie Szybki lekko się uśmiechnął. I tak wśliznęliśmy się w noc, a ja opowiadałem mu o porywczym młodym człowieku, który mnie wychował. Przez jakiś czas siedział z nami Sieciarz; nie jestem pewien, kiedy się wymknął. Gdy świeca zaczęła migotać, położyliśmy się z obu stron Brusa, by mu było ciepło, a ja dalej mówiłem w ciemności, aż Szybki zasnął. Wydawało mi się, że przez te godziny mocniej wyczuwałem zmysłem Rozumienia obecność Brusa, ale może było tak tylko dlatego, że przypomniałem sobie wszystko, czym dla mnie był. Wspominając, jak mnie ośmielał i karcił, jak słusznie mnie karał i chwalił, widziałem teraz wyraźniej, jak młody człowiek ograniczał swoją swobodę dla małego chłopca. Z pokorą uświadomiłem sobie, że moja zależność od niego zapewne ukształtowała jego życie w takim samym stopniu, w jakim miała wpływ na mnie.

Kiedy następnego ranka podałem Brusowi wodę, zadrgały mu powieki. Przez moment patrzył na mnie, uwięziony i znękany.

– Dzięki – wychrypiał, ale nie sądzę, by mi dziękował za wodę.

– Tata? – zapytał go z przejęciem Szybki, ale Brus już odpłynął.

Tego dnia przebyliśmy spory kawałek drogi i kiedy nadszedł wieczór, postanowiliśmy iść dalej i zatrzymać się na nocny postój dopiero, gdy zejdziemy z lodowca. Byliśmy pełni entuzjazmu dla tego pomysłu. Chyba wszyscy mieliśmy już dość obozowania na lodzie, lecz okazało się, że mamy do przejścia więcej, niż sądziliśmy. Szliśmy i szliśmy, aż nasze znużenie przekształciło się w ten upór, kiedy człowiek nie chce przyznać, że źle ocenił sytuację.

Zbliżyliśmy się do plaży głęboką nocą. Ujrzeliśmy upragniony blask wartowniczych ognisk i zanim dotarło do mego zmęczonego umysłu, że dwóm gwardzistom powinno wystarczyć jedno ognisko, usłyszeliśmy gromki okrzyk wartującego Ostrożnego. Odpowiedział mu książę Sumienny, na co rozległo się kilka pełnych zadowolenia głosów. Nikt z nas nie był jednak przygotowany na powitanie ze strony Rebusa. Kiedy przypomniałem sobie, w jakim stanie ostatnio go widziałem, zjeżyły mi się włoski na karku. Przez mgnienie oka zaznałem irracjonalnej nadziei, że Błazen też tutaj się znajdzie. A potem przypomniałem sobie, co mi o nim powiedział Peottre, i zalała mnie fala smutku.

Kiedy – jako jedni z ostatnich – dotarliśmy do obozowiska na plaży, panowała w nim wrzawa; wszyscy witali się ze wszystkimi i opowiadali o ostatnich wydarzeniach. Minęła niemal godzina, zanim udało mi się wydobyć od kogoś, co się stało. Był tu Rebus i siedemnastu Zawyspiarzy, ocalałych z pałacu bladej kobiety. Przyszli do siebie zapewne w chwili śmierci smoka. Rebusa i jego współwięźniów uratował z lochu jeden z jej strażników, kiedy sam odzyskał uczucia. Wspólnie znaleźli wyjście i Rebusowi udało się zaprowadzić ich na plażę. Żaden nie potrafił powiedzieć, w jaki sposób odzyskali zmysły i wolność. Sklecenie dla nich całej opowieści zajęło nam resztę tej nocy.

Następnego dnia Cierń wezwał mnie do swego namiotu, bym wysłuchał pełnego raportu, który Rebus składał księciu i jemu. Dowiedziałem się, jak żołnierze bladej kobiety zaatakowali i schwytali jego i Herolda. Ich błąd polegał na tym, że zobaczyli kilku strażników, wychodzących z ukrytego wejścia do jej królestwa. Nie mogli zanieść tej informacji z powrotem do księcia. Rebus nie potrafił składnie opisać, jak został zakażony kuźnicą. Musiało to mieć coś wspólnego ze smokiem, ale za każdym razem, kiedy usiłował o tym opowiedzieć, zaczynał dygotać tak gwałtownie, że nie mógł mówić. W końcu, ku mojej uldze, Cierń zaprzestał prób wyciśnięcia z niego tej wiedzy. Szczerze mówiąc, pomyślałem, że tę informację lepiej zagubić niż odkryć.

Był zdumiony, że Błazen i ja widzieliśmy go w lochu. Powiedział, że nie wini mnie za zostawienie go tam; że gdybym wyłamał drzwi, z całą pewnością by mnie zaatakował, by zdobyć moje ciepłe ubranie. Miał jednak coś w oczach, głęboki wstyd, że ktoś, kogo zna, widział go w takim stanie, i zwątpiłem, czy nasza świeża przyjaźń przeżyje. Chyba nie potrafiłbym czuć się swobodnie, patrząc na człowieka, którego zostawiłem śmierci.

Zadałem sobie pytanie, czy Rebus kiedykolwiek jeszcze będzie tym niefrasobliwym człowiekiem, którym był przedtem. Zajrzał w mroczny zakamarek własnej duszy i zawsze już będzie musiał nosić w sobie te wspomnienia. Przyznał się przed nami wszystkimi, że to on ostatecznie zabił Herolda. Jego koszulą owinął sobie dłonie, chroniąc je przed zimnem. Potrafił sobie przypomnieć, jak starannie zaplanował zabicie rannego podczas snu współwięźniów i wykorzystanie jego rzeczy. Powiedział nam też, że pamięta, jak blada kobieta powiedziała im, że to rodzaj próby; że ci, którzy przeżyją dwa tygodnie, będą mogli jej służyć i otrzymywać regularne posiłki. Mówiąc o tym, pokazywał w szaleńczym uśmiechu zęby zaciśnięte tak, jakby chciał powstrzymać wymioty, opowiadając jednocześnie, że w tamtym momencie nie potrafił sobie wyobrazić lepszego losu niż służenie bladej kobiecie i otrzymywanie regularnych posiłków.

Dwaj Zawyspiarze, którzy wrócili z Rebusem, pochodzili z klanu Narwala; zaginęli dawno temu i zostali uznani za zmarłych. Peottre powitał ich z radością. Blada kobieta dręczyła ich klan ponad dziesięć lat, dziesiątkując należących do niego mężczyzn, aż w końcu doprowadziła jego członków do rozpaczy, uprowadzając i panującą narczeskę, i jej młodszą córkę. Przywrócenie tych ludzi klanowi tylko jeszcze umocniło w ich oczach pozycję księcia jako bohatera.

Kiedy Cierń skończył ze swoimi pytaniami, ja zadałem trzy, które mnie paliły. Wszystkie odpowiedzi mnie rozczarowały. Rebus nie widział Błazna ani podczas swojej niewoli, ani podczas ucieczki. Po uwolnieniu z lochu nie widział bladej kobiety ani nawet jej ciała.

– Nie sądzę jednak, byśmy się musieli nią martwić. Człowiek, który mnie uwolnił, Revke, zobaczył, jak skończyła. Nagle od czegoś oszalała. Wrzeszczała, że wszyscy ją zawiedli, wszyscy, i teraz zwycięstwo odniesie dla niej tylko jej smok. Rozkazała wywlec przynajmniej dwudziestu ludzi. Jednego po drugim przyciskano do kamiennego smoka i zarzynano. Revke powiedział, że ich krew wsiąkała w kamień. Ale nawet to jej nie zadowoliło. Wściekła się, krzyczała, że mają wejść w smoka, że się nie wzniesie, dopóki ktoś nie wejdzie w niego cały.

Rozejrzał się, zdumiony, po naszych sparaliżowanych twarzach.

– Nie mówię po zawyspiarsku tak dobrze, jak powinienem. Wiem, że to brzmi szaleńczo, że chciała, by ktoś wszedł w kamiennego smoka. Ale Revke najwyraźniej mówił mi właśnie to. Mogłem się mylić.

– Nie. Podejrzewam, że masz rację. Mów dalej – poprosiłem.

– W końcu rozkazała, by oddać smokowi Kebala Żelaznorękiego. Revke powiedział, że kiedy strażnicy go rozkuli, nie docenili siły tego starego wojownika i jego nienawiści do bladej kobiety. Strażnicy chwycili go i powlekli ku smokowi, a on cały czas się z nimi szamotał. Nagle rzucił się w przeciwną stronę, ku bladej kobiecie. Chwycił ją za nadgarstki, śmiał się i wykrzykiwał, że wejdą w smoka razem i wzniosą się na chwałę Wysp Zewnętrznych. Że to jedyny sposób na zwycięstwo. I wtedy Żelaznoręki pociągnął ją w stronę smoka, a ona wrzeszczała i kopała. A potem... – Znów przerwał. – Opowiadam to tak, jak mi opowiedział to Revke. To nie ma sensu, ale...

– Mów dalej! – rozkazał mu chrapliwie Cierń.

– Żelaznoręki wszedł tyłem w smoka. Jakby się w niego wtopił, a cały czas mocno trzymał bladą kobietę i wciągał ją za sobą.

– Weszła w smoka? – zawołałem.

– Nie. Nie do końca. Żelaznoręki zniknął w nim, a ponieważ wciągał ją za sobą, do smoka wniknęły jej dłonie i nadgarstki. Wrzeszczała na strażników, by jej pomogli, i w końcu dwóch z nich chwyciło ją i wyciągnęło. Ale... ale jej dłonie się stopiły. Zniknęły w smoku.

Książę mocno przyciskał rękę do ust. Ja dygotałem.

– To wszystko? – zapytał Cierń. Zastanawiałem się, skąd czerpał spokój.

– Właściwie tak. To, co zostało z jej rąk, było jakby spalone. Żadnego krwawienia, powiedział Revke, tylko zwęglone kikuty. Stała tak i patrzyła na nie, a smok ożywał. Kiedy zaczął się ruszać, uniósł głowę za wysoko i na dół spadły wielkie kawały sklepienia. Revke powiedział, że wszyscy uciekli, zarówno od spadającego sklepienia, jak i od smoka. I że wciąż się przed nim chował, kiedy nagle przyszedł do siebie. – Rebus przerwał raptownie, a potem ciągnął z trudem: – Nie potrafię wam wyjaśnić, jakie to uczucie. Byłem w mojej celi, oparty plecami o ścianę, i starałem się nie zasnąć, bo inaczej pozostali by mnie zabili. I wtedy zerknąłem w dół i zobaczyłem Herolda... Leżał martwy na podłodze. I nagle zmartwiłem się, że nie żyje, bo był moim przyjacielem. – Pokręcił głową i zniżył głos do szeptu. – A potem przypomniałem sobie, że go zabiłem.

– To nie była twoja wina – rzekł cicho książę.

– Ale ja to zrobiłem. To ja, ja...

Przerwałem mu, nim zaczął się głębiej zastanawiać nad tym, co zrobił.

– A jak wyszliście? – zapytałem.

Rebus wyglądał na niemal wdzięcznego za to pytanie.

– Revke otworzył drzwi i wyprowadził nas przez pałac. On jest jak ogromny labirynt pod lodem. W końcu wyszliśmy z otworu, który sprawia wrażenie szczeliny w lodowej ścianie, prosto na zbocze lodowca. Nikt nie wiedział, co dalej robić. Pozostali nie znali żadnego innego miejsca na wyspie, gdzie moglibyśmy szukać schronienia. Ja jednak dostrzegłem w oddali morze. Powiedziałem im, że jeśli dotrzemy do niego i pójdziemy wzdłuż plaży, to w końcu trafimy do tego obozu, nawet jeśli musielibyśmy obejść całą wyspę. Jak się okazało, mieliśmy szczęście. Wybraliśmy krótszą drogę i przybyliśmy tu jeszcze przed wami.

Było jeszcze jedno pytanie, lecz odpowiedział na nie, nim je zadałem.

– Wiesz, jak wiatr wieje nocą, Tomie. Śnieg przykrył już zapewne wszystkie nasze tropy. Nawet gdybym chciał, chyba nie potrafiłbym znaleźć drogi powrotnej. – Odetchnął głęboko i dodał z niechęcią: – Może któryś z Zawyspiarzy zechciałby spróbować. Ale ja nie. Nigdy. Nie chcę się nawet zbliżyć do tego miejsca.

– Nikt cię o to nie będzie prosił – zapewnił go Cierń i miał rację. Nie drążyłem już tego tematu.

Kiedy wróciłem do Brusa i Szybkiego, wstawał świt. Szybki spał obok ojca. Zauważyłem, że poruszył się, że jedna jego ręka jest wysunięta spod koców. Chowając ją pod nie, odkryłem, że Brus ściska w dłoni drewniany kolczyk. Rozpoznałem go; wyrzeźbił go Błazen, a wiedziałem że wewnątrz znajdę niewolniczy kolczyk wolności, który babka Brusa zdobyła kosztem tak ogromnych wyrzeczeń. To, że znalazł siłę, by go zdjąć, świadczyło o wadze, jaką do niego przywiązywał. Pomyślałem, że wiem, co zamierzał.

Sumienny wypuścił gołębia pocztowego, który miał polecieć do Zyligu i dać znać hetgurdowi, że nasza misja została zakończona. Niemniej jednak statki będą mogły dotrzeć do nas dopiero za kilka dni; tymczasem czekała nas perspektywa niedużych racji rozdzielanych między większą liczbę ludzi. Nie był to przyjemny temat do rozmyślań, sądzę jednak, że po tym, co przeszliśmy, większość z nas uznała to za drobiazg.

Znalazłem chwilę spokoju z Szybkim, siedząc obok coraz bardziej słabnącego Brusa. Usiłując wydobyć kolczyk z drewnianej osłonki, opowiedziałem jego historię. W końcu dzieło Błazna okazało się dla mnie zbyt wyrafinowane. Musiałem je rozbić. W środku leżał kolczyk, lśniąc błękitem i srebrem jak wtedy, gdy dostałem go od księżnej Cierpliwej. Tak jak zrobiła to tamtego dnia ona, przekłułem Szybkiemu ucho jego sztyftem, żeby mógł go nosić. Byłem dla chłopca nieco delikatniejszy niż ona dla mnie; zanim przekłułem mu ucho, oziębiliśmy je śniegiem, by zdrętwiało.

– Noś go zawsze – powiedziałem chłopcu. – I pamiętaj swego ojca. Takim, jaki był.

– Obiecuję – odparł cicho Szybki. Ostrożnie dotknął kolczyka palcami; doskonale pamiętałem jego ciężar, kołyszący się na obolałym płatku ucha. Wytarł zakrwawione palce o spodnie i rzekł: – Teraz żałuję, że jej użyłem. Gdybym ją jeszcze miał, dałbym ją tobie.

– Co takiego?

– Strzałę, którą dostałem od pana Złocistego. Kiedy mi ją dawał, myślałem, że jest brzydka, ale wziąłem ją z grzeczności. A potem, kiedy wszystkie inne odbiły się od smoka, ta szara się w niego zagłębiła. Nigdy przedtem nie widziałem czegoś takiego.

– Wątpię, by ktokolwiek widział – odparłem.

– Może on tak. Powiedział, że to brzydki kawałek drewna, ale że może mi się przysłużyć w potrzebie. Tamtej nocy powiedział, że jest prorokiem. Myślisz, że wiedział, że ta szara strzała zabije smoka?

Udało mi się uśmiechnąć.

– Nawet gdy żył, nigdy nie wiedziałem, kiedy naprawdę wiedział coś, zanim to się wydarzyło, a kiedy po prostu sprytnie odtwarzał swoje słowa, żeby się wydawało, że to przepowiedział. Jednakże w tym wypadku chyba miał rację.

– Tak. Ale widziałeś mojego ojca? Widziałeś, co zrobił? Powalił smoka. Sieciarz powiedział, że nigdy przedtem nie czuł takiej siły, siły odepchnięcia smoka. – I dorzucił z wyzywającym spojrzeniem: – Mówi, że w rodzinach pradawnej krwi czasami objawia się taka siła. Że może ją odziedziczę, jeśli będę posługiwał się moją magią roztropnie.

Ująłem chłopca pod brodę; na dłoni czułem zimno kolczyka.

– Miejmy nadzieję, że tak się stanie. Ten świat potrzebuje takiej siły.

Pod płótno namiotu wetknął głowę Lotny.

– Książę Sumienny chciałby cię widzieć, Tomie – rzekł przepraszającym tonem.

– Już idę – zapewniłem go i zapytałem Szybkiego: – Mogę?

– Idź. Nie mamy tu nic innego do roboty oprócz czuwania.

– Wrócę – obiecałem i poszedłem przez obóz za Lotnym.

W namiocie księcia było tłoczno. Oprócz niego znajdowali się tam Cierń, Młotek, Peottre, Oerttre, Kossi i narczeska. Młotek wysunął dolną wargę, a ja wyczuwałem jego niepokój. Elliania siedziała na podłodze plecami do mnie, okryta kocem. Przywitałem się z obecnymi i czekałem, co dalej.

– Mamy pewien problem z tatuażami narczeski – odezwał się książę. – Chciałaby je usunąć, ale nie poddały się działaniu Mocy Młotka. Cierń pomyślał, że skoro poradziłeś sobie z własnymi bliznami, mógłbyś pomóc.

– Blizna bardzo się różni od tatuażu – odparłem – ale chętnie spróbuję.

Książę nachylił się do narczeski.

– Ellianio? Może je zobaczyć?

Nie odpowiedziała. Siedziała wyprostowana, a na twarzy jej matki wyraźnie malowało się niezadowolenie. A potem, powoli, bez słowa, Elliania pochyliła głowę i zsunęła koc z pleców. Ukląkłem i uniosłem latarnię, by lepiej widzieć. I wtedy zacisnąłem zęby i zrozumiałem, dlaczego pomyśleli o mnie.

Lśniąca uroda węży i smoków zniknęła. Tatuaże zapadły się w skórę, która była tak mocno naciągnięta, jakby zostały w niej wypalone. Podejrzewałem, że to był ostatni akt zemsty bladej kobiety.

– Jeszcze wciąż od czasu do czasu wywołują ból – rzekł cicho książę.

– Domyślam się – przyznałem. – Może Młotek nie może jej uzdrowić, bo nie jest to świeża rana. Pomóc ciału w tym, co już stara się zrobić, to jedno. To są jednak stare tatuaże i jej ciało je przyjęło.

– Kiedy cię uzdrawialiśmy, twoje blizny zniknęły – zauważył książę.

– One nie należą do niej – rzekł ponuro Młotek. – Nie chcę ich dotykać.

Pominąłem jego zagadkową uwagę milczeniem.

– Myślę, że Błazen przywrócił mnie do stanu, w jakim zawsze mnie widział. Nieoszpeconego.

Nie chciałem wtedy mówić nic więcej i wszyscy chyba o tym wiedzieli.

– A zatem je wypal – odezwała się Elliania tylko lekko drżącym głosem – a potem wylecz oparzenia. Nieważne, ile mnie to będzie kosztowało. Pragnę tylko, by zniknęły. Nie chcę nosić na ciele jej znaków.

– Nie! – zawołał książę z przerażeniem.

– Zaczekaj. Proszę – powiedziałem. – Spróbuję. – Uniosłem rękę, a potem przypomniałem sobie, że trzeba zapytać. – Mogę cię dotknąć?

Opuściła głowę niżej; zobaczyłem, jak naprężają się wszystkie mięśnie jej pleców. Skinęła głową. Nad nami stał Peottre z rękoma skrzyżowanymi na piersiach. Podniosłem na niego wzrok i napotkałem jego spojrzenie. A potem usiadłem na podłodze za narczeską i ostrożnie położyłem jej płasko na plecach obie dłonie. Zatrzymałem je tam dzięki sile woli. Palce czuły ciepło pleców młodej dziewczyny, lecz moja Moc wyczuwała wijące się pod palcami smoki i węże.

– Pod jej skórą jest coś więcej niż inkaust – stwierdziłem, lecz nie wiedziałem, co takiego wyczułem.

– Zrobiła inkausty z własnej krwi – odezwała się z wysiłkiem Elliania. – Żeby zawsze do niej należały i jej słuchały.

– Ona jest zła – zauważył złowieszczo Młotek.

Elliania dostarczyła nam potrzebnego fragmentu wiedzy. Mimo to był to wyczerpujący wieczór posługiwania się Mocą. Nie znałem Ellianii dobrze, a Młotek nie chciał jej dotykać. Udzielił nam swojej siły, ale każdy misterny rysunek trzeba było wyganiać z jej ciała oddzielnie. Jej matka i siostra siedziały i patrzyły w milczeniu. Peottre był w namiocie jakiś czas, potem wyszedł i chwilę się przechadzał, wrócił i znowu wyszedł. Nie miałem mu tego za złe. Żałowałem, że muszę być tego świadkiem. Z porów na plecach Ellianii wyciekał niechętnie cuchnący inkaust. Co gorsza, bolało ją to. Zacisnęła zęby, a potem waliła bez słowa pięścią w ziemię. Jej długie czarne włosy, zgarnięte do przodu, by nie przeszkadzały, zrobiły się ciężkie od potu. Sumienny siedział naprzeciwko niej i trzymał ją za ramiona, a ja pracowicie wodziłem czubkiem palca po każdym rysunku, wzywając skórę, by wypchnęła z siebie obrzydliwość bladej kobiety. Przy okazji znów ujrzałem plecy Błazna, tak przepięknie i okrutnie naznaczone, i podziękowałem losowi, że stało się to, zanim blada kobieta zyskała i wypaczyła wiedzę o Mocy. Nie potrafiłem zrozumieć, dlaczego jej tatuaże tak nam się opierają. Kiedy ostatnia szponiasta łapa zniknęła ze skóry narczeski, byłem wyczerpany, lecz jej plecy były gładkie i czyste.

– Gotowe – oznajmiłem ze znużeniem i uniosłem koc, by ją okryć. Elliania zaczerpnęła tchu, który był niemal szlochem, a Sumienny ostrożnie wziął ją w ramiona.

– Dziękuję – rzekł do mnie cicho. – To koniec. Już nigdy cię nie skrzywdzi – dodał do narczeski.

Doznałem ukłucia niepokoju i zadałem sobie pytanie, czy to prawda. Zanim jednak zdążyłem dać wyraz jakimkolwiek wątpliwościom, usłyszeliśmy z dworu wyczekiwany okrzyk:

– Żagiel! Widać żagiel, dwa żagle. Na jednym jest znak dzika, na drugim niedźwiedzia!

# ROZDZIAŁ 27

# DRZWI

*Im bardziej zagłębiam się w sprawki i powiązania pana i pani Szarawych, tym bardziej jestem przekonany, że twoje podejrzenia mają solidną podstawę. Chociaż przyjęli „zaproszenie" królowej dla młodej pani Urodnej do spędzenia nieco czasu na dworze Koziej Twierdzy, nie zrobili tego z wdzięcznością czy ochotą. Jej ojciec był temu bardziej przeciwny niż jej matka. Matka okazała swoje oburzenie, wysyłając córkę bez żadnego stroju odpowiedniego do noszenia na co dzień na dworze, nie mówiąc już o uroczystościach czy tańcach. Ojciec przydzielił jej pieniądze na bieżące wydatki, które nie wystarczyłyby dojarce. Chyba ma nadzieję, iż córka na tyle skompromituje się na dworze, że zostanie odesłana do domu.*

*Kobieta, którą wybrał jej na pokojówkę, jest niegodna zaufania. Proponuję jak najszybciej znaleźć jakiś zarzut wobec Akwamaryny i odprawić ją z Koziej Twierdzy. Należy też zadbać, by jej szary kot domowy opuścił zamek razem z nią.*

*Sama Urodna wydaje się winna jedynie młodości i płochości. Z tych też względów nie sądzę, by nawet wiedziała, że jej rodzice są zdeklarowanymi Srokatymi, a co dopiero by była wtajemniczona w jakiekolwiek ich knowania.*

Nie podpisany raport szpiega

Pomyślne prądy sprowadziły do nas statki szybciej, niż się spodziewaliśmy. Jeśli jednak byliśmy zaskoczeni, widząc statki tak szybko, ich załogi były równie zaskoczone wielkością grupy oczekującej ich na lądzie. Łódki, które podpłynęły do brzegu, były pełne ludzi chcących jak najprędzej zdobyć wiadomości. Tyle osób wyszło im na spotkanie, że łodzie zostały dosłownie wyniesione z wody na piasek i dopiero wtedy ich załogi mogły wysiąść. Powstała przy tym wrzawa, która przywodziła na myśl bitwę, jako że każdy usiłował opowiedzieć naszym zdumionym przewoźnikom całą tę historię po swojemu. Rozlegały się śmiechy, uderzenia w piersi i poklepywanie po plecach, bo każdy chciał opowiedzieć wszystko pierwszy. Nad wszystkim rozlegał się radosny ryk Arkona Krwawookiego, cieszącego się z tryumfu klanu Narwala. Jego spotkanie z Oerttre było bardziej powściągliwe i oficjalne, niż się spodziewałem. Mógł być ojcem Ellianii, lecz nie zawarł formalnego ślubu z Oerttre ani nie spłodził Kossi. Cieszył się więc z ich powrotu jako przyjaciel, a nie jako ojciec i mąż, i sprawiał wrażenie raczej wojownika zadowolonego ze zwycięstwa sprzymierzeńca.

Później miałem się dowiedzieć, że narczeska obiecała ojcu wiele korzyści związanych z plonami, handlem i innymi przywilejami. Ziemie klanu Dzika były skaliste i strome, doskonale nadające się do wypasu świń, lecz nie do uprawy zbóż. Pod opieką Krwawookiego znajdowało się osiem młodych siostrzenic z jego własnego klanu i te dziewczynki miały skorzystać na powodzeniu klanu Narwala.

Wtedy jednak wiedziałem tylko, że małego Szybkiego i mnie ponownie otaczają radość i uniesienie, co jeszcze bardziej pogłębiało nasz smutek. Co gorsza, zeszłej nocy powziąłem postanowienie, które wydawało mi się tak słuszne, że wiedziałem, iż nic nie zdoła mnie od niego odwieść. Kiedy więc wszędzie wokół ludzie szaleli z radości i przekrzykiwali się, opowiadając swoje partie historii, ja rozmawiałem cicho z Szybkim w mroku pod płótnem, wzniesionym nad jego nieruchomym ojcem.

– Nie wracam z wami. Będziesz mógł zająć się ojcem beze mnie?

– Będę mógł... co to znaczy, że nie wracasz z nami? Cóż innego możesz zrobić?

– Zostać tu. Muszę wrócić do tego lodowca, Szybki. Chcę odnaleźć wejście do jej podziemnego pałacu. Chcę przynajmniej znaleźć ciało mojego przyjaciela i je spalić. Nie znosił zimna. Nie chciałby zostać na wieczność pogrzebany w lodzie.

– I na co jeszcze masz nadzieję? Czegoś mi nie mówisz.

Wziąłem głęboki oddech, pomyślałem o kłamstwie, ale z niego zrezygnowałem. Miałem dosyć kłamstw na całe życie.

– Mam nadzieję spojrzeć na ciało bladej kobiety. Mam nadzieję znaleźć ją martwą, dowiedzieć się, że zginęła za to wszystko, co nam uczyniła. A jeśli znajdę ją żywą, to mam nadzieję ją zabić.

Była to mała i prosta obietnica, jaką złożyłem sobie samemu. Wątpiłem, czy będzie łatwo ją spełnić, lecz była to jedyna pociecha, jaką mogłem dla siebie znaleźć.

– Kiedy tak mówisz, wyglądasz inaczej – zauważył chłopiec ściszonym głosem. Pochylił się. – Kiedy tak mówisz, masz oczy wilka.

Pokręciłem głową i uśmiechnąłem się. A przynajmniej widać mi było zęby.

– Nie. Żaden wilk nie traci czasu na zemstę, a o to właśnie mi chodzi. O zemstę, czystą i prostą. Kiedy ludzie wyglądają najgroźniej, nie ich zwierzęcą stronę wtedy widać. Widać brutalność, na jaką potrafią się zdobyć tylko ludzie. Widzisz wilka, kiedy widzisz, że jestem lojalny wobec mojej rodziny.

Dotknął palcem kolczyka i zmarszczył brwi.

– Chcesz, bym z tobą został? – zapytał. – Nie powinieneś stawiać temu czoła samotnie. I, jak widziałeś, nie kłamałem. Jestem dobry w strzelaniu z łuku.

– Zaiste. Masz jednak inne, pilniejsze obowiązki. Jeśli Brus zostanie tutaj, nie będzie miał żadnej szansy. Przenieś go na statek i zawieź do Zyligu. Mogą tam mieć wprawnych uzdrowicieli. A w najgorszym razie dadzą mu ciepłe schronienie, porządne jedzenie i czyste łóżko.

– Mój ojciec umrze, Bastardzie Rycerski. Nie udawajmy, że stanie się inaczej.

Och, potęga kryjąca się w nazywaniu rzeczy po imieniu. Zrezygnowałem.

– Masz rację, Szybki. Ale nie musi umrzeć w zimnie, pod kawałkiem trzepoczącego płótna. Możemy mu dać chociaż tyle.

Szybki podrapał się po głowie.

– Chcę wykonać wolę ojca w tej sprawie. Myślę, że kazałby mi zostać z tobą. Powiedziałby, że nie będę tak użyteczny dla niego, jak dla ciebie.

Zastanowiłem się nad tym.

– Być może. Nie sądzę jednak, by to samo powiedziała twoja matka. Myślę, że powinieneś być z nim. Może jeszcze przed końcem dojść do siebie i to, co miałby ci do powiedzenia, może okazać się bardzo cenne. Nie, Szybki. Płyń z nim. Bądź z nim, dla mnie.

Nie odpowiedział, ale skinął głową.

Kiedy rozmawialiśmy, ludzie już zwijali obóz i ładowali wszystko na statek. Szybki chyba doznał wstrząsu, kiedy to Zawyspiarze przyszli po niego i Brusa. Niedźwiedź z powagą skłonił przed chłopcem głowę i poprosił o zaszczyt przeniesienia go wraz z ojcem na statek hetgurdu. Nazwał ich obu „zabójcami demonów" i myślę, że Szybki był wstrząśnięty odkryciem, że zostawiono go sam na sam z jego żalem z szacunku, a nie przez przeoczenie. Puchacz, bard hetgurdu, odprowadził ich na statek Niedźwiedzi z pieśnią, a chociaż trudno było mi zrozumieć słowa języka bardów, usłyszałem ze ściskającą mi gardło dumą o człowieku, który powalił na kolana smoczego demona i o chłopcu, który go zabił, by uwolnić zakładników bladej kobiety. Zauważyłem, że Sieciarz popłynął w tej samej łodzi i wsiada na statek razem z Szybkim. To mnie pocieszyło. Nie chciałem, by chłopiec znalazł się sam wśród obcych, bez względu na to, jak bardzo mogli go uhonorować po śmierci jego ojca, a bałem się, że Brus nie zobaczy już portu w Zyligu.

Wtedy przy moim boku pojawił się książę, żądając informacji, na który statek wsiadam.

– Jesteś mile widziany na obu, ale tak czy owak będzie ciasno. Nie spodziewali się tylu pasażerów. Będziemy upakowani jak solone ryby w baryłce. Cierń uznał w swojej mądrości, że narczeskę i mnie trzeba rozdzielić, więc popłynę na statku Niedźwiedzi. Cierń wsiądzie na statek Dzików z Peottrem i jego kobietami, bo ma nadzieję w trakcie podróży popchnąć do przodu ostateczne negocjacje w sprawie naszego sojuszu.

Musiałem się uśmiechnąć mimo ciężkiego serca.

– Wciąż nazywacie to sojuszem? Dla mnie to zaczęło wyglądać na ślub. A czy daliście Cierniowi powód, by uznał, że najlepiej będzie rozdzielić was z Ellianią na czas podróży do Zyligu?

Uniósł brew i zadrgał mu kącik ust.

– Ja nie! To Elliania oznajmiła, że uznaje mnie za godnego siebie i że uważa teraz za swego męża. Nie sądzę, by jej matka była zbytnio zadowolona, ale Peottre powiedział, że nie sprzeciwi się narczesce. Cierń usiłował jej wyjaśnić konieczność złożenia przeze mnie przysięgi wobec niej w „domu moich matek", ale ona nie chce o tym słyszeć. Zapytała go: „A kimże jest mężczyzna, by sprzeciwiać się w tej sprawie woli kobiety?".

– Z rozkoszą wysłuchałbym jego odpowiedzi – rzekłem.

– Odparł tak: „Zaiste, nie wiem, pani. Lecz wolą mojej królowej jest, by jej syn nie sypiał z tobą, zanim nie stawisz się przed nią i jej szlachtą w jej domu i nie oznajmisz, że uznajesz go za godnego ciebie".

– I przyjęła to?

– Niezbyt łaskawie. – Księciu najwyraźniej pochlebiał zapał przyszłej małżonki. – Ale Cierń wymógł na mnie obietnicę, że będę działał powściągliwie. I to wcale nie dlatego, że Elliania mi to ułatwia. No, cóż, popłynę na statku Niedźwiedzi, a ona na statku Dzików. Razem z Cierniem i chyba Młotkiem, bo Zawyspiarze bardzo się rozwodzą nad nim i jego Dłońmi Edy. Dobrze. Który więc będzie dla ciebie? Chodź na „Niedźwiedzia". Będziesz z Brusem, Szybkim i mną.

– Nie wsiądę na żaden ze statków. Cieszę się jednak, że popłyniesz razem z Szybkim. To dla niego trudny okres. Może zniesie go lepiej wśród przyjaciół.

– Jak to, na żaden?

Czas to ogłosić.

– Zostaję tutaj, Sumienny. Muszę wrócić i spróbować odnaleźć ciało Błazna.

Zamrugał, pomyślał i w akcie zrozumienia, który przepełnił mnie ciepłem, po prostu przyjął, że muszę to zrobić.

– Oczywiście zostanę z tobą. Będziesz też potrzebował kilku ludzi, jeśli masz nadzieję przekopać się w dół przez nasz wykop.

Wzruszyło mnie, że nie kwestionuje konieczności tego, co zamierzam zrobić, i że zaproponował opóźnienie rozgłoszenia własnego tryumfu.

– Nie. Płyń do Zyligu. Musisz zdobyć narczeskę i stworzyć sojusz. Nie potrzebuję nikogo, bo mam nadzieję wejść tędy, którędy wyszedł Rebus i inni.

– To daremny trud, Bastardzie. Nigdy nie znajdziesz tego miejsca. Słuchałem odpowiedzi Rebusa tak samo uważnie, jak ty.

– Ależ znajdę. Potrafię być w takich sprawach wytrwały. Proszę cię tylko, byś mi zostawił tyle jedzenia, ile możesz, i wszystkie zbędne ciepłe ubrania. Dokonanie tego może trochę potrwać.

Spojrzał na mnie niepewnie.

– Panie Bastardzie Rycerski, wybacz, że to mówię, ale możesz się pochopnie narazić na ryzyko, niczego nie zyskując. Pan Złocisty niczego już nie czuje. Na znalezienie wejścia, nie mówiąc już o ciele, jest bardzo mała szansa. Chyba nie postępuję mądrze, pozwalając na to.

Pominąłem to ostatnie zdanie.

– To jest druga sprawa. Wrócisz do dość chaotycznej sytuacji. Raczej nie będziesz potrzebował na dokładkę zmartwychwstania pana Bastarda Rycerskiego. Proponuję, byś się po cichu spotkał ze swoim kręgiem Rozumiejących i zakazał jego członkom rozpowiadania o mnie. Rozmawiałem już z Lotnym i chyba nie muszę się martwić o Rebusa. Wszyscy inni nie żyją.

– Ale... Zawyspiarze wiedzą, kim jesteś. Słyszeli, jak cię nazywano tym imieniem.

– I nie ma ono dla nich żadnego znaczenia. Nie będą pamiętać mojego prawdziwego imienia lepiej, niż ja potrafię sobie przypomnieć prawdziwe imię Niedźwiedzia czy Orła. Będę dla nich po prostu tym szaleńcem, który został na wyspie.

Rozrzucił ręce w geście rozpaczy.

– I znów wróciliśmy do twego pozostania na wyspie. Jak długo? Aż umrzesz z głodu? Aż się przekonasz, że twoja misja jest równie daremna, jak poprzednio moja?

Zastanowiłem się nad tym przez chwilę.

– Daj mi dwa tygodnie – rzekłem. – A potem przyślij po mnie statek. Jeśli nie uda mi się w dwa tygodnie, to poddam się i wrócę do domu.

– Nie podoba mi się to – stwierdził zrzędliwie. Pomyślałem, że będzie dalej oponował, ale tylko stwierdził: – Dwa tygodnie. I nie będę czekał na wiadomości od ciebie, więc nie sięgaj do mnie Mocą, by prosić o więcej czasu. Za dwa tygodnie przybije do tej plaży statek. I bez względu na to, czy ci się powiedzie, czy nie, wsiądziesz na niego. A teraz musimy się śpieszyć, nim wszystko zostanie załadowane.

Okazało się jednak, że nie było się czego obawiać. Załogi w gruncie rzeczy rozładowywały statki, by zyskać więcej miejsca dla dodatkowych pasażerów. Cierń zrzędził i przeklinał mój upór, ale w końcu musiał mi ustąpić, głównie dlatego, że nie chciałem zmienić decyzji, a wszyscy bardzo się śpieszyli, by wyruszyć z najbliższym przypływem.

Mimo to było nadzwyczaj dziwnie stać na brzegu i patrzeć na statki unoszone falą. Za mną leżała na plaży sterta rozmaitego sprzętu. Miałem o wiele za dużo, jak na jednego człowieka, namiotów i sań oraz wystarczający, choć nieciekawy zapas żywności. W czasie, jaki upłynął między zniknięciem statków i zapadnięciem nocy, przejrzałem to, co zostawili, i włożyłem do mego sfatygowanego, starego worka to, co uznałem za przydatne, czyli dodatkowe ubranie, zapas jedzenia i moje pióra z plaży Innych. Lotny zostawił mi bardzo przyzwoity miecz; chyba należał do Zręcznego. Miałem też własny nóż Lotnego. Zatrzymałem namiot i posłanie Błazna, chcąc je wykorzystać jako schronienie na noc, oraz jego przybory kuchenne, nie tylko dlatego że należały do niego, ale dlatego że były najlżejsze. Ku mojemu rozbawieniu odkryłem, że Cierń zostawił mi baryłkę swojego wybuchowego proszku. Jakbym chciał mieć z nim jeszcze raz do czynienia! Wciąż nie odzyskałem w pełni słuchu. Jednak w końcu włożyłem do worka garnczek z proszkiem.

Tego wieczoru rozpaliłem sobie porządne ognisko. Morze nie wyrzuciło na plażę zbyt dużo drewna, ale była tylko jedna osoba do ogrzania, więc sobie dogodziłem. Spodziewałem się znaleźć spokój, jaki zwykle przynosiła mi samotność. Nawet gdy byłem w najczarniejszym nastroju, odosobnienie i świat przyrody zawsze dawały mi pocieszenie. Tej nocy jednak tak nie było. Niespokojne brzęczenie zatopionego kamiennego smoka stanowiło ciągłe przypomnienie zła wyrządzonego przez bladą kobietę. Żałowałem, że nie ma sposobu na uciszenie go, na oczyszczenie tej złej rzeźby do stanu uczciwego kamienia. Zrobiłem sobie hojny garnuszek gorącej owsianki i brawurowo posłodziłem ją twardym cukierkiem z zapasu pozostawionego mi przez Sumiennego.

Właśnie wziąłem do ust pierwszą łyżkę, kiedy usłyszałem za sobą kroki. Zakrztusiłem się i zerwałem na nogi, dobywając miecza. W krąg światła rzucanego przez ognisko wkroczył z głupawym uśmiechem Młotek.

– Jestem głodny.

Zachwiałem się z wrażenia.

– Nie możesz tu być. Powinieneś się znajdować na statku płynącym do Zyligu.

– Nie. Żadnych statków. Mogę dostać coś na kolację?

– Jak tu zostałeś? Czy Cierń o tym wie? A książę? Młotku, to niemożliwe! Mam do załatwienia kilka spraw, ważnych spraw. Nie mogę się teraz tobą opiekować.

– Jeszcze nie wiedzą. I sam się będę sobą opiekował! – Naburmuszył się. Zraniłem jego uczucia. Jakby chciał udowodnić swoje słowa, podszedł do stery pozostawionego ładunku i grzebał w niej dopóki nie znalazł miseczki. Siedziałem wpatrzony w płomienie, czując się całkowicie pokonany przez los. Młotek wrócił do ogniska i usiadł na kamieniu naprzeciwko mnie. Nakładając sobie więcej niż połowę owsianki, dodał: – Łatwo było zostać. Po prostu wysyłałem do księcia „z Cierniem, z Cierniem", a do Ciernia „z księciem, z księciem". Uwierzyli mi i wsiedli na statki.

– I nikt inny nie zauważył, że cię brakuje? – zapytałem sceptycznie.

– Ach. Cały czas wysyłałem do innych „nie widź mnie, nie widź mnie". To było łatwe. – Wrócił do jedzenia z pragmatycznym zadowoleniem. Najwyraźniej był zachwycony swoim sprytem. – Jakiej sztuczki użyłeś, żeby pozwolili ci zostać? – zapytał między kolejnymi łyżkami strawy.

– Nie użyłem żadnej sztuczki. Zostałem, ponieważ miałem do zrobienia pewną rzecz. Wciąż mam ją zrobić. Przypłyną po mnie za dwa tygodnie. – Objąłem głowę dłońmi. – Młotku. Bardzo źle mi się przysłużyłeś. Wiem, że tego nie chciałeś, ale zrobiłeś źle. Co ja mam z tobą zrobić? Co planowałeś robić podczas pobytu na wyspie?

Wzruszył ramionami.

– Nie wsiąść na statek – odparł z pełnymi ustami. – To planowałem. A co ty planowałeś?

– Pójść na długi spacer, do lodowego pałacu. I zabić bladą kobietę, jeśli uda mi się ją znaleźć. I przynieść ciało pana Złocistego, jeśli uda mi się je znaleźć.

– W porządku. Możemy to zrobić. – Pochylił się i zajrzał do garnka z owsianką. – Będziesz to jadł?

– Chyba nie.

Straciłem apetyt. Ulotnił się wraz ze wszystkimi myślami o spokoju. Patrzyłem, jak Młotek je. Miałem dwa wyjścia. Wiedziałem, że kiedy pójdę zapolować na bladą kobietę, nie mogę go zostawić samego na plaży. To byłoby jak zostawienie małego dziecka na łasce losu. Mogłem zostać tu z nim na plaży przez dwa tygodnie do przybycia statku, który obiecał przysłać po mnie Sumienny. Mógłbym odesłać Młotka i spróbować wykonać moje zadania. Wtedy jednak na tę północną wyspę zawita jesień. Do śniegu pędzonego wiatrem dołączy śnieg padający i zatrze wszelkie ślady. Albo mógłbym powlec Młotka ze sobą, idąc w jego mozolnym tempie, i zaprowadzić go w paszczę niebezpieczeństwa. Oraz do bardzo osobistej części mojego życia. Nie chciałem go mieć przy sobie, kiedy odnajdę ciało Błazna. To chciałem i musiałem zrobić w samotności.

A jednak był ze mną. Polegał na mnie. Przyszło do mnie nieproszone wspomnienie twarzy Brusa, kiedy zostałem oddany pod jego opiekę. To samo przydarzyło się teraz mnie. Patrzyłem, jak Młotek wygrzebuje z garnka resztki owsianki i oblizuje lepką łyżkę.

– Młotku. Będzie ciężko. Musimy wstawać wcześnie i iść szybko. Wracamy do zimna. Bez rozpalania dużego ognia i z bardzo monotonnym jedzeniem. Jesteś pewien, że chcesz to zrobić?

Nie wiem, dlaczego dałem mu ten wybór.

Wzruszył ramionami.

– Lepsze niż statek.

– Ale w końcu będziesz musiał wsiąść na statek. Kiedy statek wróci po mnie, odpłynę z tej wyspy.

– Nie – rzekł lekceważąco. – Żadnych statków dla mnie. Będziemy spać w tym ładnym namiocie?

– Musimy dać znać Cierniowi i księciu, gdzie jesteś.

Zmarszczył się na te słowa, a ja pomyślałem, że może spróbować użyć przeciwko mnie Mocy. Kiedy jednak sięgnąłem do nich, był ze mną, bardzo zadowolony ze swojego psikusa. Wyczułem ich irytację na Młotka oraz współczucie dla mnie, lecz żaden z nich nie zaproponował, że zawrócą statki. W gruncie rzeczy nie mogli tego zrobić. To, co mieli do opowiedzenia, nie mogło czekać. Żaden statek nie mógł zawrócić. Nieobecność księcia albo narczeski byłaby dla hetgurdu nie do przyjęcia. Musieli płynąć dalej. Cierń zaproponował ponuro, że kiedy tylko przybiją do brzegu w Zyligu, wyśle po nas statek, ale powiedziałem mu, by zaczekał, że damy im znać Mocą, kiedy będziemy gotowi do powrotu. „Nie na statku", dodał Młotek z naciskiem i żaden z nas nie miał dość siły, by się z nim wtedy sprzeczać. Byłem pewien, że kiedy zobaczy, że naprawdę odpływam, zabierze się ze mną. Wtedy będzie już bardzo zmęczony i znudzony tutejszymi warunkami. Nie wyobrażałem sobie, by chciał zostać sam na tej wyspie.

W miarę upływu nocy zacząłem dochodzić do wniosku, że pod pewnymi względami może to i lepiej, że Młotek tu jest. Kiedy ułożyłem się do snu w namiocie Błazna, Młotek wydawał się tam intruzem, kimś tak nie na miejscu, jak krowa na dożynkowych tańcach. Gdyby go jednak tu nie było, wiem, że wpadłbym w głęboką melancholię i rozpamiętywał wszystko, co utraciłem. W rzeczywistości rozpraszał moją uwagę i denerwował mnie, lecz był mi też towarzyszem. Zajmując się nim, nie miałem czasu analizować mojego bólu. Zamiast tego musiałem zrobić dla Młotka pakunek z zapasami, które według mnie mógł nieść. Włożyłem do worka głównie ciepłe ubranie dla niego i jedzenie, wiedząc, że go nie porzuci. Jednakże, szykując się do snu, już się bałem poranka i wleczenia Młotka ze sobą.

– Będziesz spać? – zapytał, kiedy naciągnąłem koce na głowę.

– Tak.

– Podoba mi się ten namiot. Ładny.

– Tak.

– Przypomina mi wóz, kiedy byłem mały. Mama robiła ładne rzeczy, kolory, wstążki i koraliki na wszystkim.

Milczałem w nadziei, że odpłynie w sen.

– Pokrzywa też lubi ładne rzeczy.

Pokrzywa. Ogarnął mnie wstyd. Posłałem ją w paszczę niebezpieczeństwa i niemal ją straciłem. Od tamtej chwili nie starałem się z nią skontaktować. Sposób, w jaki naraziłem ją na ryzyko, napawał mnie wstydem, było mi też wstyd, że to nie ja ją uratowałem. A nawet gdybym miał odwagę błagać ją o wybaczenie, nie miałem odwagi powiedzieć jej, że jej ojciec umiera. Jakoś wyglądało na to, że to moja wina. Czy gdyby mnie tu nie było, Brus by się pojawił na wyspie? Czy rzuciłby wyzwanie smokowi? To była miara mojego tchórzostwa. Potrafiłem wyruszyć z mieczem w ręce w nadziei, że zabiję bladą kobietę. Nie potrafiłem jednak stanąć twarzą w twarz z córką, którą skrzywdziłem.

– Dobrze się czuje? – zapytałem szorstko.

– Troszkę. Pokażę jej dziś w nocy ten namiot, dobrze? Spodoba się jej.

– Pewnie tak. – Zawahałem się, a potem posunąłem się o krok naprzód. – Czy wciąż się boi zasnąć?

– Nie. Tak. Nie wtedy, kiedy jestem przy niej. Obiecałem jej, że nie pozwolę jej tam spaść jeszcze raz. Że będę nad nią czuwał i zapewnię jej bezpieczeństwo. Najpierw ja idę spać. Potem przychodzi ona.

Mówił tak, jakby się spotykali w jakiejś tawernie, jakby „sen" był jakimś pokojem po drugiej stronie miasta albo następną wioską przy drodze. Kiedy odezwał się ponownie, mój umysł usiłował zrozumieć, co dla niego znaczą te proste słowa.

– No tak. Muszę już zasnąć. Pokrzywa będzie na mnie czekała.

– Młotku. Powiedz jej... nie. Cieszę się. Cieszę się, że możecie się tak spotykać.

Podparł się na pulchnym łokciu.

– Wszystko będzie dobrze, Tomie – powiedział z powagą. – Znajdzie swoją muzykę. Pomogę jej. – Westchnął sennie. – Ma teraz przyjaciółkę. Inną dziewczynę.

– Tak?

– Aha. Urodną. Pochodzi ze wsi i jest samotna i dużo płacze, i nie ma odpowiednich ubrań. Więc się zaprzyjaźniła z Pokrzywą.

To wyjawiło mi więcej, niż chciałem wiedzieć. Moja córka boi się spać, jest w nocy niespokojna, a w dzień samotna, i zaprzyjaźniła się z wydziedziczoną Srokatą. Nagle nabrałem pewności, że Trafowi wiedzie się tak samo, jak Pokrzywie. Zrobiło mi się ciężko na sercu. Próbowałem się cieszyć, że Ketriken zakończyła niezasłużoną izolację Urodnej. Przyszło mi to z trudem.

Płomyk w maleńkim naczyniu Błazna na oliwę zamigotał i zgasł. Nasz namiot nakryła swą dłonią ciemność lub raczej to, co w tej części świata w letnią noc za ciemność uchodzi. Leżałem nieruchomo, słuchając oddechu Młotka, plusku fal na plaży i niepokojącego mamrotania rozczłonkowanego smoka pod wodą. Zamknąłem oczy, ale chyba obawiałem się zasnąć, bojąc się, że znajdę Pokrzywę albo że jej nie znajdę. Po pewnym czasie wydało mi się, że sen rzeczywiście jest jakimś miejscem, a ja zapomniałem do niego drogi.

W końcu chyba jednak zasnąłem, bo obudziło mnie światło poranka, zabarwione kolorami namiotu Błazna. Spałem dłużej, niż zamierzałem, a i Młotek jeszcze się nie obudził. Wyszedłem na zewnątrz, ulżyłem pęcherzowi i przyniosłem z lodowato zimnego strumienia wodę. Młotek wstał dopiero wtedy, gdy poczuł zapach porannej owsianki. Wyszedł z namiotu, przeciągnął się radośnie i oznajmił, że przez całą noc łapali z Pokrzywą motyle i że zrobiła mu z nich czapkę, ale odleciały na chwilę przed jego obudzeniem. Pocieszyła mnie jego niemądra paplanina, chociaż jednocześnie bardzo kontrastowała z moimi planami.

Starałem się popędzać Młotka, lecz nie odnosiłem wielkich sukcesów. Ja zwijałem namiot i zarzucałem go sobie na plecy, a Młotek wałęsał się po plaży. Namówienie go, by wziął swój pakunek i ruszył za mną, zajęło mi trochę czasu. Potem poszliśmy plażą w stronę, z której przyszli Rebus i jego towarzysze. Uważnie słuchałem jego opowieści. Wiedziałem, że plażą szli mniej więcej dwa dni. Miałem nadzieję, że jeśli zrobię to samo, a potem będę wypatrywał miejsca, gdzie zeszli na piasek, znajdę drogę do szczeliny, przez którą opuścili królestwo bladej kobiety.

Nie wziąłem jednak pod uwagę, że będę miał ze sobą Młotka. Początkowo szedł za mną radośnie, przyglądając się po drodze oczkom wodnym pozostałym po przypływie, kawałkom drewna wyrzuconym przez fale, piórom i wodorostom. Oczywiście zamoczył sobie nogi i zaczął z tego powodu zrzędzić, a potem zgłodniał. Pomyślałem o tym i włożyłem do sakwy trochę chleba i solonej ryby. Nie na to miał nadzieję, ale kiedy dałem mu jasno do zrozumienia, że pójdę dalej bez względu na to, co zrobi, wziął ode mnie jedzenie i zaczął je żuć po drodze.

Nie brakowało nam słodkiej wody. Strumyczki przecinały plażę i moczyły kamienne urwiska. Uważałem na przypływ, bo nie zamierzałem dać mu się zaskoczyć na takim odcinku plaży, z którego nie moglibyśmy przed nim uciec. Fale nie docierały jednak daleko i zostałem nawet nagrodzony widokiem odcisków stóp nad linią przypływu. Te ślady pozostawione przez Rebusa i jego towarzyszy podniosły mnie na duchu.

Kiedy zaczęła się zbliżać noc, zebraliśmy nieliczne kawałki drewna, rozbiliśmy namiot ponad linią przypływu i rozpaliliśmy ogień. Gdybym nie miał tak ciężkiego serca, byłby to miły wieczór, bo pokazał się młody księżyc, a Młotkowi zachciało się zagrać na piszczałce. Po raz pierwszy mogłem całkowicie się oddać i jednej, i drugiej muzyce Młotka, bo tę rozbrzmiewającą w strumieniu Mocy słyszałem równie dobrze, jak piszczałkę. Jego muzyka Mocy składała się z wszechobecnego wiatru, krzyku morskich ptaków i szumu fal uderzających o brzeg. Głos piszczałki wplatał się w nią jak jaskrawa nitka w gobelin. Ponieważ potrafiłem zajrzeć do jego umysłu, muzyka ta była zrozumiała. Jestem pewien, że bez wsparcia Mocy stanowiłaby tylko denerwujący zlepek przypadkowych nut.

Zjedliśmy prosty posiłek: zupę z suszonej ryby ze świeżymi wodorostami z plaży oraz chleb podróżny. Był sycący i to chyba stanowiło najlepszą rzecz, jaką dało się o nim powiedzieć. Młotek zjadł głównie dlatego, że był głodny.

– Szkoda, że nie mamy ciasteczek z kuchni – powiedział ze smutkiem, kiedy ja czyściłem garnek piaskiem.

– Cóż, nie dostaniemy niczego takiego, dopóki nie wrócimy do Księstwa Koziego. Na statku.

– Nie. Żadnego statku.

– Młotku, nie ma dla nas innej drogi powrotu.

– Moglibyśmy tam dotrzeć, gdybyśmy ciągle szli.

– Nie, Młotku. Aslevjal jest wyspą. Otacza ją woda. Nie możemy wrócić do domu piechotą. Prędzej czy później będziemy musieli wsiąść na statek.

– Nie.

Wróciliśmy do punktu wyjścia. Wydawało się, że Młotek rozumie tyle rzeczy, a potem natykaliśmy się na coś, co albo odrzucał, albo czego nie mógł zaakceptować. Dałem sobie z tym spokój na noc; okryliśmy się kocami. Znów patrzyłem, jak wślizguje się w sen z równą łatwością, co pływak do wody. Nie miałem odwagi, by porozmawiać z nim o Pokrzywie. Zastanawiałem się, co ona myśli o mojej nieobecności i czy w ogóle ją zauważyła. A potem zamknąłem oczy i zapadłem się w sen.

Tego drugiego dnia marszu Młotek już się nim znudził. Dwa razy został w tyle tak daleko, że niemal straciłem go z oczu. Za każdym razem doganiał mnie po mokrym piasku, a potem długo sapał. Za każdym razem pytał, dlaczego musimy iść tak szybko. Nie potrafiłem dać mu odpowiedzi, która by go zadowoliła. Szczerze mówiąc, miałem tylko własną naglącą potrzebę. Wiedziałem, że trzeba zakończyć tę sprawę i że nie zaznam spokoju, dopóki tego nie zrobię. Jeśli myślałem o Błaźnie jako martwym, jeśli myślałem o jego ciele porzuconym w tym lodowym pałacu, niemal mdlałem z bólu wywołanego tym obrazem. Wiedziałem, że nie uświadomię sobie w pełni jego śmierci, dopóki jej nie zobaczę. Zupełnie jakbym patrzył na zaognioną stopę i wiedział, że zanim ciało będzie mogło zacząć wracać do zdrowia, trzeba ją odciąć. Śpieszyłem na spotkanie z tym straszliwym bólem.

Ta noc zastała nas na wąskiej plaży u stóp urwiska obwieszonego soplami lodu. Po skale ściekała szeroka struga wody. Oceniłem, że miejsca wystarczy akurat do rozbicia namiotu i że nic się nam nie stanie, o ile żaden sztorm nie spiętrzy wody. Rozbiliśmy namiot, umacniając go na piasku kamieniami, rozpaliliśmy ogień i zjedliśmy skromną kolację.

Księżyc był nieco większy, siedzieliśmy więc jakiś czas pod gwiazdami, patrząc na morze. Zacząłem się zastanawiać, jak się wiedzie Trafowi i czy mój chłopak przezwyciężył swoje niebezpieczne uczucie do Świegotki, czy też całkowicie mu uległ. Mogłem tylko mieć nadzieję, że nie stracił głowy i zachował zdolność oceny sytuacji. Westchnąłem, zmartwiony.

– Boli cię brzuch? – zapytał współczująco Młotek.

– Nie. Właściwie nie. Martwię się o Trafa. Mojego syna, który został w mieście.

– Och. – Nie sprawiał wrażenia szczególnie zainteresowanego. Po chwili dodał, jakby długo się nad tym zastanawiał: – Zawsze jesteś gdzieś indziej. Nigdy nie robisz muzyki tam, gdzie jesteś.

Patrzyłem na niego przez chwilę, a potem opuściłem moje stale wzniesione bariery, chroniące mnie przed jego muzyką. Zupełnie jakbym wpuścił do oczu noc, kiedy nad ziemię nadciągnął zmierzch i pora zrobiła się dogodna do polowania. Odprężyłem się, otwierając na wilcze smakowanie teraźniejszości, czego nie robiłem od zbyt długiego czasu. Dotychczas zauważałem wodę i lekki wiatr. Teraz słyszałem szept piasku i śniegu, pędzonych wiatrem, a głęboko pod nim powolne, jękliwe trzeszczenie lodowca sunącego po ziemi. Nagle czułem zapach soli oceanu oraz jodu, unoszący się z krasnorostów wyrzuconych na plażę, i lodowaty oddech starego śniegu.

Zupełnie jakbym otworzył drzwi do jakiegoś starszego miejsca i czasu. Zerknąłem na Młotka i nagle ujrzałem go w tym otoczeniu jako dopełnionego i całego, bo się mu oddał. Kiedy tak tu siedział i cieszył się nocą, niczego mu nie brakowało. Poczułem, że usta wyginają mi się w uśmiechu.

– Byłbyś dobrym wilkiem – powiedziałem.

A kiedy poszedłem spać, odnalazła mnie Pokrzywa. Uświadomienie sobie jej obecności zajęło mi trochę czasu, siedziała bowiem na krawędzi mego snu z włosami falującymi na morskim wietrze i wyglądała z okna mojej dziecięcej sypialni w Koziej Twierdzy. Kiedy w końcu na nią spojrzałem, wyszła z okna prosto na plażę.

– No i tak. Jesteśmy oboje – odezwała się.

Poczułem, jak nabrzmiewa we mnie fala wszystkich przeprosin, wyjaśnień i tłumaczeń, które tłoczyły się, by jako pierwsze wyjść w postaci słów z moich ust. Pokrzywa usiadła obok mnie na piasku i spojrzała na wodę. Wiatr burzył jej włosy jak wilczą kryzę. Bezruch Pokrzywy stanowił taki kontrast z całym tym niepokojem, panującym we mnie, że nagle poczułem, jakim męczącym jestem osobnikiem, wciąż napełniającym powietrze terkotem słów i obaw. Spostrzegłem, że siedzę z ogonem starannie owiniętym wokół przednich łap.

– Obiecałem Ślepunowi, że będę ci o nim opowiadał, a jeszcze tego nie zrobiłem – rzekłem.

Cisza przędła między nami swoją pajęczynę, aż w końcu Pokrzywa ją przerwała.

– Chyba chciałabym o nim dzisiaj posłuchać.

Opowiedziałem jej więc o niezdarnym Wilczku z tępo zakończonym nosem, który podskakiwał wysoko i spadał z góry na nieszczęsne myszy, o tym, jak nauczyliśmy się wzajemnie sobie ufać, polować i myśleć jak jedna osoba. Słuchała całą noc, a przy niektórych opowieściach przekrzywiała głowę i mówiła:

– Chyba to pamiętam.

Obudziłem się o świcie; światło wstającego dnia przesączało się przez kolorowe zwierzęta pląsające na ścianach namiotu, i przez chwilę zapomniałem, że przygniata mnie ciężar smutku i zemsty. Widziałem tylko lśniącego błękitnego smoka, który unosił się na szeroko rozpostartych skrzydłach, a poniżej szkarłatne i fioletowe węże, rozcinające wodę wyprężonymi w łuk ciałami. Powoli do moich uszu zaczęło docierać chrapanie Młotka i plusk fal bardzo blisko wejścia do namiotu. Ten dźwięk bardzo mnie zaniepokoił, więc wyjrzałem pośpiesznie na zewnątrz. Początkowo odczułem ulgę, ponieważ woda się cofała. Przespałem prawdziwe zagrożenie, kiedy nasz namiot dzieliły od morza dwa kroki.

Wypełzłem na plażę, wstałem, przeciągnąłem się i spojrzałem na wodę. Czułem dziwny spokój. Wciąż czekała mnie moja smutna misja, ale odzyskałem część własnego życia, o której myślałem, że ją zniszczyłem. Odszedłem nieco od namiotu, by ulżyć pęcherzowi, niemal ciesząc się chłodem ubitego mokrego piasku pod gołymi stopami. Kiedy jednak odwróciłem się z powrotem do namiotu, cały mój spokój się ulotnił.

O piędź od klapy wejściowej stał wkręcony w piasek słoik miodu należący do Błazna.

Rozpoznałem go natychmiast i przypomniałem sobie, jak zniknął sprzed mojego namiotu pierwszej nocy mojego pobytu na wyspie. Omiotłem pośpiesznie wzrokiem plażę, a potem wznoszące się nad nami skały, szukając jakiegokolwiek śladu innego człowieka. Nic nie zauważyłem. Podszedłem ostrożnie do słoika, jakby mógł mnie ugryźć, cały czas wypatrując choćby najmniejszego dowodu na to, kto tu się podkradł tak bezszelestnie. Fale jednak wymazały z plaży wszelkie ślady jego bytności. Czarny Człek umknął mi raz jeszcze.

W końcu podniosłem słoik. Zdjąłem pokrywkę, spodziewając się nie wiem czego, ale okazał się zupełnie pusty, pozbawiony choćby resztek przechowywanej weń słodyczy. Zaniosłem go do namiotu i spakowałem starannie z innymi rzeczami Błazna, cały czas zastanawiając się, co też to wszystko może znaczyć. Pomyślałem, czyby nie powiadomić Mocą o moim dziwnym odkryciu Ciernia i Sumiennego, ale w końcu postanowiłem na razie nikomu nic o nim nie mówić.

Tego ranka znalazłem niewiele drewna, więc musieliśmy się z Młotkiem zadowolić soloną rybą i zimną wodą na śniadanie. Zapasy, które wydawały się aż nadto wystarczające dla jednej osoby, teraz zmniejszały się zbyt szybko. Odetchnąłem głęboko i spróbowałem być wilkiem. Na razie mieliśmy ładną pogodę i dosyć jedzenia na ten dzień, więc powinienem to wykorzystać i kontynuować podróż bez biadolenia. Wyglądało na to, że Młotek jest w miłym nastroju, dopóki nie zacząłem zwijać namiotu. Wtedy zaczął narzekać, że codziennie chcę tylko iść po plaży. Zacisnąłem zęby i nie przypomniałem mu, że to on sam, nieproszony, postanowił zostać na wyspie i związać swoje życie z moim. Zamiast tego powiedziałem mu, że nasz cel jest już niedaleko. To mu chyba dodało otuchy, bo nie wspomniałem, że będę szukał jakichś śladów, które mogli zostawić Rebus i jego towarzysze, kiedy zeszli na piasek. Gwardzista wspomniał o urwisku i miałem nadzieję, że po przejściu takiej grupy zostały ślady nie zatarte jeszcze przez wiatr i fale.

Szliśmy więc dalej; starałem się czerpać przyjemność z rześkości dnia i wciąż zmieniającego się oblicza morza, ale cały czas patrzyłem jednym okiem na skały. A jednak znak, który nagle mnie przywitał, na pewno nie był dziełem Rebusa czy jego towarzyszy. Został świeżo wydrapany na kamieniach urwiska, nie był zniszczony ani przez wiatr, ani przez wodę, a jego znaczenie nie pozostawiało żadnych wątpliwości. Nad wygiętym w łuk wężem pląsał narysowany nieudolnie smok, a nad nimi była skierowana w górę strzała.

Wydało mi się, że ktokolwiek zrobił te znaki, wybrał dla nas dość łatwą drogę z plaży na szczyt urwiska. Mimo to wszedłem na górę pierwszy i bez obciążenia, a Młotek czekał spokojnie na dole. Na szczycie chłostanych wiatrem skał znajdował się wąski pas nagiej ziemi. Wśród sztywnego mchu rosły kępki upartej trawy. Dalej kwitła niewielka łąka z głazami porośniętymi porostami i pesymistycznie wyglądającymi krzewami. Wspiąłem się z nożem w zębach, lecz nikt tam na mnie nie czekał – ani przyjaciel, ani wróg. Wszystko omiatał zimny wiatr z przyczajonego lodowca.

Wróciłem na plażę, by najpierw wnieść nasze pakunki, a potem wprowadzić na górę Młotka. Wspinaczka poszła mu dość dobrze, ale utrudniał mu ją niższy wzrost i większy brzuch. W końcu jednak stanęliśmy razem na szczycie urwiska.

– Dobrze! – zawołał, kiedy przestał sapać. – I co dalej?

– Nie wiem – odparłem i rozejrzałem się, domyślając się, że ktokolwiek zostawił nam tak wyraźny drogowskaz na skale, nie opuści nas teraz. Zobaczyłem go dopiero po chwili. Chyba nie chodziło o to, że miał być subtelny, tylko raczej nie bardzo było go z czego zrobić. Kilkanaście kamyków z plaży zostało ułożonych w jednej linii. Jeden jej koniec pokazywał miejsce, w którym wyszliśmy na górę, a drugi był skierowany w głąb lądu.

Podałem Młotkowi jego pakunek, a swój zarzuciłem sobie na plecy.

– Chodź – powiedziałem. – Idziemy tam.

Pokazałem kierunek ręką. Powiódł wzrokiem za moim palcem i z rozczarowaniem pokręcił głową.

– Nie. Po co? Tam jest tylko trawa. A potem śnieg.

Nie miałem gotowego wyjaśnienia. Poza tym Młotek miał rację. W oddali równina krótkiej trawy ustępowała śniegowi, a potem spiętrzonemu lodowi. Za nimi lśniła pokryta warstewką lodu i śniegu skalna ściana.

– No cóż, właśnie tam się udaję – oznajmiłem i ruszyłem z miejsca. Obrałem umiarkowane tempo, ale się nie oglądałem. Za to nasłuchiwałem i wytężałem zmysł Rozumienia. Młotek szedł za mną, lecz niechętnie. Zwolniłem na tyle, by mógł mnie dogonić.

– Wiesz co, Młotku, dzisiaj chyba zdobędziemy odpowiedzi na przynajmniej kilka pytań – zauważyłem tonem towarzyskiej pogawędki, kiedy zrównał się ze mną.

– Jakich pytań?

– Kim lub czym jest Czarny Człek.

– Wszystko mi jedno – odparł, naburmuszony.

– No cóż. Piękny dzień. I już nie idę po plaży.

– Idziemy do śniegu.

Miał rację; dość szybko dotarliśmy na skraj jego połaci. I tu ujrzeliśmy bardzo wyraźnie odciśnięte tropy Czarnego Człeka, przybliżające się i oddalające. Nic nie mówiąc, podążyłem za nimi, a Młotek mozolił się tuż za mną. Po kilkunastu krokach zauważył:

– Nie badamy śniegu. Moglibyśmy go przebić na wylot.

– Myślę, że póki idziemy po tych śladach, nic nam nie grozi – odparłem. – To jeszcze nie jest prawdziwy lodowiec.

Szliśmy po śladach odciśniętych w śniegu i lodzie, pokrywającym smaganą wiatrem równinę, i wczesnym popołudniem dotarliśmy do wznoszącej się pionowo skalistej ściany. Potężna i groźna, górowała nad nami, powstrzymując wiatr. Lód utworzył kolumny na jej powierzchni i wcisnął się w jej szczeliny. U podstawy urwiska ślady skręcały na zachód. Poszliśmy za nimi. Niebo już poszarzało, a ja uparcie parłem do przodu. Kiedy Młotek skarżył się na głód, dawałem mu kawałki suszonej ryby. W miarę, jak zmierzch przeradzał się w ciemność nocy, nawet moja ciekawość nieco zmalała, brakło mi też już energii. W końcu się zatrzymaliśmy. Poczułem się głupio.

– Cóż, myliłem się – powiedziałem, odwróciwszy się do Młotka. – Rozbijemy tu namiot na noc, dobrze?

Rozczarowany, spojrzał na mnie spod zmarszczonych brwi, wysuwając język i dolną wargę.

– Musimy?

Rozejrzałem się dookoła, nie wiedząc, co innego mógłbym mu zaproponować.

– A co chciałbyś zrobić?

– Pójść tam! – zawołał i pokazał ręką. Powędrowałem wzrokiem za jego grubym palcem. Zaparło mi dech.

Cały czas wpatrywałem się w ślady. Nie patrzyłem na wznoszącą się na wprost nas skałę. Przed nami, w połowie wysokości urwiska, w szeroką szczelinę zostały wpasowane drzwi z szarego drewna. Resztę szczeliny wypełniały kamienie różnych rozmiarów. Drzwi były uchylone, a ze środka wylewało się żółte światło. Ktoś tam był.

Ze zdwojonym pośpiechem ruszyliśmy po śladach do miejsca, w którym nagle zawracały, by wejść na stromą ścieżkę, prowadzącą ukosem w górę urwiska. Nazwałem ją ścieżką na wyrost. Musieliśmy iść gęsiego, a nasze pakunki obijały się o ścianę. Niemniej ścieżka była często używana, uprzątnięta z kamieni i zdradliwego lodu. Spływające z góry zamarznięte strugi, które usiłowały ją przekroczyć, zostały odrąbane i zmiecione na bok. Wyglądało to na świeżą robotę.

Mimo tych oznak gościnności stanąłem przed drzwiami pełen niepokoju. Były zrobione z drewna wyrzuconego na brzeg, ręcznie wygładzonego i starannie połączonego kołeczkami. Unosiło się zza nich ciepło i aromat gorącego jedzenia. Chociaż były uchylone, a przestrzeń przed nimi niewielka, nadal się wahałem. Młotek przeciwnie. Przepchnął się obok mnie i pchnął drzwi.

– Halo! – zawołał z nadzieją w głosie. – Już jesteśmy i jest nam zimno.

– Proszę, wejdźcie – odpowiedział ktoś niskim, przyjemnym głosem. Akcent był dziwny, a głos chropawy, lecz brzmiała w nim wyraźna serdeczność. Młotek bez wahania wszedł do środka. Poszedłem w jego ślady nieco wolniej.

Po mroku nocy wydawało mi się, że ogień płonący w kamiennym palenisku oślepia blaskiem. Początkowo widziałem tylko sylwetkę, kogoś siedzącego przy ogniu na drewnianym krześle. A potem Czarny Człek powoli wstał i odwrócił się do nas. Młotek głośno wciągnął powietrze, lecz po chwili opamiętał się i zadziwił mnie ogładą, mówiąc:

– Dobry wieczór, dziadku.

Czarny Człek uśmiechnął się. W jego czarnej twarzy błysnęły starte zęby koloru żółtej kości. Usta okalały mu zmarszczki, a oczy tkwiły głęboko w oczodołach niczym lśniące krążki hebanu. Odezwał się; dopiero po chwili mój umysł doszedł do ładu z jego zawyspiarskim, którym władał z fatalnym akcentem:

– Nie wiem, od jak dawna tu jestem. Ale wiem, że po raz pierwszy ktoś tu wszedł i nazwał mnie „dziadkiem".

Kiedy wstawał, zrobił to bez widocznego wysiłku, a plecy miał proste. Mimo to na obliczu miał wypisany upływ lat, a poruszał się z powolnym wdziękiem człowieka, który chroni ciało przed wstrząsami. Pokazał ręką na mały stolik.

– Gości rzadko miewam, lecz gościnność chcę ofiarować mimo braków. Proszę. Jedzenie przygotowałem. Wejdźcie.

Młotek się nie wahał. Bez żalu zrzucił ruchem ramion pakunek na podłogę.

– Dziękujemy ci – rzekłem powoli, ostrożnie zdejmując bagaż i ustawiając oba pakunki z boku. Oczy już mi się przyzwyczaiły do światła. Nie wiem, czy nazwałbym to pomieszczenie jaskinią, czy dużą szczeliną. Nie widziałem sklepienia i podejrzewałem, że dym się unosi, lecz nie wydostaje na zewnątrz. Wyposażenie było proste, ale doskonale wykonane; dowodziło zdolności i uwagi człowieka, który miał wiele czasu, by się nauczyć potrzebnych umiejętności i je wykorzystać. W narożniku stało łóżko, była też półka na żywność, wiadro na wodę i beczka oraz pleciony chodnik. Niektóre przedmioty sprawiały wrażenie zebranych na plaży, inne zostały najwyraźniej wykonane z ubogich materiałów dostępnych na wyspie. Świadczyły o długim zamieszkaniu.

Sam mężczyzna dorównywał mi wzrostem i cały był tak czarny, jak niegdyś Błazen był biały. Nie zapytał nas o imiona ani sam się nie przedstawił, tylko napełnił zupą trzy kamienne miski, które ogrzał przy ogniu. Początkowo mówił niewiele. Posługiwaliśmy się zawyspiarskim, chociaż nie był ojczystym językiem żadnego z nas. Czarny Człek i ja pracowaliśmy nad porozumieniem się. Młotek mówił językiem Królestwa Sześciu Księstw, ale w miarę zrozumiale dla Czarnego Człeka. Stół był niski, a siedzieliśmy na poduszkach z plecionej trzciny, wypchanych sianem. Jedliśmy łyżkami z polerowanej kości. W zupie była ryba, ale świeża, podobnie jak gotowane korzenie i skąpa zielenina. Po tak długim czasie jedzenia suszonej lub konserwowanej żywności wszystko to smakowało bardzo dobrze. Byłem zaskoczony widokiem płaskiego chleba, który podał Czarny Człek.

– Z jej spiżarni do mojej – stwierdził z uśmiechem, bez cienia przeprosin. – Co potrzebowałem, wziąłem. A czasami więcej. – Westchnął. – A teraz się dokonało. Prostsze będzie moje życie. Twoje chyba bardziej samotne.

Nagle wydało mi się, że znajdujemy się w środku rozmowy i że obaj wiemy bez słów, dlaczego się spotkaliśmy. Powiedziałem więc po prostu:

– Muszę po niego wrócić. Nie znosił zimna. Nie mogę zostawić tam jego ciała. I muszę mieć pewność, że to już koniec. Że ona nie żyje.

Skinął poważnie głową, kwitując to, co nieuniknione.

– To będzie twoja ścieżka, a ty na nią musisz wejść.

– Tak. Pomożesz mi?

Pokręcił głową, nie z żalem, lecz stanowczo.

– Twoja ścieżka – powtórzył. – Ścieżka Odmieńca należy wyłącznie do ciebie.

Na dźwięk tego imienia w jego ustach przeszły mnie ciarki, ale naciskałem dalej.

– Nie znam drogi do jej pałacu. Ty tę drogę znasz, bo cię tam widziałem. Nie możesz mi jej przynajmniej pokazać?

– Ścieżka cię znajdzie – zapewnił mnie z uśmiechem. – W ciemności nie może się ukryć.

Młotek uniósł pustą miskę.

– To było dobre!

– Więcej?

– Proszę! – zawołał mały człowieczek, a potem westchnął głęboko z zadowolenia, gdy Czarny Człek nalał mu jeszcze jedną porcję zupy. Zjadł ją już wolniej. Nie rozmawialiśmy. Gospodarz wstał i umieścił nad ogniem poobijany stary czajnik z wodą. Dołożył do ognia; patrzyłem, jak drewno wyrzucone przez morze zajmuje się i płonie, błyskając czasem dziwnym kolorem. Czarny Człek podszedł do półki i zamyślił się nad stojącymi na niej trzema drewnianymi pudełeczkami. Wstałem pośpiesznie i podszedłem do mojego pakunku.

– Pozwól nam, proszę, dołożyć się do posiłku. Mam tu zioła na herbatę.

Kiedy się do mnie odwrócił, poznałem, że domyśliłem się właściwie. Zupełnie jakbym ofiarował mu klejnoty i złoto. Bez wahania otworzyłem jedną z paczuszek Błazna i podałem mu ją. Pochylił się, by powąchać jej zawartość, a potem zamknął oczy. Po jego twarzy rozlał się uśmiech najczystszej przyjemności.

– Szczodre serce masz! – zawołał. – Wspomnienie kwiatów tu rośnie. Nic nie przywołuje wspomnień tak bardzo, jak zapach.

– Proszę. Zatrzymaj wszystko, na zdrowie – powiedziałem. Oczy rozbłysły mu z zachwytu.

Zrobił herbatę, ostrożnie krusząc zioła na proszek, a następnie zaparzając je w szczelnie zamkniętym pojemniku. Kiedy go otworzył i zapach herbaty uniósł się wraz z chmurką pary, roześmiał się radośnie, a ja z Młotkiem zawtórowaliśmy mu tak, jak robią to ludzie, kiedy śmieje się małe dziecko. Była w nim czarująca bezpośredniość, tak że bardzo trudno mi było skupić się na moich zmartwieniach i niepokoju. Rozlał herbatę, którą wypiliśmy maleńkimi łyczkami, delektując się i zapachem, i smakiem. Kiedy skończyliśmy, Młotek ziewał szeroko, co również pogłębiło moje zmęczenie.

– Miejsce do spania – oznajmił nasz gospodarz i pokazał Młotkowi swoje łóżko.

– Proszę, mamy własne posłania. Nie musisz nam oddawać swojego łóżka – zapewniłem go, lecz on poklepał Młotka po ramieniu i ponownie wskazał mu łóżko.

– Będzie mu wygodnie. Bezpieczne i słodkie sny. Odpocznij dobrze.

Młotkowi nie trzeba było innego zaproszenia. Już zdjął buty. Usiadł na łóżku, a ja usłyszałem skrzypienie sznurkowej plecionki. Wśliznął się pod przykrycie i zamknął oczy. Jestem przekonany, że niemal w tej samej chwili zasnął.

Ja zacząłem rozścielać nasze posłania przy ogniu. Składały się częściowo z dzieł Najstarszych, należących do Błazna, i starzec obejrzał je starannie, tęsknie pocierając cienkie przykrycie kciukiem i palcem wskazującym.

– Taki jesteś uprzejmy, taki uprzejmy. Dzięki ci. – Spojrzał na mnie niemal ze smutkiem i dodał: – Twoja ścieżka czeka. Oby los był łaskawy, a noc łagodna.

Skłonił mi się wyraźnie na pożegnanie.

Zerknąłem na drzwi, lekko skonsternowany. Kiedy znów spojrzałem na niego, powoli skinął głową.

– Będę czuwał – zapewnił mnie, pokazując na Młotka.

Wciąż stałem i patrzyłem na niego skonsternowany. Nabrał tchu, ale nic nie powiedział. Niemal widziałem, jak wpycha myśli w słowa, które mogłem zrozumieć. Obiema dłońmi dotknął policzków, a potem wyciągnął je do mnie.

– Kiedyś byłem biały. Prorok. – Uśmiechnął się na widok moich szeroko rozwartych oczu, lecz po chwili posmutniał. – Zawiodłem. Z dawnymi tu przybyłem. Byliśmy ostatni i wiedzieliśmy o tym. Inne miasta opustoszały. Ale ja widziałem, że wciąż jeszcze jest szansa, mała szansa, by wszystko wróciło do dawnego kształtu. Kiedy przybył smok, najpierw dał mi nadzieję. Był jednak pełen rozpaczy, jakby chorował na rozpacz. Do lodu wpełzł. Próbowałem.

Odwiedzałem go, błagałem... zachęcałem. Ale odwrócił się ode mnie, szukając śmierci. Nie zostało mi nic. Żadnych nadziei. Tylko czekanie. Tak długo nic nie miałem. Nic nie widziałem. Przyszłość pociemniała, szanse zmalały. – Złożył dłonie i spojrzał przez szparę między nimi, pokazując mi, jak ograniczone stały się jego wizje. Podniósł wzrok na mnie. Moje pomieszanie chyba go rozczarowało. Pokręcił głową, po czym mówił dalej z widocznym wysiłkiem. – Została mi jedna wizja. Maleńki skrawek... nie! Maleńkie mignięcie tego, co mogłoby być. To nigdy nie było pewne, lecz szansa istniała. Mógł przyjść inny. Z innym katalizatorem. – Wyciągnął do mnie rękę zaciśniętą w pięść z maleńką dziurką. – Bardzo mała szansa, może jest. Taka mała, taka nieprawdopodobna. Ale jest ta szansa.

Spojrzał na mnie bacznie.

Zmusiłem się do kiwnięcia głową, choć nadal nie byłem pewien, czy zrozumiałem wszystko, co mi powiedział. Był białym prorokiem, któremu się nie udało? A mimo to przewidział, że w końcu przybędziemy tu z Błaznem?

Moje kiwnięcie dodało mu otuchy.

– Przybyła ona. Początkowo myślę: „To ona!". Sprowadza swego katalizatora. Nadzieja mi wraca. Mówi, że szuka smoka. A ja jestem głupi. Pokazuję jej drogę. Potem zdrada. Chce zabić Lodognia. Jestem zły, lecz ona jest mocniejsza. Wypędziła mnie i musiałem uciekać, drogą, którą nie może za mną iść. Myśli, że nie żyję, i wszystko tu bierze jako swoje. Ale ja wracam i robię tu miejsce dla siebie. Na tę stronę wyspy jej ludzie nie przychodzą. Ale ja żyję i wiem, że ona jest fałszywa. Chcę ją obalić. Ale sprowadzanie zmian to nie moja rola. A mój katalizator... – Nagle jego głos zabrzmiał chrapliwie. Mówił z trudnością. – Ona nie żyje. Nie żyje od tylu lat. Kto mógł sobie wyobrazić, że śmierć trwa o tyle dłużej od życia? Więc tylko ja zostałem. I nie mogłem sprowadzić potrzebnej zmiany. Mogłem tylko czekać. Więc czekałem. I miałem nadzieję. A potem zobaczyłem jego, nie białego, lecz złocistego. Dziwiłem się. Potem ty przyszedłeś za nim. Jego rozpoznałem, od pierwszego wejrzenia. Rozpoznałem ciebie, kiedy zostawiłeś dla mnie prezent. Moje serce... – Dotknął piersi, a potem uniósł wysoko ręce. Uśmiechnął się błogo. – Chciałem pomóc. Ale nie mogę być Odmieńcem. Takie ograniczone to, co mogę zrobić, inaczej wszystko się zawali. Rozumiesz to?

– Chyba tak – odparłem powoli. – Nie wolno ci być tym, który sprowadza zmiany. Ty byłeś białym prorokiem swoich czasów, nie Odmieńcem.

– Tak! Tak, właśnie! – Uśmiechnął się do mnie. – A ten czas nie jest mój. Jest twój, byś został Odmieńcem, i jego, by dostrzegł drogę i cię poprowadził. Nowa ścieżka jest odnaleziona. On za to płaci.

Ściszył głos, nie ze smutku, lecz godząc się na to, co zaszło. Pochyliłem głowę.

Poklepał mnie po ramieniu. Spojrzałem na niego. Uśmiechnął się.

– I dalej idziemy! – zapewnił mnie. – W nowe czasy! Nowymi ścieżkami, poza wszelkie wizje. To czas, którego nie widziałem, ani ona, ta, która mnie oszukała. Tego nigdy nie widziała. Tylko twój prorok zobaczył tę drogę! Tę nową ścieżkę, poza wzlot smoków. – Westchnął głęboko. – Wysoka była cena dla ciebie, lecz została zapłacona. Idź. Znajdź to, co z niego zostało. Zostawić go tam... – Starzec pokręcił głową. – Tak nie ma być. – Znów machnął ręką. – Odmieńcu, idź. Nawet teraz nie śmiem sprowadzić zmiany. Póki żyjesz, to zadanie tylko dla ciebie. Idź już.

Pokazał ręką na mój pakunek i na drzwi. Uśmiechnął się.

Bez ceregieli osunął się ostrożnie na posłanie Błazna i wyciągnął przy ogniu.

Czułem się dziwnie rozdarty. Byłem zmęczony, a Czarny Człek stworzył właśnie taką wyspę odpoczynku, jaką stworzyłby Błazen. A mimo to, widząc to podobieństwo, jeszcze raz poczułem naglącą potrzebę ostatecznego zakończenia całej tej sprawy. Żałowałem, że nie wiedziałem wcześniej, że go opuszczę; ostrzegłbym Młotka, czego ma się spodziewać. W jakiś jednak sposób wiedziałem, że nie będzie się niepokoił, kiedy się obudzi i już mnie tu nie zastanie.

Zostawienie go wydawało się nieuniknione. Włożyłem wciąż zimne wierzchnie ubranie i znów zarzuciłem sobie pakunek na plecy. Jeszcze raz rozejrzałem się po maleńkim domu Czarnego Człeka i mimo woli porównałem go ze wspaniałością lodowego królestwa bladej kobiety. A potem uderzyła mnie myśl, że ciało mego przyjaciela wciąż leży porzucone gdzieś w tym zimnym pałacu. Wyszedłem cicho w głęboką szarość nocy, mocno zamykając za sobą drzwi.

## ROZDZIAŁ 28

# KATALIZATOR

*Tam, w starorzeczu, nieopodal miasta mieszkańców Deszczowych Ostępów, spoczywają olbrzymie kłody znane jako czarodrzew. Tamten żeglarz powiedział mi, że to coś w rodzaju łupiny, którą wytwarzają węże w trakcie stawania się smokami. Temu tak zwanemu drewnu przypisuje się wielką magiczną moc. Wykonane z niego przedmioty mogą w końcu nabrać własnego życia; powiada się, że żywostatki kupców z Miasta Wolnego Handlu były pierwotnie robione z takiego drewna. Zmielone na proszek i wymienione między kochankami podobno pozwala im mieć wspólne sny. Przyjęte w większej ilości ma być trucizną. Kiedy zapytałem, dlaczego tak cenny materiał zostawia się na dnie rzeki, żeglarz powiedział mi, że smoczyca Tintaglia i jej potomstwo strzegą go, jakby był złotem. Powiedział, że kradzież choćby drzazgi kosztowałaby złodzieja życie. Moje wysiłki przekupienia go, by zdobył mi nieco tego drewna, nie odniosły najmniejszego skutku.*

Nie podpisany raport szpiega dla Ciernia Spadającej Gwiazdy

Czarny Człek miał rację. Żadna noc nie mogła ukryć przede mną mojej ścieżki.

Niemniej przebycie tego wąskiego szlaku, prowadzącego zboczem urwiska, stanowiło w ciemności niejakie wyzwanie. Podczas naszego pobytu w jaskini poprzecinały go wolno płynące strumyczki, które teraz stały się lodowymi wężami. Dwa razy niemal upadłem, a kiedy znalazłem się już na dole, spojrzałem w górę, dziwiąc się, że udało mi się zejść bez wypadku.

I zobaczyłem ścieżkę. A przynajmniej jej początek. Wyżej, za drzwiami do schronienia Czarnego Człeka, z przybranej lodem kamiennej ściany wydobywała się bardzo blada poświata. Na jej straszne wspomnienie przebiegł mnie dreszcz. Z westchnieniem wróciłem na stromą ścieżkę.

Nawet za dnia wspinaczka byłaby uciążliwa. Wydawało się, że krótki odpoczynek w jaskini Czarnego Człeka raczej pozbawił mnie energii, niż mi ją przywrócił. Wiele razy myślałem, czyby nie wrócić do ciepła i wygody jego domu i nie zasnąć do rana. Nie myślałem o tym jako o czymś, co mogę zrobić, lecz jak o czymś, co chciałbym zrobić. Skoro znalazłem się tak blisko celu, przepełniała mnie dziwna niechęć do doprowadzenia sprawy do końca. Między moim żalem i sobą wzniosłem niewielki mur czasu. Wiedziałem, że tej nocy spojrzę mojej stracie w twarz i przyjmę jej pełne uderzenie. W jakiś dziwny sposób wyczekiwałem tego i zarazem chciałem to już mieć za sobą.

Kiedy w końcu dotarłem do lśniącej miękkim światłem szczeliny w ścianie, okazało się, że jest dla mnie za wąska. Powolne cieczenie wody po powierzchni skały stopniowo zasłaniało szczelinę lodem. Podejrzewałem, że utrzymanie odpowiedniej szerokości tego wejścia daje Czarnemu Człekowi codziennie zajęcie.

Wyciągnąłem zza pasa nóż i odkułem tyle lodowej zasłony, żebym mógł się przez nią przecisnąć. Mój pakunek niemal się zaklinował. Kiedy znalazłem się po drugiej stronie, wciąż musiałem poruszać się bokiem, ciągnąc pakunek za sobą. Szczelina rozszerzała się stopniowo i bardzo powoli, a kiedy obejrzałem się na wejście do niej, nie wyglądała na obiecującą drogę powrotną. Gdybym sam tego nie widział, powiedziałbym, że szczelina kończy się ślepo. W drugą stronę zwężała się, a potem lekko skręcała i wychodziła na korytarz wykuty w kamieniu. Świeciła tam jedna z kul bladej kobiety; to właśnie ten rozproszony blask przywiódł mnie w to miejsce.

Zanim wyszedłem ze szczeliny, starannie przyjrzałem się korytarzowi. Po obu stronach panował w nim bezruch i taka cisza, że słyszałem odległe powolne kapanie wody i ciche trzeszczenie przesuwającego się gdzieś lodowca. Zmysł Rozumienia mówił mi, że wszystko jest tu opuszczone, lecz w tym miejscu słaba to była pociecha. Jaką miałem pewność, że wszyscy zakażeni kuźnicą zostali uwolnieni? Zacząłem węszyć jak wilk, lecz wyczułem tylko topniejący lód i lekki zapach dymu. Zastanawiałem się, w którą pójść stronę, po czym pod wpływem impulsu postanowiłem iść w lewo. Zanim jednak ruszyłem, na kamiennej ścianie przy mojej szczelinie wydrapałem na wysokości oczu znak, tym drobnym czynem potwierdzając, że spodziewam się tu wrócić.

Jeszcze raz przemierzałem zimne korytarze królestwa bladej kobiety. Sale były straszliwie znajome, a zarazem w swoim podobieństwie nieznajome. Przypominały mi jakieś miejsce, w którym byłem, a jednak nie mogłem przywołać żadnego konkretnego wspomnienia. W tym królestwie nie miałem jak mierzyć upływu czasu. Światło kul było jednolite i niezmienne. Szedłem lekkim, cichym krokiem, a do każdego korytarza zbliżałem się ostrożnie. Czułem się, jakbym badał grobowiec, i to nie tylko dlatego, że szukałem ciała Błazna. Może sprawiał to ruch powietrza w zimnych tunelach, lecz cały czas wydawało mi się, że na granicy słuchu rozlega się jakiś szept.

Ta część twierdzy bladej kobiety nosiła ślady długiego zaniedbania. Większość komnat, otwierających się na korytarz, była pusta. W jednej z nich na zakurzonej kamiennej podłodze leżały rozrzucone bezużyteczne śmieci: znoszona skarpetka, złamana strzała, postrzępiony kawałek koca, pęknięta miska. W innej podłogę zaścielały niewielkie sześciany z kamienia pamięci, najwyraźniej zrzucone z długich, wąskich półek, biegnących wzdłuż ścian. Zastanawiałem się, kto i kiedy mieszkał w tych komnatach? Czy była to forteca dla załóg szkarłatnych okrętów, kiedy stały w porcie? A może, tak jak mówił Czarny Człek, jacyś inni ludzie stworzyli te komnaty i w nich mieszkali? Uznałem, że były one zamieszkane na długo przed wojną szkarłatnych okrętów. Wysoko na ścianie, poza zasięgiem pośpiesznej niszczycielskiej działalności, widniały resztki płaskorzeźb, przedstawiające wąską kobiecą twarz, lecącego smoka, wysokiego, smukłego króla. Zostały z nich tylko nie powiązane fragmenty, a ja się zastanawiałem, czy kazała je zniszczyć blada kobieta, czy był to jedynie efekt wypleniania piękna przez zakażonych kuźnicą. Wiedza przesączała się do mojego umysłu powoli, lecz w końcu zadałem sobie pytanie, czy blada kobieta chciała wymazać wszelkie dowody na to, że te korytarze należały niegdyś do Najstarszych? Czy to byli ci „dawni", których koniec widział Czarny Człek?

Korytarz, którym szedłem, wtapiał się w tunel wykuty w lodowcu. Wkroczyłem z czarnego kamienia na błękitny lód. Jeszcze kilkanaście kroków i przez rzeźbiony portal wszedłem do ogromnej, sklepionej lodowej sali. Na potężnych kolumnach, które pozostawiono, by wspierały błękitne sklepienie, wiły się rzeźbione pnącza, obsypane kwiatami. Czas zmiękczył ich linie, a powolne topnienie odsyłało je w niebyt, lecz ich wdzięk pozostał. W tym lodowym ogrodzie panował półmrok, choć w sklepieniu był osadzony duży, świecący sierp księżyca, a nieco poniżej mniejsze świetliste kule układały się w gwiezdne konstelacje. Komnata była dwakroć większa od Kobiecego Ogrodu w Koziej Twierdzy. Najwyraźniej miała być oazą piękna i spokoju. Mimo to łatwiej dostępne części ogrodu, fantastycznie wyrzeźbione lodowe fontanny i ozdobne ławki nosiły ślady złośliwej dewastacji. Takie zeszpecenie było raczej wynikiem złości i niechęci niż próżniactwa. Ze smoka siedzącego na lodowym słupie pozostał tylko tułów. Jego skrzydła zostały obtłuczone, a głowa rozbita na kilkanaście fragmentów. Wokół unosił się mocny zastarzały odór uryny, a podstawa słupa była zerodowana na żółto, jakby samo zniszczenie wizerunku smoka nie wystarczyło.

Przeciąłem lodowy ogród i znalazłem kręte schody, prowadzące w dół. Niegdyś zapewne były tu rzeźbione stopnie i może balustrada, lecz czas i topnienie zmieniły je w nierówny i zdradliwy stok. Upadłem kilka razy, orząc paznokciami ściany, by zwolnić tempo zsuwania się, i przygryzając policzek, by wytrzymać ból w milczeniu. Zniszczenia w sali nade mną przypomniały mi o nienawiści, do jakiej była zdolna blada kobieta. Wciąż się bałem, że może się gdzieś czaić w tym lodowym labiryncie. Znalazłem się na dole byłych schodów posiniaczony i zniechęcony. Nie chciałem się zastanawiać, jak na nie wejdę w drodze powrotnej.

Szeroki korytarz prowadził prosto w błękitną dal. Świetlne kule rozjaśniały puste nisze w jego ścianach. Mijając jedną z nich, zauważyłem w niej kikuty nóg. W innej zachowała się podstawa wazonu. Kiedyś zatem stały w nich rzeźby i była to chyba jakaś galeria. Odchodził od niej prosty i funkcjonalny boczny korytarz;

skręciłem do niego, niemal z ulgą zostawiając za sobą zniszczone piękno. Szedłem nim dość długo. Opadał łagodnie w dół i przy następnym rozwidleniu poszedłem w prawo, bo wydało mi się, że wiem, gdzie jestem.

Myliłem się. Przecinające się lodowe korytarze tworzyły labirynt. Wzdłuż niektórych ciągnęły się drzwi przymarznięte do framug. Na przecięciach korytarzy robiłem znaki, lecz wkrótce zacząłem zadawać sobie pytanie, czy kiedykolwiek znajdę drogę powrotną. Zawsze starałem się wybierać korytarz bardziej używany albo szerszy, noszący ślady zabrudzenia. Brudu pojawiało się coraz więcej w miarę, jak zapuszczałem się coraz głębiej w lodowe miasto. Nabrałem pewności, że tym właśnie było niegdyś to miejsce. Wspominając je, zastanawiam się teraz, czy Najstarsi po prostu zaakceptowali i ukształtowali lód, kiedy pochłonął miasto, czy też najpierw budowali w kamieniu tej wyspy, a potem rozszerzyli swą siedzibę na lodowiec. Czułem, że znalazłszy korytarze i komnaty używane przez bladą kobietę i jej zakażonych kuźnicą sługusów, oddalam się od piękna i wdzięku Najstarszych, schodząc w brud i zniszczenie spowodowane przez ludzi. Zrobiło mi się wstyd za mój gatunek.

W komnatach zaczęły się pojawiać ślady niedawnego zamieszkania. W kątach pomieszczeń, które mogły pełnić rolę koszar, stały wiadra pełne pomyj. Wśród porozrzucanych śmieci izby żołnierskiej walały się na podłodze miękko wyprawione futra, służące do przykrywania się w nocy. Nie zauważyłem jednak żadnych drobiazgów, jakie żołnierze zwykle trzymają w swoich sypialniach: żadnych kości do gry czy pionków, żadnych amuletów od ukochanych, ani jednej starannie złożonej koszuli, przygotowanej na wieczór w tawernie. Pomieszczenia te świadczyły o trudnym, nędznym życiu odartym z człowieczeństwa. O życiu zakażonym kuźnicą. Poczułem nową falę litości dla ludzi, którzy stracili całe lata życia w tej służbie.

Do sali tronowej sprowadziło mnie w końcu bardziej szczęście niż pamięć. Kiedy zobaczyłem podwójne drzwi, zalała mnie fala mdlącej niecierpliwości. To tutaj po raz ostatni widziałem Błazna. Czy jego skute łańcuchami ciało wciąż leży tam rozciągnięte na podłodze? Na tę myśl poczułem zawrót głowy, a przed oczyma zawirowały mi czarne płaty. Stanąłem w miejscu i oddychałem powoli, czekając aż minie ta niespodziewana słabość. A potem zmusiłem nogi, by poniosły mnie dalej.

Jedno skrzydło wysokich drzwi było uchylone. Wylał się przez nie na korytarz jęzor śniegu i lodu. Na ten widok zamarło mi serce. Może moja misja zakończy się tutaj, jeśli cała ta ogromna sala się zawaliła i jest pełna lodu. Śnieg utworzył prowadzącą do środka rampę; dnie i noce, które upłynęły od zapadnięcia się stropu, unieruchomiły śnieg w lodowym uścisku. Tylko jedna trzecia wejścia od góry pozostawała wolna. Wspiąłem się na ten lodowy stok i zajrzałem do sali. Przez chwilę stałem oniemiały w stłumionym, błękitnawym świetle.

Zawalił się środek sklepienia. Do sali wpadł z góry śnieg i lód, wypełniając jej środek i spadając kaskadą pod ściany. Światło dochodziło z kilku ocalałych kul i wydobywało się nieśmiało spod lodu. Zastanawiałem się, jak długo będą płonąć te nienaturalne latarnie. Czy były dziełem magii bladej kobiety, czy też stanowiły pozostałość po Najstarszych?

Ostrożny jak szczur badający nowe pomieszczenie, ruszyłem wokół sali pod ścianami, gdzie warstwa lodu była najcieńsza. Pokonywałem jego bryły i zaspy śniegu ze strachem, że w końcu nie uda mi się już iść dalej. Dotarłem jednak do tronowej części sali i wreszcie mogłem zobaczyć, co z niej pozostało.

Spadający lód oszczędził ten jej kraniec, ponieważ stracił tu już impet. Lawina śniegu zatrzymała się przed samym tronem. Był przewrócony i połamany, ale podejrzewałem, że stało się to, gdy obudził się do życia kamienny smok. Chyba wychynął z sali przez środek jej sklepienia, a nie z tego krańca. Ze znieruchomiałej lawiny wystawały szczątki dwóch ludzi. Może to byli wojownicy, z którymi walczył Sumienny, a może po prostu znaleźli się na drodze pędzącego do bitwy smoka. Po bladej kobiecie nie było śladu. Miałem nadzieję, że podzieliła ich los.

Postrącane i przygaszone kule świetlne rozjaśniały ten obszar niepewnym blaskiem. Wszędzie był tylko lód i błękitne cienie. Obszedłem przewrócony tron i spróbowałem sobie przypomnieć, w którym dokładnie miejscu Błazen został przykuty do smoka. Teraz wydawało mi się, że to niemożliwe, by smok był tak ogromny, jakim go pamiętałem. Na próżno szukałem porzuconych kajdan lub ciała mojego przyjaciela. W końcu wspiąłem się na lodowe rumowisko i przyjrzałem się sali z dogodniejszego miejsca.

Niemal od razu spostrzegłem wir znajomych kolorów i kształtów. Z żołądkiem podchodzącym do gardła powoli zszedłem na dół i podszedłem do tej barwnej plamy. Stałem wpatrzony w nią, niezdolny do odczuwania żalu, tylko palącej grozy i niedowierzania. Tego, co leżało u moich nóg, warstwa szronu nie mogła zmienić. W końcu padłem na kolana, ale nie pamiętam, czy ukląkłem, by lepiej się przyjrzeć, czy moje dygocące nogi po prostu ugięły się pode mną.

W porzuconych fałdach splatały się i wiły smoki i węże. Krawędzie podkreślał szkarłatny szron. Nie musiałem dotykać; nie potrafiłbym się zmusić do dotknięcia, ale i nie trzeba było dotyku, by widzieć, że całość jest mocno przymarznięta do podłoża. W miarę, jak opuszczało ją ciepło ciała, wtapiała się w lód, by stać się jego częścią.

Zdarli mu z pleców wytatuowaną skórę.

Ukląkłem przy niej jak człowiek pogrążony w modlitwie. Aby zdjąć skórę nietkniętą, niewątpliwie musieli to robić powoli i uważnie. Mimo tego, że spadając, pomarszczyła się, wiedziałem, że to jeden ciągły płat skóry, jego całe plecy. Zdjęcie jej w taki sposób na pewno nie było łatwe. Nie chciałem sobie wyobrażać, jak go przytrzymywali albo kto czule trzymał ostrze. Ten straszliwy obraz wyparła z mojej głowy inna myśl. Przecież nie w taki sposób blada kobieta mściwie zakończyła jego życie, zrozumiawszy, że się jej przeciwstawiłem i obudziłem smoka. Zrobiła to raczej dla swojej rozrywki, na spokojnie, zapewne zaczynając powoli oddzielać skórę od ciała, kiedy tylko zostałem wyprowadzony z sali. Ciśnięta na bok, pomarszczona skóra przymarzła do podłoża jak porzucona, brudna koszula. Nie mogłem oderwać od niej wzroku. Nie mogłem powstrzymać się od wyobrażania sobie każdej powolnej chwili jego umierania. To właśnie przewidział; to był koniec, którego tak strasznie się bał. Ileż razy zapewniałem go, że oddam życie, zanim ktoś mu wydrze jego własne? A jednak klęczałem tu żywy.

W jakiś czas później przyszedłem do siebie. Nie zemdlałem i nie wiem, dokąd pobiegły moje myśli, ale oprzytomniałem jakby po okresie przebywania w całkowitych ciemnościach. Wstałem sztywno. Nie zamierzałem usiłować oswobodzić tego makabrycznego trofeum bladej kobiety i zabrać go z sobą. To nie była część mojego Błazna. To był okrutny znak, który mu zostawiła, codzienne przypomnienie, że Błazen musi w końcu do niej przyjść i oddać jej to, co wykłuła na jego skórze. Zostawiłem więc owo trofeum, na zawsze przymarznięte do podłoża. Z poczuciem coraz mroczniejszej nienawiści i coraz głębszego żalu nabrałem nagłej pewności, gdzie znajdę ciało mego przyjaciela.

Kiedy wstawałem, nieopodal skóry Błazna zauważyłem połysk zakrzywionej szarości. Ukląkłem obok niego i odgarnąwszy warstwę szronu, odsłoniłem zakrwawiony ułomek rzeźbionej koguciej korony. Z ptasiego oka błysnął ku mnie pojedynczy klejnot. To ze sobą chciałem zabrać. To należało do niego i do mnie, i nie zamierzałem zostawiać tego kawałka drewna.

Opuściłem zrujnowaną salę i ruszyłem korytarzami tak zamarzniętymi, jak moje serce. Wszystkie komnaty wyglądały tak samo, a ja nie potrafiłem skupić myśli, by przypomnieć sobie, jak mnie tu wleczono, nie mówiąc już o lochu, do którego zostałem wrzucony. Teraz doskonale wiedziałem, dokąd muszę iść. Musiałem znaleźć drogę do pierwszego korytarza, do którego weszliśmy z Błaznem.

Wiem, że zajęło mi to więcej niż resztę nocy. Błąkałem się, aż przekroczyłem granice zmęczenia. Pod ubranie wdzierał mi się ziąb, a uszy nasłuchiwały wyimaginowanych odgłosów. Nie widziałem żywego ducha. W końcu, kiedy oczy rozbolały mnie od ciągłego wypatrywania, postanowiłem odpocząć. Położyłem tobołek w kącie niewielkiego pomieszczenia, w którym niegdyś składowano drewno. Oparłem się o ścianę i usiadłem na tobołku. Ściskałem miecz w dłoni, a głowa opadła mi na kolana. Drzemałem niespokojnie; koszmary nie dawały mi spać i w końcu zmusiły do dalszej drogi.

W końcu znalazłem jej sypialnię. Kosze, w których niegdyś płonął ogień, zdobiły teraz sople. Kule świeciły tu jasno i widziałem całą komnatę, rzeźbione szafy z pięknego drewna, elegancką toaletkę ze szczotkami do włosów i srebrzystym drzewkiem na lśniącą biżuterię. Zdaje się, że podczas ucieczki ktoś splądrował sypialnię, bo jedna z szaf stała otworem, a wiszące w niej przedtem ubrania ciągnęły się od niej po podłodze. Zastanawiałem się, dlaczego nikt nie zabrał klejnotów. Gładkie futra leżące na łóżku pokrywał siwy szron. Nie zatrzymałem się tu dłużej. Nie chciałem patrzeć na puste okowy przymocowane do ściany naprzeciwko jej łoża ani na krwawe plamy na lodowej ścianie, ujęte w ich ramy.

Za sypialnią stały otworem jeszcze jedne drzwi. Mijając je, rzuciłem na nie okiem, a potem zatrzymałem się i zawróciłem. Pośrodku pokoju stał stół, a pod ścianami regały pełne starannie poukładanych zwojów. Były zwinięte i związane na modłę Królestwa Sześciu Księstw. Podszedłem do nich, wiedząc, co znalazłem, ale byłem dziwnie wobec owego znaleziska obojętny. Wyciągnąłem jakiś zwój na chybił trafił i rozwinąłem go. Tak. Autorem był mistrz Sęk. Zwój dotyczył zasad zachowania uczniów. Ściśle zakazywał płatania figli z użyciem Mocy. Upuściłem go na lodową podłogę i wyjąłem inny. Był nowszy; rozpoznałem zaokrąglone, pochyłe pismo Troskliwej. Wyrazy wiły się przed moimi załzawionymi oczyma, więc upuściłem zwój do towarzystwa poprzedniemu. Podniosłem wzrok i rozejrzałem się. Znajdowała się tu zaginiona biblioteka zwojów traktujących o Mocy, potajemnie wyprzedana przez Władczego dla sfinansowania jego hulaszczego trybu życia w Kupieckim Brodzie. Kupcy, będący agentami bladej kobiety i Kebala Żelaznorękiego, nabywali od najmłodszego księcia wiedzę na temat magii Przezornych. Nasze dziedzictwo zawędrowało na północ, do Zawyspiarzy, a w końcu do tego pokoju. Tutaj blada kobieta się dowiedziała, jak zwrócić przeciwko nam naszą własną magię, i tutaj uczyła się, jak stworzyć kamiennego smoka. Za jedno popołudnie w tym pokoju Cierń oddałby wiele. Była to skarbnica zaginionej wiedzy. Nie można by jednak kupić za nią tego, czego najbardziej pragnąłem – szansy innego postępowania. Pokręciłem głową, odwróciłem się i wyszedłem.

W końcu odnalazłem lochy, w których były przetrzymywane matka i siostra narczeski. Kiedy Peottre wyswobodził kobiety, zostawił drzwi otwarte. W następnym lochu widok był bardziej makabryczny. Leżało w nim trzech mężczyzn. Zastanawiałem się, czy umarli jako zakażeni kuźnicą, walcząc między sobą, czy też śmierć smoka przywróciła im jestestwo, a oni zginęli z zimna i głodu, za to w pełni świadomości.

Drzwi celi, w której widzieliśmy Rebusa i Herolda, stały otworem. Obrabowane ciało Herolda leżało na wznak. Zmusiłem się do popatrzenia na jego twarz. Poczerniło ją zimno i śmierć, lecz dojrzałem w niej znanego mi młodzieńca. Po chwili wahania pochyliłem się i chwyciłem go za ramiona. Okazała się to ciężka praca, ale oderwałem ciało od podłoża. Nie było to przyjemne, bo gwardzista mocno do niego przymarzł. Zaciągnąłem go do pomieszczenia matki narczeski i umieściłem na drewnianym łóżku. W celach obu kobiet zebrałem wszystko, co mogło się palić, stare posłania i słomę z podłogi, i ułożyłem wokół ciała, a potem poświęciłem pół flakonika oliwy, którą przyniosłem ze sobą do spalenia ciała Błazna. Zapalenie wiechetka słomy zajęło mi trochę czasu, ale kiedy już się zajął, płomienie żywo skoczyły na oliwę, wspięły się po drewnie i słomie. Zaczekałem, aż wokół ciała Herolda wzniosła się zasłona płomieni. A potem odciąłem sobie kosmyk włosów i dorzuciłem go do stosu pogrzebowego, co w Królestwie Sześciu Księstw stanowiło tradycyjną ofiarę na pożegnanie towarzysza.

– Nie na próżno, Heroldzie. Nie na próżno – powiedziałem mu, ale odchodząc od płonącego stosu, zadałem sobie pytanie, co takiego naprawdę dokonaliśmy. Mogły na nie odpowiedzieć dopiero przyszłe lata, a ja jeszcze nie byłem gotów stwierdzić, że uwolnienie smoka jest zwycięstwem ludzkości.

Została ostatnia komora. Oczywiście. To byłoby ostateczne upokorzenie, jej ostateczna drwina i tryumfalne odrzucenie. W pomieszczeniu zbryzganym ludzkimi odchodami i pełnym śmieci, przy stercie odpadków i brudu, znalazłem mego przyjaciela.

Żył jeszcze, kiedy go tu wrzucili. Na pewno chciała, by miał świadomość tego ostatecznego poniżenia. Wpełzł w najmniej brudny kąt pomieszczenia. Tam umarł, skulony pod kawałkiem brudnego worka. Mój Błazen był za życia takim czystym człowiekiem, że nie wątpiłem, iż umieranie wśród brudu stanowiło dla niego dodatkową torturę. Nie wiem, czy to ktoś narzucił na niego stary worek, czy sam go wyszukał, zanim w końcu umarł, zwinięty w ciasny kłębek na lodowej podłodze. Może ten, kto go tu wyrzucił, owinął go workiem, by łatwiej ciągnąć ciało. Krew i inne płyny przesiąkły przez szorstką, sztywną tkaninę, która później mocno przymarzła do okaleczonego ciała. Błazen podciągnął kolana i podbródek do piersi; twarz zastygła mu w grymasie bólu. Jego lśniące włosy były rozpuszczone i potargane, a miejscami zlepione krwią.

Położyłem dłoń na zimnym, ściągniętym czole przyjaciela. Nie wiedziałem, że zamierzam to zrobić, dopóki tego nie zrobiłem. Sięgnąłem w poszukiwaniu Błazna całą Mocą, jaką zdołałem zebrać. Znalazłem tylko bezruch. Przyłożyłem obie dłonie do jego policzków i wdarłem się do środka. Badałem jego ciało, przedzierając się trasami, którymi niegdyś bez wysiłku płynęło życie. Starałem się uzdrowić to ciało, obudzić je ponownie do życia. „Płyń!" – rozkazałem jego krwi, „Żyj!" – rozkazałem jego ciału.

Lecz pozostawało ono w bezruchu zbyt długo. Z niechęcią dowiedziałem się tego, co wiedzą wszyscy łowcy. W chwili śmierci rozpoczyna się rozkład. Drobinki, z których składa się ciało, zaczynają zmieniać się w padlinę, rozłączają się, by mogły znaleźć swobodę stania się czymś innym. Krew Błazna zgęstniała, a skóra, która niegdyś odgradzała go od świata, stała się workiem chroniącym rozpadające się ciało. Pozbawiony tchu, napierałem na nie dłońmi, chcąc pobudzić je do życia siłą woli, lecz było to jak napieranie na zawias unieruchomiony rdzą. Fragmenty, które niegdyś poruszały się osobno, stały się jedną, nieruchomą całością. Funkcjonowanie stało się bezruchem. Działały już tu inne siły, rozkładając najmniejsze kawałeczki na cząstki, jak ziarno miele się na mąkę. Wiążące je nici cały czas zanikały. Mimo to próbowałem. Próbowałem poruszyć jego ręką; próbowałem zmusić jego ciało do zaczerpnięcia tchu.

„Co robisz?".

To odezwał się Młotek, nieco zirytowany, że się wdarłem do jego snu. Nagle ucieszyłem się, że czuję go przy sobie.

„Młotku, znalazłem go, Błazna, mojego przyjaciela, pana Złocistego. Znalazłem go. Pomóż mi go uzdrowić. Proszę cię, użycz mi swej siły".

Zgodził się sennie na moją prośbę.

„Dobrze. Młotek spróbuje". Wyczułem szerokie ziewnięcie, którego nie tłumił. „Gdzie on jest?".

„Tutaj! Tuż przy mnie!".

Pokazałem mu Mocą nieruchome ciało, leżące przede mną.

„Gdzie?".

„Tutaj! Tu, Młotku. Pod moimi dłońmi".

„Nikogo tu nie ma".

„Ależ jest. Dotykam go, tutaj. Proszę cię, Młotku". A potem sięgnąłem błaganiem dalej. „Sumienny, Cierniu. Proszę was. Użyczcie mi siły i Mocy do uzdrowienia. Proszę".

„Kto jest ranny? Nie Młotek!".

Cierń pojawił się raptownie, przerażony.

„Nie, nic mi nie jest. On chce uzdrowić kogoś, kogo nie ma".

„On jest. Znalazłem ciało Błazna, Cierniu. Proszę cię. Wy mnie sprowadziliście z powrotem. Proszę. Pomóżcie mi go uzdrowić, pomóżcie mi go sprowadzić!".

„Wszyscy tu jesteśmy, Bastardzie, i wiesz, że zrobimy to dla ciebie" – odezwał się uspokajająco Sumienny. „Może być nam trudniej, jako że jesteśmy rozdzieleni, ale spróbujemy. Pokaż go nam".

„On jest tutaj! Dotykam go".

Zirytowałem się nagle na nich. Dlaczego oni są tacy głupi? Dlaczego nie chcą mi pomóc?

„Nie wyczuwam go" – stwierdził Sumienny po długim milczeniu. „Dotknij go".

„Ale ja go dotykam!". Pochyliłem się i objąłem skulone ciało. „Przytulam go. Proszę. Pomóżcie mi go uzdrowić".

„To? To nie jest osoba". Młotek był wyraźnie zdumiony. „Nie można uzdrowić błota!".

Ogarnęła mnie wściekłość.

„On nie jest błotem!".

„W porządku, Młotku" – odezwał się Sumienny. „Nie denerwuj się. Nie powiedziałeś nic złego. Wiem, że nie chciałeś, żeby to tak wyszło". Po czym zwrócił się do mnie: „Och, Bastardzie, tak mi przykro. Ale on nie żyje. A Młotek ma na swój bezceremonialny sposób rację. Jego ciało staje się... czymś innym. Nie wyczuwam go jako ciała. Tylko jako...". Przerwał, nie potrafiąc wymówić tych słów. Padlina. Zgnilizna. Rozpadające się mięso. Błoto.

Cierń przemówił tak spokojnie, jakby przypominał mi jakąś oczywistą lekcję.

„Uzdrawianie to czynność żyjącego ciała, Bastardzie. Moc może zapoczątkować ten proces, lecz dokonuje go ciało. Kiedy żyje. Nie przytulasz Błazna, Bastardzie, tylko jego pustą skorupę. Nie potrafisz zmusić jej do życia, tak samo jak nie potrafiłbyś zmusić do życia kamienia. Nie da się przywołać Błazna do tej skorupy".

„Nawet gdybyś zmusił ją do działania, nie ma kogo do niej włożyć" – odezwał się pragmatycznie Młotek.

Chyba wtedy w końcu stało się to rzeczywistością. Zwłoki, które nie były już ciałem Błazna. Nieobecność jego ducha.

Wydawało się, że minęło bardzo dużo czasu.

„Bastardzie" – odezwał się cicho Cierń. „Co teraz robisz?".

„Nic. Siedzę. Zawiodłem. Znów. Tak jak z Brusem. Umarł, prawda?".

Niemal widziałem wyraz rezygnacji malujący się na twarzy starca. Wiedziałem, że zaczerpnie tchu i westchnie, że upieram się przy zgromadzeniu całego bólu naraz i stawieniu mu czoła.

„Tak. Umarł. Mając u boku syna. I Sieciarza. Wszyscy oddaliśmy mu hołd. Zatrzymaliśmy statki, żeby być razem, kiedy opuszczano go za burtę. Tak jak ty musisz opuścić Błazna".

Nie chciałem się z tym zgadzać ani w ogóle na to odpowiadać. Nawyki utrwalane przez całe życie są silne. Odwróciłem uwagę Ciernia.

„Znalazłem zwoje traktujące o Mocy. Tę ukradzioną bibliotekę. Znajduje się tu, w warowni bladej kobiety. Tylko że nie myślę, by to miejsce prawdziwie należało do niej. Widziałem tu rzeczy, które każą mi sądzić, że niegdyś mieszkali tu Najstarsi".

Cierń zaskoczył mnie.

„Później, Bastardzie. Później będziemy mieli mnóstwo czasu, by zastanowić się nad odzyskaniem tych zwojów. Posłuchaj mnie. Oddaj cześć ciału swego przyjaciela w sposób, jaki uważasz za stosowny. Zostaw je w spokoju. A potem razem z Młotkiem wróćcie szybko na plażę. Przypłynę na statku, który po was wyślę. Źle oceniłem, co chcesz zrobić. Chyba nie powinieneś być sam z takim żalem".

Mylił się. Żal stwarza własną samotność i wiedziałem, że muszę ją przetrzymać. Uległem częściowo, wiedząc, że tylko w ten sposób da mi spokój.

„Kiedy statek przybędzie, będziemy z Młotkiem na plaży. Nie musisz po nas przypływać. Nie dopuszczę, by stało się nam coś złego. Na razie jednak wolałbym być sam. Jeśli nie masz nic przeciwko temu".

„Żadnych statków!" – oznajmił stanowczo Młotek. „Nigdy więcej. Nie. Zostanę tu, gdzie jestem. Na zawsze".

„Młotka nie ma z tobą?”.

Cierń sprawiał wrażenie zaniepokojonego.

„Nie. Wyjaśni ci to. Ja mam tu jeszcze coś do zrobienia, Cierniu. Dziękuję. Dziękuję wam wszystkim. Że próbowaliście”.

Wzniosłem bariery, odgradzając się od moich towarzyszy. Wyczułem, że Młotek usiłuje ku mnie sięgać, ale w tamtej chwili nie potrafiłem znieść nawet jego delikatnego dotyku. Odciąłem się od nich wszystkich, słysząc jeszcze, jak Młotek sennie im mówi, że Czarny Człek wspaniale gotuje. Nim zatrzasnęły się moje bariery obronne, poczułem subtelny dotyk. To chyba Pokrzywa starała się mnie pocieszyć.

Nie było dla mnie pociechy, a ja nie chciałem wystawiać córki na mój ból. Niedługo będzie miała dość własnego. Zamknąłem bariery. Nadszedł czas, by zająć się śmiercią.

Odkleiłem zwłoki Błazna od podłogi; zarys jego skulonego ciała i garść złocistych nitek włosów znaczyły miejsce, gdzie umarł. Stanowił w moich ramionach bryłę zimnego ciężaru. W śmierci ważył jakby mniej niż za życia, jakby odchodzący duch zabrał ze sobą większość Błazna.

Przytulałem go, zwiniętego w kłębek, do piersi. Pod brodą miałem brudny kołtun jego włosów, pod palcami czułem szorstki worek. Szedłem przez lodowe sale. Minęliśmy pomieszczenie, gdzie wciąż jeszcze płonął Herold. Dym z jego ciała pełzał nad nami pod sklepieniem, każąc nieruchome powietrze zapachem pieczonego mięsa. Mógłbym umieścić ciało Błazna obok niego, ale nie wydało mi się to stosowne. Mój przyjaciel powinien spłonąć samotnie, w obrzędzie osobistego pożegnania między nami. Szedłem dalej, mijając drzwi innych cel.

Po pewnym czasie uświadomiłem sobie, że głośno do niego mówię.

– Gdzie? Gdzie chciałbyś, żebym to zrobił? Mógłbym cię położyć na jej łóżku i spalić w środku całego jej nagromadzonego bogactwa... chciałbyś? A może myślałbyś, że kontakt z czymkolwiek należącym do niej by cię zbrukał? Gdzie ja chciałbym zostać spalony? Chyba pod nocnym niebem, wysyłając własne skry ku gwiazdom. Chciałbyś tak, Błaźnie? A może wolałbyś się znaleźć w namiocie Najstarszych, otoczony własnymi rzeczami, zamknięty w prywatności, którą zawsze tak ceniłeś? Dlaczego nigdy nie rozmawialiśmy o tych sprawach? Wydaje się, że powinno się wiedzieć takie rzeczy o swoim przyjacielu. Czy jednak w końcu ma to jakiekolwiek znaczenie? Odejście jest zniknięciem, popiół popiołem... myślę jednak, że wolałbym uwolnić dym z twojego stosu na nocny wiatr. Śmiałbyś się ze mnie za coś takiego? O, bogowie. Jakże bym chciał, żebyś znów mógł się ze mnie za coś śmiać.

– Ależ to wzruszające.

Nuta szyderstwa, ostry sarkazm i głos tak podobny do jego głosu sprawiły, że serce mi zamarło, a potem zabiło żywiej. Umocniłem bariery ochronne, lecz nie poczułem, by ktoś je atakował. Odwróciłem się do niej z wyszczerzonymi zębami. Stała w drzwiach swojej sypialni. Miała na sobie płaszcz z gronostajów, których czarne ogonki pstrzyły białe futro w nieregularnych odstępach. Zwisało jej z ramion do ziemi, zakrywając całe ciało. Mimo przepychu stroju, była wymizerowana. Idealnie ukształtowana twarz zapadła się, otoczona nieuczesanymi jasnymi włosami, sterczącymi jak słoma. Bezbarwne oczy były niemal pozbawione blasku, jak oczy wyrzuconej na brzeg ryby.

Stałem przed nią, przyciskając do piersi zwłoki Błazna. Wiedziałem, że jest martwy i że ona nie może go już skrzywdzić, a mimo to cofnąłem się, jakbym nadal musiał go przed nią chronić. Jakbym kiedykolwiek umiał go przed nią ochronić!

Uniosła podbródek, odsłaniając kolumnę szyi.

– Upuść to i mnie zabij – zaproponowała.

Czy moja pierwsza myśl wydawała mi się teraz takim złym pomysłem dlatego, że wyraziła ją blada kobieta?

– Nie – odparłem i nagle zapragnąłem być zupełnie sam. Trzymałem w ramionach intymną śmierć. Akurat blada kobieta nie powinna widzieć mojego żalu ani czerpać z niego zadowolenia. – Odejdź – rzekłem i nie poznałem niskiego warkotu w moim głosie.

Roześmiała się, co zabrzmiało niczym odgłos sopli, roztrzaskujących się na kamieniu.

– „Odejdź"? To wszystko? „Odejdź"? Jakąż straszną zemstę wywiera na mnie Bastard Rycerski Przezorny! O, zostanie to przekazane w opowieściach i pieśniach! „I wtedy stanął, trzymając w ramionach swego ukochanego, i rzekł do ich nieprzyjaciółki: Odejdź!" –

Roześmiała się, lecz w jej śmiechu nie było muzyki. Brzmiał jak głazy staczające się ze wzgórza, a kiedy nie odpowiedziałem, zamarł. Popatrzyła na mnie i przez moment wyglądała na skonsternowaną. Naprawdę wierzyła, że potrafi mnie sprowokować do upuszczenia zwłok i zaatakowania jej. Przechyliła głowę i po chwili znów się odezwała. Mówiła teraz ciszej.

– Zaczekaj. Rozumiem. Nie rozpakowałeś jeszcze mojego prezentu dla ciebie. Nie widziałeś jeszcze wszystkiego, co mu zrobiłam. Zaczekaj, aż zobaczysz jego dłonie i te jego sprytne, pełne wdzięku palce! O, i zęby, i język, którym tak dowcipnie obracał ku twojej rozrywce! Zrobiłam to dla ciebie, Bastardzie Rycerski, byś mógł w pełni żałować, że mnie tak pogardliwie odrzuciłeś. – Przerwała na chwilkę i zaraz dorzuciła, jakby mi przypominając: – Teraz, Bastardzie. Teraz obiecujesz mnie zabić, jeśli za tobą pójdę.

Właśnie miałem wypowiedzieć te słowa. Ugryzłem się w język. Sprawiła, że stały się puste i dziecinne. Może one zawsze były puste i dziecinne. Poprawiłem ciężar trzymany w ramionach, odwróciłem się i ruszyłem przed siebie. Moje mury obronne były wzniesione i szczelne, lecz jeśli atakowała je Mocą, to zbyt delikatnie, bym to odebrał. Czułem, że mam odsłonięte plecy i przyznam, że chciałem pobiec. Zadałem sobie pytanie, dlaczego jej nie zabiłem. Odpowiedź wydawała się zbyt prosta, by mogła być prawdziwa. Nie chciałem kłaść jego ciała na ziemi. Co więcej, nie chciałem robić niczego, czego się po mnie spodziewała.

– Wołał cię! – Zawołała śpiewnie za mną. – Chyba myślał, że jest u progu śmierci. Oczywiście nie był. Mam dużą wprawę! Ale myślał, że ból go zabije, i cię wołał. „Ukochany! Ukochany!".

Jej naśladownictwo jego zbolałego głosy było doskonałe. Zjeżyły mi się włoski na karku, jakby to on przemówił do mnie zza grobu. Zwolniłem wbrew postanowieniu. Przytuliłem go mocniej i opuściłem niżej głowę. Nieznośne było to, że jej słowa potrafiły napędzić mi łzy do oczu. Powinienem ją zabić. Dlaczego jej nie zabiłem?

– Miał na myśli ciebie, prawda? No tak, oczywiście, chociaż możesz tego nie wiedzieć. Wątpię, czy znasz zwyczaj ludu, z którego pochodził; jak jego pobratymcy wymieniają się imionami na świadectwo łączących ich dozgonnych związków? Czy kiedykolwiek nazywałeś go swoim imieniem, by mu pokazać, że jest ci tak drogi jak twoje własne życie? Nazywałeś? A może byłeś zbyt wielkim tchórzem, by dać mu to poznać?

Wtedy chciałem ją zabić. Ale musiałbym położyć jego ciało, a tego nie chciałem robić. Nie mogła mnie zmusić, bym go porzucił raz jeszcze. Nie chciałem go położyć i nie chciałem się na nią oglądać. Zgarbiłem plecy pod nawałą jej słów i wlokłem się dalej.

– Nazywałeś? Nazywałeś? Nazywałeś?

Spodziewałem się, że w miarę, jak będę się oddalał, jej głos ścichnie. Ona jednak go podniosła, a ton, z którym rzucała mi to nienawistne pytanie, stał się jeszcze bardziej gniewny. Po pewnym czasie zorientowałem się, że idzie za mną. Teraz jej słowa zmieniły się w chrapliwy skrzek, jak krakanie wron zwołujących się na bogatą ucztę na polu bitwy.

– Nazywałeś? Nazywałeś? Nazywałeś?

Nawet gdy usłyszałem, że biegnie za mną, i wiedziałem, że mnie zaatakuje, nie mogłem się zmusić do odłożenia ciała Błazna. Odwróciłem się i nadstawiłem uniesione ramię, by osłonić się przed szaleńczym atakiem bladej kobiety. Chyba nie tego się spodziewała. Może miała nadzieję, że stawię jej czoło z dobytą klingą. Usiłowała się zatrzymać, ale lodowe podłoże ją zdradziło. Wpadła na mnie. Poleciałem na ścianę, ale wciąż mocno trzymałem ciało Błazna. Jakimś sposobem udało mi się utrzymać na nogach. Jej nie. Rozciągnęła się na boku i chrapliwie dyszała z bólu. Patrzyłem na nią tępo, zastanawiając się, jak upadek mógł jej sprawić tak wielkie cierpienie. I wtedy, gdy spróbowała się podnieść, zobaczyłem to, co ukrywała przede mną.

Opowieść Rebusa była prawdziwa. Zapatrzyłem się na poczerniałe i wyschnięte przedramiona, którymi usiłowała sobie pomóc. Nie mogła ani wstać, ani ukryć ich ponownie pod płaszczem. Popatrzyłem w bezbarwne oczy.

– To ty jesteś tchórzem – stwierdziłem zimno. – W ostatniej chwili nie potrafiłaś się poświęcić, nawet po to, by dopełnić swej wizji świata, jakim powinien być. Brakło ci jego odwagi. On przyjął cenę zgotowaną mu przez los. Przyjął swój ból i śmierć i wygrał. Zatryumfował. Ty zawiodłaś.

Wydała dźwięk pośredni między wrzaskiem i skowytem, pełen nienawiści i wściekłości. Uderzyła w moje wzniesione Mocą mury, lecz nie mogła się za nie przedostać. Czy siłę do stosowania tej magii czerpała z Kebala Żelaznorękiego? Patrzyłem, jak usiłuje wstać. Długi płaszcz jej przeszkadzał, bo na nim klęczała. Czarne kikuty, w które zamieniły się jej przedramiona i dłonie, nie dawały żadnego oparcia. Od łokci w dół jej ręce skurczyły się do ostro zakończonych, zwęglonych kości. Po dłoniach i palcach nie zostało ani śladu. Przynajmniej nimi zawładnął smok, zanim udało jej się od niego oderwać. Przypomniałem sobie, jak odszedł Szczery i Pustułka, którzy wtopili się w smoka ukształtowanego z taką miłością dla dobra ich ludu. Odwróciłem się i odszedłem od bladej kobiety.

– Stój! – rozkazała. W jej głosie brzmiało oburzenie. – Zabijasz mnie tu! Widziałam to, setki razy w koszmarach. Zabijasz mnie teraz! To było moje pewne przeznaczenie, gdybym zawiodła. Bałam się go, lecz teraz nim władam! Moje wizje zawsze były prawdziwe. Twoim przeznaczeniem jest mnie zabić.

Odezwałem się przez ramię, niemal w ogóle nie zastanawiając się nad moimi słowami.

– Jestem katalizatorem. Zmieniam bieg rzeczy. Poza tym czas, w którym się teraz znajdujemy, jest czasem wybranym przez Błazna. Żyję w jego przyszłości. W jego wizji tej przyszłości odchodzę od ciebie. Ty umierasz powoli. Samotnie.

Kiedy uszedłem kilkanaście kroków, zaczęła wrzeszczeć. Wrzeszczała, aż zabrakło jej tchu, a potem słyszałem jej chrapliwy oddech.

– Wciąż jesteś katalizatorem! – krzyknęła za mną. Teraz w jej głosie dawała się słyszeć tylko rozpacz i zdumienie. – Jeśli nie chcesz mnie zabić, to wróć i użyj swej Mocy, by mnie uzdrowić. Będę ci uległa we wszystkim! Mógłbyś mnie wykorzystywać wedle twej woli, a ja nauczyłabym cię wszystkiego, czego się dowiedziałam ze zwojów traktujących o Mocy! Masz siłę, by władać tą magią! Uzdrów mnie, a pokażę ci drogę do władzy. Zostaniesz prawowitym królem Królestwa Sześciu Księstw, Wysp Zewnętrznych, całych Przeklętych Brzegów! Wszystkiego. Jeśli wrócisz, spełnię wszystkie twoje marzenia.

Moje marzenie spoczywało martwe w moich ramionach. Szedłem dalej.

Usłyszałem, jak poczerniałe kikuty jej stopionych rąk skrobią o lód. Przywiodło mi to na myśl przewróconego chrząszcza, gorączkowo usiłującego się wydostać z miski. Nie obejrzałem się za siebie. Przez moment zastanawiałem się, czy kiedykolwiek przewidziała tę chwilę, czy kiedykolwiek wyobrażała sobie widok moich oddalających się pleców. Nie, nagle to wiedziałem. Powiedział mi to Czarny Człek. Poruszałem się teraz w świecie Błazna, w przyszłości ukształtowanej przez niego. Ona tu nie mogła nic widzieć ani przepowiadać. To nie był jej czas. To był czas wybrany przez Błazna.

Chyba nie jestem człowiekiem okrutnym z natury, a jednak nigdy nie miałem żadnych wyrzutów sumienia z powodu tego, co zrobiłem. Usłyszałem raz jej krzyk, krzyk zwierzęcia schwytanego w pułapkę, ale się nie obejrzałem. Skręciłem za załom korytarza i szedłem dalej, drogą, którą tu przyszedłem.

Byłem niewypowiedzianie zmęczony, zmarznięty i głodny. Nic jednak z tego tak mnie nie dręczyło, jak żal. W pewnej chwili napłynęły mi do oczu łzy. Spadały na złociste włosy Błazna i sprawiały, że tunele widziałem jako blady labirynt. Może w tym oszołomieniu nie zauważyłem jednego z moich znaków na ścianie. Uświadomiłem to sobie i zawróciłem, ale znalazłem się w obcym miejscu. Doszedłem do zerodowanych schodów i spróbowałem wejść na górę, ale okazało się, że z takim obciążeniem nie mogę tego zrobić. Znów zawróciłem i wlokłem się dalej, beznadziejnie zagubiony.

W pewnej chwili rozpostarłem płaszcz na ziemi i trochę się przespałem z ręką opiekuńczo przerzuconą przez zamarznięte ciało Błazna. Kiedy się obudziłem, przeszukałem tobołek, znalazłem kawałek chleba i go zjadłem. Napiłem się z manierki, a potem zwilżyłem skraj płaszcza i wytarłem nieco krwi i brudu z wykrzywionej twarzy Błazna. Bólu z jego czoła nie potrafiłem zetrzeć. Następnie wstałem, wziąłem go na ręce i ruszyłem w drogę, całkowicie zdezorientowany w niezmiennym, bladym świetle. Być może ogarnęła mnie odrobina szaleństwa.

Dotarłem do miejsca, w którym jedna ściana była z lodu, a druga z kamienia. Powinienem zawrócić, lecz jak ćma przyciągana do światła, poszedłem korytarzem prowadzącym w górę. Natrafiłem na wycięte w kamieniu schody i wszedłem po nich. Błękitnawe światło kul nie migotało, nie rozjaśniało się ani nie przygasało, niosłem więc zwłoki przez bezczasowy labirynt łagodnych schodów, wijących się wciąż do góry. Zatrzymałem się na jakimś podeście dla złapania tchu. Znajdowały się tam drzwi z suchego, rozszczepiającego się drewna. Otworzyłem je pchnięciem, myśląc o znalezieniu opału na stos.

Jeśli choć trochę wątpiłem, że to lodowe królestwo należało niegdyś do Najstarszych, ta komnata rozproszyła wszelkie moje wątpliwości. Widziałem już takie rozpadające się meble w opuszczonych ruinach miasta nad rzeką. Widziałem już taką mapę, chociaż ta przedstawiała raczej świat niż miasto i jego okolicę. Zajmowała stół pośrodku pomieszczenia. Była okrągła, lecz nie płaska ani nie narysowana na papierze. Każda wyspa, każde wybrzeże, każdy czubek fali był wyrzeźbiony. Maleńkie góry ciągnęły się łańcuchami, a morze marszczyło. Po trawiastych równinach meandrowały do morza lśniące rzeki.

W samym środku mapy znajdowała się wyspa, najprawdopodobniej Aslevjal. Morze wokół niej było usiane innymi wyspami. Na południowych zachodzie dostrzegłem wybrzeże Królestwa Sześciu Księstw, choć w wielu miejscach nieco odbiegało od rzeczywistości. Na północy leżała kraina, której nazwy nie znałem, a po drugiej stronie rozległego morza, na wschodnim krańcu mapy, ujrzałem linię brzegową, choć wedle tradycji znajdował się tam jedynie bezkresny ocean. W rozmaitych miejscach mapy rozmieszczono klejnociki, a każdy z nich opisywała jakaś runa. Niektóre jakby płonęły wewnętrznym blaskiem. Jeden lśnił bielą na Aslevjalu. Cztery, ułożone w maleńki kwadrat, błyszczały w Księstwie Kozim, u ujścia Rzeki Koziej. W całym Królestwie Sześciu Księstw znajdowała się jeszcze garstka innych klejnocików, z których jedne jasno świeciły, a inne były zmętniałe. W Królestwie Górskim było ich więcej, a starannie rozmieszczone wzdłuż Rzeki Deszczowej tworzyły całą linię, chociaż wiele z nich było zgaszonych. Powoli skinąłem głową. Oczywiście.

Niejasno zdawałem sobie sprawę, że bolą mnie ręce i plecy. Ani razu nie przyszło mi jednak do głowy, że mógłbym odłożyć mój ciężar i trochę odpocząć. Nieuniknione jak zachód słońca, w kącie znajdowały się drzwi, wychodzące na inne schody. Przeszedłem przez nie. Korytarz był wyższy od poprzedniego, a stopnie bardziej strome. Szedłem powoli do góry, z szuraniem, po omacku wyszukując stopami każdy stopień. W miarę, jak wchodziłem coraz wyżej, światło powoli się zmieniało. Błękitnawy blask zanikał, zastępowany stopniowo niewyraźnym światłem prawdziwego dnia. Znalazłem się w leżącym na szczycie wieży pokoju o ścianach ze szkła. Jedna tafla pękła i wszystkie szyby pokrywał zamróz. Sufit świadczył, że powyżej znajduje się strzelista wieżyczka z okapami. Przyłożyłem oko do pęknięcia w szybie i wyjrzałem na zewnątrz. Śnieg. Niesiony wiatrem śnieg. Nie widziałem nic więcej.

Pośrodku pokoju tkwił filar Mocy. Runy wyrzeźbione na jego bokach były tak wyraźne, jak w dniu, kiedy je sporządzono. Obszedłem je powoli, aż dotarłem do tej, która musiała tu być. Skinąłem głową. Przycisnąłem ciało Błazna mocniej do siebie i powiedziałem cicho do włosów zlepionych krwią:

– A zatem wracajmy.

Otworzyłem dłoń i weszliśmy do filaru Mocy.

Może moje niedawne korzystanie z Mocy wzmocniło mnie, a może ten filar działał lepiej od już mi znanych. Wciąż trzymając Błazna w objęciach, wyszedłem z zimy w lato, z kamiennej wieży na to, co pozostało z placu targowego. Wokół mnie letni dzień szumiał w lesie, który podszedł aż na skraj placu. Zrobiłem jeszcze dwa kroki i opadłem na kolana, tak zarówno ze zmęczenia, jak i z uczucia wdzięczności. Tutaj, nagle, położenie go na czystym kamieniu i ziemi nie wydawało się już bluźnierstwem. Usiadłem obok ciała przyjaciela i odpoczywałem. Przez jakiś czas panowała cisza, jeśli nie liczyć ptasich nawoływań i brzęczenia pracowitych owadów. Popatrzyłem na zarośniętą drogę, biegnącą niczym tunel przez zieleń lasu, która, gdybym nią poszedł, zaprowadziłaby mnie do kamiennego ogrodu, gdzie spały wszystkie smoki Najstarszych. Podniosłem wzrok na stary słup, na którym przysiadł kiedyś młody Błazen, a ja widziałem go przemienionego w białą dziewczynę w koguciej koronie na głowie.

– To dobre miejsce – powiedziałem cicho. – Cieszę się, że tu wróciliśmy.

Oparłem się o filar i zamknąłem oczy. Zasnąłem.

Trochę trwało, zanim przesączyło się we mnie ciepło popołudnia. Kiedy się obudziłem, było mi za gorąco. Zmrożone ciało Błazna tajało i rozluźniało się na słońcu. Zdjąłem zimowe ubranie, jakbym zrzucał za ciasną skórę, aż zostałem tylko w tunice i spodniach. Skoro znaleźliśmy się tu razem i sam na sam, poczułem, jak opuszcza mnie poczucie naglącej potrzeby. Tu był czas, czas, który należał tylko do mnie i do niego, czas, w którym wszystko mogłem zrobić właściwie.

Przyniosłem wodę ze strumienia. Delikatnie umyłem mu twarz, starłem krew z warg i przykryłem włosami naddarte ucho. Kiedy mogłem już to zrobić, odkleiłem worek od pozbawionego skóry ciała. To, co ujrzałem, początkowo mnie oszołomiło. Tak. Miała rację. Naprawdę żałowałem, że odwróciłem się od niej, zamiast zadać jej bolesną śmierć, na jaką zasłużyła. Kiedy jednak wyprostowałem na ile się dało jego storturowane, sztywne członki i wytarłem zielonymi liśćmi i czystą trawą brud oraz zakrzepłą krew, wyciekła ze mnie cała nienawiść. Oto mój Błazen i chociaż nie mogłem ocalić go od śmierci, mogłem odprawić go z życia z godnością.

Zwinął się opiekuńczo wokół swego ostatniego skarbu. W pozbawionych życia rękach ściskał kogucią koronę. Ostrożnie wydobyłem szare drewno spomiędzy pozbawionych paznokci palców. Jego dręczyciele połamali koronę, zapewne kiedy go bili, lecz on ją przed śmiercią naprawił. Kiedy zobaczyłem, jak to zrobił, jak użył własnej krzepnącej krwi do sklejenia kawałków, ścisnęło mi się gardło. W obręczy była przerwa. Zadałem sobie pytanie, czy umarł niepocieszony z tego powodu.

Powoli wyjąłem z sakwy ułomek, który znalazłem w sali tronowej. Brakowało tylko jego. Zanurzyłem krawędzie drewienka w tającej krwi i połączyłem je z pozostałymi kawałkami, dopełniając koronę. Zwilżone krwią drewno napęczniało i związało się z obręczą, która teraz wyglądała, jakby wcale nie została połamana. Nie wiedziałem dokładnie, czym jest ten skarb. Cokolwiek dla niego znaczył, wyślę go z tego świata z koroną na głowie.

Odłożyłem ją na bok i zacząłem zbierać iglaste gałęzie, suche, połamane konary, martwe gałązki i suchą trawę na stos pogrzebowy. Nim go ułożyłem, zaczął zapadać wieczór. Kiedy skończyłem pracę, rozpostarłem na stosie mój płaszcz. Nade mną migotało granatowe niebo i wydawało się, że w oczekiwaniu na pierwsze gwiazdy lato wstrzymało oddech. Dołączą do nich pogrzebowe skry. Podniosłem ciało Błazna i ułożyłem na płaszczu. Doświadczenie mówiło mi, że iglaste gałęzie będą się dobrze paliły i ich ogień go pochłonie. Z ciężkim sercem usiadłem na kamieniu przy stosie, mając na kolanach kogucią koronę. Brakowało w niej tylko jednego elementu.

Z mojego tobołka wyjąłem zawiniątko. Delikatnie rozwinąłem materiał. Po kolei ułożyłem pióra z plaży Innych. Biorąc do ręki każde z nich, na nowo zachwycałem się misternością ich wykonania. Mimo długiej podróży, jaką odbyły ze mną, były nie uszkodzone. Nie rozumiałem, dlaczego ktoś wybrał takie matowe drewno na tak piękne dzieło. Było pospolite i pozbawione połysku jak strzała, którą Błazen podarował Szybkiemu.

Trwało kilka chwil, zanim umieściłem wszystkie pióra na właściwych miejscach. Zauważyłem teraz po raz pierwszy, że końce stosin są nacięte. Każda z nich dawała się wsunąć tylko w jedno miejsce w koronie. Kiedy umieściłem w odpowiednim otworze ostatnie pióro, moim znużonym oczom wydało się, że i przez koronę, i przez pióra przebiegła fala barw. Może to była tylko tęcza schwytana na moment w nagłych łzach, które wypełniły mi oczy. Strząsnąłem niecierpliwie krople. Czas z tym wszystkim kończyć.

Korona szeptała niespokojnie pod moimi palcami, jak mucha uwięziona w zaciśniętej dłoni. Zastanawiałem się, co trzymam w ręce. Jaka potężna magia Najstarszych jest tu uwięziona, na zawsze zaprzepaszczona przez śmierć Błazna? Przez chwilę mój wzrok spoczywał na miękkich liniach kogucich głów, wyrzeźbionych wokół korony. Albo Błazen jakoś nie zdobył się na pomalowanie jej tak, jak ją pamiętaliśmy, albo farba się na niej nie trzymała. W zagłębieniach rzeźby zachowały się jeszcze gdzieniegdzie drobiny koloru. W dwojgu z rzeźbionych oczu wciąż błyskały maleńkie klejnociki; pozostałe były puste. Na opasce korony było widać ciemne szwy w miejscach, gdzie została połamana, a potem sklejona krwią Błazna. Ostrożnie postukałem w jeden z nich, badając siłę spojenia. Wytrzymało i nagle w moich myślach pojawił się on; moje wspomnienie o nim było tak przejmujące i całkowite, że poczułem się jak przenicowany ze smutku.

Usiadłem ciężko na stosie obok Błazna. Stężenie pośmiertne zachowało jego ciało skulone w pozycji obronnej. Nic na to nie mogłem poradzić. Przed wysłaniem go w drogę chciałem wygładzić mu twarz z grymasu przerażenia i bólu. Odgarnąłem złociste włosy ze złotoskórego czoła.

– Och, Ukochany – rzekłem. Pochyliłem się i ucałowałem go w czoło na pożegnanie. A potem, pojmując słuszność tego obcego obyczaju, nazwałem go swoim imieniem. Wiedziałem bowiem, że kiedy go spalę, położę też kres samemu sobie. Człowiek, którym byłem, nie przeżyje tej straty. – Do widzenia, Bastardzie Rycerski Przezorny.

Ująłem koronę obiema rękami, by włożyć mu ją delikatnie na skronie. Poczułem nagle, jakby całe moje życie kierowało mnie do tego momentu. Wydawało mi się okrutne, że najsilniejszy nurt mojego życia niósł mnie ku tej chwili ostatecznego końca i straty. Nie został mi jednak żaden inny wybór. Pewnych rzeczy nie da się zmienić. Nadeszła pora, by ukoronować królewskiego trefnisia i wysłać go w drogę.

Znieruchomiałem.

Cofnąłem dłonie i robiąc to, miałem wrażenie, że stoję sam naprzeciwko przeznaczenia i opieram się przepływowi czasu. Wiedziałem, co mam zrobić. Powinienem ukoronować mojego Błazna, a potem spryskać stos resztkami oliwy. Wysuszonemu przez lato drewnu wystarczy jedna, najwyżej dwie iskry. Błazen spali się do cna, a letni wiatr z kraju za Królestwem Górskim uniesie dym. Ja wrócę przez filar na Aslevjal. Zabiorę Młotka i razem wrócimy do zatoczki, gdzie zaczekamy na statek. To było słuszne, nieuniknione, to były koleiny, którymi pragnął podążać cały świat. Życie będzie się toczyć bez Błazna, ponieważ on umarł. Widziałem to wszystko tak wyraźnie, jakbym zawsze wiedział, że do tego dojdzie.

On nie żył. Nic nie mogło tego zmienić.

Ale ja byłem Odmieńcem.

Wstałem nagle. Uniosłem wibrującą koronę wysoko nad głowę i potrząsnąłem nią ku niebu.

– Nie! – ryknąłem. Wciąż nie wiem, do kogo mówiłem. – Nie! Niech się stanie inaczej! Nie w taki sposób! Weź ode mnie wszystko, co chcesz! Ale niech to się tak nie skończy! Niech on weźmie moje życie i da mi swoją śmierć. Niech on się stanie mną, a ja nim. Biorę jego śmierć! Słyszysz? Biorę sobie jego śmierć!

Wzniosłem koronę ku słońcu. Widziana przez spływające mi z oczu łzy, lśniła opalizującym blaskiem, a pióra zdawały się chwiać łagodnie na letnim wietrze. Wtedy niemal z fizycznym wysiłkiem wyrwałem ją z przeznaczonej koleiny czasu. Stanowczym gestem włożyłem ją sobie na skronie. Świat zawirował wokół mnie, a ja położyłem się na moim stosie pogrzebowym, wziąłem mojego przyjaciela w objęcia i oddałem się temu, co mnie czekało.

## ROZDZIAŁ 29

# PIÓRA W BŁAZEŃSKIEJ CZAPCE

*Była najbogatszą dziewczynką na świecie, miała bowiem nie tylko szlachetnego ojca, liczne jedwabne suknie i tyle naszyjników oraz pierścionków, że nawet tuzin małych dziewczynek nie mógłby włożyć ich wszystkich naraz, ale i szare pudełko, wyrzeźbione ze smoczego łona. A w nim znajdowały się starte na drobny proszek wszystkie szczęśliwe wspomnienia najmądrzejszych księżniczek, jakie kiedykolwiek stąpały po ziemi. Ilekroć więc dziewczynce robiło się choć troszkę smutno, wystarczyło, że otworzyła swoje pudełko, wzięła odrobinkę tabaki pamięci i a psik! Znowu była najszczęśliwszą dziewczynką.*

Stara opowiastka jamailliańska

Zachwiałem się w ciemności. Przejście było niespodziewane.

– Krew to pamięć.

Przysięgam, że ktoś wyszeptał to przy moim uchu.

– Krew to my – zgodziła się z nim młoda kobieta. – Krew przypomina, kim byliśmy. To dzięki krwi będziemy zapamiętani. Nasącz nią starannie smocze drewno.

Ktoś się roześmiał – stara kobieta z kilkoma zębami.

– Powiedz to szybko siedem razy! – rzekła, chichocząc. I zaraz zrobiła to sama. – Nasącz nią starannie smocze drewno. Nasącz nią starannie smocze drewno. Nasącz nią starannie smocze drewno. Nasącz nią starannie smocze drewno. Nasącz nią starannie smocze drewno. Nasącz nią starannie smocze drewno. Nasącz nią starannie smocze drewno.

Pozostali roześmiali się, rozbawieni jej obrotnym językiem.

– A teraz wy spróbujcie! – rzuciła nam wyzwanie.

– Nasącz nią starannie smocze drewno – odezwałem się posłusznie.

Ale to nie byłem ja.

Znajdowało się we mnie jeszcze pięcioro innych ludzi. Patrzyli moimi oczyma, przesuwali językiem po moich zębach, skrobali się w moją brodę moimi brudnymi paznokciami. Oddychali moim oddechem i cieszyli się posmakiem lasu w nocnym powietrzu. Potrząsali moimi włosami, znów żywi.

Pięcioro poetów, pięcioro trefnisiów. Pięcioro dokazujących, koziołkujących minstreli, którzy podskakiwali i wirowali z wdzięczności za oswobodzenie, potrząsali moimi palcami, wypróbowywali mój głos i już się sprzeczali, rywalizując o moją uwagę.

– Czego ci trzeba? Hymnu na urodziny? Mam ich mnóstwo na każde zawołanie, a przystosowanie któregoś z nich do imienia solenizanta to żaden kłopot, zupełnie żaden kłopot!

– Wyrobnictwo! Bezwstydne wyrobnictwo, takie siekanie i sklejanie dawnych reliktów, takie ponowne odziewanie kości w mięso! Użycz mi swego głosu, a zaśpiewam ci pieśń, która poderwie twoich wojowników, a twoje panny przyprawi o dreszcz pożądania!

To był głos mężczyzny, który, by wyryczeć te słowa, wypełniał moje płuca powietrzem do granic wytrzymałości. Każdy zestaw słów, każdy głos wydobywał się z mojego własnego gardła. Byłem dla nich marionetką, fujarką do gry.

– Pożądanie to tylko wilgotny moment, wezbranie i rozbryzg! – odparła pogardliwie młoda kobieta; przypomniało jej się, że na nosie miała piegi. Dziwnie było słyszeć jej cienki głos, wydobywający się z mojego gardła. – Chcesz pieśni miłosnej, prawda? Czegoś ponadczasowego, czegoś starszego niż zapadnięte góry i świeższego niż ziarno kiełkujące w żyznej glebie. Taka jest miłość.

– Powodzenia! – zawołał ktoś z irytacją. Zabarwił swoje słowa wzgardą fircyka. Posłuchajcie. Fa, la, la, la, la, la – och, beznadziejne! On ma płuca żeglarza, a ciało z drewna. Najpiękniejsza pieśń, jeśli się wydobędzie z tego gardła, okaże się skrzeczeniem wrony, i założę się, że on nigdy w życiu nie wykonał żadnego przerzutu na rękach. Kto to jest i w jaki sposób zdobył nasz skarb?

– Minstrele – odezwałem się z przygnębieniem. – Minstrele, akrobaci i bardowie. Och, Błaźnie, jakże pasuje do ciebie ten skarb. Krąg trefnisiów. Nie znajdziemy tu żadnej pomocy.

Ukryłem twarz w dłoniach. Pod palcami poczułem szorstkie drewno korony. Pchnąłem ją, lecz tkwiła mi uparcie na głowie. Dopasowała się kształtem do mojego czoła.

– Dopiero co przybyliśmy – rzekła jękliwie bezzębna starucha. – Nie mamy zamiaru jeszcze się wynosić. Jesteśmy wielkim, wspaniałym darem, przyznawanym tylko temu, kto sprawia królowi największą przyjemność. Jesteśmy chórem głosów ze wszystkich stuleci, jesteśmy tęczą historii. Dlaczego miałbyś nam odmówić? Jaką sztuką się zajmujesz?

– Żadną.

Westchnąłem ciężko. Na chwilę odzyskałem pełną świadomość swojego ciała. Stałem obok stosu pogrzebowego. Nie pamiętam, żebym z niego wstawał. Wokół zapadła ciemna noc, a rozmaite owady stroiły swoje głosy. W stygnącym powietrzu czułem mocny zapach leśnej próchnicy. Rozkładające się ciało Błazna dokładało własną nutę słodkawej zgnilizny. Przez całe życie był dla Ślepuna Bezwonnym. Teraz, w śmierci, czułem jego zapach. Nie mdliło mnie. Miałem w sobie jeszcze dość wilka, by to, jak pachniał, było po prostu jego zapachem. Zakłuła mnie ta zmiana, ponieważ stanowiła niepodważalny dowód, że jego ciało wraca do ziemi i otaczającej mnie naturalnej sieci gnicia i ponownych narodzin. Spróbowałem zastanowić się nad tym wystarczająco długo, by zaczerpnąć z tego nieco pociechy, lecz tkwiąca we mnie piątka była zbyt niecierpliwa. Obracali mnie powoli dookoła, unosili ręce, wypróbowywali sprężystość kroku, napełniali płuca powietrzem. Wyczułem, jak łapczywie spijają noc, smak, zapach i dotyk nocnego powietrza na mojej twarzy. Byli żądni życia.

– Jakiej pomocy ci trzeba? – zapytała mnie piegowata dziewczyna, a w jej głosie usłyszałem współczucie i gotowość słuchania. Pod nimi zaś, ledwie skrywany, czaił się głód opowieści o cudzych niedolach, dzielony przez wszystkich minstreli. Dziewczyna chciała odzyskać i tę część życia. Ja nie zamierzałem jej tego ułatwiać.

– Nie. Odejdźcie. Nie możecie mi pomóc. – A potem, wbrew mojej woli, i tak im powiedziałem. – Mój przyjaciel nie żyje. Chcę go przywrócić do życia. Czy minstrel może mi w tym pomóc?

Patrzyłem na ciało Błazna, a oni przez jedną pełną szacunku chwilę milczeli.

– On jest bardzo martwy, prawda? – zapytała drżącym głosem pieguska.

– Owszem – stwierdził mężczyzna o głębokim głosie, ale dodał: – Mogę ułożyć ci taką pieśń, dzięki której będzie pamiętany przez tysiąc lat. To jedyny sposób wykroczenia poza ciało, dostępny dla zwykłych śmiertelników. Daj mi swoje wspomnienia o przyjacielu, a zacznę.

Starucha przemówiła rozsądnie.

– Gdybyśmy wiedzieli, jak odwrócić śmierć, to bylibyśmy tym, czym jesteśmy, piórami w błazeńskiej czapce? Mamy szczęście, że zostało nam choć tyle życia. Szkoda, że twój przyjaciel nie cieszył się względami smoka, bo może i on mógłby skorzystać z tego dobrodziejstwa.

– Kim jesteście? – zapytałem stanowczo.

– Jesteśmy słodkimi konfiturami pieśni, schowanymi dla ciebie, byś w zimie naszych śmierci mógł ponownie spróbować wyraźnego smaku naszego lata – odezwał się młodzieniec tak świadom swego obrazowania, że całkowicie je dla mnie zaprzepaścił.

– Niech mi odpowie ktoś inny! – poprosiłem, gdy młodzieniec zamilkł.

– Cieszyliśmy się względami smoków – rozległ się spokojny głos. Ta kobieta jeszcze nic nie mówiła. Jej głos, bardziej chropawy niż u większości kobiet, przywodziła na myśl głęboki, spokojny staw. Słyszałem go w myślach, chociaż słowa wypowiadały chrapliwie moje własne usta. – Mieszkałam nad rzeką o dnie z czarnego piasku, w miasteczku o nazwie Biesiada. Pewnego dnia poszłam po wodę do rzeki i spotkałam tam moją smoczycę. Była młoda, właśnie kończyła swoje pierwsze lato, a ja byłam w wiośnie życia. Och, była zielona tysiącem zieleni, a oczy miała niczym głębokie kadzie stopionego złota. Stała w rzece, a woda płynęła z szumem obok niej. Wtedy spojrzała na mnie, a moje serce wpadło w jej wirujące oczy i nigdy już się z nich nie wydobyło. Musiałam dla niej śpiewać;

mówienie by jej nie wystarczyło. W taki sposób mnie zaczarowała, a ja jej śpiewałam i też ją zaczarowałam. Przez całe moje życie byłam jej minstrelem i bardem. A kiedy zbliżał się mój koniec, przyszła do mnie z darem, jaki może przynieść tylko smok. Była to drzazga drewna ze smoczego łona... wiesz, o czym mówię? Słyszałeś o kołyskach, które przędą dla węży, by mogły w nich spać, aż wyjdą z nich jako smoki? Czasami któryś z nich nie przeżywa tego etapu, umiera we śnie między byciem wężem i staniem się smokiem. Drewno smoczego łona niszczeje powoli, a smoki zakazują ludziom go dotykać, chyba że same im na to zezwolą. Piękna Lekkoskrzydła przyniosła mi jedną drzazgę. Poleciła dobrze ją nasączyć własną krwią i wetrzeć starannie palcami, cały czas myśląc o piórze.

Wiedziałam, co oznacza taki dar. Rzadko bywał dawany, nawet minstrelom, którzy dobrze służyli swemu smokowi. Oznaczał on, że zajmę miejsce w koronie minstreli, by moje pieśni, słowa i myślenie trwały długo po mojej śmierci. Korona jest własnością władcy wszystkich Krain Nadrzecznych. Tylko władca decyduje, kto może nosić koronę i śpiewać głosami dawno zmarłych minstreli. To wielki zaszczyt, bo tylko smok może wybrać człowieka, by stał się piórem, i tylko władca może udzielić daru włożenia korony. Taki zaszczyt. Pamiętam, jak ściskałam pióro, umierając... umarłam bowiem. Tak jak twój przyjaciel. Szkoda, że nie był ulubieńcem smoków i nie otrzymał takiego dobrodziejstwa.

Uderzyła mnie ironia jej słów.

– Powinien je otrzymać. Umarł, by obudzić smoka, ostatniego samca na świecie, by Lodogień mógł się wznieść w locie godowym z Tintaglią, ostatnią samicą. Żeby na świecie znów pojawiły się smoki.

Chwila ciszy świadczyła, że zrobiłem na nich wrażenie.

– A to dopiero historia warta opowiedzenia! Daj nam swoje wspomnienia, a każdy z nas ułoży ci pieśń, bo w takim wydarzeniu z pewnością kryją się dziesiątki pieśni! – rzekła starucha moimi nagle miękkimi ustami.

– Ale ja nie chcę pieśni o nim. Chcę Błazna takiego, jakim był, żywego i całego.

– Co nie żyje, to nie żyje – stwierdził mężczyzna o głębokim głosie, lecz powiedział to łagodnie. – Jeśli zechcesz otworzyć przed nami swoje wspomnienia, utkamy ci pieśni. Nawet przy twoim głosie będą żyły, usłyszą cię bowiem prawdziwi minstrele i zechcą je zaśpiewać tak, jak powinno się to robić. Chcesz tego?

– Nie. Proszę cię, Bastardzie, nie. Daj spokój. Niech to się już skończy.

Było to jak muśnięcie moich zmysłów, słabe tchnienie słów. Zadrżałem z szaleńczej nadziei i strachu.

– Błaźnie – szepnąłem, modląc się o jakąś odpowiedź.

Zamiast niej powstała kakofonia; całą piątka minstreli zaczęła wykrzykiwać do mnie dziesiątki pytań i nie było wiadomo, która myśl należy do kogo. W końcu Głęboki Głos zagłuszył ich rykiem odpowiedzi.

– On tu jest! Z nami. O dziwo, w koronie. Natarł ją swoją krwią!

Błazen jednak nie odpowiedział. Przemówiłem za niego.

– Korona była połamana. Skleił ją swoją krwią.

– Korona była połamana? – Starucha nie posiadała się z przerażenia. – To byłby koniec nas wszystkich. Na zawsze!

– On nie może tu zostać! Nie był wybrany. Poza tym ona należy do nas wszystkich. Jeśli ją przejmie, będziemy mogli mówić tylko poprzez niego.

Młodzieniec był oburzony pochopnym zagarnięciem jego terytorium przez Błazna.

– On musi odejść – zakończył sprawę Głęboki Głos. – Bardzo nam przykro, ale on musi odejść. Jego obecność nie jest ani rzeczą słuszną, ani właściwą.

– Nie był wybrany.

– Nie został zaproszony.

– Nie jest mile widziany.

Nie dali mi czasu na wyrażenie mojego zdania. Korona ściskała mi skronie, lecz nagle zrobiła się ciaśniejsza. Uniosłem do niej ręce, bo wydało mi się, że minstrele wycofali się z mego ciała do korony. Moje ciało znów należało do mnie. Usiłowałem zedrzeć koronę z głowy, lecz nie mogłem wsunąć pod nią nawet paznokcia. Zalany falą przerażenia, uświadomiłem sobie, że stapia się z moim ciałem, wtapiając się we mnie tak, jak krąg Mocy przesącza się w kamiennego smoka.

– Nie! – ryknąłem.

Pokręciłem głową i zacząłem szarpać koronę palcami. Ani drgnęła. Co gorsza, nie przypominała już w dotyku drewna. Sprawiała wrażenie ciała. Kiedy z uczuciem mdłości sięgnąłem palcami do piór, ustąpiły miękko jak pióra koguta. Zrobiło mi się niedobrze.

Na trzęsących się nogach wróciłem do stosu pogrzebowego i osunąłem się nań obok Błazna. Nie wyczuwałem w koronie żadnej walki, jedynie wspólny wysiłek pięciorga minstreli. Błazen nie opierał się im; po prostu nie wiedział, jak zrobić to, czego od niego żądali. Ja już nie miałem żadnego wpływu na ich działania. Jakby ich kłótnia dobiegała z przeciwnej strony placu targowego; wiedziałem, że się toczy, lecz nie brałem w niej udziału. Wyrzucą go z korony i wtedy naprawdę zniknie, na zawsze. Nie mogłem temu zapobiec.

Położyłem sobie jego ciało na kolanach i przytuliłem się do niego. Sztywność ustąpiła zwiotczeniu. Ręka opadła mu na bok, więc ująłem ją za nadgarstek i z powrotem złożyłem mu ją na piersi. Coś w jej pozbawionym życia ruchu obudziło u mnie dawne wspomnienie. Ściągnąłem brwi, usiłując je przywołać. To nie było moje wspomnienie. Było to coś, co widział Ślepun oczyma wilka. Była pora polowania i kolory były przygaszone. Mimo to byłem tam wtedy. I nagle sobie przypomniałem.

Szary, Cierń, opiera się na łopacie, a jego oddech unosi się bielą w zimnym powietrzu. Stoi w pewnej odległości, by nas nie przestraszyć. Na krawędzi mego grobu siedzi Serce Stada. Stopy zwiesił do środka, a pod nimi leży rozbita trumna. Trzyma na kolanach moje ciało. Macha jego ręką w moją stronę, przyzywając wilka. Jego Rozumienie jest silne i Ślepun nie może się zdobyć na nieposłuszeństwo wobec Serca Stada. Serce Stada mówi do nas równym potokiem spokojnych słów.

*– Wróć tutaj. To jest twoje, Odmieńcu. Wróć tutaj.*

*Ślepun unosi wargę i warczy. Potrafimy wyczuć zapach śmierci. To ciało jest martwe. To padlina, nie nadająca się na uczciwy posiłek. Ślepun przekazuje to Sercu Stada.*

*– Cuchnie. To mięso jest zepsute, nie chcemy takiego. Mamy lepsze przy stawie.*

– Chodź bliżej – nakazuje Brus. Przez tę chwilę widzę go i jako Brusa, i jako Serce Stada. Odsuwam się od wilczej percepcji w moje ludzkie wspomnienie tego momentu. Mimo zapewnień Ciernia, że jego trucizny tylko markowały moją śmierć, od dawna podejrzewałem, że wtedy naprawdę umarłem. Byłem zbyt mocno pobity, by moje ciało zniosło jakąkolwiek dawkę trucizny. W moich wspomnieniach mój wilczy nos jest bezlitośnie prawdomówny. Tamto ciało było martwe. Lecz ostrzejszy zmysł Rozumienia wilka mówi mi to, czego nie domyślałem się wcześniej. Serce Stada nie tylko trzyma moje ciało. Przygotował je dla mnie; jest gotowe, by zacząć od nowa, jeśli tylko Brusowi uda się zwabić mnie do niego. Ślepun muska moje zmysły uspokajająco.

Rozumienie. Nie Moc. Brus zrobił to Rozumieniem. Był jednak o wiele silniejszy ode mnie w tej magii i o wiele mądrzejszy. Pogłaskałem zwiotczałą twarz Błazna, nakłaniając jego ciało siłą woli, by zlało się z moim, lecz nie umiałem znaleźć do niego drogi. Nie miał Rozumienia. Czy o to chodzi? Nie wiedziałem. Wiedziałem jednak, że kiedyś taka droga istniała, miejsce, poprzez które się łączyliśmy. Kiedyś wyciągnął mnie z ciała wilka do mojego własnego. Odwróciłem nadgarstek do gasnącego światła księżyca i znalazłem ciemniejsze ślady pozostawione przez jego palce. Ująłem jego okaleczoną dłoń. Z trzech szczupłych, delikatnych palców wyrwano mu paznokcie. Odsunąłem od siebie świadomość straszliwego bólu, który wytrzymał. Przykryłem jego dłoń własną i ostrożnie naprowadziłem po kolei czubki jego palców na ich odciski na moim nadgarstku. Poszukałem wątłej więzi Mocy, utkanej między nami przed tak wielu laty.

I była – cieniutka jak nić babiego lata – lecz była. Zebrałem się na odwagę, doskonale wiedząc, że wchodzę w śmierć. Ale pójdę. Czyż właśnie nie powiedziałem, że pójdę, że biorę za niego jego śmierć? Czułem, że minstrele w koronie wyrzucają go na zewnątrz, do mojego ciała, lecz nie miałem czasu, by czekać na niego z wyjaśnieniami. Wziąłem głęboki oddech i przesączyłem się po nici Mocy; zostawiłem moje ciało jego budzącej się świadomości i wszedłem w jego zniszczoną powłokę.

Przez mgnienie oka doświadczyłem podwójnej percepcji. Błazen znajdował się w moim ciele, patrzył moimi oczyma. Spojrzał z przerażeniem na własnego trupa, zwiotczałego w moich ramionach. Uniósł rękę i dotknął mojego zarośniętego policzka.

– Ukochany! – wyjęczał. – Och, Ukochany, coś ty zrobił? Coś ty zrobił?

– Wszystko w porządku – zapewniłem go spokojnie. – Jeśli mi się nie powiedzie, weź moje życie i przeżyj je. Z chęcią biorę twoją śmierć.

I, niczym kamień wpadający w błoto, zatopiłem się w martwym ciele Błazna.

Znalazłem się w ciele, które było martwe od wielu dni.

Nie zostało w nim ani odrobiny życia, zatem nie było to już ciało. Pozbawione życia jak kamień, rozdzielało się na swoje składniki i wracało do ziemi. Moja Moc nie podsuwała mi żadnego rozwiązania takiej sytuacji. Powstrzymałem się od ulegnięcia impulsowi i zawołania do Młotka, Ciernia i Sumiennego. Zmusiliby mnie tylko do powrotu do mego własnego ciała, by mnie ocalić.

Rozumienie jest uświadomieniem sobie otaczającego nas życia. Jest to pajęczyna, sieć łącząca nas ze wszystkimi istotami żywymi. Niektóre z nich były pełnymi życia i złożonymi, dużymi, zdrowymi zwierzętami, żądnymi mojego szacunku. Drzewa i inne rośliny były subtelniejsze, lecz jeszcze bardziej niezbędne dla kontynuacji życia niż istoty poruszające się o własnych siłach. Były osnową, na której jest utkany świat; bez nich wszyscy byśmy się zaplątali i upadli. Mimo to udawało mi się nie zwracać na nie uwagi przez większość życia, jeśli nie liczyć przelotnego zainteresowania zielonym cieniem życia najstarszych drzew. Lecz poza tym wszystkim i pod tym wszystkim płynęło jeszcze bardziej mgliste życie.

Śmierć.

Śmierć – węzły w łączącej nas wszystkich sieci – wcale nie była śmiercią. W tej wirującej i zaciskającej się pętli życie zmieniało kształt, a nie ulegało zniszczeniu. W ciele Błazna kipiało życie, jak we wrzącym kotle, torując sobie drogę do powtórnych narodzin. Każdy element, który poprzednio był połączony z innymi, by uczynić to ciało żywą istotą, nadal w nim tkwił. Pytanie tylko, czy uda mi się owo ciało namówić, by przyjęło dawny układ, a nie rozkładało się na prostsze formy.

Byłem bez tchu, głosu i zmysłów. Zupełnie jakbym się znalazł w nurcie Mocy, unoszącym ze sobą kawałki ciała Błazna, które miały zostać użyte gdzie indziej. Fascynowało mnie to uporządkowane rozpraszanie, to rozdzielanie i ponowne składanie. Jakbym obserwował dobrze rozgrywaną partię gry w kamienie. Poszczególne elementy poruszały się w uporządkowany sposób. Spróbowałem pchnąć jeden z nich na jego dawne miejsce, lecz odpłynął ode mnie i dołączył do swoich towarzyszy.

„To znów ta sama gra. Tylko ty jej znów nie chcesz dostrzec. To nie są pojedynczy myśliwi, lecz ich stado. Nie należy przeciwstawiać swojej woli jednostkom. Jest ich zbyt wiele. Nie dasz rady ich powstrzymać. Zatem zagoń je, wykorzystaj. To, co zrobiły na nowo, umieść na dawnym miejscu".

To była wilcza mądrość. Miał rację Czarniak. Ślepun był ze mną, nie taki, jakim był on, lecz jacy byliśmy my. Tej nocy posługiwałem się jego widzeniem, jego prostą wilczą świadomością, że kiedy się je mięso, je się tak samo życie, jak i ciało. Elegancka równowaga drapieżcy i ofiary miała tu takie samo zastosowanie, jak podczas naszych wspólnych polowań. Śmierć żywi życie. To, co ciało rozkłada na kawałki, później znów składa razem.

To nie było uzdrawianie Mocą. To było ukierunkowywanie zmian, ustawianie rozmaitych kawałeczków z powrotem w zapamiętanym przeze mnie układzie. Wątpię, czy okazałem się równie sprawny, jak Brus, kiedy przywracał mnie do życia. Raz po raz poprawiony przeze mnie strumień odwracał bieg i znów trzeba go było przekonać do budowania, a nie demontowania. Poza tym Błazen nie był w pełni człowiekiem. Tej nocy dogłębnie się zapoznałem z jego obcością. Sądziłem, że go znam. Podczas tych godzin odbudowy uświadomiłem sobie, jaki jest, i takim go zaakceptowałem. To samo w sobie stanowiło objawienie. Zawsze wierzyłem, że jesteśmy do siebie bardziej podobni, niż się różnimy. To po prostu nie była prawda. Był człowiekiem tylko w takim samym stopniu, w jakim ja byłem wilkiem.

Nie przerywałem pracy, nawet kiedy poczułem, że krew znów zaczyna krążyć w jego żyłach, nawet kiedy powoli sobie uświadomiłem, że znów mogę zaczerpnąć tchu do jego płuc. W akcie przywracania jego ciała do życia niektóre fragmenty uległy odbudowaniu. Dwa żebra miał złamane. Teraz końce kości odnalazły się i zaczęły się spajać. Cieniutkie tkanki zamknęły najgorsze rozdarcia skóry. Niewiele jednak mogłem zrobić, jeśli po prostu brakowało ciała, kości albo paznokcia. Delikatnie zapoczątkowałem jego własny proces uzdrawiania. Nie śmiałem przyśpieszać go ponad jego własne, ostrożne tempo. Błazen już spalił rezerwy swego organizmu. Osłoniłem żywe mięso na jego plecach przed muśnięciami powietrza, które sprawiały mu przejmujący ból. Pomogłem rozdartemu językowi znów połączyć się w całość. Brakowało mu dwóch zębów i na to nic nie mogłem poradzić. Kiedy zrozumiałem, że zrobiłem dla jego ciała wszystko, co mogłem, nabrałem w jego płuca więcej powietrza. Otworzyłem jego oczy.

Noc bladła do brzasku. Słabsze gwiazdy już ustąpiły przed rozlewającym się światłem dnia. Jakiś ptak śpiewał poranną pieśń. Inny odpowiedział jej wyzwaniem. Obok mojego ucha przeleciał głośno jakiś owad. Wolniej nabierałem świadomości własnego ciała. Krążyła w nim krew, czułem smak powietrza wydychanego z płuc. Podobało mi się. Był ból, mnóstwo bólu. Jest to jednak posłaniec ciała, ostrzeżenie, że coś jest nie tak i trzeba to naprawić. Ból dowodzi, że człowiek żyje. Potrzebowałem tej świadomości i upajałem się nią. Przez dłuższy czas mi to wystarczało.

Zamrugałem i poruszyłem oczyma. Ktoś trzymał mnie w ramionach. Jego ręka pod moimi plecami stanowiła szkarłatną wstęgę bólu, lecz nie miałem siły, by się od niej odsunąć. Podniosłem wzrok na moją własną twarz. Wyglądała inaczej niż oglądana w lustrze. Byłem starszy, niż sądziłem. Zdjął koronę, lecz na moim czole, tam gdzie do niego przywarła, widniała wyraźna pręga. Oczy miałem zamknięte, a spod powiek spływały mi na policzki łzy. Nie wiedziałem, czemu płaczę. Jak ktokolwiek może szlochać w taki poranek? Z wielkim wysiłkiem powoli uniosłem rękę i dotknąłem swojej twarzy. Moje oczy rozwarły się gwałtownie, a ja spojrzałem w nie ze zdumieniem. Nie wiedziałem, że są takie ciemne i że mogą być tak wielkie. Spojrzałem w dół na siebie z niedowierzaniem.

– Bastard?

Intonacja była Błazna, lecz chrapliwy głos należał do mnie.

Uśmiechnąłem się.

– Ukochany.

Jego ramiona zamknęły się wokół mnie niemal konwulsyjnie. Wyprężyłem się, chcąc uniknąć bólu, lecz on jakby tego nie zauważał. Wstrząsał nim szloch.

– Nie rozumiem! – zawył w niebo. – Nie rozumiem. – Rozejrzał się z szaleńczą niepewnością i strachem, malującymi się na mojej twarzy. – Nie widziałem tego momentu. Jestem poza swoim czasem, poza miejscem, w którym się skończyłem. Co się stało? Co się z nami stało?

Spróbowałem się poruszyć, ale miałem tak mało siły. Przez jakiś czas musiałem ignorować szlochanie Błazna, bo badałem stan jego ciała. Było wiele uszkodzeń, ale ono starało się je naprawić. Czułem się straszliwie słaby. Zaczerpnąłem tchu i powiedziałem cicho:

– Skóra na moich plecach jest jeszcze świeża i wrażliwa.

Nabrał powietrza.

– Ale ja umarłem – zaprotestował chrapliwie. – Byłem w tym ciele, a ona odcięła mi skórę z pleców. Umarłem. – Na tych słowach głos mu się załamał. – Pamiętam to. Umarłem.

– Przyszła twoja kolej umrzeć – zgodziłem się. – A moja kolej, by cię sprowadzić z powrotem.

– Ale jak? Gdzie jesteśmy? Nie, wiem gdzie, ale kiedy? Jak możemy tu być, żywi? Jak możemy?

– Uspokój się. – Mówiłem głosem Błazna. Spróbowałem nadać mu jego charakterystyczny ton rozbawienia i niemal mi się to udało. – Wszystko będzie dobrze.

Odnalazłem jego dłonią mój nadgarstek. Czubki palców wiedziały, gdzie spocząć. Przez chwilę nasze spojrzenia zatopiły się w sobie, a my zlaliśmy się w jedność. Jedna osoba. Zawsze byliśmy jedną osobą. Ślepun powiedział to już dawno temu. Dobrze było znów stać się całym. Użyłem naszej siły, by się unieść i przytknąć jego czoło do mojego. Nie zamknąłem jego oczu. Patrzyliśmy na siebie. Poczułem na jego ustach mój przestraszony oddech.

– Weź ode mnie swoje ciało – poprosiłem cicho.

I tak przeszliśmy, jeden w drugiego, lecz przez chwilę byliśmy jednością. W tym zlaniu stopiły się granice między nami. Przypomniałem sobie, jak kiedyś powiedział: „Żadnych ograniczeń", i nagle zrozumiałem, o co mu chodziło. Żadnych granic między nami. Powoli odsunąłem się od niego. Wyprostowałem się i spojrzałem na spoczywającego w moich ramionach Błazna. Przez moment patrzył na mnie czystym wzrokiem, a na jego twarzy malowało się tylko zdumienie. A potem dał mu o sobie znać ból udręczonego ciała. Błazen zacisnął powieki i skrzywił się na mój dotyk.

– Przepraszam – powiedziałem miękko. Opuściłem go delikatnie na płaszcz. Iglaste gałęzie, które były jego stosem pogrzebowym, teraz zmieniły się w materac. – Nie miałeś rezerw, bym mógł dokonać całkowitego uzdrowienia. Może za kilka dni...

Ale on już spał. Uniosłem skraj płaszcza i przykryłem nim Błaznowi oczy, by osłonić je przed wschodzącym słońcem. Wciągnąłem nosem powietrze i przyszło mi do głowy, że to dobra pora na polowanie.

Trwało cały ranek. Wróciłem z parą królików i zieleniną. Błazen leżał tak, jak go zostawiłem. Oczyściłem króliki i powiesiłem, by wyciekła z nich krew. W cieniu rozbiłem namiot. Znalazłem szatę Najstarszych, którą mi kiedyś dał Błazen, i wyłożyłem ją przed namiotem. Sprawdziłem, jak się czuje. Spał dalej. Przyjrzałem mu się krytycznie. Znalazły go insekty. Wraz z coraz silniejszym światłem słońca, które na niego padało, przekonały mnie, że powinienem go przesunąć.

– Ukochany – odezwałem się cicho. Nie zareagował. Mimo to mówiłem dalej, bo wiedziałem, że czasami jesteśmy świadomi tego, co słyszymy podczas snu. – Muszę cię przesunąć. Może zaboleć.

Znów nie zareagował. Wsunąłem ręce pod płaszcz i jak najdelikatniej uniosłem Błazna. I tak krzyknął bez słów, wijąc mi się w ramionach w próbie ucieczki przed bólem. Kiedy niosłem go przez pradawny plac do namiotu rozbitego w cieniu drzew, otworzył oczy. Spojrzał na mnie i przeze mnie; nie poznał mnie, nie rozbudzony do końca.

– Proszę – rzekł błagalnie urywanym głosem. – Przestań, proszę. Nie zadawaj mi już bólu. Proszę.

– Jesteś bezpieczny – pocieszyłem go. – Już po wszystkim. Skończyło się.

– Proszę! – zawołał.

Musiałem przyklęknąć, by umieścić go w namiocie. Krzyknął, gdy materiał musnął jego obnażone plecy. Położyłem go najdelikatniej, jak umiałem.

– Będziesz tu ukryty przed słońcem i owadami – powiedziałem. Chyba mnie nie usłyszał.

– Proszę. Już dosyć. Cokolwiek chcesz, cokolwiek. Tylko przestań. Przestań.

– Już się skończyło. Jesteś teraz bezpieczny.

– Proszę.

Znów zamknął oczy i znieruchomiał. Mówił przez sen.

Wyszedłem z namiotu. Musiałem odejść od Błazna. Jego stan przejmował mnie rozpaczą, a dodatkowo rozbiły mnie moje własne, nagłe wspomnienia. Poznałem tortury. Metody Władczego były prymitywne, lecz skuteczne. Ja jednak miałem małą tarczę, której brakowało Błaznowi. Wiedziałem, że dopóki się nie poddam, że dopóki nie dam mu dowodu, że mam Rozumienie, Władczy po prostu nie może mnie zabić. Wytrzymywałem więc bicie i straszne warunki; nie dałem Władczemu tego, czego chciał. Gdybym to zrobił, pozwoliłoby mu to na zabicie mnie bez skrupułów i to za aprobatą książąt Królestwa Sześciu Księstw. I w końcu, kiedy wiedziałem, że dłużej już nie wytrzymam, wyrwałem mu swoją śmierć i zażyłem truciznę, nie chcąc dać mu się złamać.

Błazen jednak nie miał niczego, co mógłby zachować dla siebie. Nie miał niczego, co chciała blada kobieta, prócz bólu. Do jakich błagań go zmuszała, co mu kazała obiecać, tylko po to, by śmiać się z jego kapitulacji i od nowa zacząć dręczyć jego ciało? Nie chciałem tego wiedzieć. Nie chciałem tego wiedzieć i wstyd mi było, że uciekłem od jego bólu. Czy nie chcąc przyznać, co wycierpiał, mogłem udawać, że to nie nastąpiło?

Przed moimi myślami zawsze ukrywałem się w drobnych pracach. Napełniłem skórzany bukłak czystą, zimną wodą ze strumyka. Ukradłem drewno z byłego stosu pogrzebowego i rozpaliłem niewielkie ognisko. Kiedy już ogień dobrze płonął, jednego królika nabiłem na rożen z patyka, by się piekł, a drugiego włożyłem do garnuszka z wodą. Zebrałem moje rozrzucone zimowe ubrania, wytrzepałem je i rozwiesiłem na krzakach, by się przewietrzyły. W trakcie tej krzątaniny natknąłem się na kogucią koronę, najwyraźniej odrzuconą przez Błazna w przypływie złości. Przyniosłem ją do namiotu i położyłem tuż przy klapie. Poszedłem do strumienia, wyszorowałem się do czysta skrzypem i związałem mokre włosy w żołnierski kucyk. Nie czułem się jak żołnierz. Zastanawiałem się, czy miałbym lepsze samopoczucie, gdybym ją zabił. Pomyślałem, że mógłbym wrócić, zabić bladą kobietę i przynieść Błaznowi jej głowę.

Nie sądziłem, żeby to coś pomogło, bo inaczej zapewne bym to zrobił.

Odstawiłem zupę z królika, by ostygła, a pieczonego zjadłem. Kiedy człowiek długo się obywał bez świeżego mięsa, nic się nie da z nim porównać. Blisko kości było krwawe i soczyste. Jadłem jak wilk, zanurzając się w tej chwili i w akcie żerowania. W końcu jednak musiałem rzucić ostatnią ogryzioną kość do ognia i zastanowić się nad czekającym mnie wieczorem.

Zaniosłem kociołek z zupą do namiotu. Błazen nie spał. Leżał na brzuchu i patrzył w kąt namiotu. Ukośne światło późnego popołudnia przeświecało przez bryty materiału i okrywało Błazna plamami koloru. Wiedziałem, że się obudził. Nie mogłem o tym nie wiedzieć, jako że odnowiła się nasza więź Mocy. Potrafiłem zablokować większość fizycznego bólu, który odczuwał. Trudniej było zablokować jego ból psychiczny.

– Przyniosłem ci jedzenie – odezwałem się.

Po chwili milczenia dodałem:

– Musisz jeść, Ukochany. I pić. Przyniosłem świeżej wody.

Czekałem.

– Jeśli chcesz, mogę zrobić ci herbaty.

W końcu wziąłem kubek i nalałem do niego stygnącego rosołu.

– Jak to wypijesz, przestanę ci się naprzykrzać. Ale tylko jeśli to wypijesz.

W zapadającym zmierzchu cykały świerszcze.

– Ukochany, mówię poważnie. Nie dam ci spokoju, dopóki przynajmniej nie wypijesz tego.

Odezwał się. Głos miał bezbarwny i nie patrzył na mnie.

– Mógłbyś mnie tak nie nazywać?

– Ukochany? – zapytałem, zdezorientowany.

Skrzywił się na to słowo.

– Tak.

Siedziałem z kubkiem zimnego rosołu w dłoniach. Po pewnym czasie rzekłem sztywno:

– Jeśli tego sobie życzysz, Błaźnie. Ale i tak nie odejdę, dopóki nie wypijesz.

Poruszył się w mroku namiotu. Odwrócił ku mnie głowę i wyciągnął rękę po kubek.

– Szydziła ze mnie, używając tego imienia – powiedział cicho.

– Och.

Wziął niezdarnie kubek; uważał, by nie dotknąć go poranionymi czubkami palców. Podparł się na łokciu, drżąc z bólu i wysiłku. Chciałem mu pomóc. Wiedziałem jednak, że nie powinienem mu tego proponować. Wypił rosół dwoma długimi łykami i wyciągnął ku mnie kubek drżącą ręką, a kiedy go zabrałem, opadł z powrotem na brzuch. Kiedy nadal siedziałem, rzekł ze znużeniem:

– Wypiłem.

Zabrałem kociołek i kubek i wyszedłem w noc. Dolałem nieco wody do zupy i ustawiłem ją przy ogniu. Niech pyrkocze do rana. Usiadłem wpatrzony w ogień, przypominając sobie rzeczy, o których nie chciałem myśleć, i obgryzając paznokieć, aż obdarłem go za blisko ciała. Skrzywiłem się i pokręciłem głową. Ja mogłem wycofać się w bycie wilkiem. Jako wilk nie zostałem upokorzony ani poniżony. Jako wilk zachowałem godność i władzę nad swoim życiem. Błazen nie miał się dokąd udać.

Miałem Brusa i jego spokojne, znajome zachowanie. Miałem odosobnienie, spokój i wilka. Pomyślałem o Ślepunie i poszedłem na polowanie.

Szczęście z pierwszej nocy już mi nie sprzyjało. Wróciłem do obozu po wschodzie słońca bez mięsa, za to z koszulą pełną dojrzałych śliwek. Błazen zniknął. Przy ogniu stał czajnik z herbatą, by nie wystygł. Opanowałem chęć zawołania go po imieniu i niemal cierpliwie czekałem przy ognisku, aż zobaczyłem, jak wraca ścieżką od strumienia. Miał na sobie szatę Najstarszych, a mokre włosy przylegały mu ciasno do głowy. Szedł bez wdzięku, ze zgarbionymi ramionami. Kulał. Z trudem powstrzymałem się, by do niego nie podejść. W końcu dotarł do ogniska.

– Znalazłem śliwki – powiedziałem.

Wziął uroczyście jedną z nich i ugryzł.

– Słodkie – stwierdził, jakby go to zaskoczyło. Z ostrożnością starego człowieka usiadł na ziemi. Zobaczyłem, że powiódł językiem wokół ust, i skrzywiłem się razem z nim, kiedy odkrył po jednej stronie brak zębów. – Powiedz mi, co się stało – poprosił cicho.

Powiedziałem mu wszystko. Zacząłem od wyrzucenia mnie na śnieg przez jej strażników i raportowałem z taką liczbą szczegółów, jakby siedział tu Cierń i kwitował moje słowa kiwaniem głowy. Kiedy zacząłem mówić o smokach, twarz Błazna zaczęła się powoli zmieniać. Po chwili się wyprostował. Poczułem, że nasza więź Mocy się potęguje; sięgnął do mego serca, by potwierdzić to, co słyszy, jakby same słowa nie wystarczyły. Otworzyłem się przed nim chętnie i podzieliłem z nim doświadczeniem tamtego dnia. Kiedy powiedziałem, że Lodogień i Tintaglia odbyły lot godowy, a potem zniknęły, wstrząsnął nim szloch. Nie wylał jednak żadnych łez, kiedy stwierdził z niedowierzaniem:

– A zatem... zwyciężyliśmy. Ona poniosła klęskę. Znów na niebie tego świata pojawią się smoki.

– Oczywiście – odparłem i dopiero wtedy uświadomiłem sobie, że nie mógł tego wiedzieć. – Kroczymy teraz w twojej przyszłości. Po ścieżce, którą nam wyznaczyłeś.

Znów się zakrztusił. Wstał sztywno i kilka razy okrążył namiot. Odwrócił się do mnie, z wyzierającą mu z oczu rozpaczą.

– Ale... ja tu jestem ślepy. Nie przewidziałem żadnego z tych wydarzeń. Zawsze, w każdej wizji, jeśli następowało zwycięstwo, okupywałem je śmiercią. Zawsze ginąłem.

Powoli przekrzywił głowę i zapytał, jakby szukając potwierdzenia:

– Ja przecież umarłem?

– Tak – przyznałem. Nie mogłem jednak powstrzymać uśmiechu, który wypełzł mi na twarz. – Ale, jak ci powiedziałem w Koziej Twierdzy, ja jestem katalizatorem. Jestem Odmieńcem.

Stał nieruchomy jak kamień, ale kiedy powoli zaczął rozumieć, miałem wrażenie, jakbym oglądał budzącego się kamiennego smoka. Jakby ktoś tchnął w niego życie. Zaczął dygotać, ale tym razem nie bałem się ująć go pod rękę i pomóc mu usiąść.

– Reszta – wyrzekł drżącym głosem. – Opowiedz mi resztę.

I powiedziałem mu, co się jeszcze wydarzyło tamtego dnia. Jedliśmy śliwki, piliśmy jego herbatę, a potem skończyliśmy rosół z królika z zeszłego wieczoru. Kiedy opowiadałem mu o Czarnym Człeku, oczy Błazna szeroko się rozwarły. Opowiedziałem, jak szukałem jego ciała, i z niechęcią opisałem, jak je odnalazłem. Odwrócił wtedy wzrok, a ja poczułem, że nasza więź Mocy słabnie, jakby chciał zniknąć sprzed moich oczu. Powiedziałem mu jednak wszystko, także o spotkaniu z bladą kobietą. Roztarł sobie ramiona i zapytał drżącym głosem:

– A zatem ona wciąż żyje? Nie umarła?

– Nie zabiłem jej – przyznałem.

– Dlaczego? – spytał piskliwie, z niedowierzaniem. – Dlaczego jej nie zabiłeś, Bastardzie? Dlaczego?

Wstrząsnął mną ten wybuch; poczułem się głupio i zacząłem się usprawiedliwiać.

– Nie wiem. Może dlatego że wydawało mi się, że ona tego chce. – Te słowa zabrzmiały niemądrze w moich uszach, ale i tak je wypowiedziałem. – Najpierw Czarny Człek, a potem blada kobieta powiedzieli, że jestem katalizatorem dla tego czasu. Odmieńcem. Nie chciałem zmieniać niczego, co ty zrobiłeś.

Przez jakiś czas obaj milczeliśmy. Błazen bardzo nieznacznie kołysał się w przód i w tył, oddychając ustami. Potem chyba się uspokoił, a może tylko wyciszył. Wreszcie odezwał się z wysiłkiem, który próbował ukryć:

– Jestem pewien, że postąpiłeś jak najsłuszniej, Bastardzie. Nie mam ci tego za złe.

Może naprawdę tak myślał, ale wtedy chyba obu nam trudno było w to uwierzyć. Przyćmiło to blask jego zwycięstwa i wzniosło między nami niewyraźny mur. Mimo to opowiadałem dalej, a kiedy doszedłem do tego, jak przybyliśmy tu przez filar Mocy, który znalazłem w lodowym pałacu, Błazen znieruchomiał.

– Nigdy tego nie widziałem – przyznał z nutą zdumienia w głosie. – Nawet się nie domyślałem.

Dokończyłem szybko. Kiedy mówiłem o koguciej koronie i o moim zaskoczeniu, że nie jest to jakiś potężny magiczny talizman, lecz jedynie pięcioro poetów unieruchomionych w czasie, wzruszył jednym ramieniem, jakby chciał usprawiedliwić swoje pragnienie posiadania czegoś tak błahego.

– Nie chciałem jej dla siebie – stwierdził cicho.

Przez moment siedziałem w milczeniu, czekając, by dodał coś więcej. Nie naciskałem go. Nawet kiedy skończyłem opowieść i Błazen zdał sobie sprawę, jak całkowicie wygrał, wydawał się dziwnie przygaszony. Równie dobrze mógł odnieść zwycięstwo przed wielu laty, a nie zaledwie przed kilkoma dniami. Sposób, w jaki je przyjął, sprawił, że wydawało się nieuniknione, a nie z trudem wywalczone.

Otoczył nas wieczór. Skończyłem opowieść, lecz Błazen nie starał się opowiedzieć, co się działo z nim. Nie spodziewałem się tego. Mimo to milczenie, które zapadło między nami, samo było jak opowieść. Mówiło o upokorzeniu i zdumieniu, że coś, co uczyniono Błaznowi, mogło go zawstydzać. Rozumiałem to aż nadto dobrze. Rozumiałem też, że gdybym próbował mu to powiedzieć, zabrzmiałoby to protekcjonalnie. Chwile ciszy trwały zbyt długo. Drobne zdania, moje stwierdzenie, że pójdę po więcej drewna albo jego uwaga, że granie owadów jest nawet przyjemne po cichych nocach na lodowcu, unosiły się w dzielącej nas ciszy jak pojedyncze pęcherzyki.

W końcu oznajmił, że idzie spać. Wszedł do namiotu, a ja zająłem się drobnymi pracami, które trzeba wykonać w obozie wieczorem. Przysypałem płomienie żarem, żeby przetrwał do rana, i pozbierałem nasze rzeczy. Dopiero, kiedy zbliżyłem się do namiotu, znalazłem na ziemi mój płaszcz, starannie złożony. Wziąłem go i ułożyłem się do snu przy ognisku. Rozumiałem, że Błazen wciąż się zmaga i że pragnie być sam. Jednak dotknęło mnie to, głównie dlatego, że chciałem, by był bardziej uleczony.

W środku nocy, kiedy mocno spałem, z namiotu buchnął pierwszy wrzask. Usiadłem z mocno bijącym sercem i natychmiast sięgnąłem do miecza leżącego obok mnie. Nim zdążyłem wyciągnąć go z pochwy, Błazen wypadł z namiotu. Miał wytrzeszczone oczy, włosy w nieładzie, paniczny oddech wprawiał jego całe ciało w dygot, a powietrze chwytał szeroko otwartymi ustami.

– Co się stało? – zapytałem, a on się wzdrygnął i cofnął przede mną. Po chwili jednak chyba przyszedł do siebie i poznał mój cień obok dogasającego ogniska.

– Nic takiego. Zły sen. – Chwycił się za łokcie i zgiął nad skrzyżowanymi rękoma, kołysząc się lekko, jakby wnętrzności trawił mu jakiś straszliwy ból. – Śniło mi się, że przeszła przez filar – przyznał po chwili. – Obudziłem się i wydało mi się, że widzę ją nad sobą w namiocie.

– Ona chyba nie wie, co to jest filar Mocy ani jak działa – zauważyłem. A potem sam usłyszałem, jak niepewna jest ta pociecha, i pożałowałem, że nie trzymałem języka za zębami.

Nie odpowiedział. Podszedł blisko ognia. Drżał, chociaż noc była ciepła. Bez pytania pochyliłem się i położyłem trochę drewna na żar. Błazen stał, obejmując się rękoma, i patrzył, jak obudzone płomienie ogarniają opał.

– Nie mogę tam teraz wrócić. Nie mogę – odezwał się po chwili przepraszająco.

Nic nie powiedziałem, tylko rozłożyłem płaszcz szerzej na ziemi. Podszedł do niego ostrożnie jak kot i bez słowa niezdarnie ułożył się między mną i ogniem. Leżałem nieruchomo, czekając, aż się odpręży. Płomienie mruczały coś do siebie i wbrew mojej woli znów mi zaciążyły powieki. Właśnie zaczynałem osuwać się w sen, kiedy odezwał się cicho.

– Czy można po tym dojść do siebie? Ty doszedłeś?

Prosił mnie tak żarliwie, pragnąc by istniało jutro bez tego cienia.

Powiedziałem najtrudniejszą prawdę, jaką kiedykolwiek przyszło mi wypowiedzieć.

– Nie. Nie można. Ja nie doszedłem do siebie. Ty też nie dojdziesz. Ale żyje się dalej. To się staje częścią człowieka, jak każda blizna. Będziesz z tym żył.

Tej nocy, kiedy tak spaliśmy plecy w plecy pod gwiazdami na moim starym płaszczu, czułem, jak Błazen drży, a potem wzdryga się i zmaga z czymś przez sen. Położyłem się twarzą do niego. Po policzkach płynęły mu lśniące łzy, a on szarpał się dziko, obiecując nocy:

– Proszę, przestań. Przestań! Cokolwiek, cokolwiek. Tylko proszę, proszę, przestań!

Dotknąłem go; wrzasnął i przez chwilę szaleńczo się ze mną szamotał, a potem się obudził, chwytając ustami powietrze. Puściłem go, a on natychmiast się ode mnie odtoczył. Rzucił się na czworakach do ucieczki po kamiennych płytach placu na skraj lasu, gdzie zwiesił głowę jak chory pies i kilka razy zwymiotował, starając się pozbyć wypowiedzianych przez siebie tchórzliwych słów. Nie podszedłem do niego. Jeszcze nie wtedy.

Kiedy wrócił, idąc już normalnie, podałem mu bukłak z wodą. Wypłukał usta, wypluł, a potem się napił. Stał, patrząc w noc, jakby mógł tam znaleźć utracone kawałki samego siebie. Czekałem. W końcu podszedł w milczeniu i osunął się na płaszcz obok mnie.

W końcu ułożył się na boku, zwinięty w kłębek plecami do mnie. Dygotał. Westchnąłem.

Wyciągnąłem się obok niego. Przysunąłem się bliżej i mimo jego oporu, ostrożnie odwróciłem go do siebie i wziąłem niezdarnie w ramiona. Płakał w milczeniu, więc otarłem mu palcami policzki z łez. Uważając na jego obolałe plecy, przyciągnąłem go do siebie i objąłem. Delikatnie ucałowałem w głowę, którą miałem pod swoim podbródkiem.

– Zaśnij, Błaźnie – rzekłem szorstko. – Jestem tu. Zaopiekuję się tobą.

Uniósł dłonie i przestraszyłem się, że mnie odepchnie. On jednak chwycił mnie za koszulę i mocno do mnie przywarł.

Przez całą noc trzymałem go w ramionach, tak blisko, jakby był moim dzieckiem albo kochankiem. Tak blisko, jakby był mną, okaleczonym i samotnym. Obejmowałem go, kiedy płakał i kiedy przestały już płynąć jego łzy. Dawałem mu wszelkie pocieszenie, jakiego mógł zaczerpnąć z ciepła i siły mego ciała. Nigdy nie czułem, że stałem się z tego powodu mniej męski.

## ROZDZIAŁ 30

# CAŁOŚĆ

*Piszę to osobiście i proszę o wybaczenie dla górskiej ręki, którą stawiam znaki pisma Królestwa Sześciu Księstw. Nasz szacowny skryba Strzyżyk przygotowuje oficjalne pismo, lecz w tym zwoju zapragnęłam napisać do Ciebie osobiście, jak wdowa do wdowy i kobieta do kobiety, byś miała pewność, że rozumiem, iż żadne nadanie ziemi czy tytułu nie może złagodzić straty, którą poniosłaś.*

*Twój mąż spędził większość życia w służbie tronu Przezornych. Zaiste, za wszystko, co zrobił dla swoich królów, powinien zostać wynagrodzony już przed wielu laty. Pieśń o nim powinna być śpiewana we wszystkich salach. Tylko dzięki temu, że zaryzykował własne życie, przetrwałam ową ciemną noc, podczas której zwrócił się przeciwko nam samozwaniec Władczy. W swej skromności prosił, by jego czyny pozostały nie opiewane w pieśni. Wydaje się bezdusznym, że korona Królestwa Sześciu Księstw przypomina sobie wszystko, co mu zawdzięczamy, dopiero teraz, kiedy poniósł w naszej służbie śmierć.*

*Szukałam ziem, które hojnie wynagrodziłyby służbę Brusa, kiedy przybył kurier od księżnej Cierpliwej. Zaiste, złe wieści roznoszą się szybko, wiedziała już bowiem o śmierci Twego męża. Napisała mi, że zalicza się on do najdroższych przyjaciół księcia Rycerskiego i że jest pewna, iż jej pan życzyłby sobie, by jego posiadłość w Białym Gaju przeszła pod zarząd Twojej rodziny. Tytuł własności do tej ziemi zostanie Ci przekazany natychmiast, by już na zawsze został w Twojej rodzinie.*

List od królowej Ketriken do Sikorki mistrzyni Świec Brusowej

Śniło mi się, że jestem tobą – odezwał się cicho do płomieni.

– Tak?

– I że ty jesteś mną.

– Jakież to dziwaczne.

– Nie rób tego – ostrzegł mnie.

– Czego? – zapytałem niewinnie.

– Nie bądź mną.

Mieliśmy nad sobą baldachim nocy, wiał ciepły wiatr. Błazen poruszył się na posłaniu obok mnie. Uniósł szczupłe palce, by odgarnąć z twarzy złociste włosy. Zamierający blask ognia niemal skrywał już znikające sińce, lecz kości policzkowe mój przyjaciel wciąż miał zbyt wystające.

Chciałem mu powiedzieć, że ktoś musiał być nim, skoro on sam tak całkowicie przestał to robić. Zapytałem go jednak:

– A dlaczego?

– To mnie wytrąca z równowagi. – Odetchnął głęboko. – Jak długo tu jesteśmy?

Obudził mnie tej nocy trzeci raz. Już się do tego przyzwyczaiłem. Nie sypiał dobrze. Spodziewałem się, że tak będzie. Dobrze pamiętałem, jak w trakcie zdrowienia po lochach Władczego sypiałem tylko za dnia, kiedy Brus był w pobliżu i mnie pilnował. Czasami dobrze jest spać ze słońcem na powiekach. A czasami cicha rozmowa w nocy jest lepsza od snu, choćby było się bardzo zmęczonym. Usiłowałem sobie przypomnieć, ile czasu upłynęło od chwili, kiedy przeniosłem jego ciało przez filar. Było to dziwnie trudne. Przerywane noce i pokryte słonecznymi plamami dnie odpoczynku jakby się mnożyły.

– Pięć dni, jeśli policzymy dni. Cztery noce, jeśli policzymy noce. Nie martw się tym. Wciąż jesteś bardzo słaby. Nie chcę próbować podróży przez filar, dopóki się nie wzmocnisz.

– Ja w ogóle nie chcę próbować podróży przez filar.

– Mhm – zgodziłem się z nim. – W końcu jednak będziemy musieli to zrobić. Nie mogę zostawić Młotka z Czarnym Człekiem. I powiedziałem Cierniowi, że kiedy przypłynie statek, będziemy na niego czekać na plaży. To powinno się stać za jakieś pięć dni. Chyba. – W lodowym labiryncie straciłem rachubę czasu. Starałem się tym nie martwić. Od nieudanej próby uzdrowienia Błazna zerwałem wszelkie kontakty z kręgiem Mocy. Kilka razy czułem niewyraźne skrobanie do drzwi, lecz zdecydowanie ignorowałem członków kręgu. Zapewne martwili się o mnie. – Mam życie, do którego muszę wrócić – powiedziałem głośno, by przekonać samego siebie.

– Ja nie.

Błazen chyba był z tego zadowolony. To mnie podniosło na duchu. Wciąż potrafił w ciągu dnia zatrzymać się bez ruchu, jakby nasłuchiwał wersji przyszłości, które już go nie przyzywały. Zastanawiałem się, jak on to odbiera. Przez całe życie usiłował wepchnąć czas w koleiny, które uważał za najlepsze. I osiągnął to; żyliśmy w przyszłości przez niego zaplanowanej. Myślę, że wahał się między zadowoleniem z takiej właśnie przyszłości, a niepokojem o swoją w niej rolę. Czasami po prostu siedział z okaleczonymi dłońmi spoczywającymi bezpiecznie na kolanach i wbijał wzrok w ziemię. Wtedy miał nieobecne spojrzenie, a oddychał tak powoli i płytko, że jego pierś ledwie się unosiła. Wiedziałem, że kiedy tak siedzi, usiłuje znaleźć sens w tym, co z natury było sensu pozbawione. Nie próbowałem mu tego wyperswadować. Próbowałem natomiast, tak jak teraz, z optymizmem patrzeć w przyszłość.

– To prawda. Nie masz życia, do którego musisz wrócić; żadnego ciężaru, który musisz podjąć, żadnego kieratu, który musisz znów ciągnąć. Umarłeś. Widzisz, jakie to może być przyjemne, być martwym? Kiedy człowiek umrze, nikt się po nim nie spodziewa, że zostanie królem. Albo prorokiem.

Podparł się na łokciu.

– Mówisz z doświadczenia – stwierdził w zadumie, ignorując mój żartobliwy ton.

Pokazałem mu zęby w uśmiechu.

– Owszem.

Ułożył się z powrotem na płaszczu obok mnie i spojrzał w niebo. Nie uśmiechnął się. Powędrowałem spojrzeniem za jego wzrokiem. Gwiazdy bladły. Odtoczyłem się i lekko wstałem.

– Czas zapolować. Nadchodzi świt. Czujesz się na tyle silny, by pójść ze mną?

Musiałem zaczekać na odpowiedź. Pokręcił głową.

– Szczerze mówiąc, nie. Nigdy w życiu nie byłem taki zmęczony. Co ty zrobiłeś z moim ciałem? Jestem bardzo słaby i poobijany.

„Nigdy przedtem nie byłeś storturowany na śmierć". Uznałem, że to nie jest dobra odpowiedź, pominąłem więc tę kwestię.

– Myślę, że potrzebujesz czasu na odzyskanie sił, i tyle. Gdybyś nie był tak wychudzony, moglibyśmy uzdrowić cię Mocą.

– Nie – zakazał tego stanowczo. Nie drążyłem tematu.

– W każdym razie mam dość zawyspiarskich racji podróżnych, a i tak niewiele ich nam zostało. Dobrze by zrobiło ci świeże mięso. A nie zdobędę go, tracąc tu czas po próżnicy. Jeśli chcesz zjeść je na ciepło, to spróbuj przed moim powrotem obudzić ogień.

– Dobrze – zgodził się cicho.

Tego ranka polowanie nie szło mi dobrze. Myśli mąciła mi troska o Błazna. Raz niemal nadepnąłem na królika, a jemu i tak udało się uciec przed moim gorączkowym skokiem. Na szczęście w strumieniu były ryby, tłuste, srebrne i dające się łatwo zwabić. Wróciłem już za dnia, cały mokry, z czterema sztukami. Zjedliśmy je, kiedy słońce zaczęło mocniej świecić, a potem uparłem się, żebyśmy poszli do strumienia zmyć tłuszcz z rąk i twarzy. Potem chciałem zasnąć z pełnym żołądkiem, ale Błazen się zadumał. Siedział przy ogniu i szturchał żar patykiem. Kiedy westchnął trzeci raz, przetoczyłem się na plecy.

– O co chodzi? – zapytałem.

– Nie mogę wrócić.

– Cóż, tutaj nie możesz zostać. Teraz jest tu dość przyjemnie, ale uwierz mi na słowo: zima jest tu ciężka.

– Mówisz z doświadczenia.

Uśmiechnąłem się.

– Byłem o parę dolin stąd. Ale tak, znów mówię z doświadczenia.

– Po raz pierwszy w życiu nie wiem, co robić – przyznał. – Przeniosłeś mnie do miejsca w przyszłości, leżącego poza moją śmiercią. Codziennie, kiedy się budzę, jestem wstrząśnięty. Nie mam pojęcia, co się dalej ze mną stanie. Nie wiem, co powinienem zrobić ze swoim życiem. Czuję się jak łódka puszczona bez steru na wodę.

– Czy to takie straszne? Unoś się bez celu jakiś czas. Odpocznij i wzmocnij się. Większość z nas marzy o czymś takim.

Znowu westchnął.

– Nie wiem, jak to się robi. Nigdy przedtem tak się nie czułem. Nie potrafię zdecydować, czy to dobrze, czy źle. Nie mam pojęcia, co robić z tym dodatkowym życiem, które mi dałeś.

– Cóż, zapewne mógłbyś tu zostać przez resztę lata, gdybyś się nauczył łowić ryby i trochę polować. Nie możesz jednak stale się ukrywać przed swoim życiem i przyjaciółmi. W końcu będziesz musiał stawić mu czoło.

Niemal się uśmiechnął.

– I to mówi człowiek, który ponad dziesięć lat spędził jako martwy. Może powinienem wziąć przykład z ciebie. Znaleźć sobie spokojną chatę i przez kilkadziesiąt lat żyć jak pustelnik. A potem wrócić jako ktoś inny.

Parsknąłem śmiechem.

– Wtedy, po kilkudziesięciu latach, mógłbym cię wytropić. Oczywiście byłbym już wtedy starym człowiekiem.

– A ja nie – zauważył cicho.

Mówiąc to, spojrzał mi w oczy, a twarz miał poważną.

Była to niepokojąca myśl i z chęcią jej nie rozwijałem. Nie chciałem się zbyt głęboko zastanawiać nad takimi rzeczami. Kiedy wrócę, będę musiał się zmierzyć z wystarczającą liczbą trudnych spraw. Wymieniłem je w myślach: śmierć Brusa. Szybki. Pokrzywa. Traf. W końcu Sikorka, wdowa po Brusie. Jej pozbawieni ojca mali chłopcy. Komplikacje, których nie chciałem i z którymi nie wiedziałem, jak sobie poradzić. O wiele łatwiej było o nich nie myśleć. Odsunąłem je od siebie i zapewne udało mi się odgrodzić od świata czekającego na mój powrót lepiej niż Błaznowi, ponieważ miałem w tym wprawę. Przez następne dwa dni żyliśmy jak wilki, w teraźniejszości. Żywiliśmy się mięsem i wodą, a pogoda wciąż dopisywała. Królików było pod dostatkiem i wciąż mieliśmy suchy chleb podróżny w moim worku, jedliśmy więc dość dobrze. Błazen zdrowiał i chociaż się nie śmiał, czasami wydawał się niemal odprężony. Byłem przyzwyczajony do jego potrzeby samotności, lecz teraz unikał mnie z obojętnością, która wywoływała mój smutek. Nie odpowiadał na próby przekomarzania się. Nie ignorował ich ani nie marszczył brwi. Zawsze tak ochoczo znajdował humor nawet w najbardziej ponurych okolicznościach, że czułem, iż nawet w jego obecności za nim tęsknię. Mimo to nabierał sił i poruszał się z mniejszą ostrożnością. Powiedziałem sobie, że wraca do zdrowia i że to wystarczy. Zacząłem jednak odczuwać niepokój i kiedy pewnego ranka powiedział, że teraz jest już wystarczająco silny, nie sprzeczałem się z nim.

Niewiele mieliśmy do przygotowania przed opuszczeniem tego miejsca. Chciałem złożyć namiot Najstarszych, ale Błazen gwałtownie pokręcił głową.

– Nie. Zostaw go. Zostaw – powiedział chrapliwie.

Zaskoczyło mnie to. Prawda, że nie był w nim od czasu tamtego koszmaru, woląc spać między mną i ogniem, ale sądziłem, że zechce go mieć. Nie sprzeczałem się jednak. W gruncie rzeczy, kiedy zerknąłem nań po raz ostatni i zobaczyłem, jak umieszczone na tkaninie smoki i węże marszczą się na lekkim wietrze, okazało się, że potrafię myśleć tylko o leżącej na lodzie zdartej skórze Błazna. Zadrżałem i odwróciłem się od namiotu.

Podniosłem z ziemi kogucią koronę. Wróciła do swej drewnianej postaci, jeśli w ogóle kiedykolwiek było inaczej poza moją wyobraźnią. Srebrzystoszare pióra tkwiły sztywno w kręgu na opasce. Wciąż wydawało mi się, że szepce i wibruje mi w dłoni. Pokazałem ją Błaznowi.

– A co z tym? – zapytałem. – Krąg trefnisiów. Chcesz ją mieć czy mamy ją zostawić na szczycie słupa, by upamiętnić tę, która ją niegdyś nosiła?

Spojrzał na mnie dziwnie i odpowiedział miękko:

– Mówiłem ci. Nie chciałem jej dla siebie. Stanowi przedmiot umowy, którą zawarłem dawno temu. – Spojrzał na mnie bardzo uważnie i leciutko skinął głową, mówiąc: – Myślę, że nadeszła pora, by się z niej wywiązać.

Nie poszliśmy więc prosto do filaru, lecz znów ruszyliśmy zanikającą ścieżką pod sklepieniem drzew, obok strumienia, do kamiennego ogrodu. Droga była tak długa, jak ją zapamiętałem, a kiedy tylko weszliśmy w cień, zaatakowały nas kąśliwe muszki. Błazen nie zwrócił na nie uwagi i tylko szedł dalej. Nad naszymi głowami polatywały ptaki – ruchome cienie przecinające naszą ścieżkę. Las tętnił życiem.

Przypomniałem sobie swoje zdumienie, kiedy po raz pierwszy ujrzałem kamienne smoki pogrążone w głębokim śnie pod drzewami. Widząc je wtedy, byłem przerażony, dosłownie przejęty grozą. Mimo że od tamtej pory chodziłem wśród nich kilka razy, a nawet widziałem, jak wracają do życia i lecą do walki ze szkarłatnymi okrętami, wciąż tak samo mnie zdumiewały. Wybiegłem do przodu zmysłem Rozumienia i znalazłem je, niczym ciemnozielone stawy czekającego życia w cieniu drzew.

Było to miejsce odpoczynku wszystkich rzeźbionych smoków, które obudziły się, by obronić Królestwo Sześciu Księstw przed szkarłatnymi okrętami. Tu je znaleźliśmy, tu je obudziliśmy krwią, Rozumieniem i Mocą, i tutaj wróciły, kiedy skończył się rok walki. Smokami nazwałem je wtedy i wciąż je tak nazywałem siłą długiego przyzwyczajenia, lecz nie wszystkie z nich przybrały ten kształt. Niektóre świadczyły o innych wizjach lub przedstawiały legendarne zwierzęta heraldyczne. Olbrzymie figury z rzeźbionego kamienia oplatał bluszcz, a skrzydlaty dzik miał na głowie czapkę z zeszłorocznych liści. Dla oka były z kamienia, lecz Rozumieniem wyczuwałem w nich życie, nadające im kolory i szczegóły. Życie to kipiało głęboko w kamieniu, nie potrafiłem jednak wydobyć go na zewnątrz.

Teraz chodziłem między nimi, mając większą wiedzę niż wtedy, gdy je tu odkryłem, i nawet wyobrażałem sobie, że potrafię określić, które z nich wyrzeźbiły ręce Najstarszych, a które są dziełem kręgów Mocy z Królestwa Sześciu Księstw. Takim smokiem był niewątpliwie skrzydlaty kozioł. Podejrzewałem teraz, że te mające bardziej smocze kształty zostały stworzone przez Najstarszych. Najpierw poszedłem oczywiście do smoka Szczerego. Nie dręczyłem się próbami obudzenia go z kamiennego snu. Zdjąłem jednak koszulę i oczyściłem jego łuskowate czoło, muskularny grzbiet i złożone skrzydła z leśnego śmiecia. Kiedy wypolerowałem na całej długości tego, który niegdyś był moim królem, zalśnił w przesianym przez liście blasku słońca błękitem Księstwa Koziego. Po tym wszystkim, co ostatnio wycierpiałem, śpiący stwór wydał mi się przepełniony spokojem. Miałem nadzieję, że tak jest naprawdę.

Błazen oczywiście poszedł do dziewczyny na smoku. Kiedy się do nich zbliżyłem, zobaczyłem, że stoi przed nią z koroną w dłoni. Drugą rękę położył na barku smoka i zauważyłem, że dotyka go palcami naznaczonymi Mocą. Z wielkim spokojem na twarzy patrzył na postać dziewczyny siedzącej na smoku. Uroda rzeźby zapierała dech w piersiach. Jej włosy były bardziej złociste od włosów Błazna; spadały jej na ramiona i pieściły je luźnymi splotami. Dziewczyna o skórze jak śmietanka miała na sobie ciemnozieloną kamizelę, lecz jej nogi i stopy były nagie. Smok był jeszcze wspanialszy – jego łuski lśniły zielenią ciemnych szmaragdów. Emanował z niego niedbały wdzięk śpiącego kota gończego. Kiedy widziałem dziewczynę po raz ostatni, siedziała na smoku jakby we śnie, oplatając jego giętką szyję rękoma. Teraz dosiadała swego wierzchowca wyprostowana. Oczy miała zamknięte, lecz unosiła twarz, jakby czuła zabłąkane promienie słońca, które dotykały jej policzka. Wargi wyginał jej leciutki uśmiech. Zgniecione zielone rośliny pod śpiącym smokiem wskazywały, jak niedawno wzniosła się w powietrze. Poleciała z Błaznem na wyspę Aslevjal, a potem wróciła tutaj, by dołączyć do swoich śpiących towarzyszy.

Myślałem, że stąpam cicho, ale kiedy się zbliżyłem, Błazen odwrócił głowę i spojrzał na mnie.

– Pamiętasz, jak usiłowaliśmy ją tamtej nocy uwolnić?

Pochyliłem głowę. Wciąż jeszcze trochę się wstydziłem, że kiedykolwiek byłem taki młody i lekkomyślny.

– Nieustannie tego żałuję.

Dotknąłem ją wtedy Mocą, sądząc, że to wystarczy do jej uwolnienia. Zamiast tego tylko ją naraziłem na katusze.

Skinął z wolna głową.

– A ten drugi raz, kiedy ją dotknąłeś? Pamiętasz to?

Westchnąłem ciężko. To było owej nocy, gdy dzięki Mocy wszedłem w sen i zobaczyłem Sikorkę i Brusa jako jej mężczyznę. Później tego samego wieczoru zamieszkałem w ciele Szczerego, bo on pożyczył sobie moje, by począć syna. By począć Sumiennego z królową Ketriken. Nie wiedziałem, że miał taki zamiar. W obolałym ciele starego człowieka wałęsałem się po magicznym kamieniołomie. Wałęsałem się, aż razem ze Ślepunem natknęliśmy się na zajętego zakazaną czynnością Błazna. Odłupywał kamień wokół łap smoka, usiłując go skończyć i uwolnić. Zrobiło mi się go wtedy żal, bo odczuwał taką wielką empatię wobec stwora. Wiedziałem także, czego naprawdę trzeba, by obudzić smoka do życia: nie tylko pracy ludzkich rąk, lecz oddania mu ludzkiego życia i wspomnień, miłości i bólu, i radości. Przyłożyłem więc posrebrzone Mocą dłonie Szczerego do kamiennego ciała dziewczyny na smoku i przelałem w nią całą niedolę i ból mego krótkiego życia, by mogła je sobie wziąć, a wraz z nimi nabrać życia. Przelałem w smoka porzucenie mnie przez rodziców i oddanie pod opiekę obcym ludziom oraz wszystko, co wycierpiałem z rąk Konsyliarza i w lochach Władczego. Oddałem te wspomnienia smokowi, by je zachował i dzięki nim się ukształtował. Oddałem dziewczynie na smoku moją dziecięcą samotność i cały dojmujący ból tamtego wieczoru. Oddałem je dobrowolnie i poczułem, jak mój ból słabnie, choć w tej samej chwili otaczający mnie świat nieco zbladł, a moja do niego miłość osłabła. Oddałbym o wiele więcej, gdyby nie powstrzymał mnie wilk, mówiąc, że nie zamierza być związany z człowiekiem zakażonym kuźnicą. Wówczas nie wiedziałem, o czym mówi. Teraz chyba rozumiałem to lepiej, zetknąwszy się z wojownikami, którzy służyli bladej kobiecie.

Zrozumiałem też chyba, co ma na myśli Błazen i po co tu przyszedł.

– Nie rób tego! – poprosiłem go, a kiedy spojrzał na mnie z zaskoczeniem, dodałem: – Wiem, że myślisz o przelaniu w smoka swoich wspomnień o torturach. Dziewczyna na smoku mogłaby je z ciebie wysączyć i na zawsze zamknąć tam, gdzie nie będą mogły cię ranić. To by się udało. Wiem o tym. Lecz to zmniejszenie bólu miało swoją cenę, Błaźnie. Kiedy stępia się ból i ukrywa się go przed sobą samym...

Zamilkłem. Nie chciałem sprawiać wrażenia, że się użalam nad sobą.

– Stępia się także radości – dokończył. Odwrócił ode mnie wzrok i zacisnął usta. Zastanawiałem się, czy porównuje jedno z drugim. Czy zdecyduje się pozbyć nocnych koszmarów za cenę czerpania nowej radości z każdego ranka? – Widziałem to później u ciebie – rzekł. – Czułem się winny. Gdybym nie zapamiętał się w odłupywaniu kamienia z dziewczyny na smoku, nie zrobiłbyś tego. Chciałem to odwrócić. Wiele lat później, kiedy odwiedziłem cię w twojej chacie, pomyślałem: „Na pewno jest już uzdrowiony. Na pewno przyszedł już do siebie". – Spojrzał mi w oczy. – Ale tak nie było. Po prostu... ustałeś. Pod pewnymi względami. Och, zapewne byłeś starszy i mądrzejszy. Ale nie zrobiłeś żadnego ruchu, by znów sięgnąć po życie. Myślę, że gdyby nie twój wilk, byłoby jeszcze gorzej. Żyłeś jak mysz pod miotłą, okruszynami uczucia, rzucanymi przez Wilgę. Widziała to nawet ona, mimo że jest taka gruboskórna. Dała ci Trafa, a ty przyjąłeś go do siebie. Gdyby jednak nie zostawiła ci go pod drzwiami, to czy szukałbyś kogoś, z kim mógłbyś dzielić życie? – Pochylił się ku mnie i mówił dalej: – Nawet po powrocie do Koziej Twierdzy i swojego dawnego świata trzymałeś się od niego z dala. Bez względu na to, co robiłem albo ci proponowałem. Mojakara. Nie umiałeś nawet nawiązać kontaktu z koniem.

Stałem bez ruchu. Jego słowa bolały, ale były prawdziwe.

– Co się stało, to się nie odstanie – stwierdziłem w końcu. – Najlepsze, co mogę teraz zrobić, to powiedzieć, że jeśli po to tu przyszedłeś, to nie rób tego. Nie było warto.

Westchnął.

– Przyznam, że o tym myślałem. Przyznaję, że tego pragnąłem. Powiem ci nawet, że odwiedzam teraz dziewczynę na smoku nie po raz pierwszy od czasu, kiedy tu przybyliśmy. Myślałem o oddaniu jej moich wspomnień. Wiedziałem, że wzięłaby je tak, jak wzięła twoje. Ale... w jakiś sposób... chociaż nie widziałem tej przyszłości, niemal się wydaje, że tak miało być. Bastardzie. Co pamiętasz z historii dziewczyny na smoku?

Zaczerpnąłem tchu.

– Szczery mi powiedział, że była członkinią kręgu Mocy, który rzeźbił smoka. Przypominam sobie jej imię – Solanka. Odkryłem to w noc, kiedy oddałem jej moje wspomnienia. Solanka nie potrafiła jednak dobrowolnie oddać się smokowi. Chciała pozostać częścią kręgu, a zarazem stać poza nim, być tylko oddzielną od smoka dziewczyną. I przez to skazała ich na niepowodzenie. Ponieważ zatrzymała dla siebie zbyt wiele, nie mieli dość życia, by wzbić się w niebo jako smok. Niemal się obudzili do życia, lecz potem ugrzęźli w kamieniu. Do czasu, kiedy ich uwolniłeś.

– Kiedy myśmy ich uwolnili. – Po długim milczeniu dodał: – To dla mnie jak echo jakiegoś snu. Solanka była przywódczynią kręgu Mocy i dlatego nazywano go kręgiem Mocy Solanki. Gdy jednak przyszło do samego rzeźbienia, tym, który chciał dać smokowi serce, był Realny. No. Kiedy wszyscy wierzyli, że smok zostanie ożywiony, został nazwany smokiem Realnego. – Spojrzał na mnie. – Widziałeś tamtą dziewczynę. W koguciej koronie na głowie. Rzadki to honor, a jeszcze rzadszy dla obcokrajowca. Ona jednak przebyła daleką drogę w poszukiwaniu swego katalizatora. I podobnie jak ja, przyjęła rolę artysty. Trefnisia, minstrela, akrobaty. – Pokręcił głową. – Miałem tylko ten jeden moment bycia nią. Tylko ten krótki sen, kiedy stałem na słupie. Byłem, tak jak jestem teraz, białym prorokiem, stałem wysoko nad tłumem i oznajmiałem mieszkańcom tego miasta Najstarszych lot smoka Realnego. Lecz nie bez żalu. Wiedziałem bowiem, że mój katalizator zrobi tego dnia to, co zawsze było mu przeznaczone. Wejdzie w smoka, by po wielu latach móc dokonać zmiany. – Przerwał i uśmiechnął się z leciutką goryczą; był to pierwszy od wielu dni uśmiech na jego twarzy. – Jakiż musiała czuć żal, że smok Realnego ugrzązł i nie wzleciał z powodu wahania Solanki. Prawdopodobnie sądziła, że ona też zawiodła. Gdyby jednak Realny nie stworzył smoka i gdyby ten smok nie ugrzązł w kamieniu, i gdybyśmy ich nie znaleźli wciąż tkwiących w kamieniołomie... co wtedy, Bastardzie Rycerski Przezorny? Tamtego dnia spojrzałeś daleko wstecz, by ujrzeć białego proroka błaznującego na filarze Mocy. Widziałeś to wszystko?

Zamrugałem powoli. Jakbym się budził ze snu albo może do snu wracał. Jego słowa budziły wspomnienia, których żadną miarą nie mogłem mieć.

– Dam smokowi Realnego kogucią koronę. To cena, jaką mi wyznaczył, kiedy leciałem z nim po raz pierwszy. Powiedział, że pragnie na zawsze posiąść koronę, którą miał na głowie biały prorok w dniu, kiedy jego ukochana go pożegnała, nim wszedł w tego smoka.

– Cena za co? – spytałem, ale Błazen nie odpowiedział. Powiesił sobie koronę na nadgarstku i zaczął ostrożnie się wspinać na smoka. Ze smutkiem patrzyłem na jego sztywne i ostrożne ruchy. Niemal czułem, jak naciąga mu się świeża skóra na plecach. Nie zaproponowałem jednak pomocy; myślę, że to pogorszyłoby sytuację zarówno jego jak i moją. Kiedy stanął za dziewczyną na zadzie smoka, złapał równowagę. A potem ujął koronę obiema rękami i osadził ją na czole dziewczyny. Przez jeden moment korona pozostawała taką, jak zawsze – rzeźbą ze srebrzystego drewna. Wtem przeniknął do niej kolor od smoka. Zalśniła złotem, okalające ją głowy kogutów zajaśniały czerwienią, a ich drogocenne oczy rozbłysły. Same pióra nabrały blasku prawdziwych piór i straciły wszelką sztywność, chwiejąc się tak, jak chwiałyby się prawdziwe kogucie pióra.

Wydawało się, że policzki dziewczyny zabarwiły się głębszym rumieńcem. Odniosłem wrażenie, że zaczerpnęła tchu. Byłem sparaliżowany ze zdumienia. Wtem otworzyła oczy, zielone jak łuski jej smoka. Nie spojrzała na mnie, lecz odwróciła się i podniosła wzrok na Błazna, który wciąż stał za nią na smoczym zadzie. Sięgnęła ręką do tyłu, by ująć go pod brodę. Utkwiła wzrok w oczach mojego przyjaciela, a on pochylił się niżej, schwytany jej spojrzeniem. Wtedy przeniosła dłoń na tył jego głowy i przyciągnęła jego usta do swoich.

Pocałowała go mocno. Musiałem oglądać namiętność tego, co z nim dzieliła. Nie wyglądało to jednak na gest wdzięczności, a w miarę jak przedłużała pocałunek, Błazen sprawiał wrażenie, że gdyby mógł, oderwałby się od niej. Zesztywniał, naprężyły się mięśnie jego szyi. Nie objął jej, lecz jego dłonie z szeroko otwartych w geście protestu zmieniły się w pięści zaciśnięte na jego piersi. A ona wciąż go całowała; bałem się, że Błazen albo się w nią wtopi, albo zmieni w kamień w jej ramionach. Bałem się tego, co jej dawał, lecz bardziej się bałem tego, co mu zabierała. Czyżby nie słyszał ani słowa z tego, co mu powiedziałem? Dlaczego nie posłuchał mojego ostrzeżenia?

I wtedy, równie nagle, jak obudziła się do życia, puściła Błazna. Jakby już nie był ważny, odwróciła się od niego i znów wystawiła twarz do słońca. Wydało mi się, że głęboko westchnęła, a potem zamknęła oczy. Pogrążyła się w bezruchu. Lśniąca kogucia korona stała się częścią dziewczyny na smoku.

Błazen zaś, oswobodzony z tej nieproszonej zażyłości, zwiotczał i stracił równowagę. Niemal zemdlony, spadł z grzbietu smoka; ledwie zdołałem go złapać i nie dopuścić do otworzenia się wszystkich świeżo zagojonych ran. I tak krzyknął, kiedy go objąłem. Czułem, jak dygoce niczym w ataku febry. Odwrócił się do mnie, oślepły, i zawołał żałośnie:

– To zbyt wiele! Jesteś za bardzo ludzki, Bastardzie. Nie zostałem stworzony do czegoś takiego. Zabierz to ode mnie, zabierz, bo inaczej od tego umrę!

– Co mam zabrać?

– Swój ból. Swoje życie – odparł bez tchu.

Uniósł usta do moich warg, a ja stałem bez ruchu, kompletnie oszołomiony.

Myślę, że starał się być delikatny. Niemniej jednak, kiedy jego usta przywarły do moich, gest ten bardziej przypominał atak węża niż czuły pocałunek. Popłynął jad bólu. Myślę, że bez względu na to, czy byłem człowiekiem, czy nie, gdyby z cierpieniem, które oddawał, nie była zmieszana jego miłość, umarłbym od niego. Był to palący, parzący pocałunek, przepływ wspomnień, a kiedy raz się pojawiły, nie mogłem ich odrzucić. Żaden mężczyzna w sile wieku nie powinien doświadczać na nowo wszystkich żarliwych uczuć, do których jest zdolny młodzieniec. Nasze serca stają się z wiekiem kruche. Moje pod tą lawiną pękło.

Była to burza uczuć. Nie zapomniałem matki. Nigdy jej nie zapomniałem, tylko wygnałem do zakamarka serca i nie chciałem otwierać do niego drzwi, ale ona tam była, z długimi włosami, od których biła woń nagietków. Pamiętałem także moją babkę, też pochodzącą z ludu Królestwa Górskiego, lecz mój dziad był tylko zwykłym gwardzistą, który zbyt długo przebywał na placówce w Księżycowym Oku i przejął górskie obyczaje. Wszystko to poznałem w jednym przebłysku i przypomniałem sobie, jak matka wołała mnie z pastwiska, gdzie, choć miałem tylko pięć lat, już pomagałem przy owcach. „Keppet, Keppet!" – rozbrzmiewał jej czysty głos, a ja wtedy biegłem do niej boso po wilgotnej trawie.

I Sikorka... jak mogłem pozbawić się jej zapachu i smaku miodu i ziół, i wspomnienia jej śmiechu dźwięczącego niby dzwonki, kiedy biegłem za nią po plaży, a jej czerwone spódnice łopotały dziko wokół nagich łydek, albo dotyku jej włosów w moich dłoniach, kiedy ich ciężkie pasma plątały się i zaczepiały o moją szorstką skórę? Oczy miała ciemne, lecz płonęło w nich światło świec, kiedy patrzyłem na nie z góry, kochając się z nią w jej służbówce wysoko w Koziej Twierdzy. Myślałem, że to światło zawsze będzie należało tylko do mnie.

I Brus. Był mi ojcem, a potem i przyjacielem. Jakaś część mnie rozumiała, jak zakochał się w Sikorce, kiedy myślał, że nie żyję, ale inna część była oburzona i urażona ponad wszelki rozsądek, że mógł pojąć za żonę matkę mojej córki. Powodowany niewiedzą i namiętnością, ukradł mi i kobietę, i dziecko.

Padał na mnie cios za ciosem. Byłem jak żelazo kute na kowadle pamięci. Znów cierpiałem katusze w lochach Władczego. Czułem smród gnijącej słomy na podłodze i zimno kamienia na rozbitych ustach i policzku, kiedy tam leżałem i usiłowałem umrzeć, żeby już nie mógł mnie krzywdzić. Było to ostre echo razów, jakimi poczęstował mnie przed laty Konsyliarz na szczycie kamiennej wieży nazywanym Ogrodem Królowej. Zaatakował mnie fizycznie i Mocą, i dla dokończenia dzieła okaleczył moją magię, zaszczepiając mi mocne przekonanie, że nie mam do niej talentu i że lepiej zrobię, jeśli się zabiję, zamiast żyć i przynosić wstyd mojej rodzinie. Na zawsze dał mi wspomnienie znalezienia się na krawędzi samobójstwa.

To było świeże, wszystko to przytrafiało mi się od nowa, obnażając moją duszę i wystawiając ją na dotyk słonego wiatru.

Wróciłem do lata i słabnącego słońca. Cienie były pod drzewami ciemniejsze. Leżałem na miękkiej leśnej ściółce, z twarzą ukrytą w dłoniach, i nie mogłem już płakać. Obok mnie na liściach i trawie siedział Błazen; poklepywał mnie po plecach jak niemowlę i śpiewał jakąś łagodną, niemądrą piosenkę w swoim starym języku. Powoli skupiłem na niej uwagę i uspokoiłem spazmatyczny oddech. Kiedy się w końcu opanowałem, odezwał się cicho:

– Już wszystko dobrze, Bastardzie. Znowu jesteś cały. Tym razem, kiedy wrócimy, odnajdziesz swoje dawne życie.

Po pewnym czasie przekonałem się, że znów mogę głęboko oddychać. Wstałem powoli. Poruszałem się tak ostrożnie, że Błazen wziął mnie pod rękę. Moje kroki spowalniała jednak nie słabość, lecz zdumienie. Byłem jak człowiek, który odzyskał wzrok. Kiedy patrzyłem na liście, wyraźnie widziałem każdą ich krawędź, żyłkę i koronkę wyjedzoną przez owady. Nad moją głową wołały do siebie ptaki, a wyczuwałem je zmysłem Rozumienia tak intensywnie, że nie mogłem się skupić na pytaniach, które zadawał mi cichym głosem Błazen. Przez baldachim liści przebijały się strumienie światła, wysyłając w las złociste strzały. Iskrzył w tych promieniach unoszący się w powietrzu pyłek. Dotarliśmy do strumyka; ukląkłem, by napić się zimnej, słodkiej wody. Kiedy jednak się pochyliłem, zachwyciła mnie nagle woda marszcząca się nad kamieniami i przyciągnęła do przejrzystego, ciemnego świata pod jej powierzchnią. Wygładzone kamyki pokrywał osadzony we wzory muł, a nurt poruszał łagodnie wodorostami. Przemknęła między nimi srebrzysta rybka wielkości palca i zniknęła pod unieruchomionym brunatnym liściem. Szturchnąłem go patyczkiem i musiałem się roześmiać, kiedy rybka przed nim umknęła. Podniosłem wzrok na Błazna, by sprawdzić, czy też to widział, i przekonałem się, że patrzy na mnie czule, lecz z powagą. Położył mi rękę na głowie, jakby był ojcem, który błogosławi dziecko, i stwierdził:

– Jeśli pomyślę o wszystkim, co mi się przytrafiło, jako o łańcuchu wydarzeń, który doprowadził mnie w końcu do tego miejsca, gdzie klęczysz nad wodą, żywy i cały, to... to cena nie była za wysoka. Widzieć cię znów całego... to mnie uzdrawia.

Miał rację. Znów byłem cały.

Nie opuściliśmy śródleśnego placu tego wieczoru. Rozpaliłem na nowo ognisko i wpatrywałem się w nie przez większość nocy. Jak gdybym układał zwoje albo gromadził zioła dla Ciernia, przyjrzałem się wszystkim tym latom, które upłynęły od chwili, w której oddałem połowę mego życia, i uporządkowałem moje doświadczenia. Połowiczne namiętności. Związki, w które nic nie inwestowałem i z których nic nie czerpałem. Odwroty i uniki. Wycofanie się. Błazen leżał między ogniem i mną, udając sen. Wiedziałem, że czuwa razem ze mną.

– Czy wyrządziłem ci krzywdę? – zapytał przed świtem.

– Nie – odparłem cicho. – Ja ją sobie wyrządziłem, dawno temu. Ty postawiłeś mnie na ścieżce, która prowadzi do jej naprawienia.

Nie wiedziałem, jak to zrobię, ale byłem przekonany, że naprawię tę krzywdę.

Rano rozrzuciłem po placu popiół z naszego ogniska. Zostawiliśmy namiot Najstarszych wydymający się na wietrze i uciekliśmy przed nadciągającym letnim deszczem. Podzieliliśmy się moimi zimowymi ubraniami, Błazen przyłożył palce do mego nadgarstka i połączeni Mocą weszliśmy do kolumny.

Wyszliśmy z niej w pokoju z filarem w lodowym pałacu bladej kobiety. Błazen głośno zaczerpnął tchu i po dwóch chwiejnych krokach padł na kolana. Podróż przez kolumnę nie wpłynęła na mnie aż tak źle, chociaż przez chwilę wirowało mi w głowie. Niemal natychmiast ogarnął mnie chłód tego miejsca. Pomogłem Błaznowi wstać. Rozejrzał się ze zdumieniem, obejmując się rękoma. Dałem mu trochę czasu, by przyszedł do siebie, obejrzał pokryte szronem szyby, rozpościerający się z nich śnieżny widok i dominujący w pomieszczeniu filar Mocy, a potem przynagliłem cicho:

– Chodźmy.

Zeszliśmy po schodach i znów zatrzymaliśmy się w pokoju mapy. Błazen patrzył na przedstawiony na niej świat. Jego długie palce błądziły po sfalowanym morzu, a potem wróciły nad Księstwo Kozie. Nie dotykając ich, pokazał cztery klejnoty osadzone w pobliżu Koziej Twierdzy.

– Te kamienie... wskazują kolumny Mocy?

– Chyba tak – odparłem. – A to są pewnie Kamienie Świadków.

Dotknął tęsknym, pieszczotliwym gestem wybrzeża krainy leżącej daleko na południowy wschód od Koziej Twierdzy. Nie lśnił tam żaden klejnot. Pokręcił głową.

– Nie mieszka tam już nikt, kto mnie znał. Niemądrze robię nawet o tym myśląc.

– Myślenie o powrocie do domu nigdy nie jest niemądre – zapewniłem go. – Gdybym poprosił Ketriken, na pewno...

– Nie, nie, nie – zaprotestował cicho. – To tylko chwilowy kaprys, Bastardzie. Nie mogę tam wrócić.

Kiedy skończył przyglądać się mapie, zeszliśmy po schodach, zagłębiając się w bladobłękitne światło labiryntu. Czułem się, jakbyśmy z powrotem schodzili do starego koszmaru. Widziałem rosnący niepokój Błazna. Zbladł, i to nie tylko z zimna. Na jego twarzy odcinały się wyraźnie na wpół wygojone sińce, jak cienie władzy, którą miała nad nami blada kobieta. Bezskutecznie usiłowałem trzymać się kamiennych korytarzy i znaleźć jakąś drogę wyjścia. Kiedy tak szliśmy od komnaty do komnaty, poruszało mnie piękno tego miejsca, chociaż martwiłem się jednocześnie milczeniem i zmęczeniem Błazna. Może źle oceniliśmy jego siły. Może nie był jeszcze gotów do stawienia czoła miejscu, w którym był tak dręczony.

Wiele z komnat na tym kamiennym poziomie pałacu wyglądało na nietknięte zniszczeniami, które widziałem gdzie indziej w lodowej warowni. Na kamiennych nadprożach wyrzeźbiono z miłością leśne, kwiatowe i zwierzęce motywy, powtarzające się też na fryzach w komnatach. Same fryzy wydawały się egzotyczne i obce, a ich kolory były albo zbyt pastelowe, albo zbyt przydymione jak na mój sześcioksięski gust. Postacie ludzkie zostały wydłużone, miały fantazyjne kolory oczu i dziwne znaki na twarzach. Przypominały mi Seldena, kupca z Miasta Wolnego Handlu o nienaturalnych naroślach na twarzy pokrytej łuskami. Powiedziałem to Błaznowi, a on przytaknął. W jakiś czas potem, kiedy szliśmy kolejnym kamiennym korytarzem, zapytał:

– Czy widziałeś kiedykolwiek białą różę, która od lat rosła w pobliżu czerwonej?

– Zapewne tak – odparłem, myśląc o zamkowych ogrodach. – Dlaczego pytasz?

Zadrgał mu kącik ust.

– Myślę, że patrzyłeś na nie, tak naprawdę ich nie widząc. Po latach takiej bliskości następuje wymiana. Uwidacznia się najbardziej w białych różach, ponieważ mogą przyjąć różowe zabarwienie albo zyskać słabe pasemka czerwieni w niegdyś śnieżnobiałych kwiatach. Dzieje się tak, ponieważ nastąpiła wymiana samej istoty ich jestestwa.

Spojrzałem na niego zaciekawiony, zastanawiając się, czy jego umysł błądzi i czy powinienem się martwić.

– Cierpliwości – powiedział. – Pozwól, że ci wyjaśnię. Smoki i ludzie mogą żyć obok siebie. Kiedy jednak tak się dzieje przez długi czas, zaczynają na siebie wpływać. Najstarsi wykazują objawy stykania się ze smokami na przestrzeni wielu pokoleń. – Pokręcił ze smutkiem głową i dodał: – Nie zawsze jest to wdzięczne przekształcenie. Czasami kontakt jest zbyt intensywny i dzieci umierają po narodzinach albo żyją krócej. Nieliczni mogą mieć dłuższe życie, ale kosztem płodności. Najstarsi byli rasą długowieczną, ale nie płodną. Dzieci przytrafiały im się rzadko i były ogromnie cenione.

– A my jesteśmy odpowiedzialni za ponowne sprowadzenie smoków na świat, by znów mogły doprowadzić u nas do takich zmian? – zapytałem.

– Tak. Jesteśmy za to odpowiedzialni. – Odniosłem wrażenie, że traktuje to z całkowitym spokojem. – Ludzkość pozna cenę życia w pobliżu smoków. Niektórzy zapłacą ją chętnie. Najstarsi powrócą.

Szliśmy przez jakiś czas w milczeniu. Przyszło mi do głowy jeszcze jedno pytanie.

– A co ze smokami? Czy styczność z nami nie ma na nie żadnego wpływu?

Teraz milczał dłużej.

– Podejrzewam, że ma – powiedział w końcu. – Lecz traktują to jako rzecz haniebną i wypędzają takie osobniki. Byłeś na wyspie Innych.

Osłupiałem. Nie potrafiłem nic powiedzieć. Znów dotarliśmy do zbiegu korytarzy, jednego lodowego i dwóch kamiennych. Wybrałem na chybił trafił jeden z kamiennych. Idąc nim, usiłowałem pogodzić pogląd Błazna na Najstarszych z tym, czego sam doświadczyłem.

– Myślałem, że Najstarsi są bliscy bogom – odezwałem się w końcu. – Że są o wiele bardziej wyniośli i duchem, i umysłem od ludzi. Tacy mi się wydali, kiedy ich spotkałem, Błaźnie.

Spojrzał na mnie ze zdziwieniem.

– W nurcie Mocy. Bezcielesne istoty o wielkiej sile umysłu.

Nagle uniósł głowę; zatrzymałem się obok niego, nasłuchując. Odwrócił się do mnie z szeroko rozwartymi oczyma. Położyłem rękę na mieczu. Przez jakiś czas staliśmy w bezruchu. Nic nie słyszałem.

– Wszystko w porządku – powiedziałem. – W tych starych korytarzach porusza się powietrze. Brzmi to tak, jakby ktoś szeptał w oddali.

Kiwnął głową, ale oddech mu się uspokoił dopiero po kilku minutach.

– Podejrzewam, że z dawnych czasów pozostaje wam Moc – powiedział wtedy. – To jest pozostałość talentu, który rozwinął się między smokami i ludźmi jako sposób porozumiewania się. Nie rozumiem, co masz na myśli, kiedy mówisz o nurcie Mocy, ale może ta zdolność pozwala wykroczyć poza potrzebę posiadania fizycznego ciała. Już mi pokazałeś, że jest to magia o wiele potężniejsza, niż kiedykolwiek podejrzewałem. Może to efekt przebywania obok smoków, który się utrzymał. Tak że nawet po odejściu smoków potomkowie Najstarszych zachowali tę zdolność i przekazali swoim dzieciom. Niektórzy odziedziczyli ją w niewielkim stopniu. U innych – zerknął na mnie z ukosa – krew Najstarszych była silniejsza.

Kiedy milczałem przez dłuższy czas, zapytał, niemal drwiącym tonem:

– Nie bardzo możesz się do tego przyznać na głos, co? Nawet mnie.

– Moim zdaniem nie masz racji. Gdyby to była prawda, nie wiedziałbym takich rzeczy, nie czułbym ich? Sugerujesz, że w jakiś sposób pochodzę od Najstarszych. A to by znaczyło, że w pewnym sensie jestem częściowo smokiem.

Parsknął śmiechem. Był to tak upragniony dźwięk, że ogromnie mnie ucieszył, chociaż Błazen śmiał się ze mnie.

– Tylko ty potrafisz to tak ująć, Bastardzie. Nie. Nie jesteś częściowo smokiem, raczej cechy smocze weszły kiedyś do twego rodu. Może jakiś twój przodek „odetchnął smoczym oddechem", jak mówią stare opowieści. I przeszło to na ciebie.

Szliśmy dalej, szurając po kamieniu. W korytarzu odzywało się dziwne echo i Błazen kilka razy obejrzał się przez ramię.

– Jak kocię o długim ogonie urodzone w rodzie krótkoogoniastych? – zapytałem.

– Można chyba myśleć o tym w ten sposób.

Z wolna skinąłem głową.

– To by wyjaśniało pojawiania się Mocy w dziwnych miejscach. Nawet wśród Zawyspiarzy.

– Co to takiego?

Zawsze miał lepszy wzrok niż ja. Teraz przystanął i długimi palcami dotykał znaku wyrytego na ścianie. Podszedłem z niedowierzaniem, by mu się lepiej przyjrzeć. Był to jeden z moich znaków.

– Droga do domu – powiedziałem.

## ROZDZIAŁ 31

# GŁOWA SMOKA

*I ciemna Oerttre, matka ich wszystkich, wzniosła oczy i pokręciła głową.*
*„Tak nie może być", rzekła stanowczo. „Nie wiąże nas jakieś męskie słowo.*
*Moja najstarsza musi zostać i rządzić po mnie. U nas kobieta*
*dziedziczy władzę.*
*Chcesz zabrać narczeskę na swoją królową? Ze wszystkich skarbów,*
*nic nie poradzę,*
*Ją oddalibyśmy na końcu. Lecz i tak pokaż, jak wypełniłeś swą*
*obietnicę.*
*Krwią zapisałeś, że dokonasz czynu wyznaczonego ci przez*
*oblubienicę.*
*Wspomnij na swoje przechwałki, z Przezornych rodu książę:*
*„Na kamieniach paleniska głowę Lodognia złożę".*

Małża Ziarnojada „Głowa smoka"

Szliśmy poprzez labirynt Najstarszych za moimi znakami i w końcu wychynęliśmy ze szczeliny w lodowej ścianie na jasne światło dnia. Wiatr był rześki i w powietrzu unosiło się pełno kryształków lodu, które kłuły nas w twarz i czyniły stromą ścieżkę bardzo zdradliwą. Blask prawdziwego dnia wyciskał mi z oczu łzy. Błazen szedł przede mną. Tutaj, na wietrze i zimnie, wyraźnie było widać, jak jest osłabiony. Mruczałem do siebie ze złości na własną głupotę. To przerastało jego siły. Kiedy poślizgnął się drugi raz, chwyciłem go mocno za kołnierz i utrzymywałem na nogach, dopóki nie dotarliśmy pod drzwi Czarnego Człeka.

– Zastukaj! – powiedziałem, lecz Błazen tylko popatrzył na mnie oczyma zaczerwienionymi z wyczerpania, więc nad jego ramieniem grzmotnąłem pięścią w drewno.

Drzwi otworzyły się tak szybko, że musiałem uznać, iż na nas czekał. Błazen jednak stał jak skamieniały, wytrzeszczając oczy na Czarnego Człeka.

– Jest przemarznięty i bardzo zmęczony – wytłumaczyłem przyjaciela i wepchnąłem go do pomieszczenia. Zamknąłem za nami mocno drzwi i odwróciłem się z wdzięcznością do gospodarza. Zamrugałem, by po pełnym blasku dnia oczy przyzwyczaiły mi się do panującego w przytulnym pomieszczeniu półmroku. Najpierw zobaczyłem niewielki ogień na palenisku, a potem ujrzałem, jak Czarny Człek i Błazen wpatrują się w siebie z niedowierzaniem.

– On był martwy – powiedział do mnie stanowczo gospodarz. – On umarł.

Oczy miał rozwarte bardzo szeroko.

– Tak. Umarł – potwierdziłem. – Lecz ja jestem katalizatorem. Sprowadzam zmiany.

I wtedy Młotek zerwał się od ognia i objął mnie swoimi krótkimi rękoma. Tańczył jak mały niedźwiadek, wykrzykując:

– Wróciłeś! Wróciłeś! Myślałem, że nigdy nie wrócisz. Cierń powiedział: „Statek już płynie", a ja powiedziałem: „Ale jego tu nie ma, a ja nie wejdę na statek". On na to: „I tak płynie". I przypłynął, ale nikogo tam nie było, więc odpłynął z powrotem, bo ja powiedziałem: „Nie, nie pójdę tam całkiem sam, i nie mam zamiaru wejść na statek!". – Przerwał taniec i poinformował mnie z pełnym zadowolenia uśmiechem: – Albo jesteś martwy, albo Cierń tak się na ciebie wścieknie, że pożałujesz, że żyjesz. Tak powiedział, Sumienny. A, no i smocza głowa, zapomniałem ci powiedzieć o smoczej głowie. Pokrzywa to zrobiła! Posłała głowę smoka do domu matek i wszyscy byli bardzo zaskoczeni. Poza mną. Powiedziała mi, że może to zrobić, może porozmawiać z Tintaglią i sprawić, że gorzko pożałuje, jak jej nie posłucha. No to posłuchała. I wszystko jest już teraz znowu dobrze.

Te ostatnie słowa wyrzekł z takim przekonaniem, że trudno było mi spojrzeć w dół na jego radosną twarz z okrągłymi oczkami i stwierdzić:

– Chyba nie zrozumiałem połowy z tego, co mi powiedziałeś. Chyba nie było mnie dłużej, niż sądziłem. Cieszę się jednak, że wróciłem.

Wyplątałem się z jego objęć. W drugiej części pomieszczenia panowała dziwna cisza. Czarny Człek i Błazen przyglądali się sobie z niedowierzaniem. Patrząc na nich obu, dostrzegałem pokrewieństwo, lecz spowodowane raczej pradawnym pochodzeniem niż bliskimi więzami rodzinnymi. Czarny Człek odezwał się pierwszy.

– Witaj – rzekł słabo.

– Nigdy cię nie widziałem – powiedział ze zdumieniem Błazen. – Nie widziałem cię w żadnej przyszłości, w żadnej możliwej kombinacji wydarzeń.

Zaczął raptem drżeć i zrozumiałem, że jest u kresu sił. Czarny Człek też chyba to wyczuł, bo przysunął poduszkę bliżej ognia i pośpiesznym gestem zaprosił Błazna, by usiadł. Kiedy się na nią osunął, zdjąłem z niego mój płaszcz, mówiąc:

– Ciepło dosięgnie cię szybciej, jeśli mu na to pozwolisz.

– Chyba nie jest mi aż tak zimno – odrzekł słabo. – Tylko że... jestem poza swoim czasem, Bastardzie. Jestem rybą w powietrzu albo ptakiem pod powierzchnią morza. Znalazłem się poza granicą mego życia i każdego dnia idę po omacku przed siebie, zastanawiając się, co mam ze sobą począć. To trudne. To dla mnie bardzo trudne.

Mówił coraz ciszej, aż zamilkł. Podniósł wzrok na Czarnego Człeka, jakby błagał go o pomoc. Głowa chwiała mu się na szyi.

Nie wiedziałem, co mu powiedzieć. Czy miał mi za złe, że chciałem przedłużyć mu życie? Ta myśl mnie zabolała, lecz przygryzłem język. Patrzyłem, jak Czarny Człek z trudem szuka słów.

– Tego mogę nauczyć...

Na jego twarzy powoli jak wschodzące słońce pojawił się uśmiech. Przekrzywił głowę, patrząc na Błazna, i powiedział coś w innym języku.

Błazen otworzył się na niego jak kwiat, który zwraca się do światła. Twarz rozjaśnił mu nieśmiały uśmiech; odpowiedział w tym samym języku. Czarny Człek krzyknął z radości i pokazał na siebie, mówiąc coś szybko, a potem, jakby przypomniał sobie o zasadach dobrego wychowania, wziął czajnik i filiżankę, pełnym wdzięku ruchem napełnił ją herbatą i postawił przed Błaznem. Ten podziękował mu wylewnie. Wydawało się, że w ich języku do wypowiedzenia prostych rzeczy trzeba wielu słów. Ani jedna sylaba nie przypominała mi żadnego języka, jaki kiedykolwiek słyszałem w życiu. Głos Błazna stawał się coraz cichszy. Zaczerpnął tchu i skończył zdanie.

Poczułem młodzieńcze ukłucie wykluczenia. Błazen, zupełnie jakby to wyczuł, odwrócił się do mnie powoli. Drżącymi palcami odgarnął z twarzy włosy.

– Nie słyszałem języka mojego dzieciństwa od... od opuszczenia domu. Jest dla mnie jak balsam.

Cierń i Sumienny zapewne dowiedzieli się od Młotka, że wróciłem, bo poczułem taki atak na moje ściany Mocy, że przyszło mi na myśl oblężenie. Uznałem niechętnie, że czas wpuścić ich do środka. Wziąłem filiżankę herbaty, którą właśnie nalał mi Czarny Człek, usiadłem przy ogniu i widząc, że Błazen jest zajęty naszym gospodarzem, poddałem się i opuściłem bariery obronne.

Wybuch wściekłości, strachu i frustracji Ciernia poprzedził wszelką myśl; potrząsał mną i szturchał mnie, jakbym był niedbałym służącym. Kiedy skończył, rozzłościło go chyba jeszcze bardziej to, że roześmiałem się z jego ataku, co z kolei ucieszyło Sumiennego.

„Nie jest z tobą bardzo źle, skoro możesz się tak śmiać! Nigdy nie wyczuwałem u ciebie takiej beztroski ducha" – zauważył ze zdumieniem chłopak.

W chwilę później zawtórował mu Cierń.

„Co cię naszło? Jesteś pijany?".

„Nie. Jestem cały i zdrów. Podobnie jak Błazen. Ale moja opowieść musi zaczekać. Czy u was wszystko dobrze? Czy nasz książę zdobył swoją narzeczoną na dobre? Młotek opowiedział mi jakąś szaleńczą historię o smoczej głowie na palenisku domu matek. Czy to prawda? Kto zabił Lodognia?".

„Nikt nie zabił smoka. On tylko położył tam swoją głowę. Ale tak, sprawa jest chyba zakończona" – odparł Cierń z ponurym zadowoleniem. „Skoro wiemy, że jesteście bezpieczni, możemy wypłynąć jutro. To znaczy jeśli Sumienny znajdzie odwagę, by powiedzieć swojej narzeczonej, że musi popłynąć razem z nim".

„Dam jej tylko tyle czasu, by mieć pewność, że postępuje zgodnie ze swoją wolą" – wtrącił surowo Sumienny.

„Nie rozumiem. Czy ktoś mógłby zacząć od początku i wszystko mi opowiedzieć?".

I usłyszałem wtedy, od Ciernia i Sumiennego, którym co pewien czas przerywał z podnieceniem Młotek, jak to Pokrzywa nękała i zadręczała Tintaglię, nachodząc ją dzięki Mocy w snach i na jawie z żądaniem, by wywdzięczyła się tym mizernym ludziom, którzy tyle wycierpieli, by Lodogień mógł się wznieść wolny w powietrze. Tintaglia z kolei pogoniła Lodognia tak, jak gołąb pędzi swoją partnerkę do gniazda, najpierw do Zyligu, gdzie smoki przedstawiły się wciąż tam zebranemu hetgurdowi, a następnie na Wyspę Majową i do Wilżenia.

Tam smoki wylądowały przed domem matek Ellianii. Zrozumiałem, że doszło do jakichś uszkodzeń konstrukcji, niemniej jednak olbrzymi Lodogień dostał się siłą do środka i bez wdzięku złożył na moment głowę na kamieniach paleniska, by obietnica Sumiennego dana Ellianii mogła zostać spełniona.

„Myślałem, że Elliania uznała, iż Sumienny wypełnił obietnicę i udowodnił, że jest godzien narczeski, kiedy pomógł uratować jej matkę i siostrę".

Nie bardzo wiedziałem, dlaczego to było konieczne.

„Och, Elliania już od paru dni dowodzi, że Sumienny jest jej godzien" – odparł cierpko Cierń, czym wzbudził moje podejrzenie, że może cnota księcia nie okazała się odporna na awanse dziewczyny. „Trudności robi matka, ku wielkiemu żalowi Peottrego. Zanim jeszcze przybiliśmy do portu w Zyligu, Oerttre powiedziała nam, że nie uważa za wiążącą żadnej umowy, która dotyczy jej córki i którą wynegocjowali mężczyźni. Według niej jest nie do pomyślenia, by Elliania opuściła dom, nawet jeśli miałaby zostać królową całego Królestwa Sześciu Księstw. Doszukuje się w umowie tysiąca wad, twierdząc, że skoro ona sama wciąż żyła, a zatem była prawdziwą narczeską, wszystko zostało ustalone bez właściwej zgody. Sprzeciwia się przejściu tytułu narczeski na Lestrę, ponieważ uważa ją za nienadającą się do sprawowania rządów po niej. I jest przerażona myślą, że dzieci Ellianii i Sumiennego miałyby pozostać w Królestwie Sześciu Księstw".

„Synów mogłaby nam zostawić” – wtrącił Sumienny.

„To prawda” – zgodził się Cierń. „Bardzo chętnie zgodziła się, by Sumienny i Elliania... to znaczy, żeby stali się... żeby mieli...”. Nie potrafił znaleźć delikatnego sposobu na wyrażenie tej myśli.

Sumienny był bardziej prozaiczny.

„Jej matka zgodziła się, bym dzielił z Ellianią łoże. Wydawała się oburzona, że ktokolwiek mógłby się sprzeciwić jej córce w wyborze partnera. Poza tym narczeska Oerttre zaproponowała, by wszystkie dzieci płci męskiej poczęte w ten sposób zostały oddane Królestwu Sześciu Księstw. W wieku siedmiu lat”.

Zapadła cisza, w której pozwolili mi przetrawić ten pomysł. To było nie do pomyślenia. Żaden z książąt nie zaakceptowałby takiego następcy tronu.

„A teraz? Skoro Lodogień całkowicie sprawił zadość wyzwaniu, jakie Elliania rzuciła Sumiennemu?”.

„Narczeska Oerttre była pod wrażeniem. Trudno nie być, kiedy stwór tej wielkości wdziera się człowiekowi do domu i kładzie łeb na kamieniach paleniska. Szczególnie, jeśli na szyi wciąż ma fragmenty ościeżnicy”. Z łatwością wybaczyłem Sumiennemu jego młodzieńcze zadowolenie z takiego obrotu sprawy. „Moim zdaniem kończą jej się argumenty. A nawet jeśli wciąż ma zastrzeżenia, to widziało to wystarczająco wielu członków hetgurdu, by się one nie utrzymały. Teraz uważają, że przybycie do mojego domu jest dla Ellianii zaszczytem. Nazywają to >>założeniem nowego domu matek<<”.

„Jakby zostając królową Sumiennego, zdobywała całe Królestwo Sześciu Księstw” – poskarżył się Cierń.

Słyszałem jednak w jego głosie ulgę. Spodziewałem się trudności, jako że obyczaje kraju Wysp Zewnętrznych kolidowały z naszymi. Jeśli Elliania urodzi najpierw syna, to czy jej krewni będą oburzeni, że znajdzie się on w kolejce do tronu przed jej córkami? Odsunąłem od siebie tę myśl. Będzie dość czasu, by się tym martwić, kiedy urodzi się chłopak.

„A jak do tego doszło?”.

„Zapytaj Młotka. Wymyślił to razem z Pokrzywą”.

Uśmiech zniknął mi z twarzy. Musiałem o to zapytać.

„Czy ona wie o śmierci Brusa?”.

„Tak”.

Odpowiedź Ciernia była krótka i ponura.

„Ja bym nie chciał, żeby ukrywano przede mną taką wiadomość" – zauważył surowo Sumienny. Wiedziałem, że usprawiedliwia swój czyn zarówno przed Cierniem, jak i przede mną. „Dlatego zrobiłem to co uznałem za najlepsze. Poza tym moja matka też zasługiwała na tę wiadomość, żeby mogła zadbać o potrzeby rodziny człowieka, który służył nam tak dobrze i tak długo. A kiedy stanę przed moją kuzynką we własnej osobie, nie chcę tego robić z workiem brudnych sekretów za plecami".

To sformułowanie wydało mi się dość ostre i wyczułem, że stąpam na krawędzi kłótni między Sumiennym i Cierniem. Pora nie wydała mi się odpowiednia do przedstawienia mojego własnego zdania. Co więcej, było już za późno, żeby zmienić to, co się stało. Zamiast tego spróbowałem zmienić temat.

„No tak. Ślub odbędzie się zatem bez dalszych sprzeciwów".

„Teraz już tak. Sumienny uparł się, byśmy tu zaczekali, aż dostaniemy jakieś wiadomości od ciebie. Albo do chwili kiedy uznamy, że nie żyjesz, i wyślemy oddział ratunkowy po Młotka, choć nie można powiedzieć, że na to nalegał. Skoro jednak się znalazłeś, natychmiast wyślemy po was statek. Kiedy tylko tu przybędziecie, wyruszymy do domu".

„Żadnych statków!" – stwierdził stanowczo Młotek.

Książę nie zwrócił na niego uwagi.

„Nie zmarnowaliśmy czasu, czekając na Bastarda" – sprzeciwił się Cierniowi Sumienny. „Nie byłoby stosowne tak od razu odrywać narczeskę od rodziny. Elliania zbyt długo była pozbawiona matki i siostry. Lubię na nie patrzeć, jak są razem. A kiedy przenosi wzrok z siostry na mnie... Bastardzie, ona uważa mnie za bohatera. Zawyspiarscy bardowie układają o tym pieśni".

„Bardzo długie pieśni" – dodał Cierń. „Musimy ich słuchać z uśmiechem niemal co wieczór".

Zamilkliśmy, zadowoleni. Mój książę zdobył swoją narzeczoną. Między Królestwem Sześciu Księstw i Wyspami Zewnętrznymi zapanuje pokój.

„A ja się cieszę, że miałeś trochę czasu, by dojść do ładu ze swoją stratą. Tak mi przykro, Bastardzie" – dodał poważnie Sumienny.

„Udało ci się odzyskać ciało Błazna?" – zapytał cicho Cierń.

Nadeszła chwila mojego tryumfu.

„Odzyskałem Błazna".

„Myślałem, że on nie żyje!". Powaga księcia rozmyła się w zdumieniu.

„Ja też" – odparłem i raptem postanowiłem uznać to za pełne wyjaśnienie. Łatwo było odwrócić ich uwagę od dalszych pytań na temat Błazna. „Przepraszam, że nie wsiadłem na statek, który po nas wysłaliście" – dodałem. „Nie musicie jednak zawracać sobie głowy następnym. Mamy z Młotkiem łatwiejszą drogę powrotu do Koziej Twierdzy. Taką, która nie wymaga, by wchodził na pokład".

Ich zdumienie wiadomością o działającym filarze Mocy nie mogło się równać z zachwytem Młotka nad faktem, że może wrócić do domu bez wsiadania na statek. Chwycił mnie nagle wpół, postawił na nogi i zaczął tak dziko brykać ze mną w objęciach, że nie mogłem utrzymać skupienia potrzebnego do posługiwania się Mocą. Złapałem go za ramiona i zaparłem się nogami w podłogę, by przerwać nasz taniec, a potem podniosłem wzrok i zobaczyłem, jak Czarny Człek patrzy na nas z rozbawieniem, ale i niepokojem. Błazen wyglądał na zbyt zmęczonego, by okazać jakiekolwiek zaskoczenie.

– Właśnie sobie uświadomił, że możemy wrócić do domu przez filary Mocy – wyjaśniłem im. – Młotek nie cierpi statków. I jest zachwycony, że nasza podróż może się okazać kwestią paru chwil, a nie wielu dni.

Czarny Człek patrzył na mnie nierozumiejącym wzrokiem. Błazen powiedział coś w jego języku i nasz gospodarz kiwnął głową, a potem wypowiedział ze zrozumieniem przeciągłe „aaaaaa". Wyjaśnienie Błazna najwyraźniej przywiodło mu na myśl jakieś inne wydarzenie, bo rozpoczął długi monolog przeznaczony dla jego gościa.

Młotek zatrzymał się nagle i przekrzywił głowę, jakby nasłuchiwał.

– Zwoje traktujące o Mocy. Cierń mówi: „Przynieście zwoje traktujące o Mocy". -Przerwał i zmarszczył brwi, uważnie słuchając przekazu Ciernia. – Ale jeszcze nie teraz! Nie wracajcie jeszcze do domu, dopóki nie będzie miał dobrego wyjaśnienia. Ale już niedługo. Pokrzywa jest coraz bardziej zmęczona tymi wszystkimi wiadomościami. Ty poradziłbyś sobie lepiej.

Dałem Cierniowi sporo do myślenia i ku mojej uldze wyłączył się on z naszej rozmowy prowadzonej dzięki Mocy, by oddać się rozmyślaniom. Sumienny usiłował wyjaśnić mi, w jaki sposób Pokrzywa namówiła Lodognia, by położył swoją głowę przed narczeską, lecz Młotek był zbyt podekscytowany, by pozwolić nam rozmawiać. Wyczułem też u księcia zniecierpliwienie, które świadczyło, że ma lepsze sposoby spędzania czasu niż zajmowanie się mną. Odprawiłem go z surowym napomnieniem, by był ostrożny, które, jestem pewien, zignorował.

Kiedy w pełni przyszedłem do siebie, Błazen słuchał jakichś długich wyjaśnień Czarnego Człeka, kiwając ze znużeniem głową. Nigdy nie słyszałem tak obcej mowy; nie rozpoznałem ani jednego słowa. Młotek uparł się, by mi opowiedzieć, jak spędzał czas z Czarnym Człekiem, a sprawozdanie przeplatał licznymi opisami posiłków, gniewu i niepokoju Ciernia oraz wspaniałego miejsca do zjeżdżania, które odkrył w pobliżu. Spojrzałem na jego promieniejącą zadowoleniem okrągłą twarz. Był cudownym człowiekiem. Ze spokojem przyjął to, że wróciłem, że Błazen nie jest już martwy i że wkrótce znajdziemy się w domu bez konieczności wsiadania na statek. Jego radość ze zjeżdżania po śniegu dorównywała radości z mojego powrotu. Zazdrościłem mu tej łatwej akceptacji zmian i przyszłości.

Kiedy tak trajkotał, ja usiłowałem przewidzieć, co szykuje dla mnie przyszłość. Wrócimy do Koziej Twierdzy. Mnie przypadnie zadanie przeniesienia do zamku biblioteki Mocy. Już się bałem, ilu to będzie wymagało podróży poprzez filary. Zadanie to jednak stawało się proste, kiedy myślałem o tym, co będzie dalej. Musiałem się przedstawić Pokrzywie. Oraz wyjawić Sikorce, że żyję. Na tę myśl zalała mnie taka fala tęsknoty, że niemal zabrakło mi tchu. Przywracając wszystkie związane z nią wspomnienia, Błazen cofnął moje serce w czasie do momentu, w którym zrozumiałem, że ją straciłem. Ból był równie świeży, a moja miłość równie mocna. Bałem się myśli o naszym pierwszym spotkaniu i o wszystkich wyjaśnieniach, jakie będę musiał złożyć. Bałem się stawić czoło jej żałobie po mężu, ale wiedziałem, że muszę to zrobić. Brus dbał o moją córkę, kiedy ja „umarłem". Czy mógłbym uczynić mniej dla jego małych synów? Nie będzie to jednak łatwe. Nic z tego nie będzie łatwe. Mimo to z dziwnym drgnieniem serca zdałem sobie sprawę, że tego wyczekuję, że wierzę, iż poza smutkiem, który będziemy dzielić po śmierci Brusa, może w końcu odnajdziemy coś innego. Nawet myśląc o tym, czułem się płytki i chciwy, lecz myśl ta we mnie tkwiła. Wydawało mi się, że upłynęło wiele lat od czasu, kiedy patrzyłem w przyszłość, widząc sposobności i możliwości. Nagle poczułem, że pragnę zmiany – życia i niebezpieczeństw związanych z próbą ponownego zdobycia miłości Sikorki.

Młotek potrząsnął mnie za ramię.

– No więc? – zapytał z zachwytem. – No więc chcesz iść teraz?

– Tak – musiałem odpowiedzieć, a potem odkryłem, że uśmiechałem się i przytakiwałem jego opisom zjeżdżania po śniegu. Wyraziłem chęć wybrania się z nim na stok. Jego radość była zbyt wielka, by ją zniszczyć, i nagle przyszło mi do głowy, że w tej chwili naprawdę nie mam nic lepszego do roboty. Błaznowi przyda się odpoczynek i wyglądało na to, że rozmowa z Czarnym Człekiem sprawia mu przyjemność. Ubraliśmy się więc i wyszliśmy na dwór. Zamierzałem zjechać z Młotkiem kilka razy, tylko tyle, by go zadowolić, ale stok, który znalazł, był długi i spadzisty jak zjeżdżalnia dla wydr i równie kuszący. Młotek wygładził go przez ostatnie kilka dni zabaw. Zjechaliśmy na brzuchach, a potem razem, na moim płaszczu, krzycząc jak dzieci, nie zważając na to, jak bardzo przemokliśmy i zmarzliśmy.

Była to czysta i prosta zabawa. Zabawa, na którą nie miałem czasu, którą odrzucałem jako coś niepotrzebnego i przeszkadzającego w wykonywaniu wszystkich praktycznych zadań uporządkowanego życia. Kiedy przestałem zażywać prostych przyjemności dla samej przyjemności ich zażywania? Zapamiętałem się w zabawie i gwałtownie wróciłem do świata, kiedy usłyszałem, jak ktoś woła mnie po imieniu. Właśnie zjechałem na dół i gdy odwróciłem się na głos Błazna, wpadł na mnie z tyłu Młotek. Wyleciałem w powietrze i szczęśliwie wylądowałem na śniegu, przygnieciony przez mojego towarzysza. Gramoliliśmy się niemrawo, a Błazen obserwował nas z trudnym do zniesienia rozbawieniem i czułością. A także z żalem i smutkiem.

– Powinieneś sam spróbować – powiedziałem, na wpół zawstydzony, że zostałem przyłapany na hasaniu po śniegu jak dzieciak.

Wstałem i pomogłem wstać Młotkowi. Uśmiechał się szeroko mimo upadku.

– Moje plecy – rzekł cicho Błazen, a ja skinąłem głową, nagle przygaszony. Wiedziałem, że to coś więcej niż jego świeżo wygojone plecy, więcej niż sztywność nie całkiem zagojonych skaleczeń. Jego duch był bardziej pobliźniony i zesztywniały niż ciało. Zastanawiałem się, ile minie czasu, nim odzyska swą elastyczność.

– Wyzdrowiejesz – zapewniłem nas obu i podszedłem do niego. Żałowałem, że nie mam co do tego większej pewności.

– Prilkop zrobił nam jedzenie – powiedział. – Przyszedłem wam powiedzieć, że jest gotowe. Krzyczeliśmy od drzwi, ale nas nie słyszeliście. – Po chwili dorzucił: – Droga w dół wydawała się łatwa. Nie była. Teraz boję się powrotu na górę.

– Jest stromo – zgodziłem się, kiedy ruszyliśmy do jaskini Czarnego Człeka. Na wzmiankę o jedzeniu Młotek pobiegł, wyprzedzając nas. – Prilkop?

– To imię naszego gospodarza. – Błazen szedł z wysiłkiem obok mnie. Zbliżaliśmy się do stromej ścieżki biegnącej w poprzek urwiska. Brakło mu tchu. – Przypomnienie go sobie zajęło mu kilka chwil. Od dawna z nikim nie rozmawiał, a jeszcze dłużej nie używał naszego ojczystego języka.

– Wydawało się, że sprawia to przyjemność wam obu – stwierdziłem z nadzieją, że w moim głosie nie słychać zazdrości.

– Tak – zgodził się. Niemal się uśmiechnął. – Od tak dawna nie był w domu, że kiedy opowiedziałem mu moje wspomnienia z dzieciństwa, tylko się dziwił, jak wiele rzeczy uległo zmianie. Obaj się zastanawiamy, jak tam jest teraz.

– No cóż, chyba mógłby wrócić do domu, gdyby zechciał. To znaczy nie trzyma go tu już żadna wizja. Prawda?

– Tak. – Przez chwilę szliśmy w milczeniu. – Dom to ludzie, Bastardzie – powiedział cicho Błazen. – Nie miejsce. Jeśli wraca się tam po odejściu ludzi, to widzi się tylko to, czego już tam nie ma. – Położył mi rękę na ramieniu, więc się zatrzymałem. – Muszę złapać oddech – rzekł błagalnie, a potem mimo wszystko mówił dalej. – To ty powinieneś wrócić do domu. Póki jeszcze możesz. Póki są tam ludzie, którzy cię poznają i ucieszą się z twego powrotu.

Nie tylko w Koziej Twierdzy. Mówię o Sikorce. I księżnej Cierpliwej – dodał z powagą.

– Wiem. Zamierzam to zrobić.

Spojrzałem na niego ze zdumieniem, zaskoczony, że sądził, iż mam inne plany.

– Tak? Naprawdę? – zapytał z niebotycznym zdziwieniem.

– Oczywiście.

– Mówisz poważnie, prawda? – Przyjrzał mi się uważnie. Niemal dostrzegłem w jego oczach cień rozczarowania. Chwycił mnie jednak za rękę obiema dłońmi i powiedział: – Cieszę się, Bastardzie. Naprawdę się cieszę. Powiedziałeś przedtem, że to zrobisz, ale jakby z wahaniem. Myślałem, że może się rozmyślisz.

– A cóż innego mógłbym zrobić?

Zawahał się, jakby chciał coś powiedzieć, ale zmienił zdanie i tylko prychnął.

– Znaleźć sobie jakąś jaskinię, w której mógłbyś mieszkać samotnie przez następne dziesięć lat.

– Dlaczego miałbym to zrobić? Wycofaj się z życia, a nie będziesz miał możliwości niczego poprawić... Och.

Nagrodził mnie swoim starym uśmiechem, powoli rozlewającym się po jego twarzy.

– Pomóż mi wejść na górę – poprosił; zrobiłem to z przyjemnością. Opierał się na moim ramieniu mocniej, niż się spodziewałem. Kiedy dotarliśmy do jaskini Prilkopa, kazałem mu usiąść. – Alkohol? Okowita? – spytałem gospodarza, a kiedy Błazen przetłumaczył moje słowa, Czarny Człek pokręcił głową. Podszedł do Błazna i pochylił się, by zajrzeć mu w twarz. Dotknął jego czoła i znów pokręcił głową.

– Zrobię herbaty. Na to pomocna herbata.

Zjedliśmy razem i spędziliśmy wieczór na opowiadaniu różnych historii. Błazen i Prilkop chyba zaspokoili pierwszy głód rozmowy we własnym języku. Zrobiłem posłanie dla Błazna i uparłem się, by się położył przy ogniu. Spróbowałem powiedzieć Prilkopowi, jak dostaliśmy się na Aslevjal. Słuchał uważnie ze ściągniętymi brwiami i kiwał głową. Od czasu do czasu Błazen krótko wyjaśniał mu jakąś część opowieści, której Czarny Człek nie rozumiał. Głównie jednak leżał nieruchomo z zamkniętymi oczyma i słuchał. Kiedy jednak przerywał mi, dziwnie było słuchać, w jaki sposób uzupełnia dla naszego gospodarza opowieść naszego życia, bo w jego ustach wyglądało to tak, jakby celem zawsze było obudzenie i przywrócenie światu prawdziwych smoków. Przypuszczam, że dla niego tak właśnie było. Dziwacznie jednak oglądało mi się moje własne życie w tym świetle.

Zrobiło się bardzo późno i Młotek przysnął na długo przedtem, zanim Prilkop życzył nam dobrej nocy. Zrobiło mi się trochę niezręcznie, kiedy rozkładałem koce z dala od Błazna. Było ich tu dużo i nie trzeba było się nimi dzielić. Spałem jednak obok niego przez tyle nocy, że zastanawiałem się, czy będzie potrzebował mojej bliskości dla obrony przed nocnymi koszmarami, ale nie miałem sposobności, by go oto zapytać. Podparłem więc tylko głowę ręką i patrzyłem, jak śpi. Twarz miał rozluźnioną, ale czoło nadal ściągał mu ból. Wiedziałem, że po tym wszystkim, co przeszedł, będzie potrzebował nieco czasu beze mnie, czasu sam na sam ze sobą, by znów mógł odkryć, kim jest. Ja jednak samolubnie nie chciałem, by znowu się ode mnie oddalił. Została ożywiona nie tylko moja miłość do Sikorki, ale i chłopięca sympatia oraz przywiązanie do Błazna. Znów cieszyć się głęboką przyjaźnią, nie zwracać uwagi na dzielące nas różnice, smakować życie i optymistycznie stawiać czoło trudnościom – on to wszystko reprezentował i przysiągłem sobie, że nie pozwolę, by jeszcze raz mi się to wymknęło. Razem z Sikorką dopełnią moje życie i uczynią takim, jakie powinno być. I księżna Cierpliwa, pomyślałem z zachwytem. Ją też odzyskam, bez względu na cenę.

Może stało się tak dlatego, że Młotek spał obok mnie, albo może dlatego, że po raz pierwszy od zapuszczenia się w królestwo bladej kobiety spałem na tyle głęboko, by śnić. Tak czy owak, znalazła mnie Pokrzywa. A może ja znalazłem ją. Był wieczór. Niemal pamiętałem to miejsce, ale zmieniło się tak bardzo, że nie miałem co do tego pewności. W mroku lśniły rabaty. Gdzieś szemrała fontanna przyciszonym pluskiem wody. Nocny wiaterek unosił zmieszaną woń kwiatów.

Pokrzywa siedziała na kamiennej ławce. Była sama. Oparła tył głowy o mur i patrzyła na nocne niebo. Skrzywiłem się na jej widok. Piękne niegdyś włosy miała obcięte niemal do gołej skóry. W królestwie Sześciu Księstw była to najstarsza oznaka żałoby, nieczęsto praktykowana wśród kobiet. Podszedłem i usiadłem przed nią na kamiennych płytach w mojej wilczej postaci. Poruszyła się i spojrzała na mnie.

– Wiesz, że mój ojciec nie żyje?

– Tak.

Bawiła się fałdą ciemnej spódnicy.

– Byłeś tam? – zapytała w końcu.

– Nie przy jego śmierci. Ale widziałem, jak odniósł ranę, która go później zabiła.

Przez chwilę milczeliśmy oboje.

– Dlaczego, pytając o to, czuję się tak niezręcznie, jakby nie przystało mi być ciekawą? Wiem, że książę uważa za bardziej stosowne omijać ten temat i tylko mówić, że mój ojciec był bohaterem i dobrze walczył. Ale mnie to nie wystarcza. Chcę wiedzieć, jak zginął... jak został ranny. Chcę... znać wszystkie szczegóły. Bo wrzucili jego ciało do morza i nigdy go już nie zobaczę, ani martwego, ani żywego. Wiesz, jakie to uczucie? Tylko usłyszeć, że ojciec nie żyje, i to wszystko?

– Doskonale wiem, jakie to uczucie – rzekłem. – Mnie też to spotkało.

– Ale w końcu ci powiedzieli?

– Powiedzieli mi to samo kłamstwo, co wszystkim. Nie. Nigdy się nie dowiedziałem, jak naprawdę umarł.

– Przykro mi – powiedziała z uczuciem. Odwróciła głowę i spojrzała na mnie ciekawie. – Zmieniłeś się, Widmowy Wilku. Wibrujesz. Jak... jak uderzony dzwon. Jak to powiedzieć?

– Rozbrzmiewam – podsunąłem.

Skinęła głową.

– Czuję cię wyraźniej. Zupełnie jakbyś był rzeczywisty.

– Jestem rzeczywisty.

– To znaczy rzeczywisty, tutaj.

Żałowałem, że tak nie jest.

– Ile chcesz wiedzieć? – zapytałem.

Uniosła podbródek.

– Wszystko. Był moim ojcem.

– To prawda – musiałem się zgodzić. Przygotowałem się. Nadszedł czas. Wtedy przyszła mi do głowy jeszcze jedna myśl. – Gdzie teraz jesteś? – spytałem. – Kiedy nie śpisz?

Westchnęła.

– Jak widzisz. W Ogrodzie Królowej, na zamku, w Koziej Twierdzy – odpowiedziała ze smutkiem. – Królowa pozwoliła mi pojechać do domu na trzy dni. Przeprosiła mnie i moją matkę, ale powiedziała, że nie może dać mi więcej czasu na żałobę. Od kiedy nauczyłam się śnić prawdziwe sny, nawet noce nie należą do mnie. Cały czas jestem na zawołanie tronu Przezornych i mam mu poświęcić całe moje życie.

Ostrożnie dobrałem słowa.

– W tym jesteś dzieckiem swego ojca.

Rozgniewała się nagle na mnie, rozświetlając ogród swoją złością.

– On oddał za nich życie! I co dostał w zamian? Nic. No dobrze, jakąś posiadłość, teraz, kiedy już nie żyje, jakiś Biały Gaj, o którym nigdy nie słyszałam. Co mnie obchodzi ziemia i tytuł? Pani Pokrzywa, tak mnie teraz nazywają, jakbym była córką jakiegoś szlachcica. A za moimi plecami nazywają mnie panią Ciernistą, tylko dlatego, że szczerze mówię to, co myślę. Nic mnie nie obchodzi, co o mnie sądzą. Kiedy tylko będę mogła, opuszczę dwór i wrócę do domu. Do mojego prawdziwego domu, który wybudował mój ojciec, do stodół i pastwisk. Jeśli o mnie chodzi, to mogą sobie zabrać ten Biały Gaj i rozebrać na kamienie. Wolałabym odzyskać ojca.

– Ja też. Ale i tak masz większe prawo do Białego Gaju niż ktokolwiek inny. Twój ojciec służył księciu Rycerskiemu, a ta posiadłość była jedną z jego ulubionych. To, że ją otrzymujesz, czyni cię niemal dziedziczką Rycerskiego.

Byłem pewien, że taki był zamiar księżnej Cierpliwej. Potrafiła zliczyć miesiące i lata na palcach i domyślić się, że dziecko Sikorki jest moje. Staruszka zrobiła, co w jej mocy, by przekazać Pokrzywie choć trochę ziem jej dziadka. Zrobiło mi się ciepło na sercu. Nagle zrozumiałem, dlaczego księżna Cierpliwa czekała z tym do śmierci Brusa. Szanowała jego tytuł do ojcostwa Pokrzywy i nie chciała zrobić niczego, co mogłoby je podważyć. Teraz będzie wyglądało, że na te ziemie Brus zasłużył w imieniu swojej rodziny, a nie, że jest to dziedzictwo przekazane wnuczce. Zawsze mnie zachwycała subtelność mojej macochy.

– I tak wolałabym ojca. – Pociągnęła nosem i odwróciła ode mnie twarz. Odezwała się chrapliwie w ciemność: – Powiesz, co mu się przytrafiło?

– Tak. Powiem. Staram się zdecydować, w którym miejscu zacząć tę opowieść.

Zastanawiałem się, co wybrać – ostrożność czy odwagę, a potem nagle uświadomiłem sobie, że ta decyzja wcale nie powinna zależeć od moich uczuć. Ile powinno się wyjawić młodej kobiecie, samotnej i pogrążonej w żalu? To nie była pora, by zmieniać to, co wiedziała o sobie. Czekała ją wystarczająco wiele zmian. Niech rozpacza po ojcu wolna od pytań, jakie mogłyby wywołać moje rewelacje.

– To prawda, że twój ojciec otrzymał śmiertelną ranę w służbie monarchii Przezornych. Ale kiedy czystą siłą woli rzucił smoka na kolana, nie zrobił tego dla swego księcia. Zrobił to, bo kamienny smok zagrażał jego ukochanemu synowi.

– Szybkiemu? – zapytała z niedowierzaniem.

– Oczywiście. To dla Szybkiego tam przybył. Aby sprowadzić go bezpiecznie do domu. Nie myślał, że będzie musiał stawić czoło prawdziwemu smokowi.

– Tylu rzeczy nie rozumiem. Nazywasz smoka, któremu się przeciwstawili, „kamiennym smokiem". Dlaczego?

Należała jej się ta wiedza. Opowiedziałem jej więc bohaterską historię, pełną mrocznej magii bladej kobiety, o na wpół ślepym mężczyźnie, który przybył samotnie, by pognębić smoka, zagrażającego jego krnąbrnemu synowi. Powiedziałem jej też o tym, jak Szybki stał przed atakującym smokiem i wypuścił strzałę, która go zabiła. I o lojalności chłopca wobec umierającego ojca. Wyjaśniłem jej nawet, jaki to kolczyk będzie nosił Szybki, kiedy wróci do domu. Szlochała cały czas, a jej czarne łzy znikały, kapiąc z jej rzęs. Zniknął otaczający nas ogród i zaczął wiać lodowaty wiatr. Zdałem sobie sprawę, że zobaczyła to wszystko tak, jak ja to widziałem, dzięki sile mojej opowieści. Dopiero kiedy skończyłem mówić, ogród powoli wrócił do istnienia wokół nas. Wonie były ostrzejsze, jakby zmoczone niedawnym deszczem. Gdzieś obok przeleciała ćma.

– Ale kiedy Szybki wróci do domu? – zapytała z niepokojem. – Mojej matce i tak jest ciężko ze świadomością, że jej mąż nie żyje. Nie powinna się martwić o to, czy jej syn powróci bezpiecznie. Dlaczego tak długo zwlekają, skoro wykonali zadanie?

– Szybki służy swemu księciu. Wróci razem z Sumiennym – zapewniłem Pokrzywę. – Nadal negocjują małżeństwo, które zwiąże nasze kraje więzami przyjaźni. Takie rzeczy potrafią zająć sporo czasu.

– Co jest nie tak z tą dziewczyną? – spytała ze złością. – Brak jej rozumu czy honoru? Powinna dotrzymać słowa. Dostała tę swoją głowę smoka na kamieniach paleniska. Dopilnowałam tego!

– Tak słyszałem – stwierdziłem cierpko.

– Byłam na niego taka zła – zwierzyła mi się. – Tylko to mogłam zrobić.

– Byłaś zła na Lodognia?

– Nie! Na księcia Sumiennego. Ciągłe rozterki. „Czy ja się jej podobam, czy ona mnie kocha, nie będę jej zmuszał do dotrzymania umowy pod przymusem, jestem taki straszliwie szlachetny...". Dlaczego nie powie tej kapryśnej Zawyspiarce: „Zapłaciłem myto i zamierzam przejść po moście"? Ja bym na pewno tak zrobiła! – Nagle płomień jej oburzenia przygasł. – Chyba nie myślisz, że popełniam jakąś zdradę, mówiąc tak o nim? Nie chciałam być nieuprzejma. Jestem bardzo lojalną poddaną naszego prześwietnego księcia. Tylko że kiedy przekazuje się komuś myśli bezpośrednio z umysłu do umysłu, trudno pamiętać, że rozmawia się z księciem, stojącym znacznie wyżej ode mnie. Czasami wydaje się tak tępy, jak któryś z moich braci, i aż mi się chce nim potrząsnąć!

Mimo niedawnych zapewnień co do lojalności wobec swego monarchy, jej słowa zabrzmiały nagle, jakby wypowiedziała je dziewczyna zirytowana zachowaniem chłopców.

– I co zrobiłaś?

– Wtedy ci cali Zawyspiarze robili mnóstwo hałasu wokół tego, że nie położył głowy smoka na kamieniach paleniska domu jej matek. Jakby uratowanie jej matki i siostry nie było warte więcej, niż jakaś zakrwawiona głowa zwierzęcia, śmierdząca przed kominkiem narczeski! – Czułem, z jakim wysiłkiem się opanowała. – Zważ, że wiem o tych sprawach tylko dlatego, że przekazuję je królowej. To ja muszę stawać przed nią co rano i przekazywać wieści, które oni przesyłają przeze mnie. Czy on uważa, że to jest przyjemne? Ale pewnego ranka, kiedy królowa była smutna i przygnębiona, bo to małżeństwo mogło w ogóle nie dojść do skutku, przyszło mi do głowy, że może mogłabym coś zrobić. Mimo jej przechwałek i gróźb dobrze znam Tintaglię. Może znam ją dobrze właśnie dlatego. Więc tak, jak ona mnie zadręczała, wkraczając do moich snów, kiedy tylko zasypiałam, tak teraz zaczęłam odpłacać jej tym samym. Bo dzięki wchodzeniu i wychodzeniu z moich snów wydeptała jakby ścieżkę, po której mogłam trafić do niej. Jeśli to ma dla ciebie jakikolwiek sens.

– Ma. Wciąż jednak się dziwię, że ktoś ośmielił się „zadręczać" taką istotę.

– Och, w świecie snów jesteśmy dobrze dopasowane, jak chyba pamiętasz. Wątpię, czy chciałoby się jej lecieć aż tutaj, by zgnieść zwykłego człowieka. I w przeciwieństwie do mnie ona lubi mocno spać po jedzeniu albo parzeniu się. Nękałam ją więc właśnie wtedy.

– I poprosiłaś ją, żeby poprosiła Lodognia, żeby wrócił na wyspę Majową i położył głowę na palenisku narczeski?

– Poprosiłam? Nie. Ja zażądałam. A kiedy powiedziała, że tego nie zrobi, powiedziałam, że pewnie nie potrafi, że mimo wszystkiego, co zrobili ludzie, by go uratować, Lodogień jest zbyt małostkowy, by uznać swój dług. I że ona nie śmie go do tego zmusić, bo chociaż twierdzi, że jest królową, pozwoliła mu się zdominować. Powiedziałam, że parzenie się chyba przyćmiło jej umysł. Muszę dodać, że to ją rozwścieczyło.

– Ale skąd wiedziałaś, że tak będzie?

– Nie wiedziałam. Po prostu się rozzłościłam i powiedziałam, co mi ślina na język przyniosła. – Poczułem, że wzdycha. – To moja wada, która nie przysporzyła mi przyjaciół na tym dworze. Mam zbyt niewyparzony język. Ale myślę, że to najlepszy sposób rozmawiania ze smokiem. Powiedziałam jej, że jeśli nie potrafi zmusić Lodogonia do zrobienia tego, co należy, to nie powinna tak się puszyć. Nie znoszę, gdy ludzie kogoś tyranizują, kiedy wiadomo, że, jak dobrze się przyjrzeć, wcale nie są od tego kogoś lepsi. – Zawahała się. – Albo smoki. We wszystkich legendach są mądre albo niewiarygodnie potężne, albo...

– One są niewiarygodnie potężne – przerwałem jej. – Zapewniam cię o tym!

– Może. Ale pod pewnymi względami Tintaglia jest jak... ja. Wystarczy trochę podrażnić jej dumę, a zaraz będzie chciała udowodnić, że potrafi zrobić wszystko, o co poszła sprzeczka. Potrafi nękać albo, co gorsza, tyranizować, jeśli uważa, że ujdzie jej to płazem.

A ponieważ żyje tak długo i urodziła się z tak licznymi wspomnieniami, zachowuje się, jakbyśmy byli ćmami albo mrówkami, których życie jest nic niewarte.

– Wygląda na to, że odbyłaś z nią kilka rozmów na ten temat.

– Tintaglia jest interesującym stworzeniem – odparła Pokrzywa po chwili namysłu. – Chyba nigdy nie ośmielę się nazwać jej moją przyjaciółką. Ona myśli, że nią jest, a dokładniej, chyba uważa, że jestem jej winna lojalność i służbę albo cześć tylko dlatego, że jest smoczycą. Trudno mi jednak nazywać ją przyjaciółką, wiedząc, że moja śmierć znaczyłaby dla niej niewiele więcej niż dla mnie śmierć ćmy, która ginie w płomieniu świecy. Pssst! Och, zginęła. Fatalnie. Jakbym była jakimś zwierzęciem!

Zerwała z pobliskiego klombu kwiat, z taką złością jakby chciała go poszarpać na kawałki.

Skrzywiłem się, a ona to wyczuła.

– Nie, miałam na myśli czegoś w rodzaju chrząszcza albo ryby. Nie wilka. – Dodała po chwili, jakby właśnie przyszło jej to do głowy. – Nie jesteś taki, jakim cię widzę w myślach. Teraz już to wiem. Wiem, że nie jesteś wilkiem. To znaczy nie myślę o tobie jako o zwierzęciu. Czy cię uraziłam?

Osadziła pośpiesznie kwiat na złamanej łodydze.

Uraziła, ale chyba nie potrafiłbym wyjaśnić tego sobie samemu, a co dopiero jej.

– Nic się nie stało. Wiem, co chcesz powiedzieć.

– I kiedy wreszcie wrócisz ze wszystkimi, to w końcu cię poznam i zobaczę takim, jaki jesteś?

– Kiedy wrócę, jest bardzo prawdopodobne, że się spotkamy.

– A jak cię rozpoznam?

– Powiem ci, że to ja.

– Dobrze. Tęskniłam za tobą – dodała z wahaniem. – Kiedy powiedzieli mi, że mój ojciec nie żyje, chciałam z tobą porozmawiać. Nie mogłam cię jednak znaleźć. Gdzie byłeś?

– Ktoś bardzo dla mnie ważny miał kłopoty. Poszedłem mu pomóc. Teraz wszystko jest już załatwione i niedługo wrócimy do domu.

– Ktoś dla ciebie ważny? Czy go poznam?

– Oczywiście. Chyba go polubisz.

– Kim jesteś?

Nie spodziewałem się tego pytania. Wytrąciło mnie z równowagi. Nie chciałem jej powiedzieć, że jestem Bastardem Rycerskim Przezornym albo Tomem Borsuczowłosym. Usłyszałem własne nieplanowane słowa:

– Kimś, kto znał twoją matkę, zanim poznała Brusa i za niego wyszła.

Nie spodziewałem się, że tak zareaguje.

– Jesteś taki stary?

Była wstrząśnięta.

– I chyba właśnie postarzałem się jeszcze bardziej – powiedziałem ze śmiechem.

Nie roześmiała się jednak ze mną.

– A zatem sądzę, że kiedy wrócisz – odparła sztywno – okażesz się bardziej przyjacielem mojej matki niż moim.

Takiej komplikacji nie brałem pod uwagę. Myśli Pokrzywy zabarwiły się zielenią zazdrości. Spróbowałem ją zdusić.

– Pokrzywo, od dawna zależy mi na was obu. I nadal będzie mi zależało.

– Spróbujesz zająć przy niej miejsce mojego ojca? – zapytała jeszcze zimniejszym tonem.

Poczułem się jak beznadziejny idiota. Zacząłem szukać jakiejś odpowiedzi, a potem zmusiłem się do stawienia czoła prawdzie, której unikałem.

– Pokrzywo. Oni byli razem przez ile, szesnaście lat? Mają siedmioro dzieci. Myślisz, że ktokolwiek mógłby zająć przy niej jego miejsce?

– Pamiętaj o tym – powiedziała, nieco ugłaskana. A potem mnie odprawiła, mówiąc: – Muszę teraz wyprosić cię z moich snów, bo może będzie chciał mnie odnaleźć książę. Prawie co noc albo on, albo pan Cierń każe mi coś przekazać królowej. Nie mam już dużo czasu na robienie snów dla siebie. Dobranoc, Widmowy Wilku.

Przy tych słowach jej wonny ogród i łagodny świat zmierzchu odpłynęły ode mnie, pozostawiając samego w ciemności. Po chwili zorientowałem się, że wcale nie śpię, tylko leżę na podłodze w jaskini Czarnego Człeka i wpatruję się w jej zakamarki, oświetlone nikłym blaskiem żaru z paleniska. Przemyślałem to, co powiedziałem Pokrzywie, i uznałem, że głupio zrobiłem, dając jej do zrozumienia, że kiedyś kochałem Sikorkę. I jak mogłem nie przewidzieć, że jej dzieci, łącznie z Pokrzywą, mogą zobaczyć we mnie intruza w ich domu? Zalała mnie fala zniechęcenia i pomyślałem, czyby się ze wszystkiego nie wycofać.

Lecz w ślad za tymi myślami przyszło żelazne postanowienie. Nie. Nie będę uciekał przed chaosem, jaki uczyniłem z własnego życia. Wciąż kochałem Sikorkę i uznałem za możliwe, że ona mogła zachować jakieś uczucia dla mnie. A nawet jeśli nie, to obiecałem Brusowi, że zajmę się jego młodszymi dziećmi. Jestem tam potrzebny, nawet jeśli początkowo nie będę mile widziany. Może mi się nie powiedzie; może nawet Sikorka mnie wypędzi. Ale nie poddam się, zanim nie spróbuję.

Wracałem do domu.

## ROZDZIAŁ 32

# POPRZEZ KAMIENIE

*Kamienie Świadków stały od niepamiętnych czasów, opierając się burzom i trzęsieniom ziemi, na Wzgórzu Świadków nieopodal Koziej Twierdzy. Nie istnieją żadne zapiski na temat tego, kto je ustawił. Niektórzy powiadają, że są tak stare, jak fundamenty samego zamku. Inni twierdzą, że jeszcze starsze. Narosły wokół nich rozmaite podania. Młode pary chętnie składają sobie przy Kamieniach Świadków przysięgi małżeńskie, uważa się bowiem, że jeśli ktoś przysięgnie przy nich fałszywie, ukarzą go sami bogowie. Mówi się też, że jeśli spotkają się tam mężczyźni, by w walce ustalić prawdę, kamienie spojrzą w dół i dopilnują, by zwycięstwo przypadło człowiekowi honoru.*

*Podobne kamienie stoją w całym Królestwie Sześciu Księstw i poza nim. Wszystkie wyglądają jakby zostały wyrzeźbione z tego samego czarnego kamienia. Wszystkie zostały starannie ustawione, by wytrzymać ataki żywiołów. Niektóre ozdobiono runami. Inne są gładkie, lecz bliższe oględziny zwykle wykazują, że niegdyś pokrywały je runy, które albo się zatarły, albo zostały celowo zniszczone.*

*Chociaż nie zdołaliśmy znaleźć wzmianek o nich w posiadanych przez nas zwojach traktujących o Mocy, niemal na pewno były one używane przez Najstarszych do szybkiego przemieszczania się z miejsca na miejsce. Do niniejszego tekstu dołączam mapę znanych filarów Mocy, jak będę je nazywać. Sporządziłem do niej legendę z zaznaczeniem, które runy odpowiadają którym miejscom. Chociaż niektóre z filarów Mocy mogą się wydawać nieoznaczone, doświadczony adept Mocy nadal może się nimi posługiwać. Nie zaleca się młodszym adeptom podróżowania poprzez kamienie samotnie. Zawsze powinien im towarzyszyć ktoś doświadczony i powinni oni używać kamieni do przemieszczania się tylko w ostateczności. Dla nowicjusza może to być trudne przeżycie, prowadzące do wyczerpania lub, w przypadku wielokrotnego posługiwania się kamieniami pod przymusem, szaleństwa.*

Ciernia Spadającej Gwiazdy „O filarach Mocy"

Niepewna rekonwalescencja Błazna załamała się nad ranem. Obudził mnie, rzucając się we śnie. Kiedy próbowałem go zbudzić, twarz miał ciepłą; nie udało mi się go wyrwać ze szponów koszmaru. Usiadłem przy nim, wziąłem go za rękę i przemawiałem doń cicho, naprowadzając na spokojniejsze sny. Miałem nieprzyjemną świadomość, że Czarny Człek też się zbudził. Leżał na swoim łóżku i obserwował nas w milczeniu. Nie widziałem jego oczu, lecz czułem, że na mnie patrzy. Oceniał nas, a ja nie wiedziałem, dlaczego.

Bliżej świtu poczułem nacisk myśli Ciernia. Niechętnie wpuściłem go do mego umysłu.

„Możecie już wracać do domu. Powiecie, że książę i ja wysłaliśmy cię wcześniej w drogę powrotną z Młotkiem na statku handlowym, ponieważ Młotek bardzo źle tu się czuł, a my chcieliśmy, byś natychmiast zawiózł królowej wieści. Sądzę, że to będzie wiarygodne; tylko nie wyjawiaj żadnych szczegółów. Chciałbym cię już mieć na zamku. Pokrzywa to wspaniała dziewczyna, ale przekazując raporty za jej pośrednictwem, musieliśmy być bardzo ostrożni i uważać, by nie otrzymała zadań, które wykraczałyby poza jej umiejętności. Koniecznie muszę mieć na zamku kogoś wtajemniczonego w informacje, jakie trzeba będzie przekazywać królowej".

„Nie mogę teraz wyruszyć, Cierniu. Błazen zachorował. Nie może nigdzie podróżować".

Cierń milczał przez parę chwil.

„Ale z tego, co mówiłeś, wynikało, że nie musiałbyś go nieść daleko. Tylko do filaru Mocy, a potem błyskawicznie przemieściłby się do domu, do uzdrowicieli, ciepła i bezpieczeństwa".

„To nie takie proste. Ścieżka prowadząca do filaru jest bardzo zdradliwa. A podróż przez filar jest dla Błazna wyczerpująca. Nie odważę się zaryzykować jego życia. Przeszedł już zbyt wiele".

„Rozumiem". Cierń ważył moje słowa. „Myślisz, że jutro będzie się czuł lepiej? Mógłbym ci dać jeszcze jeden dzień".

„Nie wiem" – przekazałem mu stanowczo. „Ale zaczekam tak długo, jak będzie trzeba, Cierniu. Nie zaryzykuję jego życia".

„Dobrze". Z tej myśli emanowała irytacja, ale i pogodzenie się z moją decyzją. „Skoro musisz".

„Zaiste muszę" – odparłem stanowczo. „Wyruszymy, kiedy Błazen będzie silniejszy. Nie wcześniej".

Świt zastał mnie chorego ze zmartwienia. Doskonale wiedziałem, że spośród ludzi, którzy giną od ran odniesionych w bitwie, wielu umiera dopiero w kilka dni po niej – z gorączki, upływu krwi i zakażenia. Podróż na Aslevjal nadwerężyła świeżo odzyskane siły Błazna i zaprzepaściła wiele dni odpoczynku. Spał on ciężkim snem aż do popołudnia, a kiedy się obudził z zaropiałymi oczyma i wymizerowany, pił wodę całymi filiżankami. Prilkop uparł się, byśmy przenieśli go z podłogi na łóżko. Błazen przeszedł chwiejnie tę niewielką odległość, podpierany przez nas z obu stron, a potem osunął się na łóżko Czarnego Człeka i niemal natychmiast zapadł w sen. Skórę miał ciepłą.

– Może to jeden z jego okresów przemiany – powiedziałem do Prilkopa. – Taką mam nadzieję. Byłoby to lepsze od zakażenia. Przez kilka dni będzie gorączkował i będzie osłabiony, a potem zrzuci warstwę skóry, jak po oparzeniu. Nowa skóra pod spodem okaże się ciemniejsza. Jeśli tak właśnie się stanie, to niewiele możemy dla niego zrobić oprócz dbania o niego i czekania.

Prilkop dotknął swoich policzków i uśmiechnął się do mnie.

– To podejrzewam – rzekł. – Niektórym z nas to się zdarza. Dolegliwość mija. – A potem spojrzał na Błazna i dodał: – Jeśli to nic gorszego. – Pokręcił głową. – Jego rany były liczne.

Przyszło mi do głowy pytanie; zadałem je, nie zastanawiając się, czy nie jest niegrzeczne.

– Dlaczego ty się zmieniłeś? Dlaczego zmienia się Błazen? Blada kobieta pozostała biała.

Uniósł ręce w geście konsternacji.

– O tym rozmyślałem wiele razy. Może zmieniamy się, powodując zmiany. Inni prorocy, którzy pozostają biali, często wiele mówią, lecz niewiele robią. On i ja w młodości przepowiedzieliśmy wiele zmian. Potem wprowadziliśmy je w życie. I, może, także zmieniliśmy siebie.

– Ale blada kobieta też dokładała wielu starań, by wprowadzić zmiany.

Uśmiechnął się z ponurym zadowoleniem.

– Próbowała. Nie udało się jej. My zwyciężyliśmy. My zmieniliśmy. – Przechylił głowę. – Może. Tak myśli ten starzec. – Prilkop zerknął na śpiącego Błazna i skinął głową. – Odpoczynku mu trzeba. Sen i dobre jedzenie. I spokój. Ty z Młotkiem idźcie na ryby. Świeża ryba dobrze by mu zrobiła.

Pokręciłem głową.

– Nie chcę go zostawiać w takim stanie.

Prilkop położył mi delikatnie rękę na ramieniu.

– Ty napawasz go niepokojem. Wyczuwa twoje zmartwienie. Żeby dać mu odpocząć, odejdź.

– Powinniśmy iść do domu – odezwał się ze swojego kąta przy palenisku Młotek. – Ja chcę do domu.

Błazen zaskoczył mnie, wypowiadając chrapliwie moje imię.

– Bastardzie.

Natychmiast znalazłem się u jego boku i podałem mu wodę. Nie chciał pić, ale ja nie ustępowałem. Kiedy odwrócił twarz od filiżanki, zabrałem ją.

– Chcesz coś jeszcze?

Oczy miał nienaturalnie błyszczące od gorączki.

– Tak. Chcę, żebyś wrócił do domu.

– On nie wie, co mówi – rzekłem do Prilkopa. – Nie mógłbym go zabrać w takim stanie.

Błazen odetchnął głęboko i odezwał się z wysiłkiem.

– Owszem. Wiem. Wiem, co mówię. Zabierz Młotka. Idź do domu. Zostaw mnie tu.

Zakaszlał i gestem poprosił o wodę. Wypił ją małymi łykami, znów głęboko odetchnął i osunął się między koce.

– Nie zostawię cię w takim stanie – obiecałem. – Zostanę tu, ile trzeba. O nic się nie martw. Będę przy tobie.

– Nie. – Sprawiał wrażenie rozdrażnionego. – Posłuchaj mnie. Muszę zostać. Tutaj. Jakiś czas. Z Prilkopem. Muszę zrozumieć... kiedy... gdzie... muszę... Bastardzie, on może mi pomóc. Wiesz, że od tego nie umrę. To tylko okres mojej przemiany. Lecz odpowiedzi na moje pytania muszę poznać w samotności. Muszę być przez jakiś czas sam. Muszę wszystko przemyśleć. Rozumiesz. Wiem, że rozumiesz. Byłem tobą. – Uniósł palce i potarł twarz. Sucha skóra zmarszczyła się pod ich dotykiem i zwinęła, odchodząc od świeższej, ciemniejszej skóry pod spodem. Zwrócił oczy na Prilkopa. – On powinien odejść – powiedział, jakby Czarny Człek mógł mnie do tego zmusić. – Potrzebują go w domu. I on powinien się tam znaleźć.

Usiadłem na podłodze przy łóżku. Rzeczywiście, rozumiałem. Pamiętałem długie dni zdrowienia po uwięzieniu w lochach Władczego. Przypomniałem sobie odczuwaną wtedy niepewność. Tortury przynoszą człowiekowi wstyd. Załamać się i krzyczeć, błagać, obiecywać... Jeśli samemu się tego nie wytrzymało, może nie da się tego wybaczyć komuś innemu. Błazen potrzebował samotności, by ponownie pojąć, jak widzi samego siebie. Nie chciałem wtedy, by Brus zadawał mi tysiące pytań; nie chciałem nawet, by był troskliwy i uprzejmy. On to instynktownie wyczuwał i pozwalał mi całymi dniami siedzieć i wpatrywać się bez słowa w łąki i wzgórza. Trudno było mi przyznać, że jestem człowiekiem, a nie wilkiem; trudniej było mi przyznać, że wciąż byłem sobą.

Błazen wysunął spod koca szczupłą rękę. Poklepał mnie niezdarnie po ramieniu i powiódł palcami po mym zarośniętym policzku.

– Idź do domu. I ogól się, jak tam będziesz. – Udało mu się lekko uśmiechnąć. – Pozwól mi odpocząć, Bastardzie. Po prostu pozwól mi odpocząć.

– Dobrze. – Usiłowałem nie czuć się tak, jakby mnie odprawił. Zwróciłem się do Młotka: – Zabiorę cię do domu. Ubierz się ciepło, ale nie musisz niczego pakować. Nim nadejdzie świt, staniemy w Koziej Twierdzy.

– I będzie nam znów ciepło? I będą dobre rzeczy do jedzenia? Świeży chleb i masło, mleko i jabłka, słodkie ciastka i rodzynki? Ser i bekon? Jeszcze dziś wieczorem?

– Zrobię, co się da. Przygotuj się. I powiedz ode mnie Cierniowi, że wybieramy się dzisiaj wieczorem do domu. Powiem strażom przy bramie, że przybyliśmy wcześniej, pierwszym statkiem. Bo było ci zimno.

– Jest mi zimno – zgodził się z zapałem. – Ale żadnych statków. Obiecałeś.

Nie obiecałem, ale przytaknąłem.

– Żadnych statków. Przygotuj się, Młotku. – Odwróciłem się z powrotem do Błazna. Znów miał zamknięte oczy. – Więc dopiąłeś swego – powiedziałem cicho. – Jak zawsze. Zabiorę Młotka do domu. Nie będzie mnie jeden dzień. Najwyżej dwa. Ale potem wrócę i przyniosę jedzenie i wino. Co byś chciał? Co mógłbyś zjeść?

– Masz brzoskwinie? – zapytał Błazen łamiącym się głosem. Najwyraźniej nie pojął wszystkiego, co mówiłem.

– Postaram się je przynieść – odparłem, choć w to wątpiłem. Odgarnąłem mu włosy z twarzy. Były sztywne i wysuszone. Spojrzałem na Prilkopa. Skinął powoli głową w odpowiedzi na moją milczącą prośbę. Zanim odszedłem, otuliłem jeszcze Błazna kocami. A potem pochyliłem się i chociaż miał zamknięte oczy, przycisnąłem czoło do jego czoła. – Wkrótce wrócę – przyrzekłem.

Nie odpowiedział; może już zasnął.

Prilkop pożegnał się z nami w jaskini.

– Opiekuj się nim – przykazałem mu. – Wrócę jutro. Pilnuj, żeby jadł.

Pokręcił głową.

– Nie tak prędko – przestrzegł mnie. – Już używałeś portali zbyt wiele razy, zbyt blisko siebie. – Wykonał gest, jakby wyciągał coś sobie z piersi. – To z ciebie wysysa, a jeśli nie zostanie ci dość dla siebie, może cię zatrzymać.

Zajrzał mi w oczy, jakby chcąc się upewnić, że go zrozumiałem. Nie zrozumiałem, ale kiwnąłem głową.

– Będę uważał – zapewniłem go.

– Żegnaj, Młotku. Żegnaj, Odmieńcu Błazna. – A potem skinął głową w stronę chorego: – Będę go pilnował. Nic więcej żaden z nas zrobić nie może. – I dodał, jakby się krępował poprosić: – Mały człowieczek powiedział „ser"?

– Ser. Tak. Przyniosę ci ser. I herbatę, i przyprawy, i owoce. Ile zdołam unieść.

– Kiedy będziesz mógł bezpiecznie tu wrócić, to by było miłe.

Rozpromienił się, a my podziękowaliśmy mu za wszystko, co dla nas zrobił, i wyszliśmy. Wiatr się wzmógł i noc była chłodna. Młotek kategorycznie odmówił rozstania się ze swoim pakunkiem, kurczowo trzymając go w ramionach, szedł więc za mną obładowany po stromej i wąskiej ścieżce, prowadzącej do szczeliny w skalnej ścianie. Sącząca się woda znów narosła na niej lodem, więc musiałem dobyć miecza i poszerzać po ciemku wejście. Młotek narzekał na ciemność i wiatr, i powtarzał, że chce do domu, najwyraźniej nie rozumiejąc, że najpierw muszę otworzyć nam do niego drogę.

W końcu udało mi się przecisnąć do środka. Pociągnąłem Młotka za sobą, chociaż przez chwilę tkwiliśmy zaklinowani w szczelinie. Szedł za mną, zwalniając coraz bardziej w miarę, jak zbliżaliśmy się do nienaturalnego światła.

– Nie podoba mi się to – stwierdził. – To chyba nie jest droga do domu. To jest wchodzenie do skały. Powinniśmy zawrócić.

– Nie, Młotku, wszystko w porządku. To tylko dawna magia. Nic nam nie będzie. Po prostu idź za mną.

– Lepiej, żebyś miał rację! – ostrzegł mnie, rozglądając się dookoła za każdym krokiem. Z każdą chwilą stawał się ostrożniejszy. Kiedy dotarliśmy do pierwszych rzeźb Najstarszych, wstrzymał oddech i się cofnął.

– Sny smoka. One były w snach smoka! – zawołał. I dodał takim tonem, jakbym go oszukał: – O, ja już tu byłem. Teraz wiem. Ale dlaczego jest tak zimno? Przedtem tak nie było.

– Bo jesteśmy pod lodem. Dlatego jest zimno. Chodź już. Przestań się tak wlec.

– Nie tak zimno – powtórzył zagadkowo i podążył za mną, ale wcale nie szybszym krokiem. Sądziłem, że dobrze zapamiętałem drogę. Mimo to dwukrotnie źle skręciłem. Za każdym razem, kiedy musiałem zawracać, Młotek coraz bardziej we mnie wątpił. W końcu jednak, mimo jego guzdrania się i mojej nie najlepszej pamięci, dotarliśmy do pokoju z mapą.

– Niczego nie dotykaj – przestrzegłem go. Przyjrzałem się mapie i runie przy czterech klejnocikach w pobliżu Koziej Twierdzy. Byłem przekonany, że oznaczają Kamienie Świadków. Od pokoleń były one uważane za miejsce potęgi i prawdy, za bramę do bogów.

Teraz podejrzewałem, że znam pochodzenie tej legendy. Starannie zapamiętałem runę. – Chodź, Młotku – odezwałem się. – Czas iść do domu.

Nie odpowiedział i nawet kiedy dotknąłem jego ramienia, podniósł na mnie wzrok bardzo powoli. Siedział na podłodze. Jedną ręką wytarł do czysta zakurzone kafelki, odsłaniając jakąś sielankową scenkę. Miał niemal oszołomioną minę.

– Podobało im się tutaj – rzekł miękko. – Grali dużo muzyki.

– Wznieś mury obronne, Młotku – poradziłem mu, ale nie wyczułem, by to zrobił.

Ująłem go mocno za rękę. Nie byłem pewien, czy mnie słucha, ale prowadząc go schodami do pomieszczenia z filarem, wyjaśniłem mu kilka razy, że będziemy się mocno trzymać, przejdziemy przez filar i znajdziemy się w domu. Oddech Młotka stał się głęboki i równy. Zadałem sobie z niepokojem pytanie, czy to miasto ma na niego wpływ.

Nie dałem sobie czasu na zastanawianie się, czy pradawne i zniszczone Kamienie Świadków wciąż będą działały jako filary Mocy. Co prawda Błazen użył jednego z nich, a jego Moc była o wiele mniejsza od mojej. Wziąłem głęboki oddech, lekko uścisnąłem rękę Młotka, usiłując zwrócić na siebie jego uwagę, i zdecydowanie wkroczyłem w kolumnę, ciągnąc go za sobą.

Znów nastąpiła ta zawrotnie długa przerwa w moim istnieniu, teraz już niemal znajoma. Wydawało mi się, że przesuwa się wokół mnie upstrzona gwiazdami ciemność nieokreślonej długości, a potem wyszedłem na trawiaste zbocze wzgórza nieopodal Koziej Twierdzy. Młotek wciąż był ze mną. Na chwilę zakręciło mi się w głowie; Młotek zatoczył się obok mnie i usiadł ciężko na trawie. Na skórze czuliśmy ciepły dotyk lata, a nozdrza wypełniły mi wonie letniej nocy. Stałem bez ruchu, przyzwyczajając oczy do ciemności. Za mną majaczyły cztery Kamienie Świadków, wymierzone w nocne niebo. Odetchnąłem głęboko ciepłym powietrzem. Wyczułem woń pasących się niedaleko owiec i nieco odleglejszy zapach morza. Byliśmy w domu.

Podszedłem do Młotka i położyłem mu rękę na ramieniu.

– Nic ci nie jest – powiedziałem mu. – Jesteśmy w domu. Mówiłem. Jakbyśmy przeszli przez drzwi.

Wtedy ogarnęła mnie fala zawrotów głowy i runąłem na twarz. Przez chwilę leżałem tak, usiłując nie zwymiotować.

– Nic nam nie jest? – zapytał Młotek żałośnie.

– Za chwilkę – zapewniłem go bez tchu. – Za chwilkę wszystko będzie w porządku.

– To było tak samo okropne jak statek – stwierdził oskarżycielskim tonem.

– Ale trwało o wiele krócej – zauważyłem. – O wiele krócej.

Mimo moich zapewnień upłynęło trochę czasu, nim odzyskaliśmy siły i mogliśmy wstać. Od Kamieni Świadków do bram zamku był spory kawałek i Młotek wkrótce zaczął sapać i narzekać. Zamarznięte miasto Najstarszych i podróż przez filar najwyraźniej go zdezorientowały i zmęczyły. Czułem się paskudnie, poganiając go obietnicami wspaniałego jedzenia, zimnego piwa i ciepłego, miękkiego łóżka. Wschodzące słońce dawało dość światła, byśmy mogli uniknąć najgorszych upadków. Nie uszliśmy daleko, a już niosłem pakunek Młotka, a potem jego płaszcz i czapkę. Gdybym mu pozwolił, zrzuciłby jeszcze więcej ubrań. Zanim dotarliśmy do bramy, pociliśmy się w naszych zimowych strojach.

Strażnicy chyba najpierw rozpoznali Młotka. Ja byłem nieogolony i rozczochrany. Powiedziałem im, że zostaliśmy wysłani do domu wcześniej na pokładzie brudnego zawyspiarskiego statku handlowego, że podróż była okropna i że cieszymy się z powrotu. Młotek z przyjemnością rozwinął moje niepochlebne zdanie o statkach. Strażnicy przy bramie mieli mnóstwo pytań, ale powiedziałem, że zostaliśmy odesłani jakiś czas temu, że podróż trwała o wiele za długo i że otrzymałem rozkaz zameldowania się u królowej. Dopiero, jak to wykonam, będę mógł podzielić się plotkami. Zostaliśmy przepuszczeni.

O tej porze na nogach byli głównie służący i gwardziści. Zostawiłem Młotka w kuchni. Bywalcy izby żołnierskiej nauczyli się tolerować książęcego pupila. Będą z nim szorstko żartowali, słuchali jego opowieści i oceniali je wedle swojej miary. Wszelkie przechwałki o smokach, magicznych kolumnach czy czarnych ludziach zostaną potraktowane z dużą dozą rezerwy. Wiedziałem, że muszę go zostawić, a to było chyba dla niego najbezpieczniejsze miejsce w twierdzy. Poza tym podejrzewałem, że będzie miał zbyt pełne usta, by mówić. Zostawiłem go przy gorącym posiłku i poleciłem, że gdy tylko skończy jeść, ma albo pójść spać do swojego pokoju, albo poszukać Smutnej, wykąpać się i wyraźnie jej powiedzieć, że nikt w trakcie naszej podróży nie umarł na morską chorobę.

Wziąłem świeżą bułeczkę i pochłonąłem ją w drodze do koszar. Po długich tygodniach przebywania na zimnie ciepłe letnie powietrze wydawało mi się pełne zapachów. Nasza gwardyjska część długiego, niskiego budynku koszar była zakurzona i opuszczona. Pozbyłem się grubych, wełnianych ubrań. Marzyłem o umyciu się i ogoleniu, ale tylko włożyłem czysty mundur. Jeszcze bardziej marzyłem o padnięciu twarzą na łóżko, wiedziałem jednak, że jak najszybciej muszę się zobaczyć z królową. Wiedziałem też, że nie będzie się jeszcze mnie spodziewać.

Poszedłem do korytarza, który prowadził do spiżarni i kuchennych składzików. Kiedy w zasięgu wzroku nie było nikogo, wszedłem do pomieszczenia z kredensem o fałszywej tylnej ściance. Przechowywano tu też szynki i wędzone kiełbasy, więc nim zamknąłem za sobą drzwiczki i zacząłem żmudną wspinaczkę ciemnymi schodami, poczęstowałem się jedną z nich. Szedłem po omacku, wyczuwając drogę dotykiem, bo na schodach było ciemno choć oko wykol. Kiedy doszedłem do drzwi komnaty Ciernia na wieży, kiełbasa się skończyła. Wszedłem do środka.

Przywitała mnie ciemność i zapach stęchlizny. Uderzyłem biodrem w stół roboczy, przekląłem zapowiadającego się siniaka i dotarłem do kominka. Na końcu gzymsu znalazłem pudełko z hubką i krzesiwem. Kiedy w końcu w zaniedbanym palenisku zapłonął niewielki ogień, szybko zapaliłem na wpół wypalone świece w świeczniku stojącym na gzymsie kominka, by zyskać nieco światła. Dołożyłem do ognia, bardziej dla światła niż ciepła. Po wielu tygodniach nie używania kominka komnata była ponura, zakurzona i wilgotna. Ogień odświeży powietrze.

Wyczułem Szperacza na moment przed tym, jak wpadł do pokoju z jednej ze swoich kryjówek, przepełniony entuzjazmem na myśl o powrocie dostawców kiełbasy. Kiedy przekonał się, że mam mu do zaoferowania tylko zapach i nieco tłuszczu na palcach do zlizania, skubnął mnie karcąco zębami i spróbował wdrapać mi się na nogę.

– Nie teraz, przyjacielu. Później przyniosę ci smakołyki. Najpierw muszę się zobaczyć z królową.

Pośpiesznie przygładziłem włosy i związałem je w krótki żołnierski kucyk. Żałowałem, że nie mam czasu na staranniejszą toaletę, ale wiedziałem, że Ketriken lepiej zniesie mój zaniedbany wygląd niż zwłokę, by go poprawić. Wszedłem do sekretnych korytarzy i dotarłem do drzwi wychodzących na wygódkę królowej, a stamtąd do jej osobistego saloniku. Zatrzymałem się pod drzwiami, uważnie nasłuchując, bo nie chciałem zaskoczyć królowej, gdyby miała towarzystwo. Niemal upadłem, kiedy Ketriken otworzyła drzwi szarpnięciem.

– Usłyszałam twoje kroki. Czekałam na ciebie chyba cały dzień. Tak się cieszę, że jesteś w domu, Bastardzie. Tak się cieszę, że widzę kogoś, z kim mogę swobodnie porozmawiać.

Ketriken nie była w tym momencie tą zrównoważoną i rozsądną królową, jaką znałem. Wyglądała na wymizerowaną i niespokojną. W zwykle zadbanym pokoju panował niemal bałagan. Knoty białych świec wymagały przycięcia, a na stole stał zapomniany kieliszek z odrobiną wina na dnie. Był tam też dzbanek z herbatą i filiżanki dla nas, lecz obok leżały rozsypane zioła na herbatę. W narożniku stołu leżały dwa zwoje dotyczące Wysp Zewnętrznych i ich obyczajów.

Później miałem odkryć, że nerwy królowej nadszarpnęły nie tylko sporadyczne i enigmatyczne raporty, które przysyłali jej przez Pokrzywę Cierń i Sumienny, ale rozruchy, jakie wybuchły pod naszą nieobecność w Królestwie Sześciu Księstw między ludźmi pradawnej krwi i Srokatymi. Przez ostatnie trzy tygodnie królowa miała do czynienia z morderstwami i aktami odwetu oraz kolejnymi rzeziami. Chociaż w ciągu minionych sześciu dni nie doniesiono jej o żadnych morderstwach, wciąż się bała stukania do drzwi i doręczenia pałeczki posłańca. Na ironię zakrawał fakt, że wymusiła na swojej szlachcie nieco tolerancji dla Rozumiejących, a ci zwrócili się przeciwko sobie nawzajem.

Nie o tym jednak rozmawialiśmy tego ranka. Poprosiła mnie o pełny raport, by mieć lepsze podstawy do podejmowania decyzji, których żądali od niej Sumienny i Cierń. Zacząłem go posłusznie zdawać, lecz Ketriken zaraz mi przerwała pytaniami o to, jaki związek miało moje pierwsze spotkanie z hetgurdem z tym, co się dzieje teraz; czy uważam, że rodzina Ellianii będzie nam miała za złe, jeśli ją zabierzemy i uczynimy z niej naszą królową i czy sama Elliania stanęła dobrowolnie u boku Sumiennego.

Po piątym pytaniu zmitygowała się i przeprosiła mnie. Siedziała na niskiej ławie za stołem. Widziałem jej niezadowolenie, że nie byłem świadkiem powrotu naszej grupy na Aslevjal i do domu matek Ellianii. Nie mogłem podzielić się z królową moją oceną reakcji Zawyspiarzy na smoka, bo jej nie widziałem.

Zaczęła zadawać kolejne pytanie. Uniosłem rękę.

– Może skontaktuję się z księciem Sumiennym albo panem Cierniem? Po to wróciłem. Niech odpowiedzą na twoje najbardziej palące pytania, a potem, jeśli będzie trzeba, zdam ci pełny raport z tego, co robiłem i widziałem.

Uśmiechnęła się.

– Teraz traktujesz tę magię jak coś oczywistego. Wciąż mnie to zaskakuje. Pokrzywa robiła dla nas, co mogła, i jest wspaniałą młodą kobietą. Cierń jest jednak taki skryty, a przekazy Sumiennego wydają się niezręczne. Czy mógłbyś sięgnąć do mojego syna?

Nastąpił dla mnie najbardziej męczący poranek posługiwania się Mocą, jaki kiedykolwiek przeżyłem. Wytworzyłem w sobie wytrzymałość na tę magię, lecz po raz pierwszy w życiu zrozumiałem, w jaki sposób wcześniejsze kręgi Mocy służyły swoim władcom. Wiedząc, co jest najbliższe jej sercu, sięgnąłem najpierw do Sumiennego, który okazał zachwyt, że jestem w domu. Następnie wylał z siebie potok informacji skierowany do matki, za którym ledwie nadążałem. Początkowo było to niezręczne, bo mówił do niej jak syn do matki, z poufałością właściwą takiej relacji, lecz trudną dla mnie. Z trudem hamowałem się od poprawiania go, ponieważ jego ocena wydarzeń niekoniecznie pokrywała się z moją.

Wyjawił, że zaproponował Ellianii rezygnację z ich związku. Doszło do tego po tym, jak niemal się pokłócili. Nie widziała żadnego powodu, dla którego nie mogliby się pobrać, ona nie miałaby pozostać narczeską klanu Narwala, a Sumienny nie mógłby przychodzić do niej i odchodzić, jak robili to inni mężowie i kochankowie. Wyznał matce za moim pośrednictwem, że jego stwierdzenie, iż nie może poświęcić tronu, by zostać mężem Ellianii, głęboko ją uraziło.

„Zapytała, dlaczego? Czy nie proszę ją właśnie o to? Żeby porzuciła dom, rodzinę i tytuł, by zostać moją żoną w obcym miejscu, a co więcej, bym mógł obrabować jej klan z dzieci, które powinny prawnie należeć do niego? To było trudne, matko. Ukazała mi to wszystko w innym świetle. Jeszcze teraz, kiedy o tym myślę, zastanawiam się, czy postępujemy słusznie".

– Ale ona byłaby tu królową! Czy oni nie widzą, jakie zaszczyty i władza idą w parze z tym tytułem?

Przekazawszy słowa Ketriken Sumiennemu, wyczułem żal, z jakim jej odpowiedział.

„Nie będzie już należała do klanu Narwala. Kiedy początkowo jej matka nie chciała jej zwolnić, rozzłościła się. Zagroziła, że opuści klan bez zezwolenia matki. To była paskudna chwila. Peottre trzymał stronę Ellianii, ale niemal wszystkie kobiety klanu się jej sprzeciwiły. Matka powiedziała, że jeśli odejdzie, to porzuci ich, by zostać... oni mają na to swoje słowo. Nie jest ono zaszczytne dla kobiety. Określa kogoś, kto okrada własną rodzinę, a łup oddaje obcym. Wiele ich zasad, także tych, które dotyczą gościnności, każe najpierw zadbać o rodzinę. Jest to zatem ciężka obelga".

„Ale zostało już to rozwiązane? Opuści rodzinę z nienaruszonym honorem?".

„Myślę, że tak. Jej matka i wielka matka się zgodziły. Ale wiesz, jak można coś mówić ustami, a nie czuć tego sercem. W taki sposób niektórzy nasi szlachcice tolerują pradawną krew. Zgodnie z literą prawa, lecz bez chęci sprawiedliwego traktowania Rozumiejących".

„Dobrze wiem, o czym mówisz. Podczas twojej nieobecności sytuacja stała się trudna, Sumienny. Robię, co w mojej mocy, ale wyglądam powrotu Sieciarza. Rozlew krwi jest przerażający, a wielu pomniejszych wielmożów mruczy, że jest tak, jak mówili, że Rozumiejący są niewiele lepsi od zwierząt, z którymi się parzą, i że uwolnieni od kiełzna kary z radością zarzynają się nawzajem. Gorliwość ludzi pradawnej krwi w eliminowaniu Srokatych raczej zszargała reputację Rozumiejących, niż ją oczyściła".

I tak toczyła się ich rozmowa, przeskakując z tematu na temat. Po pewnym czasie zupełnie jakby zapomnieli o mnie. Zachrypłem od powtarzania Ketriken wszystkiego, co chciał powiedzieć Sumienny. Wyczuwałem jej ulgę, że w rozmowie nie bierze udziału ani Cierń, ani Pokrzywa. Sumienny wyrażał wiele wątpliwości, ale chwalił się drobnymi, słodkimi zwycięstwami w zalotach do swojej narzeczonej. Był taki szczególny odcień zieleni, który lubiła, i książę opisał go z wielką starannością w nadziei, że znajdzie się w wystroju osobistych komnat, przeznaczonych dla niej w Koziej Twierdzy. Miał wiele drobnych zastrzeżeń co do postępowania Ciernia podczas ostatniej rundy negocjacji i chciał, by królowa powstrzymała swego głównego doradcę w wielu dziedzinach. Tutaj królowa i książę niezupełnie się zgadzali i znów trudno mi było służyć jedynie za posłańca, nie wtrącając moich własnych myśli.

Stopniowo, kiedy tak wykorzystywali moją magię w najlepszym interesie monarchii Przezornych, zacząłem zdawać sobie sprawę z istnienia nurtu Mocy. Wciągał mnie w nowy sposób. Nie było to aż nazbyt dobrze mi znane, impulsywne kuszenie, zapraszające do skoku i zatracenia się, lecz coś jakby muzyka dobiegająca z sąsiedniej komnaty, piękna muzyka, która odciąga uwagę od tego, co powinno się robić, aż człowiek cały się w niej zatapia. Z początku było to coś odległego, jak grzmot wodospadu słyszany w łódce unoszącej się na spokojnym odcinku rzeki. Przyciągało mnie, lecz niezbyt mocno. Myślałem, że nie zwracam na to uwagi. Słowa księcia i odpowiedzi królowej przepływały przeze mnie, a ja nie musiałem uważać, co mówię do królowej, ani jakie myśli przesyłam Sumiennemu.

Zaczęło mi się wydawać, że Moc płynie przeze mnie, jakbym był rzeką, i zostałem wyrwany z tego stanu dopiero wtedy, gdy królowa pochyliła się i mocno mną potrząsnęła.

– Bastardzie! – zawołała.

„Bastardzie!" – przekazałem posłusznie Sumiennemu.

„Obudź go, obojętne jak. Chluśnij mu w twarz wodą, uszczypnij. Boję się, że jeśli teraz się wycofam, cały się zatraci".

I kiedy jeszcze powtarzałem królowej słowa Sumiennego, Ketriken ujęła swoją filiżankę stygnącej herbaty i chlusnęła mi nią w twarz. Zakrztusiłem się, zakaszlałem i odzyskałem pełną świadomość otoczenia.

– Przepraszam – rzekłem, wycierając twarz rękawem. – Nigdy przedtem nie zdarzyło mi się coś takiego. A przynajmniej nie w ten sposób.

Królowa podała mi chusteczkę.

– Mieliśmy podobne drobne kłopoty z Pokrzywą. To był jeden z powodów, dla których Cierń chciał, żebyś jak najszybciej tu wrócił.

– Mówił coś takiego. Żałuję, że nie wyraził się dokładniej. Znalazłbym jakiś sposób, by przybyć wcześniej.

– Trzeba będzie ją uczyć korzystania z Mocy, Bastardzie. I to niedługo. Właściwie powinno się to zacząć już dawno temu.

– Teraz to wiem – przyznałem pokornie. – Mnóstwo rzeczy powinno się zacząć dawno temu. Jestem już w domu i zamierzam niedługo wziąć się do pracy.

– A dlaczego nie zaraz? – zapytała Ketriken spokojnie. – Mogłabym wezwać pokojówkę i posłać po Pokrzywę. Mógłbyś się z nią spotkać teraz.

Zalała mnie fala przerażenia.

– Jeszcze nie! – I zaraz się poprawiłem: – Nie w taki sposób, pani, proszę cię. Chciałbym się umyć i ogolić. I odpocząć. – Zaczerpnąłem tchu. – I coś zjeść – dodałem, starając się, by nie zabrzmiało to jak wyrzut.

– Och, Bastardzie, przepraszam! Pozwoliłam, by moje potrzeby i pragnienia wzięły górę nad twoimi. To samolubny czyn. Przepraszam.

– To czyn konieczny – zapewniłem ją. – Mam znów odnaleźć Sumiennego? Albo Ciernia? Wiem, że powinnaś się dowiedzieć jeszcze wielu rzeczy.

– Nie w tej chwili. Uważam, że najlepiej będzie, jeśli przez jakiś czas powstrzymasz się przed używaniem Mocy.

Skinąłem głową. Pozostawiony sam sobie we własnym umyśle, czułem się niemal pusty, jakbym już nie potrafił sklecić żadnej samodzielnej myśli. Było to chyba widać, bo Ketriken pochyliła się ku mnie i położyła dłoń na mojej.

– Okowity, panie Bastardzie Rycerski?

– Proszę – odparłem i moja królowa wstała, by nam nalać.

W jakiś czas później otworzyłem oczy. Byłem przykryty szalem, a podbródek opierałem na piersi. Moja okowita czekała na stole przede mną. Ketriken siedziała spokojnie przy stole, patrząc na swoje splecione dłonie. Wiedziałem, że medytuje, i nie chciałem jej przeszkadzać. Zorientowała się jednak, że nie śpię, prawie w tej samej chwili, w której otworzyłem oczy. Obdarzyła mnie zmęczonym uśmiechem.

– Królowo, przyjmij moje najpokorniejsze przeprosiny.

– Długo byłeś pozbawiony odpoczynku. – Stłumiła ziewnięcie. – Posłałam po śniadanie i dałam mojej pokojówce do zrozumienia, że umieram z głodu. Będzie chciała tu posprzątać, zanim nakryje stół. Schowaj się i czekaj, aż usłyszysz moje pukanie.

Spędziłem więc nieco czasu, siedząc w ciemności na schodach za ukrytym przejściem. Zamknąłem oczy, lecz nie spałem. Jednakże to nie ciężary związane z tronem Królestwa Sześciu Księstw zaprzątały moje myśli. W tych sprawach byłem tylko narzędziem. Miałem coś zjeść z królową, a potem chciałem odwiedzić łaźnię, ogolić się, trochę się przespać i znaleźć jakiś sposób, by wymknąć się z zamku i wrócić do Kamieni Świadków. Postanowiłem, że najpierw zrobię wypad do spiżarni i zabiorę stamtąd ser, owoce i wino dla Błazna i Czarnego Człeka. Może ucieszy ich świeży chleb. Uśmiechnąłem się do siebie na myśl, jak powitają zmianę jadłospisu. Może Błazen poczuje się lepiej i będzie mógł podróżować. W takim razie sprowadziłbym ich obu do Koziej Twierdzy. I w końcu mógłbym pojechać do Sikorki i zasypać wieloletnią przepaść. Usłyszałem stukanie królowej w ścianę.

Wykorzystała okazję do przygładzenia włosów i włożenia innej sukni. Na niskim stole stało jedzenie wystarczające dla kilku osób. Z malowanego w kwiaty dzbanka z herbatą unosiła się para; poczułem zapach świeżego chleba i masła, rozpuszczającego się na gorącej owsiance obok dzbanka z gęstą, żółtą śmietaną.

– Chodź jeść – zaprosiła mnie. – A jeśli masz jeszcze siłę, opowiedz mi, co ci się przytrafiło i jak odkryliście z Młotkiem taki szybki sposób podróżowania.

Uświadomiłem sobie wtedy, jak głęboką wiarę pokłada we mnie królowa. Wiele nie zostało przekazane przez Pokrzywę, by zachować tajemnice Ciernia. Tylko dzięki subtelnym napomknieniom Ketriken wiedziała, że ma się mnie spodziewać, a mimo to wierzyła, że się pojawimy. Tak więc, jedząc, ponownie raportowałem. Zawsze była dobrą słuchaczką, a w ciągu tych lat nie raz była moją powiernicą. Może dlatego powiedziałem jej o wiele więcej prawdy, niż wyznałem komukolwiek innemu. Opowiedziałem o poszukiwaniu ciała Błazna w mieście, a kiedy doszedłem do tego, gdzie i jak go odnalazłem, po jej policzkach popłynęły łzy. Kiedy usłyszała, jak wróciliśmy na opuszczony plac, oczy zapłonęły jej zdumieniem. Tylko jej wyznałem moją wyprawę w śmierć. Tylko jej zdałem pełny raport z naszej wizyty u smoków i przekazania koguciej korony.

Przerwała mi tylko raz. Opowiedziałem jej, jak omiotłem smoka Szczerego z kurzu i liści. Natychmiast sięgnęła przez stół i chwyciła moją dłoń, zamykając ją w chłodnym, mocnym uścisku.

– Czy gdybyś trzymał mnie za rękę, mógłbyś mnie zabrać do niego przez te filary? Choćby tylko raz? Wiem, wiem, nie poczułabym tego wszystkiego. Chciałabym choć dotknąć kamienia, który go skrywa... Och, Bastardzie, nie masz pojęcia, co to by dla mnie znaczyło!

– Przeprowadzić osobę nie mającą talentu Mocy przez filar... nie znam pełnej ceny, jaką mógłby zapłacić twój umysł. To byłoby trudne i niebezpieczne, moja królowo.

Pomysł ten budził mą niechęć, ale jeszcze większą budziła myśl, że mogę ją rozczarować.

– I Sumiennego – powiedziała, jakby w ogóle nie słyszała mojego ostrzeżenia. – Sumienny chociaż raz powinien stanąć przy smoku swego ojca. Mogłoby to sprawić, że poświęcenie ojca stałoby się dla niego rzeczywiste, i może dostrzegłby swoje poświęcenie w lepszym świetle.

– Poświęcenie Sumiennego?

– Nie słyszałeś tego, czego nie mógł otwarcie powiedzieć? Że jako mężczyzna zostałby z Ellianią, był jej mężem i wszedł do jej rodziny. Jako książę nie może tego zrobić. To nie jest małe poświęcenie, Bastardzie Rycerski. Elliania przybędzie tu za nim, to prawda. Ale zawsze będzie to stanowić barierę między nimi. Ty sam poznałeś, jak bolesna może być konieczność rozczarowania kobiety, którą kochasz, z obowiązku, który musisz wypełnić wobec swego ludu.

– Teraz do niej wrócę – powiedziałem bez zastanawienia. – Czas tego poświęcenia się skończył. Brusa nie ma i nie stoi on już między nami. Wezmę Sikorkę dla siebie.

Po moich słowach zapadła cisza; uświadomiłem sobie, że bardzo zaskoczyłem Ketriken.

– Cieszę się, że wreszcie podjąłeś tę decyzję – odezwała się miękko. – Mówię teraz jako kobieta i twoja przyjaciółka. Nie idź do Sikorki zbyt szybko. Najpierw niech wróci do domu jej syn. Niech rodzina zaleczy tę straszną ranę. A potem zbliż się do niej, ale jako ty, a nie jako mężczyzna usiłujący zająć miejsce Brusa.

Wiedziałem, że królowa ma rację. W moim sercu jednak wyło pragnienie pognania do Sikorki już, natychmiast, bym mógł jak najszybciej zacząć nadrabiać stracone lata. Chciałem pocieszyć ją w żałobie. Pochyliłem głowę, zdając sobie sprawę z samolubstwa tego impulsu. Chociaż trudno mi będzie stać na uboczu i czekać, tak właśnie powinienem postąpić, dla dobra synów Brusa.

– I to samo dotyczy Pokrzywy – ciągnęła Ketriken nieugięcie. – Kiedy przestanę ją wzywać, by przekazywała moje wiadomości Sumiennemu, zorientuje się, że zaszła jakaś zmiana. Jeśli jednak zechcesz mnie posłuchać, to nie śpiesz się do niej. Nade wszystko nie staraj się zastąpić jej ojca. Bo tym był dla niej Brus, Bastardzie, bez żadnej winy z twojej strony. I zawsze nim będzie. Będziesz musiał znaleźć sobie inną rolę w jej życiu i nią się zadowolić.

Gorzkie to były dla mnie słowa, a jeszcze bardziej gorzka była moja odpowiedź.

– Wiem. – Westchnąłem. – Nauczę ją korzystania z Mocy. To będzie czas, który z nią spędzę.

Podjąłem moją opowieść dla królowej i kiedy doszedłem do końca, w dzbanku nie było już herbaty. Trochę się zmieszałem, że wyczyściłem wszystkie naczynia. Podejrzewałem, że Ketriken zjadła niewiele. Zamrugałem i spróbowałem stłumić ogromne ziewnięcie. Królowa uśmiechnęła się do mnie ze znużeniem.

– Idź się wyspać, Bastardzie.

– Dziękuję. Tak zrobię. – A potem poprosiłem królową o pewną rzecz, doskonale wiedząc, że nie powinienem znać tożsamości osoby, o której mówię: – Oddałabyś mi wielką przysługę, gdybyś zechciała porozmawiać z nowym uczniem Ciernia. W trzecim składziku obok wschodniej sali zostawiał dla Młotka rzeczy do wniesienia do jego komnaty na wieży. Kiedy tylko Błazen będzie w stanie odbyć podróż, zamierzam sprowadzić go do Koziej Twierdzy. Najlepszym dla niego miejscem mogłaby być właśnie ta komnata, dopóki nie będzie mógł się pozbyć tożsamości pana Złocistego.

Uczennica Ciernia mogłaby... – Tu ugryzłem się w język, wiedząc, że się zdradziłem.

Królowa Ketriken uśmiechnęła się do mnie pobłażliwie.

– Powiem pani Różyczce, by wszystko przygotowała. A jeśli będę cię potrzebować?

Zastanawiałem się chwilę, a potem uświadomiłem sobie to co oczywiste.

– Poproś Pokrzywę, by skontaktowała się z Młotkiem.

Pokręciła głową.

– Zamierzam na jakiś czas odesłać Pokrzywę do domu. Jest tam potrzebna. Rodzina nie powinna być rozdzielona w takiej chwili.

Kiwnąłem głową.

– Młotek będzie się tu kręcił. Mogłabyś trzymać go przy sobie. To byłby dobry sposób na danie mu zajęcia i powstrzymanie przed rozpowiadaniem, w jaki sposób wrócił do domu.

Skinęła poważnie głową. Skłoniłem się, nagle straszliwie zmęczony.

– Idź, Bastardzie, i weź ze sobą moje podziękowania. Och!

Zaniepokoił mnie jej cichy okrzyk.

– Co takiego?

– Spodziewamy się przyjazdu księżnej Cierpliwej. Przysłała mi wiadomość o swej wizycie jednocześnie z informacją, że pragnie scedować Biały Gaj na panią Pokrzywę. Ostrzegła mnie też, że zamierza „porozmawiać ze mną o poważnych sprawach, dotyczących pewnych spadkobierców, którymi należy się teraz zająć".

Nie miało sensu owijanie czegokolwiek w bawełnę.

– Jestem pewien, że wie, iż Pokrzywa jest moją córką. Niech Eda ma w opiece to biedne dziecko, jeśli księżna Cierpliwa postanowiła przejąć jej kształcenie. – Uśmiechnąłem się smutno na wspomnienie lekcji udzielanych mi przez księżną.

Królowa Ketriken skinęła głową.

– Jak to się mówi? – spytała z powagą. – Musisz wypić piwo, którego sobie nawarzyłeś?

– Chyba tak właśnie jest. Ale, co dziwne, moja królowo, robię to z przyjemnością.

– Miło mi to słyszeć.

I odprawiła mnie skinieniem głowy.

Wyszedłem z pokoju; wspinaczka do komnaty Ciernia zdawała się nie mieć końca. Kiedy wreszcie tam dotarłem, położyłem się na łóżku. Zamknąłem oczy i spróbowałem zasnąć, ale nagle wydało mi się, że nurt Mocy podpływa bardzo blisko. Może sprawiła to długa poranna sesja korzystania z tej magii. Otworzyłem oczy i uświadomiłem sobie, że czuję własny zapach. Westchnąłem i uznałem, że kąpiel przed snem nie jest znów takim złym pomysłem.

Raz jeszcze odbyłem krętą podróż przez ogromny stary zamek, unikając izby żołnierskiej i nieuniknionego gradu pytań. Okazało się, że o tej porze dnia łaźnia jest stosunkowo pusta. Korzystający z niej dwaj gwardziści nie znali mnie i chociaż przywitali się ze mną dość życzliwie, o nic nie pytali. Zarówno ów brak pytań, jak i zeskrobanie z twarzy zarostu, sprawiło mi ulgę. Dokładnie się wyszorowałem i czując się jak ugotowany, wyszedłem na dwór czysty i gotowy do snu.

Przed łaźnią czekała na mnie Pokrzywa.

## ROZDZIAŁ 33

# RODZINA

*Będę zatem musiała wybrać się do Koziej Twierdzy w letnie upały, ponieważ nie śmiem powierzyć kurierowi ani wieści, jakie przywożę, ani przedmiotów, które trzeba przekazać. Moja stara Lamówka oznajmiła, że odbędzie podróż ze mną mimo kłopotów z oddychaniem, dręczących ją ostatnio. Proszę, byś ze względu na nią znalazła nam komnatę, do której nie trzeba wspinać się po zbyt wielu schodach.*

*Będę cię prosiła o prywatną audiencję, nadszedł bowiem czas wyjawienia sekretu, który skrywałam przez wiele lat. Ponieważ nie jesteś głupią kobietą, podejrzewam, że już się go częściowo domyśliłaś, lecz chciałabym usiąść i omówić z tobą, co byłoby najlepsze dla dobra młodej osoby, której sprawa dotyczy.*

List od księżnej Cierpliwej do królowej Ketriken

Poznałem ją od razu po krótko obciętych włosach. Na tym jednak podobieństwo do mojego wyobrażenia ze snu się kończyło. Jej zielona podróżna suknia była skrojona do konnej jazdy, Pokrzywa trzymała też w ręku płaszcz z praktycznego brązowego samodziału. Najwyraźniej uważała, że wygląda jak swoja matka, bo tak właśnie pojawiała się w moich snach. Według mnie bardziej przypominała ojca Sikorki, lecz z domieszką pewnych cech królewskiego rodu. Kiedy wyszedłem na dwór, wbiła we mnie spojrzenie Przezornych, od razu niwecząc moją nadzieję, że może uda mi się przejść obok niej nierozpoznanym. Stanąłem jak wryty.

Znieruchomiałem i czekałem tępo na rozwój wypadków. Patrzyła na mnie beznamiętnie.

– Myślisz, że jeśli będziesz stał bardzo spokojnie, to cię nie zobaczę, Widmowy Wilku? – odezwała się cicho.

Uśmiechnąłem się głupkowato. Miała niski głos, niższy niż można by się spodziewać u dziewczyny, taki, jaki miała Sikorka, kiedy była w jej wieku.

– Nie, oczywiście, że nie. Wiem, że mnie widzisz. Ale... jak mnie rozpoznałaś?

Podeszła o dwa kroki bliżej. Rozejrzałem się i oddaliłem od łaźni, doskonale wiedząc, że widok młodej szlachcianki z dworu, rozmawiającej swobodnie ze starszym gwardzistą, może wzbudzić plotki. Szła obok mnie w milczeniu, a ja zaprowadziłem ją do odosobnionej ławki w Kobiecym Ogrodzie.

– O, to było bardzo łatwe. Obiecałeś, że mi się pokażesz, prawda? Wiedziałam, że wracasz do domu. Domyśliłam się tego, kiedy zeszłego wieczoru Sumienny powiedział mi, że wkrótce na jakiś czas zostanę zwolniona z moich obowiązków. Gdy więc królowa wezwała mnie i oznajmiła, że mogę wrócić do domu, by przez jakiś czas być pociechą dla matki, wiedziałam, co to oznacza. Że ty tu jesteś. – Uśmiechnęła się tryumfalnie. – Wychodząc od królowej, spotkałam Młotka, który do niej szedł. Rozpoznałam go dzięki jego muzyce i imieniu. On rozpoznał mnie od pierwszego wejrzenia. Ależ mnie uściskał! Wstrząsnęło to panią Urodną, ale dojdzie do siebie. Zapytałam Młotka, gdzie jest jego towarzysz podróży. Na chwilę zamknął oczy i powiedział, że w łaźni. Więc poszłam tam i zaczekałam.

Żałowałem, że Młotek mnie nie ostrzegł.

– I od razu mnie poznałaś?

Prychnęła pogardliwie.

– Poznałam przerażenie na twojej twarzy, że zostałeś zdemaskowany. Żaden z mężczyzn, którzy wyszli z łaźni, tak się na mnie nie gapił.

Zerknęła na mnie z ukosa, zadowolona z siebie, ale w oczach miała iskierki. Zadałem sobie pytanie, czy moje też tak wyglądają, kiedy jestem zły. Mówiła spokojnie i rozsądnie, jak Sikorka, kiedy szykowała się do wybuchu. Po chwili zastanowienia uznałem, że ma prawo być na mnie zła. Obiecałem, że się jej ujawnię po powrocie. I zamierzałem złamać tę obietnicę.

– No tak. Znalazłaś mnie – rzekłem bez przekonania i natychmiast zrozumiałem, że właśnie tego nie powinienem był mówić.

– Bynajmniej nie dzięki tobie! – rzekła, siadając z rozmachem na ławce. Ja stałem, doskonale zdając sobie sprawę z różnicy naszych pozycji. Żeby na mnie spojrzeć, musiała podnosić wzrok, ale to jej nie przeszkadzało zapytać ostrym tonem:

– Jak ci na imię, panie?

Musiałem więc podać jej imię, pod którym byłem znany, kiedy nosiłem błękit gwardii Koziej Twierdzy.

– Tom Borsuczowłosy, pani. Z gwardii księcia.

Nagle przywiodła mi na myśl kota trzymającego między przednimi łapami mysz.

– To dla mnie dogodne. Królowa powiedziała, że wyśle mnie do domu z gwardzistą. Wezmę ciebie.

Była to ciśnięta rękawica.

– Nie jestem panem swego czasu, pani. – Zabrzmiało to jak wymówka, więc dodałem pośpiesznie: – Jak się domyśliłaś, przejmuję twoje obowiązki. Pełnię rolę posłańca dla pana Ciernia, księcia Sumiennego i naszej łaskawej królowej.

– Na pewno mógłby to robić Młotek.

– Jego magia jest silna, ale on ma ograniczenia, pani.

– Pani! – mruknęła pogardliwie. – A jak ja mam ciebie nazywać? Panem Wilkiem? – Pokręciła głową z irytacją. – Wiem, że mówisz prawdę. Tym gorzej dla mnie. – Nagle zgarbiła się i jej młodość i rozpacz stały się bardziej widoczne. – Niełatwą opowieść przyniosę mojej matce i braciom. Zasługują jednak, by wiedzieć, jak zginął nasz ojciec. I że Szybki go nie opuścił. – Uniosła bezwiednie ręce i przegarnęła swoje krótkie włosy, aż zaczęły sterczeć na wszystkie strony. – Ta magia Mocy nie jest dla mnie ciężarem łatwym do udźwignięcia. Wyrwała mnie z domu i zatrzymała tu w chwili, kiedy moja matka potrzebuje mnie najbardziej. – Zwróciła się do mnie z gniewem: – Dlaczego przekazałeś tę magię akurat mnie?

Byłem wstrząśnięty.

– Nie przekazałem ci jej. Miałaś ją sama, urodziłaś się z nią. Z jakiegoś powodu nawiązaliśmy kontakt. Przez bardzo długi czas nawet nie zdawałem sobie sprawy, że obserwujesz moje życie.

– Czasami to było oczywiste – zauważyła, ale nim zdążyłem się zastanowić, co jej wówczas nieświadomie ukazałem z siebie, dodała: – A teraz ją mam, jak jakąś chorobę, co oznacza, że już zawsze będę w służbie królowej. I króla Sumiennego, kiedy zajmie jej miejsce. Nie sądzę, byś potrafił sobie wyobrazić, jakim to może być dla mnie ciężarem.

– Mam niejakie pojęcie – odparłem cicho. A kiedy nadal siedziała nieruchomo przede mną, zapytałem: – Nie powinnaś już jechać? Dzień to najlepsza pora na podróż.

– Ledwie się poznaliśmy, a ty już chcesz się ze mną rozstać. – Spojrzała na spłachetek ziemi między nami. Nagle stała się Pokrzywą z naszych snów; pokręciła głową i rzekła: – Nie tak wyobrażałam sobie nasze pierwsze spotkanie. Myślałam, że ucieszysz się na mój widok, że będziemy się śmiać i zostaniemy przyjaciółmi. – Odkaszlnęła i dodała nieśmiało: – Dawno temu, kiedy miałam pierwsze sny o tobie i o wilku, wyobrażałam sobie, że kiedyś naprawdę się spotkamy. Udawałam, że będziesz w moim wieku, że będziesz przystojny, tak trochę po wilczemu, i że ci się spodobam. To było głupie, prawda?

– Przykro mi, że cię rozczarowałem – odparłem ostrożnie. – Zdecydowanie jednak mi się podobasz. – Obdarowała mnie spojrzeniem, mówiącym, że takie komplementy od starzejącego się gwardzisty ją krępują. Złudzenia Pokrzywy co do mnie stworzyły barierę, której się nie spodziewałem. Podszedłem do niej i przysiadłem obok, by zajrzeć jej w oczy. – Może moglibyśmy zacząć od nowa? – Wyciągnąłem do niej rękę. – Mam na imię Widmowy Wilk. Nie masz pojęcia, Pokrzywo, od jak dawna marzę, by cię poznać. – Bez ostrzeżenia ścisnęło mi się gardło. Miałem nadzieję, że się nie rozpłaczę. Moja córka zawahała się, a potem włożyła mi do ręki swoją dłoń, która była szczupła, jak przystało na damę, lecz zbrązowiała od słońca, a jej wewnętrzna strona miała odciski. Dotyk wzmocnił naszą więź Mocy; zupełnie jakby Pokrzywa ścisnęła mnie za serce, a nie palce. Nawet gdybym chciał ukryć to, co do niej czułem, nie mógłbym tego zrobić. Myślę, że dzięki temu runęła jakaś ściana, którą wzniosła.

Spojrzała mi w twarz, znajdującą się teraz na wysokości jej oczu, i nagle jej dolna warga zadrgała jak u dziecka.

– Mój tata nie żyje! – wyjąkała. – Mój tata nie żyje, a ja nie wiem, co robić! Jak będziemy żyć dalej? Rycerz wciąż jest chłopcem, a mama nie zna się na koniach. Już mówi o sprzedaniu ich i przeprowadzce do miasteczka, bo nie może znieść miejsca, gdzie ojca tak wyraźnie nie ma! – Zakrztusiła się. – Wszystko się rozpadnie. Ja się rozpadnę! Nie mogę być tak silna, jak wszyscy się po mnie spodziewają. Ale muszę. – Wyprostowała się. – Muszę być silna – powtórzyła, jakby dzięki temu jej kości zmieniły się w żelazo. Chyba podziałało. Żadnych łez. Jej odwaga była pełna desperacji. Chwyciłem ją w ramiona i mocno przytuliłem. Po raz pierwszy w życiu tuliłem moją córkę. Jej krótkie włosy drapały mnie w podbródek, a ja potrafiłem myśleć tylko o tym, jak bardzo ją kocham. Otworzyłem się i zalałem ją uczuciem. Poczułem jej zaskoczenie i jego głębią, i tym, że stosunkowo obcy człowiek tak ją dotyka. Spróbowałem to wyjaśnić.

– Zaopiekuję się tobą – powiedziałem. – Zaopiekuję się wami wszystkimi. Obiecałem... obiecałem twojemu tacie, że to zrobię, że zaopiekuję się tobą i twoimi małymi braćmi. I tak zrobię.

– Chyba nie dasz rady – odparła. – Nie tak, jak on. Ale wierzę, że będziesz próbował – dodała, usiłując złagodzić te słowa. – Nie ma jednak na świecie kogoś takiego, jak mój tata. Nie ma.

Jeszcze przez chwilę pozwalała mi się przytulać, a potem delikatnie wysunęła się z moich objęć.

– Mój koń pewnie już czeka osiodłany – powiedziała, przygnębiona. – Zapewne z gwardzistą, którego przydzieliła mi królowa. – Odetchnęła głęboko i powoli. – Muszę jechać. W domu czeka mnie mnóstwo pracy. Odkąd nie ma taty, mama już nie daje sobie tak dobrze rady z mniejszymi dziećmi, jak kiedyś. Jestem tam potrzebna.

Znalazła chusteczkę i osuszyła oczy z nie wylanych łez.

– Tak. Na pewno. – Zawahałem się. – Twój ojciec przekazał wiadomość. Możesz ją uznać za dziwną albo frywolną, ale dla niego to było ważne.

Spojrzała na mnie pytająco.

– Kiedy Słodka będzie w rui, ma ją pokryć Fircyk.

Uniosła dłoń do ust i parsknęła zduszonym śmiechem.

– Kłócił się o to z Rycerzem od chwili, kiedy ta klacz przyszła do nas – powiedziała, gdy odzyskała oddech. – Powiem mu. – Cofnęła się o dwa kroki i powtórzyła: – Powiem mu.

Obróciła się na pięcie i odeszła.

Stałem przez chwilę w poczuciu osamotnienia, a potem smutno się uśmiechnąłem. Usiadłem na ławce i spojrzałem na Kobiecy Ogród. Było lato, powietrze przesycały wonie ziół i kwiatów, a mimo to wciąż czułem zapach włosów mojej córki. Zapatrzyłem się w dal nad krzewem bzu i się zamyśliłem. Poznanie mojej córki zajmie mi więcej czasu, niż sądziłem. Może nigdy nie nadarzy się stosowny moment, by jej powiedzieć, że jestem jej ojcem. Ta informacja nie wydawała się już tak ważna, jak dawniej. Za to ważniejsze było znalezienie takiego sposobu wejścia w jej życie, który nie spowodowałby bólu albo niezgody. Nie będzie to łatwe. Ale jakoś tego dokonam.

Chyba zasnąłem. Kiedy się obudziłem, było późne popołudnie. Przez chwilę nie pamiętałem, gdzie jestem, wiedziałem tylko, że jestem szczęśliwy. Było to dla mnie tak rzadkie doznanie, że długo leżałem, patrząc przez zielone liście na niebieskie niebo. Potem uświadomiłem sobie, że od spania na kamiennej ławce zesztywniały mi plecy, a w następnej chwili, że zamierzałem tego dnia zanieść Błaznowi jedzenie i wino. Cóż, powiedziałem sobie, nie jest jeszcze na to za późno. Wstałem i porządnie się przeciągnąłem.

Droga powrotna do kuchni prowadziła przez ogród ziołowy. O tej porze roku lawenda, koper ogrodowy i włoski rosną wysoko, a tego lata wydawały się jeszcze wyższe niż zwykle. Usłyszałem płaczliwy kobiecy głos:

– Tylko popatrz, jak zapuścili ogrody! To skandal. Wyrwij ten chwast, jeśli go dosięgniesz.

A kiedy wyszedłem zza zakrętu, rozpoznałem głos Lamówki:

– To chyba nie jest chwast, moja droga. Moim zdaniem to nagie... No tak, teraz już za późno, cokolwiek to było, wyrwałaś go z korzeniami. Daj, wyrzucę to w krzaki, gdzie nikt go nie znajdzie.

I oto stały tam dwie kochane staruszki: księżna Cierpliwa w letniej sukni i kapeluszu, który prawdopodobnie ostatnim razem widział światło dzienne, kiedy mój ojciec był następcą tronu, i Lamówka, jak zwykle ubrana w prosty strój służącej. Księżna w jednej ręce trzymała pantofle, a w drugiej wyrwanego nagietka. Spojrzała na mnie wzrokiem krótkowidza. Może ujrzała tylko błękit gwardyjskiego munduru, bo oznajmiła stanowczo:

– Nie miał prawa tu rosnąć! – Potrząsnęła przede mną niewinną rośliną. – Tym właśnie jest chwast, młody człowieku, rośliną, która rośnie w niewłaściwym miejscu, więc nie musisz tak na mnie wytrzeszczać oczu! Czy matka nie nauczyła cię dobrego zachowania?

– Och, droga Edo od Pól! – zawołała Lamówka.

Pomyślałem, że może uda mi się jeszcze wycofać, ale wtedy Lamówka, flegmatyczna, silna Lamówka obróciła się powoli i padła zemdlona w lawendę.

– Co robisz, kochana? Zgubiłaś coś?! – zawołała księżna Cierpliwa, przyglądając się jej badawczo. Kiedy się zorientowała, że Lamówka leży nieruchomo, odwróciła się do mnie. – Zobacz, co zrobiłeś! – zawołała z oburzeniem. – Przestraszyłeś biedną staruszkę na śmierć! Nie stój tak, prostaku. Podnieś ją z lawendy, zanim całkowicie ją zgniecie!

– Tak, pani – rzekłem, schyliłem się i podniosłem Lamówkę. Zawsze była krzepka, a jej wiek tego nie zmienił. Niemniej jednak udało mi się ją unieść, a nawet zanieść do cienia, gdzie ułożyłem ją na trawie. Księżna Cierpliwa szła za nami, mrucząc i kręcąc głową nad moją niezdarnością.

– Mdleje z najbłahszego powodu. Biedactwo. Już ci lepiej?

Usiadła obok swojej towarzyszki i poklepała ją po ręce. Powieki Lamówki zadrgały.

– Przyniosę wody, dobrze?

– Tak. I pośpiesz się. I nawet nie myśl o rejteradzie, młody człowieku. To wszystko twoja wina.

Pobiegłem do kuchni po filiżankę i napełniłem ją u studni w drodze powrotnej. Kiedy dotarłem na miejsce, Lamówka siedziała, a księżna Cierpliwa wachlowała swoją starą służącą, na przemian utyskując i jej współczując:

– ... a wiesz równie dobrze, jak ja, że w naszym wieku oczy zawodzą. Ledwie w zeszłym tygodniu usiłowałam zgonić ze stołu mój szal, myśląc, że to kot. To przez to, jak był zwinięty.

– Nie, pani. Przyjrzyj się dobrze. To on albo jego duch. Wygląda dokładnie jak jego ojciec, kiedy był w jego wieku. Przyjrzyj mu się.

Nie uniosłem wzroku, kiedy przyklęknąłem i podałem jej filiżankę.

– Nieco wody, pani, a jestem pewien, że poczujesz się lepiej. To zapewne przez ten upał.

Lamówka wzięła ode mnie filiżankę, a księżna Cierpliwa sięgnęła przez służącą i ujęła mnie mocno pod brodę.

– Spójrz na mnie, młody człowieku. Spójrz na mnie, powiedziałam! – A potem, pochylając się coraz bardziej, zawołała: – Mój Rycerski nigdy nie miał takiego nosa! Ale jego oczy... coś mi przypominają. O! O, mój synu, mój synu. To nie może być. Nie może być.

Puściła mnie i się wyprostowała. Lamówka podała jej filiżankę z wodą i księżna przyjęła ją z roztargnieniem. Napiła się, zwróciła filiżankę Lamówce i powiedziała:

– Nie ośmieliłby się. Nie ośmieliłby się.

Lamówka wciąż wpatrywała się we mnie.

– Słyszałaś plotki tak samo jak ja, pani. I ten Rozumiejący minstrel zaśpiewał nam pieśń o smokach i o tym, jak Bastard skażony Rozumieniem wstał z grobu, by służyć swemu królowi.

– Nie zrobiłby tego – powtórzyła księżna. Wbijała wzrok w moją twarz, a mnie język przywarł do podniebienia. – Pomóż mi, młody człowieku – odezwała się w końcu. – I Lamówce też. Ostatnio często omdlewa. Według mnie dlatego, że je za dużo ryb. I to słodkowodnych. Osłabia ją to, więc po prostu będziesz musiał odprowadzić nas do komnaty, dobrze?

– Tak, pani. Z przyjemnością.

– Zapewne. Dopóki nie znajdziemy się wszyscy za zamkniętymi drzwiami. Weź ją pod rękę i pomóż jej iść.

Łatwiej było to jednak powiedzieć niż zrobić, bo księżna Cierpliwa przywarła do mojego drugiego ramienia, jakby za chwilę miała ją porwać fala powodzi.

Lamówka rzeczywiście szła chwiejnym krokiem, a ja się fatalnie czułem, że tak ją przestraszyłem. Żadna z nich nie odezwała się do mnie słowem, chociaż księżna Cierpliwa dwa razy pokazała gąsienice na różach i powiedziała, że za dawnych czasów coś takiego nie było tolerowane. Potem przecięliśmy wielką salę i weszliśmy na szerokie schody. Cieszyłem się, że to tylko jedno piętro, bo za każdym stopniem księżna mruczała jakieś paskudne słowa, a kolana

Lamówki trzaskały niepokojąco. Ruszyliśmy korytarzem. Księżna Cierpliwa wskazała mi gestem drzwi. Była to jedna z najlepszych komnat w Koziej Twierdzy i ucieszyłem się nad wyraz, że królowa Ketriken potraktowała gościa z takim szacunkiem. Na środku pokoju stał otwarty kufer podróżny księżnej Cierpliwej, a na gzymsie kominka już wisiał kapelusz. Ketriken nawet pamiętała, że księżna Cierpliwa woli jadać we własnej komnacie, bo w powodzi słonecznego blasku, padającego od głęboko osadzonego okna, stał niewielki stolik i dwa krzesła.

Usadziłem na nich damy, a potem zapytałem, czy mogę im coś przynieść.

– Szesnaście lat – warknęła księżna Cierpliwa. – Możesz mi przynieść szesnaście lat! Zamknij drzwi. Rozprzestrzenienie tej plotki po całym zamku nie byłoby chyba mądrym posunięciem. Szesnaście lat i ani słowa, ani krzty nadziei. Tomie, Tomie, cóż ty sobie myślałeś?

– Zapewne nic – podsunęła Lamówka, patrząc na mnie cierpiętniczym wzrokiem. To mnie zabolało, bo kiedy byłem chłopcem i miałem kłopoty z księżną, Lamówka zawsze brała mnie w obronę. Najwyraźniej już przyszła do siebie po omdleniu. Na policzkach miała czerwone plamy. Wstała ociężale z krzesła i wyszła do przyległego pokoju. Po kilku chwilach wróciła z trzema filiżankami i butelką okowity na niewielkiej tacy. Postawiła ją na stoliku między nimi, a ja skrzywiłem się na widok jej powiększonych stawów i powykręcanych palców. Wiek dał się we znaki tym zręcznym dłoniom, które niegdyś godzinami dziergały koronki. – Sądzę, że wszystkim nam przydałaby się kropelka. Chociaż wcale na nią nie zasłużyłeś – rzekła zimno. – Bardzo mnie przestraszyłeś w ogrodzie. Nie mówiąc już o latach żałoby.

– O szesnastu latach – uściśliła księżna Cierpliwa, gdyby przez ostatnie kilka chwil udało mi się o tym zapomnieć. – Mówiłam ci, że on nie jest martwy! – zwróciła się do Lamówki. – Kiedy przygotowywałyśmy jego ciało do pochówku, nawet wtedy, kiedy myłam jego zimne nogi, powiedziałam ci, że on nie może być martwy. Nie wiem, skąd to wiedziałam, ale wiedziałam. I miałam rację!

– On był martwy – rzekła z uporem Lamówka. – Pani, nie oddychał nawet na tyle, by zamglił się kawałek lustra, serce nie uderzyło mu ani razu. Był martwy. – Wycelowała we mnie palec. Drżał lekko. – A teraz jesteś żywy. Lepiej dobrze nam to wyjaśnij, młody człowieku.

– To był pomysł Brusa – zacząłem i zanim zdołałem wypowiedzieć następne słowo, księżna Cierpliwa wyrzuciła ręce w powietrze.

– Och, powinnam się była domyślić, że za tym wszystkim krył się ten człowiek – zawołała. – To twoją dziewczynkę wychowywał, prawda? Trzy lata po twoim pogrzebie dotarła do nas plotka. Ten druciarz, Łyżkowy, który sprzedaje takie porządne igły, powiedział nam, że widział Sikorkę w jakimś miasteczku, z małą dziewczynką u boku. Zadałam sobie wtedy pytanie – w jakim wieku? Bo kiedy Sikorka tak raptownie porzuciła służbę u mnie, powiedziałam Lamówce, że wymiotuje i śpi jak kobieta przy nadziei. A potem zniknęła, zanim zdążyłam zaproponować jej pomoc przy dziecku. Twoja córka, moja wnuczka! A potem usłyszałam, że Brus odszedł razem z nią, a kiedy się rozpytywałam, wszystkie dzieci uznawał za swoje. No tak. Mogłam się domyślić. Mogłam się domyślić.

Nie byłem przygotowany na tak dobre rozeznanie sytuacji u księżnej Cierpliwej. A powinienem. Po mojej śmierci zawiadywała zamkiem i stworzyła sobie znaczącą sieć informatorów.

– Chyba przydałoby mi się nieco okowity – rzekłem cicho.

Sięgnąłem po karafkę, lecz księżna odtrąciła moją rękę.

– Ja to zrobię! – zawołała gniewnie. – Myślisz, że możesz udawać martwego i zniknąć z mego życia na szesnaście lat, a potem wrócić i nalewać sobie mojej dobrej okowity? Bezczelność!

Wyjęła zatyczkę, ale kiedy spróbowała nalać, ręka trzęsła się jej tak bardzo, że groziło to zalaniem stołu. Odebrałem zasapanej księżnej karafkę i nalałem alkohol do filiżanek. Kiedy ją odstawiłem, księżna szlochała. Jej włosy, zawsze niesfornie układające się po swojemu, opadły jej na ramiona. Kiedy pojawiło się w nich tyle siwizny? Ukląkłem przed nią i zmusiłem się, by spojrzeć w wyblakłe oczy. Zakryła twarz dłońmi i rozszlochała się jeszcze bardziej. Ostrożnie odciągnąłem jej ręce od twarzy.

– Proszę cię, uwierz mi. To nigdy nie była moja decyzja, matko. Gdybym mógł wrócić do ciebie, nie narażając na niebezpieczeństwo ludzi, których kochałem, zrobiłbym to. Wiesz o tym. A to, jak przygotowałaś moje ciało do pogrzebu, być może uratowało mi życie. Dziękuję.

– Dobra pora na nazwanie mnie matką po tych wszystkich latach. – Pociągnęła nosem i dodała: – A co Brus wiedział o czymkolwiek, co nie ma czterech nóg i kopyt? – Ujęła jednak moją twarz mokrymi od łez dłońmi i przyciągnęła mnie do siebie, by ucałować w czoło. Odchyliła się i popatrzyła surowym wzrokiem. Czubek nosa miała mocno zaróżowiony. – Będę teraz musiała ci wybaczyć. Eda jedna wie, jutro mogę paść trupem i chociaż jestem na ciebie zła, nie chciałabym, żebyś przez resztę życia żałował, że umarłam, nie wybaczywszy ci. Ale to nie znaczy, że przestanę się na ciebie gniewać albo że Lamówka ma przestać się na ciebie gniewać. Zasługujesz na to.

Pociągnęła głośno nosem. Lamówka podała jej chusteczkę, po czym usiadła przy stole. Twarz starej służącej wyrażała naganę wobec mojego zachowania. Bardziej niż kiedykolwiek było widać, jak wspólne lata zatarły różnice między panią i pokojówką.

– Tak. Zasługuję.

– No, wstawaj. Nie mam zamiaru dostać skurczu w szyi od patrzenia na ciebie z góry. Dlaczego jesteś ubrany jak gwardzista? I dlaczego byłeś na tyle głupi, by wrócić do Koziej Twierdzy? Nie wiesz, że wciąż istnieją ludzie, którzy z przyjemnością zobaczyliby twego trupa? Nie jesteś tu bezpieczny, Tomie. Kiedy udam się w drogę powrotną do Kupieckiego Brodu, pojedziesz ze mną. Może uda mi się podać cię za ogrodnika albo syna krnąbrnej kuzynki. Oczywiście nie pozwolę ci dotykać moich roślin. Nie masz pojęcia o ogrodach i kwiatach.

Wstałem powoli i nie mogąc sobie tego odmówić, powiedziałem:

– Mógłbym pomóc przy plewieniu. Wiem, jak wygląda nagietek, nawet jeśli nie kwitnie.

– No i proszę! Sama widzisz, Lamówko! Ja mu wybaczam, a jego następne słowo to szyderstwo! – Zakryła usta ręką, jakby chciała stłumić szloch. Na grzbiecie jej dłoni wyraźnie odcinały się ścięgna i niebieskie żyłki. Księżna wciągnęła ze świstem powietrze i powiedziała: – Chyba napiję się teraz okowity. – Uniosła filiżankę i pociągnęła łyczek. Zerknęła na mnie nad jej krawędzią i nagle zaczęła ronić łzy. Odstawiła pośpiesznie filiżankę, potrząsając głową. – Jesteś tu i żyjesz. Nie wiem, jaki mam powód do płaczu. Poza straconymi na zawsze szesnastoma laty i wnuczką. Jak mogłeś, łobuzie!

Opowiedz o nich. Opowiedz o sobie i o tym, co robiłeś, a co było tak bardzo ważne, że nie mogłeś do nas wrócić.

I nagle wszystkie słuszne powody, z jakich do niej nie wróciłem, wydały mi się trywialne. Mogłem znaleźć jakiś sposób. Usłyszałem własne słowa:

– Gdybym nie oddał mego bólu kamiennemu smokowi, chyba znalazłbym jakiś sposób, choćby i najbardziej ryzykowny. Może trzeba zachować ból i poczucie straty, by zrozumieć, że można przetrwać wszystko, co zgotuje nam życie. Może jeśli nie umieści się bólu na właściwym miejscu w życiu, zostaje się tchórzem.

Plasnęła dłonią w stół przed sobą, a potem krzyknęła z bólu, bo zapiekły ją palce.

– Nie chciałam kazania o moralności, tylko relację. Bez żadnych wykrętów!

– Nigdy nie zapomniałem tych jabłek, które wrzuciłaś mi przez kraty w celi. Byłyście z Lamówką niewiarygodnie odważne, że przyszłyście do mnie do lochu i że stanęłyście po mojej stronie, kiedy odważyli się na to tylko nieliczni.

– Przestań! – syknęła z oburzeniem, a jej oczy znów się napełniły łzami. – To z tego czerpiesz ostatnio przyjemność? Z doprowadzania starych dam do łez?

– Nie chciałem.

– To powiedz mi, co się z tobą działo. Od ostatniego razu, kiedy cię widziałam.

– Bardzo bym chciał, pani. I obiecuję, że to zrobię. Kiedy jednak się na ciebie natknąłem, wykonywałem pilne zadanie. Powinienem je skończyć jeszcze za dnia. Pozwól mi odejść, a obiecuję, że wrócę jutro i wszystko ci opowiem.

– Nie. Oczywiście, że nie pozwolę. Jakie zadanie?

– Pamiętasz mego przyjaciela Błazna? Zachorował. Muszę mu zanieść jedzenie i wino oraz pewne zioła, które zmniejszą jego cierpienia.

– Ten młodzieniec o bladej twarzy? Nigdy nie był zdrowym dzieckiem. Jadł za dużo ryb, jeśli chcesz wiedzieć. To od tego.

– Powiem mu. Ale muszę do niego iść.

– Kiedy go ostatnio widziałeś?

– Wczoraj.

– A mnie nie widziałeś szesnaście długich lat. Może zaczekać na swoją kolej.

– Ale on się źle czuje.

Z trzaskiem odstawiła filiżankę na spodek.

– Ja też! – zawołała i w jej oczach znów zaczęły się zbierać łzy.

Podeszła do niej Lamówka i poklepała ją po ramieniu.

– Nie zawsze jest rozsądna – powiedziała do mnie nad głową księżnej. – Szczególnie, kiedy jest zmęczona. Przybyłyśmy dziś rano. Powiedziałam jej, że powinna odpocząć, ale chciała zażyć powietrza w ogrodach.

– I, zechciej mi wyjaśnić, cóż w tym nierozsądnego? – spytała surowo księżna Cierpliwa.

– Nic – rzekłem pośpiesznie. – Zupełnie nic. Chodź. Mam pomysł. Połóż się wygodnie na łóżku, a ja usiądę obok ciebie i zacznę opowiadać. Jeśli się zdrzemniesz, wyjdę cicho i wrócę jutro, by kontynuować. Bo szesnastu lat nie da się opowiedzieć w godzinę ani nawet w dzień.

– Opowieść o szesnastu latach będzie trwała szesnaście lat – poinformowała mnie księżna Cierpliwa. – Pomóż mi zatem wstać. Zesztywniałam od tej podróży.

Podałem jej ramię, na którym się oparła w drodze do łóżka. Usiadła z jękiem.

– O wiele za miękki – mruknęła, kiedy materac z pierza ugiął się pod jej ciężarem. – Nie będę mogła na nim zasnąć. Myślisz, że jestem moszczącą się w gnieździe kurą? – A kiedy się położyła, a ja pomogłem jej ulokować na łóżku nogi, dodała: – Wiesz, że zupełnie zepsułeś moją niespodziankę? Byłam gotowa wezwać do siebie wnuczkę i oznajmić jej, że pochodzi ze szlacheckiego rodu oraz przekazać jej pamiątki po ojcu. Och, pomóż mi zdjąć buty. Kiedy stopy tak bardzo oddaliły się od moich rąk?

– Nie masz na nich butów. Chyba zostawiłaś je w ogrodzie.

– A czyja to wina? Tak nas przestraszyć. To cud, że nie zostawiłam tam mojej głowy.

W pełni się z tym zgadzałem. Zauważyłem, ale tego nie skomentowałem, że jej pończochy są nie do pary. Księżna Cierpliwa nigdy zbytnio nie dbała o szczegóły.

– Jakie pamiątki? – zapytałem.

– Teraz to nie ma znaczenia. Jako że żyjesz, zamierzam je zachować.

– Co to jest? – Nie dawałem za wygraną, ogromnie ciekawy.

– Och. Obrazek, który mi dałeś. Nie wiesz? A kiedy byłeś martwy, obcięłam ci kosmyk włosów. Od tamtej pory noszę go w medalionie. – Odjęło mi mowę. Księżna oparła się na łokciu. – Lamówko, chodź tu i też się połóż. Wiesz, że nie lubię, kiedy jesteś zbytnio oddalona i nie mogę się ciebie dowołać. Twój słuch nie jest już taki jak dawniej. Dali jej wąziutkie łóżko w klitce – wyznała mi ciszej. – Dobrze, jeśli pokojówka jest wątłym dziewczęciem, ale coś takiego nie jest odpowiednie dla dojrzałej kobiety. Lamówko!

– Jestem tu, kochana. Nie musisz krzyczeć. – Stara służąca podeszła z drugiej strony łóżka. Sprawiała wrażenie nieco skrępowanej pomysłem położenia się w mojej obecności, jakbym mógł uznać za niestosowne, że dzieli łóżko ze swoją panią. Uznałem to za rzecz całkowicie sensowną.

– Jestem zmęczona – przyznała, siadając.

Przyniosła ze sobą szal i przykryła nim nogi księżnej Cierpliwej.

Postawiłem przy łóżku krzesło i usiadłem na nim okrakiem, przodem do oparcia.

– Od czego mam zacząć? – zapytałem.

– Od tego, że usiądziesz na tym krześle właściwie! – Kiedy spełniłem jej życzenie, rzekła: – Nie mów mi, co ci zrobił ten nikczemny uzurpator, by cię zabić. Widziałam to sama na twoim ciele i nie mogłam tego znieść. Powiedz mi raczej, jak przeżyłeś.

Zastanawiałem się przez chwilę.

– Wiesz, że mam Rozumienie.

– Tak myślałam – zgodziła się. – I?

Rozpocząłem moją opowieść. Powiedziałem o szukaniu schronienia w moim wilku i o tym, jak Brus i Cierń przywołali mnie z powrotem do mego ciała. Opowiedziałem jej o mojej powolnej rekonwalescencji i o wizycie Ciernia. Myślałem, że wtedy zasnęła, ale kiedy spróbowałem wstać, natychmiast otworzyła oczy.

– Siadaj! – rozkazała, a kiedy jej posłuchałem, ujęła mnie za rękę, jakby nie chciała, bym się wymknął. – Ja słucham. Mów dalej.

Opowiedziałem jej o odjeździe Brusa i o zakażonych kuźnicą. Wyjaśniłem, jak Brus doszedł do wniosku, że tam zginąłem, i wrócił do Sikorki, by chronić ją i dziecko, które nosiła pod sercem. Opowiedziałem jej o mojej długiej podróży z Księstwa Koziego do Kupieckiego Brodu i o tamtejszej królewskiej arenie Władczego. Otworzyła jedno oko.

– Teraz to jest ogród. Mam rośliny, drzewa i kwiaty Królestwa Sześciu Księstw i innych krajów. Małpi bluszcz z Jamaillii i krzak o niebieskich igłach z Wyspy Korzennej. I śliczną rabatę z ziołami na samym środku. Spodoba ci się, Tomie. Spodoba ci się, kiedy tam ze mną zamieszkasz.

– Na pewno mi się spodoba – zgodziłem się, starannie unikając kwestii, gdzie mógłbym zamieszkać. – Mam mówić dalej czy chcesz już się zdrzemnąć?

Od strony Lamówki dochodziło łagodne pochrapywanie.

– Mów. Nie jestem ani trochę senna. Mów dalej.

Zasnęła w środku mojej opowieści o tym, jak usiłowałem zabić Władczego. Siedziałem nieruchomo jeszcze przez chwilę, czekając, aż rozluźni uścisk dłoni, żebym mógł się dyskretnie wymknąć.

Podszedłem cicho do drzwi. Kiedy unosiłem zasuwkę, Lamówka podparła się na łokciu. Jej słuchowi nic nie brakowało, a podejrzewałem, że mimo pokręconych palców wciąż ma nóż w rękawie. Skinąłem jej więc głową i wyślizgnąłem się z komnaty.

Zszedłem do izby żołnierskiej i porządnie sobie podjadłem. Nie ma to jak stała dieta składająca się z solonej ryby, by docenić chleb, masło i zimną pieczeń z drobiu. Moją kulinarną przyjemność tłumiła nieco świadomość, że zbliża się wieczór. Gwardziści zawsze są głodni i nikt nic nie powiedział, kiedy zabrałem ze sobą pół bochenka chleba i spory klin sera. Poszedłem od razu do składziku, skąd wziąłem koszyk i dwie kiełbasy. Włożyłem do koszyka chleb i ser i zabrałem cały łup do komnaty Ciernia na wieży. Był tam przedtem Młotek. Pobieżnie wytarł kurz ze stołu i gzymsu kominka, i przyniósł misę owoców. Na kominku płonął niewielki ogień. W pojemniku na opał było trochę drewna, na stole wiązka stoczków, a w beczce woda. Pokręciłem głową z podziwem. Po tych wszystkich przejściach był w domu dopiero jeden dzień i już przypomniał sobie dawne obowiązki. Włożyłem do koszyka kilka żółtych i fioletowych śliwek, a między chlebem i serem umieściłem butelkę wina Ciernia. Właśnie zawijałem w kawałek papieru gorączkoziel i wysuszoną korę wierzby, kiedy poczułem w myślach delikatny dotyk Ciernia.

„Co?".

„Muszę porozmawiać z królową, Bastardzie".

„Nie możesz wykorzystać Młotka? Właśnie wybieram się do filarów Mocy".

„To nie potrwa długo".

„Będę musiał znaleźć jakiś sposób na uzyskanie audiencji u królowej Ketriken".

„Już się z nią skontaktowałem poprzez Młotka. Zgodziła się natychmiast. Jeśli pójdziesz do jej prywatnego saloniku, zaraz tam do ciebie przyjdzie".

„Dobrze".

„Sprawiasz wrażenie rozgniewanego".

„Martwię się o Błazna. Mam tu kilka rzeczy, które chciałbym mu zanieść. Świeże owoce i zioła na gorączkę".

„Rozumiem, Bastardzie. Ale to nie powinno potrwać długo. Potem możesz przespać noc i wyruszyć rano".

„Dobrze".

Przerwałem kontakt. Dobrze. A cóż innego mogłem powiedzieć? Miał rację. Młotek miałby trudności ze zrozumieniem wielu myśli przesyłanych przez Sumiennego matce, a co dopiero z ich przekazaniem. Starałem się nie żałować czasu, który będę musiał na to poświęcić. Powiedziałem sobie, że Błaznowi nic się nie stanie. Już przechodził takie zmiany, a kto zajmie się nim lepiej od Czarnego Człeka? Powiedział mi nawet, że potrzebuje czasu na samotne przemyślenia. Przemyślenia bez obserwowania twarzy kogoś, kto był świadkiem tego, co mu się przytrafiło. Poza tym powiedziałem sobie surowo, że będzie lepiej, jeśli te obowiązki podejmę ja, a nie Pokrzywa. Ona powinna być w domu, z rodziną, i niewątpliwie rodzina jej potrzebowała. Znalazłem kawałek czystego płótna i przykryłem nim chleb. Zszedłem długimi, ciemnymi schodami, by zaczekać na królową. Cierń i Sumienny się kłócili, i Cierń ubiegł księcia, kontaktując się z królową jako pierwszy. Razem z księciem mieli nazajutrz po południu wejść na pokład statku, płynącego do domu. Narczeska miała wyruszyć z nimi, ale wcześniej tego samego dnia przyszła do Sumiennego błagać go o to, by przed zamieszkaniem w Koziej Twierdzy mogła spędzić jeszcze trzy miesiące z rodziną. Książę udzielił jej prywatnej zgody, nie konsultując się z Cierniem.

„Bardzo prywatnej" – kipiał Cierń, a ja zastanawiałem się, czy jego zamiarem jest, bym przekazał królowej, że prośba o tę łaskę i jej udzielenie nastąpiły w intymnych okolicznościach, nie znajdujących aprobaty doradcy.

– Sprawę tę książę i narczeska omówili bardzo dyskretnie – powiedziałem królowej.

– Rozumiem – odparła, a ja zadałem sobie pytanie, czy aby na pewno.

„Na razie nic nie zostało ogłoszone publicznie. Jeszcze nie jest za późno, by wycofać to zezwolenie. Obawiam się, że jeśli pozwolimy dziewczynie tu zostać, to upadną wszystkie nasze plany. Po pierwsze będzie to znaczyło, że kiedy ona przybędzie do nas, jeśli w ogóle dotrzyma słowa, to zaślubiny będziemy obchodzić podczas zimowych sztormów, a nie w czas jesiennych dożynek. Książę wróci do swoich wielmożów bez narzeczonej, właściwie bez żadnej widomej oznaki, że tą długą i kosztowną wyprawą coś zyskał. Jeśli, tak jak mieliśmy nadzieję, planujesz naciskać na książąt, by ogłosili go następcą tronu, tak zakończona wyprawa będzie ku temu sposobnością pozbawioną blasku. Opowieści o uratowanych smokach i smoczych głowach na kamieniach paleniska niewielkie będą miały znaczenie dla wielmożów, którzy nie widzieli nawet smoczej łuski, nie mówiąc już o narzeczonej i sojuszu, zdobytych dzięki takiemu męstwu. I boję się, że im dłużej narczeska będzie zwlekać, obcując z tutejszymi kobietami, tym trudniej będzie im ją puścić do nas. Ich niechęć do oddania jej nam rośnie z godziny na godzinę. Opłakują ją, jakby szła na śmierć, jakby na zawsze znikała z ich świata".

Kiedy przekazałem te myśli królowej, zaproponowała Cierniowi nieco inne rozwiązanie.

– Może więc mądrzej byłoby dać jej więcej czasu na pożegnanie z rodziną. Zapewnij ją, proszę, że goście zawsze są tu mile widziani i że ona sama będzie regularnie odwiedzała rodzinę. Czy zaprosiłeś serdecznie wszystkich członków jej klanu, którzy zechcą z nią przyjechać nie tylko jako świadkowie jej ślubu, ale towarzysze pobytu, by nie czuła się tutaj tak samotnie?

Kiedy przekazywałem jej słowa Cierniowi, uświadomiłem sobie wyraźnie, jak samotna była Ketriken podczas podróży z gór, nie mając nawet do towarzystwa osobistej pokojówki. Czy pamiętała pierwsze dni samotności na obcym dworze, gdzie nikt nie mówił w jej języku ani nie uznawał jej obyczajów?

„To stanowi część trudności. Jak rozumiem, więź kobiety z jej ziemią jest święta. Kobiety czekające na swoją kolej rządzenia domem matek rzadko opuszczają rodzinną ziemię. Mieszkają na niej, umierają na niej i do niej wracają. Wszystko, co wnika w kobietę albo z niej pochodzi, ma zostać na jej ziemi. Zatem w podróży narczeski do Koziej Twierdzy nie będzie jej towarzyszyć żadna kobieta o wysokiej pozycji. Przybędzie z nią Peottre i może paru jej kuzynów. Przybędzie też Arkon Krwawooki oraz spora liczba przywódców z innych klanów, by potwierdzić sojusze handlowe zawiązane z naszymi wielmożami. Ona sama jednak nie będzie miała świty służących i dam do towarzystwa".

– Rozumiem – rzekła powoli Ketriken. Byliśmy sami w jej saloniku. Nalała nam wina, lecz kielichy stały zapomniane na niskim stoliku. Od ostatniej mojej tu bytności pokój został uporządkowany. Jak zwykle, Ketriken szukała spokoju w prostocie. W płaskim naczyniu ceramicznym pływał pojedynczy kwiat, a płomienie świec były osłonięte tak, by dawały łagodne światło. Unosiła się też z nich łagodna woń, lecz Ketriken była spięta jak kot zapędzony na drzewo. Zobaczyła, że patrzę na jej zaciśnięte na krawędzi stołu dłonie, więc powoli je rozluźniła. – Czy Cierń słyszy wszystko, co do ciebie mówię? – zapytała cicho.

– Nie. Nie jesteśmy połączeni w taki sposób, nie jest we mnie obecny tak, jak niegdyś Szczery. To wymaga wielkiego skupienia. Oraz całkowitej utraty prywatności myśli. Nie zachęcałem go do czegoś takiego. Słyszy więc tylko to, co mu przekazuję na twoją prośbę.

Opuściła nieco ramiona w wyrazie ulgi.

– Czasami mój doradca i ja nie zgadzamy się ze sobą. Kiedy rozmawialiśmy za pośrednictwem Pokrzywy... no tak. Było to trudne, ponieważ i Cierń, i ja mówiliśmy ostrożnie, starając się nie wplątać jej w sprawy leżące poza jej zdolnością lub potrzebą zrozumienia. Teraz jednak jesteś tutaj ty. – Uniosła głowę. Niemal się uśmiechnęła. – Czerpię z ciebie siłę, Bastardzie Rycerski. W jakiś dziwny sposób, kiedy używasz Mocy w moim imieniu, służysz mi jako człowiek królowej. – Wyprostowała się. – Powiedz Cierniowi, że w tej sprawie słowo księcia dane narzeczonej nie może być złamane. Jeśli uważa, że zima nie jest pomyślną porą na ślub, to zaproponujmy przełożenie go na wiosnę, kiedy podróż niewątpliwie będzie dla narczeski bezpieczniejsza i przyjemniejsza. W kwestii uznania księcia za następcę tronu... cóż, to zawsze leżało w gestii jego książąt. Jeśli musi przywieźć do domu kobietę jako trofeum, by uznali go za godnego tego tytułu, to taki tytuł ma dla mnie niewielkie znaczenie. W końcu będzie przecież nimi rządził. Moim zdaniem jego uprzejmość i troska o przyszłą małżonkę mogą raczej wzmocnić ten sojusz, niż zostać uznane za słabość. – Przerwała, na chwilę i mocno zacisnęła usta. – Powiedz mu to, proszę – dodała.

Uniosła kielich i upiła łyk wina.

„To nie jest rozsądne, Bastardzie. Nie mógłbyś jej przekonać? Książę jest zadurzony w Ellianii. Musi zrozumieć, że ważniejsze dla nich obojga jest spełnienie życzeń jego książąt, a nie matki jego narzeczonej. Im prędzej zostanie zawarte to małżeństwo, tym prędzej uznają go za mężczyznę czekającego na koronę niż za młodego księcia. Jest o wiele za impulsywny i słucha serca, kiedy dobro Królestwa Sześciu Księstw wymaga, by decyzje podejmowała tylko jego głowa. Uświadom jej, Bastardzie, że przez całe lato spełnialiśmy wolę narczeski i nadszedł czas, by książęta zobaczyli, że Sumienny wciąż nosi ich w sercu i że ich szacunek jest dla niego ważniejszy od pragnień Wysp Zewnętrznych".

Nim otworzyłem oczy i ujrzałem zaniepokojony wzrok królowej, zastanowiłem się nad słowami Ciernia.

– Tak uważa Cierń – powiedziałem i przekazałem istotę jego przesłania.

Ketriken nie przeoczyła tego niuansu.

– A co ty uważasz, Bastardzie Rycerski?

Skłoniłem przed nią głowę.

– Uważam, że ty jesteś królową. I że książę Sumienny zostanie kiedyś królem.

– A zatem radzisz mi zignorować zdanie mego doradcy i wesprzeć syna?

– Bardzo się cieszę, królowo, że nie muszę ci doradzać w tej kwestii.

Niemal się uśmiechnęła.

– Musisz, jeśli cię o to proszę.

Przez dłuższą chwilę milczałem, myśląc gorączkowo.

– Czy twoje krzesło jest niewygodne? – spytała troskliwie. – Wiercisz się, jakby oblazły je gryzące mrówki.

Wysiłkiem woli odchyliłem się na oparcie.

– Ja bym znalazł jakieś pośrednie wyjście, pani. Książęta byliby zadowoleni, gdyby książę miał małżonkę i spłodził dziedzica, lecz jest on wciąż bardzo młody, nawet nie osiągnął wieku odpowiedniego dla następcy tronu. Zaślubiny i tytuł być może mogą zaczekać. Niech narczeska spędzi nieco czasu ze swoją matką i siostrą. Byłem tam i widziałem, jak wygląda u nich sprawowanie władzy. Chociaż Oerttre jest wciąż narczeską, ponieważ żyje, odejście Ellianii będzie tak zdecydowaną abdykacją, jak wtedy, kiedy mój ojciec przekazał koronę Szczeremu. Powstaną spory, kto powinien odziedziczyć jej tytuł. Póki Elliania jest na miejscu, może umocnić pozycję siostry. I sądzę, że w interesie Królestwa Sześciu Księstw leży zadbanie, by przy władzy bezpiecznie się utrzymała jej gałąź rodu. Naszych książąt można ugłaskać na inne sposoby. Ich kufry zapełnią się dzięki handlowi, a klany Narwala i Dzika nie są jedynymi zainteresowanymi naszą ofertą handlową. Otwórz szeroko bramy. Zaproś ich kaemprów, ich przywódców wojennych. Ponieważ są to mężczyźni, nie będą mieli skrupułów, by opuścić domy swoich matek, jeśli w ten sposób mogą odnieść korzyści handlowe. Niech przybędą na jesienne święto plonów. Zacznij teraz planować takie uroczystości, które pokażą im bogactwa Królestwa Sześciu Księstw. Zachęć książąt do uczestnictwa wraz z rodzinami i szlachtą z ich księstw. Teraz uczcij sojusze handlowe, a ślub niech będzie zwieńczeniem wszystkiego wtedy, kiedy nastąpi.

Ketriken odchyliła się na krześle i uważnie mi się przyjrzała.

– A kiedyż to nabrałeś takiej roztropności, Bastardzie Rycerski?

– Pewien mądry starzec nauczył mnie, że dyplomacja to aksamitna rękawiczka skrywająca żelazną pięść. Najlepsze owoce przynosi i najdłużej działa perswazja, a nie siła. Umocnij ten sojusz w najlepszym interesie książąt, a z chęcią powitają i uhonorują narczeskę, kiedy przybędzie.

Nie dodałem, że nauczył mnie tego, kiedy zadowalał się przemykaniem między murami Koziej Twierdzy i manipulowaniem w tajemnicy koroną.

– Żebyż on jeszcze o tym pamiętał. Przekaż mu swoje przemyślenia, ale w takiej formie, jakby pochodziły ode mnie.

Bardzo nie chciałem brać udziału w targach Ciernia z królową, ale nie dało się tego uniknąć. Niepokojąco wyraźnie widziałem, jak subtelnie rywalizują o władzę nad koroną Przezornych. Po stronie Ciernia był wiek i znajomość Królestwa Sześciu Księstw. Skrzywiłem się kilka razy, kiedy z uporem twierdził, że to jej górskie wychowanie nie pozwala Ketriken dostrzec politycznej konieczności okazania Wyspom Zewnętrznym silnej woli. Wiedziałem, że Cierń zgromadził sporo władzy. Nie uważałem, że miał złe zamiary; wierzę, że szczerze sądził, iż walczy o interesy Królestwa Sześciu Księstw. Gdybym ja tak długo manipulował królewską władzą, niewątpliwie też czułbym, że mam do niej prawo własności. Zarazem aż nazbyt wyraźnie widziałem, że jeśli Ketriken nie podtrzyma stanowczo swego stanowiska, Sumienny może odziedziczyć tylko pozory władzy.

I tak wbrew mojej woli zacząłem sugerować Ketriken posunięcia, które dałyby jej przewagę nad Cierniem, oraz wspierać ją moją własną siłą. Jestem pewien, że Cierń wkrótce się zorientował. Mimo to stary, szczwany lis sprawiał wrażenie, jakby jeszcze bardziej delektował się grą, coraz wyżej piętrząc zastrzeżenia i możliwości. Zapadła głęboka noc, a potem zaczął się zbliżać świt. W przeciwieństwie do mnie starzec wyglądał na niezmordowanego w wynajdowaniu argumentów, widziałem też, jak moja królowa powoli blednie.

W końcu podczas przerwy w bardzo zawiłej dyskusji, w której Cierń rozdzielał książąt i kaemprów na grupy i przewidywał, po czyjej stronie opowie się która grupa, zmęczenie wzięło nade mną górę.

– Po prostu się nie zgódź – zaproponowałem. – Powiedz mu, że książę dał narzeczonej słowo i że nie zostanie ono uchylone ani przez ciebie, ani przez Ciernia. Powiedz mu, że jeśli to jest błąd, to jest to błąd księcia, a ponoszenie konsekwencji błędów jest jednym z najlepszych nauczycieli, jakich może mieć młody władca.

Zachrypłem i zaschło mi w ustach od mówienia. Głowa wydawała mi się zbyt duża i ciężka dla mojej szyi, a oczy sprawiały wrażenie, jakby zostały obtoczone w piasku. Sięgnąłem po butelkę wina, by obojgu nam dopełnić kielichy, lecz Ketriken chwyciła moją rękę obiema dłońmi. Zaskoczony, podniosłem na nią wzrok. Jej błękitne oczy płonęły blaskiem, jakiego nie widziałem u niej nigdy przedtem; wyglądały przez to na znacznie ciemniejsze i nieco dzikie.

– Ty mu to powiedz, Poświęcenie. Nie mów, że to moje słowa. Chcę, byś mu powiedział, że to twoja decyzja. Że jako prawowity, choć nie koronowany król to właśnie zarządzasz.

Zamrugałem i wytrzeszczyłem oczy.

– Nie... nie mogę.

– Dlaczego?

Odpowiadając jej, nie czułem się odważny.

– Jeśli raz zajmę takie stanowisko, nie będę mógł z niego zrezygnować. Jeśli raz oznajmię Cierniowi, za kogo się uważam, to zawsze będę musiał przed nim strzec tego prawa, prawa do ostatecznej decyzji.

– Do czasu, kiedy Sumienny wstąpi na tron. Tak.

– Moje życie nigdy już nie będzie należało do mnie.

– Takie życie zawsze na ciebie czekało. To jest twoje życie, twoje własne życie, którego nigdy nie zacząłeś. Podejmij je teraz.

– Omawiałaś to z Sumiennym?

– Wie, że uważam cię za Poświęcenie. Kiedy mu to powiedziałam, nie oponował.

– Królowo, ja...

Przycisnąłem dłonie do pulsujących skroni. Chciałem powiedzieć, że nigdy nawet się nie zastanawiałem nad taką rolą. Ale to nie była prawda. W noc, kiedy umarł król Roztropny, zbliżyłem się do niej na odległość kroku. Byłem gotów wystąpić i chwycić królewską władzę. Nie dla siebie, lecz by strzec jej dla królowej do powrotu Szczerego. Wahałem się na krawędzi przyjęcia tymczasowej korony, którą mi proponowała. Czy naprawdę mogła mi ją dać?

Do moich myśli wepchnął się Cierń.

„Jest późno, a ja jestem starym człowiekiem. Dość tego. Powiedz jej...".

„Nie". Nie mogła mi jej dać. To ja mogłem ją wziąć. „Nie, Cierniu. Nasz książę dał słowo i nie zostanie ono uchylone przez żadne z nas. Jeśli to jest błąd, to jest to błąd księcia, a ponoszenie konsekwencji błędów jest jednym z najlepszych nauczycieli, jakich może mieć młody władca".

„To nie są słowa królowej".

„Nie. To moje słowa".

Nastąpiła długa cisza. Czułem obecność Ciernia, niemal wyczuwałem jego spokojny oddech i to, jak układał sobie te słowa, rozważając je z każdej perspektywy. Kiedy znów dotknął myślami mego umysłu, czułem jego uśmiech i, o dziwo, wzbierającą dumę.

„No tak. Czyżbyśmy w końcu po piętnastu latach znów mieli na tronie prawdziwego Przezornego?".

Trwałem w bezruchu. Czekałem. Czekałem na szyderstwo, wyzwanie lub sprzeciw.

„Powiem księciu, że jego decyzja została potwierdzona. I wystosuję uprzejme zaproszenie do wszystkich kaemprów. Wedle twojej woli, królu Bastardzie".

## ROZDZIAŁ 34

# ZOBOWIĄZANIA

*Nasza strata jest wielka, a wszystko z powodu niemądrego zakładu między nowicjuszami głupimi jak dzieci. Z rozkazu mistrza Mocy Sęka zostaną z Kamieni Świadków usunięte wszystkie znaki. Z rozkazu mistrza Sęka nie może się udać do Kamieni Świadków żaden kandydat do szkolenia we władaniu Mocą ani nowicjusz, chyba że towarzyszy im mistrz Mocy. Z rozkazu mistrza Mocy Sęka wszelka wiedza, dotycząca wykorzystywania Kamieni Świadków, będzie odtąd dostępna jedynie dla kandydatów na poziom mistrza.*

Odzyskany zwój traktujący o Mocy

Kiedy wracałem o świcie tajemnymi schodami do komnaty Cierńia na wieży, przekroczyłem już granice zmęczenia. Nie potrafiłem sklecić żadnej składnej myśli. Cierń i książę Sumienny mieli wyruszyć w drogę powrotną jeszcze przed wieczorem. Wszyscy kaemprowie ze wszystkich klanów otrzymają zaproszenie na święto plonów. Ketriken będzie musiała zarządzić przygotowania do najwspanialszej uroczystości, jaka kiedykolwiek odbyła się na zamku. Zaproszenia dla książąt i ich wielmożów, pomieszczenia dla gości, zgodzenie minstreli, żonglerów i lalkarzy: kręciło mi się od tego w głowie i po prostu marzyłem, by się położyć i zasnąć. Zamiast tego, kiedy tylko znalazłem się w moim pokoju, rzuciłem kilka suchych patyków na dogasający żar na kominku. Napełniłem dzban wodą z beczki, wlałem wodę do starej miski i zanurzyłem w niej twarz. Otrząsnąłem się, pocierałem przez chwilę oczy, aż zniknęło wrażenie, że mam w nich piasek, i wytarłem się. Spojrzałem do lusterka, które zawsze trzymał tam Cierń, i zadałem sobie pytanie, kto na mnie patrzy.

Nagle zrozumiałem, co takiego powiedział mi wcześniej Błazen. Dotarłem do miejsca i czasu, których nigdy nie przewidywałem, które leżały poza moją śmiercią. Przede mną rozciągały się przyszłości, jakich nigdy sobie nie wyobrażałem, a ja nie miałem pojęcia, do której powinienem dążyć. Zrobiłem krok w kierunku teoretycznego objęcia tronu. Zastanawiałem się, czy to oznacza, że z możliwych przyszłości mogących się stać moim udziałem wypchnąłem jakiekolwiek życie z Sikorką.

Miecz Rycerskiego wisiał tam gdzie go zostawiłem – nad kominkiem. Zdjąłem broń ze ściany. Pasował idealnie do mojej dłoni. Uniosłem ostrze i zapytałem pustej komnaty:

– I co byś teraz pomyślał o swoim bękarcie, królu Rycerski? Ach, zapomniałem. Ty też nigdy nie nosiłeś korony. Nikt cię nie nazywał królem Rycerskim. – Opuściłem czubek miecza na podłogę, oddając punkt przeznaczeniu. – I przede mną nikt nie będzie nigdy zginał kolana. Mimo to sądzę, że zostawię po sobie jakiś ślad.

Przebiegło mnie dziwne drżenie, ale zaraz po nim wrócił spokój. Pośpiesznie umieściłem miecz na ścianie i wytarłem spocone dłonie o koszulę na piersiach. Niezły król, pomyślałem, który wyciera ręce o swój gwardyjski mundur. Potrzebowałem snu, ale jeszcze nie teraz. Król Bastard, bękarci monarcha. Podjąłem decyzję i nie chciałem już się nad nią zastanawiać. Włożyłem do koszyka butelkę dobrej okowity, przykryłem go serwetką, wziąłem gruby płaszcz i uciekłem.

Wyszedłem z sekretnych korytarzy i opuściłem zamek wejściem dla straży. Musiałem minąć kuchnię i o mały włos się nie zatrzymałem, by coś zjeść. Chwyciłem jednak tylko z żołnierskiej jadalni niewielki bochenek słodkiego porannego chleba i zjadłem go po drodze. Przeszedłem przez bramę, żegnany jedynie sennym kiwnięciem głowy młodego strażnika. Pomyślałem, jak mógłbym to zmienić, lecz odrzuciłem ten pomysł. Szedłem szybko przed siebie. Skręciłem z głównej drogi, prowadzącej do miasta, na wydeptany szlak, wiodący najpierw przez las, a potem w poprzek stoku łagodnego wzgórza. We wczesnym blasku dnia Kamienie Świadków odcinały się ostro od błękitnego nieba, czekając na mnie. Na trawie wokół nich pasły się owce. Przyglądały mi się z charakterystyczną dla nich obojętnością, która czasami jest brana za objaw głupoty, a potem powoli odeszły.

Dotarłem do filarów Mocy i okrążyłem je. Cztery kamienie. Każdy ma cztery boki. Szesnaście możliwych miejsc przeznaczenia. Jak często ich używano w ciągu minionych lat? Stanąłem na szczycie wzgórza i rozejrzałem się. Trawa, drzewa i, gdy dobrze się przyjrzeć, wgłębienie po starej drodze. Jeśli kiedykolwiek były tu pozostałości jakichś domów, to dawno temu pochłonęła je ziemia albo, co bardziej prawdopodobne, zostały rozebrane i wykorzystane do budowy jakiejś chaty w innym miejscu.

Przyglądałem się kamiennym powierzchniom, założywszy ręce za plecy. Uznałem, że runy zostały dawno temu celowo zatarte. Zadałem sobie pytanie, dlaczego, ale podejrzewałem, że nigdy się nie dowiem. Stanowiło to niemal pociechę.

Koszyk zaczynał mi ciążyć, a słońce grzało zbyt mocno. Narzuciłem gruby płaszcz na ramiona. Tam, gdzie się wybierałem, będzie zimno. Podszedłem do powierzchni słupa, z której się wyłoniłem podczas ostatniej podróży, położyłem na niej rękę i przeszedłem.

Kiedy stanąłem na podłodze pomieszczenia z filarem, zachwiałem się lekko. Kręciło mi się w głowie; musiałem usiąść na zakurzonych kafelkach, dopóki zawroty nie ustały.

– Za mało snu i dwukrotne przejście przez kolumny w za małych odstępach czasu – powiedziałem do siebie stanowczym tonem. – Nierozsądne.

Spróbowałem wstać, ale postanowiłem znów usiąść, dopóki wieża nie przestanie wirować. Dopiero po kilku chwilach zdałem sobie sprawę z czegoś oczywistego. Podłoga nie była już zimna. Położyłem na niej obie dłonie, jakbym chciał to sobie udowodnić. Właściwie to nie była ciepła; raczej neutralna – ani ciepła, ani zimna. Wstałem i zauważyłem, że okna nie są już pokryte taką grubą warstwą szronu. Wydało mi się, że słyszę za sobą szept i szybko się odwróciłem. Nikogo nie zobaczyłem. Może to był zabłąkany podmuch letniego, ciepłego wiatru z południa, omiatającego wyspę? Bardzo dziwne. Nie miałem czasu się nad tym zastanawiać.

Opuściłem pomieszczenie z filarem i spróbowałem szybko przejść przez lodowy labirynt. Głowa mi pękała. Nie wyobrażałem sobie aż takiej zmiany temperatury. W jednym z korytarzy woda płynęła po kamieniach posadzki płytkim strumieniem. Łagodne ocieplenie sal było coraz słabsze, a kiedy dotarłem do miejsca, gdzie kamienne ściany stykały się z lodem, zniknęło. Przed oczyma tańczyły mi czarne plamki. Zatrzymałem się, oparłem czoło o lodowatą ścianę i odpocząłem. Plamki zanikły i powoli zacząłem się czuć bardziej sobą. Chłód najwyraźniej mi pomagał. Kiedy wyszedłem ze szczeliny w lodowej ścianie na wąską ścieżkę schodzącą do jaskini Czarnego Człeka, byłem już dobrze owinięty płaszczem.

Zszedłem stromą ścieżką i jeszcze raz zastukałem do drzwi Prilkopa. Nikt nie otworzył. Zastukałem znowu, przez chwilę się wahałem, a potem uniosłem pętlę służącą jako zamek. Drzwi się otworzyły, a ja wszedłem do środka.

Oczy przyzwyczaiły mi się do panującego tu półmroku dopiero po jakimś czasie. Ogień przygasł. Błazen spał ciężkim snem na posłaniu przy palenisku. Prilkopa nie było nigdzie widać. Zamknąłem cicho drzwi, postawiłem koszyk na niskim stole i zdjąłem płaszcz. Cicho podszedłem do Błazna, przykucnąłem i zajrzałem przyjacielowi w twarz. Skóra wyraźnie mu pociemniała. Chciałem go obudzić i zapytać, jak się czuje, ale surowo sobie tego zakazałem. Znalazłem drewniany talerz na chleb i ser oraz koszyczek na owoce i rozpakowałem koszyk. Beczka na wodę była niemal pusta. Postawiłem wodę na herbatę, a potem wziąłem wiadra i zszedłem do miejsca, gdzie woda cieknąca po skale spadała z niewielkiego nawisu. Zaczekałem, aż oba wiadra się napełnią, a potem zaniosłem je na górę. Woda była już gorąca, zaparzyłem więc wonną herbatę z przyprawami.

Myślę, że Błazna obudził jej aromat. Otworzył oczy i leżał nieruchomo, wpatrując się w rozpalony ogień. Poruszył się dopiero na moje słowa.

– Błaźnie? Lepiej się czujesz?

Wzdrygnął się i szybko odwrócił ku mnie głowę, kuląc się jednocześnie w obronnym geście. Zrobiło mi się przykro, że go wystraszyłem, i doskonale rozumiałem ten jego odruch.

– Wróciłem i przyniosłem jedzenie. Jesteś głodny?

Odsunął nieco koce i się uniósł, lecz zaraz opadł z powrotem na posłanie.

– Czuję się coraz lepiej. Herbata ładnie pachnie.

– Nie mam brzoskwiń, ale przyniosłem ci śliwki.

– Brzoskwiń?

– Myślałem, że nieco błądzisz myślami, kiedy poprosiłeś o brzoskwinie. To przez gorączkę. Ale i tak gdybym je gdzieś zauważył, tobym kilka dla ciebie zwędził.

– Dziękuję – odparł, uważnie mi się przyglądając. – Wyglądasz jakoś inaczej. I nie chodzi tylko o to, że jesteś czysty.

– Czuję się inaczej. Ale higiena też robi swoje. Szkoda, że nie mogłem wziąć z sobą dla ciebie łaźni. Dobrze by ci zrobiła. Ale zabiorę cię do domu, jak tylko będziesz mógł przejść parę kroków. Powiedziałem Ketriken, że dopóki całkiem nie wyzdrowiejesz i nie zadecydujesz, kim chciałbyś zostać, umieścimy cię w dawnej komnacie Ciernia na wieży.

– Kim chciałbym zostać... – prychnął z rozbawieniem. Nie mogłem znaleźć noża do krojenia chleba, więc zadowoliłem się oderwaniem kawałka dla Błazna. Zaniosłem mu go razem z serem i śliwką, a kiedy herbata naciągnęła, nalałem ją do filiżanki.

– Gdzie jest Prilkop? – zapytałem, kiedy Błazen sączył napój. Trochę się zirytowałem na gospodarza, że zostawił go samego.

– Gdzieś wyszedł. Ogląda warownię Najstarszych i sprawdza, jakie tam wyrządzono szkody. Kiedy cię nie było, a ja nie spałem, mieliśmy trochę czasu na rozmowy. Niezbyt wiele. Opowiadał mi o tym starym mieście; wydaje mi się, że jego opowieści splatają się z moimi snami. Przypuszczam, że tam właśnie poszedł. Mówił coś o zniszczeniach spowodowanych przez bladą kobietę i o tym, jak może je naprawić. Podejrzewam, że w jakiś sposób czynił miasto mniej gościnnym w nadziei, że ją z niego wygoni. Teraz planuje przywrócić je do poprzedniego stanu. Zapytałem, dla kogo, a on odpowiedział, że może tylko po to, by istniało, jak dawniej. Mieszkał tu samotnie bardzo długo. Może nawet przez kilka pokoleń. Nie liczył mijających lat, ale jestem pewien, że jest tu od dawna. Przywitał bladą kobietę, kiedy tu przybyła, bo myślał, że wraz ze swoim katalizatorem wypełni zadania Prilkopa.

Zaczerpnął tchu i upił łyk herbaty.

– Najpierw zjedz, a potem opowiadaj – zaproponowałem.

– Opowiadaj ty, póki będę jadł. Przydarzyło ci się coś bardzo ważnego. Widać to w twojej postawie i oczach.

I opowiedziałem mu, jak nie mógłbym opowiedzieć nikomu innemu, o wszystkim, co mi się przytrafiło. Uśmiechał się, lecz jakby ze smutkiem, i kiwał głową, jakbym zaledwie potwierdzał coś, o czym już wiedział. Kiedy skończyłem, wrzucił pestkę ze śliwki do ognia i powiedział cicho:

– No tak. Miło wiedzieć, że moja ostatnia wizja i proroctwo się spełniły.

– Hm. Będę żył długo i szczęśliwie, jak śpiewają minstrele?

Wykrzywił usta i pokręcił głową.

– Będziesz żył wśród ludzi, którzy cię kochają i mają wobec ciebie oczekiwania. To ci straszliwie skomplikuje życie i sprawi, że przez połowę czasu będziesz chory ze zmartwienia. A przez drugą zirytowany. Oraz zachwycony. – Odwrócił się ode mnie, ujął filiżankę i zajrzał w nią jak wróżka czytająca z fusów. – Przeznaczenie już z ciebie zrezygnowało, Bastardzie Rycerski Przezorny. Wygrałeś. W przyszłości, którą teraz odnalazłeś, jest niemal prawdopodobne, że raczej dożyjesz sędziwego wieku, a nie, że przeznaczenie będzie starało się zmieść cię z planszy przy każdej okazji.

Spróbowałem zmniejszyć wagę jego słów.

– Wyrywanie mnie z paszczy śmierci na każdym kroku zaczynało już być trochę męczące.

– To paskudne uczucie. Teraz już wiem, jak paskudne. Pokazałeś mi to. Zostawmy tę sprawę i uznajmy, że jesteśmy kwita, dobrze? – zaproponował niemal ze swoim dawnym uśmiechem. – Jeden raz wystarczy za wszystkie?

Skinąłem głową.

– Prilkop i ja rozmawialiśmy o tym, co teraz się stanie – dodał szybko, jakby nie chciał, żebym mu przerwał.

Uśmiechnąłem się.

– Jakiś nowy plan uratowania świata? Taki, który nie wymaga, żebym już tak często umierał?

– Taki, który w ogóle nie ma związku z tobą – odparł cicho. – Można by powiedzieć, że w pewien sposób wracamy do domu. Do miejsca, które nas ukształtowało.

– Powiedziałeś, że nikt tam już nie będzie cię pamiętał; że nie ma sensu tam wracać.

Zaczynałem odczuwać niepokój.

– Nie do domu, gdzie się urodziłem; jestem pewien, że tam mnie nie pamiętają. Do miejsca, które obu nas przygotowało do stawienia czoła przeznaczeniu. Można powiedzieć, że była to poniekąd szkoła. Wiem, że rozmawialiśmy o tym i że ci powiedziałem, że stamtąd uciekłem, kiedy nikt nie chciał uznać moich słów za prawdziwe. Tam będą mnie dobrze pamiętać, podobnie jak Prilkopa. W szkole pamięta się wszystkich białych proroków, jacy się przez nią przewinęli.

– No to niech cię pamiętają. Mam wrażenie, że nie byłeś tam dobrze traktowany. Po co chcesz wracać?

– By dopilnować, żeby nie przytrafiło się to już żadnemu dziecku. Żeby zrobić coś, czego nie robiono nigdy przedtem – wrócić i zinterpretować dawne przepowiednie w świetle tego, co wiemy teraz. Żeby wyrzucić z tamtejszych bibliotek wszystko, co umieściła w nich blada kobieta, a przynajmniej ukazać to w innym świetle. Żeby przywieźć nasze doświadczenia ze świata.

Milczałem przez długi czas.

– Jak się tam dostaniecie?

– Prilkop mówi, że możemy posłużyć się filarami. Moglibyśmy razem dotrzeć dość daleko na południe, a potem musielibyśmy znaleźć jakiś inny sposób podróżowania. Dotrzemy tam. Prędzej czy później.

– On potrafi wykorzystywać filary? – Byłem oszołomiony. – Dlaczego tkwił tu przez wszystkie te lata w zimnie i niedostatku?

Błazen spojrzał na mnie tak, jakby to było oczywiste.

– Myślę, że potrafi je wykorzystywać, ale się ich boi. Nawet w naszym języku istnieją pojęcia Najstarszych, których wyjaśnienie sprawia mu trudności. Magia, dzięki której działają filary, za każdym razem coś człowiekowi odbiera. Nawet Najstarsi nie wykorzystywali ich pochopnie. Posłaniec, mający doręczyć coś ważnego, mógł skorzystać z jednego czy nawet dwóch filarów, lecz potem jego zadanie przejmował ktoś inny. Ale to nie jedyny powód, dla którego Prilkop tu został. On to zrobił, by chronić smoka. Oraz zaczekać na przybycie białego proroka i katalizatora, których ujrzał jako tych, którzy mogli dokończyć jego dzieło. To przecież stanowiło cel jego życia.

– Nie potrafię sobie wyobrazić takiego poświęcenia.

– Nie? A ja chyba tak.

Usłyszałem skrzypnięcie drzwi i do środka wszedł Prilkop. Mój widok chyba go zaskoczył, i nic dziwnego, lecz po chwili powiedział coś w swoim języku.

– Dziwi się, że wróciłeś tak szybko, i pyta, jaka to pilna sprawa kazała ci jeszcze raz odważyć się na wykorzystanie filarów – przetłumaczył Błazen.

Machnąłem lekceważąco ręką.

– Chciałem przynieść wam jedzenie – wyjaśniłem Prilkopowi. – Zobacz, jest chleb i ser, jak chciałeś, wino i śliwki. Miałem nadzieję, że zastanę was obu gotowych do podróży powrotnej ze mną. Błazen wciąż jednak wydaje się słaby.

– Do podróży powrotnej z tobą? – zapytał, a ja kiwnąłem głową z uśmiechem.

Odwrócił się do Błazna i długo coś do niego cicho mówił w ich języku. Błazen odpowiedział krócej, a potem się odwrócił do mnie.

– Bastardzie – zaczął z wahaniem. – Mój przyjacielu. Proszę cię. Usiądź tu obok mnie przy ogniu. Muszę z tobą porozmawiać.

Wstał sztywno, narzucił sobie na ramiona koc i podszedł powoli do poduszki wypełnionej trawą, która leżała obok paleniska. Usiadł na niej ostrożnie, a ja usiadłem na drugiej. Prilkop oglądał jedzenie. Odłamał kawałek sera, włożył go do ust i zamknął oczy z zachwytu. Kiedy je znów otworzył, w podzięce skłonił przede mną głowę. Oddałem mu ukłon, zadowolony, że sprawiłem mu przyjemność. Kiedy odwróciłem się do Błazna, mój przyjaciel wziął głęboki oddech.

– Prilkop nie zamierza udać się z tobą do Koziej Twierdzy. Ja też nie – rzekł.

Wpatrywałem się w niego, powtarzając w myślach te słowa. Nie miały sensu.

– Ale dlaczego? Spełnił już tu swoje zadanie, podobnie jak ty. Po co zostawać w takim nieprzyjaznym miejscu? Tu panuje zimno, chociaż jest lato! Ciężko się tu żyje. Kiedy nadejdzie zima... Nawet nie potrafię sobie wyobrazić spędzenia tu zimy. Nie ma żadnego powodu, dla którego miałbyś tu zostać, żadnego, za to są liczne powody przemawiające za twoim powrotem do Koziej Twierdzy. Po co miałbyś tu zostawać? Wiem, że chcesz wrócić do swojej „szkoły", ale przecież mógłbyś najpierw udać się do zamku. Tam odpocząłbyś i odzyskał siły, a potem mógłbyś popłynąć statkiem.

Popatrzył na swoje szczupłe dłonie leżące spokojnie na kolanach.

– Długo o tym rozmawiałem z Prilkopem. Jest tyle rzeczy, których żaden z nas nie wie o tej sytuacji, o tym życiu białych proroków poza naszym czasem. On tego doświadczał dłużej ode mnie. Został tu, ponieważ było to ostatnie miejsce, w którym miał wizję samego siebie. Został w nadziei, że ten ostatni obraz innego proroka i katalizatora, którzy przybywają, by dokończyć jego dzieła, był prawdziwy. I tak się stało. Jego ostatnia wizja była prawdziwa. – Spojrzał w ogień, a potem się pochylił i wsunął do niego głębiej kawałek drewna, przyniesiony z plaży. – Ja też miałem ostatnią wizję. Tego, co się stanie po mojej śmierci.

Czekałem.

– Widziałem ciebie, Bastardzie. Widziałem cię, jak jesteś tym, czym się teraz stajesz. Nie wydawało mi się, że zawsze jesteś szczęśliwy, ale pomyślałem, że jesteś bardziej dopełniony niż przedtem.

– A co to ma z tym wszystkim wspólnego?

– Ma wiele wspólnego z tym, czego nie widziałem. Ja oczywiście miałem nie żyć. Wyraźnie widziałem, że moja śmierć stanowi część twojej przyszłości. Nie, to brzmi okrutnie, jakbyś to ty zaplanował moją śmierć. Powiedzmy raczej, że była ona punktem orientacyjnym w twojej podróży. Wyminąłeś moją śmierć i wszedłeś w nowe życie.

– To prawda, że wyminąłem twoją śmierć. Ale, jak często mi mówiłeś, jestem katalizatorem. Sprowadziłem cię z powrotem.

– Owszem. Nigdy tego nie przewidziałem. Prilkop też nie. I żaden z nas nie przypomina sobie, by zapiski, które studiowaliśmy i których się uczyliśmy na pamięć podczas szkolenia, zawierały cokolwiek, co zwiastowałoby taki obrót sprawy. – Niemal się uśmiechnął. – Powinienem był wiedzieć, że tylko ty potrafisz dokonać takiej zmiany, zmiany, która być może wyniosła nas poza wszystkie przyszłości przepowiedziane przez wszystkich białych proroków.

– Ale... – zacząłem, lecz zamilkłem na widok jego ostrzegawczo uniesionego, szczupłego palca.

– Omawialiśmy to z Prilkopem. Obaj uważamy, że nie powinienem za dużo kręcić się koło ciebie. Mógłbym popełnić poważny błąd. Istnieje o wiele mniejsza szansa, że popełnię błąd, jeśli nie wrócę z tobą.

– Nie rozumiem. Błąd? Jaki błąd? Wciąż masz gorączkę i mówisz bzdury.

Martwiłem się i zarazem denerwowałem. Poruszyłem się gniewnie, a Błazen położył mi rękę na dłoni. Jej dotyk był prawie chłodny. Wciąż był osłabiony po okresie przemiany, lecz nie mówił w gorączce. Głos miał niemal surowy, jakby był starcem, a ja krnąbrnym młokosem.

– Owszem, rozumiesz. Nie chcesz się temu przyjrzeć, ale to wiesz. Wciąż jesteś Odmieńcem, wciąż jesteś katalizatorem. Udowodniłeś to nawet podczas tego krótkiego pobytu w Koziej Twierdzy. Zmiana wiruje wokół ciebie jak cyklon. Przywrócony do dawnego stanu, już przed nią nie uciekasz, lecz wydajesz się ją przyciągać. A ja, jeśli chodzi o dostrzeżenie, jakie ogromne zmiany może spowodować mój wpływ na ciebie, jestem teraz ślepy. – Na chwilę przerwał. Przeczekałem jego milczenie. – Nie wrócę z tobą. Nie, zaczekaj, nic nie mów. Pozwól, że przez jakiś czas będę mówił ja.

Jednakże wbrew swoim słowom natychmiast zamilkł. Siedziałem, patrzyłem na niego i myślałem, jak się zmienił. Blady chłopiec o pyzatej twarzy, gibki i szczupły młodzieniec teraz wyraźnie stał się młodym mężczyzną. Ostatnie cierpienia wyostrzyły mu rysy twarzy, a sińce wokół oczu jeszcze całkowicie nie zeszły. Lecz to było tylko jego ciało. Oczy mu pociemniały, a podniosłość słów nie sprawiała wrażenia chwilowego nastroju, lecz nowej powagi ducha. Czekałem, aż ułoży sobie w myślach to, co chce mi powiedzieć. Podejrzewałem, że zastanawia się nad jakąś decyzją i że bez względu na to, za jak stanowczego chce uchodzić, w głębi serca wciąż się waha.

– Bastardzie, stanąłem twarzą w twarz ze śmiercią, może nie odważnie, lecz zdecydowanie. Ponieważ widziałem, co może nastąpić po niej, i uznałem, że jest to warte tej ceny. Postanowiłem przybyć na tę wyspę i nadać bieg wydarzeniom, których ukoronowaniem będzie lot smoka. Wiedziałem, że umrę w straszny sposób, w bólu i zimnie. Lecz widziałem też szansę na to, że świat znów będzie znał smoki, szansę na istnienie stworzeń równie aroganckich i pięknych, jak ludzie, by oba gatunki mogły się równoważyć. Marzyłem o świecie, w którym ludzie nie mogliby panować nad całą przyrodą i wymuszać na niej swego porządku. Nie będzie to spokojny świat i być może ludzie przeklną mnie za rolę, jaką odegrałem w twej historii. Będzie to jednak świat, gdzie ludzie i smoki będą tak zajęci sobą nawzajem, że nie uda im się podporządkować sobie całej przyrody. To właśnie ujrzałem w dalszej perspektywie.

– Świetnie! – Dość miałem jego gadania o smokach i wciąż niepokoiło mnie, co takiego wypuściliśmy na świat. – No więc teraz będą smoki. Dużo smoków, sądząc z tego, co się działo w powietrzu nad polem bitwy. Ale dlaczego nie możesz wrócić do...

– Cicho! – skarcił mnie surowo. – Myślisz, że to dla mnie łatwe? Myślisz, że ten wzniosły powód jest jedynym? Myślisz, że łatwo mi się z tobą rozstać? Nie. Nasze ścieżki rozdziela coś bardziej osobistego. Coś, co dostrzegłem w o wiele mniejszej skali. Zobaczyłem, jak po mojej śmierci czerpiesz zadowolenie z rzeczy, których tak długo sobie odmawiałeś. Jak po mojej śmierci prowadzisz życie, które było ci przeznaczone. Dałeś mi jeszcze jeden kawałek życia. Czy mam go wykorzystać, by obrabować cię z twojego? – I dodał już nieco wolniej: – Mogę cię kochać, Bastardzie, ale nie mogę pozwolić, by ta miłość zniszczyła ciebie i to, kim jesteś.

Potarł ze znużeniem twarz, a potem krzyknął z irytacją, kiedy skóra złuszczyła mu się pod palcami. Strząsnął jej kawałki na ziemię, potarł energicznie całą twarz, a potem złożył ręce na kolanach i zapatrzył się w ogień. Skonsternowany, wbiłem w niego gniewny wzrok i czekałem.

Za nami Prilkop krążył cicho po jaskini. Usłyszałem lekki trzask i zerknąłem za siebie. Otworzył mały worek i wyjmował z niego kamienne kostki. Od razu je poznałem. Kamień pamięci pocięty na jednakowe sześciany, jak te, które widziałem w komnacie Najstarszych. Patrzyłem, jak przytknął sobie jeden z nich do skroni, uśmiechnął się i odłożył go na bok. Powtórzył to kilka razy. Wkrótce stało się jasne, że układa kostki na różne kupki. Spostrzegł, że przyglądamy się mu z Błaznem, i podniósł wzrok.

– Muzyka.

Następna kostka.

– Jakaś poezja.

Jeszcze jedna.

– Historia. Znów muzyka.

Podał mi kostkę, ale machnąłem przecząco ręką, zaniepokojony. Błazen jednak dotknął jej lekko palcem naznaczonym Mocą. Cofnął go zaraz, jakby się oparzył, ale potem uśmiechnął się do mnie.

– Rzeczywiście muzyka. Jak jej pędzący nurt. Powinieneś spróbować, Bastardzie.

– Rozmawialiśmy – przypomniałem mu cicho. – O twoim powrocie do Koziej Twierdzy ze mną.

– Nie. Rozmawialiśmy o tym, że tam nie wrócę.

Bez powodzenia spróbował się uśmiechnąć.

Tylko na niego patrzyłem. Po chwili powiedział coś z prośbą w głosie do Prilkopa. Niemal w tej samej chwili poczułem w myślach szturchnięcie Ciernia.

„Chciałbym porozmawiać z królową".

„Teraz nie mogę. Poproś Młotka".

„Wiesz dlaczego nic z tego nie wyjdzie. Proszę cię, Bastardzie. To nie potrwa długo".

„To samo mówiłeś ostatnim razem. Poza tym jestem dość daleko od królowej. Przeszedłem przez filar. Jestem z Błaznem".

„Co? Bez zawiadomienia nikogo z nas ani bez konsultacji?".

„Mam wrażenie, że moje życie wciąż należy do mnie".

„Nie". Było to stanowcze zaprzeczenie. „Nie, nie należy, mój panie. Zeszłej nocy zająłeś wobec mnie pewne stanowisko, a ja wyczułem, że zrobiłeś to za przyzwoleniem królowej. Nie możesz w jednej chwili sięgać po władzę, a w następnej się od niej uchylać. Korony nie zdejmuje się tak łatwo".

„Nie jestem prawdziwym królem i ty o tym wiesz".

„Za późno na takie stanowisko, Bastardzie!". Cierń sprawiał wrażenie rozgniewanego. „Za późno. Królowa zaproponowała ci tę władzę, a ty ją przyjąłeś".

Nie poddałem się. Nie potrafiłem zdecydować, czy się z nim zgadzam, czy nie.

„Daj mi trochę czasu. Teraz pewnie jesteście na morzu. Co może być tak straszliwie ważne, skoro już wypłynęliście?".

„Sprawa może trochę zaczekać, to prawda. Ale potem, Bastardzie, nie będzie wolno ci się oddalać bez powiadomienia nas o tym".

„Czy jestem służącym, że mój czas nigdy nie należy do mnie?".

„Gorzej. Jesteś królem. I Poświęceniem dla wszystkich".

Opuścił mój umysł, zanim zdążyłem mu odpowiedzieć. Zamrugałem i uświadomiłem sobie, że właśnie usłyszałem stuknięcie zamykanych drzwi. Prilkop wyszedł. Błazen patrzył na mnie, w jakiś sposób wiedząc, że posługiwałem się Mocą, i czekając, aż znów skupię uwagę na nim.

– Przepraszam. Cierń, jak zawsze w pędzie, żądał kontaktu z królową. Twierdzi, że jeśli raz, choćby przez chwilę, uznała mnie za Poświęcenie, to teraz mam odpowiedzialność i wszelkie obowiązki koronowanego króla. To śmieszne.

– Doprawdy?

– Wiesz, że tak!

Mój opór wyzwolił z niego potok słów, jakby podczas przymusowego milczenia nagromadziły się w nim jak woda przy tamie.

– Bastardzie. Wróć do życia, które było ci przeznaczone i pokochaj je bez zastrzeżeń. W mojej wizji widziałem, że robisz właśnie to. – Roześmiał się, lecz w jego śmiechu pobrzmiewała histeria. – Podtrzymywało mnie to nawet na duchu, kiedy umierałem: wiedza, że po mojej śmierci podejmiesz to życie. Kiedy ból był najgorszy, uczepiłem się myślami twojej przyszłości i pozwoliłem się jej ogarnąć.

– Ale... mówiła, że mnie wołałeś. Kiedy cię dręczyła.

Od razu pożałowałem tych słów. Błazen zaczął nagle wyglądać na bardzo chorego i starego.

– Prawdopodobnie wołałem – przyznał. – Nigdy nie twierdziłem, że jestem odważny. Lecz fakt, że mogła to ze mnie wydrzeć, niczego nie zmienia, mój przyjacielu. Niczego. – Zapatrzył się w ogień, a mnie się zrobiło wstyd, że ożywiłem u niego wspomnienie tortur. Nikomu nie powinno się przypominać, że krzyczał przy ludziach czerpiących z tego przyjemność. – Prawdopodobnie powinno mnie to nauczyć, że pod wieloma względami nie jestem tak silny, jak chciałbym być. I że nie powinienem stawiać się w sytuacji, w której moja słabość mogłaby zniszczyć nas obu.

Ujął mnie nagle za rękę. Zaskoczył mnie tym, a kiedy popatrzyłem na niego, nasze spojrzenia się splotły.

– Bastardzie. Proszę cię. Nie kuś mnie, bym poszedł za tobą i mieszał się w przyszłość, którą przewidziałem dla ciebie. Nie kuś mnie, bym wystąpił z mego czasu i spróbował wziąć coś, co nigdy nie było dla mnie przeznaczone. – Zadrżał nagle, jakby zmarzł. Puścił moją rękę, pochylił się bliżej do ognia i wyciągnął ku niemu dłonie. Paznokcie właśnie zaczęły mu odrastać. Potarł ręce, z których posypał się biały pył. Odsłonięta świeża skóra przypominała wypolerowane drewno.

– Zadowoliłbyś się życiem ze Ślepunem wśród wilków? – zapytał bardzo cicho.

– Chętnie bym spróbował – odparłem z uporem.

– Nawet gdyby jego samica nigdy cię nie zaakceptowała do końca?

– Czy mógłbyś chociaż raz po prostu otwarcie powiedzieć, o co ci chodzi?

Spojrzał na mnie i potarł podbródek, jakby naprawdę się nad tym zastanawiał. Uśmiechnął się ze smutkiem.

– Nie. Nie mogę. Inaczej zniszczyłbym coś mi drogiego. Powiesz kiedykolwiek Sumiennemu, że spłodziło go twoje ciało? – zapytał, jakby wcale nie zmieniał tematu.

Nie podobało mi się, że mówi o tym na głos, nawet jeśli nie słyszał tego nikt poza nami dwoma. Dzięki mojej silnej więzi Mocy z Sumiennym wydawało mi się, że książę zawsze jest blisko mnie.

– Nie – odparłem krótko. – Zbyt wiele rzeczy ujrzałby w innym świetle. Zabolałoby go to i nie przyniosło niczego dobrego. Zniszczyłoby jego obraz ojca, uczucia wobec matki, a nawet wobec mnie. Jakiemu celowi miałoby to służyć?

– Właśnie. Zatem zawsze będziesz go kochał jak syna, lecz traktował jak swego księcia. O krok od tego, gdzie chciałbyś się znaleźć. Bo nawet gdybyś mu powiedział, nigdy nie mógłbyś być jego ojcem.

Znów zaczynał mnie ogarniać gniew.

– Nie jesteś moim ojcem.

– Nie. – Patrzył w ogień. – Nie jestem też twoim kochankiem.

Poczułem nagle zmęczenie i gorycz.

– To o to chodzi? O spanie ze mną? Nie chcesz wrócić do Koziej Twierdzy, bo nie chcę się z tobą przespać?

– Nie! – Nie wykrzyczał tego słowa, lecz to, jak je wypowiedział, kazało mi milczeć. Mówił cicho, niemal chrapliwie. – Zawsze sprowadzasz wszystko do tego, jakby to było jedyne możliwe ukoronowanie miłości.

Westchnął i usiadł wygodniej. Popatrzył na mnie z namysłem i zapytał:

– Powiedz mi, kochałeś Ślepuna?

– Oczywiście.

– Bez zastrzeżeń.

– Tak.

– Zatem wedle twojej logiki chciałeś z nim kopulować?

– Chciałem... nie!

– Ach. Ale tylko dlatego, że on też był samcem? Nie miało to nic wspólnego z waszymi innymi różnicami?

Wlepiłem w niego spojrzenie. Jeszcze przez chwilę udało mu się utrzymać na twarzy wyraz szczerego zaciekawienia, a potem Błazen zaczął się ze mnie śmiać, swobodniej niż kiedykolwiek ostatnio. Chciałem się obrazić, ale jego śmiech przyniósł mi taką ulgę, że nie mogłem się na to zdobyć.

W końcu złapał oddech.

– A więc słuchaj. Powiem to otwarcie, Bastardzie. Mówiłem ci, że nie nakładam żadnych ograniczeń na moją miłość do ciebie. I nie nakładam. Mimo to nigdy nie oczekiwałem, że zaofiarujesz mi swoje ciało. Szukałem twego serca, wyłącznie dla siebie. Mimo że nigdy nie miałem do niego prawa. Ponieważ oddałeś je, zanim jeszcze mnie ujrzałeś. – Pokręcił głową. – Dawno temu powiedziałeś mi, że Sikorka nie tolerowałaby twojego związku z wilkiem. Że zmusiłaby cię do wyboru między nim i nią. Nadal tak uważasz?

– Myślę, że to prawdopodobne.

– A jak, twoim zdaniem, zareagowałaby na mnie? – Przerwał na jedno uderzenie serca. – Kogo byś wybrał? I co byś stracił, tak czy owak, przez konieczność dokonania tego wyboru? Nad takimi pytaniami musiałem się zastanowić. A jeśli wrócę z tobą i uczynię z tego wyboru część twojej przyszłości, to co jeszcze zmieni mój katalizator w procesie wybierania? Gdybyś opuścił Królestwo Sześciu Księstw ze mną, to jakiej przyszłości nadalibyśmy nieświadomie bieg?

Pokręciłem głową i odwróciłem wzrok. Jego słowa płynęły jednak nieubłaganie i moje uszy je przyjmowały.

– Ślepun wybrał. Wybrał między watahą wilków, która by go przyjęła, i związkiem z tobą. Nie wiem, czy kiedykolwiek rozmawiałeś z nim o kosztach tej decyzji. Wątpię w to. To, co o nim wiedziałem, skłania mnie do przypuszczenia, że dokonał wyboru i od tego momentu ruszył naprzód. Nie chcę cię zawstydzić. Lecz czyż nie jest prawdą, że za wasz związek, za miłość, którą dzieliliście, Ślepun zapłacił wyższą niż ty cenę? Czym Ślepun zapłacił za związek z tobą? Odpowiedz uczciwie.

Musiałem spojrzeć w bok, bo jednak było mi wstyd.

– Życiem w watasze i byciem w pełni wilkiem. Zapłacił posiadaniem partnerki i szczeniąt. Tak jak później ostrzegał nas Czarniak. Bo nie nakładaliśmy na nasz związek żadnych ograniczeń.

– Ty znałeś radość dzielenia z nim jego wilkowatości. Radość tak całkowitego stania się wilkiem, jak to tylko jest możliwe dla człowieka. A jednak... wybacz mi... nie sądzę, by on kiedykolwiek szukał w sobie człowieka tak żarliwie, jak ty dążyłeś do zostania wilkiem.

– Nie.

Znów ujął mnie za rękę – tym razem obiema dłońmi. Odwrócił ją i spojrzał na cienie jego odcisków palców, które przez tyle lat nosiłem na przegubie.

– Bastardzie. Długo nad tym myślałem. Nie odbiorę ci twojej partnerki i szczeniąt. Ja będę żył długo; w porównaniu ze mną zostało ci niewiele lat. Nie odbiorę tobie i Sikorce czasu, który wam jeszcze pozostał. Mam bowiem pewność, że znów będziecie razem. Wiesz, kim jestem. Byłeś wewnątrz tego ciała, a ja wewnątrz twojego. I kiedy miałem w sobie twoją miłość, ból i stratę, poczułem – o, bogowie, pomóżcie mi zwalczyć to wspomnienie – poczułem, co to znaczy być człowiekiem, w pełni człowiekiem. Pozwoliłeś mi być w takim stopniu człowiekiem, jak to tylko jest dla mnie możliwe. To, co odebrali mi moi nauczyciele, ty zwróciłeś mi dziesięciokrotnie. Z tobą byłem dzieckiem. Z tobą dojrzałem do męskości. Z tobą... Tak jak Ślepun pozwolił ci być wilkiem.

Jego głos ścichł i siedzieliśmy tak w milczeniu, jakby zabrakło nam słów. Nie puszczał mojej ręki. Dotyk wyostrzył mą świadomość łączącej nas więzi Mocy. Poczułem, że Sumienny szuka kontaktu ze mną. Nie zwracałem na niego uwagi. To było ważniejsze. Usiłowałem dokładnie zrozumieć, czego boi się Błazen.

– Uważasz, że gdybyś wrócił do Koziej Twierdzy, wyrządziłbyś mi krzywdę. Że przeszkodziłbyś mi w prowadzeniu życia, które ujrzałeś.

– Tak.

– Boisz się, że zestarzeję się i umrę. A ty nie.

– Tak.

– A jeśli o to nie dbam? Jeśli nie obchodzi mnie cena?

– Mnie i tak by obchodziła.

Zadałem ostatnie pytanie z sercem ściśniętym urazą, bojąc się każdej odpowiedzi.

– A gdybym powiedział, że pójdę za tobą? Że zostawię to inne moje życie i pójdę z tobą?

To pytanie chyba go zaskoczyło. Dwa razy odetchnął, zanim odpowiedział chrapliwym szeptem:

– Nie pozwoliłbym ci na to. Nie mógłbym ci na to pozwolić.

Potem długo siedzieliśmy w milczeniu. Kiedy ogień się wypalił, zadałem ostatnie, straszne pytanie.

– Po tym, jak cię tu zostawię, czy jeszcze kiedykolwiek cię zobaczę?

– Prawdopodobnie nie. To nie byłoby rozsądne.

Uniósł moją dłoń i czule ucałował jej stwardniałe od miecza wnętrze, a potem objął ją rękami. To było pożegnanie, i ja o tym wiedziałem. I wiedziałem, że nic na to nie mogę poradzić. Siedziałem nieruchomo, czując się, jakby wypełniała mnie pustka i zimno, jakby Ślepun znów umierał. Traciłem go. Wycofywał się z mojego życia, a ja czułem, jakbym się wykrwawiał na śmierć, jakby wyciekało ze mnie życie. Nagle uświadomiłem sobie, jak bliskie jest to prawdy.

– Przestań! – zawołałem, ale było już za późno. Zanim zdążyłem wyrwać mu rękę, sam ją wypuścił. Mój nadgarstek był czysty i nagi. Odciski palców Błazna zniknęły. W jakiś sposób je usunął i nasza nić Mocy zwisała luźno, przerwana.

– Muszę się ciebie wyrzec – odezwał się łamiącym się szeptem. – Póki jeszcze mogę. Zostaw mi to, Bastardzie. Że to ja przerwałem tę więź. Że nie wziąłem sobie tego, co nie należało do mnie.

Sięgnąłem ku niemu. Widziałem go, lecz nie wyczuwałem. Żadnego Rozumienia, Mocy ani zapachu. Żadnego Błazna. Towarzysz mego dzieciństwa, przyjaciel mojej młodości, zniknął. Odwrócił ode mnie tę stronę swojej osobowości. Brązowoskóry mężczyzna o orzechowych oczach spojrzał na mnie ze współczuciem.

– Nie możesz mi tego zrobić – rzekłem.

– Już zostało zrobione – zauważył. – Zostało zrobione.

Wydawało się, że wraz z tym słowem opuszcza go cała siła. Odwrócił ode mnie głowę, jakby w ten sposób mógł ukryć łzy. Siedziałem otępiały, jak człowiek po otrzymaniu straszliwej rany.

– Jestem po prostu zmęczony – rzekł cichym, drżącym głosem. – Wciąż zmęczony. To wszystko. Chyba znów się położę.

„Bastardzie. Jesteś potrzebny królowej".

Młotek bez wysiłku wśliznął mi się do umysłu.

„Niedługo. Teraz jestem z Błaznem".

„Chodzi o pradawną krew. Wkrótce, proszę cię, mówi".

„Wkrótce" – powtórzyłem tępo.

Ledwie Młotek opuścił moje myśli, już się dobijał do nich Cierń. Wysłuchałem go.

„Skoro już tam jesteś, to pomyśl o przyniesieniu przynajmniej kilku odnalezionych zwojów traktujących o Mocy. Chyba będziemy ich potrzebować".

„Cierniu. Zrobię to. Proszę cię. Daj mi trochę czasu dla siebie. Proszę".

„Dobrze". Powiedział to opryskliwie, ale zaraz zmiękł i zapytał już łagodniejszym tonem: „O co chodzi? Czy on jest aż tak chory?".

„Czuje się już lepiej. Potrzebuję jednak czasu na przemyślenia".

„Dobrze".

Odwróciłem się z powrotem do Błazna, ale on albo pogrążył się w prawdziwym śnie, albo udawał to tak przekonująco, że nie potrafiłem zdobyć się na obudzenie mojego przyjaciela. Potrzebowałem czasu, by pomyśleć. Sądziłem, że musi istnieć jakiś sposób przekonania go, żeby zmienił decyzję. Gdybym tylko umiał go wymyślić.

– Wrócę – powiedziałem, a potem przewiesiłem płaszcz przez ramię i wyszedłem. Pomyślałem, że właściwie mogę się wybrać do labiryntu Najstarszych i odzyskać kilka zwojów. To dostarczy mi zajęcia, kiedy będę myślał. W bezruchu nigdy nie myślało mi się najlepiej. Wspiąłem się po stromej ścieżce i zorientowałem, że nie muszę się już z takim trudem przeciskać przez szczelinę. Pomyślałem, że poszerzyły ją moje wyprawy. Nie zaszedłem jednak daleko pod fałszywym światłem kul Najstarszych, kiedy zobaczyłem zbliżającą się ku mnie postać. Przestraszyłem się, ale zaraz rozpoznałem Czarnego Człeka. Na ramieniu niósł wędzony udziec i kiedy podeszliśmy do siebie, kiwnął mi głową i ostrożnie położył zdobycz na ziemi.

– Jej zapasy kradłem. Wiele razy. Nie jak teraz. Trochę tu, trochę tam. Teraz, co chcę, biorę. – Przekrzywił głowę. – A ty?

– Poniekąd to samo. Przed wielu laty mojemu królowi ukradziono zwoje, specjalne dokumenty. One tutaj są, w pomieszczeniu blisko sypialni. Mam je przynieść do domu.

– A, te. Widziałem je dawno temu.

– Tak.

– Pomogę.

Nie byłem pewien, czy chcę pomocy, ale nie miałem jak mu odmówić. Kiwnąłem w podzięce głową i ruszyliśmy razem przez sale. Prilkop kręcił głową nad profanacją rzeźb i pustymi niszami, w których niegdyś stały dzieła sztuki. Opowiadał mi o ludziach mieszkających tu w znanych mu czasach. Młotek miał rację. Kiedyś kamienne korytarze były ogrzewane. Najstarsi przybyli i odeszli, zachwycając się cudami lodu i śniegu, który nigdy nie docierał do ich cieplejszych ziem. Usiłowałem sobie wyobrazić czerpanie przyjemności z przebywania w zimnej okolicy, lecz coś takiego było mi zupełnie obce.

Prilkop w jakiś sposób dawno temu zneutralizował magię dającą kamieniowi ciepło. Chciał też pozbawić bladą kobietę światła Najstarszych, lecz to mu się nie udało. Została jednak mimo braku ciepła i zmusiła Czarnego Człeka do ukrywania się, a zachęcając swoich sługusów do niszczenia sztuki Najstarszych, okazała pogardę zarówno wobec niego, jak i nich.

– Nie tknęła jednak pokoju mapy – zauważyłem.

– Może o nim nie wiedziała. Albo, nie znając zastosowania mapy, nie przywiązywała do niej wagi. O portalach nie wiedziała nic. Raz, tylko raz, by jej uciec, użyłem jednego z nich. – Pokręcił głową na to wspomnienie. – Taka słabość, takie mdłości, taki... – Przyłożył pięści do skroni i udawał, że w nie uderza. – Nie mogłem wrócić przez wiele dni. Kiedy wróciłem – wzruszył ramionami – uczyniła moje miasto swoim. Ale teraz je odbieram.

Dobrze znał swoje miasto. Prowadził mnie inną drogą, węższymi korytarzami, być może przeznaczonymi dla służących czy kupców. Szybciej, niż uważałem to za możliwe, skręciliśmy w korytarz, przy którym leżała jej sypialnia. Zajrzałem do środka. Ktoś tam był od czasu, kiedy widziałem ją po raz ostatni. Zatrzymałem się i patrzyłem. Wszystko, co dało się przewrócić albo przepchnąć, zostało przewrócone albo przepchnięte. Ze szkatułki na biżuterię wylewał się na podłogę strumień pereł, srebrnych łańcuszków i lśniących białych klejnotów. Niektóre z nich osiadły w topniejącym powoli lodowym podłożu. Prilkop zauważył moje zainteresowanie i spokojnie wszedł do komnaty.

– To się nada – stwierdził i ściągnął z łóżka jedwabną narzutę, po czym związał jej rogi, tworząc w ten sposób duży worek. Zrozumiałem, o co mu chodzi, znalazłem jeszcze jedną narzutę i podobnie ją związałem. Potem zarzuciliśmy sobie na plecy nasze prowizoryczne worki i poszliśmy do pokoju ze zwojami.

Nie byłem przygotowany na widok, jaki tam zastałem. Stojaki zostały pchnięte na środek pokoju, tak że kiedy się przewracały, zawartość ich półek utworzyła bezładny stos. Zauważyłem obok niego pęknięty dzban, i że niektóre zwoje przesiąkły oliwą. Blada kobieta leżała nieopodal na podłodze. Była martwa. Poczerniałe patykowate ręce trupa przypominały owadzie nogi. Śmierć i zimno przyciemniły jej twarz. Umarła z odrzuconą głową i ustami otwartymi jak u warczącego kota. Obok rękopisów nasączonych oliwą leżała świetlna kula Najstarszych, wyrwana z oprawy. Była poobijana, jakby ktoś w nią kopał i tłukł z całej siły. Przez jakiś czas patrzyliśmy na to wszystko w milczeniu.

– Usiłowała rozpalić ogień, by się ogrzać – zaryzykowałem domysł. – Myślała, że coś, co jest w świetlnej kuli, może podpalić zwoje.

Prilkop pokręcił głową z niesmakiem.

– Nie. Niszczyć. To całe jej pragnienie było. Smoki zniszczyć. Innych proroków zniszczyć. Piękno. Wiedzę. – Trącił jeden ze zwojów leżący w pobliżu jej ciała. – Czego nie mogła kontrolować albo mieć, niszczy. – Spojrzał mi w oczy i dodał: – Nie mogła kontrolować twojego Błazna.

Wzięliśmy się do pracy. Nieuszkodzone zwoje włożyliśmy do jednego worka; bardzo uważaliśmy, bo niektóre były niezwykle stare i kruche. Te, które nasiąkły oliwą, umieściłem osobno. Zauważyłem, że obaj unikaliśmy bladej kobiety. Kiedy musiałem ją przesunąć, by dostać się do zwojów leżących pod nią, Prilkop się cofnął i odwrócił wzrok. Gdy zebraliśmy co do jednego wszystkie zwoje, spojrzałem na jej ciało.

– Czy chcesz, żebym coś z nią zrobił? – zapytałem cicho.

Patrzył na mnie, jakby nie rozumiał. A potem powoli skinął głową.

Owinąłem ją zatem w jedną ze wspaniałych futrzanych narzut z łóżka i powlokłem po korytarzu za sobą. Prilkop pokazał mi małe drzwiczki, których sam bym nie zauważył. Za nimi znajdował się zsyp i szumiały cicho fale. Kazał ją tam wepchnąć. Zniknęła mi z oczu, a Prilkop wyglądał na bardzo zadowolonego.

Wróciliśmy po nasze skarby. Szliśmy przez sale, bardziej ciągnąc nasze worki, niż je niosąc. Okazało się, że zwoje są zaskakująco ciężkie. Krzywiłem się przy każdym podskoku worka wciąganego po schodach i wyobrażałem sobie, jak mnie skrzyczy Cierń za takie traktowanie zbiorów biblioteki. Cóż, nie dowie się, w jakim były stanie, kiedy je znaleźliśmy. Z pomocą Prilkopa umieściłem oba worki w pomieszczeniu z filarem. Tam przystanęliśmy dla złapania oddechu. Mimo swego wieku starzec wydawał się żwawy jak młodzieniaszek. Pierwszy raz zastanowiłem się, ilu lat mógłby dożyć Błazen. A potem przyszła mi do głowy jeszcze dziwniejsza myśl – na jakim etapie życia się znajduje? Czy wciąż jest młodzieńcem? Czy to ma dla niego jakiekolwiek znaczenie? Kiedyś mi powiedział, że jest starszy ode mnie i Ślepuna razem wziętych... Odsunąłem tę myśl od siebie z niepokojem. Nie chciałem się zastanawiać, jak bardzo się od siebie różnimy, jak bardzo zawsze się różniliśmy. Nasza przyjaźń przekroczyła tę granicę i uczyniła nas jednością.

Tak jak moja więź ze Ślepunem uczyniła nas jedną istotą. Chociaż...

Westchnąłem i zszedłem za Czarnym Człekiem do pokoju mapy.

Chociaż nie staliśmy się tacy sami. Ja byłem człowiekiem, z ludzkimi troskami przynależnymi do tego świata, nie potrafiącym ani w pełni żyć chwilą obecną, jak robił to Ślepun, ani przedłużyć mu życia poza jego naturalną długość.

Czy tak mnie postrzegał Błazen?

Wyrwał mi się z gardła cichy dźwięk. Prilkop obejrzał się, lecz nic nie powiedział. Kiedy weszliśmy do pokoju z mapą, zatrzymał się. Przyglądał się jej, zacierając dłonie, a potem uniósł brew i pokazał na mapę.

Dotknąłem grupy klejnocików przy Koziej Twierdzy.

– Kozia Twierdza – powiedziałem. – Mój dom.

Skinął głową. A potem, tak jak przedtem Błazen, dotknął krainy daleko na południu.

– Dom – rzekł. Potem dotknął zatoczki na wybrzeżu krainy. – Clerres.

– Twoja szkoła – domyśliłem się. – Dokąd pragniesz wrócić.

Zastanowił się z przekrzywioną głową, a potem przytaknął.

– Tak. Nasza szkoła. – Spojrzał na mnie ze smutkiem. – Tam musimy wrócić. Żeby to, czego się dowiedzieliśmy, zostało zapisane. Dla innych, którzy przyjdą po nas. Bardzo to ważne.

– Rozumiem.

Czarny Człek spojrzał na mnie łagodnie.

– Nie. Nie rozumiesz. – Znów przyjrzał się mapie, a potem zaczął mówić, jakby do siebie: – Wyzbycie się jest trudne. Jednak to musicie zrobić. Obaj. Wyzbyć się. Jeśli nie, spowodujesz kolejne zmiany. Na oślep. Jeśli z jego powodu to, co zrobisz, spowoduje zmiany, co z nich wyniknie? Nikt nie potrafi powiedzieć. Nawet drobiazg. Przynosisz mu chleb. On je. Jeśli nie przyniesiesz tego chleba, zje go ktoś inny. Widzisz, zmiana. Drobna zmiana. Jemu dajesz swój czas, rozmowę, przyjaźń. Kto zatem nie otrzymuje twego czasu? Hm? Duża zmiana, może, jak sądzę. Wyzbądź się, Odmieńcu, Błazna. Wasz wspólny czas się skończył. Koniec.

To nie była jego sprawa i prawie mu to powiedziałem. Patrzył jednak na mnie tak łagodnie i współczująco, że mój gniew zgasł niemal w chwili, gdy go poczułem.

– Wracajmy – zaproponował. Chciałem skinąć głową, lecz do moich myśli wtargnął Młotek.

„Bastardzie? Skończyłeś już? Królowa wciąż czeka".

Westchnąłem ze znużeniem. Powinienem się tym zająć, a potem wybłagać trochę czasu dla siebie.

„Skończyłem. Tym razem przyniosę ze sobą zwoje traktujące o Mocy. Wyjdź mi na spotkanie do Kamieni Świadków i pomóż mi nieść to, co będę miał ze sobą".

„Nie! Jem placek z malinami! Ze śmietaną".

„A zatem po placku". Ogarnęło mnie nagłe współczucie dla Młotka, który nie chciał przerywać posiłku i pędzić mi na spotkanie.

Prilkop dotarł do końca schodów. Spojrzał na mnie pytająco.

– Muszę na jakiś czas wrócić do domu – powiedziałem. – Powiedz, proszę, Błaznowi, że wrócę, gdy tylko będę mógł. Przyniosę wtedy więcej jedzenia, świeże owoce i chleb.

Prilkop zaniepokoił się.

– Nie przez portal? Tak szybko? Nie jest rozsądne. Nawet głupie. – Zrobił przyzywający gest. – Chodź do domu Prilkopa. Noc, dzień, noc, dzień, a potem wracaj przez kamienie. Jeśli musisz.

– Obawiam się, że muszę iść teraz.

Nie chciałem widzieć się z Błaznem ani z nim rozmawiać, dopóki nie znajdę sposobu na obejście jego argumentów.

– Odmieńcu? Możesz to zrobić? Robiłeś to przedtem?

– Kilka razy.

Wrócił do mnie, marszcząc czoło.

– Nigdy nie widziałem, by ktoś to robił tak często, w tak małych odstępach. Bądź zatem ostrożny. Nie wracaj zbyt szybko. Odpocznij.

– Robiłem to już przedtem – powtórzyłem z uporem. Przypomniałem sobie, jak wchodziłem do kamieni Mocy i jak z nich wychodziłem z Sumiennym dawno temu, kiedy uciekaliśmy z plaży Innych. – Nie bój się o mnie.

Mimo tych odważnych słów zastanawiałem się, czy głupio robię, jeszcze raz chcąc przejść przez kamienie Mocy. Ilekroć przypominam sobie ten moment, dziwię się, co mnie wtedy opętało. Czy była to uraza, że Błazen zerwał naszą więź? Naprawdę uważam, że nie. Uważam, że raczej był to brak snu przez zbyt wiele dni.

Wróciłem po schodach do pomieszczenia z filarem Mocy. Czarny Człek, zaniepokojony, poszedł za mną.

– Pewien jesteś? Pewien tego?

Pochyliłem się i chwyciłem pakunki.

– Nic mi nie będzie – zapewniłem go. – Powiedz Błaznowi, że wrócę.

Wziąłem oba węzły jedną ręką. Szeroko otworzyłem drugą dłoń i pchnąłem ją w filar. Wkroczyłem w gwiaździstą noc.

# ROZDZIAŁ 35

# WZNOWIENIE

*W tym ostatnim tańcu szans*
*Nasz partnerstwa czas się kończy.*
*Będę patrzył, jak ktoś inny*
*Wśród tancerzy z Tobą krąży.*

*W tym ostatnim tańcu szans*
*Los mój z Twoim się rozplata.*
*Wierzę, że Ci będzie miłą*
*I że się nauczysz latać.*

*W tym ostatnim tańcu szans*
*Gdy wyrzeknę się już Ciebie,*
*Tęsknić będę nieustannie*
*I żeś odżył, mieć nadzieję.*

*W tym ostatnim tańcu szans*
*Myśli swe poznamy wzajem*
*I gdy zniknie nasza więź,*
*Nie pójdziemy w życie z żalem.*

Przeznaczenie zamierzyło się na mnie po raz ostatni. Tak zacząłem o tym myśleć po pewnym czasie. Być może bogowie chcieli wzmocnić ostrzeżenie Prilkopa.

Odczułem bardzo łagodne zdumienie. Zobaczyłem wieczną czerń i rozsiane światła rozmaitej jasności. Zupełnie jakbym leżał na plecach na szczycie wieży i patrzył w letnią noc. Wtedy jednak tak o tym nie myślałem. Wtedy unosiłem się wśród gwiazd. Nie spadałem. Nie myślałem, nie zastanawiałem się. Po prostu tam byłem. Jedna z gwiazd okazała się jaśniejsza i coś mnie do niej przyciągało. Nie potrafiłem powiedzieć, czy to ja się do niej zbliżyłem, czy ona podpłynęła do mnie. Nie potrafiłbym nic powiedzieć, bo chociaż byłem świadom otoczenia, nie miało ono dla mnie żadnego znaczenia. Doświadczyłem zawieszenia życia, zainteresowania, zawieszenia wszelkich uczuć. Kiedy w końcu gwiazda była blisko, spróbowałem do niej przywrzeć. Ten akt nie wymagał woli czy zamiaru z mojej strony. Zupełnie jakby mniejsza kropla wody zaczęła się zlewać z inną kroplą. Wyrwała mnie jednak z siebie i kiedy zwróciła na mnie uwagę, odzyskałem świadomość swojej osoby.

„Co? Znowu ty? Naprawdę tak bardzo chcesz tu zostać? Jesteś o wiele za mały. Niedokończony. Nie ma cię dosyć, byś mógł tu istnieć samodzielnie. Wiesz o tym?".

„Wiesz o tym?".

Jak dziecko uczące się języka, powtórzyłem jej ostatnie słowa, usiłując przypisać im jakieś znaczenie. Jej uprzejmość zafascynowała mnie i naprawdę pragnąłem się zanurzyć w tej istocie. Wydawała mi się samą miłością i akceptacją. Gdyby mi pozwoliła, mógłbym wyzbyć się moich granic i po prostu zmieszać to, czym niegdyś byłem, z tym, czym jest ona. Nic już bym nie wiedział, nic bym nie myślał ani niczego się nie bał.

Sprawiała wrażenie, że choć się nie odezwałem, zna moje myśli.

„I tego szczerze byś pragnął, maleńki? Przestać być sobą, zanim jeszcze się dopełniłeś? Mógłbyś stać się kimś o wiele znaczniejszym".

„Stać się" – powtórzyłem i nagle te proste słowa nabrały mocy; znów istniałem. Zaznałem chwili pełnej świadomości, jakbym wynurzył się po głębokim nurkowaniu i zaczerpnął wielki haust powietrza. Sikorka i Pokrzywa, Sumienny i Traf, księżna Cierpliwa i Młotek, Cierń i Ketriken, wszyscy wrócili do mnie falą możliwości. Strach mieszał się szaleńczo z nadzieją na myśl o tym, czym mógłbym się stać poprzez nich.

„Ach. Sądziłam, że może jest tam dla ciebie coś więcej. A zatem pragniesz wrócić?”.

„Wrócić”.

„Dokąd?”.

„Kozia Twierdza. Sikorka. Pokrzywa. Przyjaciele”.

Nie sądziłem, by te słowa cokolwiek dla niej znaczyły. Stała poza tym wszystkim, poza rozdzielaniem miłości między pojedyncze osoby czy miejsca. Sądzę jednak, że umiała odczuć moją tęsknotę.

„A zatem dobrze. Wracaj. Następnym razem bądź ostrożniejszy. A jeszcze lepiej niech nie będzie następnego razu. Chyba że będziesz gotów tu zostać”.

Nagle miałem ciało. Leżało bezwładnie na brzuchu, w trawie na chłodnym stoku wzgórza. Jakimś sposobem wciąż ściskałem dwa worki zarzucone na ramię. Byłem nimi przygnieciony. Zamknąłem oczy. Trawa łaskotała mnie w twarz, a w nozdrzach miałem pył. Odetchnąłem złożonością ziemi i trawy, owiec i nawozu; moimi myślami zawładnęło zdumienie siecią ich powiązań. Chyba zasnąłem.

Obudziłem się o świcie. Mimo przykrywających mnie worków ze zwojami dygotałem z zimna. Zesztywniałem, skórę miałem wilgotną od rosy. Usiadłem z jękiem i świat zawirował leniwie wokół mnie. Musiałem się z powrotem położyć. Owce, które na mój widok uniosły łby, miały bardzo gęste runo. Dźwignąłem się na czworaki, a potem chwiejnie wyprostowałem, rozglądając się jak nowo narodzone źrebię i usiłując powiązać ze sobą rozproszone kawałki mego życia.

Oddychałem głęboko, lecz nie poczułem się lepiej. Uznałem, że pomoże mi jedzenie i prawdziwe łóżko, a te znajdę w zamku.

Jeden worek zarzuciłem sobie na ramię, a drugi pociągnąłem za sobą. Przynajmniej tak zamierzałem zrobić. Po trzech krokach upadłem. Czułem się jeszcze gorzej niż kiedy wyłoniłem się z kamieni. Przyznałem z niechęcią, że Prilkop miał rację, i z niepokojem zadałem sobie pytanie, kiedy ośmielę się wybrać w drogę powrotną przez portale. Miałem jednak do rozwiązania pilniejsze problemy.

Sięgnąłem Mocą. Ledwie mogłem się skupić, by nią władać. Kiedy znalazłem muzykę Młotka, a potem jego samego, był już w kontakcie z Sumiennym i Cierniem. Spróbowałem się do nich przedrzeć, lecz nie zdołałem tego zrobić. Ich myśli obijały się o mój umysł. Chyba nie przekazywali sobie żadnych informacji, tylko usiłowali wykonać jakieś ćwiczenie. Uświadomiłem sobie obecność Pokrzywy, unoszącej się jak delikatny zapach perfum. Dotknęła ich kręgu, niemal do niego przywarła, lecz zaraz odpłynęła. W pełnej rozczarowania ciszy, jaka nastąpiła po tej nieudanej próbie, znalazłem miejsce na mój słaby przekaz.

„Młotku. Źle się czuję. Mógłbyś wyjść mi na spotkanie do Kamieni Świadków? Przyprowadź kuca albo nawet osła i wózek. Nie jestem pewien, czy utrzymałbym się w siodle. Mam dwa duże worki ze zwojami".

Poczułem zbiorowy wybuch zdumienia, a potem nastąpiła lawina pytań:

„Gdzie jesteś?".

„Jesteś ranny? Czy coś cię zaatakowało?".

„Byłeś więziony?".

„Właśnie przeszedłem przez kamienie. Jestem słaby. Niedobrze mi. Prilkop powiedział, żebym nie wykorzystywał portali zbyt często".

I wtedy przestałem się czymkolwiek przejmować, czując paskudne mdłości i zawroty głowy. Położyłem się na boku w trawie. Poranek był zimny, więc naciągnąłem na siebie jeden z worków zrobionych z narzuty i leżałem, cały dygocąc.

Przybyli wszyscy. Usłyszałem jakieś odgłosy, otworzyłem oczy i ujrzałem buty Pokrzywy oraz jej spódnicę do konnej jazdy. Zirytował mnie uzdrowiciel, który obmacał mnie w poszukiwaniu złamań i zajrzał w oczy. Zapytał, czy zostałem zaatakowany. Udało mi się pokręcić głową.

– Zapytaj go, gdzie się podziewał przez ostatni miesiąc – odezwał się Cierń. – Spodziewaliśmy się tych zwojów jeszcze przed przybyciem do Koziej Twierdzy.

Zamknąłem oczy i ugryzłem się w język. Uzdrowiciel i jego pomocnik ułożyli mnie na wózku, a obok umieścili worki ze zwojami. Wózek ruszył po wyboistym zboczu wzgórza. Cierń i Sumienny jechali obok z poważnymi minami, a za nimi dość dobrze sobie radził na krępym kucu Młotek. Pokrzywa dosiadała klaczy najwyraźniej wyhodowanej przez Brusa. Dalej jechało kilku gwardzistów. Mieli zirytowane miny ludzi, którzy spodziewali się napotkać przynajmniej niewielkie siły wroga, i wciąż żywili malejące nadzieje na jakąś potyczkę. Mówiłem niewiele, bojąc się, że powiem za dużo w obecności osób, które nie powinny tego usłyszeć.

Mój umysł biedził się jak zaprzęg ugrzęzły w błocie. Wywlekał dawne legendy o stojących głazach. Uciekali do nich przed rozgniewanymi rodzicami kochankowie i wracali po roku lub po dziesięciu latach, kiedy wszyscy już zapomnieli o swoich żalach. Były to bramy do krainy dziobiątek, gdzie rok mógł minąć jak dzień. Albo dzień jak rok. Przypomniałem sobie mętnie czas spędzony w gwiaździstej ciemności. Ile czasu upłynęło? Kilka tygodni? Cierń wspomniał o miesiącu. Najwyraźniej minęło dość czasu, by zdążyli wrócić do Koziej Twierdzy z wyspy Majowej. No bo przecież tu są. Uśmiechnąłem się słabo na ten „szybki" przeskok logiki.

Kiedy dotarliśmy do zamku, Cierń odprowadził gwardzistów niosących odzyskany skarb. Książę ujął mnie za rękę i podziękował za dobrze wykonane zadanie, jakbym był żołnierzem, który dokonał trudnego czynu, ryzykując życie. Wykorzystał ten dotyk, by przekazać mi wiadomość Mocą. Ledwie go słyszałem.

„Wkrótce cię odwiedzę. Odpocznij".

Kiedy odszedł, Pokrzywa i Młotek poszli za nim, a mnie odprowadzono do infirmerii, gdzie z przyjemnością się położyłem i o niczym nie myślałem. Zdaje się, że minęło tak kilka dni. Trudno mi było śledzić upływ czasu. Bóle i zawroty głowy minęły, lecz utrzymywała się mglistość myśli. Gdzieś byłem i doświadczyłem czegoś ogromnego; wiedziałem o tym, lecz nie umiałem znaleźć słów, by to opisać ani wyjaśnić nawet samemu sobie. Było to wydarzenie tak wszechogarniające i obce, że zagrażało całemu znaczeniu i porządkowi, które nadałem reszcie mojego życia. Moją uwagę zaprzątały drobiazgi: taniec drobinek kurzu w promieniu słońca, skręcona wełna, z której utkano mój koc, słoje drewna w ramie mego łóżka. Nie chodziło o to, że nie mogłem posługiwać się Mocą; raczej nie widziałem w tym sensu ani nie umiałem zebrać dość energii i się skoncentrować, by użyć tej magii.

Karmili mnie dobrze i pozwalali odpoczywać. Goście przychodzili i odchodzili, nie robiąc na mnie prawie żadnego wrażenia. Raz otworzyłem oczy i ujrzałem nad sobą Lamówkę, przyglądającą mi się z surową dezaprobatą. Zamknąłem oczy. Uzdrowiciel nic nie mógł dla mnie zrobić i często twierdził w okresach mojej przytomności, że jego zdaniem jestem leniwym symulantem. Sprowadzono do mnie bardzo starą kobietę. Zajrzała mi w oczy, kiwnęła energicznie głową i powiedziała:

– O tak, wygląda, jakby miał do czynienia z dziobiątkami. Zabrały go pod ziemię i żywiły się nim. Wiadomo, że mają norę w pobliżu Kamieni Świadków. Potrafią zabrać świeżo urodzone jagnię albo dziecko, a nawet silnego mężczyznę, jeśli zawędruje tam podchmielony. – Pokiwała głową. – Pójcie go miętową herbatą, a do mięsa dodawajcie czosnku, aż będzie nim cuchnął. One tego nie znoszą i szybko od niego odstąpią. Kiedy paznokcie wyrosną mu na tyle, że będzie można je obciąć, to niech je obetnie, a zostanie uwolniony.

Tak więc dali mi baraninę z czosnkiem i miętową herbatę, a potem oznajmili, że jestem zdrów, i wyrzucili z infirmerii. Czekał na mnie Rebus. Powiedział, że wyglądam jak głupek. Poszliśmy do łaźni, w której było tłoczno od zbyt głośno śmiejących się, hałaśliwych gwardzistów, a następnie w akcie ostatecznego oczyszczenia Rebus powiódł mnie do chaosu izby żołnierskiej i bez wysiłku namówił do picia razem z nim piwa, aż musiałem chwiejnie wyjść na dwór i zwymiotować. Poziom wykrzykiwanych rozmów i śmiech sprawiał, że czułem się dziwnie samotny. Jeden młody gwardzista sześć razy pytał mnie, gdzie byłem, i kiedy w końcu odparłem po prostu, że zgubiłem się w drodze powrotnej, uczyniło mnie to niemal na pół godziny najsprytniejszym żołnierzem przy stole. Jeśli ów gwardzista spodziewał się, że wydobędzie ze mnie historię mego zaginięcia, to się zawiódł. O dziwo, jednak poczułem się lepiej, jakby gwałtowny sprzeciw mego ciała wobec złego traktowania przekonał mnie, że owszem, jestem człowiekiem i muszę to wziąć pod uwagę. Następnego dnia obudziłem się w koszarach, śmierdzący i spocony, udałem się więc ponownie do łaźni. Zeskrobałem z twarzy brudną od wymiocin brodę, natarłem się solą i spłukałem ją zimną wodą. Ubrałem się w czysty mundur, bo mój kufer wrócił z resztą członków wyprawy i ich bagażami, a potem w zatłoczonej i hałaśliwej izbie żołnierskiej zjadłem bardzo skromne śniadanie złożone z owsianki. Tuż za drzwiami jadalni rozlegało się dochodzące z kuchni brzękanie garnków, tak głośne, jakby toczyła się tam bitwa, a to tylko armia podkuchennych wypełniała swoje zadania.

Od wielu dni nie czułem się tak bardzo sobą. Przez ukryte drzwi znajdujące się w pobliżu dziedzińca pralnianego wszedłem do labiryntu Ciernia i podążyłem do mojej pracowni.

Stół roboczy zaścielały zatłuszczone zwoje, rozwinięte do oczyszczenia i skopiowania. Obok krzeseł przy kominku stał koszyk ze świeżymi jabłkami. Kiedy ostatni raz byłem w tej komnacie, jeszcze nie dojrzały. Ten drobny fakt wstrząsnął mną bardziej, niż się spodziewałem. Usiadłem, skupiłem się i sięgnąłem do Ciernia.

„Gdzie jesteś? Muszę ci złożyć raport. Potrzebuję kogoś, kto pomógłby mi to wszystko zrozumieć".

„Ach! Wspaniale cię słyszeć. Z chęcią wysłucham twego raportu. Jesteśmy w wieży Szczerego. Dasz radę przyjść tu na górę?".

„Chyba tak. Ale nie szybko. Zaczekajcie na mnie".

Przyszedłem na wieżę, ale rzeczywiście musieli na mnie czekać. Kiedy wyłoniłem się z boku kominka, doznałem wstrząsu, bo przy wielkim stole obok Ciernia, Sumiennego i Młotka siedziała pani Pokrzywa, zdecydowanie pani Pokrzywa w zielonej sukni z koronkowym kołnierzem. Powitała mnie jedynie lekko zaskoczonym spojrzeniem. Zdjąłem sobie z oczu pasmo pajęczyny i strząsnąłem je z palców do kominka, a następnie, niepewny mojej roli, skłoniłem się wszystkim uprzejmie i wyprostowałem, jakbym czekał na rozkazy.

– Dobrze się już czujesz? – zapytał Sumienny i podszedł do mnie, proponując mi swoje ramię. Byłem zbyt dumny, by przyjąć pomoc, i podszedłem do mego miejsca przy stole o własnych siłach. Kiedy jednak usiadłem, nadal nie byłem pewien, jak mam się zachować. Cierń chyba zauważył ukradkowe spojrzenia, jakie posyłałem Pokrzywie, bo się roześmiał i powiedział:

– Bastardzie, ona jest teraz członkiem kręgu. Chyba się spodziewałeś, że do tego dojdzie.

Popatrzyłem na nią. Jej spojrzenie miało ostrość klingi, a słowa, które we mnie wbijała, były równie zimne i surowe.

– Wiem, jak się nazywasz, Bastardzie Rycerski Przezorny. Wiem nawet, że jestem twoją nieślubną córką. Bo wiesz, moja matka nie znała żadnego Toma Borsuczowłosego. Kiedy więc leżałeś w infirmerii, poszła zobaczyć, kto podaje się za jej dawnego przyjaciela. A potem wszystko mi opowiedziała. Wszystko.

– Ona nie wie „wszystkiego" – odparłem słabo. Nagle zabrakło mi słów. Cierń wstał pośpiesznie, nalał do kielicha okowity i postawił przede mną. Ręce tak mi się trzęsły, że ledwie mogłem go unieść do ust.

– Cóż, twoja matka dobrze cię nazwała – zauważył cierpko Sumienny pod adresem Pokrzywy.

– Podobnie jak twoja – odparła słodko.

– Przestańcie, oboje. Odłożymy to na później, póki Bastard nie opowie nam, gdzie był, kiedy gwardziści szukali go po całym królestwie – powiedział Cierń dość stanowczym tonem.

– Sikorka jest tutaj? W Koziej Twierdzy?

– Wszyscy są w Koziej Twierdzy. Cały świat przybył na święto plonów. Jutro wieczorem – odezwał się z zadowoleniem Młotek. – Ja będę pomagał przy prasie do jabłek.

– Jest tu moja matka. I bracia. Którzy nic o tym wszystkim nie wiedzą. I moja matka uznała razem ze mną, że najlepiej będzie, jeśli tak zostanie. Są tu, ponieważ w święto plonów mój ojciec zostanie uhonorowany za rolę, jaką odegrał w zabiciu smoka. Podobnie jak Szybki oraz pozostali członkowie kręgu Rozumiejących.

– Dobrze. Cieszę się – stwierdziłem zgodnie z prawdą, lecz w moich słowach nie było przekonania. Nie tylko dlatego, że byłem zaskoczony bliskim terminem święta plonów. Czułem się odarty z godności i kontroli nad własnym życiem. Oraz dziwnie przez to oswobodzony. Odebrano mi decyzję, kiedy i jak mam powiedzieć Sikorce, że żyję. Widziała mnie. Wie, że żyję. Może następny ruch należy do niej. Myśl, która przyszła zaraz potem, cisnęła mnie w otchłań. Może ona już zrobiła ten ruch. Odeszła ode mnie.

– Bastardzie?

Kiedy Cierń dotknął mego ramienia, uświadomiłem sobie, że wypowiedział to imię kilka razy. Wzdrygnąłem się i wróciłem do teraźniejszości. Sumienny miał współczującą minę, Pokrzywa chłodną, a Młotek znudzoną. Cierń położył mi rękę na ramieniu i lekko je ścisnął.

– Zechcesz złożyć kręgowi Mocy raport o tym, gdzie byłeś i co ci się przydarzyło? Mam pewne podejrzenia, ale chciałbym je potwierdzić.

Nawyk kazał mi zacząć od ostatniego z nim kontaktu. Beztrosko opowiadałem o wejściu do siedziby Czarnego Człeka, kiedy nagle poczułem niechęć do dzielenia się wszystkim, co mówił Błazen. Spojrzałem więc na swoje dłonie, leżące na stole, i streściłem naszą rozmowę, opuszczając jak najwięcej osobistych szczegółów. Z osób siedzących przy stole być może tylko Cierń miał przebłysk świadomości, co oznaczało moje rozstanie z Błaznem.

– Ale nie wróciłem i, jak mówisz, nie było mnie ponad miesiąc – powiedziałem bez namysłu. – Nie wiem, co sobie o tym pomyślą. Chcę tam wrócić, ale teraz obawiam się filarów jak nigdy przedtem.

– I powinieneś, jeśli to, co wyczytałem w przyniesionych przez ciebie zwojach, stanowi jakąś wskazówkę. Ale o tym później. Mów dalej.

Opowiedziałem więc, jak wyszedłem z jaskini, jak zebrałem zwoje i jak pozbyłem się ciała bladej kobiety. Ciernia fascynowała magia Najstarszych związana z wytwarzaniem światła i ciepła, zadawał też wiele pytań o sześciany z kamienia pamięci, na które nie umiałem odpowiedzieć. Już widziałem, że korci go, by spróbować odbyć tę podróż i samemu zbadać to królestwo przesiąknięte magią. Dalej mówiłem o pożegnaniu z Prilkopem i o niekończącym się przejściu przez filary. Kiedy wspomniałem o istocie, która mnie uratowała, Sumienny nagle się wyprostował.

– Podobna do tych z naszego pobytu na plaży Innych.

– Podobna i niepodobna. Myślę, że wtedy nasze umysły znalazły się w ich świecie. W filarach było też moje ciało. Od powrotu czuję się... dziwnie. Pod pewnymi względami bardziej pełen życia. Bardziej powiązany, nawet z najmniejszymi kawałeczkami świata. A mimo to zarazem bardziej samotny.

Zamilkłem. Wydawało się, że do mojego sprawozdania nic nie trzeba dodawać. Zerknąłem na Pokrzywę. Napotkała mój wzrok obojętnym spojrzeniem, które mówiło, że nic dla niej nie znaczę i nigdy nie znaczyłem.

Cierń chyba uznał, że ma dość materiału do przemyśleń, bo odsunął się od stołu jak człowiek, który skończył suty posiłek.

– Dobrze. Tę opowieść trzeba przemyśleć. Na razie koniec lekcji. Święto plonów jest tuż-tuż i każdy z nas ma swoje zajęcia. Dziś wieczorem w wielkiej sali biesiadnej odbędzie się spotkanie – z muzyką, żonglerami i opowieściami. Będzie tam wielu naszych zawyspiarskich przyjaciół oraz wszyscy nasi książęta. Jestem pewien, że wieczorem zobaczę się tam z wami wszystkimi.

Kiedy nadal siedzieli i patrzyli na niego, dodał z naciskiem:

– I chciałbym teraz porozmawiać na osobności z Bastardem.

Młotek wstał. Pokrzywa też.

– Najpierw porozmawiam z Bastardem na osobności ja – oznajmił spokojnie Sumienny.

Młotek miał zakłopotaną minę, ale natychmiast dorzucił:

– Ja też.

– Ja nie – rzekła chłodno Pokrzywa, idąc do drzwi. – Nie wyobrażam sobie, bym kiedykolwiek chciała mu coś powiedzieć.

Młotek stał jak wrośnięty w podłogę, wodząc rozbieganym wzrokiem od Pokrzywy do Sumiennego. Był wyraźnie rozdarty. Udało mi się wydobyć dla niego uśmiech.

– Później będziemy mieli mnóstwo czasu dla siebie, Młotku. Obiecuję.

– Tak – zgodził się raptem; przytrzymał drzwi, nim całkiem zamknęły się za Pokrzywą, i wyszedł za nią. Sumienny spojrzał na Ciernia i doradca wycofał się pod okno wychodzące na morze. Wyraźnie nie tego chciał książę. Równie wyraźnie nadal toczyła się między nimi walka o władzę. Spojrzałem na Sumiennego. Usiadł na krześle obok mnie i przysunął je bliżej. Odezwał się cicho, a ja spodziewałem się usłyszeć o jego obawach związanych z narczeską i zaręczynami.

– Dużo z nią o tobie rozmawiałem. W tej chwili jest na ciebie zła, ale myślę, że jeśli dasz jej czas, uspokoi się na tyle, by cię wysłuchać.

Chwilę trwało, zanim się zorientowałem.

– Pokrzywa?

– Oczywiście.

– Dużo o mnie z nią rozmawiałeś?

Coraz lepiej, pomyślałem cierpko. Sumienny wyczuł moje przerażenie.

– Musiałem – usprawiedliwił się. – Mówiła takie rzeczy... „Opuścił moją matkę, kiedy była w ciąży i w ogóle jej nie odwiedzał". Nie mogłem pozwolić, żeby mówiła coś takiego, a co dopiero w to wierzyła. Więc powiedziałem jej prawdę, tak jak ty powiedziałeś ją mnie.

– Bastardzie? – odezwał się w parę chwil później.

– Och. Przepraszam. Dziękuję.

Nawet nie potrafiłem sobie przypomnieć, o czym myślałem.

– Polubisz jej braci, tak jak ja. Rycerz jest trochę zarozumiały, ale to chyba dla zamaskowania, jak bardzo go przerażają te wszystkie zmiany. Zwinny w niczym nie przypomina Szybkiego. Nigdy nie widziałem bliźniaków mniej podobnych do siebie. Spokojny jest godny swego imienia, a Sprawiedliwy trajkocze jak sroka. A Kominek, najmłodszy, tylko biega, chichocze i usiłuje namówić braci i Pokrzywę, by się z nim siłowali. Nie boi się nikogo i niczego.

– Przyjechali tu na święto plonów.

– Na zaproszenie królowej. Ponieważ Szybki otrzyma wyrazy wdzięczności, a Brus zostanie uhonorowany.

– Oczywiście.

Spojrzałem na stół między moimi dłońmi. Czy jest w tym wszystkim jakieś miejsce dla mnie?

– No to chyba tyle chciałem powiedzieć. Cieszę się, że lepiej się czujesz. I myślę, że jeśli dasz jej czas, Pokrzywa zmieni zdanie. Czuje się oszukana. Ostrzegałem cię, że tak będzie. O dziwo, moim zdaniem najbardziej ją rozzłościło, że zniknąłeś. Z jakiegoś powodu potraktowała to bardzo osobiście. Myślę jednak, że jeśli dasz jej czas, zmieni opinię o tobie.

– Nie mam chyba w tym względzie dużego wyboru.

– Chyba nie. Nie chciałem jednak, żebyś myślał, że sprawa jest beznadziejna, poddał się i gdzieś wyjechał, by unikać jej widoku. Twoje miejsce jest teraz w Koziej Twierdzy. Podobnie jak jej.

– Dziękuję ci.

Odwrócił wzrok.

– Nawet nie potrafię ci powiedzieć, co dla mnie znaczy jej obecność na dworze. Jest taka wygadana i bezpośrednia. Nigdy nie zaprzyjaźniłem się z żadną dziewczyną tak, jak mogę się zaprzyjaźnić z nią. Pewnie dlatego że jesteśmy kuzynami.

Kiwnąłem głową, nie mając pewności, na ile jest to prawdą, ale i tak zadowolony. Jeśli zyskała przyjaźń księcia, to ma na dworze potężnego opiekuna.

– Muszę iść. Opuściłem dwie ostatnie przymiarki stroju na święto plonów. Przysięgam, że krawcowe wyładowują swoją złość na Młotku, kłując go „przypadkiem" szpilkami, jeśli mnie tam nie ma, by go bronić. Lepiej więc tam pójdę.

Znów kiwnąłem głową; nagle książę zniknął i w komnacie zrobiło się cicho, a ja nawet nie zauważyłem, jak to się stało. Cierń postawił przede mną kieliszek okowity, stukając nim głośno w stół. Spojrzałem na kieliszek, a potem na Ciernia.

– Może ci się przydać – zauważył łagodnie. – Dwa tygodnie temu był tu Błazen – wyjawił. – Dużo bym dał, żeby się dowiedzieć, jak on tu przybywa i odchodzi tak niezauważony. Późno w nocy usłyszałem stukanie do drzwi mojego prywatnego saloniku. Kiedy je otworzyłem, na korytarzu stał on. Oczywiście zmieniony, jak mówiłeś. Cały brązowy jak pestka z jabłka. Wyglądał na zmęczonego i chyba miał nudności, ale to mogło być spowodowane podróżą przez filar. Nie mówił o Czarnym Człeku ani o niczym innym poza tobą. Najwyraźniej spodziewał się cię tu zastać. To mnie przestraszyło.

Odstawiłem pusty kieliszek na stół. Nie pytając, Cierń napełnił go jeszcze raz.

– Kiedy usłyszał, że nie widzieliśmy się z tobą, sprawiał wrażenie zdruzgotanego. Powiedziałem mu, jak starannie cię szukaliśmy i że prywatnie uważałem, iż udałeś się dokądś razem z nim. Zapytał, czy użyliśmy Mocy; powiedziałem, że oczywiście tak, ale że mimo to nie znaleźliśmy ani śladu po tobie. Podał mi nazwę gospody, w której zatrzymał się na tydzień, i poprosił, żebym natychmiast przysłał gońca, gdyby pojawiły się jakieś wieści o tobie. Pod koniec tygodnia przyszedł do mnie jeszcze raz. Wyglądał, jakby mu przybyło dziesięć lat. Powiedział, że rozpytywał o ciebie na własną rękę, ale niczego się nie dowiedział. Potem powiedział, że musi wyjechać, ale chce u mnie zostawić coś dla ciebie. Żaden z nas się nie spodziewał, że to odbierzesz.

Nie musiałem prosić. Położył na stole zapieczętowany zwój, nie większy od dziecięcej piąstki, i woreczek uszyty z tkaniny Najstarszych. Rozpoznałem w niej fragment miedzianej szaty. Spojrzałem na obie te rzeczy, ale póki Cierń na mnie patrzył, nie zrobiłem żadnego ruchu, by dotknąć którejś z nich.

– Powiedział coś? To znaczy, czy przekazał jakąś wiadomość dla mnie?

– Myślę, że tym są właśnie te przedmioty.

Skinąłem głową.

– Kiedy byłeś w infirmerii, odwiedził cię Traf. Wiedziałeś o tym?

– Nie. Skąd wiedział, że tam jestem?

– Chyba ostatnio spędza sporo czasu w tej tawernie minstreli. Kiedy cię szukaliśmy, oczywiście rozesłaliśmy wieści przez minstreli. Rozpaczliwie chcieliśmy uzyskać jakiekolwiek informacje o tobie, więc Traf wiedział, że spodziewaliśmy się Toma Borsuczowłosego w Koziej Twierdzy, ale że go tam nie ma. Kiedy się znalazłeś, minstrele oczywiście też się o tym dowiedzieli. Usłyszał od nich. Powinieneś się wkrótce z nim zobaczyć i go uspokoić.

– Często odwiedza tę tawernę minstreli?

– Tak słyszałem.

Nie zapytałem, przez kogo ani dlaczego doradca królowej był informowany o obyczajach terminatora stolarza.

– Dziękuję, że go masz na oku – powiedziałem tylko.

– Obiecałem ci to. Choć niestety, niezbyt dobrze się z tego wywiązuję. Bastardzie, przykro mi to mówić. Nie znam szczegółów, ale wiem, że Traf ma jakieś kłopoty w mieście i stracił praktykę u Dębka. Przebywa wśród minstreli.

Pokręciłem głową, zrozpaczony. Powinienem lepiej się nim opiekować. Zdecydowanie nadszedł już czas wziąć młodzieńca w karby. Postanowiłem odszukać Wilgę, która na pewno będzie wiedziała, gdzie mogę znaleźć mojego chłopca. Czułem się winny zaniedbania, że nie odszukałem go do tej pory.

– Są inne rzeczy, o których powinienem wiedzieć?

– Księżna Cierpliwa dość mocno trzepnęła mnie wachlarzem, kiedy odkryła, że od kilku dni leżysz w infirmerii i nikt jej o tym nie poinformował.

Roześmiałem się mimowolnie.

– Publicznie?

– Nie. Na starość nauczyła się nieco dyskrecji. Zostałem wezwany na prywatne spotkanie w jej komnacie. Czekała na mnie Lamówka. Wszedłem do środka, Lamówka zaproponowała mi filiżankę herbaty i wtedy weszła księżna Cierpliwa i trzepnęła mnie wachlarzem. – Potarł głowę nad uchem i dodał ze smutkiem: – Mogłeś mi powiedzieć, że wie, że żyjesz i chodzisz w przebraniu gwardzisty. Nawiasem mówiąc, uważa to za nadzwyczaj obraźliwe.

– Nie miałem okazji. Tak... Jest na mnie zła?

– Oczywiście. Ale nie tak, jak na mnie. Nazwała mnie „starym pająkiem" i zagroziła, że jeśli nie przestanę mieszać się w sprawy jej syna, to mnie wychłosta. Jak się domyśliła związku między tobą i mną?

Pokręciłem głową.

– Zawsze wiedziała więcej, niż dawała po sobie poznać.

– Zaiste. Tak było nawet wtedy, gdy żył twój ojciec.

– Zobaczę się też z księżną. No cóż, wygląda na to, że moje życie jest poplątane jak zawsze. Jak się mają wielkie sprawy Koziej Twierdzy?

– Twoje plany powiodły się dość dobrze. Ci książęta, którzy nie wybrali się na Wyspy Zewnętrzne z pierwszą wyprawą Sumiennego, są zadowoleni z okazji zawarcia umów handlowych z przybywającymi tutaj kaemprami. Niektórzy uważają, że może to przynieść dość zysków, by dało się namówić hetgurd do zaprzestania wszelkich ataków. Nie wiem, czy kaemprowie mają taką władzę, ale jeśli wszyscy książęta stanowczo oświadczą, że zawarcie umów handlowych będzie zależało od zakończenia najazdów, to być może się skończą. Może cię to zaskoczy, ale mówi się o propozycjach zawierania małżeństw między szlachtą z Królestwa Sześciu Księstw i klanami Wysp Zewnętrznych. Na razie są to tylko deklaracje kaemprów dotyczące połączenia naszych „domów matek"; musieliśmy przestrzec tutejszych wielmożów, że zawyspiarskie pojmowanie małżeństwa nieco różni się od naszego. Niektóre śluby mogą jednak dojść do skutku. Kilku wielmożów ma młodszych synów, których mogliby zaproponować zawyspiarskim klanom.

Oparł się wygodnie i nalał sobie okowity.

– To nawet mógłby być trwały pokój, Bastardzie. Pokój z Zawyspiarzami za mojego życia. Szczerze mówiąc, nie sądziłem, że do tego dojdzie. – Napił się i dodał: – Chociaż nie będę dzielił skóry na niedźwiedziu. Przed nami wciąż długa droga. Chciałbym, żeby jeszcze przed końcem zimy Sumienny został obwołany następcą tronu, ale może to wymagać nieco zabiegów. Ten chłopak wciąż jest impulsywny i porywczy. Ciągle go napominam, że korona spoczywa na głowie króla, a nie na jego sercu. Ani znacznie niżej. Musi okazać swoim książętom wyważone myśli, po królewsku przemyślane zdanie, a nie chłopięce namiętności. Władcy, i Księstwa Rolnego, i Księstwa Trzody, powiedzieli, że woleliby najpierw ujrzeć go jako człowieka żonatego albo nieco starszego i stateczniejszego, a dopiero potem uznać go za następcę tronu.

Pchnąłem kieliszek w jego kierunku i Cierń go napełnił.

– Nic nie mówisz o smokach. Nie ma więc żadnych problemów?

Uśmiechnął się krzywo.

– Myślę, że mieszkańcy Królestwa Sześciu Księstw są nieco rozczarowani, że nie widzieli nawet smoczej łuski. Oni by się ucieszyli, gdyby Lodogień wepchnął się w nasze bramy, by pokazać królowej swoją głowę. Albo tak im się wydaje. Jeśli o mnie chodzi, to taka sytuacja bardzo mnie zadowala. Smoki na odległość to zdumiewające i szlachetne istoty z legend. Moje bliższe doświadczenia z nimi każą mi podejrzewać, że po zjedzeniu mnie szlachetnie by beknęły.

– Myślisz więc, że wróciły do Miasta Wolnego Handlu?

– Zdecydowanie nie. W zeszłym tygodniu przybył od kupców posłaniec szukający wieści o Tintaglii. Nie potrafiłem stwierdzić na podstawie zwoju, czy martwią się o nią, czy szaleją z niepokoju, ponieważ stali się jedynymi żywicielami kilku nie latających smoków. Zamierzałem im powiedzieć, że nie mamy pojęcia, co się z nimi stało po tym, jak Lodogień pojawił się w domu matek klanu Narwala. Wtedy odezwała się Pokrzywa. Powiedziała, że Tintaglia i Lodogień żerują i parzą się i że są tymi czynnościami całkowicie pochłonięci. Nie umiała powiedzieć, gdzie; nie ma stałego kontaktu z Tintaglią, a smoki pojmują geografię zupełnie inaczej niż my. Ale żerowały na morskich niedźwiedziach. Tak więc chyba są na północ od nas. Może jeszcze je zobaczymy, jeśli postanowią polecieć do Miasta Wolnego Handlu.

– Mam wrażenie, że jeszcze o nich usłyszymy. A co z bliższymi nam sprawami? Czy rozwiązaliśmy problemy z pradawną krwią?

– Pod naszą nieobecność ludzie pradawnej krwi przelali sporo krwi. Kilkoma księstwami wstrząsnęło odkrycie, że w żyłach szlachty może płynąć więcej pradawnej krwi, niż poprzednio przyznawano. Rozniosła się nawet pogłoska o tym, że może Hoża z Księstwa Niedźwiedziego i jej sokół widzą tymi samymi oczyma. Szokujące.

Takie rewelacje pojawiają się w gorączce nakręcających się spiral zemsty i jedne morderstwa prowadzą do następnych. Ketriken z trudem utrzymuje porządek. W istocie jednak chodzi o to, że ludzie pradawnej krwi chyba całkowicie oczyścili się z „plagi Srokatych". Sieciarz był przerażony wieściami, które otrzymał po powrocie. Jeszcze bardziej niż zwykle zabiegał, by ludzie pradawnej krwi się ujawnili i zasłużyli na szacunek. Pod pewnymi względami ten rozlew krwi był mu przeszkodą. Jak na ironię, zaproponował stworzenie miasteczka dla Rozumiejących, w którym mogliby się wykazać swoją pracowitością i uprzejmością. To, czemu niegdyś się sprzeciwiali ze strachu, że może doprowadzić do rzezi, teraz proponują jako sposób na okazanie, że są łagodni. Jeśli się ich nie prowokuje. Królowa się nad tym zastanawia. Lokalizacja wymagałaby wielu negocjacji. Wiele osób ostatnio obawia się Rozumienia bardziej niż do tej pory.

– Cóż, pewnie nie wszystko może się toczyć gładko, ale teraz cała sprawa przynajmniej może wyjść na światło dzienne.

Przez chwilę siedziałem w zadumie. Hoża z Księstwa Niedźwiedziego Rozumiejącą? Nie byłem o tym przekonany, ale patrząc wstecz, nie mogłem mieć pewności.

– A pan Bastard Rycerski Przezorny? Czy w końcu wychynie na światło dnia?

– Co, tylko pan? Myślałem, że mam być królem? – Roześmiałem się, ponieważ nigdy w życiu nie widziałem, by Cierniowi odjęło mowę. – Nie – postanowiłem. – Nie, chyba pozwolimy panu Bastardowi Rycerskiemu Przezornemu spoczywać w spokoju. Ci, którzy są dla mnie ważni, wiedzą. Tylko na tym kiedykolwiek mi zależało.

Cierń skinął głową z namysłem.

– Mógłbym ci życzyć szczęśliwego zakończenia twojej opowieści jak w pieśniach minstreli: „dużo miłości i dużo dzieci", ale chyba do tego nie dojdzie.

– Tobie też to się nie ziściło.

Spojrzał na mnie, a potem odwrócił wzrok.

– Miałem ciebie – rzekł. – Gdyby nie ty, to może rzeczywiście umarłbym jako „stary pająk", kryjący się w ścianach. Nigdy o tym nie myślałeś?

– Nie. Nigdy.

– Mam sprawy do załatwienia – stwierdził raptownie. Kiedy wstał, położył mi dłoń na ramieniu i powiedział: – Dasz sobie radę?

– Tak dobrze, jak można się spodziewać.

– Zatem zostawię cię samego. – Spuścił wzrok i dodał: – Spróbujesz bardziej uważać na siebie? Nie było mi łatwo w te dni, kiedy zniknąłeś. Myślałem, że uciekłeś od Koziej Twierdzy i obowiązków swojej krwi, a kiedy pojawił się Błazen, uznałem, że leżysz gdzieś martwy. Po raz kolejny.

– Będę na siebie uważał tak, jak ty na siebie – obiecałem.

Uniósł brew, a potem skinął głową.

Siedziałem jakiś czas po jego wyjściu, patrząc na paczuszkę i zwój. Otworzyłem go w pierwszej kolejności. Rozpoznałem staranny charakter pisma Błazna. Przeczytałem dwa razy. Był to wiersz o tańcu i zarazem pożegnanie. Domyśliłem się, że napisał go, zanim odkrył moją nieobecność. No tak. Nie zmienił decyzji. Wraz z Prilkopem zatrzymali się tu tylko po to, by się ze mną pożegnać, a nie dlatego że się rozmyślił.

Paczuszka była pękata i dość ciężka. Kiedy rozwinąłem śliski materiał, na stół potoczyła się bryłka kamienia pamięci wielkości mojej pięści. Byłem pewien, że wyrzeźbiły go pokryte Mocą palce Błazna. Uniosłem kamień, by się mu przyjrzeć. Miał trzy powierzchnie zlewające się ze sobą nawzajem. Był na nich Ślepun, ja i Błazen. Ślepun patrzył na mnie z postawionymi uszami i opuszczonym pyskiem. Następna powierzchnia ukazywała mnie jako młodzieńca, nie pokrytego bliznami, o szeroko otwartych oczach i lekko rozchylonych ustach. Czy ja rzeczywiście byłem kiedyś taki młody? Siebie Błazen wyrzeźbił jako trefnisia w ogoniastej czapce, z palcem wskazującym przytkniętym w geście uciszania do zaciśniętych ust i z wysoko uniesionymi brwiami.

Dopiero kiedy zamknąłem rzeźbę w dłoni, obudziła się i wyjawiła wspomnienia, którymi przepoił ją Błazen. Przypominała trzy proste momenty. Jeśli moje palce obejmowały wilka i mnie, widziałem Ślepuna i siebie zwiniętych razem we śnie na moim łóżku w chacie. Kiedy dotykałem jednocześnie i Błazna, i Ślepuna, wilk leżał rozciągnięty we śnie przy kominku Błazna w górach. Ostatni obraz był początkowo niejasny. Moje palce spoczywały na Błaźnie i na mnie. Zamrugałem. Dopiero po pewnym czasie rozpoznałem jeszcze jedno wspomnienie Błazna. Tak wyglądałem, kiedy przyciskał czoło do mojego i patrzył mi w oczy. Postawiłem kamień na stole; Błazen uśmiechał się z niego drwiąco do mnie. Oddałem mu uśmiech i pod wpływem impulsu przytknąłem palec do jego czoła. Wtedy usłyszałem głos mojego przyjaciela, zupełnie jakby on sam znajdował się w komnacie. „Nigdy nie byłem mądry". Pokręciłem głową. Nawet ostatnia wiadomość dla mnie musiała być jedną z jego zagadek.

Wziąłem swoje skarby, wcisnąłem się za kominek i wsunąłem płytę na miejsce. Wróciłem do mojej pracowni i tam je ukryłem. Pojawił się Szperacz z licznymi pytaniami o brak kiełbasy. Obiecałem mu, że się tym zajmę. Powiedział, że powinienem, i dla przypomnienia mocno ugryzł mnie w palec.

Wyszedłem z pracowni i zapuściłem się w główne sale Koziej Twierdzy. Wiedziałem, że Wilga będzie przyglądać się krytycznie przyjezdnym minstrelom, zszedłem więc do sali na dole, gdzie zwykle ćwiczyli i byli hojnie podejmowani różnymi wiktuałami i winem. W sali było pełno artystów, hałaśliwie i przyjaźnie współzawodniczących ze sobą, ale Wilgi nie zauważyłem. Następnie poszukałem jej w wielkiej i mniejszej sali, lecz bez powodzenia. Poddałem się i już ruszałem w dół do miasta, kiedy mignęła mi w Kobiecym Ogrodzie. Spacerowała z kilkoma damami. Kiedy byłem pewien, że mnie zauważyła, poszedłem do jednej z bardziej odosobnionych ławek. Wiedziałem, że mnie tam znajdzie, i nie musiałem długo czekać. Kiedy jednak usiadła, powitała mnie słowami:

– To nie jest mądre. Jeśli ludzie nas zobaczą, będą plotkować.

Nigdy przedtem nie słyszałem, by się tym przejmowała, i zbiło mnie to z tropu, a także uraziło moje uczucia.

– A zatem zadam ci tylko parę pytań i odejdę. Idę do miasta poszukać Trafa. Słyszałem, że często odwiedza jedną z tawern minstreli, i pomyślałem sobie, że wiesz którą.

Wydawała się zaskoczona.

– Nie! Nie byłam w tawernie minstreli od kilku miesięcy. Przynajmniej od czterech.

Oparła się wygodnie, skrzyżowała ramiona i patrzyła na mnie wyczekująco.

– A mogłabyś się domyślić?

Zastanawiała się przez chwilę.

– „Pod Dziobem Pelikana". Chadzają tam młodsi minstrele, żeby śpiewać sprośne piosenki i dorabiać do nich kolejne zwrotki. To hałaśliwe miejsce. – Mówiła to jakby z dezaprobatą. Uniosłem pytająco brwi. – Wystarczy młodym ludziom, dopiero uczącym się śpiewać i opowiadać – wyjaśniła – ale jest raczej nieodpowiednie dla mnie.

– Nieodpowiednie? – zapytałem, usiłując opanować uśmiech. – Od kiedy przejmujesz się takimi rzeczami, Wilgo?

Odwróciła wzrok i pokręciła głową.

– Nie wolno ci już zwracać się do mnie tak poufale, Tomie Borsuczowłosy – rzekła, nie patrząc mi w oczy. – Nie będę też mogła się z tobą spotykać sam na sam, jak teraz. Te czasy już się dla mnie skończyły.

– Co ci się stało?! – wybuchnąłem, wstrząśnięty i nieco urażony.

– Co mi się stało? Jesteś ślepy, człowieku? Spójrz na mnie.

Wstała dumnie z dłońmi spoczywającymi na brzuchu. Widziałem większe wypukłości u mniejszych dam. Oświeciła mnie raczej jej postawa niż tusza.

– Jesteś przy nadziei? – zapytałem z niedowierzaniem.

Zaczerpnęła tchu i jej twarz rozświetlił nieśmiały uśmiech. Nagle przemówiła do mnie jak dawna Wilga, potokiem wylewających się z niej słow.

– To niemal cud. Uzdrowicielka, którą wynajął do opieki nade mną pan Rybak, mówi, że czasami, kiedy szanse na to już prawie nie istnieją, kobieta poczyna. I ja poczęłam. Och, Bastardzie, będę miała dziecko, własne dziecko. Już tak je kocham, że nie mogę przestać o nim myśleć, w dzień czy w noc.

Promieniowała szczęściem. Zamrugałem. Czasami z goryczą mówiła o swojej bezpłodności, twierdząc, że oznacza ona, iż nigdy nie będzie miała bezpiecznego domu ani wiernego męża. Nigdy jednak nie wspomniała o głębokiej tęsknocie za dzieckiem, którą musiała odczuwać przez te wszystkie lata. Oszołomiło mnie to.

– Cieszę się razem z tobą. Naprawdę – powiedziałem zupełnie szczerze.

– Wiedziałam, że tak będzie. – Dotknęła lekko mojej dłoni. Skończyły się dni padania sobie w objęcia na powitanie. – I wiedziałam, że zrozumiesz, dlaczego muszę zmienić zwyczaje. Przyszłości mojego dziecka nie powinien skalać ani cień skandalu, ani jedna wzmianka o nieodpowiednim zachowaniu jego matki. Teraz muszę się stać prawdziwą matroną i zajmować jedynie sprawami mojego domu.

Przez jedną wstrząsającą chwilę czułem najprawdziwszą zazdrość.

– Życzę ci wszelakich domowych radości – powiedziałem cicho.

– Dziękuję. Rozumiesz to rozstanie, prawda?

– Tak. Żegnaj, Wilgo. Żegnaj.

Siedziałem na ławce i patrzyłem za nią. Nie szła, a sunęła, skrzyżowawszy dłonie na brzuchu, jakby już trzymała swoje nie narodzone dziecko. Moja chciwa, hałaśliwa ptaszyna zmieniła się w wysiadującą jaja kwokę. Poczułem ukłucie straty. Na swój własny sposób zawsze była kimś, do kogo mogłem się zwrócić w trudnych chwilach. Teraz to się skończyło.

Schodząc do miasta, rozmyślałem o czasach spędzonych z Wilgą. Zastanawiałem się, czy gdybym nie oddał smokowi mojego bólu, to czy kiedykolwiek dałbym coś z siebie Wildze? Choć przecież niewiele ze sobą dzieliliśmy, przypomniałem sobie, jak się zbliżyliśmy do siebie i sam sobie się dziwiłem.

Tawerna „Pod dziobem Pelikana" była zbudowana w połowie na palach i mieściła się w nowej części miasta. Szło się do niej pod górę, a potem w dół. Była nowa, to znaczy nie istniała za czasów mego dzieciństwa, ale jej krokwie wyglądały na dobrze uwędzone, a stoły były zniszczone jak w większości tawern minstreli, gdzie ludzie często wskakiwali na blat, żeby albo śpiewać, albo recytować jakiś poemat.

Było za wcześnie, by minstrele już się rozbudzili, więc tawerna świeciła pustkami. Właściciel siedział na stołku przy oknie pokrytym solą i wyglądał na morze. Kiedy oczy mi się przyzwyczaiły do wiecznie tu panującego półmroku, zobaczyłem Trafa, siedzącego samotnie przy stole w kącie. Miał przed sobą kilka kawałków drewna, które przesuwał po stole, jakby grał w jakąś grę. Wyhodował sobie bródkę, podkreślającą szczękę linią kędzierzawego zarostu. Od razu mi się nie spodobała. Podszedłem i stanąłem przed stołem. Kiedy Traf uniósł głowę i mnie zobaczył, zerwał się na równe nogi z okrzykiem, który wystraszył drzemiącego gospodarza, wyszedł zza stołu i mocno mnie objął.

– Tomie! Jesteś! Tak się cieszę, że cię widzę! Słyszałem, że zaginąłeś. Jak tylko usłyszałem, że się pojawiłeś, przyszedłem cię odwiedzić, ale spałeś jak zabity. Czy uzdrowiciel przekazał ci karteczkę ode mnie?

– Nie.

Ton mojego głosu sprawił, że Traf lekko się zgarbił.

– Ach. Więc widzę, że słyszałeś o mnie wszystkie złe nowiny i żadnej dobrej, mogę się założyć. Usiądź. Miałem nadzieję, że przeczytasz wiadomość i nie będę musiał wszystkiego opowiadać jeszcze raz. Zmęczyło mnie już ciągłe powtarzanie tego samego, zwłaszcza że ostatnio robię to tak często. – Podniósł głos. – Świstaku? Moglibyśmy dostać dwa kufle piwa? I kawałek chleba, jeśli już jest wyjęty z pieca. Usiądź – powtórzył zaproszenie i sam wrócił na swoje miejsce. Usiadłem naprzeciwko niego, a on spojrzał mi w twarz i zaczął: – Powiem to szybko. Świegotka zabrała moje pieniądze i wydała je na drobiazgi, które przyciągnęły oko starszego mężczyzny. Teraz nazywa się pani Szpilkowa. Poślubiła bławatnika, człowieka co najmniej dwa razy starszego ode mnie. Oraz zamożnego i ustatkowanego. Poważnego. Tak. To już załatwione.

– A twój termin? – zapytałem cicho.

– Straciłem go – odparł równie cichym głosem. – Ojciec Świegotki poskarżył się mistrzowi na mój charakter. Mistrz Dębek powiedział, że muszę zmienić zachowanie albo opuścić jego warsztat. Byłem głupi. Opuściłem jego warsztat. Próbowałem namówić Świegotkę, by uciekła ze mną do naszej dawnej chaty. Powiedziałem jej, że będzie ciężko, ale że możemy żyć skromnie, a nasza miłość uczyni nas bogatymi. Była wściekła, że straciłem termin, i powiedziała, że jeśli myślę, że ona chce mieszkać w lesie i zajmować się kurczakami, to jestem szalony. W cztery dni później chodziła pod rękę z panem Szpilkowym. Miałeś co do niej rację, Tomie. Powinienem był cię posłuchać.

Ugryzłem się w język, zanim się z nim zgodziłem. Siedziałem i wbijałem wzrok w blat, myśląc, co się teraz stanie z moim chłopcem. Zostawiłem go samego w chwili, gdy najbardziej potrzebował ojca. Rozważałem rozmaite rozwiązania.

– Pójdę z tobą – zaproponowałem. – Razem pójdziemy do Dębka i zobaczymy, co się da zrobić. Jeśli będzie trzeba, będę go błagał.

– Nie! – zawołał Traf z przerażeniem, a potem się roześmiał. – Nie dałeś mi szansy opowiedzenia reszty. Jak zwykle chwyciłeś się najgorszego i uznałeś, że to jedyna możliwość. Tomie. Jestem tu, wśród minstreli, i jestem szczęśliwy. Popatrz.

Pchnął ku mnie kawałki drewna. Ogólny kształt był jeszcze ledwie zarysowany, ale widziałem, że połączone kołkami, utworzą harfę. Byłem z Wilgą wystarczająco długo, by wiedzieć, że zrobienie podstawowej harfy jest jednym z pierwszych kroków do zostania minstrelem.

– Nie wiedziałem, że potrafię śpiewać. To znaczy oczywiście wiedziałem, że umiem śpiewać, ale chcę powiedzieć, że nie wiedziałem, że umiem śpiewać na tyle dobrze, by zostać minstrelem. Rosłem, słuchając Wilgi i śpiewając razem z nią. Nie zdawałem sobie sprawy, jak wiele z jej pieśni i opowieści zapamiętałem, po prostu słuchając jej wieczorami. Były między nami nieporozumienia i ona wciąż nie pochwala mojego wyboru. Powiedziała, że będziesz ją za to winił. Ale poświadczyła za mnie i oznajmiła, że mogę śpiewać jej pieśni, dopóki nie przyjdą do mnie moje własne.

Przyniesiono nam kufle piwa i świeży chleb, chrupiący i jeszcze parujący. Traf porwał go na kawałki i zaczął jeść, a ja nadal usiłowałem ogarnąć to wszystko.

– Chcesz zostać minstrelem?

– Tak! Wilga przyprowadziła mnie do człowieka imieniem Rzaz. Ma straszny głos, ale w struny uderza tak, jakby talent dostał od bogów. I jest trochę stary, więc przyda mu się taki młodzik jak ja do noszenia pakunków i rozpalania ogniska, kiedy będziemy w podróży między gospodami. Oczywiście zostaniemy w mieście jeszcze po święcie plonów. Dziś wieczorem będzie grał przy mniejszym kominku, a ja może zaśpiewam na początku uroczystości kilka piosenek dla dzieci. Tomie, nie miałem pojęcia, że życie może być takie wspaniałe. Kocham to, co teraz robię. Dzięki temu, czego nieświadomie nauczyła mnie Wilga, posiadam już repertuar czeladnika. Chociaż mam zaległości w zrobieniu własnego instrumentu i oczywiście brakuje mi własnych pieśni. Ale przyjdą. Rzaz mówi, że muszę być cierpliwy i nie powinienem tworzyć pieśni, lecz czekać, aż same do mnie przyjdą.

– Nigdy nie myślałem, że staniesz się minstrelem, Trafie.

– Ja też nie. – Wzruszył jednym ramieniem i wyszczerzył zęby w uśmiechu. – To mi odpowiada, Tomie. Nikogo nie obchodzi, kim byli lub kim nie byli moi rodzice albo że moje oczy się różnią od siebie. Nie ma niekończącego się mozołu bycia stolarzem. Och, mogę narzekać na recytowanie bez końca, dopóki każde słowo nie zostanie wypowiedziane tak, jak chce je usłyszeć Rzaz, ale to nie jest trudne. Nie zdawałem sobie sprawy, jaką dobrą mam pamięć.

– A po święcie plonów?

– O, to będzie jedyny powód do smutku. Potem wyruszę z Rzazem. Zawsze zimuje w Księstwie Niedźwiedzim. Więc po drodze będziemy śpiewać i grać, a potem zostaniemy na zimę przy ciepłym kominku jego mecenasa.

– I niczego nie będziesz żałował?

– Tylko tego że będę się z tobą widywał jeszcze rzadziej niż tego lata.

– Ale jesteś szczęśliwy.

– Hm. Na ile można być szczęśliwym. Rzaz mówi, że kiedy człowiek przestaje się szamotać i idzie za przeznaczeniem, zamiast próbować zawładnąć swoim życiem, to okazuje się, że szczęście podąża za nim.

– Oby tak było z tobą, Trafie. Oby tak było.

A potem rozmawialiśmy trochę o przypadkowych sprawach, popijając piwo. Dziwiłem się, że po takich ciosach udało mu się stanąć na nogi. Dziwiłem się też, że Wilga przyszła mu z pomocą i nic mi o tym nie powiedziała. To, że pozwoliła mu śpiewać jej pieśni, dowodziło, że naprawdę zamierza zerwać z dawnym życiem.

Przegadałbym z Trafem cały dzień, ale chłopak wyjrzał przez okno i powiedział, że musi iść obudzić swego mistrza i zanieść mu śniadanie. Zapytał, czy będę tego wieczoru na uroczystościach wigilii święta plonów; odparłem, że nie jestem pewien, ale mam nadzieję, że mu się spodobają. Powiedział, że na pewno, i się pożegnaliśmy.

Do domu poszedłem przez plac targowy. Przy jednym straganie kupiłem kwiaty, przy innym słodycze, a potem rozpaczliwie szukałem pomysłu na jakieś inne prezenty, którymi mógłbym się z powrotem wkupić w łaski księżnej Cierpliwej. W końcu jednak nie udało mi się niczego wymyślić i z przerażeniem zdałem sobie sprawę, ile czasu zmarnowałem na wałęsanie się od straganu do straganu. Wracając do Koziej Twierdzy, wmieszałem się w tłum zmierzający do zamku. Szedłem za wozem wyładowanym beczkami piwa, przed grupą żonglerów, którzy cały czas ćwiczyli. Jedna z dziewcząt zapytała, czy kwiaty są dla mojej ukochanej, a kiedy wyjaśniłem, że nie, że dla mojej matki, wszyscy się roześmiali ze współczuciem.

Znalazłem księżnę Cierpliwą w jej komnacie; siedziała z uniesionymi stopami. Nakrzyczała na mnie, potem rozszlochała się nad moją bezdusznością, przyprawiającą ją o takie zmartwienia, a Lamówka włożyła kwiaty do wazonu i przygotowała herbatę oraz słodycze dla nas wszystkich. Opowieścią o tym, co się ze mną działo, z powrotem zyskałem przychylność księżnej, chociaż wciąż narzekała, że nic nie wie o ponad dwunastu latach mego życia.

Właśnie usiłowałem sobie przypomnieć, na czym zakończyłem poprzednią opowieść, kiedy Lamówka oznajmiła cicho:

– Parę dni temu odwiedziła nas Sikorka. Miło było znów ją zobaczyć po tych wszystkich latach. – Siedziałem oszołomiony, więc dodała: – Nawet w stroju wdowy wciąż jest piękną kobietą.

– Powiedziałam jej, że nie powinna ukrywać przede mną mojej wnuczki! – odezwała się nagle księżna Cierpliwa. – Och, miała po temu sto dobrych powodów, ale żaden z nich nie był dość dobry dla mnie.

– Pokłóciłaś się z nią? – zapytałem z przerażeniem. Czy sytuacja może stać się jeszcze gorsza?

– Nie. Oczywiście, że nie. Nazajutrz przysłała do mnie tę dziewczynę. Pokrzywa. To ci dopiero imię dla dziecka! Ale mówi to, co myśli. Podoba mi się to u dziewczyny. Zakomunikowała mi, że nie chce Białego Gaju ani niczego, co mogłoby się jej dostać ze względu na to, że jesteś jej ojcem. Powiedziałam, że to nie ma nic wspólnego z tobą, lecz z faktem, że jest wnuczką Rycerskiego, a poza tym komu innemu miałabym nadać tę posiadłość? No. Chyba przekona się, że jestem bardziej uparta od niej.

– Ale tylko trochę bardziej – zauważyła z zadowoleniem Lamówka. Powykręcanymi palcami przebierała po krawędzi stołu. Brakowało mi jej nieustannego dziergania.

– Czy Sikorka mówiła coś o mnie? – zapytałem, bojąc się odpowiedzi.

– Nic, co chciałbyś, żebym ci powtórzyła. Wie, że żyjesz, ale nie ode mnie. Potrafię dotrzymać sekretu. Najwyraźniej o wiele lepiej niż ty! Myślę, że przyszła tu w nastroju do kłótni, ale kiedy się przekonała, że ja też cierpiałam przez te wszystkie lata, uważając cię za zmarłego, to okazało się, że mamy o czym rozmawiać. I oczywiście o kochanym Brusie. Kochany, uparty Brus. Obie sobie trochę nad nim popłakałyśmy. Wiesz, że był moją pierwszą miłością, a chyba nigdy nie odzyskuje się tego kawałka serca, który daje się swojej pierwszej miłości. Nie miała mi za złe, że jakąś swoją cząstką wciąż kocham tego strasznego, upartego człowieka. Powiedziałam jej, że bez względu na to, jak źle się zachował pierwszy ukochany, na zawsze zostaje w sercu swej wybranki. Przyznała mi rację.

Siedziałem nieruchomo.

– Przyznała – zgodziła się Lamówka i zerknęła na mnie, jakby chcąc ocenić, jak bardzo mogę być głupi.

Księżna Cierpliwa trajkotała o tym i owym, ale z trudem nadążałem za nią myślami. Moje serce znajdowało się gdzie indziej, na smaganym wiatrem szczycie urwiska z dziewczyną w czerwonej spódnicy. W końcu dotarły do mnie słowa księżnej, że powinienem iść, bo ona musi już zacząć się szykować na wieczorne uroczystości, ponieważ teraz takie rzeczy zajmują jej więcej czasu niż kiedyś. Zapytała, czy też tam będę, a ja odparłem, że chyba nie, że wciąż trudno mi się pokazywać na zgromadzeniach szlachty, gdzie ktoś mógłby przywołać jakieś dawne wspomnienie o mnie. Skinęła głową, lecz dodała:

– Zmieniłeś się bardziej, niż sądzisz, Bastardzie. Gdyby nie Lamówka, przeszłabym obok ciebie i wcale bym cię nie poznała.

Nie wiedziałem, czy mam to przyjąć z ulgą, czy nie. Lamówka odprowadziła mnie do drzwi.

– No cóż, chyba wszyscy bardzo się zmieniliśmy – zauważyła. – Na przykład Sikorkę poznałabym wszędzie, ale ja już nie jestem taka jak dawniej. Co prawda zmiany nie ominęły nawet Sikorki. Powiedziała mi: „Wyobraź sobie, Lamówko, umieścili mnie we Fiołkowej Komnacie, w południowym skrzydle. Ja, która byłam pokojówką na wyższych piętrach, teraz śpię we Fiołkowej Komnacie, gdzie kiedyś mieszkała pani i pan Błysk. Wyobraź sobie coś takiego!". – Znów zerknęła na mnie oczyma staruszki.

Powoli skinąłem głową.

## ROZDZIAŁ 36

# ŚWIĘTO PLONÓW

*Na waszą prośbę wysyłam posłańca z informacją, że widziano błękitną królową smoków Tintaglię i czarnego samca Lodognia. Wygląda na to, że obojgu dopisuje zdrowie i apetyt. Przekazaliśmy im, że niepokoicie się o ich pomyślność oraz o pomyślność młodych smoków powierzonych Waszej opiece. Nie mamy pewności, czy zrozumiały powagę sytuacji oraz Waszą potrzebę uzyskania informacji o nich, co może zrozumiecie. Smoki wydawały się bardzo zajęte sobą i niezbyt skłonne do prowadzenia czy ułatwienia rozmowy z ludźmi.*

List królowej Ketriken do rady kupieckiej
Miasta Wolnego Handlu

Wieczór zastał mnie na moim dawnym posterunku za ścianą. Tym razem szpiegowałem dla zaspokojenia własnej ciekawości, a nie z polecenia Ciernia. W koszyku stojącym obok mnie miałem butelkę wina, chleb, jabłka, ser, kiełbasę oraz fretkę, a siedziałem na poduszce. Garbiłem się z okiem przytkniętym do szpary i patrzyłem, jak w wirze zabawy spotykają się i mieszają ze sobą Królestwo Sześciu Księstw i Wyspy Zewnętrzne.

Tego wieczoru nie dbano o formalności. Ich pora nadejdzie nazajutrz. Dzisiaj stoły uginały się od potraw, lecz stały pod ścianami, by na środku sali było dość miejsca do tańca. Swoimi umiejętnościami będą mogli się wykazać pomniejsi i młodsi minstrele, żonglerzy oraz lalkarze. Wszędzie wokół panował swobodny chaos i radość z plonów. Przedstawiciele gminu i szlachty wypełniali pospołu wszystkie sale i dziedzińce twierdzy. Zapewne mógłbym bezpiecznie ruszyć między nich, lecz nie miałem do tego serca. Ukryłem się, obserwowałem i cieszyłem radością innych.

Zjawiłem się na posterunku wystarczająco wcześnie, by usłyszeć Trafa. Śpiewał dla dzieci, zebranych wcześnie, bo miały być wcześnie wysłane do łóżek, wybrał więc dwie zabawne piosenki. Jedna była o człowieku, który polował na księżyc, a druga o kobiecie, która zasadziła kielich, by wyhodować wino, widelec, by wyrosło jej mięso, i tak dalej. Traf zawsze się śmiał, kiedy Wilga śpiewała mu te piosenki, i śmiali się teraz jego słuchacze. Wyglądało na to, że sprawia mu to wielką i prawdziwą przyjemność, a jego mistrz też wydawał się zadowolony. Westchnąłem cicho. Mój chłopiec wśród minstreli. Nigdy sobie tego nie wyobrażałem.

Zobaczyłem także Szybkiego, który przechadzał się z Sieciarzem; włosy miał krótko ostrzyżone na znak żałoby. Chłopiec wydawał się starszy niż wtedy, gdy widziałem go po raz ostatni, nie z wyglądu, lecz z zachowania. Szedł za Sieciarzem, a ja się cieszyłem, że ma takiego mentora. Błądziłem wzrokiem w tłumie i zauważyłem młodego pana Uprzejmego. Trzymał w ramionach dziewczynę i ku mojemu wielkiemu zaskoczeniu była to Pokrzywa. Patrzyłem i przeżuwałem w myślach ten widok do końca melodii, kiedy książę Sumienny przyprowadził mu z powrotem panią Urodną, a o następny taniec poprosił Pokrzywę. Pomyślałem, że mimo oficjalnie przyjemnego wyrazu twarzy książę wygląda nieco żałośnie. Wątpiłem, by naprawdę chciał tańczyć z damą swego przyjaciela czy z kuzynką. Pokrzywa zaś tańczyła dobrze, lecz ze skrępowaniem, i zastanawiałem się, czy jest niepewna kroków, czy może onieśmiela ją pozycja partnera. Suknię miała prostą, tak prostą, jak strój księcia, i ujrzałem w tym rękę królowej Ketriken.

Myśl o królowej sprawiła, że poszukałem jej wzrokiem. Znalazłem ją na wysoko ustawionym krześle, obserwującą uroczystość. Sprawiała wrażenie zmęczonej, lecz zadowolonej. Nie było u jej boku Ciernia i uznałem to za rzecz dziwną, dopóki nie zobaczyłem go wśród tancerzy – z ogniście rudą kobietą trzykrotnie młodszą od niego.

Wyławiałem po kolei wzrokiem wszystkich, którzy utkali najważniejsze fragmenty mojego życia. Wilga, teraz pani Rybak, siedziała na tapicerowanym krześle. Jej pan stał obok, troskliwie ku niej nachylony, i co pewien czas osobiście przynosił jej ze stołów napoje i potrawy, jakby tak poważnego zadania nie można było powierzyć służącym. Do sali weszła księżna Cierpliwa, mająca na sobie więcej koronek niż wszystkie inne kobiety obecne w sali razem wzięte, z nieodłączną Lamówką u boku. Zasiadły na końcu ławy w pobliżu sceny lalkarza i zaczęły szturchać się, pokazywać palcami i szeptać, jakby były małymi dziewczynkami. Zauważyłem panią Różyczkę, rozmawiającą z dwoma kaemprami. Byłem pewien, że jej czarujący uśmiech i obfity biust zbierają dla Ciernia mnóstwo informacji, które będzie mógł przemyśleć nazajutrz.

Był tam też Arkon Krwawooki; miał na sobie płaszcz obramowany rudym lisim futrem i omawiał coś z powagą z władczynią Księstwa Niedźwiedziego. Sprawiała wrażenie, że słucha go uprzejmie, ale nie byłem pewien, czy jakakolwiek umowa handlowa mogłaby kiedyś całkowicie zmienić jej nastawienie wobec Zawyspiarzy. Przy stołach zauważyłem trzech wojowników hetgurdu, których pamiętałem ze zgromadzenia w Zyligu, a kilku innych ze zdumieniem przyglądało się przedstawieniu lalkowemu. Mój wzrok znów przyciągnęła Pokrzywa, sunąca samotnie przez rozradowany tłum. Podszedł do niej krępy młodzieniec. Po krótko obciętych, kędzierzawych włosach domyśliłem się, że to Rycerz, najstarszy syn Brusa. Stali, rozmawiając pośród gwaru i śmiechu. Podeszła do nich kobieta w prostej, ciemnogranatowej sukni; trzymała za rękę wyrywającego się chłopczyka. Skrzywiłem się na widok krótko ostrzyżonych włosów Sikorki. Byłem głęboko przekonany, że Brus nigdy by nie pochwalił tego, co zrobiła ze swoimi puklami. Jej odsłonięta głowa sprawiała, że Sikorka wyglądała dziwnie młodo. Nie puszczając ręki Kominka, pokazywała innego chłopca, najwyraźniej prosząc Rycerza, by pomógł jej zebrać wszystkie dzieci. Pokrzywa porwała jednak najmłodszego brata w objęcia i zaczęła wirować z nim między tancerzami, gdzie jego pełne zachwytu piski wywołały uśmiech niejednej pary. Rycerz wyciągnął do Sikorki rękę uspokajającym gestem i przytakiwał ruchami głowy słowom matki. Wtedy trupa akrobatów zbudowała piramidę, dokładnie zasłaniając mi widok. Kiedy skończyli swoje sztuczki, Sikorki już nie dostrzegłem.

Oparłem się o ścianę w ciemności.

„Kiełbasa?" – zapytał Szperacz, przycupnąwszy obok mojego łokcia.

Pomacałem w koszyku, ale znalazłem jedynie rozszarpane kawałki mięsa. Szperacz zabił kiełbasę bardzo starannie. Znalazłem kawałek większy od innych i podałem Szperaczowi, który z radością porwał smakołyk z mojej ręki.

I tak mijał mi wieczór. Widziałem, jak najdroższe mi osoby wirują w takt muzyki, ledwie docierającej do moich uszu przez gruby mur. Odchyliłem się od szpary, by ulżyć bolącym plecom. Wpadł przez nią maleńki promyczek światła. Zamknąłem go w dłoni i przez jakiś czas na nią patrzyłem. Metafora mego życia. Nie chciałem się użalać nad sobą, więc znów nachyliłem się do szpary.

Młotek oddalał się od stołu ze stertą placków z owocami w obu dłoniach. Szedł w rytm swojej głośnej, radosnej muzyki i nie przejmował się, że wszyscy inni poruszają się w zupełnie innym rytmie. Cieszyłem się, że tam jest. Przynajmniej przebywa między ludźmi. Poczułem ochotę, by zapomnieć o rozsądku i przyłączyć się do niego, lecz zniknęła ona tak szybko, jak się pojawiła. Nie.

Dzieciom Sikorki spodobał się jeden z żonglerów. Stały w półkolu i przyglądały się mu. Pokrzywa trzymała Kominka i Spokojnego za ręce. Rycerz trzymał Sprawiedliwego w ramionach. Zwinny i Szybki stali obok siebie. Zauważyłem Sieciarza, stojącego dyskretnie za nimi. Powiodłem wzrokiem po tłumie, lecz nie znalazłem tego, czego szukałem. Wstałem. Zostawiłem koszyk oraz poduszkę fretce i ruszyłem wąskimi przejściami.

Wiedziałem, że do Fiołkowej Komnaty też można zajrzeć przez otwór w ścianie. Nie zrobiłem tego. Wyszedłem z tajnego labiryntu, przez chwilę otrzepywałem się w szafie z kurzu i pajęczyn, a potem ruszyłem szybko ze spuszczonym wzrokiem przez zatłoczone sale Koziej Twierdzy. Nikt mnie nie zauważył, nikt nie zawołał mnie po imieniu ani nie zatrzymał pytaniem o samopoczucie. Równie dobrze mógłbym być niewidzialny. Kiedy wchodziłem po schodach, tłum się przerzedził, a gdy dotarłem do zamkowych komnat mieszkalnych, wokół mnie było pusto. Wszyscy byli na uroczystości na dole. Wszyscy oprócz mnie i może Sikorki.

Trzy razy przechodziłem obok drzwi do Fiołkowej Komnaty. Za czwartym rozkazałem sobie zapukać i spełniłem rozkaz, mocniej niż zamierzałem. Serce mi waliło i cały dosłownie dygotałem. Panowała cisza. I wtedy, kiedy pomyślałem, że na próżno zebrałem się na odwagę; że nikt mi nie otworzy, usłyszałem cichy głos Sikorki.

– Kto tam?

– To ja – odpowiedziałem głupio. I kiedy zastanawiałem się, jakim nazwać się imieniem, powiedziała mi wyraźnie, że wie, kto stoi za drzwiami.

– Odejdź.

– Proszę cię.

– Odejdź!

– Proszę cię.

– Nie.

– Obiecałem Brusowi, że zaopiekuję się tobą i maluchami. Obiecałem mu.

Drzwi się uchyliły. Widziałem tylko jej oczy.

– Zabawne – rzekła. – Powiedział to samo, kiedy zaczął mi znosić różne rzeczy pod drzwi. Że zanim umarłeś, obiecał ci zaopiekować się mną.

Nie miałem na to żadnej odpowiedzi i drzwi zaczynały się zamykać. Wepchnąłem w nie stopę.

– Proszę cię. Wpuść mnie. Tylko na chwilę.

– Zabierz stopę albo ci ją złamię.

Mówiła poważnie.

Postanowiłem zaryzykować.

– Proszę cię, Sikorko. Proszę. Nie pozwolisz mi po tych wszystkich latach niczego wyjaśnić?

– Czas na wyjaśnienia minął szesnaście lat temu. Kiedy mogło to sprawić jakąś różnicę.

– Proszę cię. Wpuść mnie.

Nagle szarpnięciem otworzyła drzwi. Oczy jej płonęły.

– Chcę od ciebie usłyszeć tylko jedno – rzekła. – Opowiedz mi o ostatnich godzinach mego męża.

– Dobrze – odparłem cicho. – Chyba jestem ci to winien.

– Tak – powiedziała i odstąpiła od drzwi, uchylając je tylko na tyle, bym mógł się wśliznąć do środka. – Jesteś mi to winien. I nie tylko to.

Była ubrana w koszulę nocną i szlafrok. Ciało miała pełniejsze, niż je zapamiętałem, bardziej kobiece niż dziewczęce. Nie było nieatrakcyjne. Pokój pachniał nią, nie tylko perfumami, ale jej ciałem, woskiem pszczelim i świecami. Na skrzyni w nogach łóżka leżała starannie złożona suknia. Przenośnie łóżko przygotowane obok świadczyło, że będą tu też spali jej synowie. Na stole leżała szczotka i grzebień, wyłożone bardziej z nawyku niż z potrzeby.

– Nie chciałby, żebyś obcięła włosy.

Były to pierwsze głupie słowa, jakie wypowiedziałem.

Uniosła z zażenowaniem rękę do głowy.

– A co ty możesz o tym wiedzieć? – zapytała z oburzeniem.

– Kiedy zobaczył cię po raz pierwszy, na długo, zanim mi cię odebrał, powiedział o twoich włosach: „Włosie z rudym połyskiem".

– To do niego podobne – odparła. – Nigdy mnie tobie nie „odebrał" – dodała. – Myśleliśmy, że nie żyjesz. Pozwoliłeś nam tak myśleć, a ja byłam w rozpaczy. Nie miałam niczego oprócz dziecka, które polegało na mnie we wszystkim. Jeśli ktokolwiek coś wziął, to ja jego. Bo go kochałam. Bo traktował mnie dobrze i traktował dobrze Pokrzywę.

– Wiem.

– Cieszę się. Usiądź. Opowiedz mi, jak umarł.

Usiadłem więc na krześle, a ona przysiadła na skrzyni z ubraniami, i opowiedziałem jej o ostatnich dniach Brusa. Był to ostatni temat, jaki mógłbym sobie wyobrazić do rozmowy w tych okolicznościach, i bardzo mi się to nie podobało. A jednak, w miarę jak mówiłem, zacząłem odczuwać ogromną ulgę. Chciałem jej opowiedzieć o tych sprawach tak bardzo, jak ona chciała o nich usłyszeć. Słuchała chciwie, jakby każde słowo było momentem jego życia, który mogła odzyskać dla siebie. Wahałem się, czy mówić o Rozumieniu Brusa, lecz nie było jak go pominąć. Zapewne słyszała już o tym wcześniej, bo nie okazała ani zaskoczenia, ani obrzydzenia. Opowiedziałem jej wszystko tak, jak nie mógłby tego zrobić nawet Szybki, bo mogłem powiedzieć, że na końcu było dla mnie jasne, jak bardzo Brus kocha swego syna, i że kiedy umierał, nie było między nimi rozdźwięku. Opowiadało mi się o tym inaczej niż Pokrzywie. Sikorka rozumiała pełne znaczenie prośby Brusa, bym się zajął nią i jej małymi synkami. Powtórzyłem to, co mi powiedział, że był dla niej lepszym mężczyzną, i powtórzyłem jej, że się z tym zgodziłem.

Wyprostowała się.

– Świetnie – rzekła z goryczą. – Zatem obaj się co do tego zgodziliście. Czy któremukolwiek z was przyszło do głowy zapytać o to mnie? Czy którykolwiek z was choć przez chwilę pomyślał, że może decyzja w tej kwestii należy do mnie?

Te słowa otworzyły mi drogę do cofnięcia się w latach i do opowiedzenia o tym, co robię oraz gdzie i jak się dowiedziałem, że oddała się Brusowi. Słuchała z odwróconym wzrokiem i skubała paznokieć kciuka.

– Myślałam, że nie żyjesz – powiedziała, kiedy umilkłem. – Gdybym wiedziała, że jest inaczej, gdyby on wiedział, że jest inaczej...

– Wiem. Ale nie było bezpiecznego sposobu na przekazanie wam wiadomości. A potem, kiedy już... było za późno. Gdybym wrócił, wszystkich nas by to zniszczyło.

Pochyliła się z podbródkiem ukrytym w obu dłoniach i palcami na ustach. Oczy miała zamknięte, lecz spod rzęs wypływały łzy.

– Ależ nabałaganiłeś. Ależ poplątaliśmy sobie życie.

Istniały na to setki odpowiedzi. Mogłem zaprotestować, że to nie ja nabałaganiłem, że przydarzyło się to nam wszystkim. Nagle jednak okazało się, że wymagałoby to więcej sił, niż ich miałem. Nie drążyłem tej kwestii. Niczego już nie drążyłem.

– A teraz jest za późno, żeby któreś z nas cokolwiek z tego miało.

– Och, Bastardzie. – Usłyszeć moje imię z jej ust, choćby wypowiedziane z przyganą, było samą słodyczą. – Dla ciebie zawsze było za późno albo za szybko. Zawsze kiedyś. Zawsze jutro albo kiedy wykonasz to ostatnie zadanie dla swego króla. Kobieta chce, by coś było teraz. Ja tego potrzebowałam. Przykro mi, że mieliśmy tego tak mało.

Jeszcze chwilę siedzieliśmy w smutnym milczeniu.

– Niedługo Rycerz przyprowadzi maluchy – odezwała się wreszcie. – Pozwoliłam im zostać na ostatnim przedstawieniu lalkarskim.

Nie byłoby dla nich dobrze, gdyby cię tu zastali. Nie zrozumieją, a ja nie będę potrafiła wyjaśnić.

Tak więc wyszedłem, kłaniając się od drzwi. Nie dotknąłem nawet jej dłoni. Czułem się gorzej niż wtedy, gdy usiłowałem zastukać. Wtedy istniał cień szansy. Teraz zostałem z rzeczywistością. Za późno.

Zszedłem po schodach w tłum i hałas. Wtem hałas wydał się głośniejszy; ludzie rozmawiali z podnieceniem, jedni zadawali pytania, inni powtarzali pogłoski.

– Statek! Z Wysp Zewnętrznych!

– Późno przybija!

– Flaga z narwalem?

– Właśnie przybył posłaniec! Widziałem jego pałeczkę.

Ugrzęzłem w tłumie zmierzającym do wielkiej sali biesiadnej. Usiłowałem się przedrzeć na skraj korytarza, ale udało mi się tylko oberwać kilka razy łokciem w żebra, usłyszeć parę przekleństw i zostać podeptanym. Skapitulowałem i pozwoliłem zanieść się fali rozgorączkowanych ludzi do wielkiej sali.

Rzeczywiście do królowej właśnie dotarł posłaniec. Trochę trwało, zanim wszyscy to sobie uświadomili. Najpierw ucichła muzyka, potem przerwali przedstawienie lalkarze. Żonglerzy wyłapali swoje maczugi. Tłum szumiał wyczekująco jak pszczoły w ulu, a do sali wtłaczało się coraz więcej ludzi. Posłaniec stał przed królową, wciąż dysząc i trzymając w dłoni pałeczkę, która wszystkim oznajmiała, że jest królewskim posłańcem i że nie wolno go zatrzymywać. W chwilę potem u boku królowej stanął Cierń, a potem na podwyższenie wszedł książę. Ketriken wyciągnęła rozwinięty zwój, by obaj mogli go przeczytać. Następnie uniosła go i gwar przycichł.

– Dobre wieści! Do portu zawinął statek z symbolem narwala – oznajmiła. – Wydaje się, że może w jutrzejszym święcie plonów weźmie udział kaempra Peottre z klanu Narwala z Wysp Zewnętrznych.

Była to wspaniała wiadomość i okrzyk entuzjazmu Arkona Krwawookiego z łatwością się wybił nad grzeczne mamrotanie książąt i księżnych. Jeden z Zawyspiarzy klepnął władcę Księstwa Rolnego po plecach. Książę wyraził swoje zadowolenie skinieniem głowy, a potem na jego znak muzykanci zaczęli grać żywą, radosną melodię. Właściwie nie było miejsca do tańca, ale ludzie zadowolili się podskakiwaniem i kołysaniem się w miejscu. Tłum powoli zaczął się przerzedzać, ponieważ niektórzy postanowili poszukać świeżego powietrza i więcej przestrzeni, a inni poszli roznosić plotki. Przedstawienie się skończyło i zobaczyłem, jak Rycerz i Pokrzywa zbierają młodsze rodzeństwo i wyprowadzają je z sali. Inne dzieci też szły spać. W chwili, kiedy pomyślałem, że tłum przerzedził się na tyle, że będę mógł spokojnie wyjść, nie uciekając się do używania łokci, dotarła do nas z zewnątrz druga fala podnieconych głosów. Niemal natychmiast ludzie zaczęli wlewać się z powrotem do sali. Poczułem, że ktoś ciągnie mnie za rękaw; odwróciłem się i ujrzałem Lamówkę.

– Usiądź z nami, chłopcze. Ukryjemy cię.

I tak siedziałem wkrótce na ławie między księżną Cierpliwą i Lamówką, nie rzucając się w oczy tak samo, jak lis w kurniku. Zgarbiłem się, ukryłem twarz za kuflem młodego jabłecznika i czekałem na wyjaśnienie, co oznacza ten nowy gwar.

Pomyślałem, że przybywa Peottre, ujrzawszy go stojącego nieruchomo w drzwiach. Jednakże hałas dobiegający z zewnątrz wydawał się większy, niż usprawiedliwiałaby to taka okazja, a sam Peottre miał zdeterminowaną minę, świadczącą o doniosłości wydarzenia. Uniósł ręce nad głowę i zawołał głośno:

– Zróbcie przejście, jeśli łaska! Zróbcie przejście.

Łatwiej było to powiedzieć niż wykonać w zatłoczonej sali, ale ludzie starali się ustąpić mu z drogi. Wszedł pierwszy, narzucając odmierzone tempo, a za nim pojawiło się zjawisko, jakie niewielu ludzi kiedykolwiek widziało. Elliania miała na sobie błękitny płaszcz z kapturem. Kaptur był obramowany białym futrem, podkreślającym jej lśniące czarne oczy i włosy. Sam płaszcz sięgał ziemi i ciągnął się za narczeską krótkim trenem, a jego kolor odpowiadał barwie Księstwa Koziego. Cały był przyozdobiony skaczącymi obok siebie kozłami i narwalami. Ich oczy były zrobione z lśniących białych klejnocików, tak że wydawało się, że Elliania ma na sobie letnie wieczorne niebo.

Książę Sumienny pozostał na podwyższeniu razem z matką. Patrzył na narczeskę i nikt w sali nie miał wątpliwości, że jest zachwycony. Nie odezwał się ani słowem do Ciernia czy królowej. Nie zawracał też sobie głowy dwoma schodkami, tylko zeskoczył wprost na podłogę. Na jego widok Elliania odrzuciła kaptur i podbiegła do narzeczonego. Spotkali się na środku wielkiej sali i chwycili za ręce.

– Nie mogłam czekać – poniósł się jej czysty, radosny głos. – Nie mogłam czekać na zimę i nie mogłam czekać na wiosnę. Przybyłam, by cię poślubić, i zrobię co w mojej mocy, by żyć według twoich obyczajów, choć mogą się one wydawać dziwne.

Książę popatrzył na nią z góry. Zobaczyłem, jak twarz rozjaśnia się mu radością, a potem spostrzegłem jego wahanie. Zobaczyłem, jak szuka odpowiednich słów do wygłoszenia przed zgromadzonym tu swoim ludem. Elliania podniosła na niego wzrok i światło w jej twarzy zaczęło przygasać, a książę wciąż usiłował ułożyć ostrożną odpowiedź.

Cisnąłem w niego Mocą myśl.

„Powiedz jej, że też nie możesz czekać. Powiedz jej, że ją kochasz i że ją natychmiast poślubisz. Miłości, która przybywa z tak daleka i za taką cenę, nie należy zniechęcać! Kobieta potrzebuje miłości teraz".

Twarz Ciernia zamarła w uśmiechu przerażenia. Królowa wstała, a ja wiedziałem, że wstrzymuje oddech. Peottre stał nieruchomo z kamienną twarzą. Wiedziałem, że modli się, by książę nie skrzywdził albo nie upokorzył dziewczyny.

– A zatem pobierzemy się jeszcze w tym tygodniu – odezwał się książę głośno i wyraźnie. – Nie tylko przed moimi książętami, lecz przed wszystkimi, którzy się tu zgromadzili. Pobierzemy się i przyniesiemy plony jako mąż i żona. Czy sprawi ci to radość?

– Na Ela i Edę, na morze i ląd! – zawołał Krwawooki. – Kozioł i Narwal! Na przełomie roku. Pomyślność dla nas wszystkich!

– Zatem niech tak będzie! – krzyknął Peottre i na jego twarzy pojawił się wyraz jakby zadziwienia.

– Sprawi mi to radość.

Zobaczyłem, jak jej usta wypowiadają te słowa, lecz ich nie usłyszałem. Wokół mnie wybuchła wrzawa, jako że sto języków zaczęło pracować naraz. Cierń zamknął na chwilę oczy, a potem przywołał na twarz uśmiech i patrzył z pozorną czułością na swego porywczego, pochopnego księcia. Lecz niechęć ukryta w jego spojrzeniu niwelowało to, co lśniło w oczach Ellianii. Jeśli kiedykolwiek potrzebowała potwierdzenia swej decyzji, otrzymała ją od Sumiennego. Zadałem sobie pytanie, jakim kosztem wobec siebie i swojego klanu tu przybyła. Na jej szacie widniały i narwale, i kozły, a wątpiłem, by sporządziła ją zupełnie samodzielnie. Domyśliłem się więc, że miała przynajmniej niewielkie wsparcie ze strony matki.

– Pobierają się w tym tygodniu? – zapytała mnie księżna Cierpliwa. Kiwnąłem głową.

– To będzie pamiętne święto plonów – stwierdziła. – Lepiej roześlijcie posłańców po kraju. Nikt nie będzie chciał tego opuścić. Nie mieliśmy w Koziej Twierdzy prawdziwego ślubu od czasu, kiedy pobraliśmy się tu z Rycerskim.

– To nie będzie prawdziwy ślub. Są przygotowani na święto plonów, a nie gody. Kucharka bardzo się zdenerwuje! – ostrzegła nas Lamówka.

Miała oczywiście rację. Udało mi się wycofać z zamętu, który stworzyłem, i nawet udało mi się przespać kilka godzin w pracowni. Obawiam się, że niewiele innych osób spało. Służba pracowała całą noc. Na szczęście przygotowania do uczty na święto plonów rozpoczęto już wcześniej i zamek był przyozdobiony jesiennymi girlandami. Szczęśliwie się też złożyło, że książęta i księżne zjechali się na święto, bo powstałby skandal, gdyby przez pośpiech Sumiennego któryś z jego wyższych wielmożów nie pojawił się na zaślubinach.

Nazajutrz niemal zatęskniłem za moim punktem obserwacyjnym. Całą długą uroczystość plonów przestałem w tylnym rzędzie gwardii księcia. Lotny uzupełnił nasze przerzedzone szeregi, lecz i tak boleśnie odczuwałem nieobecność tych, którzy wyruszyli z nami na poszukiwanie smoka. Obok mnie stał Rebus i myślę, że odczuwał to równie mocno, jak ja. Mimo to z zadowoleniem patrzyliśmy na naszego księcia i jego narzeczoną.

Uosabiali króla i królową żniw. Od dawna już nie przestrzegano tego starego obyczaju, bo od dawna na zamku nie mieszkała królewska para. Krawcowe musiały chyba pracować całą noc. Elliania miała na sobie swój płaszcz w narwale i kozły, a dla księcia jakimś sposobem uszyto idealnie do niego pasujący kaftan. Prosty diadem księcia zastąpiła ozdobna korona żniwna; ujrzałem w tym subtelną rękę Ciernia, bo ukazał Sumiennego książętom jako ukoronowanego króla. Chociaż było to związane ze świętem plonów, to na pewno wywrze odpowiednie wrażenie. Elliania też miała koronę, lecz podczas gdy koronę księcia tworzyły jelenie rogi, koronę narzeczeski zdobił jeden róg narwala emaliowany na niebiesko i osadzony w srebrze. Kiedy tańczyli ze sobą, sami pośrodku wysypanej piaskiem sali, wyglądali jak ożywiona para z legend.

– Jak sama Eda i El – zauważył Rebus, a ja mu przytaknąłem.

Przepych i wielka gala mają jednaki wpływ na szlachtę i gmin. W ciągu następnych kilku dni na zamku i w mieście pojawiły się nie widziane od lat tłumy ludzi. Uroczystość ku czci kręgu Rozumiejących przyciągnęła o wiele więcej osób, niż pojawiłoby się na niej w zwykłych okolicznościach. Zadanie opowiedzenia całej historii przypadło Małżowi, który wywiązał się z niego dobrze i z o wiele większą dokładnością, niż nauczyłem się spodziewać po minstrelach. Może dlatego, że sam miał Rozumienie, nie chciał, by uważano go za kogoś, kto nadmiernie ubarwia prawdę. Opowiedział więc wydarzenia z poruszającą prostotą, która nie podkreślała magii, jaką się posługiwał Brus i członkowie kręgu, za to kładła nacisk na to, że dla księcia chcieli poświęcić wszystko.

Małż, Szybki, Sieciarz i Uprzejmy zostali oficjalnie uznani za książęcy krąg Rozumiejących. Spotkało się to z lekkimi oznakami niezadowolenia wśród starszych wielmożów, dobrze pamiętających, że niegdyś słowem „krąg" nazywano grupę osób utalentowanych w Mocy, które pomagały królowi. Cierń zapewnił ich, że w końcu, kiedy będzie można zbadać i wybrać odpowiednich kandydatów, powstanie także krąg Mocy.

Królowa przekazała Biały Gaj Sikorce, a nie Pokrzywie, tak więc posiadłość otrzymała rodzina Brusa w uznaniu jego zasług. Sikorka przyjęła nadanie z powagą, a ja wiedziałem, że dochody z tej ziemi zapewnią jej i jej dzieciom dostatnie życie. Pani Pokrzywa została przedstawiona jako najnowsza spośród dam dworu, a Szybki został oficjalnym uczniem mistrza Rozumienia Sieciarza. Sieciarz opowiedział krótko, lecz z mocą o magii Brusa i wyraził żal, że był on zmuszony raczej ją ukrywać niż kształcić w niej swego syna. Dał wyraz nadziei, że nigdy więcej nie zdarzy się takie marnotrawstwo talentu. Następnie Sieciarz rozwiązał zagadkę, którą zadał mi, kiedy wyruszaliśmy w podróż. Powiedział, że Brus tuż przed śmiercią odzyskał świadomość na tyle, by pożegnać się z synem i umrzeć z modlitwą żołnierza na ustach. Wraz z ostatnim oddechem tchnął bowiem słowo „Tak", a wszyscy wiedzą, że jest to ostateczna modlitwa, jaką można ofiarować życiu. Pogodzenie się.

Zastanawiałem się nad tym podczas wieczoru spędzonego w pracowni. Ręce miałem tłuste od oliwy do lamp. Przesiąkły nią wszystkie zwoje, przez co wiele starych liter miało zatarte kontury i trudno mi było odczytać je znużonymi oczyma. Była to zniechęcająca, męcząca praca. Odsunąłem zwój, wytarłem ręce w szmatę i dolałem sobie nieco okowity.

Nie byłem pewien, czy zgadzam się z przemyśleniami Sieciarza, ale wydawało mi się, że słowem Brusa na określenie życia było właśnie „tak". Przecież mówienie mu „nie" niosło w sobie niewiele chwały i dawało mało zadowolenia. Wypowiadałem je wystarczająco często, by w pełni odczuć tę prawdę.

Na próżno szukałem kolejnej okazji, by porozmawiać z Sikorką na osobności. Zawsze była otoczona swoimi dziećmi. Siedząc samotnie przy kominku, powoli uświadomiłem sobie, że stanowią one jej część. Zapewne niewiele będę miał możliwości zastania jej gdzieś samej, z dala od nich. Okazja, której tak długo sobie odmawiałem, istniała tu i teraz, lecz gwałtownie mi się wymykała.

Następnego ranka, w wigilię ślubu, poszedłem do łaźni. Umyłem się i ogoliłem tak starannie, jak nie robiłem tego od lat. Wróciwszy do komnaty na wieży, związałem włosy w żołnierski kucyk, a potem wyjąłem ubrania, które narzucił mi Błazen. Włożyłem powoli niebieski kaftan i białą koszulę i dopełniłem strój wąskimi spodniami w błękicie Księstwa Koziego. Zdecydowanie sprawiałem wrażenie, że w jakiś sposób jestem z nim związany, lecz nie wyglądałem już jak służący czy gwardzista. Spojrzałem na swoje odbicie w lustrze i uśmiechnąłem się ze smutkiem. Księżnej Cierpliwej bym się spodobał. Niebezpiecznie przypominałem swego ojca. Zebrałem się na odwagę i przełożyłem srebrną szpilę z wewnętrznej na zewnętrzną stronę kaftana. Mały lis mrugnął do mnie, a ja odpowiedziałem mu uśmiechem.

Wyszedłem z tajnego labiryntu i ruszyłem korytarzami Koziej Twierdzy. Kilka razy czułem na sobie czyjś wzrok, a raz pewien mężczyzna stanął przede mną jak wryty i popatrzył na mnie zmrużonymi oczyma, marszcząc czoło, jakby usiłował coś sobie przypomnieć. Minąłem go. W zamku wrzało od bawiącej w nim szlachty i śpieszącej się służby. Poszedłem do Fiołkowej Komnaty i energicznie zastukałem do drzwi.

Otworzyła je Pokrzywa. Nie byłem na to przygotowany, sądząc, że najpierw będę musiał stawić czoło Rycerzowi. Wytrzeszczyła na mnie oczy, a potem z widocznym zaskoczeniem poznała, kim jestem. Milczała.

– Mogę wejść? – zapytałem. – Chciałbym porozmawiać z twoją matką i braćmi.

– Nie sądzę, by to było mądre. Odejdź – rzekła i zaczęła zamykać drzwi, lecz chwycił je za krawędź Rycerz, pytając:

– Kto to?

Kiedy mnie zobaczył, dorzucił półgłosem:

– Nie zwracaj na nią uwagi, panie. Strój damy, maniery przekupki.

Pokój był wypełniony dziećmi. Nigdy przedtem nie zdawałem sobie sprawy, że siedmioro dzieci to tak dużo. Szybki i Zwinny siedzieli na podłodze przed kominkiem nad grą w kamienie, a Spokojny obserwował jej przebieg. Szybki podniósł wzrok, zobaczył mnie i otworzył usta ze zdziwienia. Bliźniak szturchnął go, pytając:

– Co jest? Twój ruch.

Kominek i Sprawiedliwy mocowali się na łóżku i nie zwracali na mnie uwagi. Nagle uświadomiłem sobie rozmiary obietnicy, którą wymógł na mnie Brus; z łatwością stanowiła siedmiokrotność tego, o co poprosił Rycerski, kiedy oddawał mnie na wychowanie swej prawej ręce. Chłopcy szalejący po łóżku pomięli koce, a świecznikowi, stojącemu na nocnym stoliku, groziło przewrócenie. I wtedy, zanim Pokrzywa zamknęła mi drzwi przed nosem albo Rycerz mnie zaprosił do środka, do komnaty weszła z sąsiedniego pomieszczenia Sikorka. Stanęła z wbitym we mnie wzrokiem.

Sądzę, że gdyby mogła, wyrzuciłaby mnie. Kominek stanął na łóżku i skoczył na brata, który uniknął ataku, odtaczając się na bok. Zrobiłem dwa szybkie kroki i chwyciłem sześciolatka, zanim spadł na podłogę. Natychmiast mi się wywinął i znów rzucił się do bitwy z bratem. Nagle zaczęli mi przypominać miot szczeniąt, więc się uśmiechnąłem.

– Obiecałem Brusowi, że zajmę się jego synami. Nie mogę tego robić, nie znając ich. Przyszedłem się przedstawić.

Szybki wstał powoli, zwrócony twarzą do mnie. W jego oczach wyraźnie czaiło się pytanie. Zaczerpnąłem tchu. Znalazłem odpowiedź. Tak.

– Nazywam się Bastard Rycerski Przezorny. Wychowałem się w stajniach Koziej Twierdzy. Wasz ojciec nauczył mnie wszystkiego, co jego zdaniem powinien wiedzieć mężczyzna. Chciałbym to przekazać jego synom.

Rycerski wyczuł skrępowanie Pokrzywy, a moje imię zaniepokoiło go jeszcze bardziej. Stanął między mną i mniejszymi dziećmi. Było to tak odruchowe działanie, że musiałem się uśmiechnąć, mimo tego, co powiedział.

– Myślę, że umiem przekazać braciom nauki ojca, panie.

– Też tak sądzę. Będziesz jednak miał też inne sprawy na głowie. Kto się opiekuje waszym inwentarzem i stajnią, skoro wszyscy wyjechaliście?

– Byczy. Mężczyzna z naszej wioski, który od czasu do czasu pomagał nam przy cięższych pracach. Potrafi sobie dość dobrze poradzić przez kilka dni, chociaż będę musiał wrócić do domu zaraz po ślubie księcia.

– To nie jego sprawa! – wtrąciła się z oburzeniem Pokrzywa.

Wiedziałem, że będę musiał albo z nią wygrać, albo dać się jej przepędzić.

– Złożyłem obietnicę, Pokrzywo. Szybki był tego świadkiem. Nie sądzę, by twój ojciec prosił mnie o to, gdyby nie chciał, żeby wychowanie jego małych synów było moją sprawą. To wyjmuje ją z twoich rąk.

– Ale nie z moich – odezwała się stanowczo Sikorka. – I z wielu względów uważam, że to nie jest mądre.

Wziąłem oddech i przywołałem siłę woli. Odwróciłem się i spojrzałem na Rycerza.

– Kocham waszą matkę. Kocham ją od lat i kochałem na długo przedtem, nim wybrała waszego ojca. Obiecuję wam jednak, że wobec żadnego z was nie będę usiłował zająć jego miejsca. Będę usiłował robić tylko to, o co mnie poprosił. Będę usiłował opiekować się wami wszystkimi. – Spojrzałem na Sikorkę. Twarz miała tak bladą, że myślałem, iż zemdleje. – Żadnych tajemnic – rzekłem. – Żadnych tajemnic między nami.

Usiadła ciężko na łóżku. Dwaj najmłodsi chłopcy natychmiast się do niej zbliżyli, a Kominek wszedł jej na kolana. Odruchowo go objęła.

– Chyba powinieneś już iść – powiedziała słabym głosem.

Do matki podszedł Spokojny i objął ją opiekuńczo ramieniem. Szybki wstał nagle.

– Żadnych tajemnic? Powiesz im więc, że masz Rozumienie?

To było wyzwanie.

Uśmiechnąłem się do niego.

– Chyba właśnie to za mnie zrobiłeś. – Zaczerpnąłem tchu i spojrzałem na Pokrzywę. – Będę także uczył twoją siostrę władania Mocą. – Widząc nie rozumiejące spojrzenie Rycerza, dodałem: – To królewska magia, dawna magia. Ona ją ma. Rozmawia ze smokami. Kiedyś powinieneś ją o to zapytać. To dlatego została sprowadzona do Koziej Twierdzy – by służyć księciu. Sądzę, że twój ojciec też miał niejaki talent Mocy, ponieważ służył jako człowiek króla następcy trony Rycerskiemu. Mężczyźnie, na którego cześć został nazwany twój starszy brat.

Szybki patrzył na mnie niepewnie.

– Sieciarz powiedział, że mamy nie rozmawiać o tym, kim naprawdę jesteś. Że są jeszcze ludzie, którzy pragną twojej śmierci. Że twoje życie jest w naszych rękach.

Skłoniłem się mu.

– Tak. Złożyłem moje życie w wasze ręce. – Spojrzałem na Pokrzywę i dodałem: – Gdybyś naprawdę chciała się mnie pozbyć, byłoby to dla ciebie dość łatwe.

– Proszę cię, Bastardzie. – W głosie Sikorki dźwięczała desperacja. – Idź. Muszę porozmawiać z moimi dziećmi na osobności. Żałuję, że powierzyłeś tym młodszym tak wielki sekret. Ledwie im ufam, że codziennie umyją szyje, a co dopiero mówić o zachowaniu dla siebie takiego wyznania.

Poczułem się wtedy nieco głupio, więc skłoniłem się i powiedziałem tylko:

– Wedle twego życzenia, Sikorko.

Wyszedłem; po zamknięciu za sobą drzwi przeszedłem tylko pięć kroków, gdy kolana zaczęły mi się tak trząść, że na moment musiałem się oprzeć o ścianę. Przechodząca korytarzem służąca zapytała, czy źle się czuję, ale zapewniłem ją, że nic mi nie jest. Kiedy jednak odzyskałem siły i oddalałem się korytarzem, myślałem, czy tak rzeczywiście będzie.

Wtem nagły przekaz Mocą od Pokrzywy uderzył we mnie z siłą młota.

„Smoki przybywają! Tintaglia żąda, byśmy przygotowali dla nich żywe mięso w >>zwykłym<< miejscu!”.

Smoki sprowadził do nas w dniu ślubu księcia łut szczęścia, ale to Pokrzywa wpadła na pomysł, by daninę, której Tintaglia zażądała tak kategorycznie, nazwać Smoczą Ucztą. Niedaleko Kamieni Świadków zamknięto w ogrodzeniu nieszczęsne woły, przybrane błękitnymi wstążkami. Na całe szczęście Tintaglia i Lodogień nie przybyli na samą uroczystość. Na obu wzgórzach tłoczyli się wszyscy, którzy chcieli zobaczyć, jak książę i Elliania składają przysięgę pośrodku Kamieni Świadków. Państwo młodzi wspaniale wyglądali w błękicie i bieli. Stali między kolumnami pod nieoczekiwanie niebieskim niebem i wyraźnie wypowiedzieli słowa przysięgi.

Znajdowałem się wśród gwardzistów, tworzących szereg i nie dopuszczających ludzi na teren w pobliżu ogrodzenia dla bydła. Smoki pojawiły się na niebie jako niewielkie klejnoty w chwili, gdy książę skończył składać przysięgę swojej oblubienicy i swoim książętom. Podleciały bliżej, a tłum jęknął z zachwytu, jakby były trupą akrobatów, sprowadzoną specjalnie dla jego przyjemności. Smoki rosły nam w oczach i wkrótce nie mieliśmy kłopotu z utrzymaniem ludzi z dala od miejsca przeznaczonego dla smoków, jako że wszyscy zaczęli sobie uświadamiać ich rozmiary. Stało się jasne, że Tintaglia ucieka przed namiętnie goniącym ją Lodogniem, i tłum zamilkł. Nad Kamieniami Świadków zaczęły krążyć, koziołkować i udawać walkę; przelatywały tak nisko, że podmuch wywołany biciem ich skrzydeł mierzwił włosy i trzepotał szarfami. Raptownym, niemal pionowym zrywem wzniosły się razem w niebo, lśniąc czernią i srebrzystym błękitem, a potem Lodogień rzucił się na swoją partnerkę i smoki zaczęły się parzyć w przypływie wybujałej lubieżności, która zachwyciła zgromadzonych ludzi jako dobry omen dla ich księcia i nowej księżnej. Nikt, kto miał choćby cień Mocy, nie mógł zostać całkowicie nieczuły na namiętność tych olbrzymich stworów. Zaraziły one tłum falą czułości i uwodzicielstwa, dzięki czemu noc, która nastąpiła po uroczystości, wiele osób wspominało długo i ciepło.

Smoki niewiele to obchodziło. Łączyły się kilka razy, trąbiąc donośnie i udając, że rzucają sobie nawzajem wyzwanie, a potem spadły na woły z przerażającą żarłocznością. Zagroda nie wytrzymała pod naporem spłoszonego bydła i zanim Tintaglia i Lodogień zakończyły rzeź i przystąpiły do uczty, jeden gwardzista został stratowany, a kilkudziesięciu gapiów rozbiegło się z przerażeniem w bezpieczniejsze miejsca.

Chociaż smoki nie zwracały zbytniej uwagi na uroczystości, ich obecność okazała się tryumfem naszego księcia. Zanim władcy rozjechali się do swoich księstw, spotkali się i zgodzili uznać księcia za następcę tronu. Było to zakończenie wyprawy Sumiennego godne pieśni minstrela; powstało ich wiele i były one później często śpiewane. Uczty i radosne świętowanie trwało w Koziej Twierdzy przez pełne dwadzieścia dni, aż do pierwszych ataków zimy, które przekonały szlachtę, że powinna udać się do własnych posiadłości, zanim drogi staną się całkowicie nieprzejezdne. Zamek bardzo stopniowo wrócił do dawnego trybu życia, ale przez całą zimę panowało w nim ożywienie, jakiego nie zaznał od lat. Następca tronu i jego młoda małżonka przyciągali nie tylko dobrze urodzoną młodzież z Królestwa Sześciu Księstw, ale i młodszych kaemprów z Wysp Zewnętrznych. Powstawały sojusze nie mające nic wspólnego z handlem i czyniono plany małżeńskie, obejmujące swym zasięgiem oba kraje. Wśród ogłaszających zamiar wspólnego życia znaleźli się pan Uprzejmy i pani Urodna.

Był to także czas rozstań. Pożegnałem się z Trafem i jego mistrzem, bo na zimę udawali się za swoim panem do jego twierdzy. Mój chłopak sprawiał wrażenie naprawdę szczęśliwego, a jeśli nie cieszyłem się z samego rozstania, to przynajmniej z tego, że dokonał wyboru, który dawał mu tyle zadowolenia. Sieciarz wziął ze sobą Szybkiego, mówiąc, że nadeszła pora, by chłopiec poznał swoich pobratymców i lepiej zrozumiał wszelkie niuanse Rozumienia oraz pojął konieczność posługiwania się nim z rozwagą. Moja deklaracja miłości wobec jego matki wzniosła między Szybkim i mną nowy mur. Nie miałem pewności, czy zdołam go obalić, ale świadomość, że wyjawiłem to szczerze, pozwalała mi się czuć lepiej. Sieciarz usiłował mnie namówić, bym wyruszył z nimi, mówiąc, że i ja bym na tym skorzystał, ale wymówiłem się kolejny raz i obiecałem, że naprawdę pewnego dnia znajdę czas na naukę. Uśmiechnął się i przypomniał mi, że nikt nie może znaleźć czasu, a jedynie mądrze wykorzystać ten, który mu dano. Obiecałem, że spróbuję to zrobić, i pomachałem im obu na pożegnanie z bramy Koziej Twierdzy.

Smoki odleciały z pierwszymi przymrozkami i nie żegnaliśmy ich z przykrością. Każdy potrafił zjeść dziennie dwie sztuki bydła. Na początku ich wizyty Pokrzywa ostrzegła nas, że jeśli nie dostarczymy im pożywienia dobrowolnie, to zapewne same wezmą sobie to, co im się spodoba. Zanim zimowe chłody przegoniły je na południe, nasze stada zostały solidnie przetrzebione. Pewnej nocy z rozbawieniem odkryłem, że Pokrzywa i Tintaglia rozmawiają we śnie. Pokrzywa towarzyszyła smoczycy, która leciała nieco za Lodogniem. Podmuchy chłodnego wiatru, gwiazdy nad głową i mocne zapachy śpiącej ziemi oszałamiały.

„A za pustynią znajdziecie jedne z największych, najbardziej tłustych stad w tamtej części świata. A przynajmniej tak słyszałam" – zachwalała Pokrzywa nonszalancko.

„Pustynia? Suchy piasek? Marzę o dobrej kąpieli w piasku. Wilgotny piasek utrzymuje się pod łuskami, a woda nie potrafi usunąć z nich starej krwi tak, jak on".

„Sądzę, że spodoba się wam tam wiele rzeczy. Słyszałam, że bydło w Krainie Miedzi jest dwa razy większe od hodowanego przez nas i tak tłuste, że jeśli jego mięso chce się upiec nad otwartym ogniem, to się zapala".

Sen Pokrzywy pachniał pieczonym mięsem i kapiącym tłuszczem. Ja sam niemal zgłodniałem.

„Nigdy nie słyszałem, by bydło w Krainie Miedzi było szczególnie tłuste albo duże" – wtrąciłem się.

„Nie rozmawiałyśmy z tobą" – zauważyła surowo Pokrzywa. „A o Krainie Miedzi wiem to, co opowiadał mi o niej ojciec. Sądzę, że wizyta głodnych smoków dobrze im tam zrobi".

I z tymi słowy wyrzuciła mnie ze swojego snu, a ja obudziłem się na podłodze obok łóżka.

Sumienny, Cierń, Pokrzywa, Młotek i ja nadal spotykaliśmy się wcześnie rano, by się uczyć i rozszerzać nasze pojmowanie Mocy. Pokrzywa była uprzejma, ale odzywała się do mnie tylko wtedy, gdy było to konieczne. Nie napierałem na ten mur, ale uczyłem Sumiennego, Młotka i ją jako grupę. Wkrótce stało się oczywiste, że mam nad nimi śmiesznie małą przewagę i odtąd uczyliśmy się już jako krąg Mocy. To, czego dowiedzieliśmy się z odzyskanych zwojów, sprawiło, że posuwaliśmy się do przodu raczej wolniej niż szybciej, ponieważ raptem okazało się, że władamy naszą magią tak, jak chłopiec klingą miecza, nie rozumiejąc ani niesionych przez nią zagrożeń, ani możliwości. Cierń rozpaczliwie pragnął eksperymentować z portalami, jak zaczęliśmy nazywać kamienie Mocy. Kusiły go miasta Najstarszych oraz wzmianki o ich skarbach i tajemnicach. Tylko najwyższa niechęć, jaką przejawialiśmy wobec nich z Młotkiem, przekonała go, że zanim spróbuje je wykorzystać, powinien opanować magię w większym stopniu. Może najbardziej pozytywnym efektem było to, że zgodnie z dawną tradycją Cierń zgodził się ogłosić na wiosnę Wezwanie oraz że spośród przybyłych wybierzemy kandydatów, którzy będą szkoleni we władaniu Mocą zgodnie z procedurami starannie opisanymi w zwojach.

Mimo obowiązków zima mi się dłużyła. Nazajutrz po ślubie Sikorka wyjechała z Koziej Twierdzy z pięcioma spośród swoich synów. Nie pożegnała się mną w żaden sposób. Przez trzy dni krwawiło mi serce, a potem, nie mając żadnych innych doradców w jego sprawach, opowiedziałem smutną historię mojej głupoty księżnej Cierpliwej i Lamówce. Słuchały uważnie, pochwaliły moją odwagę i uczciwość, potępiły głupotę i na koniec wyjawiły, że Sikorka już im wszystko opowiedziała. Księżna Cierpliwa zbeształa mnie za pośpiech, przed którym mnie przestrzegały, a potem stwierdziła, że najlepiej będzie, jak wrócę z nią na zimę do Kupieckiego Brodu, żebym ja sam miał zajęcie i żeby dać Sikorce trochę czasu. Ledwie się od tego wymówiłem. Mimo wszystko trudno mi było się z nimi pożegnać i obiecałem, że jeszcze przed końcem roku odwiedzę leciwe damy.

– Jeśli będziemy jeszcze żyć – zgodziła się radośnie księżna Cierpliwa.

Obiecały, że do sprawozdania z posiadłości wysyłanego co miesiąc królowej będą dołączać wieści dla mnie, a ja obiecałem im listy ode mnie. Patrzyłem, jak wyruszają w drogę, siedząc na koniach wśród gwardii, którą przydzieliła im Ketriken, bo mimo swego wieku obie damy gardziły wygodami lektyki. Stałem na drodze i patrzyłem za nimi, aż zniknęły za zakrętem.

## ROZDZIAŁ 37

# ŻYLI DŁUGO

*Niechaj Wezwanie zostanie ogłoszone ze znacznym wyprzedzeniem, ludzi bowiem należy uprzedzić, zanim Moc dotknie ich po raz pierwszy. Wezwanie wysłane bez ostrzeżenia może wywołać wielki strach, ponieważ ci, którzy mają talent Mocy, nie będą wiedzieli, co to jest, i przestraszą się, że ogarnia ich szaleństwo albo coś gorszego. Niechaj zatem jeźdźcy zostaną rozesłani na wiele dni przed czasem. Nie należy jednak mówić, którego dnia nastąpi Wezwanie. W przeszłości wiele czasu stracono na próby obudzenia Mocy u tych, którzy przybyli do Koziej Twierdzy, twierdząc, że usłyszeli Wezwanie, podczas gdy w rzeczywistości chcieli tylko uciec przed życiem rolnika, piekarza czy flisaka.*

*Niechaj Wezwanie wyśle najsilniejszy krąg Mocy w twierdzy, by miało ono jak największy zasięg. Wezwanie należy wysyłać nie częściej niż raz na piętnaście lat.*

Sęka „O wzywaniu kandydatów"

Próbowałem. Nie mogłem jednak nic na to poradzić.

W miesiąc po wyjeździe księżnej Cierpliwej poddałem się impulsowi. Wysłałem Sikorce duży garniec konfitur z jagód golterii. Poprosiłem Rebusa, by był moim posłańcem. Wydawał się zdumiony, że go pytam, czy jest zajęty, bo, jak zauważył, już kilka tygodni wcześniej powiedziano mu, że ma być gotów na każde moje zawołanie. Od kiedy zacząłem odgrywać bardziej aktywną rolę w sprawach Przezornych, Cierń dokonał kilku drobnych zmian na moją rzecz. Słabły pozory, że jestem zwykłym członkiem gwardii księcia, zastępowane cichą akceptacją tego, że służę rodzinie królewskiej w mniej jawny sposób. Wciąż nosiłem imię Toma Borsuczowłosego, lecz rzadko już wkładałem mundur gwardzisty, a na piersi zawsze miałem szpilkę z lisem.

Rebus sprawiał wrażenie speszonego przydzielonym mu zadaniem, lecz podarek dostarczył.

– Co powiedziała? – zapytałem go z niepokojem, gdy wrócił.

Spojrzał na mnie obojętnie.

– Do mnie nic. Dałem garniec chłopcu, który otworzył drzwi. Powiedziałem mu jednak, że to dla jego mamy. Czy nie to miałem zrobić?

– Tak – odparłem z lekkim wahaniem. – O to właśnie mi chodziło. Tak.

W następnym miesiącu wysłałem list z informacją, że według mnie Pokrzywa robi bardzo duże postępy w nauce i coraz swobodniej czuje się na dworze. Powiadomiłem też rodzinę, że Sieciarz wysłał ptaka z wiadomością, że razem z Szybkim zimę prawdopodobnie spędzą na dworze Księstwa Niedźwiedziego. Sieciarz sprawiał wrażenie zadowolonego z chłopca, a ja pomyślałem, że Sikorka ucieszy się, że dobrze się czują. W liście pisałem tylko o jej dzieciach. Razem z nim wysłałem dwa pajacyki na sznurku, figurkę niedźwiedzia i woreczek ziołowych cukierków.

Sprawozdanie Rebusa z doręczenia tej przesyłki było nieco bardziej obiecujące.

– Jeden z maluchów powiedział, że zioła są dobre, ale mięta lepsza.

W następnym miesiącu do listu o Pokrzywie dołączyłem woreczek cukierków ziołowych, woreczek cukierków miętowych oraz orzechy i rodzynki. Zasłużyłem sobie tym na krótką odpowiedź Sikorki, dopisaną u dołu mojego listu, w której dziękowała za wieści o Pokrzywie i prosiła, bym łaskawie przestał doprowadzać chłopców słodyczami do mdłości.

W następnym comiesięcznym liście jak zwykle napisałem o Pokrzywie i przekazałem wieści o Szybkim, który wraz z innymi dziećmi w Wysokiej Fali w Księstwie Niedźwiedzim zapadł na gorączkę plamistą, ale już całkowicie wyzdrowiał. Chłopcem zainteresowała się sama księżna i dużo uczyła go o sokołach. Osobiście zastanawiałem się, jak dużo, lecz o moich wątpliwościach nie pisałem. Zamiast słodyczy wysłałem dwa woreczki kulek do gry z wypalonej gliny, nadzwyczaj udany hak do usuwania kamieni z kopyt w skórzanym pokrowcu i dwa drewniane miecze ćwiczebne.

Rebus z rozbawieniem opowiedział, że zanim jeszcze zdążył zsiąść z konia, Kominek zdzielił jednym z mieczy Sprawiedliwego i nie chciał zamienić się ze Zwinnym na woreczek kulek, które były przeznaczone dla niego. Uznałem za dobry znak, że Rebus zna już chłopców z imienia i że wszyscy wyszli z domu, by go powitać.

Notatka od Sikorki była mniej pokrzepiająca. Sprawiedliwemu wyskoczył z tyłu głowy potężny guz, za co winiła mnie. Chłopcy byli też rozczarowani brakiem słodyczy, za co też mnie winiła. Listy są mile widziane, ale powinienem przestać siać niezgodę w rodzinie nieodpowiednimi prezentami. Był też liścik od Rycerza, w którym dziękował mi sztywno za hak. Zapytał, czy wiem, gdzie można zdobyć olej szafranowy, bo jedna z klaczy cierpi na uporczywą infekcję kopyta, a on chyba pamięta, że ojciec stosował w takim wypadku olej szafranowy.

Nie czekałem do następnego miesiąca. Natychmiast znalazłem olej i wysłałem go Rycerzowi z poleceniem, by umył wszystkie cztery kopyta klaczy octem, przeniósł ją do innego stanowiska i natarł kopyta olejem pod spodem i na zewnątrz. Zaproponowałem też, by wysypał jej poprzednie stanowisko grubą warstwą popiołu z kominka, wymiótł go dopiero po trzech dniach, a potem wymył podłoże octem i dopilnował, by dobrze wyschło, zanim umieści tam jakiegoś konia. Wraz z olejem szafranowym i listem do Rycerza nieposłusznie wysłałem twarde długie cukierki; poprosiłem, by wydzielał je oszczędnie, tak żeby nikogo nie rozbolał brzuch.

Odpisał, dziękując za olej i przyznając się, że nie pamiętał o stosowaniu octu. Zapytał, czy znam proporcje pewnej maści, którą robił Brus, bo jemu samemu wyszła zbyt rzadka. Zapewnił mnie, że cukierki będą dostawać tylko ci, którzy na nie zasłużą. Sikorka przysłała liścik, lecz z wyraźną adnotacją „Dla Pokrzywy".

– Ale Spokojny powiedział mi, że wszyscy wolą cukierki miętowe – poinformował mnie Rebus, wręczając list od Rycerza. – Spokojny wydaje mi się najgrzeczniejszy. To taki chłopiec, którego często się nie zauważa wśród bardziej niesfornych dzieci. Sam taki byłem w dzieciństwie – dodał z uśmiechem kłamcy.

– Oczywiście – zgodziłem się sceptycznie.

– Będzie odpowiedź? – zapytał, a ja odparłem, że muszę się zastanowić.

Doświadczenia z ustaleniem odpowiedniego składu maści trwały kilka dni. Uświadomiłem sobie dzięki temu, jak wiele zapomniałem. Zrobiłem kilka garnczków leku i dobrze je zapieczętowałem. W starej pracowni, którą niegdyś dzieliliśmy, złożył jedną ze swych rzadkich wizyt Cierń. Wciągnął z namysłem powietrze do nosa i zapytał, co przyrządzam.

– Łapówki – odparłem szczerze.

– Aha – powiedział i kiedy nie pytał o nic więcej, zrozumiałem, że Rebus nadal składa mu sprawozdania. – Widzę, że wprowadziłeś kilka zmian – dodał, rozglądając się po komnacie.

– Głównie za pomocą miotły i wody. Wiele bym oddał za okno.

Spojrzał na mnie dziwnie.

– Sąsiednia komnata zawsze stoi pusta. Kiedyś należała do wielmożnej pani Tymianek. Krążą pogłoski, że wciąż ją nawiedza. Wiesz, dziwne zapachy i hałasy po nocy. – Uśmiechnął się do siebie. – To była użyteczna starucha. Drzwi łączące obie komnaty zamurowałem dawno temu. Były za tym gobelinem. Zapewne mógłbyś się przebić na drugą stronę, gdybyś nie narobił zbyt wiele hałasu.

– Przebić się przez ścianę bez hałasu?

– Mogłoby się to okazać nieco trudne.

– Nieco. Może spróbuję. Dam ci znać.

– Albo mógłbyś przenieść Pokrzywę z twego dawnego pokoju na dole i korzystać z niego.

Pokręciłem głową.

– Wciąż mam nadzieję, że może któregoś wieczoru zechce wejść po tych ukrytych schodach i porozmawiać ze mną.

– Ale nie ma w tym jeszcze zbyt wielkiego postępu.

– Obawiam się, że nie.

– Jest równie uparta, jak ty. Nie pozwól jej się zbliżyć do kominka z nożykiem do owoców w ręce.

Spojrzałem na ten, który wciąż tam tkwił, wbity siłą mojego chłopięcego gniewu.

– Będę pamiętał.

– I pamiętaj też, że mi wybaczyłeś. W końcu.

Spróbowałem wysłać maść poprzez Rebusa wraz z woreczkiem miętowych dropsów, herbatą z przyprawami i małym jeleniem z ruchomymi nogami.

– To niedobry pomysł – stwierdził mój posłaniec. – Dołóż przynajmniej kilka bączków, żeby każdy coś dostał.

Tak zrobiłem. Rebus zupełnie niewinnie zaproponował też gwizdki, ale zauważyłem, że chodzi mi o wkupienie się w łaski rodziny, a nie sprowokowanie Sikorki do zamordowania mnie. Wyszczerzył zęby w uśmiechu, kiwnął głową i odjechał, a z powodu burzy śnieżnej wrócił o dwa dni później.

Przywiózł dwa listy, jeden dla mnie, a drugi dla Pokrzywy, oraz wiadomość, że jadał z rodziną, a noce spędzał w stajni po rozegraniu każdego wieczoru kilku partii gry w kamienie ze Spokojnym.

– Kiedy Rycerz pytał o ciebie, mówiłem o tobie dobrze. Powiedziałem, że noce spędzasz nad zwojami i jeśli nie będziesz na siebie uważał, to zmienisz się w skrybę. Wtedy Kominek zapytał, czy jesteś gruby, bo rozumiem, że skryba w ich miasteczku jest dość korpulentny. Odpowiedziałem, że nie, wręcz przeciwnie, że moim zdaniem ostatnio schudłeś i przycichłeś. I że spędzasz samotnie więcej czasu, niż jest to zdrowe.

Przekrzywiłem głowę.

– Czy mogłeś odmalować mnie w jeszcze żałośniejszych barwach?

Powtórzył mój gest.

– A czy cokolwiek z tego jest niezgodne z prawdą?

Była też notatka od Rycerza, który dziękował mi za maść i podanie jej składu.

Nie wiem, co Sikorka napisała do Pokrzywy. Nazajutrz rano ociągała się z wyjściem po lekcji władania Mocą. Zajrzał do nas Sumienny z pytaniem, czy zechce odbyć przejażdżkę razem z nim, Ellianią, Uprzejmym i Urodną. Odparła, żeby się wybierali, bo z łatwością ich dogoni, ponieważ fiokowanie się przed konną jazdą nie trwa u niej całe wieki.

Kiedy odwróciła się do mnie, zauważyła mój uśmiech.

– W obecności innych zwracam się do niego oficjalnie – wyjaśniła. – Rozmawiam z nim w ten sposób tylko tutaj.

– Jemu się to podoba. Kiedy odkrył, że ma kuzynkę, był uszczęśliwiony. Powiedział, że miło znać dziewczynę, która rozmawia z nim szczerze.

Zaniemówiła; pożałowałem tej uwagi, sądząc, że moje słowa zniechęciły ją do powiedzenia tego, co chciała powiedzieć. Spojrzała mi jednak w oczy, uniosła podbródek i wzięła się pod boki.

– O. A czy powinnam rozmawiać szczerze z tobą?

Nie byłem pewien.

– Mogłabyś – zaproponowałem.

– Moja matka pisze, że czuje się dobrze i że moi mali bracia lubią, kiedy odwiedza ich Rebus. Zastanawia się, czy ty się ich boisz, skoro sam nie przyjeżdżasz.

Zgarbiłem się na krześle i spojrzałem na blat.

– Raczej boję się jej. Kiedyś łatwo wpadała w złość.

Zacząłem skubać paznokieć kciuka.

– Rozumiem, że kiedyś celowałeś w prowokowaniu jej.

– To zapewne prawda. No tak. Myślisz, że ucieszyłaby się, gdybym przyjechał?

Stała dość długo, nic nie mówiąc.

– A czy mojej złości też się boisz? – zapytała wreszcie.

– Trochę – przyznałem. – Dlaczego pytasz?

Podeszła do okna i zapatrzyła się na morze, jak niegdyś zwykł to robić król Szczery. W takiej pozie wyglądała na osobę z rodu Przezornych tak samo, jak ja. Z roztargnieniem przeczesała dłońmi włosy. Naprawdę mogłaby poświęcić nieco więcej uwagi „fiokowaniu się". Jej ostrzyżone włosy sterczały jak sierść rozzłoszczonego kota.

– Kiedyś myślałam, że zostaniemy przyjaciółmi. Potem odkryłam, że jesteś moim ojcem. Od tamtej chwili nie bardzo próbowałeś nawet ze mną rozmawiać.

– Myślałem, że tego nie chcesz.

– Może chciałam się przekonać, jak bardzo będziesz próbował. – Odwróciła się i spojrzała na mnie oskarżycielsko. – Wcale nie próbowałeś.

Przez długą chwilę siedziałem w milczeniu. Pokrzywa ruszyła do drzwi.

Wstałem.

– Wiesz, Pokrzywo, wychował mnie mężczyzna wśród mężczyzn. Czasami myślę, że jest to największa przeszkoda w kontaktach z kobietami, jakiej można doświadczyć.

Spojrzała na mnie, a ja mówiłem z głębi serca.

– Nie wiem, co robić. Chcę, żebyś znała mnie przynajmniej jako osobę. Twoim ojcem był Brus i wywiązał się z tego dobrze. Może jest za późno, bym zajął to miejsce w twoim życiu. Nie mogę też znaleźć miejsca dla siebie w życiu twojej matki. Wciąż ją kocham, tak samo mocno, jak wtedy, gdy ode mnie odeszła. Myślałem, że kiedy wykonam swoje zadania, odnajdę ją i jakoś będziemy razem szczęśliwi. I oto minęło szesnaście lat, a mnie wciąż nie udało się odnaleźć do niej drogi.

Stała z ręką na zasuwce i ze skrępowaną miną.

– Może mówisz to niewłaściwej kobiecie – rzekła.

I wymknęła się cicho z komnaty.

W kilka dni później Rebus znalazł mnie przy śniadaniu w izbie żołnierskiej.

– Pokrzywa dała mi list do matki i braci – oznajmił, usiadłszy na ławie naprzeciwko mnie. – Powiedziała, bym go zawiózł, kiedy będę jechał następnym razem w twoich sprawach. – Sięgnął przez stół i wziął sobie z mojego talerza kawałek chleba. – Szybko to będzie? – zapytał z pełnymi ustami.

Zastanowiłem się.

– Jutro rano – zaproponowałem.

Kiwnął głową.

– Tak sądziłem.

Pojechałem na Mojejkarej na targ do miasta, zmagając się z nią przez całą drogę. Przez pół roku zajmował się nią chłopiec stajenny, którego sposobem na dostarczenie jej ruchu było wyprowadzenie jej, pozwolenie na wybieganie się i przyprowadzenie z powrotem do stajni. Była nieposłuszna i krnąbrna, szarpała wędzidło i nie słuchała wodzy. Wstydziłem się, że tak ją zaniedbałem. Odwiedziłem zimowy targ i wróciłem do domu z imbirem w cukrze i czterema łokciami czerwonej koronki, które włożyłem do koszyka razem z wykradzioną butelką wina z mniszka lekarskiego. Przez całą noc siedziałem z kawałkiem dobrego papieru przed sobą i udało mi się sklecić trzy zdania. „Pamiętam cię w czerwonej spódnicy. Wspinałaś się przede mną na urwiska wyrastające z plaży, a ja widziałem twoje gołe, zapiaszczone kostki. Myślałem, że serce wyskoczy mi z piersi". Zastanawiałem się, czy jeszcze pamięta tamten wypad, kiedy nie śmiałem nawet jej pocałować. Zapieczętowałem list kleksem wosku. Cztery razy go rozpieczętowywałem, usiłując wymyślić lepsze słowa. W końcu powierzyłem go Rebusowi w tej wersji i przez następne cztery dni żałowałem, że to zrobiłem.

Czwartej nocy przesunąłem dźwignię otwierającą drzwi w sypialni Pokrzywy. Nie wszedłem i nie wezwałem jej, jak robił to Cierń. Zszedłem za to do połowy stromych schodów i zostawiłem tam płonącą świecę, po czym wróciłem na górę i czekałem.

Wydawało mi się że minęła wieczność. Nie wiem, co ją w końcu obudziło, światło czy przeciąg, ale w końcu usłyszałem jej niepewny krok na schodach. W wygodniejszym końcu komnaty dobrze napaliłem w kominku.

Wyjrzała zza ukrytych drzwi, zobaczyła mnie, ale i tak weszła ostrożnie jak kot. Minęła powoli roboczy stół z rozwiniętymi, poplamionymi zwojami i jeszcze wolniej przeszła obok roboczego kominka z wiszącymi na uchwytach szczypcami, miarkami i poplamionymi rondlami. W końcu podeszła do stojących przy kominku krzeseł. Miała na sobie koszulę nocną, a ramiona okryła tkanym szalem. Drżała.

– Usiądź – zaprosiłem ją. Posłuchała. – Tutaj pracuję – wyjaśniłem. Woda właśnie się zagotowała, więc zapytałem: – Napijesz się herbaty?

– W środku nocy?

– Dużo pracuję w środku nocy.

– Większość ludzi wtedy śpi.

– Jestem inny niż większość ludzi.

– No właśnie.

Wstała i przyjrzała się przedmiotom na gzymsie kominka. Stała tam figurka wilka, którą wyrzeźbił Błazen, a obok niej kamień pamięci z widoczną podobną figurką. Dotknęła rękojeści wbitego w drewno nożyka do owoców i spojrzała na mnie pytająco. A potem sięgnęła w górę i położyła dłoń na rękojeści miecza Rycerskiego.

– Jeśli chcesz, możesz go zdjąć. Należał do twego dziadka. Uważaj. Jest ciężki.

Cofnęła rękę.

– Opowiedz mi o nim.

– Nie mogę.

– Kolejny sekret?

– Nie. Nie mogę ci o nim opowiedzieć, ponieważ go nie znałem. Kiedy miałem pięć czy sześć lat, oddał mnie Brusowi. Nie pamiętam, bym go kiedykolwiek widział. Wiem, że od czasu do czasu zaglądał do mnie dzięki Mocy, oczyma Szczerego. Wtedy jednak nic o tym nie wiedziałem.

– Zupełnie jak ty i ja – powiedziała powoli.

– Owszem – przyznałem. – Tylko że teraz mam szansę cię poznać. Jeśli oboje będziemy dość odważni, by ją wykorzystać.

– Jestem tu – zauważyła, siadając wygodniej na krześle. A potem zamilkła, a ja nie wiedziałem, co powiedzieć. Po chwili pokazała na rzeźbę Błazna. – To twój wilk? Ślepun?

– Tak.

Uśmiechnęła się.

– Wygląda dokładnie tak, jak wyobrażałam sobie ciebie. Opowiedz mi o nim.

Spełniłem jej prośbę.

Rebus wrócił trzy dni później, narzekając na złe drogi i zimno. Do domu goniła go burza. Ledwie go słuchałem. Wziąłem od niego zwitek papieru z kory, zaniosłem do mojej jaskini i dopiero tam rozwinąłem. Na pierwszy rzut oka wyglądało to na rysunek. Potem zdałem sobie sprawę, że to pośpiesznie naszkicowana mapa. Na dole strony widniało kilka słów: „Pokrzywa powiedziała, że masz trudności ze znalezieniem drogi powrotnej do mnie. Może to okaże się pomocne".

Za murami Koziej Twierdzy padał gęsty śnieg. Chmury były ciężkie i nie spodziewałem się, że prędko się przejaśni. Poszedłem do pracowni i upchnąłem do juków zmianę ubrania.

„Przez jakiś czas mnie nie będzie" – wysłałem Mocą myśl do Ciernia.

„Doskonale. Możemy skończyć tłumaczenie tego zwoju wieczorem".

„Źle mnie zrozumiałeś. Nie będzie mnie przynajmniej kilka dni. Jadę do Sikorki".

Zawahał się; wyczułem, jak bardzo chce mnie zatrzymać. Działo się zbyt wiele, bym mógł wyjechać. Tłumaczenia, pomoc przy ulepszaniu jego proszku, organizowanie Wezwania. Zwoje napominały, że ludność królestwa musi być przygotowana na Wezwanie, by rodzice albo przyjaciele tych, którzy usłyszą w głowie głosy, nie pomyśleli, że ogarnia ich szaleństwo. Zarazem zwoje przestrzegały, by dokładny termin przeprowadzenia Wezwania trzymać w tajemnicy, a to dlatego, żeby czasu mistrza Mocy nie marnowali szarlatani.

Odsunąłem od siebie to wszystko z irytacją. Czekałem.

„Jedź zatem. I powodzenia. Powiedziałeś Pokrzywie?".

Teraz ja się zawahałem.

„Powiedziałem tylko tobie. Myślisz, że ją też powinienem zawiadomić?".

„Sprawy, w których prosisz mnie o radę! Nigdy nie pytasz o to, o co mam nadzieję, że zapytasz, a zawsze o to... nieważne. Tak. Powiedz jej. Tylko dlatego, że jeśli tego nie zrobisz, może pomyśleć, że chcesz ją zwieść".

Sięgnąłem więc ku mojej córce.

„Pokrzywo. Dostałem list od Sikorki. Jadę ją odwiedzić". Wtedy przyszła mi do głowy rzecz oczywista. „Chcesz pojechać ze mną?".

„Szaleje burza śnieżna, a z tego, co widzę, będzie jeszcze gorzej. Kiedy wyruszasz?".

„Teraz".

„To nie jest mądre".

„Nigdy nie byłem mądry".

Słowa te odbiły się w moich myślach dziwnym echem; uśmiechnąłem się.

„No to jedź. Ubierz się ciepło".

„Dobrze. Do widzenia."

I pojechałem. Mojakara nie była zadowolona, że ją wyprowadzają z ciepłej, suchej stajni na śnieżycę. Podróż była zimna, mokra i uciążliwa. W gospodzie, w której się zatrzymałem, zastałem wielu uwięzionych podróżnych i musiałem spać na podłodze przy kominku, zawinięty w płaszcz. Następnej nocy rolnik pozwolił mi się schronić w jego stodole. Burza nie cichła i podróż stawała się coraz bardziej nieprzyjemna, lecz parłem dalej.

Los zrządził, że śnieg przestał padać i chmury się rozwiały, gdy znajdowałem się w dolinie sąsiadującej z dzierżawą Brusa. Zjeżdżałem ku domowi zasypaną drogą, a wszystko wokół wyglądało jak w bajce. Na dachu domu i stajni piętrzył się śnieg. Z komina unosiło się w błękitne niebo pasmo dymu. Między domem i zabudowaniami gospodarczymi została już wydeptana ścieżka. Wstrzymałem Mojąkarą i chłonąłem widok. Rycerz otworzył drzwi stajni i wypchnął z niej taczkę z brudną słomą. Gwizdnąłem, by dać znać, że zbliża się gość, i ruszyłem w dół. Rycerz stał nieruchomo i obserwował mnie. Na podwórku przed domem ściągnąłem wodze i przez chwilę siedziałem bez ruchu, usiłując wymyślić coś na powitanie. Mojakara dwa razy szarpnęła wędzidłem, a potem podrzuciła ze zniecierpliwieniem głową.

– Temu koniowi przydałoby się szkolenie – zauważył Rycerz z dezaprobatą. Podszedł bliżej i zatrzymał się. – O, to ty.

– Tak. – Trudne słowa. – Mogę zsiąść?

Miał może piętnaście lat, ale teraz był tu gospodarzem.

– Oczywiście. – Słowom nie towarzyszył jednak uśmiech. – Wezmę konia.

– Wolałbym zająć się nią sam, jeśli nie masz nic przeciwko. Zaniedbałem ją, i to widać. Będę musiał dużo z nią przebywać, by to nadrobić.

– Wedle twojej woli. Tędy.

Zsiadłem i zerknąłem w stronę chaty, ale jeśli ktokolwiek w środku wiedział o moim przyjeździe, to nie było tego widać. Prowadząc Mojąkarą, poszedłem za Rycerzem do porządnie utrzymanej stajni. Zwinny i Sprawiedliwy wyrzucali gnój ze stanowisk. Przyszedł Spokojny z wiadrami z wodą. Wszyscy znieruchomieli na mój widok. Poczułem się nagle otoczony i z zakamarków mego umysłu wypłynął cień wspomnienia. Ślepun na skraju miejsca, gdzie zbierało się stado. Bardzo chciał się do niego przyłączyć, ale wiedział, że jeśli zabierze się do tego niewłaściwie, wilki go przegonią.

– Wszędzie tu widzę rękę waszego ojca – rzekłem zgodnie z prawdą. Od razu poznałem, że budynek ten postawił Brus, by spełniał jego wymagania. Stanowiska były większe od tych w Koziej Twierdzy. Przy otwartych okiennicach mogło wpadać do środka mnóstwo powietrza i światła. Widziałem Brusa w ułożeniu szczotek i rzędów. Niemal go tu czułem. Zamrugałem i przyszedłem do siebie, nagle świadom badawczego wzroku Rycerza.

– Możesz ją postawić tutaj – rzekł, pokazując mi stanowisko. Chłopcy zajęli się swoją robotą, a ja Mojąkarą. Napoiłem ją, nasypałem nieco obroku do żłobu i zostawiłem ją czystą i suchą. Przyszedł Rycerz i popatrzył na nią ponad bramką, a ja zadałem sobie pytanie, czy moja praca przejdzie jego kontrolę.

– Ładny koń – powiedział tylko.

– Tak. To prezent od przyjaciela. Tego samego, który przysłał twemu ojcu Słodką, kiedy uznał, że już nie będzie jej potrzebował.

– To dopiero klacz! – zawołał Rycerz.

Poszedłem za nim, by na nią popatrzeć. Zobaczyłem Sztyleta, czteroletniego ogiera po Fircyku, którym Rycerz chciał ją pokryć. I odwiedziłem Fircyka. Myślę, że stary ogier niemal mnie sobie przypomniał. Podszedł i przez chwilę opierał mi łeb na ramieniu. Był stary i znużony.

– To będzie zapewne ostatni źrebak, którego spłodzi – rzekłem cicho. – Chyba dlatego Brus chciał go jeszcze wykorzystać. Jako ostatnią szansę otrzymania takiej krzyżówki. Swego czasu był wspaniałym ogierem.

– Pamiętam, kiedy do nas przyszedł. Ledwie. Jakaś kobieta zjechała ze wzgórza z dwoma końmi i po prostu dała je ojcu. Nie mieliśmy wtedy stodoły, a co dopiero stajni. Tata wyniósł tamtej nocy całe drewno z drewutni, żeby konie nie stały na dworze.

– Założę się, że Fircyk się ucieszył, że go widzi.

Rycerz spojrzał na mnie ze zdumieniem.

– Nie wiedziałeś, że dawno temu Fircyk był koniem twego ojca? Szczery pozwolił mu wybrać sobie jakiegoś dwulatka. Wybrał Fircyka. Znał tego konia od chwili jego narodzin. Tej nocy, kiedy królowa musiała uciekać z Koziej Twierdzy, by ratować życie, Brus wsadził ją na swego konia. Zaniósł ją aż do Królestwa Górskiego. Bezpiecznie.

Rycerz był stosownie zdumiony.

– Nie wiedziałem tego. Tata niewiele mówił o swoim życiu w Koziej Twierdzy.

Skończyło się tym, że zanim poszedłem do chaty, by zobaczyć się z Sikorką, pomogłem chłopcu przy wyrzucaniu gnoju i karmieniu.

Opowiadałem mu o koniach, które znałem, a Rycerz oprowadził mnie po budynkach gospodarczych z usprawiedliwioną dumą. Utrzymywał wszystko w należytym porządku, co mu powiedziałem. Pokazał mi klacz z zainfekowanym kopytem, teraz już zdrowym, a potem przeszedłem przez szopę do mlecznej krowy i kilkunastu kurcząt.

Kiedy Rycerz zaprowadził mnie do chaty w towarzystwie młodszych braci, czułem, że dobrze wypadłem w ich oczach.

– Mamo, masz gościa! – zawołał, otwierając drzwi.

Obtupałem śnieg i gnój z butów i wszedłem za Rycerzem do środka.

Wiedziała, że przyjechałem. Policzki miała zaróżowione, a krótkie włosy przygładzone. Zobaczyła, że na nie patrzę, i uniosła do nich ze skrępowaniem rękę. W tej chwili oboje przypomnieliśmy sobie, dlaczego je obcięła, i między nas wkroczył cień Brusa.

– Zrobiłem, co trzeba, i jadę do Kijanki – oznajmił Rycerz, zanim zdążyłem się przywitać z Sikorką.

– Ja też chcę jechać! Chcę zobaczyć Drzemliwego i pobawić się ze szczeniętami – stwierdził Kominek.

Sikorka pochyliła się do chłopca.

– Nie możesz zawsze jeździć z Rycerskim, kiedy wybiera się w odwiedziny do swojej sympatii – napomniała go.

– Dzisiaj może – rzekł raptownie Rycerz. Zerknął na mnie z ukosa, jakby chciał mi dać do zrozumienia, że robi mi wielką przysługę. – Posadzę go za sobą, bo jego kucyk nie poradzi sobie z takim śniegiem. Pośpiesz się.

– Chciałbyś się napić herbaty, Bastardzie? Pewnie zmarzłeś.

– Właściwie nic tak nie rozgrzewa po długiej jeździe, jak praca w stajni. Ale chętnie się napiję.

– Chłopcy kazali ci pracować w stajni? Och, Rycerzu, on jest gościem!

– Wie, do czego służy łopata – orzekł Rycerz i był to komplement. – Pośpiesz się, Kominku. Nie będę na ciebie czekać cały dzień.

Nastąpiło kilka chwil hałaśliwego zamętu, który wydawał się konieczny przy wyprawianiu sześciolatka dokądkolwiek, chociaż tylko ja byłem tym zdumiony. Izba żołnierska wydawała się w porównaniu spokojnym miejscem. Kiedy obaj chłopcy znaleźli się za drzwiami, Spokojny wycofał się już na stryszek, a Sprawiedliwy i Zwinny usadowili się przy stole. Ten ostatni udawał, że czyści sobie paznokcie, a Sprawiedliwy przyglądał mi się otwarcie.

– Proszę, usiądź, Bastardzie. Zwinny, przesuń swoje krzesło, zrób miejsce. Sprawiedliwy, przydałoby mi się trochę więcej rozpałki.

– Wysyłasz mnie na dwór, żebym ci nie przeszkadzał!

– Cóż za przenikliwość! Idź już. Zwinny, możesz mu pomóc. Oczyśćcie nieco ze śniegu stertę drewna i przenieście go trochę do drewutni, żeby schło.

Obaj wyszli, ale nie zrobili tego ani cicho, ani uprzejmie. Kiedy zamknęły się za nimi drzwi, Sikorka wzięła głęboki oddech. Zdjęła czajnik z ognia, zalała wrzątkiem herbatę z przyprawami w dużym imbryku i postawiła go na stole. Ustawiła przed nami filiżanki i garnczek miodu. Usiadła naprzeciwko mnie.

– Witaj – powiedziałem.

Uśmiechnęła się.

– Witaj.

– Zapytałem Pokrzywę, czy ma ochotę wybrać się ze mną, ale nie chciała jechać w czasie śnieżycy.

– Nie mogę jej za to winić. Myślę też, że czasami trudno jest jej wracać do domu. Życie tu jest o wiele skromniejsze niż w Koziej Twierdzy.

– Moglibyście się przeprowadzić do Białego Gaju. Jest teraz twój.

– Wiem. – Przez twarz Sikorki przebiegł cień i pożałowałem, że o tym wspomniałem. – Ale oznaczałoby to zbyt dużo zmian w zbyt krótkim czasie. Chłopcy wciąż się przyzwyczajają do świadomości, że ich ojciec już nie wróci. I, jak widzisz, Rycerz spotyka się z dziewczyną.

– Wydaje się bardzo młody – odważyłem się stwierdzić.

– Jest młodym człowiekiem z dużą dzierżawą. Jeszcze jedna kobieta w domu znacznie ułatwiłaby nam wszystkim życie. Na co miałby czekać, jeśli spotkał dziewczynę, która go kocha? – odparowała. Kiedy nie znalazłem na to żadnej odpowiedzi, dodała: – Jeżeli się pobiorą, to Gospodarna nie będzie chciała zamieszać daleko od domu rodziców. Jest bardzo blisko ze swoją siostrą.

– Rozumiem. – I rzeczywiście rozumiałem. Nagle spostrzegłem, że Sikorka nie jest już czyjąś córką, którą należy wyrwać z ojcowskiego domu. Była ośrodkiem tutejszego świata, miała korzenie i powiązania.

– Życie jest skomplikowane, prawda? – odezwała się w moją ciszę.

Spojrzałem na nią, ubraną w prostą suknię w ponurym kolorze. Jej dłonie nie były już gładkie ani szczupłe; na twarzy miała zmarszczki, których tam nie widziałem, kiedy była moja. Jej ciało zmiękło i zaokrągliło się z biegiem czasu. Nie była już tą dziewczyną w czerwonej spódnicy biegnącą przede mną po plaży.

– Nigdy w życiu niczego nie pragnąłem tak bardzo, jak zawsze pragnąłem ciebie.

– Bastardzie! – zawołała, zerkając na stryszek, a ja nagle zdałem sobie sprawę, że wypowiedziałem te słowa na głos. Jej policzki płonęły; uniosła dłonie, by zakryć usta czubkami palców.

– Przepraszam – rzekłem. – Wiem, że to za wcześnie. Powiedziałaś mi to. Zaczekam. Zaczekam tak długo, jak będziesz chciała. Chcę tylko mieć pewność, że wiesz, że czekam.

Przełknęła ślinę.

– Nie wiem, ile czasu będzie to trwało – ostrzegła chropowatym głosem.

– To nie ma znaczenia.

Wyciągnąłem na stole otwartą rękę. Sikorka zawahała się, a potem włożyła w nią swoją dłoń. Siedzieliśmy tak w milczeniu, aż wrócili chłopcy z naręczami zaśnieżonego drewna i otrzymali burę od matki za nie wytarcie nóg.

Zostałem do popołudnia. Piliśmy herbatę, a ja opowiadałem o życiu Pokrzywy na dworze i o Brusie, kiedy był młodszym człowiekiem. Osiodłałem Mojąkarą i pożegnałem się, zanim wrócili Rycerz i Kominek. Sikorka wyszła na dwór, żeby się pożegnać, i pocałowała mnie. W policzek. Jechałem do zamku trzy dni.

Rebus nadal woził listy między chatą i Kozią Twierdzą. Wszyscy przyjechali na Święto Radości, a mnie się udało raz zatańczyć z Sikorką. Tańczyłem z nią wtedy po raz pierwszy w życiu, była to też moja pierwsza próba tańca od wielu lat. Potem tańczyłem z Pokrzywą, która poradziła mi, bym już nigdy tego nie robił. Powiedziała to jednak z uśmiechem.

Na początku wiosny widziałem się z Trafem. Przemierzał z Rzazem Księstwo Kozie, rozpoczynając letnie wędrówki. Traf był wyższy, szczuplejszy i sprawiał wrażenie zadowolonego z życia. Był w Księstwie Niedźwiedzim, teraz wybierał się do Księstwa Cypla, a potem Dębów. Ułożył dwie pieśni, obie humorystyczne, a kiedy zaśpiewał je dla nas przy mniejszym kominku, obie zostały dobrze przyjęte. Pod koniec tego samego miesiąca do Koziej Twierdzy wrócili Sieciarz i Szybki. Chłopak rozrósł się w ramionach i był bardziej zamyślony, niż go zapamiętałem. Sieciarz został na zamku, a Szybki pojechał do domu, by spędzić tydzień z rodziną. Wrócił z wiadomością, że Rycerz za trzy miesiące weźmie ślub.

Pojechałem na tę uroczystość. Patrzyłem, jak stoi przed Gospodarną i składa jej przysięgę; dziewczyna rumieniła się, uśmiechała i nieśmiało na niego zerkała, a mnie zżerała zazdrość. To będzie dla nich takie proste. Poznali się, pokochali, pobrali. Podejrzewałem, że przed końcem roku w kołysce pojawi się dziecko. A ja nie zbliżyłem się do Sikorki bardziej niż na dotknięcie dłoni i pocałunek w policzek.

Lato mieliśmy gorące. To było dobre lato. Elliania zaszła w ciążę i w całym Królestwie Sześciu Księstw zawrzało z tego powodu. Zboże rosło niemal w oczach. Mojakara nauczyła się drogi do chaty Sikorki i z powrotem. Pomogłem Rycerzowi wznieść drewnianą konstrukcję dodatkowych pokojów, które zaczął budować, i patrzyłem, jak Sikorka i Gospodarna wspólnie gotują. Patrzyłem, jak Sikorka porusza się po izbie, wykonując proste prace, patrzyłem, jak się śmieje i miesza zupę, i jak sczesuje odrastające włosy znad oczu. Pożądanie nie trawiło mnie tak od czasu, gdy miałem piętnaście lat. Nie mogłem w nocy spać, a kiedy już zasypiałem, musiałem pilnować moich snów. Spotykałem się z Sikorką i rozmawiałem z nią, ale odbywało się to zawsze w domu Brusa albo przy synach Brusa, trzymających się jej rąk. Wydawało się, że w jej świecie nie ma miejsca, które mógłbym zająć. Wszyscy zaczęli mnie denerwować.

Tak jak obiecałem, wybrałem się do księżnej Cierpliwej i Lamówki, odbywając tę długą podróż w gorące, zakurzone dni środka lata. Cierń przysięgał, że zrobiłem się tak zrzędliwy, iż perspektywa pozbycia się mnie na jakiś czas bardzo go ucieszyła. Nie miałem mu tego za złe. Lamówka stała się słabsza i księżna Cierpliwa zgodziła dwie kobiety do opieki nad jej starą służącą. Spacer po ogrodzie ze spracowaną dłonią księżnej na moim ramieniu i widok tego, jak zmieniła skrwawioną ziemię królewskiej areny Władczego w oazę zieleni, piękna i spokoju, pozwoliły mi wreszcie prawdziwie odpocząć. Księżna dała mi parę rzeczy ojca ze swoich rupieci: prosty pas do miecza, który najbardziej lubił nosić, listy od Brusa, w których koniuszy pisał o mnie, i pierścień z nefrytem. Był idealnej wielkości i wróciłem do domu, mając go na palcu.

Pierwszego ranka po moim powrocie Pokrzywa ociągała się z wyjściem po lekcji władania Mocą. Cierń też, ale kiedy na niego spojrzałem, westchnął i zostawił mnie sam na sam z córką.

– Długo cię nie było. Kilka tygodni – rzekła.

– Od dawna nie widziałem księżnej Cierpliwej. Starzeje się.

Kiwnęła głową.

– Gospodarna jest w ciąży.

– To wspaniała wiadomość.

– Tak. Wszyscy jesteśmy bardzo podekscytowani, ale moja matka mówi, że świadomość, iż wkrótce będzie babką, sprawia, że czuje się staro.

To dało mi do myślenia.

– Powiedziała mi: „Czas płynie szybciej, kiedy jest się starszym, Pokrzywo". Czyż to nie dziwna myśl?

– Od pewnego czasu nie jest mi obca.

– Tak? Myślę, że kobiety może znają ją lepiej.

Spojrzałem na Pokrzywę.

– A może nie – rzekła i wyszła.

W cztery dni później osiodłałem Mojąkarą i wyruszyłem do Sikorki. Cierń napomniał mnie surowo, że muszę wrócić na czas Wezwania. Obiecałem mu, że wrócę. Dzień był piękny, a Mojakara dobrze się zachowywała i miała świetną kondycję. Letnie wieczory były długie, więc pokonałem drogę w dwa dni zamiast trzech. Zostałem bardzo mile przywitany. Rycerz wymieniał słupki w ogrodzeniu padoku. Szybki i Spokojny wyciągali stare, zgniłe słupki, a Sprawiedliwy i Kominek powiększali dołki. Rycerz i ja wstawialiśmy do nich nowe słupki, pilnując, by stały prosto. Chłopak mówił o zostaniu ojcem i o tym, jakie to ekscytujące, aż zauważył, że moje milczenie za każdym razem jest coraz dłuższe. Wtedy oznajmił, że weźmie chłopców nad strumień i pozwoli im trochę popływać, bo ma już dość pocenia się przy pracy w upale. Zapytał, czy chcę iść z nimi, ale pokręciłem głową.

Wylewałem sobie na głowę wiadro chłodnej wody ze studni, kiedy na podwórko wyszła Sikorka z koszykiem na ręce.

– Gospodarna drzemie. Ciężko znosi upał. To normalne, kiedy jest się w ciąży. Pomyślałam, że nie będziemy hałasować w domu i może zobaczymy, czy są jakieś jeżyny na tyle dojrzałe, by już były słodkie.

Wspięliśmy się na łagodne wzgórze za domem. Okrzyki chłopców pluskających się w strumieniu przycichły. Minęliśmy porządne słomiane ule Sikorki, łagodnie brzęczące w skwarze dnia. Jeżynowe zarośla znajdowały się za nimi i Sikorka zaprowadziła mnie na ich odległy, południowy skraj, mówiąc, że jagody tam zawsze dojrzewają najpierw. Jej pszczoły też się tam uwijały, jedne wśród ostatnich kwiatów, a inne szukały soku z napęczniałych, dojrzałych owoców. Zbieraliśmy jagody, aż napełniliśmy koszyk do połowy. Wtedy, gdy przyginałem wysoką kolczastą gałąź, by Sikorka mogła dosięgnąć jagód na samej górze, rozzłościłem pszczołę. Ruszyła na mnie i najpierw zaplątała mi się we włosy, a potem wpadła za kołnierz. Chciałem ją wygarnąć, ale mnie użądliła. Klnąc, wypadłem z jeżynowych zarośli, oganiając się od dwóch innych pszczół, które nagle zaczęły krążyć wokół mojej głowy.

– Odejdź stąd szybko – ostrzegła mnie Sikorka, a potem wzięła mnie za rękę i pociągnęła w dół wzgórza.

Zanim pszczoły zrezygnowały z pościgu, jedna z nich użądliła mnie za uchem.

– Zostawiliśmy tam koszyk z jagodami. Mam spróbować po niego wrócić?

– Jeszcze nie. Zaczekaj, aż się uspokoją. Przestań, nie trzyj, prawdopodobnie masz tam żądło. Pokaż.

Usiadłem w cieniu olchy, a Sikorka pochyliła mi głowę, żeby popatrzeć na żądło za uchem.

– Naprawdę puchnie. A ty wepchnąłeś żądło głębiej. Siedź spokojnie. – Spróbowała wyjąć je palcami. Wzdrygnąłem się, a ona się roześmiała. – Nie ruszaj się. Nie mogę go dosięgnąć paznokciami. – Pochyliła się i przyłożyła do mojego karku usta. Poczułem, jak językiem znalazła żądło, a potem chwyciła je zębami i wyciągnęła.

Wytarła wargi palcami. – Widzisz. Wepchnąłeś je do środka. Jest jeszcze jedno?

– Na plecach – powiedziałem i wbrew mojej woli głos mi zadrżał.

Znieruchomiała i spojrzała na mnie. Odwróciła głowę, po czym znów na mnie popatrzyła, jakby nie widziała mnie od bardzo dawna.

– Zdejmij koszulę – powiedziała lekko schrypniętym głosem. – Zobaczę, czy uda mi się je wyjąć.

Kiedy znów mnie dotknęły jej usta, poczułem zawrót głowy. Sikorka pokazała mi drugie żądło. A potem przyłożyła palce do blizny po strzale na plecach.

– Co to było? – zapytała.

– Strzała. Dawno temu.

– A to?

– To jest świeższe. Od miecza.

– Mój biedny Bastard. – Dotknęła blizny między moim ramieniem i szyją. – Pamiętam, kiedy to się stało. Przyszedłeś do mojego łóżka jeszcze zabandażowany.

– Przyszedłem.

Odwróciłem się do niej, wiedząc, że na mnie czeka. Mimo to potrzebowałem do tego całej mojej odwagi. Bardzo ostrożnie pocałowałem Sikorkę. Całowałem jej policzki, szyję, a w końcu usta. Smakowała jeżynami. Całowałem ją raz po raz, jak najwolniej, próbując scałować wszystkie te odebrane mi lata. Rozwiązałem jej bluzkę i uniosłem nad głowę Sikorki, obnażając ją błękitnemu niebu. Jej piersi, miękkie i ciężkie w moich dłoniach, były dla mnie jak największy skarb. Spódnica Sikorki spoczęła na trawie jak kwiat zdmuchnięty wiatrem. Położyłem moją miłość w wysokiej, dzikiej trawie i przytuliłem czule.

To był powrót do domu i dopełnienie, i cud wart powtórzenia. Przez jakiś czas drzemaliśmy i obudziliśmy się, kiedy już wydłużały się cienie.

– Musimy wracać! – zawołała.

– Jeszcze nie – powiedziałem.

Posiadłem ją jeszcze raz, najwolniej, jak mogłem, a moje imię, które, drżąc pode mną, szeptała mi do ucha, było najsłodszym dźwiękiem, jaki słyszałem w życiu.

Kiedy do naszych uszu dotarło głośne wołanie: „Mamo? Bastardzie?", poczuliśmy się nagle jak nastolatki przyłapane na gorącym uczynku. Ubraliśmy się pośpiesznie. Sikorka sama się wyprawiła po nasz koszyk z jagodami. Otrzepaliśmy ubrania i włosy z liści i trawy, śmiejąc się bez tchu. Pocałowałem ją.

– Musimy przestać! – ostrzegła mnie Sikorka. Oddała mi pocałunek, a potem zawołała: – Tu jestem, już idę!

Kiedy okrążyliśmy jeżynowe zarośla, wziąłem ją za rękę i schodząc ze wzgórza do dzieci Sikorki, już jej nie puściłem.

# EPILOG

*Biały Gaj to leżąca między łagodnie rozfalowanymi wzgórzami ciepła, szeroka dolina, której środkiem powoli płynie rzeka. Jest to wspaniałe miejsce do uprawy winorośli i zbóż oraz hodowli pszczół i małych chłopców. Dom jest zbudowany raczej z drewna niż kamienia i czasami wciąż wydaje mi się to bardzo dziwne. Teraz sypiam w pokoju i łóżku, które niegdyś należały do mego ojca, a u mego boku sypia kobieta, którą kocham od dzieciństwa.*

*Przez trzy lata ukrywaliśmy, że jesteśmy kochankami. Było to dla nas trudne, a zarazem w jakiś sposób tym wspanialsze. Nasze schadzki odbywały się rzadko i nigdy nie były pewne, lecz ja tym bardziej je ceniłem. Kiedy Sikorka przyjechała z synami na następne święto plonów, porwałem ją z wielkiej sali i zaniosłem do własnego łóżka. Nigdy nie myślałem, że się tam znajdzie; jeszcze przez wiele nocy jej perfumy utrzymywały się na mojej poduszce i napełniały słodyczą moje sny. Wizyta w jej chacie mogła mi dać niewiele więcej nad szybko skradziony pocałunek, lecz każda z nich była warta długiej podróży. Nie sądzę, by długo nam się udało oszukiwać Rycerza, a już na pewno uwagi Pokrzywy dawały mi do zrozumienia, że jej nie zwodzę. Ze względu jednak na małych synów Sikorki postępowaliśmy ostrożnie, a ja nigdy nie żałowałem czasu poświęconego na zdobycie ich względów.*

*Nikt nie był bardziej zaskoczony ode mnie, kiedy Spokojny odpowiedział na Wezwanie. Początkowo nie wydawał się szczególnie uzdolniony w posługiwaniu się Mocą, lecz wkrótce odkryliśmy u niego zasoby siły i spokoju, czyniące go idealnym człowiekiem króla. Pokrzywa była dumna i opiekuńcza, a ja uszczęśliwiony, bo Sikorka często odwiedzała syna, który teraz zamieszkał w Koziej Twierdzy. Spokojny i Pokrzywa stali się trzonem kręgu Mocy nowego króla, ponieważ rodzeństwo łączyła silna więź. Na Wezwanie odpowiedziało też dwanaście innych osób; cztery miały dość Mocy, by zostać członkami kręgu Mocy Pokrzywy, a osiem wykazywało nieco mniejsze zdolności. Nikogo nie odrzuciliśmy, bo, jak zauważył sam Cierń, czasami mija sporo czasu, zanim Moc ujawnia się z pełną siłą. Młotek i ja nadal wypełniamy obowiązki samotników. Cierń, jak zwykle, utrzymuje więź z nami wszystkimi i bada granice naszej magii, podejmując ryzyko w sposób, który u każdego innego nazwałby lekkomyślnością.*

*Kiedy Rycerzowi urodził się drugi syn, Sikorka oświadczyła nagle, że nadszedł czas, by Gospodarna miała własny dom, i postanowiła przenieść się z Kominkiem i Sprawiedliwym do Białego Gaju. Zwinny został ze starszym bratem, bo dzierżawa jest zbyt duża, by mógł na niej pracować jeden mężczyzna, a poza tym zawsze lubił konie. Sikorka powiedziała mi w zaufaniu, że jej zdaniem miało to więcej wspólnego z pewną rudowłosą dziewczyną, córką kołodzieja z pobliskiego miasteczka.*

*Wzięliśmy cichy ślub, składając nasze przyrzeczenia przed królem w obecności dzieci Sikorki, Ketriken, Ellianii, Ciernia, Trafa i Rebusa. Cierń się rozpłakał, a potem mocno mnie uściskał i przykazał być szczęśliwym. Traf zapytał Pokrzywę, czy może ucałować swoją nową siostrę i oberwał za bezczelność solidnego kuksańca od opiekuńczego Kominka. Młotek i mały książę Pomyślny większość ceremonii przespali.*

*Odwiedziliśmy księżnę Cierpliwą, która nie mogła odbyć takiej podróży, i położyliśmy kwiaty na grobie Lamówki. Gościliśmy w Kupieckim Brodzie miesiąc i byłem pewien, że Kominek i Sprawiedliwy zamęczą księżną swoją ciekawością i psotami. Lecz na dwa dni przed naszym planowanym wyjazdem moja matka raptem oznajmiła, że ma dość Kupieckiego Brodu, a poza tym jest za stara, by nim zarządzać, więc przenosi się do nas, do Białego Gaju. Ku mojej uldze Sikorka przyjęła to z radością.*

*Kominek i Sprawiedliwy najwyraźniej cieszą się z posiadania tak absurdalnej babki. Kominek obiecał, że zapyta Sikorkę o pozwolenie, zanim zrobi sobie następne tatuaże, a Sprawiedliwy wykazuje głębokie zainteresowanie roślinami i ziołami, które stanowi wyzwanie nawet dla wiedzy księżnej Cierpliwej. Ledwie się zadomowiliśmy w Białym Gaju, pojawił się Rebus z wiadomością, że Cierń przysłał mi go do pomocy. Podejrzewam, że były gwardzista wciąż mnie szpieguje dla starego pająka, ale nic nie szkodzi. Chętnie mu ustępuję, ilekroć chce poczuć, że wciąż sprawuje kontrolę nad swoim światem. Wiele tej władzy wydarłem mu po kawałku i przekazałem Sumiennemu, kiedy okazał się na nią gotowy. Nigdy nie nosiłem korony Królestwa Sześciu Księstw i jestem przekonany, że zrobiłem wiele, by została przekazana w nienaruszonym stanie.*

*Rebus udowodnił, że wie o wiele więcej o zatrudnianiu służby i zarządzaniu posiadłością, niż kiedykolwiek sądziłem. To dobrze, bo ani Sikorka, ani ja nie spodziewaliśmy się, że będziemy musieli się zajmować takimi sprawami, a księżna Cierpliwa twierdzi, że jest o wiele za stara, by zawracać sobie tym głowę. Rebus to solidny człowiek. Po ostatniej wizycie Pokrzywy zganiłem go za zbytnie spoufalanie się z moją córką, ale Sikorka odwołała mnie na bok i spokojnie kazała zająć się własnymi sprawami.*

*Jestem często wzywany do Koziej Twierdzy, a Sumienny i Ellianía już dwa razy odwiedzili nas, przyjeżdżając na łowy z sokołami, bo na naszych polach jest mnóstwo ptaków. Nigdy nie lubiłem tego sportu i kiedy królewska para polowała, ja bawiłem się z ich synem. Pomyślny jest silnym, zdrowym chłopcem.*

*Cierń wykonywał mozolnie ćwiczenia zalecane przez zwoje traktujące o Mocy, a potem raz wyprawił się poprzez kamienie. Postanowił udać się na Aslevjal i samemu zbadać tamtejsze ruiny Najstarszych. Wrócił po dziesięciu dniach z oczyma pełnymi zachwytu i workiem pełnym sześcianów pamięci. Nie trafił do jaskini Prilkopa, ale gdyby to zrobił, to jestem pewien, że zastałby ją od dawna opuszczoną. Myślę, że kiedy Błazen po raz ostatni odwiedził Ciernia, wracał na południe, do miejsca gdzie on i Prilkop pobierali nauki, by przekazać tam wszystko, czego się dowiedzieli. Wątpię, by jeszcze tędy kiedykolwiek przejeżdżał.*

*Nasze pożegnanie było niedokończone, nierówne. Zamierzaliśmy się jeszcze zobaczyć. Zamierzaliśmy coś sobie na koniec powiedzieć. Moje życie z Błaznem skończyło się jak przerwana partia gry w kamienie; wynik był niepewny, możliwości unosiły się w powietrzu. Czasami wydawało mi się okrucieństwem, że między nami pozostało tyle nierozwiązanych spraw, a czasami błogosławieństwem, że wciąż pozostawała nadzieja spotkania. To jak atmosfera oczekiwania, tworzona przez biegłego minstrela, który przerywa pieśń i pozwala nabrzmieć ciszy, a dopiero potem odśpiewuje ostatni refren. Czasami luka może się wydawać obietnicą, czekającą spełnienia.*

*Często za nim tęsknię, ale w taki sam sposób, w jaki tęsknię za Ślepunem. Wiem, że ktoś taki już się nie pojawi. Uważam się za szczęśliwego, że tyle od nich dostałem. Nie sądzę, bym kiedykolwiek związał się Rozumieniem z jakimś zwierzęciem albo zaznał tak głębokiej przyjaźni, jaką dzieliłem z Błaznem. Jak kiedyś powiedział Brus do księżnej Cierpliwej, jeden koń nie może nosić dwóch siodeł. Mam Sikorkę i ona mi wystarczy aż nadto.*

*Jestem zadowolony.*

# Wspieraj polską fantastykę!

Nagroda im. Janusza A. Zajdla jest coroczną nagrodą w dziedzinie fantastyki, przyznawaną przez miłośników fantastyki autorom najlepszych polskich utworów literackich. Nagroda przyznawana jest w dwóch kategoriach: powieści i opowiadania.

Każdy czytelnik fantastyki może wybrać od jednego do pięciu utworów w każdej kategorii, wydanych **w poprzednim roku kalendarzowym**. Po pięć utworów, które zbiorą najwięcej głosów, znajdzie się na liście nominacji do Nagrody. Spośród nich uczestnicy POLCON-u, czyli Ogólnopolskiego Konwentu Miłośników Fantastyki, dokonają wyboru Laureatów.

Więcej informacji o Nagrodzie Zajdla i POLCON-ach znajdziecie na stronach internetowych:

**http://zajdel.fandom.art.pl** i **http://polcon.fandom.art.pl**

Listę wybranych utworów należy nadesłać do 15 czerwca pocztą elektroniczną pod adres:

**zajdel@fandom.art.pl**

lub pocztą tradycyjną pod adres korespondencyjny:

**Związek Stowarzyszeń Fandom Polski**
**ul. Zamieniecka 46/25**
**04-158 Warszawa**

korzystając z poniższego kuponu, bądź podając wszystkie informacje na kartce pocztowej.

**Pamiętaj, w danym roku jedna osoba może zgłosić maksymalnie 5 powieści i 5 opowiadań!**

**Nominacje zgłasza:**

Imię i nazwisko: ..............................................................

Adres zamieszkania: ..............................................................

..............................................................

e-mail: ..............................................................

**Zgłaszane powieści:**

1. ..............................................................
2. ..............................................................
3. ..............................................................
4. ..............................................................
5. ..............................................................

**Zgłaszane opowiadania:**

1. ..............................................................
2. ..............................................................
3. ..............................................................
4. ..............................................................
5. ..............................................................